Bisher von Don Both erschienen:

1.Immer wieder samstags

2. Immer wieder samstags – reloaded

3. Immer wieder Verführung

4. Immer wieder Verführung – the End

5. Immer wieder Sehnsucht – Philip & Katharina

6. Immer wieder Tristan und Mia – Hochzeitsspecial

1. The Tower – Mad Love

2. The Tower – Bad love

Corvo – Spiel der Liebe

Dark Demand

Unzähmbar – Liebe ohne Hard Limits

Rock oder Liebe – Teil 1

Don Both

Immer wieder Verführung

3 & 4

A.P.P.

Immer wieder Verführung – Sammelband
Don Boths
Romanze/Drama
Deutsche Erstausgabe März 2016

Kontakt: bethy86@hotmail.de
https://www.facebook.com/pages/DonBoth/248891035138778
Lektorat: Wortplus, Belle Molina
Korrektorat: Wortplus, Belle Molina
Weitere Mitwirkende: Babels, Nicole Zdroiek
Cover: Babels Art
Erschienen im A.P.P.-Verlag
Peter Neuhäußer
Gemeindegässle 05
89150 Laichingen
Mobi: 978-3-946484-44-8
E-pub: 978-3-946484-45-5
Print: 978-3-946484-46-2

Dieser Roman wurde unter Berücksichtigung der neuen deutschen Rechtschreibung verfasst, lektoriert und korrigiert.

Für Mia, die süßeste Fellnase, seit es süße Fellnasen gibt.

Kurzbeschreibung:

Tristan Wrangler, sadistischer Nobel-Sexklubbesitzer und eiskalter Geschäftsmann, glaubt nicht an die Liebe oder gar an das Schicksal. Das ändert sich auch nicht, als Vorzeigefrau Mia Engel in sein Leben stolpert – zum zweiten Mal. Die beiden teilen eine Vergangenheit, aufgrund derer Tristan zu jenem dunklen Mann wurde, der er heute ist.

Von ihrer absoluten Hingabe und Liebe zu ihm geleitet, lässt sich die junge Frau auf ein gefährliches Spiel ein. Denn der neue Tristan will sie brechen, so wie er gebrochen wurde, als sie vor acht Jahren sein Dasein zerstörte.

Drei Monate haben sie Zeit, um jeweils ihren Plan auszuführen.

Sein Verstand sagt: ›Schlampe‹ – sein Herz: ›Baby‹.
Ihr Verstand sagt: ›Flieh!‹ – ihr Herz: ›Kämpf!‹
Was wird siegen?

1. Leere

Tristan 'sexy' Wrangler

Die geschwungene Linie des blassen Rückens konnte man zwischen den züngelnden, roten Flammen hindurch genau erkennen. Letztere warfen tanzende Schatten auf den weiblichen, kurvenreichen Körper, der nicht ohne Grund schon seit der Antike in Statuen und zahlreichen Zeichnungen verewigt und verehrt wird. Die gespreizten Finger, die über die Rückseite des Oberschenkels nach oben strichen, waren so lang, dass sie fast das gesamte Bein umspannten.

Leicht gequält schloss ich die Augen.

Dieser armselige Kerl auf den Fotos, die ich mir gerade ansah, war nämlich einmal ich gewesen. Jener Mann, der für sie getötet hätte und sie mehr als sein Leben geliebt hatte. Ein verfallener Idiot.

Meiner Kehle entrang sich ein angestrengtes Stöhnen, als ich mich daran erinnerte, wie sich diese duftende makellose Haut unter meinen Händen und Lippen angefühlt hatte. Ich lehnte den Kopf auf meine Fäuste und die Ellbogen auf den Tisch, während ich das Foto auf meinem Laptop düster betrachtete.

Warum starrte ich eigentlich jeden verdammten Tag diese schmerzhaften Fragmente aus der Vergangenheit an und quälte mich damit? Als ob es nicht reichen würde, dass ich nicht vergessen konnte, wie sich ihr Körper anfühlte, zog ich mir das auf ewig Verlorene auch noch bildlich rein!

Humorlos lachte ich auf. Wieso ich mir das antat? Ehrlich jetzt?

Weil ich nach der Schlampe genauso süchtig war wie vor acht verdammten Jahren, weil sie mich immer noch in ihren Bann zog, und sei es nur auf Bildern.

Ganz fucking einfach!

Um das klarzustellen: Es war nicht *wie* eine Sucht, sondern eine tatsächliche. Eine Ausgewachsene. Früher war ich pussysüchtig im Allgemeinen gewesen – das traf nach wie vor zu, aber leider nur noch nach einer bestimmten. Und genau diese hatte sich aus meinem Leben verabschiedet, nachdem sie mich hämisch lachend in einen tiefen Abgrund gestoßen hatte, aus dem ich bis heute nicht wieder rausgekrochen war.

Ich konnte nicht – wollte auch gar nicht. Die Dunkelheit war exakt der Ort, an dem ich mich zu Hause fühlte. Einer der Ruhe und Abgeschiedenheit, an den keiner freiwillig gelangen wollte. Alle streben danach, im Licht zu wandeln, aber die Realität besteht im Grunde nur aus Finsternis. Nur mit viel Glück findet man eine Lichtquelle, und wenn es ganz gut läuft, entschließt sie sich sogar, zu bleiben, damit man ab und an auch im Hellen existieren kann. Na ja, meine persönliche Sonne hatte mich verlassen – aber das hatten wir ja schon.

Langsam betätigte ich die linke Maustaste und schloss das Bild aus fröhlicheren Tagen.

Während ich meinen massiven Bürostuhl zurückschob und aufstand, fragte ich mich zum tausendsten Mal, wie es dazu kommen konnte, dass der Truthahn mich – Tristan Wrangler, den beliebtesten, gefürchtetsten Ficker überhaupt – so fertiggemacht hatte. Eigentlich war ich es immer gewesen, der austeilte, zumindest seit meine Mutter die wundervolle Entscheidung getroffen hatte, sich kurzerhand umzubringen und damit das Leben meiner kompletten Familie zu zerstören. Damals war ich sieben Jahre alt gewesen und hatte seither nur noch meinen Vater und meine zwei Brüder.

Ihr – dem Truthahn – war es jedoch gelungen, mich nach und nach aus der Finsternis herauszuholen, sie hatte mir einen Sinn hinter diesem ganzen Geatme und Getue gezeigt, nur, um dann wieder alles zugrunde zu richten.

Es verhielt sich wie mit Dominosteinen: Du investierst stundenlange Arbeit auf den Knien, um etwas Wunderbares, etwas Einzigartiges zu erschaffen, das du dann freudig grinsend mit einem leichten Fingerschnipsen erneut in sich zusammenfallen lässt.

Wo zum Teufel liegt der Zweck darin?

Warum hatte sie mir das angetan?

Tief ausatmend zündete ich mir einen Joint an, den ich zuvor aus dem schwarzen Kästchen befördert hatte, in dem man eigentlich Zigaretten aufbewahrt. Die Glasplatte des Couchtisches ruhte auf einem detailgetreu nachgeahmten dunklen, marmornen Frauenkörper auf allen Vieren. Als ich ihn damals eher zufällig gesehen hatte, musste ich ihn sofort kaufen. Auf diese Art konnte ich meine Lines auf dem Rücken einer nackten, hilflosen Frau ziehen, ohne zugelabert zu werden. Perfekt!

Ich schlenderte durch den Raum und kam neben meinem Schreibtisch zum Stehen.

Nachdem ich einen intensiven, beruhigenden Zug genommen und den Rauch in Kringeln gegen die verglaste Scheibe geblasen hatte, die mir einen Blick auf mein Imperium gewährte, fühlte ich mich schon ein winzig kleines bisschen besser.

Nicht, dass ich jemals zufrieden gewesen wäre ... innerhalb der letzten Jahre.

Diese besondere Emotion stellte sich auch nicht ein, als ich meinen Club betrachtete, der in zuckendes rotes Licht gehüllt war, das alles in eine verruchte Atmosphäre tauchte. Die unbekleideten Körper der Tänzerinnen, die in jeder Ecke eines Käfigs ihre operierten Titten wackeln ließen, rekelten sich zu dem satten tiefen Bass und den mitreißenden Rhythmen, die der teuer bezahlte DJ spielte. Die Tische am Rand der Tanzfläche waren gut besetzt; manche lagen oder saßen nackt auf den gemütlich gepolsterten Bänken und gaben sich ihrer Leidenschaft hin.

Andere begnügten sich damit, die enthüllten weiblichen und männlichen Bedienungen zu benutzen – ihnen einen zu blasen, sich lecken zu lassen oder einfach nur ein wenig rumzuknutschen und zu fummeln.

Ja, ich besaß einen Sexclub der exklusiven Art. Erstens wurde auf Hygiene gesteigerter Wert gelegt und zweitens erhielt hier nicht jeder abgewrackte Arsch Zutritt, um mal schnell einen wegzustecken. Wir befanden uns garantiert nicht auf der Reeperbahn. Allein für den Wasserfall, der an der rechten Seite des Raumes herabprasselte und in einem großen Pool mündete, hatte ich tausende von Euros berappt. Es kostete bereits ein weiteres Vermögen, täglich den Club zu öffnen. Für den schlappen Jahresbeitrag von 15.000 Euro wurde man Mitglied, aber nur, nachdem man eine Verschwiegenheitsvereinbarung unterzeichnet hatte. Denn nichts, was hier abging, durfte nach außen gelangen. Dafür war es den Kunden vergönnt, vollständig in die Welt der Lust abzutauchen, und jede noch so kranke Fantasie auszuleben, die in ihren oft verqueren Köpfen rumgeisterte.

Mein Club war der Hit!

Um einen feuchtfröhlichen und ertragreichen Abend zu garantieren, bildete die riesige Bar mit dem runden, erhöhten Mittelpunkt das Kernstück schlechthin. Die Getränke waren genauso teuer wie das Ambiente, aber schließlich wurden diese ja auch von komplett nackten Nymphen und Adonissen serviert.

Zwei Prostituierte und zwei Callboys arbeiteten fest für mich; die übrigen stellte mir eine ›Escort Agentur‹ je nach Bedarf. Denn im Gegensatz zu vielen 0815-Läden fand man hier Stil und Klasse, und es kamen Männer *und Frauen* komplett auf ihre Kosten.

Gefummel, Geblase und Gelecke gehörten ebenso zum Service wie das Tischeabwischen.

Alles, was darüber hinaus ging und in den Keller führte, kostete allerdings extra.

Meinen Untertanen – allesamt offiziell sexsüchtig – stellte ich

Kost und Logis. Sie bewohnten die oberste Etage, in der auch mein Büro lag. Der Großteil war mehr oder minder freiwillig zu mir gekommen und mir so lange verpflichtet, wie ich es für richtig hielt. Bis dahin hatten sie strenge Regeln zu befolgen. Neben einem gepflegten, makellosen Äußeren und der obligatorischen Ganzkörperrasur spielte auch eine gewisse Sprachgewandtheit und Intelligenz eine Rolle – nichts ist anstrengender, als einer Hohlbirne alles dreimal erklären zu müssen – sowie eine total abgedrehte Ader.

Andernfalls hätten sie hier nicht arbeiten können.

Besonders nicht als Schmerzsklaven.

Ich hatte mit der ganzen SM-Sache im altmodischen Sinne nichts zu tun; lebte Demütigung und Dominanz am liebsten nach meinen eigenen Vorgaben aus und schiss auf die tollen Sadomasoregeln der Szene.

Für mich galten gar keine Gesetze, abgesehen von meinen eigenen.

Der SM-Bereich wurde von zwei Profis bedient: Lena und Garrett. Sie waren die Spezialisten für alles, was mit Dominanz und Unterwerfung zu tun hatte. Lena war ursprünglich die Schmerzsklavin eines russischen Mafiosibosses gewesen und ich hatte sie ihm für einen Haufen Kohle abgekauft, weil sie in dem, was sie tat, einfach perfekt war. Garrett wiederum stammte von einem schwulen deutschen Politiker, der ihn bis dato in seinem Keller gehalten hatte. Seitdem waren sie mir treu ergeben, weil sie darauf beharrten – warum auch immer –, dass ich ihnen das Leben gerettet hätte.

Daneben gab es noch Mary und Georgi. Sie war die ehemalige Mätresse eines englischen Grafen, dem ich sie beim Pokerspiel abgenommen hatte – eine kleine, süße, blonde Elfe mit einem absolut versauten Charakter. Georgi, ein gebürtiger Russe, der aus einem sibirischen Gefängnis geflohen und nach Deutschland gekommen war, um in diesem Land den großen Reibach für seine Frau und seine beiden Kinder zu machen, war der letzte der Vier.

Okay, die werte Gattin würde er garantiert nicht wiedersehen, denn diese hatte sich nach einem Jahr scheiden lassen, um einen Oligarchen zu heiraten.

So viel zur Treue bis in den Tod.

Mary und Georgi waren für die Blümchensexnummern zuständig. Ihre vollständigen Namen waren mir nicht bekannt und irrelevant; in der Sexbranche interessiert es ohnehin keine Sau, wer du warst, bevor du hier gestrandet bist. Was übrigens viele nicht übel finden.

Wie auch immer.

Ihretwegen war ich von jenem rechten Weg abgekommen, den die Gesellschaft für mich vorgesehen hatte, und verdiente mein Geld mit Prostitution und Drogenhandel. *Sie* war nebenbei bemerkt auch daran schuld, dass ich meine Boxerkarriere an den Nagel hängen musste, genauso wie das damals geplante Sportstudium. *Ihretwegen* war ich stattdessen nämlich in den Knast gewandert und hatte unliebsame Bekanntschaft mit dem wahren Leben gemacht.

Ja, sie war für alles verantwortlich und hatte das mit voller Absicht getan! Dessen war ich mir mittlerweile sicher.

Alle anderen Möglichkeiten war ich durchgegangen, hatte überlegt, warum sie so gehandelt haben könnte, hatte versucht, weiterhin an ihre Liebe zu glauben und sogar mit dem Gedanken gerungen, dass ihr Vater, Harald Engel, uns übel mitgespielt und sie möglicherweise irgendwie manipuliert hatte.

Aber nicht ein verficktes Mal hatte sie mich besucht und bei dieser Gelegenheit auf Knien rutschend um Vergebung gebettelt! Nicht mal *ein einziger* elender Brief war während all der Jahre eingetrudelt. Dafür hatte sie bei der Verhandlung das beknackte Federvieh abgeschossen.

Nicht eines Blickes würdigte sie mich, als hätten wir uns nicht stundenlang durch mein Heiligtum und sonstige Orte gefickt, als wäre sie nicht mein verschissener Lebensinhalt gewesen und ich ihrer ... *nein* ... Ich fühlte förmlich die Kälte, die sie ausstrahlte, das kleine Miststück. Bis sie in den Zeugenstand gerufen wurde, hatte ich die verfickte Hoffnung dennoch nicht ganz aufgegeben – dämlich, wie ich war. Sie hätte es immer noch klarstellen und mich auf diese Art vielleicht vor einer Freiheitsstrafe bewahren können – schließlich war sie eine wichtige Zeugin.

Blöderweise tat sie es nur nicht. Stattdessen erzählte sie mit leiser Stimme und gesenktem Haupt eine Lüge nach der anderen. Jedes verdammte Wort schnitt sich massiver in mein Herz und schürte meinen Hass.

Und als sie ging, schaute sie nicht einmal zurück.

Seitdem hatte ich nichts von ihr gehört, was wirklich gut war – für sie.

Denn eines war nach dieser Nummer glasklar: Sie liebte mich nicht und hatte es nie getan. Ihr ganzes scheiß Rumgelaber, nichts als Lügen. *Tristan, ich liebe dich* – ja, du mich auch, Heuchlerin. *Du bist mein Leben* – alles klar! *Fick mich tief* – zeige mir dein Innerstes, damit ich es nach außen drehen und zerschmettern kann!

Zu ihrem eigenen Schutz hatte ich sie nicht gesucht, hielt mich genau genommen jeden Tag aufs Neue davon ab, denn es wäre für sie nicht gut ausgegangen, wenn ich sie gefunden hätte, und das hätte ich – auf jeden Fall. Außerdem hatte ich Vivian Müller, der Freundin meines größeren Bruders und ihrer Ex-Tittenschwester widerstrebend versprochen, dass ich nicht zu ihr gehen würde, nicht in dem mörderischen Gemütszustand, in dem ich mich seit Jahren befand.

Andererseits hoffte ich, dass das Schicksal sie mir zufällig in die Arme trieb ... denn dann ... könnte selbst Vivi nichts mehr für sie tun.

Ich war verloren, und nur sie war imstande, mich zu retten. Aber nicht im üblichen schnulzigen Sinne – dies hatte nichts mit verdammter Romantik gemein. Alles, was mich von all dem Groll und Hass befreien konnte, war meine Rache an ihr.

Hungrig lechzte ich danach, sie in die Finger zu bekommen ... um sie zu ficken ... sie zu demütigen ... und dann … komplett zu zerstören.

Genau in dieser Reihenfolge.

Oh ja, Hassliebe existiert, allerdings konnte man in meinem Fall nicht mehr von Liebe sprechen, der Hass dominierte alles.

Gnade ihr der Scheißer, sollten sich unsere Wege doch noch einmal kreuzen.

Denn dann würde Mia Engel bereuen ... So wie ich in jeder Minute – jeder verdammten Sekunde!

2. Seine Stimme

Mia 'poor' Engel

Grünbraune, eiskalte Diamanten strahlten mich an. Augen, die mich doch voller Liebe betrachten sollten, jedoch aussahen, als wollten sie mich bei lebendigem Leib verbrennen. Augen, die mich einst so leidenschaftlich gemustert hatten, warteten nun mit unbändigem Hass auf. Wie so häufig zuvor war ich in den Erinnerungen an den schlimmsten Tag meines Lebens gefangen. Jenem, an dem ich meine einzig wahre Liebe verraten und deswegen verloren hatte. Kann man eigentlich an schlechtem Gewissen erkranken? Ja! Es muss so sein, denn eine andere Erklärung gab es für meinen desolaten Zustand nicht.

Ich fühlte mich alles andere als wohl, als ich am Donnerstagmorgen vorsichtig aus dem Bett schlüpfte, um meinen Freund Francesco nicht zu wecken, und barfuß über das ausgebleichte Parkett in das angrenzende Bad tappte. Müde war ich immer noch, und vor allem fühlte ich mich beklommen, wie üblich nach einer Nacht des Umherwerfens und der Rastlosigkeit.

Duschen. Haare waschen – extra. Zähne putzen; Anziehen; Haare föhnen. Innerhalb von zwanzig Minuten musste ich fertig sein, weil ich grundsätzlich zu spät aufstand, um genügend Zeit für die Morgenroutine zu haben. Aber diese schreckliche Erschöpfung, die mich permanent in ihren Klauen hielt, machte es mir schwer, auch nur ansatzweise pünktlich aus den Federn zu kommen.

Zum Abschluss warf ich noch einen Blick in den Spiegel. Die Ringe unter meinen langweiligen braunen Augen bildeten das offensichtlichste Indiz dafür, dass mit mir gesundheitlich etwas nicht stimmte. Doch war das ein Wunder? Vier Stunden Schlaf reichten eindeutig nicht aus, aber die Albträume ließen mich nicht ruhen. Jede Nacht wand ich mich in derselben quälenden Erinnerung, von der ich stets tränenüberströmt aufwachte:

Weinend lag ich auf einer Straße jener Stadt, in der ich aufgewachsen war, und wusste: Er war fort. Ich trug einen schwarzen, *nach ihm* duftenden Kapuzenpullover ... und starb. Innerlich. Äußerlich war ich vollkommen unversehrt – also meine Gliedmaßen waren scheinbar intakt.

Nur wenn man nicht fühlen kann, ist man im Grunde halb tot. Dennoch hatte ich keine Wahl: Ich hatte mir vor gefühlten Ewigkeiten sämtliche Emotionen verboten, denn andernfalls wäre ich wahrscheinlich an dem Schmerz niedergegangen, der so unerbittlich in mir tobte. Nun war es, als wären meine Empfindungen in eine Seifenblase gehüllt – wenn ich mich freute, weinte oder lachte, spürte ich nur einen Abklatsch des Ausmaßes dessen, was ich eigentlich hätte wahrnehmen müssen.

Das war einmal anders gewesen – vor langer Zeit.

Er hatte mich zum Leben erweckt, mich die intensivsten, schönsten Gefühle durchleben lassen, aber jetzt war alles ... nur noch eine Erinnerung, die mir, umso mehr ich in ihr schwelgte, immer unrealistischer schien.

Ohne meinen Job wüsste ich nicht, wo ich gelandet wäre, nachdem Patrick, mein Onkel, mich im Alter von siebzehn Jahren in seine ›Obhut‹ genommen hatte. Bei ihm war es nur keinen Tick besser als das ›Leben‹ bei meinem sadistischem Vater und meiner Messie-Mutter. Bei ihm musste ich genauso kochen und die Wohnung in Ordnung halten, wie es bei meinen Eltern der Fall gewesen war. Das einzig Gute daran: Er war kein Sammler, dafür jedoch passionierter Jäger.

Offiziell arbeitete er als Postbote – inoffiziell als Drogenkurier, womit er seinen Beruf einfach mit der

Geldmacherei verband. Das hieß allerdings nicht, dass nicht jeden Abend seine ›Kunden‹ in unserem Wohnzimmer saßen und sich mit allem Möglichen die Köpfe sowie die Venen zuballerten. Und wer durfte dann die Kotze vor dem Klo wegwischen? Patrick sicher nicht.

Doch ich beschwerte mich nicht, denn es war die gerechte Strafe für das, was ich getan hatte. Nebenbei finanzierte mir das Drogengeld sogar das Studium zur Sozialpädagogin. Schon immer hatte ich den Menschen helfen wollen, die in ähnlichen oder sogar schlimmeren Verhältnissen aufwachsen mussten wie ich – entweder durch mangelndes Geld oder aufgrund einer psychischen Erkrankung. Ich wollte all denen zur Seite stehen, die sich allein, verletzt und gedemütigt fühlen. Deswegen hatte ich dieses spezielle Studienfach gewählt.

Im dritten Semester tauchte Francesco bei Patrick auf. Er nahm überhaupt keine Drogen, saß nur immer als stiller Beobachter dabei, war ruhig, ausgeglichen und lächelte mich immer aufmunternd an, wenn ich meinen Onkel und seine Freunde bediente. Eines Tages stand er mir zur Seite, als ich von einem der ›Kunden‹ befummelt wurde. Vermutlich wäre ich vergewaltigt worden, doch Francesco beschützte mich.

Es war ungewohnt, verteidigt zu werden, denn der dafür zuständige Held wurde ja aus meinem Leben gerissen.

Eher aus Dankbarkeit gab ich seinem zurückhaltenden Flirten nach und ging mit ihm aus. Wir verstanden uns ganz gut, auch wenn es mich verwunderte, dass sich so ein gesetzter, wohlhabender Mann in diesem Milieu aufhielt. Er war Italiener, Banker, hatte vermögende Eltern und eine geregelte Existenz, wirkte stets freundlich und unkompliziert … stellte im Grunde exakt das dar, was ich brauchte. Trotzdem war er nicht ›genau das, wonach ich mich sehnte‹, denn dies traf nur auf einen – unerreichbaren – zu … Francesco konnte ihm einfach nicht das Wasser reichen, niemand konnte das – denn nur der Eine kannte mein Innerstes; niemand liebte mich so hingebungsvoll wie er oder war so unbeschreiblich schön und anziehend.

Dennoch besaß Francesco seine Vorzüge, er war groß und sehr stark – enorm stark. Vermutlich nicht mal ein Mensch, sondern eine Maschine, getarnt in einem Calvin-Klein-Anzug und einem – natürlich – knallroten Ferrari.

Das schwarze Haar trug er raspelkurz, besaß dunkelbraune Augen und abgesehen von der Masse an Muskeln, die er mit sich rumschleppte, war er absoluter, selbstverliebter Durchschnitt, der jedoch mit einem ganz besonderen Vorteil für mich aufwartete:

Mit ihm an meiner Seite fühlte ich mich beschützt, und diese Sicherheit benötigte ich, um einigermaßen funktionieren zu können. Daher ließ ich mich auf eine Beziehung mit ihm ein, wenn auch nicht auf eine normale.

Genau genommen gab ich mich aus reinem Eigennutz mit ihm ab – wie erwähnt halb tot. Also dachte ich nur noch mit dem praktischen Teil meines Gehirns, um das Leben irgendwie zu meistern.

Doch ich hätte Francesco nicht so nah an mich heranlassen sollen ... denn jetzt war er mit seiner Geduld endgültig am Ende und wollte mir ans Höschen oder besser gesagt an den mir selbst angelegten Keuschheitsgürtel. Inzwischen waren wir über zwei Jahre zusammen ... und ich nach wie vor nicht imstande, diesen Schritt mit ihm zu wagen. Im Grunde doch nicht nachvollziehbar: Ich war sechsundzwanzig und hatte den letzten Sex mit siebzehn erlebt!

Aber mein Körper war ein Tempel und es existierte nur ein angebeteter Gott, der mir das Gefühl gab, die passende Heilige zu sein. Ich war nicht in der Lage, mit einem anderen intim zu werden. Jede Hand außer seiner fühlte sich auf mir einfach nur fremd an und so falsch, dass ich Schweißausbrüche beziehungsweise Panikattacken bekam, sich mein Magen umdrehte und ... mir furchtbar schlecht wurde.

Ich konnte Stan aus ›Southpark‹ verstehen, denn ein einziges Mal wollte ich mir was beweisen, aber ich litt bereits enorm, während Francesco mich auszog. Als sich seine Lippen dann meinem Intimbereich näherten, gab es kein Halten mehr für meinen Mageninhalt und die Übelkeit überrollte mich … Tja … Seitdem hatten es Francesco und ich nicht noch einmal probiert und ich nahm an, er würde mir nicht mehr zu nahe treten, geschweige denn überhaupt eine Frau nochmals lecken wollen, weil dies für ihn und auch für mich viel zu traumatisch gewesen war. *Tristan Wrangler* hatte mich kurz gesagt für die männliche Nachwelt unbrauchbar gemacht, indem er mir seine ganz persönliche Handschrift eingebrannt hatte.

Mein Körper konnte nur diese Eine lesen.

Für immer.

***

Und wieder mal hatte ich den gesamten Morgen nur damit verbracht, an *ihn* zu denken. Um Viertel vor sieben machte ich mich viel zu spät auf den Weg in das Kinderheim, in dem ich seit sechs Monaten arbeitete. Mein Studium hatte ich mit Bestnoten abgeschlossen, nebenbei in dieser Einrichtung mein Praktikum absolviert, und sobald ich meinen Master in der Tasche hatte, war mir auch die feste Anstellung sicher gewesen.

Meine Arbeitsstelle … ein umgebauter Bauernhof, an einem Bach nur ein paar Häuserblocks von meiner zwei Zimmer Wohnung entfernt, war perfekt. Erstens: Ich mochte Gewässer und deren Rauschen …

Zweitens: Durch das, was ich tun durfte, um mein Geld zu verdienen, erfüllte sich auf gewisse Weise ein Traum – zumindest ein Teil davon. Am ehesten empfand ich so was wie Zufriedenheit, wenn ich mich mit den Kleinen beschäftigen konnte. Und damit meine ich nicht, die vorgeschriebenen Gespräche zu führen, sondern die Zeit, in der ich mich einfach dem Kind widmete, das am einsamsten aussah, es unter eine Decke gekuschelt auf meinen Schoß setzte und ihm eine Geschichte erzählte, die ich mir spontan ausdachte. Ich wollte, dass es meine Wärme spürte, die es viel zu selten in diesem jungen Leben erhielt. Wenn nicht ich, wer sonst?

Dann waren da die Momente, in welchen ich mit meinen Ziehkindern malte, sie mit einigen Pinselstrichen ihre eigene Welt erbauen ließ – bunt – fröhlich – *glücklich*! In denen ich mit ihnen durch den großen Garten tobte oder sie von oben bis unten mit Wasser bespritzte, woraufhin ich von der Nonne, die das Kinderheim leitete, Schwester Carmen, stets gemaßregelt wurde, weil die Hälfte der Kinder am kommenden Tag unter Schnupfen litt. Trotzdem oder gerade deswegen: Meine Schützlinge vergötterten mich, weil sie bei mir Kinder sein durften und ich auch wieder zu einem wurde, wenn ich mit ihnen Zeit verbringen durfte. In diesen Augenblicken klang mein Lachen fast echt, statt leer und hohl.

Ich liebte meinen Beruf, aber ich hatte es mir auch hart erarbeitet, hier zu stehen und tun zu können, was mich erfüllte. Allein ein Gedanke hatte mir den Antrieb dazu verliehen: Ich wusste, *er* hätte gewollt, dass ich das Beste aus meinem Dasein machte, vorausgesetzt ich hätte ihn nicht dazu gebracht, mich zu hassen. Mittlerweile war ich davon überzeugt, dass er so für mich empfand. Die Tatsache, dass er mich garantiert verachtete, verdrängte ich meist. Wahrscheinlich wünschte er sich immer noch meine Vernichtung – sein letzter Satz an mich, hatte daran keinen Zweifel gelassen. Doch sobald er vor meinen mentalen Augen auftauchte, spürte ich nichtsdestotrotz ausschließlich Liebe. Keine Wut, Angst oder Hass. In dieser Hinsicht fühlte ich wie ein Kind für seine Mutter. Die Kleinen sind unvoreingenommen, ihr Universum ist rein und sie vergöttern ihre Eltern bedingungslos, sogar wenn sie von ihnen schlecht behandelt werden; wenn eine Mutter schief singt, besitzt sie nach Meinung ihres Sprösslings die wohlklingendste Stimme dieser Welt, die zartesten Finger, die schönsten, beruhigendsten Worte ...

Wehmütig seufzend bahnte ich meinen Weg weiter den Kiesweg am Ufer des Baches entlang … und schob meine Hände tiefer in die Manteltaschen. Als ich um die Kurve bog und sich der morgendliche Nebel lichtete, erblickte ich meinen liebsten Zufluchtsort in meinem neuen Leben.

›Sonnenschein‹, so hieß das Heim, in dem neben mir drei Nonnen, eine ehrenamtliche Helferin und ein Auszubildender arbeiteten. Ich war als einfache Pflegerin eingestellt, kümmerte mich um die Kinder von drei bis zwölf und versuchte ihnen eine Familie zu bieten. Dabei tat ich wirklich alles, was in meiner Macht stand, um dies zu erreichen, denn ich liebte sie alle.

Aber einer war mir besonders ans Herz gewachsen … und seinetwegen schlich sich auch ein Schmunzeln auf meine Lippen, als ich das windschiefe, quietschende Gartentor aufzog und auf das noch ruhige Haus zuging. Erst würde ich Robbie wecken. Einen Jungen, fast sechs Jahre alt, mit grünen, großen Augen, die mich immer anstrahlten. Blondes, seidenweiches Haar, das ihm sanft in die Stirn fiel und ein offenes Lächeln, welches mir jedes Mal wie von Zauberhand das gebrochene Herz erwärmte. Er war wunderschön und besaß das Gesicht eines kleinen Engels.

Auf ihn hatte es allerdings jedes andere Kind abgesehen.

Seit zwölf Monaten wohnte er im Heim und war somit der Neue in einer eingeschworenen Gruppe. Darüber hinaus mimte er den Außenseiter, weil er lieber malte, als mit Autos zu spielen; weil er lieber aufs Klo ging, als in den Garten zu pinkeln wie die anderen kleinen Möchtegernmännchen, und weil er das Reden bevorzugte, als gleich die Fäuste sprechen zu lassen, auch wenn er ein absoluter Box-Fan war.

Ständig wurde Robbie drangsaliert und ausgegrenzt, eben weil er sich anders verhielt – so wie ich, wie *er* in seiner Kindheit. Ich versuchte wirklich, keinen meiner Schützlinge zu bevorzugen ... aber ... dieser kleine verlorene Junge war insgeheim mein Held.

Und so hatte ich mir geschworen, niemals zuzulassen, dass er sein Lächeln verlor und aufgab, er selbst zu sein.

Noch tat er es – oft, wenngleich ich mich fragte, wie er das überhaupt schaffte. Ein Erwachsener wäre an der Bürde, die er trug, längst zusammengebrochen. Verkorkste Kindheit; Eltern weg; scheinbar hasste ihn die ganze Welt ... Doch er war ein Kämpfer und ich sein Genosse, während wir gemeinsam um sein Lächeln und seine Zukunft rangen.

Auch an diesem nebligen Morgen wurde er von mir geweckt, damit er mich ins Büro begleiten konnte. Es wurde zu einer Gewohnheit, dass er dort auch seine allmorgendliche Kakaotasse vorfand und diese schlürfte, während ich ihm von meinem Tagesplan erzählte. Jeden Morgen sprach er davon, dass er irgendwann einmal zu einem richtigen Boxkampf gehen würde, da er Klitschko geradezu vergötterte. Und jedes Mal musste ich lachen und mir gleichzeitig eine Träne wegwischen, derweil sich in meiner Brust alles zusammenschnürte, sobald er mir demonstrierte, wie er fleißig seine Haken verteilen würde. Kein Wunder, dass mir dieser Junge mit den kiwigrünen Augen so nahe ging. Bereits vom ersten Moment an hätte ich ihn am liebsten mit nach Hause genommen. Leider hätte ich kaum Möglichkeiten, da es für Alleinerziehende unsagbar schwer, geradezu unmöglich ist, ein Kind zu adoptieren. Die Hilfe von Francesco wäre unabdingbar gewesen, aber Kinder mochte er partout nicht – zu laut, zu dreckig. Aber diesen Traum wollte ich mir dennoch nicht nehmen lassen, da Robbie so viel mit dem Mann, den ich liebte und immer lieben würde, gemein hatte. Meine Emotionen für *ihn* flossen so unaufhaltbar wie das Blut durch meine Adern. In Robbies Nähe fühlte ich mich, als wäre ich auch *ihm* nahe, und so hatte ich nie anders gekonnt, als diesen Kleinen lieb zu gewinnen.

Mir war klar, dass ich ihm Halt gab, um sein Leben zu ertragen; ohne meine Streicheleinheiten wäre er wohl eingegangen. Nichts ist für ein Kind so wichtig, wie der körperliche Kontakt und der geistige Austausch mit einer geliebten Person. Man muss nur mal an Kaiser Ludwigs verheerendes Experiment mit den Säuglingen denken, die verkümmerten und starben, weil die Ammen nicht mit ihnen sprachen und sie nur fürs Wickeln und Füttern berührten. Das alles nur, damit der Kaiser erfahren konnte, welches die wahre Weltsprache sei. Na? Welche ist es wohl?

Liebe.

***

Den heutigen Tag verbrachte ich damit, mit einer Sechsergruppe in den angrenzenden Wald zu gehen. Der frühe Herbst hatte die Landschaft in seinem orange-roten, sanften Griff. Ich zog den weißen Mantel enger um mich und sog tief den Geruch des feuchten Waldbodens ein, auf dem wir marschierten.

Natürlich wünschte ich mir, wie in jeden Moment meines Lebens, dass *er* hier wäre und ich *seine* Hand halten könnte. Wie üblich brannte es in meinen Augen, meinem Herzen und meiner Seele, wenn ich an ihn und die Zukunft dachte, die wir nie zusammen haben würden. Die Kinder ließen es jedoch nicht zu, dass ich mich meiner Schwäche hingab. Wie sie vor mir herrannten und sich dabei mit dem feuchten Laub von den Bäumen bewarfen; wie sie lachend umhersprangen, obwohl einige in der Vergangenheit so viel Schreckliches durchgemacht hatten, zeigte mir immer wieder: Man kann aus jedem Loch rausfinden, wenn man es will. Der Wille ist in unserem Leben immer der wichtigste Antrieb und der von Kindern ist bei Weitem stärker als von manchen Erwachsenen.

Ich grinste Eric, unseren Kinderpfleger, an, er lachte zurück und schmiss mir als Dankeschön ein paar Blätter ins Gesicht.

»Mia steht zum Abschuss bereit! Lasst uns diesen *weißen* Mantel bewerfen, damit er auch die Herbstfarbe annimmt!«, rief der Verräter zu allem Überfluss, woraufhin ich von allen Anwesenden beschossen wurde, wegrennen musste, und sie am Ende mit dem Sammeln ein paar schöner, großer, roter Blätter ablenkte, die wir später trocknen wollten, um eine Girlande zu basteln

Im Großen und Ganzen lief der Tag für meine Verhältnisse ganz gut. In Anbetracht der Tatsachen war das schon großartig.

Zum Einschlafen las ich den Kindern ›Wie Findus zu Petterson kam‹ vor – die Geschichten mochten sie besonders –, und streichelte Robbie noch mal über die Wange, bevor ich mich schließlich auf den Heimweg machte.

***

Als ich um neun Uhr nach Hause kam und die Wohnungsschlüssel in die schwarze Schüssel schmiss, die mir als Schlüsselhaken diente, war ich ehrlich erschöpft.

»Hey, Kleine!« Francesco hechtete sofort leger in hellblauem Hemd und lockerer Designerjeans gekleidet in den rot gestrichenen Flur und schlang von hinten seine mächtigen Arme um meine zierliche Taille. Okaaaay …

Ich hätte nicht gedacht, dass er mich heute mit seiner Anwesenheit ›beglücken‹ würde, aber in letzter Zeit war er erschreckend oft bei mir. Wie immer versteifte ich mich unter seinem Griff, zwang mich jedoch, mich wieder zu entspannen.

»Hey, du ...« Scheu lächelte ich ihn durch den gegenüberliegenden Spiegel an und zeigte zumindest meinen guten Willen. Wie immer tat er so, als würde er es mir abkaufen und senkte die Lippen auf meinen Nacken, doch das Lächeln erreichte nicht seine Augen, die meine Reflexion starr anvisierten. Selten schien er *wirklich* fröhlich, was traurig war, aber in der Hinsicht passten wir ziemlich gut zusammen.

»Zieh dir was Schönes an, wir gehen heute aus«, verkündete er, ohne erst mal zu fragen: »Wie war dein Tag?«, »Magst du vielleicht duschen?«, oder »Soll ich dir die Füße massieren, Schatz?« Er klang wie satter Bass und ließ mich an einen anderen bärenähnlichen Mann denken, den ich einst kennengelernt hatte ... Wenn ich an ihn dachte, kam mir natürlich gleich dessen Bruder in den Sinn, aber ich verdrängte eilig die Erinnerung an wunderschöne Augen, eine samtene Stimme und so schrecklich feinfühlige Finger … *Ausgehen? Hallo?* Ich war gerade zehn Stunden arbeiten gewesen! Alles, was ich wollte, war, mich in einer heißen Badewanne zu versenken, ein Glas Eiswein zu trinken und dazu eine Tüte Gummibärchen zu futtern. Ja, inzwischen konnte ich so viel Süßigkeiten essen, wie ich wollte. Denn ich war nicht mehr fett wie in meiner Kindheit und den Teenagerjahren. Um ehrlich zu sein, war ich viel zu dünn – total abgemagert. Ein Meter dreiundsechzig und unter fünfzig Kilo Gewicht waren eindeutig zu wenig. Eine weitere Nebenwirkung meines inneren Totseins: Appetitlosigkeit.

»Ich würde uns lieber was Schönes kochen«, murmelte ich und senkte den Blick, weil ich ihm nie lange in die Augen sehen konnte. Aus Angst, er würde meine wahren Gefühle und Gedanken in ihnen ablesen können, so wie *er* es einst immer getan hatte. Gott! Wieso musste ich eigentlich in jeder Minute – jeder *Sekunde* – alles und jeden mit *ihm* vergleichen?

Das war krankhaft und ein echter Fluch! Diese Geschichte lag nun acht endlose Jahre zurück! Mittlerweile hätte ich – rein logisch betrachtet – über ihn hinweg sein müssen. Auch wenn ich ihn schon seit der ersten Klasse verehrt hatte wie ein Teenie sein Idol. Ich müsste seine Stimme, sein Aussehen, sein Auftreten, was er wie gesagt hatte und diesen wundervollen, verfluchten Duft längst vergessen haben.

Jede Geste, jede Mimik, jede Eigenheit seines wunderschönen Gesichtes verfolgte mich regelrecht. Nichts war verblasst, obwohl es nach dieser langen Zeit die logische Konsequenz gewesen wäre. Ob er jetzt noch muskulöser war als damals? Wie trug er seine Haare, wie kleidete, wie verhielt er sich? Hatte er immer noch so ein vorlautes, dreckiges Mundwerk? War er immer noch so verboten sexy? Es bereitete mir fast körperliche Schmerzen, an ihn zu denken, und ich war jedes Mal am Boden zerstört, wenn mich aus dem Nichts eine direkte Erinnerung traf. Am schlimmsten wurde es, wenn ich daran dachte, wie es sich angefühlt hatte, ihn in mir zu spüren – über mich gebeugt, mit dunklen, gierigen Augen, die meinen Anblick förmlich in sich aufsaugten. Jede Stelle meiner Haut war ihm vertraut, und ich hatte in jedem einzelnen Blick gelesen, dass er *alles* an mir vergötterte. Die Bewegung seiner starken Hüften an meinen, der Schweiß, der an seinen perfekten Muskeln herabrann, das spöttische Lächeln, wenn er meinen Orgasmus hinauszögerte, bis ich vor Lust durchdrehte, sein leises, gequältes »*Fuck!*«, wenn ich ihn im Gegenzug auch in den Wahnsinn trieb, seine Lippen, die über meine strichen, sein heißer Atem in meinem Mund, wir beide vereint, die pure Perfektion …

Genau bei solchen Flashbacks fraß sich die Sehnsucht immer tiefer in mich hinein. Sie zog und zerrte an dem Ort zwischen meinen Beinen, den ich liebevoll Schnecke nannte – das hatte sich nicht geändert. Aber ohne diese Erinnerungsschübe hätte ich längst nicht mehr geglaubt, dass es die berauschenden und ekstatischen Momente mit ihm wirklich gegeben hatte.

Francescos Stimme riss mich aus meinen Grübeleien. »Was Schönes kochen? Ne, lass mal. Ich hatte heut den ganzen Tag Blähungen von deinem Bohnenauflauf, den du gestern fabriziert hast. Ich bin mit ein paar ... Arbeitskollegen verabredet und ich habe ihnen dein Foto gezeigt: Die wollen dich unbedingt kennenlernen. Kannst du deinen roten Push-up anziehen, den ich dir geschenkt hab?« Beschämt senkte ich den Kopf.

»Du weißt, ich mag Push-ups nicht!«, nuschelte ich. Denn ich hasste es tatsächlich, wenn mich der riesige Italiener wie eine Barbiepuppe in ein sexy Minikleid und High Heels steckte, um mich vorzuführen, als wäre ich der allerneuste Ferrari, den er sich von seinem Erbe gekauft hatte. Als würde ich nur einen Zweck erfüllen, und sonst nichts.

»Ach, komm schon, nur für eine Stunde. Du gehst sonst nie mit mir aus, sondern sitzt nur über deinen blöden Zeichenblöcken.« Mein entnervtes Augenverdrehen ignorierte er, als würde meine Mimik nicht existieren.

»Ich hab meinem Chef bereits so viel von dir erzählt und er brennt darauf, dich endlich kennenzulernen. Bitte, Kleine!«, säuselte er und gab mir einen beinahe keuschen Kuss auf die Wange. Augenblicklich fuhr ich zusammen, weil seine Lippen unangenehm auf meiner Haut brannten, und widerstand gerade noch so dem Drang, die Stelle abzuwischen, an der mich sein Mund entweiht hatte. »Du willst doch Stan weiterhin behalten, oder? Wie du weißt, ertrage ich diesen stinkenden Köter nur für dich. Also tu du auch was für mich! So funktioniert eine Beziehung: aus Geben und Nehmen.« *Beziehung ja. Liebe nicht* ... dachte ich ...

»Er heißt nicht Stan, sondern besitzt einen richtigen Namen:

Stanley! Außerdem lasse ich mich nicht mit ihm erpressen, denn es ist meine Wohnung und in der kann ich so viel Hunde halten, wie ich will. Egal, ob es dir passt!«, schoss es wie aus der Kanone aus mir raus.

Die Muskelstränge, die meinen Bauch einzwängten und mir zunehmend die Luft raubten, verspannten sich. Ich meinte, ich würde platzen und das geschmackvolle Ambiente mit meinen Hautfetzen ersticken, wenn er mich noch eine Sekunde länger so eng an sich gepresst hielt. Als ich versuchte, mich aus seinem Griff zu winden, wurde er plötzlich kühl.

»Aber Schatz, Tiere sind keine denkenden Lebewesen, ich hab keine Ahnung, warum du ständig so ein Aufsehen um deine alte Töle machst!« Das klang, als würde er mit einem Kind reden, das dem Gehalt seiner gewichtigen Worte ohnehin nicht folgen konnte. Es fehlte nur noch, dass er in die Hocke ging, damit wir uns auf Augenhöhe befanden. Hoffentlich musste ich nicht gleich in die Schämecke!

»Natürlich hat er Gefühle! Nur weil sie anders sind als deine, heißt es nicht, dass sie gar nicht vorhanden sind!«, zischte ich. Wie konnte er nur so etwas sagen? Stanley war seit zehn Jahren mein treuer Begleiter und mein Kissen! Derjenige, dem es egal war, wie ich aussah, wie ich roch oder wie ich mich verhielt und der mich immer ich selbst sein ließ.

Francesco verengte seine Augen. In dem Punkt kämen wir nie überein, denn ich hasste seine grausamen Äußerungen und mich widerte seine Engstirnigkeit sowie Ignoranz gegenüber Stanley an. Aber kaum drohte ich tatsächlich auszuflippen, wisperte es in meinem Kopf: *»Er hat verfickt noch mal ein beschissenes Karma, weil er so ein Wichser ist, also beruhige dich, Baby ... Du weißt, sein Minischwanz ist ihm Strafe genug!«* Hatte ich schon angemerkt, dass ich irre war? Ich hörte nämlich *Stimmen* – engelsgleiche, die dreckige Worte sagten. Na gut. Genau genommen hörte ich nur *Eine*.

Normalerweise schritt sie stets kurzfristig ein, um die Explosion zu vermeiden, wenn ich Gefahr lief, auszurasten.

Die Stimme nahm es mit Humor, sie beruhigte mich und machte mich an – ganz offensichtlich – und sie nannte mich Mia-Baby oder nur Baby. Am meisten jedoch mochte ich es, nein, liebte es, wenn sie Mia-Baby hauchte. Es klang so ... sexy!

Francesco war das komplette Gegenteil von mir oder *ihm*. Ich, die auf meine offene, bodenständige Denkweise stolz war, hatte mich mit einem Obersnob zusammengetan, der all die Werte missachtete, die mir wichtig waren. Er regte mich ständig auf, und wann immer das geschah, hörte ich meine Lieblingsstimme. Dies war ein weiterer Punkt, warum ich mit ihm zusammen war – reines Zweckdenken.

Schuldbewusst seufzte ich auf, denn das war so ... egoistisch und selbstbezogen, und es passte nicht zu mir. Aber wer war ich schon? Wenn man innerlich abgestumpft ist, kann man dann überhaupt eine echte Persönlichkeit besitzen?

Im Grunde benutzten wir uns gegenseitig, nur dass ich im Gegensatz zu ihm wusste, dass es falsch war, andere Menschen für seine Zwecke zu missbrauchen. Kaum kam mir das in den Sinn, überfiel mich das schlechte Gewissen und ich lenkte ein.

»Fünf Minuten«, verkündete ich einigermaßen beruhigt auf den Boden starrend und wuselte mich *endlich* erfolgreich aus seiner Umarmung. Ein denkwürdiger Abend lag vor mir: Ich war müde und genervt und würde daher garantiert die perfekte Begleitung darstellen.

Aber wenn Francesco es so wollte, würde Mia springen.

Ob ihr das nun gefiel oder nicht. Das alles war ohnehin egal … denn ...

Es war, als würde ich in den Startlöchern sitzen und auf den Schuss warten, um meinem elenden Dasein ein Ende zu setzen, doch ein kleiner Lichtblick war geblieben – und der hielt mich am Leben. Unbewusst suchte ich *ihn*. Fand ihn ständig in Fremden, denen ich auf den Rücken tippte, nur um dann grenzenlos enttäuscht festzustellen, dass keiner von ihnen Tristan Wrangler war … Ja, einzig die dumme, unvernünftige Hoffnung hielt mich aufrecht.

Ansonsten war alles grau und trist, die alte Mia existierte schon lange nicht mehr. Sie war gestorben, weil die Person, die sie zum Existieren brauchte – ihre Luft zum Atmen –, sie hasste.

Denn selbst wenn ich ihm wieder begegnen würde, was sollte ich zu ihm sagen? Würde er überhaupt noch etwas von mir hören wollen? Mein Onkel hatte mich sehr effektiv davon abgehalten, nach ihm zu suchen, doch sogar *wenn* ich ihn gefunden hätte, wäre die Mühe wohl vergebens. Obwohl ich ihm unendlich viele Briefe geschrieben hatte, so traute ich mich nicht, nur einen davon abzuschicken, aus Angst vor einer möglichen Reaktion. Außerdem schämte ich mich für meine Tat, schließlich hatte ich ihn ins Gefängnis gebracht. Und auch, dass der ganze Wrangler-Clan nichts mehr mit mir zu tun haben wollte, verstand ich total. Ich hatte mich lange überreden müssen aber als ich nach drei Jahren an den winzig kleinen Ort meiner Kindheit zurückgekehrt war, hatte ich nur das verlassene Haus vorgefunden, in dem einst mein ganzer Lebensinhalt gewohnt hatte. Das war mein erster und letzter Versuch gewesen, sie zu finden, was hätte ich denn sonst auch tun sollen?

Personenbefragungen? Übers Internet? Fernsehen? Ich unterhielt keine Superkontakte zu den Behörden, die es mir ermöglichten, den Aufenthaltsort einer jeden Person auf dieser Welt zu ermitteln. Mein Vater war zwar Polizist, aber nachdem, was er getan hatte, würde ich mich freiwillig nie wieder in seine Nähe begeben.

Mal angenommen, ich fand ihn dennoch – wie auch immer ich das zustande bringen sollte: Woher sollte ich wissen, ob er inzwischen nicht eine Familie hatte und mit einer anderen glücklich war?

Und wenn das mit ein wenig Glück nicht der Fall war, (Glück für mich – egoistisch, schon vergessen?) würde er mich ganz sicher nicht willkommen heißen, alles vergeben und vergessen und mich mit einem Kuss aus meiner Gefühlsstarre befreien wie Schneewittchen oder Dornröschen.

Nein – bestimmt nicht!

Die grausame Wahrheit lautete: Bekam er mich in seine Finger, würden mich diese feinfühligen, hinreißenden Hände nicht befriedigen, streicheln oder liebkosen, sondern *umbringen ...*

»Ich werde nicht ewig im Knast sein ... und wenn ich rauskomme, werde ich dich finden ... und dann ...«, hallten seine vorletzten, kalten Worte durch meinen Kopf und ließen mich erschaudern.

Das sich über meinen Körper ausbreitende Kribbeln war recht ungewöhnlich. Eine dunkle Vorahnung beschlich mich.

So schnell, wie die Angst gekommen war, verflog sie aber auch wieder – Tote fürchten nämlich nichts, schon gar nicht den Tod selbst. Sie verschwand und wurde von dem Wenigen ersetzt, das mich seit acht Jahren, 33 Tagen, fünf Stunden und dreißig Minuten am Pseudoleben hielt: Diese verdammte Hoffnung, ihn irgendwann wiederzusehen. Nur das – und ich wäre ja bereits zufrieden und endlich bereit, auch umzufallen, und nicht länger den Zombie aus Bayern zu geben.

Trotzdem endeten meine Träume hier nicht.

Gedenk dem Fall, er würde mir die Gelegenheit geben, ihm zu erklären, was damals geschehen war, und warum, vielleicht – nur vielleicht, aber dieses Wort birgt manchmal so viel Trost in sich –, hörte er nicht nur zu, sondern *glaubte* mir auch! Vielleicht – oh Gott, an dieser Stelle liebte ich diesen Begriff abgöttisch –, vielleicht würde ich ihn noch einmal berühren dürfen.

Einmal und dann Sterben – nicht nur in meiner Fantasie bedeutete dies den wahren, den einzigen für mich möglichen Himmel.

Ich sollte ihn bekommen.

Mit allem Drum und Dran.

3. SIE KOMMT ZURÜCK

Tristan 'shocked' Wrangler

Der Schweiß, der mir in Strömen über Gesicht und Körper lief, nervte. Er rann mir in die Augen, während ich die weiße codegesicherte Tür zu meinem Büro öffnete.

Halb blind war ich die Wendeltreppe nach oben gestolpert, weil ich kein Handtuch mit nach unten genommen hatte. Die Tür knallte gegen die Wand, weil ich sie aggressiv aufstieß, zum hellen Regal hechtete, in dem meine schwarzen Handtücher lagen, und eines aus der Reihe zerrte. Erleichtert wischte ich mir die Nässe von Stirn und Wangen, warf den Stoff dann achtlos auf meinen Schreibtisch, um mich schließlich aus meinem klebrigen Muskelhemd zu schälen – was sich als alles andere als leicht herausstellte. Also ächzte ich dabei durch die Gegend, wie ein an Rheuma leidender Opa. Ich brauchte es einfach, am Vormittag ein paar Stunden zu boxen – mich auszupowern, mit den Leuten abzuhängen und den Geruch des Studios einzuatmen, das mir gehörte. Es befand sich inmitten des ärmsten Viertels der Stadt und bot für viele Kids einen Zufluchtsort vor den kalten Straßen. Hier beschäftigte ich als Trainer zwei Ex-Boxer, die ein Herz für die kleinen Scheißer hatten. Jungs und Mädchen jeden Alters durften kommen, um zu lernen, sich richtig zu verteidigen. Wir nahmen auch Jugendliche auf, die ihre Aggressionen, so wie ich, nicht in den Griff bekamen und sich hier verausgaben konnten, bevor sie jemanden verletzten.

Auch ich war mal ein kleiner, kümmerlicher, wehrloser Junge gewesen, und musste damals allein damit fertig werden. Also hatte ich einen falschen, einen asozialen Weg eingeschlagen, bis *sie* mir gezeigt hatte, wie es richtig ging. Irgendwann hatte ich den Kampf gegen mein Shirt gewonnen und schaute durch die Scheibe auf die große Halle hinab. Während ich mir mit dem Stoff die Achseln trocken wischte, bemerkte ich, dass die Scheiße sowieso keinen Sinn ergab, weil ich total durchgeschwitzt war. Heute hatte ich lange trainiert. Es war genau neun Uhr in der Früh und erst drei Knirpse waren eingetroffen. Ein Zehnjähriger mit arbeitsloser Familie und einem alkoholkranken Bruder, ein Vierzehnjähriger und dessen Bruder. Zusätzlich war einer der Ex-Boxer namens Markus anwesend, der auch Erfahrung bezüglich Straßenkämpfen aufwies. Er hatte sogar mir noch ein paar miese Tricks demonstriert, die ich bisher nicht gekannt hatte, obwohl ich jede Kampfsportart beherrschte. Von Kickboxen bis zu Karate, Brasilianischen Straßenkampf, Judo, Ringen und dem guten, altmodischen Boxen, an dem ich hängen geblieben war, weil es einfach so schön ehrlich war – so geradeaus. Zumindest auf den ersten Blick. Auf den Zweiten geht es dabei zu fünfzig Prozent um die Psyche, und nicht um die Kraft und Wendigkeit. Ich war ein Meister meines Körpers und der Psyche und liebte Hirnfickerei über alles. Blickfickerei hingegen hatte ich vor acht Jahren ganz spontan aufgegeben.

Um Viertel nach neun würde ich noch eine Gruppe aus dem Kinderheim empfangen, welches sich drei Blocks weiter befand. Direkt am Fluss, der mitten durch die Stadt führte. An diesem joggte ich jeden Morgen entlang. Zum Aufwärmen. Ich hasste es, mich hier auf einem Fitnessgerät abzustrampeln, wenn ich mich stattdessen an der frischen Luft bewegen konnte. Das Heim, das dicht am Ufer des Gewässers stand, war ein kleines, verdammt schnuckliges Häuschen. Beinahe schien es wie aus einem Märchen, mit den lila Fensterläden, den verzierten Fenstersimsen, dem bunten, wild wuchernden Garten, Rosenranken um den Zaun, blühenden Blumenkästen vor den Fenstern und dem

Namen ›Sonnenschein‹, der in fröhlichen Farben und verschieden großen Buchstaben über den Türbogen angebracht war. Immer wenn ich vorbei kam, waren die Scheiben dunkel und es wirkte alt und leer stehend. Aber ich lief auch meistens zwischen vier und fünf Uhr in der Früh, aufgrund meines straff organisierten Tagespensums, und weil ich ohnehin nicht schlafen konnte. Jedenfalls hatte eine Mitarbeiterin des Hauses während der letzten zwei Wochen jeden Morgen angerufen und John, meinen ältesten, bereits weißhaarigen Boxtrainer, genervt. Deshalb gab es heute eine Führung für die neugierigen Hosenscheißer, auch wenn ich so ein Programm normalerweise nicht anbot. Erneut inspizierte ich meinen Terminplan und rief meinen ältesten Bruder Phillip an, der heute noch ein paar Einstellungsgespräche für unsere Restaurantkette führen würde. Er brauchte in dem Größten einen Maître de Cuisine. Ja, Phil hatte seiner geheimen Leidenschaft – dem Fressen – nachgegeben und war Koch geworden, und ja, er war mittlerweile ein verdammt bekannter! Tom, mein anderer Bruder, hingegen war ein erfolgreicher Anwalt für Umweltrecht. Tja, und ich war auf meine eigene Art bekannt – zumindest in der Unterwelt. Von der Öffentlichkeit hielt ich mich tunlichst fern. Jeder von uns war seiner eigentlichen Bestimmung gefolgt, jedenfalls redete ich mir das ein. Als ich mit meinem Papierkram durch war und meine Anrufe getätigt hatte, die ich erledigen musste, war es schon zehn und es klopfte. »Ja«, blaffte ich und nahm einen Schluck von meinem Wasser. Es war Markus, mein treuester Mitarbeiter im Box-Studio, der den blank rasierten Schädel zur Tür reinsteckte. Er hatte die Hosenscheißerführung übernommen und war anscheinend damit fertig.

»Hey, Boss«, grinste er, wie immer leicht gelangweilt, und trat ein.

»Hey, Angestellter«, erwiderte ich trocken und erhob mich hinter meinem riesigen Eckschreibtisch, um mich zu strecken. Mein Arsch war eingeschlafen und ich knetete ihn energisch, während ich meinen Beschäftigten fragend musterte.

»Äh, die total heiße Braut vom Kinderheim will wissen, ob sie den Besitzer sprechen kann. Sie ist von deiner Einrichtung absolut begeistert und würde gerne ein paar Kids hierher schicken, um Selbstverteidigung zu lernen. Sie fragt außerdem, ob es Prozente gibt, wenn man zehn Kinder auf einmal anmeldet.« Markus verdrehte die Augen und ich schmunzelte.

»Ganz schön dreist, diese sexy Kinderheimmitarbeiterinnen, hm?«, brummte ich und schlenderte ahnungslos zur großen Glasscheibe, durch die ich mein Reich überblicken konnte.

Möglicherweise war ich ein bisschen größenwahnsinnig und hielt mich für Gott, doch ich hatte es auch mit meinen eigenen Händen erschaffen ... Also *war* ich hier gewissermaßen Gott und musste dann und wann mein gesamtes Imperium von oben überschauen. Egal ob die Galerie, den Club oder das Studio.

»Wo ist sie denn?« Prüfend musterte ich die Halle, während Markus neben mir auftauchte, um mich zu unterstützen oder so und es mir gleichtat. Und dann ... traf es mich mit der Wucht eines wütenden Stiers. Ich zog hörbar den Atem ein und meine Beine sackten fast unter mir weg, als mein Blick auf einen elegant geschwungenen Rücken fiel, auf dem sich Wellen aus goldbraunem Haar verteilten. Mein Herz raste unvermutet und der Schweiß strömte erneut über meinen nackten Oberkörper, als ich die Fäuste gegen die Scheibe lehnte, um nicht umzufallen. Es konnte nur eine Halluzination sein. Etwas anderes war nicht möglich, das durfte nicht *sie* sein ... Nicht so einfach, ohne jeden Trommelwirbel, aus dem Nichts, in einer total unspektakulären Situation! Das passte nicht! Unser Aufeinandertreffen hatte ich mir einfach *so* nicht vorgestellt, obwohl es in meinem Kopf seit Jahren Gestalt annahm. Zu lange hatte ich darauf gewartet, mich bestens auf das epische und abgefuckte Finale vorbereitet. Dann sollte es auch jetzt der beste Showdown ever werden!

Aber es gab keinen Zweifel, sie war es tatsächlich, lebendig und atmend und ziemlich real! Ich hätte sie immer und überall auf der Stelle erkannt ... auch wenn sie mittlerweile dürr und abgemagert war, und obwohl ich nur ihre Hinterseite sah, als sie gerade alle

Hände voll damit zu tun hatte, zwei Jungs davon abzuhalten, sich gegenseitig die Schädel einzuschlagen. Mal wieder unterwanderte diese Frau meine Pläne, aber das würde mich von dem verdienten Showdown nicht abhalten, denn in meinem Kopf existierte nicht nur der langsam anschwellende Trommelwirbel, der sich irgendwann – gleich einem Orgasmus – bis zur Explosion steigern würde; es gab auch diese signifikanten Geigen, deren Saiten ähnlich wie in einem Horrorfilm kurz und schmerzhaft berührt werden. Längst stockte mir der Atem und ich beobachtete halb vom Grauen gepackt, halb fasziniert, wie sie sich wie auf Kommando in ihrem knappen gelben Sommerkleid mit dicken braunen Strumpfhosen zu mir umdrehte. Total ahnungslos.

Stirnrunzelnd rieb sie sich den Nacken, während ihr verträumter Ausdruck mir beinahe den Rest gab. Allerdings waren die Wangen eingefallen, ihren großen, braunen Augen fehlte der Glanz, und die sonst so vollen kirschroten Lippen waren zu einem dünnen Strich aufeinandergepresst. Suchend ließ sie den Blick durch die Halle gleiten, während ich sie nur reglos anstarren konnte. Gefühle, die ich die letzten Jahre zwanghaft verdrängt hatte, durchrauschten mich so gewaltig, dass ich ihnen fast nicht standhalten konnte. Und der Trommelwirbel nahm noch immer zu – bisher kein Höhepunkt in Sicht. Fuck! Mit aller Macht konzentrierte ich mich darauf, nicht da runter zu stürmen, sie an mich zu reißen und sie ... vor den unschuldigen Kindern von hinten zu ficken ... Heftig und tief. Nichts anderes löste sie in mir aus. Dabei waren acht verschissene Jahre vergangen, ich dementsprechend kein hormongesteuerter Teenager mehr. *Kontrolle, verdammte Scheiße!*
Also stützte ich die Stirn gegen die kühle Scheibe und ballte meine Hände fester zu Fäusten, während das Dröhnen in meinem Kopf endlich seinen Gipfel erreichte. Mein Atem ging hart und ich musste mich dazu zwingen, mich zu beruhigen.

Nebenbei war mein Ficker natürlich erwacht. Er zuckte in meiner Hose, wollte wieder diese für ihn erschaffene Pussy fühlen, als wäre nichts geschehen, dieser elende Verräter.

Aber mir, dem denkenden Teil meiner selbst, war auch nicht entfallen, dass ich wegen dieser Frau mein Leben verloren hatte. Meine Zukunft, die so klar definiert gewesen war, hatte sie zu Asche verbrannt und dann kräftig gepustet, um sie im Wind des Schicksals zu zerstreuen. Denn auch aufgrund ihrer Falschaussage und einiger Vorstrafen meinerseits hatte ich zwei Jahre ohne Bewährung im Knast gesessen. Man steckte mich mit dem Abschaum der Gesellschaft zusammen. Erst dort knüpfte ich meine Kontakte, ohne die meine heutigen Geschäfte ganz sicher nicht so gut laufen würden. Inzwischen hatte sie die beiden Streithähne erfolgreich getrennt und lachte, als ein kleiner blondhaariger Junge, mit bis zu mir strahlenden Augen angelaufen kam und sich mit voller Wucht an ihr Bein schmiss. Ich konnte sie hier oben nicht hören, aber sie rief irgendwas, kicherte noch mehr und hob den Bengel hoch, um mit ihrer Nase über seine zierliche zu streichen. Dabei schlich sich Wärme in ihren Ausdruck ... »Fuck!« Heiße Tränen kündigten sich an und ich blähte die Nasenflügel. War das ihr Sohn? Sofort sah ich im Geiste vor mir, wie sie unser Kind hielt, das jetzt locker in seinem Alter hätte sein können; ich war bei ihr, schlang von hinten glücklich die Arme um ihren Bauch und küsste diesen anziehenden Hals ... Kaum bis zu diesem Rosascheißglücksende gedacht, fing es an in mir zu brodeln, denn all das war für mich verloren. *Sie* hatte es mir entrissen! Alles hatte diese kleine Schlampe da unten genommen! *Alles!* »Markus ...«, schnappte ich. Noch immer stand er neben mir, hatte aber gut daran getan, mich soeben nicht zu stören. Er wusste, wie schnell meine Laune kippen konnte, was gerade auch eindrucksvoll passiert war. In diesem Zustand war der ausbrechende Ätna nichts gegen mich.

»Ja?« Mittlerweile ballte ich meine Hände abwechselnd zu Fäusten und zwang meine Stimme, nicht zu zittern wie Wackelpudding.

»Wer. Ist. Das?«, presste ich zwischen den Zähnen hervor. Aber wozu fragte ich, eigentlich wusste ich es doch ... und gleichzeitig fürchtete ich die Konsequenzen, die seine Antwort unweigerlich nach sich ziehen würde ... Was würde mit mir geschehen, wenn er jetzt bestätigte, dass meine persönliche Hölle tatsächlich erneut über mein Leben hereingebrochen war?

»Mia Engel, die Freundin von Cavalli.«

»Was?«, zischte ich und wirbelte zu ihm herum. Mit aufgerissenen Augen wich er einen Schritt zurück, als ich ihn wütend anfunkelte. *Du Wichser da oben! Sag, dass das nicht wahr ist! Sag, dass sie sich nicht gerade von ihm gef...* Ich konnte meine Gedanken nicht weiter verfolgen, ohne Gefahr zu laufen, alles unkontrolliert vollzukotzen.

»Yeah, sie sind seit ein paar Jahren zusammen ... Sie ist die Kleine, von der er immer so schwärmt.«

Natürlich ist sie das. Diejenige, die ihn total in ihren Bann gezogen hat. Ha! Er war mein Drogengeschäftspartner oder treffender ausgedrückt: Konkurrent und Kunde ... Denn er hing ab und zu in meinem Club ab, um sich abmelken zu lassen, und das mit so einer Frau an seiner Seite. *Mit so einer Frau!* ... deren letzte Tage gezählt waren. So viel stand fest.

Das Schicksal hatte mir in die wartenden Hände gespielt.

»Er soll sie heute Abend mitbringen«, verkündete ich tonlos.

Markus sah mich schief an, doch als ich eine Braue hob, glättete er sofort das Gesicht. Yeah, keiner wollte mit mir ficken, denn das lief stets unschön, und zwar immer für die andere Partei. »In die Galerie?«

»Ja!«, gab ich etwas gepresst zurück, weil sie gerade in die Hocke gegangen und das Kleid nach oben gerutscht war. Fuck! Ich würde mir gleich einen runterholen müssen, um nicht an einem Blutstau zu verrecken. Wie in guten alten Zeiten. Hach ja, es geht nichts über ein bisschen Nostalgiegewichse.

»Okay, Boss.« Ich registrierte nicht mal, dass er ging, weil ich so auf sie fixiert war. Sobald ich sie ansah, färbte sich alles in meinem Sichtfeld rot und gleichzeitig ... wollte ich einfach nur ... verzweifelt schreien. Wie gern hätte ich mein Büro kurz und klein geschlagen oder irgendjemanden. Oh ja, ich würde jemandem wehtun und ich wusste auch schon wie ...

Mit einer Selbstverständlichkeit stand mein zukünftiges Ziel da unten, einschließlich ihrer großen, nach wie vor verdammt unschuldigen karamellbraunen Augen, als hätte sie mich nicht zerstört. Ihre nicht mehr ganz so vollen Lippen verzogen sich zu einem Lächeln, als ihr ... Kollege versuchte, sie spielerisch in den Boxring zu ziehen ... Sie schlug auf seine Hände ein, wobei sie ausgelassen lachte.

»Dir wird das Lachen noch vergehen«, murmelte ich unbewusst vor mich hin und merkte, wie sich mein rechter Mundwinkel zu einem Grinsen nach oben bog.

Oh ... ich würde sie auf viele Arten büßen lassen und dafür sorgen, dass sie das Gleiche empfand wie ich. Ich würde nicht eher ruhen, bis ich ihr glückliches Leben zermalmt hatte, so wie sie es mit meinem getan hatte. Sofern es sie betraf, war ich zu wundervollen Mordfantasien fähig ... entschied jedoch, dass der Tod nicht genug war. Warum sollte ich ihr zu Frieden verhelfen, wenn ich ihn selber nicht haben konnte?

Schon tauchte sie vor meinem geistigen Auge auf: gefesselt, weinend, verzweifelt, komplett in meiner Gewalt und um Gnade winselnd.

»Oh fuck!« Das Pochen zwischen meinen Beinen wurde unerträglich. Nackt und wunderschön sah ich sie vor mir, doch es änderte nicht, was sie war … eine Hure, ein dreckiges Miststück.

Meinem Ficker gefielen die Bilder außerordentlich, also packte ich ihn, um ihn zu verlagern, was das Zucken nur verstärkte ... Und dann seufzte ich ergeben, denn die Kinder und die ... Teufelin machten sich gerade davon.

Jetzt würde ich mir einen runterholen und mir dabei vorstellen, dass es Mia Marena Engels Hand wäre, die es tat ... und *wie* ich sie zerstören und brechen würde, so wie ich gebrochen war.

Yeah, Rache ist eine Fotze. Und ich freute mich schon, den ›Truthahn‹, der nun offensichtlich ein Teufel in Engelsgestalt geworden war, damit zu konfrontieren.

4. Seine Rache

Mia 'feary' Engel

»Seit wann interessierst du dich denn für Kunst. Hast du Fieber?« Grinsend machte ich Anstalten, meine Hand auf Francescos Stirn zu legen.

»Was tut man nicht alles für die Frauen!« Grob packte er meine Finger und schoss noch einen warnenden Blick hinterher, weil ich so unruhig auf dem schwarzen Ledersitz seines Ferraris herumrutschte. Schließlich fuhren wir zu einer Ausstellung des bekanntesten Fotografen der Stadt, ach, was sag ich ... des *Landes*, da durfte man nervös sein! Vor lauter Vorfreude konnte ich kaum stillsitzen und hatte einen Blutdruck jenseits aller Norm. Einige Publikationen waren mir bereits bekannt und seitdem wollte ich unbedingt eine davon erwerben. Na gut ... dafür reichte mein Budget nicht, aber man durfte ja noch träumen. In der Welt, in der wir leben, bleibt einem ja nichts anderes übrig! Entgegengesetzt zu anderen Künstlern konnte ich hier auch eindeutig sagen, was mir an seinen Werken so gefiel. Es war das Gefühl für das Wesentliche. Prägnant wurden hier klare Emotionen übermittelt. Und nicht zuletzt, die Bilder erinnerten mich an *ihn*. Sie waren offenkundig leidenschaftlich und wild, jedoch unterschwellig tiefgründig ... Was für ein Genie musste hinter solch raffinierten Kunstwerken der Erotik stecken? Leider hatte ich keine Ahnung, wie der besagte Künstler aussah, denn er hielt sich bedeckt, hatte anscheinend keine Lust auf die Öffentlichkeit, was man ihm nicht verübeln konnte.

Doch heute würde ich ihn dank Francesco endlich kennenlernen!

Nach guten zwanzig Minuten erreichten wir den Stadtrand. Die Galerie war eines der letzten Häuser in einer Reihe von unbezahlbaren Villen, direkt angrenzend an einen Wald, über dessen Kronen man den Rest der leuchtenden Stadt erblicken konnte. Die Siedlung war auf einem kleinen Berg erbaut worden, da die Reichen und Schönen offensichtlich gerne den Überblick genossen. Ziemlich abgeschieden für eine Kunstausstellung. Auf der gegenüberliegenden Straßenseite des modernen Architektenhauses befand sich ein großer mit Bonzenautos übersäter Parkplatz, auf den Francesco einbog und asozial, quer über zwei Stellplätze, parkte. Ja, Francesco und seine Penisverlängerung – also der Ferrari – waren schon ein Gespann für sich. Nur mit Mühe verkniff ich mir einen bissigen Kommentar. Heute hatte ich mich extra hübsch gemacht, weshalb ich nun in einem weißen, trägerlosen Cocktailkleid und meinem weißen Mantel ausstieg, sogar die passenden schwarzen High Heels waren mit von der Partie. Meine Aufmerksamkeit wurde auf einen kirschroten Audi A7 gelenkt, der unter den anderen unbezahlbaren Wagen hervorstach. Mit seinen wunderschönen, elegant fließenden Linien zog er mich magisch an. Ich wollte hingehen und über die Motorhaube streichen, um zu testen, ob sie noch warm war.

»Was hast du vor?«

»Oh!« Verwirrt blieb ich stehen, als Francescos Hand mich am Oberarm packte. Mir war absolut entgangen, dass ich mich wirklich auf den Audi zubewegt hatte.

»Ich glaube eher, *du* hast Fieber«, murmelte mein großer Begleiter und legte seinen schweren Arm um meine Schulter, während wir die leere Straße überquerten.

Die Galerie war komplett verglast, vor der Tür befand sich eine ausschweifende parkähnliche Wiese mit verschiedenen verschnörkelten Rattanbänken; Fackeln erhellten die Kulisse mit ihren Besuchern, die sich in der lauen Nacht mit einem Glas Champagner oder anderen exquisiten Getränken zusammengefunden hatten und quatschten. Wie immer bei solchen Events fühlte ich mich komplett fehl am Platz, aber dies war Francescos Welt und ich würde bald dazugehören. Bis jetzt wehrte ich mich noch, aber langsam gingen mir die Argumente aus. Wenn ich allein an den gestrigen Abend dachte, den ich mit langweiligen Zahlen und Aktien verbringen musste, weil ich als Anhängsel zum Geschäftsessen geschleift wurde, dann wusste ich zumindest, was mich erwartete. Die Frauen starrten Francesco verträumt an, als wir vorbeigingen, was mich nicht im Geringsten störte, und das, obwohl ich normalerweise ein sehr eifersüchtiger Mensch war. Aber ich liebte ihn nicht und war ohnehin mit der Zeit so abgestumpft, dass mich so etwas nicht interessierte.

Eine Gruppe Frauen in teuren Designerklamotten fiel mir auf, die sich etwas abseits hielt und angeregt miteinander schwatzte.

»Er soll einen Riesenschwanz haben ...«, kicherte eine.

»... und wissen, wie er damit umzugehen hat.«

Mir schoss die Röte ins Gesicht.

»Nur einmal in dem Bett dieses Gottes landen – ich meine allein dieser Blick!«, schwärmte die Dritte. »Habt ihr schon mal gesehen, wie er sich bewegt? Was denkt ihr? Ich glaube, der fickt jede in den Himmel!«

»Ich hab gehört, er hasst Sex«, gab die Vierte hinzu, woraufhin alle in Gelächter ausbrachen.

»Ja, gerade er«, konnte die Erste noch so rauspressen, ehe sie hochgeschraubt und künstlich weiter kicherte.

Bevor ich es verhindern konnte, verdrehte ich meine Augen. Obwohl ich nur ungern fremde Menschen, anhand eines Satzes in einem unbedachten Moment geäußert, verurteilte, passierte mir das dennoch andauernd. Mit mulmigem Gefühl in der Bauchgegend betrat ich mit Francesco die Galerie.

Zunächst fiel mir der angenehme Duft auf. Früchte und Frische ... und ... etwas anderes ... süß, kräftig, maskulin. Was mir entgegenwehte, traf mich so stark, dass ich aufkeuchte und mir die argwöhnischen Blicke der Personen in meinem Umfeld zuzog.

»Was ist heute nur mit dir los?«, zischte Francesco mir peinlich berührt zu. Dieser himmlische Geruch ... Ich ertrug ihn kaum ... Es war so gut und verursachte gleichzeitig ein Stechen in der Herzgegend. Nicht lange danach kam Francesco mit ein paar Leuten ins Gespräch, die er kannte, und ich löste mich unauffällig von ihm, nahm mir Zeit, die Bilder ausgiebig zu betrachten.

Der Fotograf hatte sich auf Aktbilder spezialisiert, nicht jedoch auf eine billige, pornografische Art. Stattdessen präsentierte er schöne, ästhetische Aufnahmen einzelner Körperteile, die er perfekt ausleuchtete. Man merkte, dass er ein Liebhaber der menschlichen Anatomie war. Hier ein steifer Nippel ... dort ein sinnlich geformter Bauchnabel ... Hände, die sich hielten, zwei gerade Nasen, die sich berührten ... dunkle, lange Haare, die über eine zierliche, blasse Schulter zurückgestrichen wurden ... Ein männlicher Daumen an einem weiblichen Mundwinkel, die makellos geschwungene Taille einer Frau – alles schwarz-weiß gehalten, mit Licht und Schatten ausgearbeitet, so ausdrucksstark und auch ohne Farbe lebendig. Wow! Die Kunstwerke waren so wunderschön, dass ich nach dem dritten Tränen in den Augen hatte. Irgendwas stimmte eindeutig nicht mit mir. Der Kelch Eiswein, welchen ich mir vom Tablett eines vorbeigehenden Kellners schnappte, trug auch nicht zur Entspannung bei. Mein Nacken prickelte schon wieder, wie heute Vormittag im Boxstudio, worauf ich mich automatisch langsam umwandte, ohne wirklich eine Erklärung dafür zu haben. Warum? Es existierte kein Grund, vielleicht handelte es sich um reinen Instinkt. In der nächsten Sekunde zerschellte das Glas laut klirrend in Hunderte von Scherben auf dem teuren Marmor, als ich das übergroße Bild sah, das beleuchtet von zwei Strahlern den größten Teil der roten hinteren Wand einnahm. Es war so dermaßen ... *aufwühlend*, dass ich es kaum aushielt. Aber wegschauen konnte ich auch nicht. *Nie wieder!*

Ein durchgebogener, nackter weiblicher Rücken dominierte das Kunstwerk und mündete in einem ebenmäßigen, runden Hintern; lange, mäßig gewellte Locken wurden von einer starken, männlichen Hand fast schon grob zurückgezogen. Die große Faust hielt die Haare sehr fest.

Meine Kopfhaut juckte.

Lediglich die geschwungene Rückansicht war seitlich zu sehen und diese offenkundig rüde Männerhand, die durch ihren Griff die Pose kontrollierte.

Meinen Intimbereich durchfuhr ein heißes Kribbeln, ich wurde feucht wie seit Jahren nicht mehr und rieb verstohlen meine Schenkel aneinander. Denn ich hätte schwören können, diese wundervolle Hand zu spüren. Eine, die, obwohl offensichtlich grob, alles tat, um mich zu befriedigen.

... um mich zu befriedigen?

Gott! Was brütete mein Hirn nur für kranke Gedanken aus?

Dieser Wahnsinn riss mich aus meiner Schockfrostung. Ein Kellner kniete vor mir und sammelte die Scherben auf, derweil Francesco mich am Arm schüttelte.

Der gesamte Raum war komplett still. Niemand schien auch nur zu atmen. Als Nächstes nahm ich meine nassen Wangen wahr … und meinen zitternden Körper … bevor die Akustik unvermittelt und mit voller Wucht zurückkehrte und mich fast erschlug.

»Mia! Ist alles in Ordnung!?« Erneut rüttelte Francesco mich kräftig durch, worauf ich ihm mit einem stolpernden Schritt meinen Arm entzog.

»Ich muss hier ... raus!«, flüsterte ich, machte kehrt und zwängte mich an den starrenden Snobs vorbei nach draußen.

Mein Gesicht brannte vor Scham, als ich mir im Garten vorsichtig die Tränen wegwischte. Wimperntusche, Lidschatten, Kajal – das kann verschmiert sehr hässlich an einer Frau aussehen. Ich war froh, dass mein Freund mir nicht folgte, als ich die Straße überquerte, um zum Parkplatz zu gelangen. Dort holte ich meinen Handspiegel aus der weißen, großen Nicht-Designerhandtasche und begutachtete den Grad der Zerstörung, während ich mit einem Taschentuch ekelhafte Schmierer beseitigte.

Atmen. Ein und aus. Ein und aus. Was war denn nur los? Wieso reagierte ich so heftig auf ein simples Foto? Ich fand keine Antwort, wusste im Grunde nur eines: Dieses Gemälde musste ich haben, koste es, was es wolle, und zwar schnell, damit es nicht noch mehr Augen sahen. Noch einmal tief Luft holen. *Konzentriere dich auf deinen Auftrag!*

Zittrig ging ich schnurstracks zurück und auf Francesco zu, der gerade oberflächlich charmant ein paar Witze über meinen undamenhaften, schniefenden Abgang machte, wobei er direkt vor dem Bild stand. Ich ignorierte es lieber, als ich ihn am Ärmel zog, um seine Aufmerksamkeit auf mich zu lenken. »Hey ...«, flüsterte ich mitten in sein Gespräch mit drei mir unbekannten Frauen.

Nur widerwillig löste er den Blick von den unnatürlichen Brüsten einer Blondine und wandte sich mir zu. »Geht´s wieder?«, erkundigte er sich kalt.

»Leih mir ...«, wisperte ich und blickte aus dem Augenwinkel auf das kleine Preisschild unter dem Objekt meiner Begierde. »66.666 Euro!«, rief ich schockiert, und vergewisserte mich wild blinzelnd gleich noch mal, hierbei konnte es sich nur um einen Fehler handeln, oder?

Doch es war eine Tatsache! 66.666 Euro für ein Riesenfoto! Das grenzte ja an Größenwahn! War der Fotograf verrückt? Ja, okay, was für eine Frage – jedes Genie hat einen Dachschaden! Aber so viel konnte ich mir niemals von Francesco borgen.

»Vielleicht zum Geburtstag!«, winkte der gerade ab und konzentrierte sich erneut auf die Frau.

Ich hingegen starrte nur das total überteuerte Ding an, fieberhaft auf der Suche nach dem Grund, der es so kostbar machte. Die anderen Fotos waren nicht annähernd so teuer, bewegten sich immer im Rahmen von 1.000 bis 5.000 Euro. Nichts war hier derart hochpreisig wie dieses ... Gut, der Rücken besaß wahrhaftig die schönste Form, die es an einer weiblichen Person geben konnte, und das Bild drückte so viel Empathie mit dieser einen Geste des Mannes aus ... Man konnte sich vorstellen, wie sich die nackte und zerbrechliche Frau gegen einen harten maskulinen Körper presste, der wahrscheinlich ebenso makellos war wie ihrer … *Makellos?* Na ja ...

Mein Blick blieb an dem weiblichen Hintern haften und ich war froh, diesmal kein Glas in der Hand zu halten. Zwanghaft versuchte ich, mich zu beherrschen und zuckte nur ein bisschen, als mir das Muttermal ins Auge fiel, das sich auf der Frau abzeichnete ... und dann kam mir eine wirklich ... atemberaubende ... beängstigende … schreckliche und auch ungeheuerliche Vorahnung ... gleichzeitig überzog mich Gänsehaut.

Die verschiedensten Gefühle stürzten auf mich ein, fast raubten sie mir mit ihrer Intensität den Atem. Panisch sah ich mich um ... hoffentlich bekam keiner mit, was gerade in mir vorging. Und dann lief ich – schon wieder.

Eilig begab ich mich zu den Toiletten, weil ich mich davon überzeugen musste, nicht zu halluzinieren. Als ich die Galerie verließ, stieß ich mit ein paar Gästen zusammen, die mir verwirrt nachblickten. Ungeschickt stolperte ich durch einen langen mit rotem Samtteppich ausgelegten Gang, der aber ziemlich düster wirkte – wie ein modernes Museum.

Im unbezahlbar teuren Frauenklo angekommen riss ich die Tür einer Kabine auf. Kaum war sie hinter mir ins Schloss gefallen, atmete ich erst mal tief ein und aus und strich mir eine lose Haarsträhne aus dem Gesicht. Schließlich zerrte ich mein Kleid nach oben und verrenkte mich, um die rechte Seite meines Po´s zu inspizieren ... Ich sah nichts. Egal wie sehr ich mich verdrehte und wie viel ich dabei ächzte.

»Scheiße!«, fluchte ich und eilte mit erhobenem Rock einfach so wie ich war hinaus. Es war zum Glück keiner da, als ich meine Rückseite zum Spiegel drehte und ... erstarrte. Da war es!

Auch wenn ich darüber rieb, verschwand es nicht. Es war schon immer da gewesen und es würde auch immer dort bleiben. Mein Muttermal ... das *er* jedes Mal geküsst hatte, weil es sich auf meinem *Götterarsch* befand, den er über alles geliebt hatte ...

»Tristan!«, japste ich schmerzerfüllt, bevor ich die Hände vor den Mund schlug und mich aus großen, glänzenden Augen betrachtete. Eine erwachsene, verwirrte Frau, die sich prompt fühlte, als wäre sie wieder siebzehn und ... *am Leben.*

»Tristan ...«, wimmerte ich erneut an meinen Fingern und kniff die Augen zusammen, als mir das Unmögliche bewusst wurde.

Das auf dem Foto war ich – der Fotograf er! Und er präsentierte mich schon wieder nackt der Öffentlichkeit! Das konnte doch nicht wahr sein! Und diesmal nicht nur den Angehörigen einer kleinen Schule, sondern der halben Welt! Mein Körper zitterte, als mich die Erinnerungen plötzlich überrollten.

»Oh Baby ... Ich liebe diese Lippen. Sie gehören nur mir!«, knurrte mir seine samtene Stimme bestimmt ins Ohr, sodass ich vor Lust aufschrie, als er meine Haare packte und meinen Kopf nach hinten zog, um von meinem Mund tristanmäßig Besitz zu ergreifen ...

In dieser einen besonderen Nacht auf unserer Lichtung ... Vor einer Ewigkeit.

Der Flashback zog an mir vorbei ... verschwand abermals in den Tiefen meines Gedächtnisses, und wie üblich durchrauschte mich synchron ein solch heftiger Schmerz, dass ich mich nach vorne beugen und meinen Bauch halten musste. Die Krämpfe waren unerträglich, das kannte ich schon. Aber heute war es noch intensiver als sonst. Ich schaffte den einen Schritt zum Waschbecken, ehe ich mich übergab.

»Mist!«, schniefte ich, sobald der Schwall im Marmor gelandet war, und wusch alles weg, bevor ich mir den Schweiß von der Stirn tupfte.

Leise fluchend wühlte ich nach meiner kleinen Zahnbürste und Zahnpasta, die ich immer dabei hatte. Ich hasste es ungeputzte Zähne zu haben. Zum Glück kam keiner rein, als ich meinen desolaten Zustand korrigierte. Und während ich mich frisch machte, beruhigte sich auch mein Magen.

Okay, Mia! Schlachtplan! Du bist keine Siebzehn mehr! Was sollte ich nun tun? Befand ich mich wirklich in *seiner* ... ja, ich hätte seinen Namen nicht sagen sollen, auch noch zweimal, das hätte mich auf jeden Fall vor der enormen Reaktion bewahrt … Galerie? Oder hatte ihm jemand womöglich das Bild abgekauft und gab es jetzt als sein eigenes aus? Hatte dieser Jemand *seine* Adressc und würde er sie mir geben? Und *wollte* ich ihn überhaupt finden beziehungsweise wollte *er* gefunden werden? War die Frau möglicherweise gar nicht ich? Es wäre doch möglich, dass noch irgendwer ein Muttermal genau an derselben Stelle, in genau derselben Größe und Form besaß ... Umsonst hieß es ja nicht: Es läuft ein Doppelgänger von dir auf der Welt herum. Die Figur entsprach zwar meinem Gewicht vor acht Jahren, denn sie wirkte alles andere als abgemagert aber dennoch schön … Vielleicht bildete ich mir auch nur etwas ein ...

Langsam beruhigte ich mich ein wenig, und als ich die Minze in meinem Mund schmeckte, konnte ich auch klarer denken.

Er ist es nicht, das kann einfach nicht sein ... Der Zufall wäre zu groß ... So etwas passiert nicht einfach so!, redete ich mir immer wieder ein, während ich nochmals mein Aussehen überprüfte und dann das sichere Klo verließ.

»Er ist es nicht. Er ist es nicht. Er ist es nicht.« Ich musste mich zusammenreißen – aber gewaltig! Ansonsten würde ich Francesco noch mehr in Verlegenheit bringen und das wollte ich nicht. Absolut fertig betrat ich also den riesigen verglasten Raum, was den Anschein erweckte, als würden viele Kunstwerke in der schwarzen Nacht schweben. Mein Körper war bis zum Bersten gespannt, das Herz schlug stark in meiner Brust, mein Bauch kribbelte …

Als wäre der Nebelschleier gelichtet worden, nahm ich nun alles viel intensiver wahr, ob nun Farben oder meine wiederentdeckten, ehemals unterdrückten Emotionen. Es war überwältigend nach dem permanenten Grau und der Tristesse. Auch wenn Angst und Erwartung gleichzeitig vorherrschend waren ...

Ich *fühlte*! Und ich machte mir Hoffnungen, extremer als je zuvor. Selbst wenn er mir garantiert den Tod wünschte und er die Art von Mann war, der seinen Ankündigungen immer Taten folgen ließ, hoffte ich, dass er es war. Denn ich liebte ihn – das würde sich nie ändern.

Ein Geräusch unterbrach meine Gedanken. Eines, bei dem mein Herz anfing zu rasen und ich an meine Brust fassen musste. Ein melodisches, wunderschönes Lachen, das sich wie die herrlichste Ballade anhörte. Es besaß einen leicht hohlen Unterton, aber die Stimme war trotzdem tief und gleichzeitig weich. Sie konnte einen einlullen, sogar den eigenen Namen vergessen lassen und in Trance versetzen, allein mit Worten ... und *was* sie erst sagen konnte ... *Woah*! Im nächsten Moment entdeckte ich *ihn – Tristan Wrangler –,* blieb wieder stehen und war nicht fähig, die zwei verbliebenen Stufen hinabzugehen. Schwankend krallte ich mich an dem Geländer fest, um nicht mein Gleichgewicht zu verlieren, als ich die dunklen, wilden Haare erblickte, durch die ich so gern mit den Fingern gefahren war – die nur *ich* hatte berühren dürfen. Jede einzelne Faser seines Auftretens sog ich wie eine Süchtige in mir auf. Diese Perfektion … In meiner Erinnerung war ich ihrer nicht würdig geworden: dieses Muttermal im eleganten Nacken, die breiten Schultern, die mir einst so viel Schutz geboten hatten. Dieser aufrechte Rücken, den er für keinen jemals gebeugt hatte. Diese schmale und so bewegliche Hüfte, um die sich meine Beine geschlungen hatten ... Ich schluckte.

Dieser Hintern, der in dem teuren schwarzen Anzug (inklusive kirschroter Krawatte) einfach nur zum Niederknien aussah, gefolgt von diesen langen Beinen, die ihn so anmutig durchs Leben trugen. Diese machtvolle, überhebliche Ausstrahlung, die ihn immer und überall umgab. Diese selbstsicheren, fließenden Bewegungen ... diese schönen Hände.

Tristan Wrangler war erwachsen geworden, und – unglaublich – noch umwerfender.

Als ein ungeplantes, sehnsüchtiges Seufzen meinen Mund

verließ, erstarrte er, ein Glas an seinen Lippen. Seine sichtbaren Muskeln verspannten sich, an denen er eindeutig zugelegt hatte, und dann wusste ich, dass er sich gleich umdrehen und mich erblicken würde.

Schon wollte ich ihm entgegenlaufen und mich an seine Brust werfen, dorthin, wo ich hingehörte, und gleichzeitig überkam mich unfassbare *Angst!*

Weshalb ich das einzig Richtige tat und die Stufen hinabsprang, um aus seinem Sichtfeld zu flüchten. Allerdings vergaß ich bei dem Stunt meine High Heels und knickte natürlich um, weil ich es nicht gewohnt war, solche Monsterschuhe zu tragen.

»Au!«, rief ich aus, als ich auf Knien und Händen landete. So viel zu weniger Peinlichkeiten, Francesco würde mich niemals wieder irgendwo hin mitnehmen. Nie wieder!

Eilig rappelte ich mich auf und ignorierte die helfende Hand eines Kellners, der sofort zu mir eilte. Die Aufmerksamkeit aller war mir nun erst recht sicher, denn um mich herum herrschte erneut Totenstille, während ich mit roten Wangen den Boden fixierte und auf ein Loch hoffte, das sich auftat, damit ich darin verschwinden konnte. Leider war der Boden ungnädig – Francesco übrigens auch.

»Sag mal?! Bist du besoffen?« Er packte mich am Oberarm und zog mich nach draußen in die kühle Nacht.

Taumelnd folgte ich ihm und vermied es zwanghaft, in *seine* Richtung zu sehen, bemerkte jedoch genau das Brennen seines Blickes auf meinem Rücken und Arsch, worauf ich noch dunkler wurde, als mein Freund mich an die frische Luft beförderte. So viel zum Thema unauffällig – jetzt hatte *er* mich selbstverständlich auch entdeckt … Sicher begutachtete *er* meinen Hintern ausgiebig mit schief gelegtem Kopf, gespitzten Lippen und einem mörderischen Ausdruck!

»So aufgedreht kenne ich dich gar nicht …«, murmelte Francesco wirklich aufgebracht, nachdem er mich am Parkplatz losgelassen hatte.

»Ich ... ich ... weiß auch nicht, was mit mir los ist«, stammelte ich, ohne ihn anzusehen. Einerseits wollte ich nur noch nach Hause – mein Fluchtinstinkt war unermüdlich am Kreischen – andererseits umgehend wieder rein!

Zu ihm!

»Ich arrangiere für dich für Freitag ein Shooting mit dem Fotografen und als Dank flippst du aus!«, zischte er mich an.

»Du hast was?« Fassungslos starrte ich ihn an. »Du hast mit *ihm* geredet?«

»Ja, natürlich habe ich das. Ich kenne ihn!«

Tränen schossen in meine Augen, aber ich nahm den Blick nicht von ihm. »Worüber?«

Francesco war verwirrt. »Ich habe erzählt, dass dir das Bild gut gefällt und dass ich gerne auch mal solche Schnappschüsse von dir hätte.«

»Was hat *er* geantwortet?!«, schrie ich leicht hysterisch über den gesamten Parkplatz.

»Er hat gesagt, du bist zum Sterben schön. Klar macht er´s!«

Wieso hörte sich das so dreckig an, selbst wenn es nicht aus *seinem* Mund kam? Und so ... *tödlich?* War ich wirklich so dämlich, mir diese Frage zu stellen? Ich wusste doch, was Tristan mit mir tun würde: mich vernichten! Und nun kannte er meinen Freund, wusste wahrscheinlich längst, wo ich wohnte ... Mein Ende war so gut wie beschlossen und ich hatte nichts Besseres zu tun, als mich fertig mariniert dem Löwen zum Fraß vorzuwerfen. Toll!

Jetzt galt es nur noch abzuhauen und idealerweise das Land zu verlassen. Australien klang gut. Dort lebte meine Internetfreundin, die mir sicher Asyl gewähren würde.

Die Alternative wären zumindest super Fotos. Aufnahmen davon, wie er mich niedermetzelte. Ziemlich blutig – aber schillerndes Rot macht sich ja immer toll! Verkauft sich bestimmt auch echt gut.

Nur um seine Rache an mir genießen zu können, hatte er sich darauf eingelassen, mich abzulichten. Ich wusste, wie Tristan früher getickt hatte: skrupellos und eiskalt zu allen, die nicht zufällig seine Familie oder ich gewesen waren. Ich wollte nicht erfahren, wozu er nun imstande sein würde, nachdem er ein paar Jahre im Gefängnis verbracht hatte – *meinetwegen!*

Inzwischen rüttelte ich panisch am Türgriff des noch verschlossenen Autos. »Komm jetzt!«, kreischte ich in der lauen Stille, wobei Francesco mich ungläubig musterte, als wäre ich ein aufsässiges Kind, und sich keinen Millimeter bewegte.

»Bitte!«

»Ich hol die Jacken!«, meinte er schließlich hohl. Zitternd blieb ich am Auto stehen, während Francesco die Straße überquerte und sich zur Galerie begab. Dabei schüttelte er unentwegt seinen Kopf. Ganz bezaubernd! Jetzt war ich auch noch allein. Mitten in der Nacht. Auf einem Parkplatz, direkt in Reichweite! Besser hätte es für mein Überleben ja nicht laufen können.

Erschöpft lehnte ich meine schmerzende Stirn gegen das kühle Metall des Wagens und schloss die Lider. Nebenbei schlug ich ein paar Mal mit meinem Kopf dagegen, um ein bisschen klarer zu werden. Es war Tristan und er würde mich *nicht* vernichten – eben *weil* er es war!

Ich könnte ihn wieder in meinem Leben haben, ihn sehen und mit ihm reden, ihm alles erklären, ihn vielleicht sogar berühren ... wenn er mir nur die Gelegenheit einräumte …

Gott, wie naiv war ich eigentlich?!

Wahrscheinlicher war, dass er mich eher töten wollte – was die Flucht als einzige Alternative übrig ließ … Nur ... hatte ich mich jemals von ihm fernhalten können? Egal was er mir alles angetan hatte? Nein! Ich war armselig, total von ihm besessen und von Furcht erfüllt ...

»Angst?«, hauchte eine samtene Stimme durch die dunkle Nacht und ich erstarrte.

Selbst mein Herz setzte kurzzeitig aus – für einen Schlag mindestens.

Dann riss ich die Augen auf und wirbelte herum.

Und da stand er ... einfach so ... wie ein Gott.

Na ja, er fixierte mich dunkel über ein Autodach hinweg – natürlich war es der rote Audi –, welcher von Francescos Edelschlitten zwei Parkplätze entfernt stand.

Lässig bewegte er sich mit der linken Hand in der Hosentasche auf mich zu und hielt dabei etwas in der anderen. Ein Lichtstrahl fiel darauf und es blinkte gefährlich auf! Oh Gott! Ein Messer!

Panik durchfuhr meinen Körper, meine Nackenhaare stellten sich auf, ich wollte laufen, war jedoch wie erfroren. Mein letztes Stündlein hatte geschlagen, die Zeit war abgelaufen, ich sah mein Leben im Zeitraffer vor mir … und war dabei in Tristan Wranglers tiefem Blick verloren.

Dies war ich auch, als er nun am Ferrari ankam und ein kratzendes ekelhaftes Geräusch die Nacht durchschnitt. Schockiert bemerkte ich, dass das blinkende Objekt kein Messer, sondern ein Autoschlüssel war, mit dem er nun scheinbar beiläufig im Vorbeigehen einen miesen Kratzer in den Lack der Motorhaube sowie auch die Seite von dem geliebten Schlitten meines Freundes ritzte. Sein Ausdruck, mit dem er mich betrachtete, war mehr als überheblich und forderte mich heraus: *»Hast du ein Problem damit? Na?«*

Mir fiel ein Stein vom Herzen, ein Schlüssel war bei Weitem nicht so gefährlich wie ein Messer.

Der größte Teil von mir konnte jedoch nur sein wundervolles, leicht beleuchtetes Gesicht bestaunen, die lange Linie seines Halses mit dem Adamsapfel und den Muskelsträngen, die in seinem weißen Hemd verschwanden. Keine Krawatte mehr, aber zwei offene Knöpfe ... und der heißeste Körper, den ich je gesehen hatte … Oh. Ja!

»Tristan …« Keine Ahnung, worum ich wimmerte. *Fick mich? Liebe mich? Tu mir nicht weh?* Auf jeden Fall lehnte ich mich an das Auto in meinem Rücken, denn meine Beine wurden ganz weich.

Er war noch schöner, noch so viel begehrenswerter, als alles, was ich kannte und von ihm in Erinnerung hatte ... Doch gleichzeitig umwehte ihn beinahe greifbar eine gefährliche Aura – etwas, wovor ich am liebsten erneut die Flucht ergriffen hätte. Mit erhobener Braue musterte er mich wie der überlegene Löwe das bibbernde Lamm. Ein Horrorfilm war nichts dagegen; keiner würde mich hören ... niemand würde mich retten.

Und ich würde mich nicht wehren.

Still rannen die Tränen über mein Gesicht, inzwischen war das Make up bis zur Unkenntlichkeit verschmiert.

»Du bist so dürr geworden, Mia Marena. Das sieht verdammt beschissen aus! Hat dir das schon mal jemand gesagt?«, warf er mir mit provozierendem Tonfall vor und drückte auf einen Knopf des LED-Lichtes an seinem Schlüsselbund. Gelangweilt ließ er den Schein zeitgleich mit seinen Worten von oben nach unten und zurück über mich wandern, um die Aussage wohl zu verdeutlichen ... Ich schluchzte auf, denn seine Worte kamen Schlägen gleich.

Das Herz sprengte fast meine Brust, während er noch die letzte Distanz überwand. Nicht zwei Schritte vor mir, auch nicht einen davor machte er Halt. Nein, er verharrte direkt vor mir, und zwar so, dass sein Duft mich unvermittelt mit voller Wucht traf und ich die Wärme seines Körpers fühlen konnte. Dieser frische, männliche Sexgeruch klebte an ihm, scheinbar noch stärker als vor acht Jahren. Genauso war es mit seiner Selbstsicherheit, mit der er mir gegenübertrat.

Wimmernd und in dem lausigen Versuch, irgendwie dem Unausweichlichen zu entkommen, presste ich mich fester an den glatten Lack des Autos hinter mir und fixierte ihn panisch. Ich bebte so heftig, dass ich fürchtete, Dellen im Metall zu verursachen. Dabei wollte ich vor ihm eigentlich gar nicht fliehen; war ihm nach wie vor hilflos ausgeliefert.

»Ich liebe dich, Tristan«, hauchte ich verzweifelt flehend die einzigen Worte, die ich ihm all die Jahre sagen wollte. Nichts anderes hatte für mich eine Bedeutung. Lediglich diese Tatsache war immer gleich geblieben und würde sich auch niemals ändern.

Verrückt! In acht Jahren war er vermutlich ein komplett neuer Mensch geworden, den ich nicht kannte, und trotzdem liebte ich ihn. Tief in mir war dieses Gefühl unumstößlich verankert, für immer anwesend.

Kaum hatte ich das erkannt, bebte ich erst richtig, wollte mich in seine Arme werfen und mich an ihn schmiegen und konnte es nicht. Denn obwohl so nah, war er dennoch so unerreichbar weit weg.

»Oh Mia Marena, mach dich nicht lächerlich! Ich habe dir schon mal gesagt, dass du dir diese beschissene Gefühlsduselei sparen kannst«, bemerkte er ruhig. Ja, er hatte mir bei unserer letzten Begegnung entgegen gespien, dass ich mir meine Liebe sparen konnte. Sein Atem streichelte mein Gesicht, er duftete nach positiven Erinnerungen an eine schönere Zeit und nach Minze – typisch.

Ich konnte nur den zweiten offenen Knopf vor mir anstarren und die Haare darunter auf der muskulösen Brust. Früher war er glatt rasiert gewesen, wie ein Go-go-Tänzer, heute wirkte er gereift. Sein Körper sowie sein Auftreten. Er war noch stärker, noch größer. Nie zuvor hatte er auf mich einen anziehenderen oder gar männlicheren Eindruck gemacht. Und noch nie wollte ich mich so sehr auf ihn stürzen wie in diesem Moment, doch gleichzeitig schrie mir mein Verstand zu: *GEFAHR! LAUF! Du blöde Kuh!*

Doch die Vernunft spielte in meinem Leben eine eher untergeordnete Rolle! Möglicherweise sollte ich langsam mal damit anfangen, aber nicht jetzt ...

Vielleicht, wenn ich vorsichtig war ... vielleicht durfte ich ihn einmal berühren. Ich wollte es so sehr! Er war wie ein beängstigender Hai – tödlich, aber atemberaubend faszinierend. Ich sehnte mich danach, meine Hand auf seine Brust zu legen, seinen Herzschlag zu fühlen, um zu wissen, dass ich es konnte/durfte.

Ein wenig erinnerte ich mich selbst an mein siebzehnjähriges Ich, wie ich damals am Chiemsee über ihn gebeugt darüber nachgedacht hatte, ihn zu küssen

Damals hatte ich es gewagt und … gewonnen.

Also raffte ich mich auf und sah in seine ausdruckslosen Augen mit den unendlich langen, tiefschwarzen Wimpern; fixierte den Blick, der mich die letzten Jahre in meinen Albträumen verfolgt hatte. Doch er wirkte überhaupt nicht wie beim letzten Mal, als wir uns gesehen hatten.

Tristan Sexy schaute total gelassen und undurchdringlich auf mich herab. Schon immer ein Gott – aber nun tatsächlich absolut unnahbar. »Schon lange keine geballte Sexladung mehr zu Gesicht bekommen, so dämlich, wie du glotzt … Aber man sollte nicht immer nach dem Äußeren gehen … Das weißt du zu gut, nicht wahr?«, kommentierte er trocken. Sein Mund fesselte als Nächstes meine Aufmerksamkeit.

»Und ich würde dir nicht raten ...« Plötzlich stützte er sich auf dem Unterarm neben mir am Auto ab ... Seine Lippen strichen fast mein Ohr entlang, ich hörte ihn tief einatmen und tat es ihm nach. Die Spitze seines Fingers glitt hauchzart über meinen nackten, eiskalten Oberarm. »... mich zu berühren.« Sinnlich betonte er jedes einzelne Wort und ich konnte mir seine vollen rosafarbenen Lippen vorstellen, die sich um die Silben schmiegten, vernahm jede Note seiner hypnotisierenden Stimme und begriff, dass er schon früher Meister darin gewesen war, mich allein verbal mit Lust zu überschwemmen und mich willenlos zu machen. Aber inzwischen waren seine Fähigkeiten diesbezüglich göttlich. Man könnte auch das Wort Gott einfach durch Tristan ersetzen – die Aussage wäre die gleiche. Ich nahm mir vor, das ab jetzt zu tun.

»Glaubst du etwa wirklich, ich werde dich nach acht verdammten Jahren und 34 Tagen mal eben so vögeln, als wäre nichts geschehen? Ich habe Besseres zu tun! Also hör auf mit deinem dämlichen Dackel-Blickgeficke, Mia Marena!« *Oh mein Tristan!* Er hatte die Tage gezählt, und wieso war es so offensichtlich, was ich dachte? Warum war es immer noch so, als wären wir nie getrennt gewesen? Und ...

»Nenn mich nicht Mia Marena! Du weißt, ich hasse das!«, blaffte ich ihn an, als wäre nicht eine halbe Ewigkeit seit damals vergangen. Das hätte ich nicht tun sollen. Denn *›früher‹* existierte nicht mehr!

Mein vorlautes Mundwerk war schuld daran, dass er mich an meinem linken Ellbogen packte und grob herumschwang. Ich keuchte, als mein Gesicht praktisch genau in die Beuge seines nach wie vor aufgestützten Armes flog. Ein Schrei kämpfte sich nach oben, doch sein Bizeps presste sich auf meinem Mund und versperrte ihn eisenhart. Mein Herz raste und ich stand Todesängste aus. Sein heißer, aufgewühlter Atem versengte fast die empfindliche Haut in meinem Nacken, kurz bevor ich ein Reißen und einen heftigen Ruck vernahm.

Im nächsten Moment flatterte mein trägerloses Kleid zu Boden und ich hörte in der gleichen Sekunde ein Zischen, das mir ein wenig Mut machte, denn der Anblick meines Körpers hatte ihn wohl von was auch immer abgelenkt.

Weder versuchte ich, mich von ihm zu lösen, noch wand ich mich unter ihm, sondern hielt einfach still. Ähnlich wie ein eingeschüchtertes Reh reagiert, wenn es dem Jäger in die Flinte guckt. Mit dem Rücken zu ihm, in meinen schwarzen Hotpants, den halterlosen Strümpfen, High Heels und sonst nichts. Der eigentlich leichte Wind fegte nun eiskalt über meine Haut.

»Oh, verdammte Scheiße!«, flüsterte mir Tristan heiser ins Ohr und vergrub keuchend sein Gesicht in meinem Haar.

»Fuck für mich; Glück für dich ... Du wirst doch noch mal gefickt«, kündigte er ganz offen jedoch tonlos an, und ich spürte ein hauchzartes Streichen am Bund meiner Hotpants – oder bildete ich mir das nur ein? Erleichtert und auf jeden Fall zittrig atmete ich aus, doch die Berührung verschwand sofort, als wäre sie nie vorhanden gewesen.

»Lass dich ja nicht von ihm killen, wenn er hiervon erfährt!« Hart rieb er seinen Ficker durch den Stoff direkt zwischen meinen Beinen. Verzweifelt japste ich auf, als ich schrecklich intensiv spürte, wie groß *er* war.

In der vergangenen Nacht hatte ich – halb wahnsinnig vor Sehnsucht nach *ihm*– schlaflos in meinem Bett gelegen, und jetzt zerrte er bereits meine Hotpants herunter. Tristan sei Dank, hatte ich sie heute ausgesucht und Tristan sei Dank, liebte er meinen Hintern immer noch darin! Genervt zog er meine Hüften nach hinten und mich damit vom Auto weg. »So geht das nicht!« Im nächsten Moment trat er die Füße unter mir weg, sodass ich brutal zu Boden ging und mir die bloßen Knie aufschürfte. Meine Hände glitten um den Sturz abzufangen quietschend über den polierten Lack. Entsetzt schrie ich auf, denn es brannte wie die Hölle. Schon kniete Tristan hinter mir und beugte sich über meinen Rücken. Vollständig bekleidet schwebte er über meiner vor Kälte und Lust zitternden Gestalt. Nur sein steinharter, heißer Schwanz drückte sich zwischen meine Arschbacken. Eine Hand pinnte er in dem Kies fest. Die scharfen Kanten schnitten in meine Haut, Blut trat aus unzähligen kleinen Wunden und vermengte sich mit dreckigem Boden. Die Andere fasste grob in mein Haar und zog meinen Kopf zurück, bevor er wieder in mein Ohr flüsterte. »Du gibst keinen verdammten Ton von dir, sonst wirst du es bereuen, verstanden?« Unheilvoll bemerkte ich, wie sein Griff sich verstärkte, wie die winzigen Steinchen sich begehrlicher in mein Fleisch pressten, und wollte panisch losschreien, zwang mich jedoch mit übermenschlicher Kraft, es nicht zu tun, sondern die Augen zu schließen, aus denen die Tränen sickerten. Sie fielen vor mir auf den Boden und färbten den Kies dunkel, während er meine Hand losließ und mich am Hüftknochen packte. Es war wie ein Déjà vu. Nur um einiges heftiger als vor acht Jahren auf der Strandparty, als er mich in derselben Position entjungfert hatte. Im nächsten Moment klatschte er mit seinem prallen Schwanz auf meinen Hintern! Diesmal unterdrückte ich ein lustvolles Stöhnen. An dieser Stelle entfacht, zischte die Elektrizität durch meinen gesamten Körper. Mit einer Bewegung hatte er meinen An-Knopf gedrückt und mein innerer Gefühlsmotor explodierte aus Versehen, anstatt nur vor sich hin zu schnurren.

Natürlich war ihm auch nach acht Jahren und 34 Tagen bewusst, wo sich meine Schaltzentrale befand!

»Immer noch so notgeil wie in alten Tagen ...« Er hielt *ihn* fest und strich damit nun zwischen meine Schamlippen – ließ mich ihn sehr genau spüren. Seinen Ficker an meiner Pussy – er markierte mich und rieb mir gleichzeitig unter die ... Schnecke, was ich verloren hatte.

Ich konnte mein Wimmern und Winden nicht länger unterdrücken, sofort warnte mich eine Hand, die sich geschmeidig um meinen Kiefer legte, und meinen Kopf so drehte, dass ich ihn ansehen musste ... Sein Blick war Aussage genug. Ich wurde augenblicklich still.

Im folgenden Moment presste sich Tristan fest gegen meinen Eingang; er stöhnte rau auf, als er zuerst einen kleinen Widerstand spürte und dann mit einem monströsen Stoß in mir war, ohne mein Gesicht oder meinen Blick loszulassen.

Meine Knie schlitterten über den Kies, aber ich vernahm keinen Schmerz, war wie unter Drogen – unter meiner ganz persönlichen Droge ... Dank seines großen Schwanzes, der mich bis zum Anschlag ausfüllte, mich brutal dehnte, und sich nicht rührte.

Ich hatte noch nie so etwas Intensives gefühlt, wie Tristan Wranglers einzig wahren Ficker nach acht Jahren, in mir.

»Scheeeeiiiißeeee!«, brüllte er in die Nacht und kam bereits in der nächsten Sekunde. Ich fühlte jedes einzelne Zucken, jedes Pulsieren seiner Adern und fiel fast in Ohnmacht, weil es so unsagbar berauschend war.

»Yeah ...« Wie einem Pferd, das weitergehen soll, klopfte er mir danach zufrieden auf den Arsch, stieß mich von sich und stand auf.

Unbändige Leere erfüllte mich, derweil es heiß meine Schenkel entlanglief.

Déyà vu hoch vier.

Demütigung: Check!

Zweifel: Check!

Schmerz: Check!

Und Liebe?: Vierfach-Check!

Atemlos lehnte ich mich auf die Hacken zurück und schaute zu ihm hoch. Tristan zog seine Braue nach oben, als ich mir auf die Lippe biss, und schloss die Hose.

»Es war das erste und letzte Mal, das kannst du mir glauben. Ach übrigens: Du siehst ganz schön Scheiße aus«, zerstörte er kühl jegliche Hoffnungen, wobei sein Blick abwertend über meine von ihm vernichtete Gestalt wanderte.

Ich blutete an Händen und Knien, war jedoch noch immer derart erregt und kurz vor dem Orgasmus, dass es dort richtig wehtat, wo anhaltend seine Körpersäfte rausliefen. Als mir das aufging, rutschte ich mit verbissener Miene etwas herum, und kam zum ersten Mal seit acht Jahren fast in den Genuss seines Lächelns. Aber nur fast.

»Immer noch so pingelig, hm? Ich werd´s dir sicher nicht wegwischen. Um meine Überreste musst du dich schon selber kümmern. Und jetzt schau nicht so vorwurfsvoll, du weißt ja, ich würde dich liebend gerne in die Arme nehmen und mit dir in den verdammten Sonnenuntergang reiten, so wie du es dir wahrscheinlich schon wieder in deinem verträumten Schädel vorstellst, aber leider hab ich darauf überhaupt keine Lust. Dein *Schnuckiputzi* müsste mit Mary mittlerweile fertig sein. Also ...« Er ging vor mir in die Hocke und stützte sich mit beiden Unterarmen auf den Knien ab, so nah, dass seine Nase meine fast berührte.

Er starrte mich an – ich starrte zurück.

Ja, Mista Wrangler, auch wenn du mich so herablassend anblickst, würde ich dir bis in die Hölle folgen!, erzählte ich ihm in Gedanken, hätte allerdings nie gewagt, es auch auszusprechen!

Er zog eine Augenbraue nach oben und schmunzelte spöttisch. Oh, ich liebte es, wenn er das tat!

»Deine Pussy ist auch nicht mehr das, was sie mal war. Aber heute hat sie dir trotzdem dein kleines wertloses Leben gerettet«, hauchte er mir sanft ins Gesicht.

Das glaubte er doch wohl selber nicht!

Er hatte sie nur einmal kurz gefühlt, und war sofort gekommen! Vielleicht liebte er mich nicht mehr, aber meine Schnecke vergötterte er noch genauso wie vor acht Jahren.

Was für mich nur eines bedeutete: neues Spiel – altes Glück.

Ich würde ihn mit Miapower wieder für mich gewinnen, und konnte sogar schon mit einem konkreten Plan aufwarten. Alt werden! Mit Tristan Wrangler! Das war mein Lebensziel!

Ganz in süßen Träumen gefangen, lächelte ich. »Ich habe keine Angst vor dir und ich bin bereit. Jetzt!«

Er verdrehte die Augen. »Du solltest aber verdammte Angst haben. Außerdem bist du total bescheuert. Immer noch«, verkündete er emotionslos und erhob sich. Wie nebenbei beförderte er aus seiner Hosentasche einen Zehneuroschein und schmiss ihn achtlos vor mich auf den Boden. Das sagte mehr als tausend Worte.

Ohne mich eines weiteren Blickes zu würdigen, verschwand er in der angrenzenden Dunkelheit des Parkplatzes und ließ mich atemlos, nackt, mit zerrissener Kleidung, verschmiertem Make-up, aufgeschürftem Körper und über alle Maßen erregt zurück.

Ja. Das war der neue, wirklich gefährliche Tristan Wrangler ... und ich war die alte, dumme Mia Engel, denn ich liebte ihn trotz allem genauso, wie ich es schon immer getan hatte.

5. FICK ODER TOD

Tristan ´musing´ Wrangler

Ich war diesen Abend wirklich eine kleine, absolut verfickte Memme, die zwei Tüten rauchen musste, um einigermaßen klarzukommen. Denn heute würde *sie* mein Reich betreten.

Einerseits war ich innerlich ziemlich aufgewühlt, aber andererseits ... konnte ich es nicht erwarten, ihre Miene zu beobachten, sobald sie das lebensgroße Foto von uns beiden erkennen würde.

Auch wenn ich für sie alles andere als freundliche Gefühle hegte, dieses Bild liebte und hasste ich – über alles. Regulär würde ich es niemals verkaufen, geschweige denn der Öffentlichkeit preisgeben. Nicht umsonst hing es seit Jahren zugedeckt in einem separaten Raum, zu dem niemand außer mir Zugang hatte. Selbst für mich war es sehr schwer es anzusehen, denn ich hatte es ewig nicht mehr angeschaut.

Kurz war ich in einem Gefühlschaos gefangen und wollte es fast schon gegen die Wand schmeißen, doch sie sollte es unbedingt inmitten aller Besucher sehen und sich bei dem Anblick in die Hosen scheißen. Wenigstens *den* Showdown würde ich mir nicht vermiesen lassen. Das hatte ich heute Abend auf jeden Fall geschafft: Sie hatte Angst vor mir. Was ja prinzipiell nichts Neues war, denn die ersten Schuljahre hatte ich ihr das Leben zur Hölle gemacht. HA! Das war aber im Gegensatz zu jetzt nur das Vorspiel gewesen.

Mich erschreckte jedoch, dass sich auch für mich nicht allzu viel geändert hatte. Das beunruhigte mich genau genommen zutiefst, denn ich hätte gedacht, dass sich der Bann, den sie um mich spinnen konnte, nur noch auf Hass und auf Rachegelüste beschränken würde.

Aber dem war nicht so, ich hatte sie nicht total fertiggemacht, mich sogar zurückgehalten – obwohl die sofortige Zerstörung ursprünglich der Plan gewesen war, als ich bemerkte, wie ihr toller Freund sie allein auf dem dunklen Parkplatz zurückließ, während sie sich innerhalb eines ausgewachsenen Nervenzusammenbruchs befand.

Natürlich nutzte ich meine Chance.

Es war leicht, mich anzuschleichen und sie von der Dunkelheit verborgen einige Sekunden dabei zu beobachten, wie sie sich immer weiter in ihre Tristan-wird-mich-killen-Panik hineinsteigerte.

Die wehrlose Beute registrierte nicht einmal, dass der Fokus des Jägers bereits auf ihr lag.

Von den schummrigen Laternen erhellt, lehnte sie an dem Auto, in nichts weiter als diesem kurzen Kleid, das ihre glatten Beine betonte. Ihre Haare waren eindeutig länger, und dann diese hohen Schuhe ...

Fuck! Dieses Kleid! Diese Heels! Früher hatte sie sich besser getarnt.

Sie war zwar um gute zehn Kilo leichter, aber diese makellosen weiblichen Kurven, die ihr Körper schon damals aufgewiesen hatte, waren nach wie vor vorhanden – minimal! Aber dennoch da ...

In diesem Moment merkte ich, dass ich ihren Körper noch begehrte oder treffender gesagt, dass mein Ficker ihre Pussy weiterhin vergötterte.

Und *das* war ein Problem! Ein Riesengroßes und Steinhartes, genau genommen! Aber hatte es mir der Pisser da oben jemals einfach gemacht, wenn es um Mia fucking Engel ging?

Wie auch immer. Vergangenes war Geschichte – nun würde

ich mich nicht mehr von ihr täuschen lassen. Kurz entschlossen machte ich ein paar Schritte ins Licht und stützte mich mit den Unterarmen auf mein Autodach, sodass ich sie genau darüber hinweg taxieren konnte.

»Angst?«, ließ ich meine Stimme provokativ die Stille durchdringen und machte meinen Auftritt somit perfekt.

Panisch blickte sie sich um und ich saugte jedes Fünkchen ihrer Furcht voller Genuss in mich auf.

Sie spielte ihre Show auch gut … Das musste ich zugeben.

Ihre herausgebrachten Liebesschwüre interessierten mich einen Scheißdreck, und wenn sie mich damit besänftigen wollte, ging das gründlich daneben. Liebe ist so ein verdammt überbewertetes Wort und im Grunde genommen bist du immer auf dich allein gestellt, egal wie viele Frauen dir erzählen, dass sie so für dich empfinden.

Das musste ich mir eingestehen, als ich gleich zu Anfang meiner Dealerzeit in einen Drogenkrieg geraten und fast krepiert war, weil mich eine dämliche Schlunze verraten hatte ... Inzwischen würde jedoch keiner mehr auf die Idee kommen, sich mit Tristan Wrangler anzulegen.

Und was machte sie?

Genau jenes!

Schon wieder! Ging´s fucking noch?!

Ich spielte mit Folterfantasien – jede einzelne, die mir in den Sinn kam, war für sie schmerzvoll –, pflanzte ihr meine Ideen in den Kopf, und sie sah mich immer noch *so* an ... Sie war genauso krank wie früher – genauso krank wie ich.

Daraufhin sah ich rot, weshalb ich das Schöne mit dem noch Schöneren verband und das Kleid mit einem gewaltigen Ruck von ihr riss.

Vor langer Zeit gab es etwas zum Anfassen, jetzt würde ich mir beim Ficken Splitter zuziehen.

Aber ihre Haut war immer noch hell und zart; die Figur klein, zerbrechlich und ihr sanft gerundeter Arsch ... in verdammte Hotpants gehüllt!

Eine Sekunde lang überlegte ich, ob sie gewusst hatte, dass sie mich treffen würde und deswegen mit Absicht schwarze Pantys gewählt hatte. Nur das konnte nicht sein.

Oder?

Ich war in dem Boxstudio und in der gesamten Öffentlichkeit nicht unter Tristan Wrangler bekannt.

Aber da waren sie: ihr Arsch und ihre Pussy. Bilder flogen auf mich ein, von Schweiß auf ihrem Körper ... Gefühle von meinem Schwanz in ihr, derweil meine Finger sich in die weiche Haut ihrer Hüften bohrten. Ohhh ... fuck!

Nebenbei bemerkte ich, dass genau jene sich irgendwie verirrt haben mussten und den Bund ihrer Scheiß-Hotpants berührten, während ich von Erinnerungen überschwemmt wurde.

Als hätte ich mich verbrannt, löste ich die Hand abrupt von ihr.

In meiner Hose tropfte und pochte es, und ich wusste, ich würde augenblicklich kommen, wenn ich sie ficken würde.

Zu lange hatte sich ein Teil von mir nach diesem Moment gesehnt.

Der andere wollte sie zerstören, nach wie vor. Nur mein Ficker machte mir einen Strich durch die Rechnung und folgte seinen eigenen Plänen.

Ich wollte sie so tief wie möglich, daher musste sie auf alle Viere.

Allein deshalb stieß ich sie auf den Boden wie eine billige Schlampe, denn mehr war sie für mich mittlerweile nicht mehr. Mit jeder Geste und Berührung sollte sie fühlen, was ich für sie empfand, sollte wissen, dass es mir lediglich um mich ging und diese Szene nichts mit der Vergangenheit gemein hatte, als ich sie regelmäßig in den siebten Himmel gevögelt hatte!

Mias Pussy war geil. Geiler. Am geilsten.

Der Widerstand am Anfang war köstlich, und wie eng sie sich dann um meinen harten Schwanz schmiegte, war der Wahnsinn. Es fühlte sich an, als wäre sie noch Jungfrau!

Sie molk mich sofort ab, und ich spritzte einfach in *meine*

Pussy. Daran zumindest hatte sich über all die Jahre nichts geändert: Das hier war mein Revier ...

Ich kam heftig und lang, und mir war es scheißegal, ob mich jemand dabei hörte.

Ihre Muskeln kontrahierten so vehement um mich herum, dass ich wusste, sie würde kommen, sobald ich ihren Kitzler nur antippte.

In der Hinsicht hatte sich ebenfalls nichts verändert, sie war für mich und meine Reize genauso stark empfänglich wie früher. Aber ich würde es ihr nicht gönnen!

Kein bisschen Glück! Kein bisschen Ekstase für Mia Marena – der elenden Verräterin!

Also schubste ich sie angeekelt von mir und stand auf.

Wie ein Häufchen Elend hockte sie da: die Schminke in schwarzen Streifen über ihrem Gesicht verschmiert, die Haare zerzaust. Bis auf High Heels und die halterlosen Strümpfe war sie nackt und ihr Titel Programm: kleine Schlampe. Dazu die aufgeschürften Knie und Hände ...

Ihr Blick war dennoch offen – geradezu flehend und absolut hingebungsvoll. Ich hatte sie gerade bedroht und gevögelt wie ein Arschloch – wie ein Triebtäter – und sie schaute mich trotzdem auf ihre bestimmte Art an, so als wäre ich der verfickte Held und nicht das abgefuckte Monster.

Aber dieses Mal würde sie mich mit dieser Show nicht hinters Licht führen. Dieses Mal würde es andersherum laufen, das war ein Schwur!

Weshalb ich noch einmal ganz genau klarmachte, dass sie mir einen feuchten Scheißdreck bedeutete.

Zugegeben, sie reagierte betont gelassen, weil das kleine Miststück wahrscheinlich annahm, sie würde mich noch kennen. Das traf jedoch nur auf den alten, schwachen Abklatsch meiner selbst zu, nicht auf den Bastard, der aus mir geworden war.

Oh ... sie würde sich noch umsehen, denn ich hatte einen Plan. Einen Genialen ... und Fatalen.

Ich würde meinen Willen und meine Rache bekommen, und Mia Engel wäre am Schluss entweder tot, zerstört oder bestenfalls beides ... Perfekt ...

6. Sein Messer

Mia 'musing' Engel

Francesco erlitt wohl eine Herzinfarkt-Schlaganfall-Kombination, als er etwa eine Minute, nachdem Tristan gegangen war, erschien. Natürlich nicht meinetwegen. Zuerst fielen ihm die Kratzer auf. Er hüpfte herum wie Rumpelstilzchen, brüllte durch die Gegend, rannte in die Galerie, wieder zurück, in die Galerie und wieder zurück – alles mit dem Handy am Ohr und auf Italienisch brabbelnd. Dann erst bemerkte er, dass sein Auto nicht das Einzige war, das beschädigt worden war … Ich hatte mich gerade aufgerappelt und mir die restlichen Fetzen meines Kleides vor den Körper gehalten. Keine Ahnung, was ich sagen oder tun sollte, daher betrachtete ich ihn einfach nur, als er um die Ecke bog. Wie krank war das denn? Ich war soeben halb gefickt, halb vergewaltigt worden und hatte jede Sekunde davon genossen. Das war ehrlich verrückt, es kam jedoch noch schlimmer, denn nun stand ich vor meinem Freund und meine Schnecke tropfte nach wie vor wie ein Wasserhahn, aber nicht seinetwegen, oh nein ... Irre, ich sag es doch!

»Mein Gott, Mia!« Sobald er die Lackreparatur arrangiert hatte, war er bei mir.

»Ich kann … jetzt nicht …«, wisperte ich.

Misstrauisch sah er mich an, schwieg allerdings tatsächlich, bevor er auf sein Knöpfchen drückte und mich auf die Rückbank seines Autos schob. Mich weiterhin notdürftig bedeckend starrte ich nach draußen in die Dunkelheit ...

Ich fühlte mich ... leer. Wieso fragte Francesco nicht, was passiert war? Warum stellte er mich nicht zur Rede? War es ihm egal? Und was hatte er mit dieser Mary getrieben? Woher kannte er Tristan? Verdammt! Weshalb war ich vor Letzterem nicht davongelaufen, sondern hatte alles widerstandslos zugelassen? Warum schrie mein Körper, *du bist in Sicherheit,* aber mein Verstand nur: *flieh*! Wieso wollte ich es noch mal – und am besten augenblicklich? Warum fungierte er immer noch als Magnet und ich als sein Gegenpol? Die ungewöhnliche Anziehungskraft zwischen uns beiden war ungebrochen ... warum würde ich zu ihm gehen, obwohl wahrscheinlich war, dass er austicken und mich irgendwie zerstören würde, so wie er es bereits angekündigt hatte?

War ich denn echt derart wahnsinnig? Wollte ich alles aufs Spiel setzen, was ich mir in meinem zweiten Leben erschaffen hatte?

Robbie!, schrie eine Stimme in mir! *Du kannst ihn nicht im Stich lassen!* Ich war alles, was er noch hatte – und umgekehrt verhielt es sich genauso!

Ich wusste nicht, ob ich es auf einen Versuch ankommen lassen sollte. Unter Umständen gäbe es keinen Weg zurück. Andererseits, was bedeutete ein Dasein ohne Tristan schon für mich?

Nun, nichts, wenn man es genau nahm!

***

Daheim angekommen wollte ich nicht duschen, denn an mir klebte immer noch Tristans einmaliger Geruch. Francesco trug mich jedoch ins Bad, weil ich laut ihm wie ein Vergewaltigungsopfer aussah. Das war aber schon alles, was er sagte – sonst nichts.

Auch später erkundigte er sich nicht, was geschehen war. Es schien ihn tatsächlich nicht zu berühren, womöglich war er aber immer noch mit seinen Gedanken bei dieser ominösen Mary.

Tristan hatte sie offenbar heute auf ihn angesetzt, damit er mich in Ruhe ficken konnte.

Dabei musste ich mir eingestehen, dass es mich nicht kümmerte, ob er mit anderen seinen Spaß hatte oder nicht. Deutlicher konnte man mir nicht vor Augen halten, dass ich für Francesco nichts empfand.

Mich interessierte nur, ob ich diese Begegnung geträumt hatte und falls nicht, ob ich mich wirklich trauen würde, zu diesem Shooting zu gehen und mich ihm zu stellen ...

Er war nicht mehr der Alte, aber auch kein komplett neuer Mensch.

Hingehen, mit der Gefahr total gebrochen zu werden, oder fernbleiben und so weiterleben wie bisher? Ohne die Liebe meines Lebens? Ja, er war irre, ja, er hatte mir schreckliche Dinge angetan ... Aber vielleicht war doch noch ein Funken vom alten Tristan übrig ... vielleicht konnte ich ihn irgendwie finden und festhalten. Ich hatte keine Ahnung.

Am Morgen saß ich an Robbies kleinem Bettchen, streichelte seine blasse weiche Hand, das feine Gesicht und zermarterte mir den Kopf darüber, was richtig und was falsch war.

Sollte ich dem Verstand oder den Gefühlen folgen? Mein Herz hatte mich schon mal zu ihm geführt, obwohl es ein steiniger Weg gewesen war, und es hatte uns beide so glücklich gemacht. Würde es jetzt ebenfalls so sein – nur um einiges schwerer?

***

Die Antwort wusste ich fast eine Woche später nicht, mir war nur bekannt, dass ich keineswegs schlafen konnte, solange ich nicht endlich dahinterkam – was ziemlich blöd war. Also nahm ich eine Schlaftablette – etwas was ich sonst nie tat ... und stellte meinen Wecker. Francesco schnarchte bereits neben mir tief und fest. Der pennte wie ein Holzfäller: Den weckte nichts. Nicht mal, wenn ich im gleichen Bett einen anderen Typen geritten hätte, mit Cowboy Hut und Jippie-jaj-jej-Gebrüll.

Irgendwann wirkten die Tabletten. Meine Lider flatterten unstet, während ich meine Decke umarmte, die mich als sicherer Wall von Francesco trennte. Ebenso gestalteten sich meine Träume: unruhig und unausgeglichen.

Heute Nacht wurden sie genauso wirr, wie es meine Gedanken in der vergangenen Woche gewesen waren. Eigentlich wie in den ganzen Jahren. Na gut ... wirr und ... sehr ... erotisch ... und so Tristan …

***

Ich wachte auf der Lichtung auf, lag im warmen Sonnenschein – komplett nackt und schutzlos ... Auf einmal berührte erschreckende Kälte meinen Körper, der Gänsehaut folgte, und als ich blinzelnd die Augen öffnete, schwebte ein Schatten über mir, der die wohltuenden Strahlen von mir abschirmte. Es war Tristan – in seinen Fantasien weiß man es einfach, im echten Leben funktioniert so etwas nicht. Obwohl das nicht ganz stimmte. Zwischen mir und Tristan gab es schon immer diese unterbewusste Verbindung, die selbst am letzten Freitag noch ungebrochen gewesen war. Ich wusste, dass er es auch gefühlt hatte.

Verwirrt schaute ich hoch und freute mich darauf, meinen wortwörtlichen Traummann in all seiner Pracht zu bewundern. Die Sonne strahlte ihn von hinten an, weshalb ich ihn nicht richtig erkennen konnte, was mich umgehend ärgerte. »Tristan?«, hauchte ich.

»Wer sonst?«, raunte er amüsiert und war wieder mein alter Tristan, der mich vergötterte. Sein hingebungsvoller Tonfall verriet ihn und es tat so gut. Sofort machte sich Geborgenheit in mir breit, dicht gefolgt von immenser Erleichterung.

»Tristan!«, jauchzte ich und sprang behände auf die Beine. Endlich konnte ich dem nachgeben, was ich mir während der zurückliegenden Jahre gewünscht hatte, durfte die Arme um seinen Hals legen und meinen Körper an seinen schmiegen. Er war ablenkend nackt ... und *hart* ... Wobei er die Arme um meine Taille schlang und mich eng an sich zog.

Es gab wieder mal nur eines zu sagen: »Ich liebe dich ...« Tränen raubten mir die Sicht und ich zog sein wunderschönes Gesicht zu mir runter, um es mit hauchzarten Küssen zu bedecken und nebenher ein bisschen zu flehen. »Ich habe dich nicht verraten. Es war eine Falle ... Du musst mir einfach glauben!«

»Ich liebe dich auch, Mia-Baby, verdammt noch mal! Wie auch nicht, ich kann doch gar nicht anders, das weißt du, und jetzt hör auf zu flennen«, murmelte er beruhigend, als wäre es selbstverständlich, mich zu lieben – was es früher für ihn auch gewesen war.

Dabei betrachtete er mich weich und liebevoll. Ich stellte mich auf die Zehenspitzen, und er packte mich grinsend mit beiden vorwitzigen Händen fest am Hintern, so wie er es immer getan hatte. Keuchend schrie ich auf, als er mich hochhob und ich die Beine um seine Hüften wickelte.

Seine Erregung presste sich genau dorthin, wo es am besten war. »Ohhhh ... Gott!«, seufzte ich und warf den Kopf zurück, weil sein Mund sanft über meinen Hals glitt ... Er wanderte weiter hinab, erreichte bald die Ansätze meiner Brüste, wo sich seine Zunge hinzugesellte. Ich bog meinen Rücken durch ... und stöhnte. Sehr laut ...

»Fuck! Du kleines geiles Ding«, schmunzelte Tristan tadelnd, seine weißen, absolut ebenmäßigen Zähne strahlten mich an, dann hob er mich höher, aber ich vertraute ihm. Zart biss er mir in die Brustwarze, was mich aufjapsen ließ.

»So laut geht das nicht. Wach auf, verdammt!«

»Was?« Tristan hatte sich von mir gelöst und musterte mich ernst, während ich ziemlich verwirrt zurückstarrte.

»Du sollst verdammt noch mal aufwachen, Weib!«

»Oh!« Und plötzlich lag ich wieder in Finsternis gehüllt in meinem Bett. Was war das nur für ein Traum gewesen? Verschlafen rieb ich mir die Augen, richtete mich etwas auf und öffnete sie.

»A...« Mein Schrei fand nie ein Ende, weil lange starke Finger sich zuvor auf meinen Mund pressten.

»Still!«, befahl er barsch und ich fasste mir ans Herz, um den Schock zu verarbeiten. Es raste, als wolle es davonlaufen, eilig blinzelte ich die Tränen weg und versuchte, mich an die Dunkelheit zu gewöhnen.

Tristan Wrangler saß leibhaftig neben mir auf der Matratze, als würde er dorthin gehören. Ich roch sein kühles, männliches Aroma, und das in meinem kontaminierten Schlafzimmer.

Panik stieg in mir hoch, ich wurde vor Schreck kotzatmig, mein Adrenalinpegel schnellte in die Höhe. Hastig sah ich zu Francesco, der Unheil verkündend mit dem Rücken zu uns lag und ruhig vor sich hin schnaufte. Danach schaute ich wieder zu Tristan. Ich konnte seinen Umriss erkennen, die chaotischen Haare, die muskulösen Schultern, diese überhebliche Aura, die er immer und überall ausstrahlte. Vorsichtig griff ich über seinen Schoß zu meinem Nachttisch und schaltete den kleinen Salzstein darauf an.

Während der gesamten Zeit lagen seine Finger auf meinem Mund. Jede meiner Bewegungen verfolgte er akribisch mit seinem aufmerksamen bohrenden Blick. Ich wagte nicht, mich ihnen zu entziehen, vielleicht war es sowieso besser, erst einmal nichts zu sagen. Denn grundsätzlich kam aus meinem Mund irgendwie immer das Falsche. Hauptsache er war da und berührte mich. Genau in diesem Moment wurde mir klar, dass ich ihn ebenso sehr brauchte wie vor acht Jahren. Egal wie.

Fragend zog ich eine Augenbraue hoch und er lächelte. Nicht offen, sondern ziemlich dämonisch. Aber besser als nichts.

»Was denkst du, was ich hier will?«

Als ich ratlos die Schultern hob, grinste er breiter, sah eilig zu Francesco, bevor er erneut mich betrachtete. Und plötzlich platzierte er sein in Jeans gekleidetes Bein über mein nacktes.

»Auseinander!« Mit der Hand untermauerte er seinen knappen Befehl, als ob ich nicht umgehend gehorchen würde, wenn er so mit mir sprach. Sein barscher Ton fuhr mir durch Herz und

Schnecke.

Meine Atmung beschleunigte sich weiterhin, meine Finger wurden ein bisschen schwitziger, als er meine Lippen freigab, sich zwischen meine Beine kniete und sich langsam über mich beugte, bis er mir ganz nah war.

»Ich will nur sichergehen, dass du heute Abend tatsächlich erscheinst ...«, hauchte er nah an meinem Ohr und richtete sich ein wenig auf, um mich anzusehen. In seinen Augen herrschte wirres Chaos, es gelang mir nicht mehr, hinter diese Mauer zu schauen, und als mein Blick in seinem versank, fühlte ich etwas Eiskaltes an meinem Tanga. *Ratz!* Schon ergab sich der Stoff und fiel zur Seite. Ich wollte quietschen, schreien, kämpfen! Konnte ihn nicht einschätzen, doch gleichzeitig wirkte allein seine Nähe aphrodisierend. Atemlos starrte ich ihn an. Er trug ein schwarzes enges Shirt, durch das man seine modellierte Brust und sogar die harten Bauchmuskeln erkannte. Der Anblick ließ mich wünschen, ich könnte ihm den Stoff einfach vom Leib reißen, um zu erkunden, wie er jetzt gebaut war. Aber hätte ich das getan, wäre ich meines Lebens nicht mehr sicher gewesen. Also *noch* weniger …

Auch er fixierte mich – und zwar ausschließlich mein Gesicht, während ich seinen gesamten Körper visuell studierte.

Was hast du vor? Das fragte ich ihn schließlich mit den Augen.

»Ich weiß ehrlich nicht, was ich mit dir tun werde … wenn wir hier weitermachen, aber ...«, meinte er zum ersten Mal seit unserem Wiedersehen ein kleines bisschen schwankend. Es hörte sich leicht gepresst an, bevor er wieder in den amüsierten Modus schaltete. »Ich denke, ich lasse es darauf ankommen.«

»Worauf?«, flüsterte ich und konnte nicht glauben, dass ich unten ohne vor ihm lag, mit meinem schlafenden Freund im Bett und ganz in Ruhe mit dem fleischgewordenen Mann meiner Träume diskutierte, ob er mich nun vernichten würde oder nicht ... Um den Thriller perfekt zu machen, hielt er sich ans Skript und spielte mit einem Messer in seiner Hand ...

»Ob mein Hass auf dich oder mein Verlangen nach deiner Pussy stärker ist.« Die Messerspitze und sein Blick wanderten gemeinsam an mir hinab, wobei er sich auf einem Arm neben mir abstützte. Die harte Klinge ritzte fast meine Haut auf ... zwischen meinen Brüsten entlang, über meinen Bauch, über meinen Venushügel und dann ... stöhnte er gequält auf und verharrte mit der Spitze am obersten Ansatz meiner Schamlippen.

»Fuck! *Den* Anblick habe ich vermisst!«, stellte er fest und sein Atem beschleunigte sich. Oh mein Gott! Besaß ich echt noch so eine Wirkung auf ihn? Wie meinte er das? Was hatte er vor? Konnte er bitte das Messer von meiner Schnecke nehmen! Nur eine falsche Bewegung … nur ein Zittern seiner Hand! *Oh Gott ...*

»Sei still und beweg dich nicht, Mia Marena! Ich warne dich!« Neckend glitten die Fingerspitzen seiner freien Hand zwischen meinen Schamlippen entlang. Zwangen mich fast dazu mich zu winden und zu zucken – mich selbst an der scharfen Klinge zu verletzen. Ich wimmerte, Tränen traten in meine Augen … *Oh nein, bitte ...*

Mit Wucht rammte er das Mordwerkzeug direkt in die Matratze neben meiner Hüfte. Ich konnte gerade so ein erleichtertes Seufzen unterdrücken, fiel aber ein wenig in mich zusammen. Der Schweiß stand mir in ganzen Flüssen auf der Stirn.

Spöttisch grinsend beugte er sich hinunter und lehnte sein Gesicht an meinen Innenschenkel. Seine Haarspitzen kitzelten mich, ich musste mich schon jetzt am Bettrahmen festkrallen, um mich ihm nicht entgegenzuwölben. Seine glatte Wange wanderte an meinem Bein hinab, ich fühlte ihn tief einatmen und betrachtete den Anblick seines wilden Haars zwischen meinen weit gespreizten Knien. Abermals sog er meinen Duft ein.

»Mmmmmm«, summte er zufrieden und mein Atem wurde hektisch, als er mit der Nase hauchzart an meinen Schamlippen entlang fuhr. Allein diese Berührung schoss heiße Blitze durch mich hindurch, meine Hände machten sich wie von selbst auf den

Weg und ich verhinderte in letzter Sekunde, dass sich meine Finger wie bereits so oft zuvor mit seinen seidigen Strähnen verwoben. Das hätte ich aber sowieso nicht geschafft, denn seine Hand schnellte nach oben und packte meine Gelenke. Gleichzeitig warf er mir einen warnenden Blick zu und ich presste heftig die Zähne aufeinander, um ruhig zu bleiben, wimmerte aber trotzdem.

Er hielt mich und biss in meinen Venushügel – nicht fest, aber so, dass ich es garantiert spürte. Mühsam hinderte ich den leisen Schrei am Ausbrechen.

»Ruhe, habe ich gesagt!«, befahl er erneut und ich zwang meine Kiefer energischer zusammen, kniff auch die Augen zu und ließ den Kopf nach hinten fallen.

Als er mich anpustete, gluckste er, weil Gänsehaut meinen Körper flutete. Er war so verspielt wie früher, was mich nur noch weiter anmachte. Ich merkte, wie ich trotz seiner Unberechenbarkeit stetig feuchter wurde und schon jetzt das Bett vollsaute.

»Lang nicht mehr gesehen ...«, flüsterte er plötzlich und strich mit seinem Zeigefinger an meinem Kitzler nach oben und unten. Ganz leicht – *zu leicht*. Mit einem Beinahe-Knurren kam ich ihm mit den Hüften entgegen. Er sollte mit den Albereien aufhören und es endlich tun! Seit geschlagenen acht Jahren hatte ich keinen Orgasmus gehabt und war immer noch von letztem Freitag erregt. Mittlerweile brauchte ich es mehr als dringend!

»Du bist einfach unverbesserlich!« Er schnitt eine entnervte Grimasse und ich hätte fast geweint, weil er dabei aussah wie mein damaliger Tristan, und es dennoch nicht war, denn der kühle Glanz kehrte sofort zurück. »Hat der Hurensohn das auch schon mal gemacht?« Damit senkte er sein Gesicht herab … leckte mit ausgestreckter Zunge zwischen meinen Schamlippen von unten nach oben und schnalzte dann fest gegen meinen Kitzler. Erneut warf ich den Kopf zurück und unterdrückte mit aller Kraft den Lustschrei, der von meinen Lippen fallen wollte.

Oh mein *Tristan*!

Das war zu intensiv!

Eilig verneinte ich stumm. So genussvoll wie er hatte mich noch niemand geleckt! Na ja, eigentlich hatte das überhaupt noch niemand außer ihm so richtig getan …

»Das will ich dir geraten haben«, fühlte ich ihn an meiner Schnecke murmeln, dann legte er seine Lippen um meinen Kitzler, worauf mein ganzer Körper zitterte. Der Schweiß floss jetzt wirklich in Strömen und nicht nur der ... Ich dachte, ich würde ohnmächtig werden, als er zart und gefühlvoll an mir saugte und dann darüberleckte.

»Ahhh, Tristan ...«, flüsterte ich keuchend, musste es irgendwie rauslassen, ansonsten würde ich vor Lust explodieren.

Aber Francesco reagierte auf meine Stimme und wir beide erstarrten. Tristan hatte immer noch seinen Mund an mir, bewegte ihn aber nicht – genauso wie ich. Ich fixierte den Rücken meines Freundes und bekam fast eine Panikattacke, als er sich auf diesen rollte … sich weiter auf die andere Seite schwang und auch noch seinen Arm auf mich warf. Die riesengroße Hand blieb genau auf meiner Brust liegen, dort wo mein Herz viel zu schnell und verräterisch pochte. Schockiert glupschte ich sie an und überlegte, dass es verrückter doch nicht ging, oder?

Tristan verfolgte das Szenario ebenfalls mit verengten Augen, und ich kann behaupten: Ihm gefiel es ganz und gar nicht. Deutlich zu erkennen an dem Aufblitzen seiner Iriden. Hilflos zuckte ich mit den Schultern. Was sollte ich tun? Wenn ich sie wegtat, würde Francesco vermutlich aufwachen!

Erneut schien Tristan ziemlich entnervt, richtete sich ein bisschen auf, nahm die Monsterpranke und legte sie vorsichtig neben Francescos Gesicht.

Danach schob er sich an meinem Körper nach oben, und zwar an meiner Schnecke entlang, sodass ich ihn sicher überall vollsaute, aber ihm war das egal. Er drückte seinen Schritt zwischen meine Beine, bis seine Spitze exakt auf meinem Kitzler lag, und kreiste verhalten mit seinen Hüften.

»Ich will so etwas nicht noch einmal sehen!« Sein Gesicht war meinem so nah, ich hätte nur den Kopf heben müssen, um ihn zu küssen. Doch das wagte ich nicht.

»Ich ... ich ... kann nichts dafür!«, verteidigte ich mich schnell, aber Tristan verschloss mit seinem Finger meine Lippen. *Echt ziemlich* fest.

»Das ist mir so was von scheißegal! Wenn er dich noch einmal antatscht, während ich meinen Kopf zwischen deinen Beinen habe, schneide ich ihm die Kehle durch!« Ich sog schockiert den Atem ein und Tristan gluckste leise. Mit einer Hand zog er mein Trägertop nach unten, entblößte meine Oberweite und küsste mich neckisch auf die nackte Brustwarze, die sich sofort aufstellte.

Die Augen rollten in meinem Kopf zurück, als mächtige Gefühle mich überströmten, denn Tristan ließ nun das Becken kreisen, seine Spitze lag immer noch auf meinem Kitzler und ich kreiste mit. Wie früher wusste er zu genau, was mein Körper brauchte und wie er es mir geben konnte. Er war immer noch so verdammt gut ...

Dennoch war es mehr, als ich ertragen konnte; ich würde jede Sekunde kommen. Und wie! Nach acht Jahren wäre das wohl der Orgasmus des Jahrhunderts und ich war nicht bekannt fürs Leisesein.

»Ich ... ich ...«, stammelte ich.

»Ich weiß«, knurrte er und presste seinen Ficker noch gnadenloser an mich.

»Ohhh, ich ...!« Die erste Welle überschwemmte mich. Doch plötzlich biss er mir in eine Brustwarze, und zwar so fest, dass der Schmerz meinen Höhepunkt zurückdrängte und überlagerte. Im letzten Moment kam ich doch nicht ... Schockiert hin und hergerissen – zwischen dem Ziehen in meiner Brust und dem Pochen zwischen meinen Beinen sowie meiner verpassten Erlösung – starrte ich ihn an. Dann wurde ich wütend.

»Tristan!«, motzte ich leise und vergaß für ein paar Wimpernschläge das Messer, welches neben mir aus der Matratze ragte.

Er lachte heiser und schenkte dem misshandelten Nippel noch einen kleinen keuschen Kuss, bevor er sich sehr unerwartet von mir löste und auf die Beine sprang.

Keuchend wie eine Dampflok lag ich da, mit verschwitztem Gesicht, klebenden Haaren, und musterte ihn mit rasendem Herzen. Vorwurfsvoll. Das konnte unmöglich sein Ernst sein. In diesem Zustand würde ich heute überhaupt gar nichts auf die Reihe bekommen!

Tristan war mehr als amüsiert, als er neben meinem Bett in die Hocke ging und mir eine feuchte Strähne aus der Stirn strich. Zwischen meinen Beinen pulsierte und ziepte es unangenehm.

»Das tut weh!«, zischte ich und er grinste breiter, wirkte wie der Teufel persönlich.

»Ich weiß«, erwiderte er ruhig.

»Du bist so ein ...«, knurrte ich mich windend und verzweifelt die Schenkel aneinander reibend. Tristan bog warnend eine markante Augenbraue nach oben, weshalb ich sofort verstummte und meine Bewegungen stoppte.

»Wenn du mehr willst, dann komm heute Abend«, hauchte er sanft und stand dann auf. »Und wehe du fasst dich selber an!« Ich wollte ihn auslachen, denn ich würde mich ganz sicher erleichtern. Das hier war nicht zum Aushalten!

»Du glaubst, du kannst mich verarschen, ja?«

Oh, oh! Beschwingt schlenderte er zur Tür, doch bevor er mein Schlafzimmer verließ, hob er plötzlich meinen Hausschuh auf. Was wollte er denn jetzt mit dem?

»Wenn du dich von ihm befingern lässt, bist du tot«, stellte er fest. Mir war immer noch nicht klar, was er meinte, weil Francesco sowieso schlief und ich es mir in aller Ruhe selber machen konnte. Aber dann schleuderte er Francesco unvermutet den Schuh ins Gesicht und schlüpfte dämonisch kichernd aus dem Raum.

»Was zum Teufel?!« Der mir eigentlich völlig Fremde neben mir setzte sich mit einem Ruck auf, ich hörte das Klacken der Haustür, als er mich wütend anvisierte.

»Was war das?«

Unauffällig zog ich die Decke über meinen Körper, damit er nicht das Messer und den aufgeschlitzten Slip entdeckte. »Äh …« Ich war viel zu perplex. »Nichts, Schatz, schlaf weiter.« Gott sei Dank war der Treter nach dem genialen Treffer wieder auf dem Boden gelandet!

Gerade überlegte ich, ob er noch mal tief genug einschlafen würde, als der Wecker summte.

Am liebsten wäre ich lautstark ausgeflippt, weil jetzt die Chance vertan war, dem unerträglichen Pochen zwischen meinen Beinen ein Ende zu setzen.

***

Ich war immer noch ganz aufgewühlt, als ich mich von meinem Pseudofreund verabschiedete und zur Arbeit ging. Mit lediglich einem Handtuch um die Hüften stand er im Bad und betrachtete stirnrunzelnd seine aufgeplatzte Lippe, ohne den geringsten Schimmer, woher die kam. Fast tat er mir leid, weil Tristan den Schuh tatsächlich fest geschmissen haben musste.

Francesco blickte mich skeptisch an, als würde er mich verdächtigen, ihn beim Schlafen geschlagen zu haben. Ich ließ ihn in dem Glauben, denn ich konnte ihm ja kaum erklären: *ähm, das war mein ähhh Psycholover … Er war wohl noch etwas wütend, weil du deine Hand auf meine Titte gelegt hast, als er mich leckte und du ahnungslos daneben geschlafen hast.*

Keine Chance …

***

Heute backten wir. Daniel und Steffen, Zwillingsbrüder im Alter von zehn Jahren, schnitten die Äpfel; Susi und Heike kümmerten sich um den Teig, denn sie waren die Ältesten mit zwölf, und Robbie saß auf meinem Schoß. Er gab mit einer riesigen Kochmütze und noch größerem Kochlöffel bewaffnet zur Abwechslung die Anweisungen.

Es tat ihm so gut, auch mal das Sagen zu haben, dass ihm während des Essens die Hälfte des Kuchens wieder aus dem Mund fiel, weil er immer noch so lachte.

Nachdem wir das Chaos beseitigt hatten, gingen wir noch etwas in den Garten und ich jagte die Kinder mit dem Wasserschlauch.

Danach schwammen alle in der Badewanne und einer nach dem anderen bekam eine Gutenachtgeschichte vorgelesen, dazu einen kleinen Kuss auf die Stirn, bevor ich mich wieder auf den Heimweg machte, wo Francesco schon auf mich wartete – ausgerüstet mit einem Labello.

»Hey, Tristan Wrangler hat noch mal angerufen«, teilte er mir aufgeregt mit. Hastig warf ich die Tür hinter mir zu und lief in mein kleines, aber schnuckliges Wohnzimmer.

»Was wollte er?«, erkundigte ich mich dabei betont beiläufig. Hatte er vor, abzusagen? Scheiße, das würde ich nicht überleben. Obwohl, wahrscheinlicher war wohl, dass ich nicht damit klarkam, wenn er den Termin nicht cancelte, aber meine Überlebenschancen deutlich erhöht wurden. Nach einem flüchtigen, verwirrten Blinzeln winkte ich innerlich ab. Egal was, mein Herz würde es nicht überstehen, von daher spielte es keine Rolle.

»Er hat gefragt, ob ich dich ihm bis morgen leihen kann, weil er einige fesselnde Ideen für das Shooting hat!«

Oh Gott! Meine Wangen wurden heiß; eilig wandte ich mich ab und beugte mich zu dem treuesten Wegbegleiter der Welt: meinem süßen schwarzen Chihuahua Stanley, um mein Gesicht in seinem Fell zu verstecken. Er war tatsächlich alles, was mir von meinem alten Leben noch geblieben war.

»Und du sollst die Schuhe von neulich anziehen.«

Ging es noch irrer? Bilder von besagtem letztem Mal schoben sich vor mein geistiges Auge und ich dachte, mein Innerstes würde verglühen.

»Sonst noch was?«, erkundigte ich mich eher desinteressiert und gab Stanley, der inzwischen etwas grau um die Schnauze geworden war, einen kleinen Kauknochen, bevor ich sanft seine Nase und die Ohren kraulte.

»Jepp, ich soll dir ausrichten, dass ähm … warte, wie war das genau …?« Francesco war arglos und unbekümmert wie üblich. »Er hat genug Arschcreme, keine Sorge oder so …« Ratlos zuckte er mit den Schultern. Ohhhh, das hieß, ich würde nach der heutigen Nacht wund enden! Allein die Vorstellung reichte, um mein Höschen wechseln zu müssen. »Ich frage mich die ganze Zeit, was er damit meint?«, sinnierte Francesco nachdenklich; ich riss die Lider weit auf und legte die Stirn in Falten. Verdammt, ich musste unbedingt meine Mimik kontrollieren und benötigte ebenso dringend eine Ablenkung!

»Keine Ahnung, aber ich muss ins Bad!«, leierte ich herunter und sah zu, dass ich schleunigst unter die Dusche kam, und vor allem sämtliche störenden Haare entfernte. Tristan liebte es mit Sicherheit immer noch blank, und wenn nicht, würde er mir das hundertprozentig auf nicht gerade freundliche Art mitteilen. Ich war so aufgeregt wie eine Vierzehnjährige vor dem ersten Date mit dem Schwarm der Schule – also praktisch fast wie damals. Die Anspannung wuchs ins Unermessliche, je näher der imaginäre Zeiger meiner Handyuhr auf die Acht rückte.

Nebenbei machte ich mir noch ernsthafte Gedanken darüber, ob Francesco misstrauisch geworden war. Immerhin dauerte so ein Fotoshooting selten die gesamte Nacht. Aber so wie ich Tristan kannte, hatte er die Erklärung so hingebogen, dass es völlig logisch klang. Schon früher konnte er die Menschen gut manipulieren, und ich ahnte, dass er inzwischen sogar noch viel besser darin geworden war ... Das machte mich gleichermaßen an, wie es mich verängstigte.

***

Ich war auf das Fahrrad und die U-Bahn angewiesen, weil ich nach wie vor kein Auto besaß, trotz eines gültigen Führerscheins.

Francesco verlieh seine Nobelkarosse grundsätzlich nicht an mich, weil seinem tollen Ferrari ja etwas zustoßen könnte. Weshalb mir nichts anderes übrig blieb, als kräftig in die Pedale zu treten – bergauf, mein Ziel immer im Blick.

Je näher ich der pompösen Siedlung kam, desto nervöser wurde ich. Zwischenzeitlich war ich der Überzeugung, dass ich mich übergeben und in die Hose machen würde, sobald ich wieder vor ihm stand. Aber ich wollte mich um jeden Preis beherrschen, denn das Risiko, er würde sich andernfalls tierischst genervt von mir abwenden, war mir persönlich zu groß. Krank – ohne jede Frage –, aber hatte ich je was anderes behauptet?

Heute trug ich keine exquisiten Klamotten, so wie bei unserem ersten Treffen. Ich hoffte und ahnte nämlich, dass er sie mir erneut vom Leib schneiden würde. Die Hotpants waren obligatorisch – diesmal in Weiß, genau wie der BH – ganz im Zeichen der Unschuld. Ach, wem machte ich hier etwas vor? Als würde das einen Tristan Wrangler aufhalten!

Zusätzlich hatte ich eine knapp sitzende Röhrenjeans und einen hautengen schwarzen Rollkragenpullover ausgewählt. Da die Kleidung aus einem Secondhandladen stammte, fiel es mir nicht schwer, sie zu opfern. Mein Haar war der Einfachheit halber zu einem Pferdeschwanz gebunden. Um ehrlich zu sein, hatte mir aber auch die Zeit gefehlt, um es zu föhnen und anständig zu frisieren – möglicherweise waren auch die mangelnden Nerven verantwortlich gewesen, oder beides. So oder so war das die einzige Option, um nicht mit einem Vogelnest auf dem Kopf herumzulaufen. In meiner Handtasche – eine dunkle, praktische zum Umhängen – befand sich alles, was die Frau von heute so braucht, wenn sie Tristan Wrangler trifft: Handy, Geldbeutel, High Heels und ein Wechselslip ... Komplettiert wurde das Outfit von meinem hellen Mantel und Chucks. Wie das aussah? Selbstverständlich dämlich, aber mit den Absätzen wäre ich keinen Zentimeter auf dem Rad vorwärtsgekommen.

Irgendwann war es mir tatsächlich gelungen, mich diesen verdammten Hügel hinaufzuquälen, auch wenn ich ab der Hälfte absteigen und schieben musste. Es war die Hölle, doch schließlich stand ich vor Tristans Galerie. Wieder wurde die Umgebung von brennenden Fackeln flackernd erhellt, deren Licht sich in den superteuren Schlitten auf dem Parkplatz widerspiegelte. Verwundert bemerkte ich, dass ich in dem komplett verglasten Erdgeschoss niemanden ausmachen konnte, nur ein paar wundervoll ausgeleuchtete Kostbarkeiten.

Wacklig wechselte ich meine Schuhe und schritt langsam auf die Vorderseite des Gebäudes zu, die von der Straße leicht zugänglich war. Eine Klingel war von Weitem nicht zu erkennen, beklommen fragte ich mich, ob es überhaupt eine gab und wenn nicht, wie ich reinkommen sollte. Doch kaum näherte ich mich der schweren Tür, wurde der Summer betätigt. Eilig öffnete ich und wurde mit diversen Kameras im Eingangsbereich konfrontiert – war ja klar. Ganz der alte Kontrollfreak.

Beim Eintreten empfing mich Musik – laut und atemberaubend. Es handelte sich um eines meiner Lieblingsstücke. Doch abgesehen von der instrumentalen Untermalung wurde ich nicht begrüßt.

Die Halle wirkte wie ausgestorben, bis auf jene einzigartigen Fotos, die ich schon beim letzten Mal bewundert hatte. Das Bild von mir und Tristan auf der Lichtung wurde mit zwei Scheinwerfern besser in Szene gesetzt. Wie hypnotisiert ging ich darauf zu; am liebsten hätte ich es abgenommen, um es irgendwo zu verstecken. Leider war das nicht möglich. Wo sollte ich so einen großen Rahmen auch unterbekommen?

Nichtsdestotrotz, es war wunderschön. So leidenschaftlich, ohne dabei anstößig zu wirken. Erotik auf diese Art darzustellen, ist tatsächlich eine Kunst. Eine, die er sehr gut beherrschte.

Wehmütig dachte ich an meine alte Figur. Inzwischen wusste ich, dass ich niemals wirklich fett gewesen war, sondern mich nur so empfunden hatte.

Damals hatte ich Tristan nie geglaubt, auch wenn er es mir stets zu erklären versuchte. Schon merkwürdig, wie verzerrt die menschliche Eigenwahrnehmung ist:

Unsichere Personen empfinden sich häufig als hässlich, wenngleich sie es nicht sind. Außerdem heißt es nicht umsonst: Man begehrt immer das, was man nicht (mehr) hat. Sobald man älter wird, wünscht man sich seine Jugend zurück und vergisst völlig, dass man sich zu diesem Zeitpunkt auch nicht mochte. Ein Teufelskreis der Unzufriedenheit.

»Es ist unverkäuflich, Miss Angel.«

Ohhhh! Da war es wieder! *›Miss Angel‹*, in Szene gesetzt mit dieser leisen, schmeichelnden und dennoch provozierenden Samtstimme. Umgehend löste sich meine Unterwäsche in Nichts auf; ich wirbelte herum und erblickte ihn am obersten Absatz der luftigen Treppe, die von der Galerie in den ersten Stock führte.

Seine Erscheinung war einfach nur ... *umwerfend.*

Das dunkle Haar – das übliche relativ kurz geschnittene Chaos. Der Körper – die übliche Sexyness und Tristan Wrangler – die übliche Arroganz.

Die dunkle, edle Anzughose hing viel zu locker auf seinen Hüften, dazu ein komplett schwarzes Hemd – drei Knöpfe offen ... Ärmel nachlässig hochgerollt ... denn ihm war höchstwahrscheinlich klar, dass es nichts Anziehenderes und Fesselnderes gab als die Sehnen seines muskulösen Unterarmes ... Ebenso wie seine lässige Haltung, die trotzdem so anmutig wirkte, wie bei einem Raubtier auf der Jagd.

Woah! Tristan im Anzug ...

Hatte er mich früher förmlich umgehauen, fehlten mir jetzt glatt die Worte. Kein Wunder bei einem Hirn im Leerlauf. Nur mühsam konnte ich mich davon abhalten, offensichtlich zu sabbern. Herrje, ich musste mich unbedingt zusammenreißen, um mich nicht wie eine pubertierende Schulgöre zu benehmen. Denn das war ich nicht mehr, sondern eine erwachsene Frau!

Aber ... Gott, er war so schön! Und ich liebte ihn immer noch so sehr!

Als er eine Braue hochzog, bemerkte ich das winzige Schmunzeln, das über seine kühlen, ebenen Züge huschte.

»Momentan habe ich nicht vor, deinen Mund zu ficken, Mia

Marena, du darfst ihn schließen!«

Verdammt! Schnell versiegelte ich meine Lippen und erstarrte prompt. »Du hast mich noch nie *›Mia Marena‹* genannt.« Warum mir das ausgerechnet jetzt einfiel, konnte ich nicht mal sagen, denn schon bei der Ausstellung hatte er meinen vollen Namen genutzt. Vermutlich war ich durch seine Anwesenheit zu sehr abgelenkt, geradezu schockiert gewesen.

Er neigte den Kopf leicht zur Seite und musterte mich analytisch. »Wie denn sonst?« Unvermutet und wie in Zeitlupe stieg er die Treppe herab, als befände er sich auf einem Laufsteg, jedoch ohne mich aus den Augen zu lassen. Wie selbstverständlich näherte er sich mir erneut soweit, bis er mich fast berührte und ich vor Erwartung zu zittern begann. Schließlich hauchte er samten: »Wie soll ich dich nennen?« Ich musste mir den Hals ziemlich verrenken, um hoch in sein perfektes Gesicht schauen zu können.

»Das weißt du«, wisperte ich.

»In der Tat!« Sein Zeigefinger strich an meiner Halsschlagader rauf und runter, worauf ich heftig erschauderte. Dies war eine stumme Drohung. Atemlos spürte ich die Wärme seiner Haut, rechnete jede Sekunde mit dem Angriff, wagte nicht zu schlucken, um ihm nicht auf diese Art noch den Weg zu weisen – und brüllte gleichzeitig lautlos auf ihn ein, dass er es endlich tun sollte. Vergebens.

»In den letzten Jahren habe ich mich verändert … Perspektiven gerade gerückt, Ansichten revidiert … unangebrachte Verhaltensweisen abgelegt … Realitäten akzeptiert ...« All das kam in diesem dunklen, kaum hörbaren Raunen. »Ich weiß, du würdest dir wünschen, dass ich dich *›Baby‹* nenne ... aber so bezeichne ich nur die Frau, die ich liebe. Und die ist für mich längst gestorben, gemeinsam mit meinem alten Ich. Sie existieren nicht mehr ...« *Autsch!* Das war schmerzhaft! Ich stand doch hier – *vor ihm!* Mein Herz schlug nur für ihn! Noch ...

»Es ist nicht so ... wie du denkst. Das war alles ganz anders, als ...«

»So?« Nur flüchtig sah er mich an, bevor er sich erneut auf meinen Hals konzentrierte, wohingegen ich kaum zu einem logischen Gedanken fähig war. »Bin ich oder bin ich nicht aufgrund deiner Aussage für zwei Jahre in den Knast gekommen?«

»Aber ...«

Ich drohte zu hyperventilieren, während er mich endlich direkt ansah. Sein Lächeln war allerdings verschwunden, als hätte es nie existiert. »Hast du oder hast du nicht ausgesagt?«

Fieberhaft überlegte ich, wie ich ihm erklären sollte, dass alles ein riesengroßes, dummes Missverständnis gewesen und ich von meinem Vater reingelegt worden war, ohne, dass sich die Story total unglaubwürdig anhörte.

Jahrelang hatte ich Zeit gehabt, mir manchmal sogar vorgestellt, was ich sagen würde, wenn ich ihn wieder traf. Und nun brachte ich keine Silbe hervor. Vor lauter Nervosität begann ich, auf meiner Unterlippe herumzukauen und fixierte den Boden. Mist!

»Antworte!« Seinen Zeigefinger ersetzte er durch eine Hand, die nun mein Kinn umfasste, es mit einem Ruck nach oben zwang, sodass ich ihn anschauen musste.

Seine Präsenz, diese immense Kraft und innere Stärke, schüchterte mich ein. Nichts war mehr von dem alten Tristan in ihm. Nichts Weiches, Einladendes, stattdessen fand ich nur Ablehnung und Härte.

»Ich musste ...«, schluchzte ich auf und kniff die Lider zusammen. Bevor ich in Tränen ausbrechen konnte, distanzierte er sich etwas. Nach wie vor sprach er sehr leise, beinahe verführerisch, doch seine Worte hätten nicht vernichtender ausfallen können:

»Die Tour der Unschuld vom Lande zieht nicht mehr, kapiert? Überlege dir verdammt gut, was du tust oder sagst, ansonsten könnte es sein, dass ich nicht mehr so nett bin wie jetzt ...« Wenn er das *›nett‹* nannte, dann wollte ich nicht erfahren, wie er drauf war, wenn er wütend wurde. Nur befürchtete ich, dass ich mit dem eiskalten Tristan viel mehr zu tun haben würde als mit dem vermeintlich *›netten‹*.

»Komm!«, befahl er und zog mich, ohne mich direkt zu beachten, die Stufen nach oben, bis wir einen Gang betraten, der mit flauschigen Teppichen bedeckt war. Irgendwann bogen wir rechts ab, erklommen eine Wendeltreppe und stoppten letztendlich vor einer weißen Tür. Tristan tippte in ein Zahlenfeld irgendeinen Code ein, ein grüner Knopf leuchtete auf und wir konnten passieren. Wieder durchquerten wir einen Flur – diesmal mit schwarzen Teppichen versehen. Er gab mir auch hier keine Gelegenheit, mich umzuschauen, denn er zerrte mich am Handgelenk unbarmherzig weiter. An der letzten Tür kam er zum Stehen, worauf in goldenen Buchstaben

Godfather of Fuck

zu lesen war. War das tatsächlich sein Ernst? Ich wollte die Augen verdrehen und einen schnaubenden Ton von mir geben, ließ es aber besser bleiben, denn ich konnte den neuen Tristan einfach nicht einschätzen. Dieser übermäßige Größenwahnsinn, den er offenbar neuerdings an den Tag legte, toppte alles je Dagewesene. Früher hatte er ja schon einen Hang dazu, aber jetzt hatte es ungeahnte Ausmaße angenommen, vor allem weil er es nicht mehr versteckte.

Dekadent war das Erste, was mir einfiel, als ich den Raum betrat. Ein weicher goldener Bodenbelag und viele künstlerische Elemente dominierten die weitläufige Fläche. Tristan steuerte direkt die Minibar an, die nicht offen einsehbar war. Fragend musterte er mich, und als ich den Kopf schüttelte, imitierte er meine Geste – nur flüchtiger – und köpfte in aller Seelenruhe eine Flasche Eiswein.

Mhm ... Noch immer zeichnete er sich durch seinen eigenen typischen Geschmack aus. Während er Eis in *zwei* Gläser verteilte und die prickelnde Flüssigkeit einschenkte, setzte ich meine Inspizierung des seltsam anmutenden Büros fort.

Ein riesiger und gleichzeitig perverser Couchtisch forderte als Nächstes meine Aufmerksamkeit. Sozusagen glotzte mich eine detailgetreue Vagina an, auf der die polierte Glasplatte befestigt war. Dahinter nahm ich eine dunkle Ledercouch und einen Chefsessel wahr. An den Wänden, die nicht von Schrankelementen verstellt wurden, hingen mehrere Rahmen. Viele Fotografien schmückten sie, und ich hätte schwören können, dass mir diese Brust und die Hand unheimlich bekannt vorkamen. Vielleicht sollte ich mich bei Tristan erkundigen, wie viele von unseren gemeinsamen Aufnahmen noch in diesem eindrucksvollen Gebäude zu finden waren. Ich erkannte aber auch auf Einzelstücken seine Brüder und seinen Vater im Duett mit einem gigantischen schwarzen Gorilla. Irritiert betrachtete ich das Tier. So viele Eindrücke stürmten auf mich ein, aber ich sagte nichts, auch wenn ich alles erfahren wollte. Die Neugierde brannte in mir, und es beruhigte mich ungemein, dass wenigstens seine Familie anscheinend noch Teil seines Lebens war. Möglicherweise gelang es mir, Vivis Nummer in Erfahrung zu bringen, denn ich hatte seit dem verheerenden Tag vor acht Jahren nichts mehr von ihr gehört. Was wohl nicht sehr verwunderlich war, genauer betrachtet. Mein Blick glitt weiter … Zu einem nächsten Bild …

Eines, worüber ich beinahe gelacht hätte, wenn mir meine Instinkte nicht signalisiert hätten, keinen Ton von mir zu geben. Gott persönlich thronte mit ausgestreckten Beinen auf einem üppigen Thron auf einer Wolke und schaute teuflisch grinsend hinab auf die Erde, wo alle nackt waren und es jeder mit jedem trieb. Der Chef des Himmels war natürlich kein anderer als Tristan, der einen übergroßen Joint in seinen Fingern hielt, während eine dunkel glänzende Pistole auf seinem Oberschenkel schlummerte, die scheinbar sanft berührt wurde, als wäre sie sein neues Baby Nummer eins. Die eingelassenen goldenen Wandlichter setzten passende, überirdische Akzente, und wieder drohte mich ein leicht irres Kichern zu überwältigen. Was ebenso schlagartig verschwand, als etwas im Augenwinkel meine

Konzentration auf sich zog. Hinter seinem Schreibtisch, genau mittig darüber, in einem schönen gebeizten Rahmen residierte sie: die Zeichnung unserer Lichtung. Mir wurde warm ums Herz und ich ging unbewusst darauf zu, gebannt von der Wiese, den Bäumen, dem Bach … In letzter Sekunde konnte ich mich davon abhalten, über die beiden Schatten zu streichen, die ich kurz vor diesem schrecklichen Tag, der alles beendet hatte, noch hinzugefügt hatte.

»Wieso hast du mir nie gesagt, dass du es gemalt hast?«

Langsam wandte ich mich zu ihm um, während ich mir peinlich berührt die Tränen fortwischte, die sich von mir unbemerkt über meine Wangen gestohlen hatten. »Ich weiß es nicht.«

»Tja, das war nicht die einzige Angelegenheit, bei der du mich belogen hast.« Er saß mittlerweile in seinem Sessel, der sich zentral im Raum befand. Ein Fuß ruhte seitlich auf seinem Oberschenkel, wobei er, vermutlich in Gedanken versunken, sein Kristallglas schwenkte und mich beobachtete. Unlesbar, ganz und gar nicht liebevoll und dennoch wunderschön.

Natürlich wurde ich mir der in mir aufsteigenden Hitze nur zu sehr bewusst, die mich immer überkam, wenn Tristan Wrangler mich allein ansah, weshalb ich mich aus meinem Mantel schälte und ihn zusammen mit meiner Tasche sorgsam auf einem Stuhl drapierte. Nicht eine Sekunde ließ er mich dabei aus den Augen und schürte damit gekonnt meine Nervosität.

Ja, er war tatsächlich ein neuer Tristan. Gefährlich ...

Unschlüssig stand ich schließlich vor ihm und er reichte mir das von mir eigentlich nicht gewollte, aber trotzdem gefüllte Glas. Es war noch nie meine Art gewesen, verlorene Kämpfe auszufechten, deswegen ergriff ich es mit schweißnassen Fingern.

»Also ...« Ich klang so zittrig, wie ich mich fühlte. »Was willst du von mir?«

Die nächste fast wissenschaftlich neugierige Musterung erfolgte, bevor er sprach – ruhig, gelassen und dennoch lauernd. Ein Panther kurz vor dem Sprung.

»Die Frage lautet wohl eher: Was willst *du* von *mir*?« Das Ganze ähnelte beinahe einer Hypnoseshow: mit dieser samtenen, tiefen Stimme, dem intensiven Blick und den minimalistischen Bewegungen – fast in Zeitlupe. Mir war mehr als mulmig zumute, und als ich ihm antwortete, schien es, als würde ich mir aus weiter Ferne lauschen. »Ich will dich.«

»Du willst mich, ja?«, wiederholte er sarkastisch. »Damit du mich noch mal verraten kannst? Ein zweiter Versuch, mich zu zerstören?«

»Nein!«, wehrte ich hastig ab. »So war das nicht! Ich habe nie gewollt, dass dir etwas Schlimmes zustößt, das musst du mir einfach glauben! Ich will dich wieder zurück, egal wie ...«

Humorlos, gepaart mit einer Prise Fassungslosigkeit, lachte er auf. »Also, du bist tatsächlich hier aufgekreuzt, obwohl du weißt, dass ich dich zu gern tot sehen würde, weil du mich zurück willst?« Der Spott war nicht zu leugnen und ich nickte vermeintlich mutig.

Er grinste diabolisch, seine Augen funkelten verwegen. »Du bist echt nicht normal ... Okay!«

»Okay, was?«, hakte ich nach, bevor mir unser Insider auffiel.

»Okay ... dein Wunsch sei mir Befehl ...« Ehe ich die erleichternde Brise in meinem Inneren genießen und sich ein Lächeln in meine Züge schleichen konnte, fügte er lapidar hinzu: »Da gäbe es nur eine winzige Bedingung.«

»Ja?« Das Herz hämmerte so laut in meiner Brust, dass er es unter Garantie hörte. »Welche?« Erneut neigte er den Kopf, aber seine Lippen beschrieben nicht das kleinste Lächeln. »In den kommenden drei Monaten gehörst du mir: sowohl dein Geist als auch dein Körper. Du wirst tun, was ich von dir verlange – *egal*, was es ist. Ich darf alles, du nichts. Nun ...« Seine Mundwinkel zuckten spöttisch. »Wenn mir der Sinn danach steht, gebe ich dir vielleicht sogar die Möglichkeit, meine Meinung über dich zu ändern und dir die abgefuckten Lügen zu glauben ...« Seiner Miene nach zu urteilen, rangierte das jenseits aller Eventualitäten.

»Wenn du mich vernichtest, bringt mir das aber nichts mehr!«

Mir war nicht klar, woher ich den Mumm hatte, auch noch sarkastisch zu klingen.

»Ich werde mich ehrlich bemühen, es nicht so weit kommen zu lassen.« Tristan zwinkerte mir zu.

Das war doch komplett irre. Ich, er – dieses gesamte Gespräch!

»Also ... verstehe ich das richtig? Wenn ich mich deinem Willen beuge, alles mitmache, was du mit mir vorhast, darf ich mich erklären?« Mehr interessierte mich nicht, nur seine Vergebung, für die ich wirklich alles getan hätte. Und sei es nur, damit jeder die Dämonen der Vergangenheit abschütteln konnte, um sein Leben unbelastet fortsetzen und irgendwann einmal, ohne Reue und mit reinem Gewissen ins Licht gehen zu können. Seine nun eher braunen Augen funkelten mich unter seinen langen Wimpern heraus provozierend an. Für einen Moment blitzte etwas in ihnen auf, verschwand jedoch, ehe ich es erfassen konnte.

»Ja«, konstatierte er schlicht. Auch wenn ich ihm nicht glaubte, so war es meine einzige Chance. Und ich würde sie nutzen!

»Okay«, stimmte ich deshalb zu, ahnte aber bereits, dass ich gerade einen faustischen Pakt geschlossen hatte und somit die Hölle auf Erden willkommen hieß. Tristan bedachte mich mit einem fast ehrlichen, offenen, strahlenden Lächeln.

»Ich wusste, dass du dich darauf einlassen würdest. So naiv und einfältig, wie du immer noch bist.«

»Bin ich nicht!«, begehrte ich augenblicklich auf. »Ich würde nur alles für dich tun, weil ich nie aufgehört habe, dich zu lieben.«

»Ja, ja, ja, wie auch immer ... kommen wir also zu den geschäftlichen Dingen.«

»Geschäftliche Dinge?«

Geschmeidig erhob er sich und steuerte seinen Schreibtisch an. »Selbstverständlich müssen wir das schriftlich fixieren.«

»WAS?« Als er registrierte, dass ich noch keinen Schluck getrunken hatte, machte er einen Zwischenstopp bei mir und hielt mir scheinheilig mein Glas an die Lippen.

»Trink!«, forderte er spöttisch grinsend und ich kippte in einem Zug alles hinunter.

Aus der obersten Schublade holte er eine schwarze Aktenmappe hervor. Offenbar war er perfekt vorbereitet – ich überlegte, wie lange er die Rache an mir schon geplant hatte –, als er sie auch schon öffnete und mich zu seinem Chefsessel dirigierte. Grob stieß er mich hinein und stellte sich hinter mich, drückte mir dann wortlos die Unterlagen in die schwitzigen Hände und lehnte sich bedrohlich, aber auch unwiderstehlich duftend über meine Schulter, um sich einen ›Wutball‹ vom Tisch zu schnappen und ihn zu kneten. Einige Sekunden fixierte ich hingerissen seine schlanken Finger, bevor ich mich nur im Ansatz auf das Geschriebene vor mir konzentrieren konnte.

»Punkt eins«, las ich leise für mich selber vor. »Kein Küssen … Was?« Ich drehte ihm mein Gesicht zu, und er war mir so nah, dass meine Lippen fast seinen Mundwinkel berührten, wie ich schockiert feststellte.

Oh Gott! Die Billigpants würde diesem Wasserfall nicht viel länger standhalten können. Tristan rollte mit den Augen, während er mir unverfroren auf die Brüste starrte. »Mund weg! Da steht es, schwarz auf weiß: Ich werde dich nicht küssen!«

»Wieso?«

»Ganz einfach: Damit verhält es sich genauso wie mit der Benutzung spezieller Kosenamen. Die verwende ich nur, wenn ich liebe. Davon ausgenommen sind natürlich sämtliche Schlampen.«

AUTSCH! Schon wieder … Bei seiner indirekten Beleidigung zuckte ich zusammen, fühlte mich aber weiterhin bestätigt, alles zu tun, um seine Meinung über mich zu ändern. Ich war sicher vieles! Naiv! Gutgläubig! Träumerisch! Ihm absolut verfallen! Aber sicher keine Schlampe!

»Ich darf dich auch nicht anfassen?«, schrie ich unmittelbar darauf.

»Ja. Außer, ich befehle es dir.«

»Darf ich eigentlich irgendwas?« Gott, dieser Mann war so frustrierend!

»Lies, dann weißt du´s«, konterte er trocken.

Oh ja, das bereitete ihm einen Heidenspaß. Dennoch gab er sich beachtliche Mühe, seine Genugtuung nicht bis zu mir durchsickern zu lassen.

»Regel Nummer drei«, las ich weiter, sie war in schreienden Großbuchstaben und fett sowie mit zehn Ausrufezeichen versehen. »Mit keinem anderen ficken ...? Ist das dein Ernst?«, hakte ich spöttisch nach, denn so langsam wurde ich sauer.

»Sehe ich aus, als würde ich verdammte Witze machen?«, erkundigte er sich plötzlich scharf. Erneut wandte ich mich zu ihm um. Als ich mir unsicher auf die Unterlippe biss, runzelte er ärgerlich die Brauen. Daraufhin unterließ ich es umgehend. Aber interessant zu wissen, dass es noch immer dieselbe Wirkung auf ihn hatte wie früher. »Ähm, also. Irgendwie ... hatte ich ... seit damals ... keinen Sex ...«

»Was?« Jetzt war er zur Abwechslung mal schockiert. Denn er richtete sich abrupt auf und starrte mich mit offenem Mund an. »Du hattest acht Jahre lang keinen Ficker in deiner Pussy? Acht verschissene Jahre!?«

»Ich habe dir schon mal gesagt, dass du der Einzige für mich bist und auf ewig sein wirst, und das habe ich auch so gemeint!« Ein Ausdruck huschte über sein Gesicht, der nur schwer einzuordnen war, so schnell, wie er sich wieder fasste. Er beugte sich wieder über mich, lehnte seine glatte Wange an meine und ich hätte fast geschnurrt …

»Lies weiter!«

Irritiert sah ich ihn an, und versuchte, mit der Nähe und der daraus neu entstehenden Hoffnung umzugehen, dann glitt mein Blick zu dem etwas angerauten Papier hinab.

»Nummer vier: Nur dir ist erlaubt, mich zum Orgasmus zu bringen?«

»Jepp!« Tristan schien ziemlich zufrieden.

»Wer sollte das sonst tun? Ich habe dir doch gerade erklärt, dass ich seit ...«

»Ich habe vor, dich so geil zu machen, dass du töten würdest, um zu kommen. Dir ist nicht gestattet, selber Hand an dich zu legen, egal, wie sehr du wollen wirst!«, unterbrach er mich, indem er mir ins Ohr hauchte. *Mhmmm* … Krampfhaft unterdrückte ich ein Wimmern, als ich seine feuchte Zunge gefolgt von seinen vollen, warmen Lippen darunter spürte.

»Das ist fies!«, schmollte ich.

»Ich weiß.« Er klang, als würde er sich soeben beglückwünschen, was mich richtig wütend machte. Aber ich verkniff mir einen ätzenden Kommentar und widmete mich wieder dieser seltsamen Lektüre.

»Regel Nummer fünf: Ich werde nur dann stöhnen, reden, mich bewegen oder winden, wenn ich deine Erlaubnis dazu erhalte. Sag mal, darf ich vielleicht noch alleine atmen?«

»Nope!« Ich wollte etwas erwidern, wurde aber durch seine Lippen, die über meinen Hals wanderten, abgelenkt und musste die Lider schließen. Das hier war eine süße und gleichsam gemeine Folter, da alles so intensiv auf mich einströmte, weil ich viel zu lange auf seine Zärtlichkeiten hatte verzichten müssen. Ich wollte meine Arme um seinen Nacken schlingen und …

»Vergiss es«, ertönte sein Genuschel an meiner aufgeheizten Haut, als hätte er mein Vorhaben geahnt. Ich wollte mir nicht anmerken lassen, wie stark seine Wirkung auf mich war, aber mit mangelndem Erfolg, denn ein Zittern verriet meine aufgewühlten Emotionen.

»Weiter, Miss Angel.« Nun klang er wirklich amüsiert und losgelöst, genauso, wie ich ihn liebte ... *über alles*!

Für eine Sekunde war es, als wären wir nie getrennt gewesen und dennoch so aufregend wie mit einem Fremden. Eine berauschende Mischung. Seine Wange schmiegte sich weiterhin an meine und sein Kinn ruhte auf meiner Schulter. Er war so verdammt nah, aber ich durfte ihn nicht berühren, nur empfangen.

Es erinnerte an das Kuscheln mit einem wilden Raubtier. Jede Bewegung wäre eine falsche und würde diesen magischen Moment zerstören.

»Wenn ich das unterschreibe ... darf ich auch Regeln aufstellen?«, richtete ich mein Augenmerk wieder auf das Schriftstück vor mir.

»Auf keinen Fall!«

»Wieso nicht?«

»Ich sagte: weiterlesen.« Mit einem Finger schnippte er auf die Unterlagen.

»Mit anderen Worten, ich muss stets gefügig sein und darf niemals Fragen stellen. Was bist du, ein verdammter Dom?«

»Woher kennst du den Ausdruck?«, erkundigte er sich einigermaßen verblüfft.

»Wenn du dich erinnerst, hatten wir das Thema bereits. Im Übrigen lese ich Fanfictions ...« Auf diese Enthüllung hin wurde ich knallrot.

»Mhm, ich sehe schon ... Ich werde meinen Spaß haben«, grinste er nachdenklich »Und nein, ich bin kein verdammter Dom! Ich mache lediglich, was mir gefällt. Dabei halte ich mich an keine der üblichen Spielregeln oder so einen Scheiß. Allerdings kann ich nicht bestreiten, dass ich es schon damals sehr anregend fand, dich auf *meine Art* zu dominieren. Und ich habe vor, dies noch um einiges auszuweiten.«

»Sehr beruhigend zu wissen«, murmelte ich ironisch.

»Das ist auch nicht mein Ziel, denn ich finde es fucking heiß, wenn du Angst hast. Dies ist kein gottverschissener Witz«, berichtete er hart und signalisierte somit, dass der lockere Moment von eben vorbei war. Ich schluckte schwer – wenig begeistert –, denn ich fand das ehrlich gesagt gar nicht heiß! Na gut, irgendwie, so ein bisschen schon ... Trotzdem wollte ich mich nicht noch mehr einschüchtern lassen. Also, weiter im Text:

»Ich muss mich am gesamten Körper rasieren. Das war ja klar. Und die Mahlzeiten nach deinem Ermessen einnehmen? Was bedeutet das?«

Mit dem Ende meiner letzten Silbe hatte Tristan meinen Sessel herumgeschwungen. Er stützte sich auf einer Seite an der Lehne ab, packte mit einer Hand meinen Kiefer und presste meine Wangen zusammen, sodass es fast wehtat.

»Du bist zu dürr!«

»Früher war ich fett, jetzt bin ich dürr. Wen interessiert´s?«, nuschelte ich undeutlich.

»Du warst nie fett! Verdammt noch mal!«, grollte er sehr leise, was dasselbe Resultat hatte, als hätte er mich angebrüllt. Ein Zurückweichen war leider nicht möglich, weil er mich ja festhielt. Einige Sekunden schauten wir uns einfach nur an, bis sich seine tobenden Augen beruhigt hatten und er grob von mir abließ.

»Du wirst mir jeden Abend von Freitag bis Sonntag zur Verfügung stehen und auch sonst jederzeit für mich erreichbar sein. Es wird keine Safe-Words oder andere Rettungsanker für dich geben ... Du kannst es weiter unten nachlesen. Also machen wir es kurz: ja oder ja?« Damit entfernte er sich von mir, schleuderte den Wutball auf den Tisch (der so gar nichts gebracht hatte) und musterte mich mit undurchdringlicher Miene, während er die Arme verschränkte. Oh, Oberarmmuskelalarm! Dann auch noch die herrische Art, wie er auf mich herabblickte …

Mist! Ein ziemlich beachtlicher Teil in mir wollte sich spontan die Kleider vom Leib reißen und sich hier auf diesem Schreibtisch von ihm ficken lassen. Dass ich genau wusste, wie er ohne Klamotten aussah, machte das Ganze nicht besser. Nebenbei bemerkt.

Aber es gab noch jene kleine Stimme, die wahrhaftig Angst vor diesem Mann hatte, der zwar enorme Ähnlichkeit mit meinem Tristan aufwies, es aber auch gleichzeitig nicht war. So skrupellos und eiskalt kannte ich ihn nicht – zumindest nicht im Bezug auf mich.

»Wenn nicht, dann geh. Da ist die Tür ...« Als unsere Blicke bedeutungsschwer zu dieser schweiften, wurde sie wie auf Befehl geöffnet und eine nackte, blonde kleine Elfe mit langen gelockten

Haaren und operierten Brüsten tänzelte ins Zimmer. Verdammt! Was hatte die hier zu suchen, so perfekt, unbekleidet und mit … Was waren das? Hatte sie etwa Piercings in ihren Nippeln?

»Mary?« Er betrachtete sie mit hochgezogener Braue, denn sie blieb erstarrt stehen, als sie mich in dem Sessel wahrnahm. Fickte er sie? Selten dämliche Frage – natürlich tat er das. Warum sonst sollte sie in diesem Aufzug in sein Büro stürmen, ohne anzuklopfen, als wäre sie zu Hause? Allein der Gedanke an ihn mit einer anderen war so schmerzhaft, dass er Potenzial besaß, mich umzubringen. Mein Blut geriet in Wallung, während ich versuchte, mir nichts anmerken zu lassen. »Ähm. Ich soll dir ausrichten, dass ... im Keller ... Wer ist das?«, platzte es aus ihr heraus.

»Was geht dich das an?«, konterte er im gleichen Atemzug.

Oh, okay. Das verwirrte mich nun vollends, garniert mit einem kleinen Schuss Genugtuung.

»Sorry, Boss ...«, murmelte sie kleinlaut. Boss? Die Situation wurde immer abstruser. Was ging hier vor? Zu meinem inneren Aufruhr gesellte sich nun auch noch Neugier.

War Tristan etwa der ... *Boss* … dieser nackten Nymphe mit dem engelsgleichen Antlitz ...?

Doch von seinen zusammengekniffenen Augen getrieben, die scheinbar Funken sprühten, verließ sie fluchtartig den Raum.

Noch immer stand er mit verschränkten Armen vor mir – einer verstörend schönen Statue gleich – und sah fast schon verträumt ihrem Arsch hinterher. Natürlich legte er dabei den Kopf schief. Gott, ich wollte ihn töten, bis er tot war!

Mit dem Schließen der Tür schaute er provokativ zu mir, wobei ein herablassendes Grinsen seine Mundwinkel zierte.

Dieser Idiot wusste genau, dass mich die Eifersucht gerade regelrecht auffraß und spielte schamlos damit! In mir platzte etwas! Was er konnte, konnte ich schon lange! Er würde merken, was er davon hatte, wenn er mir solch ein Regelwerk vorsetzte und glaubte, mich damit kleinzukriegen. Jegliche Warnung, weil ich unüberlegt handelte, schoss ich in den Wind.

Nun wollte ich es wissen! Alles!

Deshalb erhob ich mich und riss ihm die Mappe aus der Hand, die er zwischenzeitlich an sich genommen hatte. Verdattert taxierte er mich dabei, wie ich das Papier auf den Schreibtisch klatschte und mir den teuren schweren Kugelschreiber schnappte, der dort lag. Bevor ich der Verlockung nachgeben konnte, meine Entscheidung zu überdenken, setzte ich schwungvoll meinen Namen unter den Vertrag.

Und das war´s!

Tristan stand nur sprachlos hinter mir. Ich spürte seinen Atem in meinem Nacken, als ich fertig war und einige Sekunden einfach so dastand, mit den Armen auf die Tischplatte gestützt.

Soeben hatte ich dem Teufel mein Leben und meine Seele verschrieben. Anders konnte man es nicht nennen.

»Und jetzt?« Irgendwie fühlte ich mich gerade total ausgepowert.

»Jetzt ...« Er schlang einen Arm um meine Taille und zog mich ein kleines Stück nach links, sodass wir vor einem goldenen Samtvorhang standen, den ich davor, ehrlich gesagt, gar nicht bemerkt hatte. »Kann die Party beginnen«, flüsterte er in mein Ohr und der Vorhang glitt langsam auf.

Was ich erblickte, ließ meine Knie weich werden, denn nein, ich kannte Tristan eindeutig nicht mehr. Nein, ich kannte auch seine Welt nicht mehr und ja, das würde eindeutig zu viel für mich werden. Ja, ich schiss mir soeben komplett in die Hosen ...

Denn ihm, dem Mann, dem ich mich gerade mit Leib und Seele verschrieben hatte, gehörte ein Sexclub!

7. UNTERWERFUNG DIE ZWEITE

Tristan 'the Dominant' Wrangler

Ich war noch etwas baff, weil sie den Scheiß einfach so unterschrieben hatte, denn ich hätte gedacht, ich müsste sie viel mehr locken, umwerben – vielleicht sogar *freundlich* sein. Welcher normale Mensch würde zu so etwas schon vorbehaltlos und ohne mit der Wimper zu zucken zustimmen?

Da musste ich wohl Mary und ihrem unpassenden nackten Timing danken ... Wäre sie nicht reingestürmt und hätte ich den Moment nicht genutzt, um Mia eifersüchtig zu machen, hätte sie sich wohl nicht von ihren Gefühlen überrennen lassen.

Es war ... so ein geiles Feeling. Ich konnte genau die Eifersucht in ihren Augen aufflackern sehen, als sie Marys Vorzüge wahrnahm, die Selbstverständlichkeit, mit der sie unbekleidet vor mir stand. Für mich war das alltäglich und keinen weiteren Blick wert. Aber für einen Außenstehenden, für jemanden, der genauso unschuldig war, wie vermutlich Mia Marena – heilige Scheiße, was für ein beschissener Name, aber bei solchen Eltern kein Wunder –, musste die Szene heftig gewesen sein. Im Grunde war es zum Totlachen, dass sie sich kein bisschen geändert hatte und nach außen hin immer noch schüchtern und naiv wirkte. Doch ich ließ mich für keine Sekunde täuschen – wenn sie wollte, konnte sie ihre Krallen ausfahren und schmerzhaft kratzen. Die Erfahrung hatte ich am eigenen Leib/Herz gemacht.

Immer noch brodelte sehr viel Temperament unter der scheinbar ruhigen Oberfläche, von welchem ich genau wusste, wie ich es zum Sieden bringen und schließlich überlaufen lassen konnte.

Das war schon immer mein Spezialgebiet gewesen. Jetzt würde ich dabei nur um einiges brutaler vorgehen, weil ich acht verschissene Jahre lang darauf gewartet hatte, all meine wirren Fantasien und Gelüste mit meinem persönlichen perfekten ›Racheengel‹ auszuleben.

Obwohl ... so perfekt war sie eigentlich gar nicht mehr – ich würde sie eindeutig ausstopfen müssen wie den verdammten Truthahn zu Thanksgiving! Denn sie bestand nur noch aus Brust und Keule. Die Frage, ob sie vielleicht, so wie ich, immer noch unter den Geschehnissen von vor acht Jahren litt, ließ ich erst gar nicht zu.

Doch irgendetwas beschäftigte sie, denn sie sah regelrecht abgekämpft aus; die Augenringe erzählten von vielen durchgemachten Nächten. Aber weiß der Scheißer, was sie bei denen alles getrieben hatte!

Oder konnte sie vor Furcht vor mir nicht schlafen? Die Vorstellung hatte durchaus was …

Ansonsten konnte es doch keinen Grund geben, sich meinetwegen Gedanken zu machen. Das mit uns war eine halbe Ewigkeit her, sie hatte ein tolles neues Leben mit ihrem tollen neuen Freund, Wohnung, Traumjob, Pool, Yacht, verschissenem Personal Trainer und allem Drum und Dran – wandelte also im Gegensatz zu mir im Licht! Alles andere war doch nur Show.

Abgesehen vom Club, dem Studio, den Fotos und meinen nervigen, aber doch irgendwie – jaaaa, ich muss es zugeben – verdammt coolen Geschwistern, war da *nichts*. Ansonsten war ich frustriert und gelangweilt – also sozusagen tristiert.

Das altbekannte Schema wiederholte sich … doch das würde aufhören – fucking *jetzt!*

Mit Genugtuung registrierte ich das Entsetzen, als ich ihr mein Imperium zeigte – meinen persönlichen Himmel und ihre zukünftige Hölle.

Damit, dass ich nun ein *wahrer* Sexgott war, hätte sie nie gerechnet. Möglicherweise hatte sie in mir einen harmlosen Fotografen vermutet, was die Tatsachen eigentlich nur ein wenig verdrehte, denn ich war ganz sicher Künstler – nur in einem etwas speziellen Gebiet und vor allem alles andere als harmlos. Dieses Wort existierte nicht in meinem Wortschatz!

Trotz allem musste erst mal verdaut werden, dass sie sofort unterschrieben hatte.

Weshalb ich ihre scheinbar versteinerte Gestalt alleine an der Glasscheibe stehen ließ und mich quer über meine Dreisitzercouch schmiss, um erst mal gemütlich einen zu rauchen – manche Dinge ändern sich eben nie. Ich besaß das beste Gras der Stadt, und wenn sie gewusst hätte, wie viel davon noch im Safe lagerte, hätte die kleine Schlampe wahrscheinlich sofort wieder ihren Daddy angerufen und mich verpetzt. Wobei ich so vorsichtig war, dass er mir sowieso nicht viel anhaben könnte.

Ganz schlechter Gedankengang!

Immer wenn mir wieder einfiel, was sie mir angetan hatte, fühlte ich wie die Wut sich in mir steigerte, und ich musste an mich halten, um sie nicht mit bloßen Händen zu erwürgen. Besonders, wo sie endlich in greifbarer Nähe war, gestaltete sich die Vorstellung noch überwältigender als zuvor.

Aber dafür war die Zeit noch nicht gekommen ... Mein Ficker protestierte nebenbei bemerkt immer noch vehement, wenn ich auf solche Ideen kam. Ihm war es schnurz, ob sie dünn oder fett war, ob sie uns verraten hatte oder nicht, ob sie eine Schlampe war oder mein ... Er wollte da rein. Denn ihre Pussy war immer noch – egal ob der Rest dünn oder dick war – das Engste, was er je gefühlt hatte.

Mental fluchend verlagerte ich den ungeduldigen Penner in meiner Hose, während ich ihren Rücken blickfickte sowie nach Größe geordnete Kringel ausstieß – einen Unterarm locker auf dem angewinkelten Knie, und das andere Bein über die gesamte Länge der Couch ausgestreckt.

Sie hatte sich immer noch nicht bewegt, stand verloren, mit einer Hand an dem kühlen Glas abgestützt vor der Scheibe, und glotzte. Ich überlegte, etwas nach ihr zu schmeißen, damit sie sich zu mir drehte. Das erinnerte mich daran, wie ich heute in der Früh Francesco – dem Idioten – ihren Hausschuh ins Gesicht gefeuert hatte, worauf ich zufrieden grinste. Aber was fiel dem Pisser auch ein, einfach ihre Titte zu packen, während ich sie leckte ...?!

Oh, wie sie geschmeckt hatte ... Der Gedanke war im Moment absolut falsch, denn er machte mich steinhart. Im Übrigen hatte ich Angst, dass *er* demnächst rambomäßig mit Kriegsbemalung und epischer Musik meinen Reißverschluss sprengen und mich dazu bringen würde, mich unkontrolliert auf sie zu stürzen. Tsss ... *Das* würde ich natürlich *nicht* tun: den Eindruck erwecken, ich wäre noch immer der achtzehnjährige hormongesteuerte grenzdebile Kretin, den ich damals gemimt hatte. Obwohl ich, wenn es um sie ging, nach wie vor den Eindruck erweckte verdammt hormon- beziehungsweise fickergesteuert zu sein, konnte ich meine Triebe mittlerweile kontrollieren. Das lernt man zwangsläufig in der Sexbranche.

Außerdem würde ich ihr heute Abend natürlich nicht den Gefallen tun und sie ficken. Gerade *weil* sie es unbedingt wollte! Ihr musste gleich klar werden, dass sie mich mit nichts mehr beherrschen konnte – auch nicht mit ihren Pussy-Power-Muskeln. Sie sollte wissen, dass jetzt ausnahmslos ich Herr der Lage war. Natürlich musste ich dem Ficker dafür einen mentalen Keuschheitsgürtel umschnallen, denn er würde sonst alles verderben.

Yeah ... Das war der Plan ... Soweit so gut … Sogar das James Bond Intro lief bereits in meinem Kopf ab.

Ich nahm einen weiteren vollen Zug und beobachtete sie unter trägen Lidern. Aber in meinem Innern sah es nicht ganz so lässig aus, der Anschein trog.

»Und ich soll dir tatsächlich die irrwitzige Aussage abnehmen, dass du in deinem ganzen Leben nur mit mir Sex hattest?« Das wollte partout nicht in meinen Schädel! Vor allem war sie mit dem Kleinschwanz schon seit geschätzten Äonen zusammen, und hätte ihn garantiert nicht so lange von sich fernhalten können. Das machte kein normaler Mann auf Dauer mit ... Nicht, dass der Bastard normal gewesen wäre … Aber jetzt wusste ich wenigstens, wieso er einmal die Woche meinen Club besuchte. Natürlich waren mir auch seine Vorlieben bestens bekannt, und ich konnte nicht anders, als mich erleichtert fühlen, weil er diese offensichtlich nicht mit ihr auslebte. Denn auch wenn ich sie foltern und brechen wollte, sollte das bloß kein anderer probieren! Hierbei handelte es sich ausschließlich um meine Aufgabe!

Meine Worte hatten sie aus ihrer Starre gerissen, sie drehte sich mit einem Blick, den ich noch nie zuvor an ihr gesehen hatte, zu mir um.

Vorsichtig, verängstigt ... fucking heiß ...

»Ja ... Dir gehört ein Sexclub?«, erkundigte sie sich hohl.

»Ja ... Wieso hast du mit keinem anderen gefickt?« Ich zog noch mal an der Tüte und richtete mich auf, als sie zu mir kam und sich behutsam neben mich setzte. So, als würde sie mir jetzt wirklich nicht mehr trauen, nur weil ich mit Sex mein Geld verdiente ... Es war ihr offensichtlich egal, dass sie mir ausgeliefert war, dass ich sie geradezu psychisch demütigte, und mehrmals ankündigte, ihrem Dasein ein Ende zu setzen. Vielleicht wäre ihr sogar egal gewesen, wenn ich meine Drohungen wahr gemacht hätte ... aber die Tatsache, dass ich einen Sexclub besaß, weckte ihr Misstrauen und schüchterte sie am meisten ein. Diese Frau würde mir auf ewig ein Rätsel bleiben.

»Weil allein der Gedanke sich falsch angefühlt hat.« Sie zerkaute wieder mal ihre Lippe und starrte meine an, die sich um den Filter legten. Ich ignorierte es und sah entspannt zur Decke. »Wie lang besitzt zu den Club schon?«

»Fast sechs Jahre. Wieso falsch?« Nur im Augenwinkel beobachtete ich, wie sie die Lider schloss und sich nach hinten an die Lehne fallen ließ.

»Weil es nicht du gewesen wärst«, flüsterte sie kaum hörbar, aber ich vernahm es dennoch und verdrehte die Augen. Meine Fresse ... meinte sie echt ich würde ihr den Scheiß abkaufen? »Was passiert hier so?«

Ich machte es mir gemütlicher und fixierte die schwarze Decke meines Büros mit den vielen Strahlern, genauso wie sie.

»Hmmm? Was passiert wohl so in einem Sexclub? Es wird bestimmt kein Spargel verkauft oder anderer saisonaler Scheiß«, antwortete ich, doch nachdem sie nicht locker ließ, erklärte ich es ihr. »Die Menschen kommen her, um sich ihre geheimsten Fantasien zu erfüllen, um das zu fühlen, was sie im Alltag nicht empfinden können. Oder auch, um das zu bekommen, von dem sie denken, es im realen Leben nicht zu haben – doch in Wahrheit sind sie nur blind und laufen Fantasien nach, die es in der Realität nun mal nicht gibt … Wie auch immer. Ich biete ihnen die Illusion der Erotik, so wie sie im Buche steht.«

»Hast du deinen ... Club auch schon mal genutzt, um deine Fantasien auszuleben? Mit Mary? Hast du sie eingearbeitet oder irgendeine andere?« Das Schmunzeln kam ganz automatisch, ob ich wollte oder nicht, denn da war sie wieder: Die eifersüchtige kleine Mia … Marena – Bitch.

Jetzt setzte ich mich seitlich auf und zog ein Bein unter meinen Körper. Sie öffnete die Augen und wandte sich mir zu. Ich grinste sie an und spielte beiläufig mit einer Strähne ihres Haars, das mich an den Fingern kitzelte, während mein Arm auf der Lehne ruhte. Alles an mir wirkte offen, doch das war der feine Unterschied: Selbst wenn ich den Menschen weismachte, ich sei der strahlende Sunnyboy – so blieb tief in mir alles dunkel ... Keiner bemerkte etwas von meiner inneren Schwärze, wenn ich das nicht zuließ, und inzwischen konnte ich es sogar vor ihr verbergen. »Ich kann meine Fantasien nicht einfach so ausleben.«

»Warum nicht?«, fragte sie ehrlich neugierig, losgelöst durch das ›offene Gespräch‹.

»Weil es sich falsch angefühlt hat«, nutzte ich fast ihre Worte als samtenes, perfekt antrainiertes Hauchen.

»Wieso?«, hakte sie abermals nach, verwirrt und aufgewühlt durch meinen pseudoverführerischen Tonfall.

»Weil du nicht da warst.« Provozierend hob ich eine Braue, trieb das Spiel noch ein kleines bisschen weiter ... und yeah, sie bekam – wie erwartet – rote Wangen, glaubte tatsächlich, ich würde sie vollschmalzen. Dummes kleines Miststück!

Anstatt die Augen zu verdrehen, stand ich auf, beugte mich noch mal zu ihr hinab und strich ihr eine Strähne hinters Ohr.

»Ich habe nur eine einzige Fantasie, nach deren Umsetzung ich mich all die Jahre sehne.« Sie hätte glücklicher nicht aussehen können ... bis ... »Lass dich überraschen.«

Schlagartig wurden ihre Wangen bleich ... »Ist das dein Ernst?«

»Oh jaaaa!« Breit grinsend zog ich sie auf die Füße. »Wenn´s so weit ist, wirst du´s schon merken.« Mit diesen Worten schleifte ich sie aus meinem Büro.

Sie ließ ein atemloses, verunsichertes, wirklich nur leicht hysterisches Lachen erklingen.

Sollte sie nur ... Ich liebte es, mit ihrer Ungewissheit zu spielen.

Pfeifend führte ich sie über den gesamten Flur, zur Wendeltreppe und hinab in den Club.

Als hätte meine Aussage Auswirkungen auf die Kontrolle ihres Körpers, stolperte sie hinter mir her. Aber so war es ja schon immer.

Mit aufgerissenen Augen, die wohl nie wieder auf Normalmaß schrumpfen würden, begutachtete sie die Szene vor uns und klappte zusätzlich den Mund auf, als sie die Showleute bemerkte, die sich hinter der Bühne auf ihren Auftritt vorbereiteten. Tänzerinnen dehnten sich lasziv, um sich aufzuwärmen, rieben sich gegenseitig mit glitzerndem Öl ein, Kerle mit lediglich einem Tanga bekleidet, machten noch ein paar Liegestütze oder Klimmzüge, um ihre Muskeln zu betonen. Lara, die Feuerspeierin, rannte aus ihrer Umkleide, sah sich panisch nach jemandem um und hielt sich feinen Stoff vor die Brüste.

Natürlich blieb ich stehen und schnürte ihr mit geübten Griffen wortlos das Korsett zu. Meine Finger wurden dabei genauestens beobachtet und die Augen verengt, als Lara einen kleinen Arschklatscher bekam, sobald ich fertig war.

»Danke, Chef!«, rief sie mir noch fröhlich hinterher … Ich schmunzelte in mich hinein.

Als Mel mit der Riesenboa über den Schultern an uns vorbeilief, klammerte Mia Marena sich an meinem Arm fest, als wären wir in einer Art Dschungel und sie könnte als Snack für zwischendurch enden. HA! Dann sollte sie erst mal warten, bis wir den offiziellen Teil meines Palastes betraten, denn dort lauerten die *echten* Bestien. Sie schien sogar zu vergessen, dass sich der grausamste unter den Jägern an ihrer Seite befand, weil sie sich hinter diesem Schutz suchend versteckte.

Irre ...

Jeder grüßte mich respektvoll, ich retournierte locker, woraufhin viele ein wenig verdattert aus der Unterwäsche guckten, sofern sie überhaupt welche trugen.

Bis wir zu dem roten Vorhang gelangten, der den hinteren Bereich vom eigentlichen Club trennte, war es fast ganz um Mia Marena geschehen. Noch immer grinsend zog ich sie hindurch, an die Seite des erhöhten Podestes und blieb zunächst am hinteren Bühnenrand stehen, damit sie das volle Ausmaß der Scheiße, in die sie sich zielsicher mit einem Hechtsprung manövriert hatte, voll in sich aufsaugen konnte.

Den schweren Geruch nach Sex, Sex und noch mal Sex. Die halb nackten oder vollständig entblößten Menschen. Die dröhnende Musik. Die offensichtliche Ekstase zwischen blitzenden Lichtern.

»Oh Gott ...«, war das Einzige, was sie murmelte, als wir uns den Weg zur Hauptbar bahnten.

Aus dem Augenwinkel bemerkte ich Garrett, der auf uns zukam, wie üblich komplett nackt und nur mit einem Lederhalsband mit Öse ausgerüstet ... aha. Heute Abend gehörte er also bereits einer glücklichen Lady. Nicht gerade erfreut registrierte ich, dass Mia Marena ihn anstarrte und ihre Wangen sich röteten. Wie sie seine muskulöse, eingeölte Form in sich aufnahm, die schwarzen kurzen Haare, seine funkelnden tiefblauen Augen, das perfekte, geschmeidige, hart antrainierte Auftreten ... und wie sie stolperte, als er sie schief angrinste und sich zu uns gesellte.

»Hey, Boss ...« Sie konnte es nicht lassen, seinen Unterleib zu fixieren.

»Gefällt dir, was du siehst?«, flüsterte ich ihr durch die Haare zu und prompt versteifte sie sich.

»Wie läuft´s?«, erkundigte ich mich sofort bei ihm.

»Hatte schon zwei Damen. Die eine hat sich in meinen Arsch verliebt.« Er drehte sich um und zeigte mir seine roten, frisch versohlten Kackplatten. Mia Marena keuchte auf und ich glaube, sie murmelte ein kleines Gebet, während sie tomatenmäßig den Boden anvisierte. Ich verdrehte die Augen.

»Aua«, verkündete ich amüsiert, aber Garrett winkte ab. *Das* war für ihn erst das Vorspiel ...

»Und wer ist die junge Lady an deiner Seite?« Er musterte besagtes Nachtschattengewächs von unten nach oben und zurück, dachte wohl, sie wäre eine neue Nutte. Absichtlich hatte ich sie noch nicht vorgestellt, weil sie sich auch so fühlen sollte.

»Das ist nur Mirta.« Sofort versteifte sie sich und feuerte einen tödlichen Blick in meine Richtung, denn sie hatte diesen Namen schon immer gehasst.

»Hi, Mirta!«, säuselte Garrett höflich und hielt ihr seine Hand entgegen. Mein grobes Zwicken in ihre Seite verklickerte ihr, dass sie ab sofort ›Mirta‹ hieß, doch obwohl sie frustriert seufzend aufsah, schlug sie ein.

»Hi, Garrett, freut mich«, grummelte sie mehr als missmutig, versuchte aber dennoch, freundlich zu ihm zu sein. Typisch ...

»Und?«, fragte er locker und lehnte sich an die Bar, an der wir angelangt waren. »Wofür bist du zuständig? Herrin? Sklavin? Blowjobs? Handjobs, Tittenjobs, NS, KV, Squirting? Blut? Tantra? ...«

Mit unbändiger Genugtuung sog ich den Anblick eines jeden noch so kleinen Mienenspiels ihres Gesichtes in mich auf, das Garretts Ausführung auslöste, während dieser weiter aufzählte. Diese Frau konnte immer noch keine einzige Gefühlsregung verstecken ...

»So genau weiß ich das noch nicht. Aber ein kleiner Test in eurer Gegenwart dürfte Klarheit bringen«, unterbrach ich ihn. Mia Marena neben mir keuchte auf und blinzelte mich flehend an. Doch ich nickte nur, ohne jegliche Gemütsregung und mit hochgezogenen Brauen, was ihr endgültig den Schock ihres Lebens verpasste.

Eben noch Tomate, nun Kohlrabi.

»Wir treffen uns nach eurer Schicht im Bloody Hell ...«

Garretts Augen leuchteten auf, er scannte ziemlich offensichtlich ihren kleinen Körper, woraufhin er sich zu allem Überfluss über die Lippen leckte ... Spontan überlegte ich, ob er auch ohne seinen Schwanz für mich arbeiten könnte.

»Darf ich es tun?«, erkundigte er sich voller Hoffnung, denn normalerweise waren er oder Georgi meine Tester für neue Schlunzen. Zum Glück bemerkte sie nicht die Mordlust, die meine Mimik kurzzeitig verzerrte.

»Nein«, erwiderte ich knapp.

»Dann Georgi?«

»Ich werde es selbst tun.«

»*Du*?«

Ein warnender Blick meinerseits genügte; er verbeugte sich vor uns und verschwand eilig in der Menge aus schwitzenden Leibern, was eindeutig gesünder für ihn war.

Jetzt zog ich ›die Versteinerte‹ direkt an die Bar und bestellte erst mal eine Cola. Nicht, dass sie mir wirklich noch aus den Latschen kippte.

»Testen?«, wisperte sie, ihr Ausdruck wirkte nach wie vor leicht abwesend.

»Japp!« Unvermittelt presste ich sie an mich, als sich einer meiner Kellner vorbeiquetschte. Sie wurde ziemlich umhergeschleudert, weil natürlich gerade jetzt alle Idioten die Bar stürmten.

Fuck, sie war so verschissen klein … Automatisch nahm ich sie an den Hüften und setzte sie auf den Hocker hinter mir, sodass sie von dem violett erhellten Tresen und meinem Körper geschützt wurde. Mit solchen kleinen Gesten bewahrte ich sie davor zu fliehen ... oder mir eine Ohrfeige zu verpassen … *Ich* wollte mit ihr spielen, und nicht, dass sie mir jemand anders kaputtmachte.

Locker stellte ich mich neben sie, einen Arm auf dem Tresen, und signalisierte dem Barkeeper mit einem Fingerzeig, dass er sich mir zuzuwenden hatte.

»Wie immer Boss?«, fragte er sofort.

»Und eine Cola.«

In der nächsten Sekunde befanden sich die Erfrischungen bereits vor mir. Ein Grinsen unterdrückend beugte ich mich an ihr vorbei, um die Getränke in Empfang zu nehmen. Sie keuchte nah an meinem Hals, ihr warmer Atem kitzelte mich.

Der Scheiß fühlte sich immer noch fucking gut an – wie ich ungern zugab.

Ehe ich jedoch auf den Gedanken kam, mich auf sie zu stürzen, lehnte ich mich wieder zurück auf die Ellbogen – von ihr weg –, und hielt ihr die Cola entgegen.

»Trink!«

Was sie nicht bemerkte, denn sie war gerade damit beschäftigt, das Pärchen neben uns anzustarren. Die Frau arbeitete für mich und hätte in einem R´n´B-Musikvideo mitspielen können. Eine schwarzhaarige Spanierin mit den längsten Beinen, die ich je gesehen hatte, hielt einem Anzugtypen um die Dreißig ihren Nippel hin, damit er sich ausgiebig damit beschäftigen konnte.

Kurzerhand ergriff ich Mia Marenas Kinn, um ihre Aufmerksamkeit wieder auf mich zu lenken.

Hier spielte die Musik!

Es war ganz schön viel für sie an einem Abend – das konnte ich nachvollziehen. Natürlich wusste ein kleiner Teil von mir nur zu genau, was in ihr vorging, aber ich hatte mir geschworen, keine Rücksicht mehr auf das zu nehmen, was sie mir signalisierte.

»Hat dir Garrett gefallen?« Abermals wurden ihre Augen größer und ihr Blick flog fast schon ertappt zu mir.

»Ähm …«, stammelte sie und wand sich unbehaglich. Sie tat gut daran, meine Finger nicht von ihrem Kinn zu lösen, denn wenn ich sie festhalten wollte, dann hielt ich sie fest. Ich zog eine Braue nach oben, als sie nicht antwortete.

»Ja, also, er hat ja schon einen beträchtlichen ... *Körper* ... Das ist unübersehbar ...« Bei ihrem Genuschel wurde sie wieder mal ziemlich rot.

»Ficker meinst du«, stellte ich kühl klar, und sie zuckte zusammen. »Wirst du mir etwa schon untreu, kleine Schlampe?«, säuselte ich warnend und gab ihr Kinn frei, um mit dem Zeigefinger ihren Hals hinab und über dem Pullover zwischen ihre Brüste zu streichen.

»Gooott!« Stöhnend warf sie den Kopf zurück, als ich ihre aufgestellte Brustwarze berührte. Jepp! Ich hatte diese kleine Schlampe eindeutig vermisst. Aber sie sollte nicht meinen, mir die Antwort verweigern zu dürfen, nur weil ich sie verrückt machte.

»Rede!« Bevor sie es realisierte, hatte ich ihr fest gegen den aufgerichteten Nippel geschnippt. Sie stieß schockiert den Atem aus, »Aua!«, fasste sich an die misshandelte Stelle und starrte mich zutiefst vorwurfsvoll an. »Was soll der Scheiß?«, grollte sie wütend, als wäre ich blöd und wüsste nicht, was ich soeben getan hatte. Ich lachte aus vollem Halse. Denn es war einfach zu komisch, wie sie mich anfunkelte. Dies war erst der Anfang und sie jammerte jetzt schon vor Schmerzen! Was würde sie erst tun, wenn ich mit ihr fertig war?

»Das ist nicht witzig!«, keifte sie und mein Gelächter erstarb.

Sie besaß eindeutig noch viel zu viel Selbstwertgefühl, war zu frech, zu viel Trotz schwang in ihrer Stimme mit. Das alles würde bald der Vergangenheit angehören.

»Ach ja?«, knurrte ich, als ich den Saum ihres Pullovers packte, ihn nach oben schob und forderte: »Ausziehen!«

»Auf keinen Fall!« Erbarmungslos blickte ich auf sie herab und gab auch nicht nach, als Tränen in ihre Augen stiegen. Sie hatte unterschrieben … und somit keine Wahl. Zudem war Mia Marena dämlich genug, allein aus Ehrgefühl an unserem Abkommen festzuhalten.

»Bitte, Tristan«, flüsterte sie.

Okay ... Sie hatte wohl den Vertrag – das alles – nicht verstanden, ganz abgesehen von dem Kleingedruckten ... Dass sie sich mir widersetzte, pisste mich gewaltig an.

»Du willst nicht, dass dich jemand dabei sieht, wie du deinen Pullover ausziehst? Okay!«

Die Frage ›Okay, was?‹ blieb diesmal aus.

Ihre sichtbare Erleichterung hielt sich nur bis zu dem Moment, als ich sie auf den Tresen setzte, und den Hocker aus dem Weg trat. Die Kunden um mich herum jubelten euphorisch. Eigentlich war das Vögeln auf der Bar aus hygienischen Gründen verboten, was allein schon das aussagekräftige Schild über uns bezeugte, aber hierbei handelte es sich um meinen Laden, also galten meine Regeln. Immer!

Nun konnte sie sich sicher sein, dass *jeder* Einzelne die Augen nicht von ihr abwenden würde

Ihr schockierter Ausdruck sprengte alles je Dagewesene. Es wirkte geradezu besorgniserregend.

Dennoch verschränkte ich lässig die Arme vor der Brust, bevor ich abermals befahl: »Ausziehen!«

Sie würde lernen müssen, dass sie unter keinen Umständen mit mir ficken sollte! Sämtliche Entscheidungen oblagen mir, denn ich war der Game-Master. Wenn sie sich widersetzte, machte sie alles nur schlimmer.

Mia Marena ging auf, dass ihr Widerstand oder ihr Flehen die Lage für sie nur noch verschlimmerte, und gab nach.

Noch einmal atmete sie schwer durch und besann sich dann gerade rechtzeitig. Aufmüpfig zog sie ihren Pullover über den Körper und saß kurz darauf nur noch in durchscheinendem Unterhemd und weißen BH vor mir.

Eilig wollte sie ihre Brüste verdecken, doch ich packte ihre Handgelenke – denn so etwas würde ich bestimmt nicht dulden. Sobald ich sie berührte, strahlte mir eine bekannte Information aus ihrer Miene entgegen – auch wenn sie gerade erniedrigt wurde ... Es machte sie an.

Zur Abwechslung lächelte ich. Sie gleichzeitig vor Erregung keuchend und ängstlich vor mir zu sehen, bereitete mir außerordentlichen Spaß. Gleichzeitig war ich mir sicher, dass jeder Kerl jetzt gern an meiner Stelle gewesen wäre, und musste an mich halten, um sie nicht wirklich zu ficken, nur um sie als *mein* zu markieren. Doch so weit war sie noch nicht. Ihre Demütigung musste langsam gesteigert werden, um meine Rache perfekt zu machen und ihren Untergang qualvoll zu gestalten. Sie sollte nicht im Vorfeld durch meine übertriebenen Forderungen die Flucht ergreifen, denn die Gefahr existierte durchaus, weil – mir zumindest – klar war, dass der Vertrag keinen Bestand hatte.

Langsam strich ich mit dem Daumen über jedes Gelenk, während ich ihren Blick gekonnt fesselte. Sie lächelte mich schüchtern und absolut verliebt an, nach wie vor nicht immun gegen mein Grinsen. Möglicherweise meinte sie, sich damit bewährt zu haben: Pullover ausziehen und halb nackt auf der Bar rumsitzen – wie das Huhn auf der Stange.

Da hatte sie aber falsch gedacht.

Ich bedeutete ihr, sich hinter sich abzustützen. Sie folgte nicht, also packte ich ihre Haare und brachte sie in die von mir gewünschte Position, was ihr einen leisen Schrei entlockte. Wer nicht hören will, muss fühlen. Dann griff ich ihren kleinen festen Arsch und zog sie nach vorne an die Kante, sodass sie meinen Schwanz erneut spüren konnte und sich ihre Titten in idealer Höhe befanden. Ihr gehetzter Blick flog unstet über die Zuschauer, suchte aber immer wieder den Kontakt zu meinem.

Mit einem Kopfschütteln gab ich ihr zu versehen: *Was die anderen denken, ist scheißegal. ICH bin es, um den du dir Sorgen machen musst* ... Und dabei hielt ich ihren zarten Nacken mit den Fingern umspannt.

Sie schloss die Lider, als sie meine mentale Botschaft verstanden hatte, und unterdrückte zwanghaft ein Wimmern. Das würde ihr nicht lange gelingen. Zurückhaltung in dem Punkt war keine ihrer Stärken ...

Als ich ihr grinsend das Unterhemd zerriss, öffnete sie die Augen, die jedes Mal größer schienen – diesmal mit einem lauten Keuchen und einem erschütterten Ausdruck ... Doch sie hielt still!

Der Stoff fiel zu beiden Seiten auf. Es wurde bis auf die Musik still um uns herum. Man konnte förmlich hören, wie alle den Atem anhielten. Sicher holten sich schon ein paar wortwörtliche Wichser auf sie einen runter. Nein ... daran durfte ich jetzt nicht denken, also konzentrierte ich mich auf die Frau vor mir und glitt mit beiden Händen über ihre Seiten nach oben. Ertastete genau ihre Form, und ließ sie dann an ihrem flachen Bauch wieder herabwandern.

Oh fuck!

Sie fühlte sich immer noch fantastisch an, auch wenn ich es nicht gern zugab. Außerdem ertönte wieder die Mia-spezifische Stöhn-Wimmer-Kombination, die mich schon damals ganz verrückt gemacht hatte, auch wenn sie versuchte, es zu unterdrücken. Besonders als ich ihre Beine entlang und an den Innenschenkeln weiter bis zu ihren Knien strich, zuckte sie zusammen. Denn sie war sich der Aufmerksamkeit, die ihr geschenkt wurde, zu sehr bewusst.

»Ich habe dich angelogen«, flüsterte ich, während meine Hände den Weg zurück nahmen. Dieses Mal an der Außenseite ihrer Schenkel über ihr Steißbein, ihren Rücken und bis zu ihrem BH-Verschluss.

Jegliche Lust, die sie soeben ausgestrahlt hatte, verschwand schlagartig und wurde durch Panik ersetzt.

Weil sie ahnte, dass ich sie vor allen Clubbesuchern entblößen würde.

Mir entging nicht ihr stummes Flehen, aber darauf wollte und durfte ich keine Rücksicht nehmen. Am unteren Saum des BHs strich ich entlang, bis nach vorn.

»Nicht alles an dir ist hässlich.« Mit diesen Worten zog ich ihn herab, sodass ihre Titten oben herausschauten. Oh yeah ... so fucking hilflos ...

Sie schluchzte fast, als die kühle Luft ihre voll aufgerichteten Nippel umspielte, und als die Blicke der anderen sich in ihre Haut brannten.

»Oh Gott, hör auf, Tristan!« Jetzt konnte sie es sich nicht mehr verkneifen, wand sich umher, wollte sich mit bebenden Händen bedecken und von der Bar springen, wobei sie sich womöglich nur wehgetan hätte.

Bevor ihre Füße den Boden berühren konnten, fing ich sie im Sprung mit einem Arm um den Bauch ab und hob sie mit einem Ruck zurück auf den Tresen.

Mit riesigen Augen glotzte sie mich verängstigt und absolut schockiert an.

»Ich würde an deiner Stelle aufhören ... Ansonsten kette ich dich fest und lasse dich von jedem Einzelnen hier durchficken!«, warnte ich sie. Das würde mir zwar nicht im Traum einfallen, aber mit einem Pokerface hatte eine Drohung mindestens dieselbe Wirkung wie die tatsächliche Umsetzung.

»Nein ...« Ich sah, wie eine Träne an ihrer Wange herablief, aber ihr Protest ließ nach. Anstatt weiter rumzuzappeln, lehnte sie sich an mich und vergrub ihr heißes Gesicht an meiner Schulter. Einige Sekunden gab ich ihr, sich zu wappnen, denn es würde noch schlimmer kommen.

Es war eine Gratwanderung, das war mir bewusst. Viel konnte ich ihr nicht mehr zumuten.

Spielerisch tänzelte ich mit meinen Fingern über ihren Rücken, gluckste, als sich Gänsehaut unter ihnen bildete, während sie lautlos an meiner Schulter weinte. Als sie sich beruhigt und wohl ihr erstes Entsetzen verarbeitet hatte, richtete ich sie wieder auf, sodass sich jeder an ihr sattsehen konnte. Einen winzigen Schritt ging ich sogar zurück und betrachtete sie mit schief gelegtem Kopf.

Sie kniff die Lider zu.

Ich nahm alles in mich auf: jedes Wimmern, jede Träne, jedes Beben ihrer Lippen ... Es war zu schön ...

Unverhofft umfasste ich ihre Brüste, sodass sie durch meine Hände bedeckt waren, und küsste sie dazwischen. In meine Zärtlichkeit schien sie mehr hineinzuinterpretieren, als tatsächlich vorhanden war, denn sie entspannte sich etwas. Ich sprach direkt an ihrer zarten duftenden Haut. »Vergiss die anderen. Alles um dich herum. *Ich* stehe jetzt vor dir. Du wirst nur mich ansehen!« Atemlos nickte sie.

Ironisch schnaufte ich auf und begann, ihre Titten zu massieren.

Leicht und sanft – im absoluten Kontrast zu dieser heftigen Situation. Sie war brav und ergab sich mir und meinen Bemühungen – aber das hatte sie ja schon immer gut gekonnt.

Fucking yeah!

Ich unterdrückte ein Stöhnen meinerseits und glitt mit den Lippen langsam über die weiche Haut. Meine Zunge ließ ich aus dem Spiel, während ich immer weiterknetete. Dann nahm ich ihre rechte Brust in die Hand, womit ich perfekten Zugang zu ihrem aufgestellten Nippel hatte. Zuerst fuhr ich nur leicht mit der Zungenspitze darüber, was sie erschauern ließ, dann fester ... umkreiste ihn, und als ich in der Mitte ankam, umschloss ich ihre dunkelbraune perfekte Haut und saugte rhythmisch daran.

»Ah«, stöhnte sie wie erwartet, und ich entschied, sie heute so häufig schreien zu lassen, wie sie wollte. Aber kommen würde sie auf keinen Fall.

Mit einem bösen Grinsen nahm ich einen konstanten Rhythmus von Saugen und Lecken auf, der sie schon bald verrückt machte worauf sie nach und nach ihre Umgebung ausblendete ...

Ohne mich kontrollieren zu können, glitt ich mit einer Hand über ihren Bauch. Ich musste wissen, ob sie so geil war, wie ihre Geräusche vermuteten ließen. Sofort presste sie ihren Schritt gegen meine Finger, als ich prüfend über den festen Stoff ihrer Jeans strich, und meinen Verdacht bestätigte, weil sie dort tatsächlich überschwemmt war, als wäre die Sintflut ausgebrochen.

Das gab mir beinahe den Rest. Ich musste meinen Ficker verlagern, der sein Recht forderte. Denn er lief genauso aus, wollte sehr gerne Schiff spielen, das sich vor den apokalyptischen Wassermassen in ihrer Höhle versteckt. *Ruhig, du ungeduldiges Arschloch! Du wirst schon noch auf deine Kosten kommen.* Doch er ließ sich kaum bändigen und pochte mit jeder Sekunde nur noch mehr.

Hmmm, eigentlich, wenn sie hier schon so vor mir saß ... Oben ohne ... Mit ihren Titten, die trotz ihrer zerbrechlichen Figur ziemlich voll und weich waren ... konnte ich die Erniedrigung doch gleich mal steigern, oder?

Scheiß auf Zurückhaltung! Dies war der bescheuerte Truthahn! Sie würde *nie* vor mir davonlaufen, egal was ich ihr antat!

Ich stöhnte kehlig gegen ihren Nippel auf, als ich mir vorstellte, was mein Ficker wollte, und entschied mich absolut spontan, ihm seinen Willen zu lassen. Früher hatte sie auch nie nein gesagt!

Als ich mich von ihr löste und einen Schritt zurücktrat, wimmerte sie auf und umklammerte mit ihren Beinen meine Hüften. Fast schon wütend und vor allem lustverschleiert öffnete sie die Augen und zog wieder die übliche Schocknummer ab, weil ich meine Gürtelschnalle öffnete. Ganz langsam machte sich Entsetzen auf ihrem Gesicht breit, während ich meinen steinharten Schwanz rausholte. Erneut wand sie sich, ihr Blick huschte über die Schaulustigen, die ich längst gekonnt ausgeblendet hatte. Die anderen im Club waren mir egal, dies war mein Zuhause, mein Reich.

»Ich denke, wir gehen über in Runde zwei … wie wär's mit einem Tittenfick?«, grinste ich, packte grob ihre Haare und riss sie nach hinten, sodass sie auf der Bar zum Liegen kam.

»Nein!«

Mit einem Mal schob sie mich mit aller Kraft, die sie aufbringen konnte, von sich – offensichtlich rasend vor Wut. Das erkannte ich an der Art, wie sie mich anfunkelte und vom Tresen hüpfte, woraufhin ich sie auffangen musste, weil ihre Beine anscheinend aus Gummi bestanden.

»Du gehst zu weit!«, spie sie mir mit bebender Stimme entgegen und schirmte zu Tode gedemütigt ihren Oberkörper mit den Händen vor den Fremden ab.

Das lief ja perfekt!

Als sie sich einfach irgendwohin aufmachte, folgte ich ihr lachend. Sie fand das Ganze echt nicht witzig und bewegte sich schnurstracks auf den Bühnenausgang zu, der einzigen Fluchtmöglichkeit, die sie kannte. *Hör auf mit dem dämlichen Fangespielen und vögle sie endlich, bevor sie dir für immer davonläuft*!, forderte mein Ficker grimmig ... Ich verlagerte ihn und gab ihm zu verstehen, dass er jetzt erst mal Sendepause hatte.

Langsam wurde die Situation nämlich brenzlig, denn sie bedeckte sich wieder ordentlich mit dem BH, schnappte sich irgendeinen Mantel, den sie an der Mitarbeitergarderobe auftrieb, warf ihn sich über und lief und lief und lief ...

In der Galerie vor dem Bild von uns beiden wurde ich *leicht* pissig!

Also machte ich einen Satz, packte sie am Handgelenk, und drückte sie mit meinem Körper gegen die nächstbeste Wand.

»Was wird das?«, zischte ich.

»Wonach sieht es denn aus? Ich gehe!« Wütend funkelte sie mich an. Ihre Zähne knirschten.

»Was?« Jetzt kam sie mir schon so? »Warum?« Doch all die Wut war nicht das einzige Gefühl, das in ihr tobte. Tränen standen erneut in ihren Augen, die Unterlippe zitterte und dennoch klang sie fest und bestimmt.

»Das bist nicht du, Tristan! Und das bin auch nicht ich! Das hier sind nicht wir, es ist nicht richtig! Früher ... warst du ein Arsch, alles war dir egal ... aber wenigstens ich habe dir etwas bedeutet! Und du kennst mich einfach zu gut, während ich nichts mehr von dir weiß! Das macht dich *wirklich* gefährlich ... Ich kann dir nicht vertrauen, kein bisschen! Du bist so unberechenbar, so skrupellos und eiskalt ... Das ist zu viel für mich. Dich so zu sehen ... Ich kann das nicht ertragen ...«, rasselte sie schluchzend herunter.

Mein Finger verschloss ihre bebenden Lippen. Bemerkenswert, dass sie es auch endlich mal verstanden hatte – ich war nicht mehr so wie früher, was für eine verfickte Überraschung aber auch! Guten Morgen, Schlampe! Es waren acht Jahre vergangen, in denen ich mich durch wortwörtliche Scheiße boxen musste! Was zum Teufel erwartete sie von mir?

»Du kannst nicht gehen, du bist einen Vertrag eingegangen«, betonte ich gepresst. Meine Stimme zitterte leicht, ich raste innerlich vor Wut.

»Dein Scheißvertrag ist mir egal!«, schrie sie an meinem Finger vorbei, wand sich erneut gegen mich, kämpfte wie eine Löwin, trat mir sogar gegen das Schienbein und imponierte mir damit – verdammt, verdammt und zugefickt!

Doch es war ein Leichtes, sie heftiger gegen die Wand zu drücken, sodass sie sich nicht mehr rühren konnte. Für die nächsten Worte benötigte ich ihre volle Aufmerksamkeit.

»Wenn du jetzt gehst, dann gehst du für immer! Du wirst nicht noch eine Chance bekommen … Mia Ma...«

Sie biss zu.

»Fuck!« Automatisch riss ich meine Hand weg und stolperte erstaunt einen Schritt nach hinten, während ich meinen Finger begutachtete. Denn Fuck, so was hatte sich noch keine Schlampe erlaubt! Sie nutzte ihre Chance und stieß mich an der Schulter zurück, schlüpfte gleichzeitig an mir vorbei und ... rannte, was das Zeug hielt.

»Verdammt!«, fluchte ich ungehalten durch die komplette Galerie. Ich war auf hundertachtzig, mein Finger pochte wild.

Sie riss die Tür auf und knallte sie in genau dem Moment zu, als ich rausstürmen wollte. Das massive Glas krachte auf meine Nase – das Weib machte mich fertig! Und gleichzeitig war sie noch nie heißer gewesen! Fuck!

Wieder verlor ich ein paar Sekunden, weil ich mir an das Riechorgan greifen und taumelnd die Tür, öffnen musste, als wäre ich verdammt noch mal besoffen, wobei ich fast nach hinten umkippte.

Da sah ich schon, wie sie sich tatsächlich ohne Tasche, aber dafür in High Heels auf ihr Fahrrad schwang. Sie würde sich doch jetzt nicht im Ernst so davonmachen, oder?

»Zum Teufel, WARTE!«, rief ich, doch sie reagierte nicht, sondern radelte mit schmerzverzerrtem Gesicht aus der Ausfahrt und düste dann über die von Laternen erhellte Straße ... Ich hatte keine Chance, ihr zu folgen. Die Schlüssel für mein Auto lagen in meinem verfickten Büro ...

»FUUUUUUUUUUUUUUUUUUUUUUUUUUUUUUUU UUCK!«, brüllte ich mit geballten Fäusten in die stille Nacht. Auf ein paar Balkonen rund herum wurden Fenster und Türen einen Spaltbreit, auf Tragödien hoffend, von Spannern geöffnet.

»Komm zurück! Verdammte Scheiße! MIA!«

Sie kam nicht ...

Mit beiden Händen über mein Gesicht reibend fluchte ich, was das Zeug hielt.

Die Fenster und Türen wurden voller Enttäuschung geschlossen, Vorhänge glitten zu, aber natürlich wurde nur gestarrt und nicht etwa eingegriffen, *bevor* das Unglück – was auch immer genau – eintreffen konnte, damit man sich *danach* über den Verfall der Zivilisation aufregen durfte. Tja – Hauptsache etwas zum Nörgeln haben ... Scheißgesellschaft ...

Meine Arme hingen kraftlos herab, die Zähne waren aufeinander gebissen. Mein Finger und meine Nase taten weh. Der Kopf dröhnte ... Dieser Ausgang des Abends war so nicht geplant. Mir wurde klar, dass ich zu weit gegangen war, eindeutig.

Widerstreitende Gefühle in meiner Brust verwirrten mich. Unbeherrschter Zorn, das Verlangen nach Rache, aber auch nach etwas Vertrautem … ihrem Geruch, ihrem Körper, die Weichheit ihrer Haut, und Erstaunen darüber.

Das alles war zu viel und zerrte an meiner Kraft … Mein Weltbild stürzte in sich zusammen.

Mia Marena Engel hatte sich gegen mich gewehrt. Der Truthahn hatte tatsächlich … mit seinem Schnabel auf mich eingehackt ...

Tja, wir waren beide nicht mehr die Alten.

Mit dieser Komplikation hatte ich wirklich nicht gerechnet.

Diese Frau überraschte mich immer wieder aufs Neue – ob ich wollte oder nicht ...

8. Bedingungen

Mia' scared' Engel

Das war absolut falsch gelaufen. Total falsch! Who the fuck is Tristan Wrangler? Wer war der Mann, der mir allein mit einem kleinen Lächeln den Kopf vernebeln konnte? Wer war der Mann, bei dem sich eine Berührung anfühlte wie die Vorschau auf das Paradies auf Erden? Wer war der Mann, der mich in einem Sexclub vor lauter fremden gierigen Augen entblößt und gedemütigt hatte? *Wo* waren seine *Grenzen*? Ich wusste es nicht, denn ich konnte ihn mittlerweile kein bisschen mehr einschätzen, weshalb mein Fluchtinstinkt gesiegt hatte. Außerdem war alles an ihm so anders gewesen, denn er nahm sich wirklich nur noch, was er brauchte, ohne im Geringsten auf mich zu achten. Früher waren seine Hände genauso gewesen, wie ich sie in diesem Moment benötigte. Brauchte ich sie zart, so waren sie wie Federn auf meiner Haut; wollte ich sie hart, so packte er mich und ließ mich jeden Fingerstreich scheinbar bis in mein Innerstes fühlen. Und jetzt? Jetzt fand ich nur diesen leeren Ausdruck in den Augen, die ehemals voller Leben und Liebe gewesen waren. Und das tat weh – verdammt weh sogar! Es war nicht so, dass er mich nicht mehr bis aufs Äußerste erregen würde oder als wüsste er nicht ganz genau, wie er mich wieder ins Paradies befördern konnte. Ihm war bekannt, dass ich verrückt wurde, wenn er mir mit heiserer Stimme dreckige Worte ins Ohr raunte, dass ein kleiner Hauch Atem an meinem Hals mich alles vergessen ließ.

Ein Wimpernaufschlag, ein schiefes Lächeln, eine noch so geringe Bewegung seiner Hüften an meinen.

Es zählte zu seinen Naturinstinkten, genau zu ahnen, wie er mich handhaben musste oder die Verführung in Person zu mimen ... Oh ja ... immer wieder Verführung – das umschrieb Tristan Wrangler perfekt. Was den Zwiespalt in mir nur noch größer werden ließ, denn mein Körper reagierte auf ihn wie immer – spielte mit wie eine willige Hure –, während mein Geist streikte und flüchten wollte. An dem Punkt kam es mir vor, als müsse ich zerreißen. Ganz zu schweigen von dieser ganzen Sexclubgeschichte. Das war einfach zu viel. All das nackte Fleisch, die Hemmungslosigkeit und Schamlosigkeit. Im Gegenzug war ich nur freizügig bei ihm, und gehörte ganz sicher nicht zu diesen Möchtegern-Sexbomben, die sich seine Mitarbeiterinnen nannten. Nur was ihn betraf, war ich eine Verführerin ... Keine der verrückten Praktiken hatte ich drauf, welche die anderen Frauen in diesem Milieu praktizierten. Keine operierten Brüste und diese perfekte Figur. Weder war ich braun gebrannt noch wusste ich, wie ich mich am besten so verrucht und perfekt schminken sollte. Ich arbeitete in einem Kinderheim und er als Sexgott! Gut ... Tristans Vorliebe war ja schon immer weibliches nacktes Fleisch gewesen – denn er lebte für den Sex. Doch hätte ich niemals vermutet, dass er mir – nachdem er mich früher beschützt und auf Händen getragen hatte, als wäre ich seine persönliche Göttin – so etwas antun würde. Dass er dazu fähig wäre, mich anzusehen und zu benutzen, als wäre ich nichts anderes als ein Loch zum Reinficken.

Waren die Unterschiede früher Schweden und Afrika, so handelte es sich jetzt um die Wüste und die Antarktis. Wir gehörten nicht zusammen. Noch viel weniger, als es einst der Fall gewesen war – ich als Loserin und er als Schwarm der Schule. Nun war der Abgrund zwischen uns unüberwindbar tief. Und anscheinend gab es von seiner Seite aus wirklich keine Gefühle mehr, durch die wir diese klaffende Lücke möglicherweise überbrücken konnten.

Also gab ich auf ... und lief davon! Zum ersten Mal in meinem Leben. Denn Tristan damals zu verraten ... und ihn daraufhin ziehen zu lassen – in der Hoffnung, er würde ein normales Dasein ohne mich führen können –, zu meinem Onkel zu gehen, *das* war der wahre Kampf gewesen! Nicht die Flucht! Meine Liebe zu Tristan Wrangler hatte mich von ihm ferngehalten … Doch jetzt rannte ich um meinetwillen! Und dann ... zerbröckelte meine Fassade und ich weinte. Weinte um alles, was ich gehabt hatte und um das, was ich glaubte, wieder zu kriegen, um die Hoffnung, die zerstört meine Perspektive wieder in die Realität katapultierte. Gottseidank war Francesco in der Woche die meiste Zeit arbeiten und schenkte meiner deprimierten, grübelnden Stimmung keine Beachtung, wenn wir uns denn mal sahen.

Wie so oft stritten sich die beiden Stimmen in meinem Kopf. Die eine, die tatsächlich noch nicht desillusioniert die Tatsachen betrachtete und der es egal schien, was er getan hatte. Die immer noch der festen Überzeugung war, dass Mia und Tristan eine Einheit bildeten. Und die Andere, die voller Wut und Scham über den Abend sinnierte und ihn zum Teufel wünschte. Denn existierte eine Chance für uns, wenn er mich nicht mal ansatzweise respektierte? Alles was ich wollte war ein winziger Hoffnungsschimmer – und wäre er noch so klein. Wenigstens eine Ahnung davon, dass er immer noch etwas für mich empfand. Seine Drohungen lösten in mir Angst aus, sein ganzes Auftreten war die Kälte pur, und hinterließ in der Summe eine tiefe Enttäuschung. Denn so hatte ich mir unser großes Aufeinandertreffen sicher nicht vorgestellt – das alles nicht. Ganz ehrlich. Ich hatte gedacht, er hätte irgendwas Seriöses und Erfolgreiches aus sich gemacht, denn er war schon immer ehrgeizig gewesen. Und daher war ich immer davon ausgegangen, er lebe wie ich in ähnlich geordneten Verhältnissen. Dabei war nichts an Tristan normal oder gewöhnlich.

Er war wie Stein – undurchschaubar – noch mehr als früher. Gleichzeitig schüchterte er mich ebenso ein.

Damals hatte ich gewusst, dass er niemals meine unsichtbaren Grenzen überschreiten würde, egal wie extrem seine Spiele gewesen waren.

Nun fühlte ich mich, als könnte ich ihm bei keinem Schritt mehr trauen. Als könnte jede falsche Bewegung meine letzte sein.

***

Seufzend fiel mein Kopf in meine Hände, während ich auf einem dieser ungemütlichen winzigen Kinderstühle saß und mit Wasserfarben eine stürmische See mit lauter bunten springenden Walen darin malte. Die Kleinen staunten und ließen ihrer Kreativität freien Lauf, so wie es für Kinder selbstverständlich sein sollte ... Ich hatte wieder mal eine Woche voller Grübelei und Unsicherheit hinter mich gebracht und nichts mehr von ihm gehört, denn eins war klar: Ich würde mich nicht melden! Wahrscheinlich war er sowieso schon längst über mich hinweg, mit freundlicher Unterstützung seiner fünf anderen Freundinnen, die aussahen wie Playboybunnys und nicht ausflippten, wenn er sie irgendwo in der Öffentlichkeit fickte, sondern die brav alles mitmachten ... Egal wie ...

»Mirti ... nicht schmollen!« Mahnend war Robbies Zeigefinger vor mir aufgetaucht und ich lächelte schwach.

»Nicht fuchteln, wenn du bunte Hände hast ...«, ich fing seinen kleinen Wurstfinger ein und hielt ihn nach unten, »sondern malen. Der Fisch sieht aus, als bräuchte er noch Augen.«

In einer bezaubernden Geste legte er den Kopf schief und spitzte die Lippen, während er sein Gemälde betrachtete. Er war so süß, jedes Mal, wenn ich ihn ansah, ging mir das Herz auf und ich lächelte unbewusst. Heute trug Robbie ein dunkelblaues Hemd und schwarze Jeans. Die Haare hatte ich ihm in der Früh gangstermäßig nach hinten kämmen müssen, denn er liebte es, den harten Kerl zu markieren.

»Ich muss piesien«, stellte er locker fest, dann sah er mich mit seinen hellgrünen großen Augen flehend an. »Kommst du mit?«

Er ging nicht gerne allein aufs Klo, weil es ihm in dem langen leeren Flur immer gruselte ... Natürlich dachte ich sofort an Tristan … Oh Mann! Ich war hier in der Arbeit, musste mich auf die Kinder konzentrieren und hatte nicht ständig an meinen Ex-Psycholover zu denken!

»Klar, Chef!« Ich verwuschelte ihm die seidig weichen Haare, und er sprang auf. »Yeah!« Er strikte in die Luft, ich kicherte.

Mit Anlauf stürmte er aus dem Gemeinschaftsraum und rannte mit Gepolter als kleines Energiebündel über den Gang. Ich musste mich beeilen, um hinterherzukommen und schmunzelte wegen seiner Überschwänglichkeit. Kinder haben es gut, sie sind im Gegensatz zu uns Erwachsenen so leicht zu erfreuen. Ein Sonnenstrahl, ein buntes Schneckenhaus, ein schwarzer Stein, ein fliegendes Flugzeug – das reicht oftmals. Ich wünschte, ich könnte mich auch über die Kleinigkeiten des Lebens freuen, doch dieses Können verlieren wir leider mit den Jahren.

Wie immer wartete ich vor den Jungenklos, inspizierte meine nicht manikürten Nägel und fummelte an den Nagelhäuten herum. Im Flur war es zum Glück nicht dunkel, denn er war gelb und strahlend gestrichen, dennoch fühlte ich mich leicht … beklommen und blickte ständig nach links und rechts. Keiner da. Stille. Doch das bedrückende Gefühl verschwand nicht. Es kroch von meinen Zehen bis zum Scheitel und hielt sich hartnäckig – auch nach mehrmaligem kontrolliertem Ein- und Ausatmen. Vergleichbar mit dem, was man spürt, wenn man sich alleine in einen dunklen Keller oder bei Nacht über den Friedhof wagt. Man weiß nicht genau, wieso man Angst verspürt, aber sie ist dennoch da. Vielleicht das Ungewisse, das durch das Nicht-Sehen im Dunkeln heraufbeschworen wird? Ich musste mich beruhigen, denn ich war keine Zwölfjährige mehr, die sich derart in ihre Furcht reinsteigert, bis sie heulend zu Mama rennt.

Doch mein Blick glitt hektischer über den Flur, als ich mit einem Mal langsam hallende Schritte vernahm, die sich eindeutig näherten. An die Wand gepresst spitzte ich die Ohren, bis die Geräusche plötzlich verklangen ...

Okay, ich verstand Robbie! In diesem Gruselkabinett wollte ich nicht länger rumstehen, also öffnete ich die Klotür einen Spalt und sah nach, ob der Kleine schon fertig war.

Er hockte auf dem Klo und sang fröhlich ›Ein Männlein steht im Walde‹ vor sich hin.

»Wie lang brauchst du noch?« Aufgrund meiner unerklärlichen Panik hörte ich mich unüblich gereizt an.

»Geh raus! Es stinkt bestalallisch!», rief er fast schon hysterisch. Unter normalen Umständen hätte ich jetzt gelacht, aber mir war nicht danach zumute.

»Bitte beeil dich!« *Sonst kriege ich hier draußen noch einen Herzinfarkt* ... Seufzend schloss ich die Tür und lehnte meine Stirn an den kühlen Rahmen.

Es ist nichts ... Niemand ist hier, der nicht hier sein sollte, über dem Eingang haben wir Kameras, ich bin hier sicher ... Wiederholte ich immer wieder als Mantra, atmete bewusst langsam und hoffte inständig, dass Robbie bald wieder rauskam. Doch anstatt mich zu beruhigen, fühlte ich mich stetig panischer. Die Härchen in meinem Nacken stellten sich auf ... In der nächsten Sekunde packten mich zwei Hände von hinten, mein Herz hüpfte in der Brust, ich erstarrte und riss schockiert die Augen auf. Doch *sofort* verklang die Angst. Eine Nase strich durch meine Haare, ein Mund lächelte fühlbar direkt an meinem Nacken ... er sog tief meinen Geruch in seine Lunge und atmete dann heftig aus. Ich erschauerte und lehnte unbewusst meinen Kopf an die starke Schulter hinter mir.

»Du riechst immer noch wie damals ...», hauchte er an meiner Schläfe und ließ seine Nase genüsslich an meinem Haaransatz entlangwandern. Oh mein Tristan …

»Was machst denn du hier?« Wie kam er nur hier rein und woher wusste er, wo ich arbeitete?

Als Antwort bekam ich nur ein verhaltenes mysteriöses Lachen.

Von der ersten Berührung an hatte ich instinktiv gewusst, dass der ›Angreifer‹ Tristan war. Aber jetzt ... ihn zu riechen, zu hören und zu fühlen, dass er wirklich hinter mir stand, und das nach all der Furcht, war erleichternd. Dabei hatte ich mir vorhin noch überlegt, dass die größte Gefahr von ihm ausging ... Dennoch gelang es mir nicht, ein leises Seufzen zu unterdrücken, als seine Hände mich fester nach hinten zogen.

»Hör mir zu ... Ich ... weiß auch nicht, was ich noch sagen soll, verdammte Scheiße. Du würdest ablehnen, wenn ich dir befehle, wie vereinbart, im Club zu erscheinen. Leider auch, wenn ich dir drohe. Deswegen schlage ich was anderes vor; geh mit mir Essen.« Er drückte seinen harten männlichen Körper gegen mich und strich mit seinen Daumen über meine Seiten. Gott!

»Du meinst, ich würde dich ganz normal daten? Nach *dem* Fiasko?«, fragte ich mit hochgezogener Augenbraue, und versuchte die Ruhe zu bewahren oder besser gesagt, wieder zu erlangen.

»Ja.« Und dann dachte er sich, er könne seine Forderung wohl etwas untermauern ... mit der Mauer in seiner Hose. Und seinen weichen Lippen, die über meinen Hals strichen ... und seinem berauschenden Duft, der mich umnebelte ... und seinen wissenden Händen, die an meinem Körper entlangwanderten …

»Ich werde dir nicht sagen, dass es mir leidtut, denn der Scheiß war geil.« Er drückte meinen Arsch gegen seinen Unterkörper, bewegte sich langsam und sinnlich an meinem Becken, entlockte mir ein atemloses leises Stöhnen, als er sich an meinem Hals herabküsste und sanft an meinem Nacken knabberte. »Aber wenn du kommen willst, dann werde ich dich kommen lassen ... Hier. Jetzt. Mehr kann ich dir nicht geben«, raunte er heiser.

Ich sah förmlich den guten und den bösen Tristan auf seiner Schulter, während sie miteinander rangen … doch im Moment hielt er den neuen Tristan zurück – für mich.

Seine Hände waren nach oben gewandert und kneteten mittlerweile meine Brüste auf diese feste bestimmte Art, die mich rasend machte und das Blut zwischen meine Beine sandte.

»Verdammt«, wimmerte ich, als ich mich an ihm rieb und mit meinem Unterkörper intensiver an ihn presste. Er machte mich genauso schwach, wie ich süchtig nach ihm war, und in dem Moment hasste ich mich dafür.

»Ich werde nicht ... mit dir essen gehen ...«, formulierte ich zwischen meinem peinlichen Gestöhne, und drückte meine Hände gegen die Wand. »Das hast du dir verspielt ... Mista ...«

»Mia, verdammt!«, zischte er an meinem Hals, ich spannte mich an, befürchtete, dass er mich schon wieder beißen würde.

Aber er tat es nicht ... denn jemand schrie laut:

»Lass MIRTI los!«

Tristan löste verwundert seine Lippen von meinem Hals, ich erstarrte, als ich Robbies Stimme erkannte.

»Du darfst ihr nicht wehtun!« Mit einem Affentempo lief der Kleine auf Tristan zu. Und noch bevor ich mich versah, hatte er ihm fest gegen das Schienbein getreten und stand dann vor uns wie ein winziger Karatekämpfer. Mir entkam ein hysterisches Lachen, als Tristan sein Gesicht vor Schmerzen verzog – selbst jetzt war er richtig heiß –, und schlüpfte dann unter ihm weg.

»Nein, Robbie, es ist in Ordnung, er hat mir nicht wehgetan!« Grinsend ging ich zu ihm in die Hocke und streichelte seinen schmalen Arm.

»Doch! Er hat dir ins Gesicht gebissen! Ich hab´s genau gesehen!« Mein kleiner Retter betrachtete Tristan immer noch argwöhnisch wie ein eifersüchtiger Ehemann. Ich blickte über die Schulter zu dem Großen hoch und musste wieder kichern, weil er von dieser herben männlichen Verteidigung meinerseits komplett überfordert wirkte. Er konnte ihn ja kaum K. O. schlagen, so wie er es bei jedem anderen getan hätte, der es wagte, ihn körperlich zu attackieren.

Als ich den Angriff mental Revue passieren ließ, konnte ich mich nicht mehr beherrschen und prustete los. Tristan verengte die Augen zu Schlitzen.

»Mirti ist immer so lieb. Du darfst ihr nicht wehtun. Hast du gehört?« Eine kleine Patschehand streichelte meine Wange, schon allein dafür wollte ich Robbie in meine Arme nehmen und sein Gesicht mit vielen winzigen Küssen bedecken.

»Mirti?«, gluckste Tristan plötzlich und hockte sich zu uns. Verwundert starrte ich ihn an. »Mirti? Du nennst sie wirklich *Mirti*?«

Ich verdrehte die Augen, als ich sah, wie Robbie sofort auf den lockeren, freundlichen Tonfall reinfiel. Kinder sind ja sooo leicht zu manipulieren. Ihre Offenheit ist gleichzeitig Fluch und Segen. »Ja, Mirti, und ich bin Robbie, ihr Chef!« Er war sichtlich stolz darauf und verschränkte die kleinen Arme vor der Brust, als wolle er damit seine Worte bekräftigen.

Jetzt lachte Tristan und warf mir wieder einen aussagekräftigen glühenden Blick zu. *Oh woah ...*

Was war das denn?

»Ist es für dich in Ordnung, wenn ich dein stellvertretender Chef bin?«

Damit hatte er ihn an der Angel, und er wusste es. Robbies Augen ... sie strahlten plötzlich und seine Wangen wurden ganz rot.

»Darf ich dann etwa auch dein Chef sein?«, fragte er Tristan aufgeregt, mit dieser niedlichen kindischen Aussprache und seinem hellen unschuldigem Stimmchen.

»Darf man bei dir während der Arbeitszeit Schokolade essen?«, erkundigte sich Tristan allen Ernstes, als würde sein Leben davon abhängen. Woher wusste er so genau, welche Schlagworte er bei Kindern benutzen musste? Hatte er vielleicht schon ein paar in die Welt gesetzt? Mir wurde ganz elend bei dem Gedanken, aber gleichzeitig flutete mich ein warmes Gefühl, als ich beobachtete, wie ... er fast schon ... liebevoll und zugleich ernsthaft ... mit dem Kleinen redete.

»Hast du vielleicht welche dabei?«, war das Einzige, was Robbie in diesem Moment interessierte. Mit seinem freudigen Ausdruck brachte er Tristan tatsächlich erneut zum Lachen. Ich grinste dümmlich vor mich hin, als ich das losgelöste, ehrliche Geräusch erstmals nach so langer Zeit hörte.

»Leider nicht ... aber das nächste Mal nehme ich welche mit, großes Indianerehrenwort!« Mein dusseliges Lächeln fiel in sich zusammen. *Das nächste Mal?*

Das war auch ein neuer Tristan! Aber es war die erste neue Eigenschaft an ihm, die mich glatt von den Socken haute, denn er konnte wirklich gut mit Kindern umgehen! Er fluchte nicht! Er wusste, was er sagen sollte, es machte ihm sichtlich *Spaß*, sich mit Robbie zu unterhalten! Das hätte ich nie, nie, nie, nie, nie erwartet. Und die andere Seite verblüffte mich genauso. Der Kleine war normalerweise nicht vom ersten Moment an so offen. Er litt unter großen Verlustängsten, deswegen ließ er sich schon gleich mal nicht auf Fremde ein. Aber allein schon die winzige Tatsache, dass sich Tristan zum Sprechen zu ihm auf seine Höhe begeben hatte, machte psychologisch sehr viel aus. Besonders kombiniert mit den richtigen Themen und der ebenbürtigen Art, wie er Robbie behandelte. Oh, er war gut ... *So gut ...*

Denn ... Natürlich wusste er, dass er sich gerade ein Essen mit mir erschlichen hatte. Aber die Freundlichkeit, die er dem Kind schenkte, das mir so viel bedeutete, schien nicht gestellt oder unehrlich. Da war dieser Glanz in seinen Augen, den ich normalerweise schmerzlich vermisste. Mitgefühl, Empathie, Zuneigung, Wärme ... Jetzt war all das da ... Eindeutig.

Es war doch noch etwas von meinem alten Tristan übrig!

Es gab noch Hoffnung!

Mir wurde ganz schwindlig, als mich die Liebe und Hingabe für diesen einen besonderen Mann förmlich überschwemmte. Am liebsten wäre ich ihm schon wieder um den Hals gefallen. Davon musste ich mich allerdings dringend abhalten!

Ich hob Robbie auf die Arme, drehte mich noch mal zu Tristan, der auch langsam aufstand und mit einem komischen Ausdruck auf dem Gesicht auf uns beide herabblickte.

»Und?«, fragte er fast schon ... rau ...

Ich konnte nicht anders, als zu grinsen und nebenbei mit meiner Nase durch Robbies duftende Haare zu streichen.

»Ich werde mit dir essen gehen, du gewiefter Schleimer.«

Tristan verzog seine Lippen zu einem winzig kleinen schiefen Lächeln und versuchte zwanghaft, nicht triumphierend auszusehen. Es misslang kläglich und er war nie schöner gewesen … Wenn ich mich nicht schon vor einer halben Ewigkeit in genau jenes Lächeln verliebt hätte, dann wäre es jetzt aber *wirklich* um mich geschehen!

»Darf deine Mitarbeiterin mit mir essen gehen?«, erkundigte er sich bei Robbie galant. Seine großen Kinderaugen musterten mich fragend und ich antwortete lächelnd: „Die Entscheidung überlasse ich ganz dir."

»Okay, aber pass gut auf sie auf!« Er hob schon wieder mahnend seinen kleinen Finger unter meine Nase, und ich tat lachend so, als würde ich reinbeißen. In letzter Zeit fuchtelte er damit wirklich gerne ... Quietschend zog er den Finger schnell an seine Brust zurück.

»Freitag, um neun.« Tristans sanfte Stimme riss mich von Robbie los.

Dann strich er mit den Fingerknöcheln über meine Wange, sein Gesicht hätte dabei nicht verschlossener sein können. Ähnlich wie damals in meinem Zimmer, bei Sturm und Nacht, als er den entwürdigenden Weg über eine Leiter zu mir gefunden hatte, nur um sich zu vergewissern, ob mein Vater mir etwas angetan hatte ... Mein Herz sprang förmlich aus meiner Brust. Ich klammerte mich am kompakten Körper des Kindes fest.

»Du bist ja rot!« Der Kleine streichelte über meine andere Wange, meine Röte vertiefte sich.

Tristan lachte leise. »Du weißt ja nicht, wie rot sie erst wird, wenn ich sie ... Oh … äh …!« Er riss die Augen auf und verstummte panisch. Ich kicherte. Sein dreckiges Mundwerk hatte ihm den ersten Strich durch die Rechnung gemacht, aber wenigstens hatte er sich noch rechtzeitig gestoppt. Das war für Tristan Wrangler ein großer Fortschritt.

Robbie sah ihn neugierig und gleichermaßen fordernd an und wartete auf eine weitere Weisheit aus dem Munde des großen starken Mannes.

»Jaaa, Tristan?«, neckte ich ihn sanft.

»Wenn ich ... öhm ...«, angestrengt runzelte Tristan die Stirn und dann strahlte er: »Wenn ich Mirti kitzel!«

Ich verdrehte die Augen, denn ich wusste, Robbie würde die nächsten Stunden damit verbringen, mich zu kitzeln, nur um zu testen, *wie* rot ich *tatsächlich* werden konnte. Na, vielen Dank auch!

»Ruf mich an, wenn irgendetwas sein sollte.« Tristan gab mir eine stylische Visitenkarte und blickte mir dabei bestimmend in die Augen. Sein Daumen strich über meine Fingerknöchel, als ich sie griff, während meine Beine schon wieder die berühmt-berüchtigte Konsistenz von Wackelpudding annahmen. Er legte es gerade wirklich darauf an, mir den Kopf zu verdrehen. Und natürlich schaffte er es ...

»Okay, Mista Wrangler. Sie müssen jetzt gehen, wir sehen uns, bis bald.« Damit drehte ich mich um und entfernte mich von Tristan. Robbie winkte über meine Schulter, dann lachte er laut in mein Ohr.

Aua! Ich wollte gar nicht wissen, was Tristan gemacht hatte, um ihm noch mal diesen seltenen Ton zu entlocken. Na gut, wollte ich schon, denn es war sicher wirklich lustig gewesen ... Robbie besaß einen tollen Humor.

Und mit einem Mal war meine Laune blendend. Denn Tristan wollte mich zum Essen ausführen ...

Das bedeutete eindeutig eine Chance, vielleicht war genau das der erste Schritt in die richtige Richtung, welchen ich zu nutzen beabsichtigte.

Robbie hatte einen Funken gesät und ich musste daraus ein Feuer entfachen.

9. Essen der besonderen Art

Mia' the virgin' Engel

Francesco machte mir einen gewaltigen, sehr großen, ekelhaften Strich durch die Rechnung.

Am Freitagabend kam er gut gelaunt und pfeifend zu mir nach Hause und knallte mir erst mal vor den Latz, dass er heute nicht Squash spielen, sondern absolut romantisch – sein Wortlaut – mit mir Essen gehen würde.

Toll! Ganz toll! Meine Laune, die bislang immer noch irgendwo in den Wolken schwebte, sackte sofort in den Keller.

Jetzt durfte ich meinen Psycholover nicht sehen, weil mein Pseudolover mit mir essen gehen wollte. Ich konnte mich Francesco einfach nicht verwehren, schließlich war ich offiziell mit ihm zusammen ... Also musste ich Tristan absagen ... oder es zumindest verschieben.

Scheiße!

***

Ich war komplett fertig, vor allem mit den Nerven. Francesco wartete schon im Flur auf mich, während ich noch mal auf die Toilette ging.

Zum Glück hatte *er* mir seine Visitenkarte gegeben …

Lippen kauend setzte ich mich mit meiner Handtasche bewaffnet auf den Klodeckel und barg mein Handy daraus.

Die Nummer bewahrte ich in meinem Geldbeutel zwischen lauter alten Rechnungen auf. Mit zitternden Fingern wählte ich, holte noch einmal tief Luft, wobei ich mich im gegenüberliegenden Spiegel betrachtete, strich mir die Haare nach hinten und drückte auf ANRUFEN.

Das Herz schlug heftig in meiner Brust – nur für ihn – und dennoch würde ich absagen. Dem einen Mann, der so etwas sicher nicht einfach so durchgehen lassen würde ...

Meine Augen verengten sich, als ich merkte, wie sehr meine Hände zitterten, während ich dem Freizeichen horchte. Voller Wehmut dachte ich daran zurück, wie ich mich früher gefühlt hatte, als ich ihn angerufen hatte, wenn ich später nach Hause kam, oder er länger als ausgemacht beim Boxtraining war. Ich hörte seine sanfte jugendliche Stimme, die mir fröhlich ins Ohr hauchte: »Sehnsucht, Mia-Baby?«

Es klingelte ein paar Mal und ich war kurz vorm Auflegen, doch dann schnappte er gereizt ein »Ja!« und meine ganzen schönen Erinnerungen flossen den Bach runter …

Dort, wo er sich befand, war es laut. Musik dröhnte im Hintergrund, sodass ich ihn kaum verstehen konnte. Er war wohl in seinem komischen Etablissement. Das Schlucken gestaltete sich derzeitig etwas mühsam ...

»Hallo?«, rief er mehr als genervt und ich entschied, vielleicht auch mal was zu sagen, und nicht nur blöd zu schauen.

»Hallo, ich bin´s ... Mia«, flüsterte ich in den Apparat.

»Was? Ich verstehe kein verdammtes Scheißwort! *Sprich anständig*!« Scheiße! Ich konnte nicht lauter reden, weil Francesco in der Nähe war. Tristan verließ wohl den Raum, denn die Musik wurde immer leiser, bis sie nur noch unterdrückt zu hören war.

»Mia! Beeil dich! Wir kommen zu spät!«, rief Francesco ungeduldig aus dem Flur.

»Jaha, Rom wurde auch nicht an einem Tag erbaut!«, schrie ich zurück. »Tristan hörst du mich jetzt?«, flüsterte ich schnell mit vorgehaltener Hand.

»Ist was passiert?«, fragte er sofort und hörte sich gar nicht mehr genervt an. Ich schüttelte den Kopf und verdrehte so lange die Augen, bis mir auffiel, dass er mich nicht sah.

»Nein!« Immer noch wisperte ich mit vorgehaltener Hand in den Hörer … »Aber Francesco will mit mir essen gehen, heute. Hast du das verstanden?«

»Was?«, schnappte Tristan jetzt wieder eindeutig genervt. »Wo?«

»Ist doch egal.«

»Egal?«, knurrte er drohend.

»Ja, es ist ... egal ... Also nicht wirklich. Es ist äußerst ... *Scheiße* ... aber wir können uns heute nicht sehen ...«

»Sag mir sofort, wo ihr hingehen werdet!«, forderte er knallhart, wie er eben war.

Nervös rutschte ich auf dem Sitz herum, strich mir seufzend über das Gesicht. »Tristan, bitte ... akzeptier es einfach.«

»Einen Scheißdreck werde ich tun! Mia Marena, letzte Chance, dann lasse ich dein Handy orten!«

»Dann bleibt es eben zu Hause!« Fast hätte ich mir selber im Spiegel die Zunge rausgestreckt. Ich konnte förmlich fühlen, wie drohend seine Miene aussah. Als Nächstes atmete er tief durch.

»Es wird nicht so sein wie letztes Wochenende ...«, räumte er leicht heiser ein.

»Was ...?« Meine Stimme brach, weil ich an das Gefühl denken musste, das ich dabei empfand, wenn seine Finger mich berührten, während er mir mit genau *diesem* Raunen nebenbei den Rest gab. Ich räusperte mich und vertrieb die ablenkenden Erinnerungen aus meinem Kopf.

»Wie meinst du das?«

»Fuck, Frau! Ich werde dich kommen lassen, okay!?« Jetzt war er wegen meiner Begriffsstutzigkeit schon wieder genervt.

»Wir gehen ins P&T«, schoss es aus mir raus.

»Okay.« Er grinste. Eindeutig.

»Okay, was?«

»Okay, lass dich überraschen.« Und nach dieser kleinen Wiederholung von etwas bereits zuvor Gesagtem hatte er schon aufgelegt.

Ich *hasste* Überraschungen immer noch!

Und ich schaute das Telefon blöd an. Solange bis es an der Tür hämmerte und ich fast vom Klositz fiel. Oh man … was hatte ich mir jetzt schon wieder eingebrockt?!

***

Eine halbe Stunde später standen wir im exklusivsten Viertel der Altstadt vor dem P&T, einem der teuren und angesagten Restaurants in der Gegend. Deswegen hatte Francesco auch gewollt, dass ich Abendgarderobe anzog. Dem Ruf war ich gefolgt: Das dunkelblaue Kleid reichte bis zu den Knien und hatte einen V-Ausschnitt, in dem viele verschiedene Ketten hingen, passend zu meinen Ohrringen, die durch meine hochgesteckten Haare gut zur Geltung kamen. Mit der Aufhübschung hatte ich aber schon begonnen, als ich noch glaubte, ich würde mich für Tristan schön machen, denn für Francesco hätte ich so einen Aufwand ganz ehrlich nicht betrieben. Weil es regnete, trug ich hohe Stiefel, aber es war sowieso egal, da mein Freund mit seinem Angeberschlitten fast bis ins Restaurant reinfuhr.

Er bot mir seinen Arm und ich nahm ihn dankend an, woraufhin er mich breit angrinste. Doch ich war auf der Hut, als er sich zu mir runterbeugte und meine Schläfe mit seinen Lippen streifte. Oh, oh ...

Im Inneren des Lokals wirkte es einfach nur edel: Liveklaviermusik. Teure Bilder an den Wänden. Goldene und schwarze Einrichtung. Kronleuchter. Hohe Stuckdecke ... Wunderschöne Bedienungen mit goldenen Anzügen, Kleidern und einer rundherum angenehmen Atmosphäre. Was bei diesen Schickimickirestaurants eigentlich ziemlich ungewohnt anmutete.

Wie immer, wenn ich mit Francesco unterwegs war, wurde ich von diesem Luxus regelrecht erschlagen. In Afrika hungerten die

Menschen und hier hatten sie nichts Besseres zu tun, als sich ihre Geldscheine auf die Stirn zu kleben. Wie konnte man nur so dekadent sein?

Trotz aller Künstlichkeit wirkte es recht gemütlich. Was mich irritierte, war der reservierte Tisch in einer abgelegenen Ecke, was so gar nicht zu Francesco passte, der sich immer in Szene setzen musste. Aber noch komischer war, dass er sich über die Eckbank richtig nah an mich heranschob und seinen Arm auf die Lehne hinter mir legte.

Oh nein!

Das war echt aufdringlich, dabei konnte ich nur an strahlend grünbraune Augen denken, die ich heute nicht sehen würde … Tristan war sicher sauer, weil ich ihn wegen eines anderen Mannes versetzt hatte ...

Trübselig stellte ich mir vor, was er wohl gerade machte, und wie er wohl aussah, während ich so tat, als würde ich eine Vorspeise wählen.

Aber ich konnte mir nichts Genaues ausmalen – es gab einfach zu viele Faktoren.

Fickte er soeben drei Pornotussen auf einmal, wobei er nackt und wunderschön war? Bei dem Gedanken wurde mir gleichzeitig übel und in meinem Bauch fing es an, unheilvoll zu brodeln. Unbändige Wut stieg in mir hoch, wenn ich an seine schönen Hände auf einem anderen Frauenkörper dachte. Irgendwann würde mich die Eifersucht noch umbringen, obwohl ich eigentlich kein Recht zu einer solchen Empfindung hatte.

Oder thronte er angezogen in seinem Club an der Bar, wo er mich fast zu Tode gedemütigt hatte, und rauchte eine? Ich sah ihn vor mir, wie er lässig auf dem Hocker saß, seine Zigarette an die vollen Lippen hielt und tief den Rauch inhalierte. Wie sein Blick durch den Club schweifte und sich sehnsüchtig auf den Punkt fixierte, wo ich letztes Wochenende noch gelegen hatte.

Stand er in seinem Büro, schaute sich das Bild von unserer Lichtung aus glücklichen Zeiten an, während ihm in den Sinn kam, dass ich eine elendige Verräterin war?

Ich hatte wirklich überhaupt keine Ahnung, was er wohl gerade tun könnte, was mich traurig machte. Unvermutet hob ich die Karte ein Stück höher und wischte dahinter getarnt verhalten die Beweise meiner Schwäche vom Gesicht.

Mist! Wieso musste er mich sogar zum Weinen bringen, wenn er nicht mal anwesend war? Warum musste er in jeder Lebenslage so eine unbändige Macht über mich ausüben?

»Also, Mia, erzähl doch mal. Was hast du heute in der Arbeit gemacht?«, fragte Francesco vermeintlich aufmerksam. Verwirrt blickte ich ihn an. Ich hatte das getan, was ich jeden Tag machte, nur seit wann interessierte er sich dafür? Das verursachte in mir ehrlich gesagt eine Heidenangst!

»Ich habe gearbeitet«, verkündete ich und war froh, dass der Kellner genau in diesem Moment an unseren Tisch trat, um sich freundlich nach unseren Getränkewünschen zu erkundigen.

Ich wählte ein für dieses Nobelrestaurant unübliches Spezi, woraufhin mich Francesco böse anfunkelte. Wenn es nach ihm gegangen wäre, hätte ich gar keinen Zucker zu mir nehmen dürfen, doch diesen Kampf hatte ich früh gewonnen. Er orderte für sich ein stilles Wasser.

Gelangweilt lehnte ich mich zurück und spielte mit der Serviette rum.

Wieso war ich eigentlich mit Francesco überhaupt noch zusammen? Er war doch nie mehr als eine Ausrede gewesen, damit sich andere Männer von mir fernhielten, und außerdem ein Mittel zum Zweck, um über Tristan hinwegzukommen. Ich wollte mir damit beweisen, dass ich auch eine Beziehung mit einem anderen eingehen konnte ... das war doch kein Leben ...

»Cavalli? Miss Angel?«

Mein Blick schoss in Höchstgeschwindigkeit hoch, weil ich einen Moment wieder dachte, ich würde halluzinieren. Ein dämlicher Fehler, in meinen Tagträumen nannte er mich doch immer Mia-Baby … Braungrüne Augen fixierten mich.

Jetzt *wusste* ich, was er tat.

Er stand hier vor mir: umwerfend schön. Umwerfend

selbstsicher ... und umwerfend umwerfend. In seiner schwarzen Hose, die tief auf seinen Hüften hing, und seinem gleichfarbigen Hemd mit den hochgekrempelten Ärmeln, seinen wilden, glänzenden Haaren, seinem athletischen männlichen Körper, seinem leicht überheblichen Grinsen, und diesem spitzbübischen Funkeln.

»Tristan!« Ich konnte mich nicht davon abhalten, es laut und erstaunt durch die Gegend zu rufen, und zwar so, dass Francesco zusammenzuckte und mich die Gäste an den Nachbartischen anstarrten, worauf ich prompt knallrot wurde und verlegen auf der Bank hin und her rutschte … »… Wrangler … was machen Sie denn hier?«, nuschelte ich noch hinterher, fühlte Francescos eindringlichen Blick auf meinen heißen Wangen, und war mir sicher, dass ich uns soeben vollkommen verraten hatte.

»Nach dem Rechten sehen.« Locker ließ er sich mir gegenüber auf den Stuhl fallen, und wandte sich an Francesco. »Und was machst du in meinem Laden?«

Mein Mund klappte auf. *Sein* Laden? Oh Mann! Was wusste ich noch alles nicht von ihm? *Was* gehörte ihm noch? Vielleicht sollte ich ihn tatsächlich mal googeln!

»Ich wollte meine süße, kleine Maus mal verwöhnen.« Was war ich? Ein kleines Mädchen? Um seine Aussage zu unterstreichen schwang mir Francesco auch noch seinen schweren Arm über die Schulter. Ich zuckte zusammen, stemmte mich ächzend gegen sein Gewicht, um nicht auf den Tisch zu knallen.

»Wie lief es überhaupt bei dem Shooting? Ich hab noch gar nicht die Zeit gefunden, mich mit meiner Maus darüber zu unterhalten.« Konnte er die Mäusesache nicht mal sein lassen?! Das war ja nicht mehr feierlich und peinlich noch dazu! *Hallo!* Vor mir saß Tristan Wrangler! Der Mann, der mich entjungfert hatte! Der Mann, um den ich gerade versuchte zu kämpfen und vor dem ich mich nur im besten Licht präsentieren wollte! Der Mann der Männer und ich wurde vor ihm zu einem Nager degradiert!

Tristan war wohl meiner Meinung, denn sein Kiefer verkrampfte sich zusehends, als er Francescos Arm auf mir anvisierte. Seine Finger weilten ziemlich nah an meinem Brustansatz, und ich gab meinem Psycholover per Blick zu verstehen, dass er mal ausnahmsweise sein Temperament zügeln sollte. Das hätte ich nicht tun sollen. Denn plötzlich strich sein Fuß an der Innenseite meiner Unterschenkel nach oben, und ich japste nach Luft.

Heilige Scheiße!

Berechnend fixierte er mich, denn er wusste, dass er mich aus dem Konzept brachte und meine komplette Aufmerksamkeit auf sich lenkte. Panisch schüttelte ich kaum merklich den Kopf und riss die Augen dabei auf. Seine verengten sich warnend. *›Halt die Fresse, ich hab die Macht‹,* drückte sein Blick aus!

In seinem Schädel schien es zu arbeiten. Vermutlich stellte er sich vor, wie er Francescos Kopf packte und mit Wucht auf die Tischplatte schlug, sodass sein Nasenbein den Rest erledigte ... Unauffällig nahm ich dessen Pranke, verwob unsere Finger, und zog sie von meiner Schulter. Dann ließ ich sie wieder los, was ich tarnte, indem ich einen Schluck von meinem Getränk nahm.

Tristan lächelte mich süffisant an, bevor er sich zu einer Antwort herabließ.

»Das Shooting ...«, er redete verdammt weich, und ich versuchte, seinen Fuß mit meinen wegzudrücken – er stemmte sich dagegen, » ... lief gut ... aber wir sind noch nicht fertig.«

Mit viel Geschick schaffte er es, einen meiner Füße zwischen seinen einzufangen. Ehe ich mich versah, hatte er mit einer Hand unauffällig unter den Tisch gegriffen und zog mich am Unterschenkel näher zu sich heran. Francesco starrte gerade einer Kellnerin auf den Arsch, weshalb ihm entging, wie ich im Sitz weiter nach unten sank, als Tristan meine Ferse auf seinem Schoß ablegte.

»Aha ... Ich hoffe aber, du bringst sie mir genauso unberührt zurück, wie ich sie dir gegeben habe. Wir wollen doch ihre Tugend bewahren!«

Hätte Tristan etwas getrunken, hätte er es jetzt sicher

ausgespuckt, so sehr, wie seine Augen fast aus dem Kopf fielen. Dann musste er sich zwanghaft das Lachen verkneifen.

»Tugend also, huh?«

»Was ist das hier überhaupt für ein Thema?«, knurrte ich unwirsch und versuchte meinen Fuß zu befreien, aber er hielt ihn fest ... dann öffnete er auch schon ganz langsam den Reißverschluss meines Stiefels.

»Ja, sie ist noch total unberührt. Meine Mia ... eine standhafte Frau … In der heutigen Zeit gibt's so was selten!« Francesco beugte sich verschwörerisch zu Tristan vor, der ihn nur überheblich angrinste, und so tat, als würde er sich extrem mit ihm freuen. Gleichzeitig streifte er mir den Schuh ab, der auf dem Boden landete, während Tristan mit einem Räuspern das Geräusch kaschierte.

»Miss Angel, die eiserne Jungfrau, hm?«, fragte er und fing an, an meiner glatt rasierten Wade über den dünnen halterlosen Strümpfen hinauf und herab zu streichen.

Oh mein Tristan! Miss Angel, also! Fest umfasste er meinen Schenkel und ließ mich mit jeder Berührung fühlen, dass ich sein war, auch wenn ich neben einem anderen saß.

Und ich gab ihm vollkommen recht. Ich schmolz unter seiner Sanftheit dahin und biss mir auf die Lippe, um nicht aufzustöhnen, als er mit seinen Händen Stück für Stück nach oben rutschte – während ich Stück für Stück weiter unter den Tisch sank.

Zwischen meinen Beinen sammelte sich bereits die Feuchtigkeit – heiß und dampfend – während die beiden meine Jungfräulichkeit weiter auseinandernahmen, als wäre ich gar nicht zugegen.

»Schätzt du auch die Vorzüge der Erste zu sein?« Francesco war anscheinend von der Tatsache fasziniert, dass er mein Erster werden sollte, und wollte das unbedingt auf der Stelle diskutieren ...

Tristan funkelte mich an und grinste kurz.

»Oh. Fucking. Ja!« Wobei ich genau registrierte, wie es in seiner Hose zuckte. *Oh ja!*

»Na, bei deinem Verschleiß an Frauen ist mir klar, dass du das Vergnügen schon öfter hattest!« Francesco war so sehr auf die Kellnerin fixiert, die uns die Vorspeise brachte, dass er gar nichts anderes mitbekam. Und ich war froh, denn jetzt ließ Tristan den Fuß auf seinem halbsteifen Ficker ruhen, und berührte mich nicht mehr.

Ich wollte schmollen, als er sich gemütlich in seinem Stuhl zurücklehnte und einen Zahnstocher auspackte. Locker hängte er ihn in seinen Mundwinkel, kaute so was von sexy darauf herum und gab der Kellnerin ein Zeichen, damit sie ihm etwas zu trinken brachte.

Und plötzlich war da sein Fuß ... Ohne Schuh! In Socke! Dieser wanderte sehr langsam an meinem Oberschenkel entlang ... Oh Gott!

Erschrocken fuhr ich zusammen und konnte gerade so ein Quietschen unterdrücken.

Dabei versuchte ich, meine Beine aneinander zu pressen, denn mir war klar, was passierte, sollte er mich *dort* berühren. Ich würde stöhnen! Ganz sicher.

Warnend zog Tristan seine Augenbraue hoch, erinnerte sich aber dennoch daran, dass er mit Francesco sprach. »Vor acht Jahren hatte ich eine, und die Vorzüge sind endlos. Du kannst sie so formen, wie du willst, sie war verschissen eng ... Sie sind wie Heilige, aber pass auf, hinter der schüchternen Schale versteckt sich meist ein sündiger Kern. Vom Körper unberührt, aber im Geist versaute Luder ...«

Oh Tristan! *Seine selbstherrliche und doch samtene Stimme. Sein Fuß! Sein Blick! Ich vor ihm demütig auf allen Vieren. Er hinter mir auf den Knien, seine Hände auf meinen Hüften.* In dem Moment war seine Kopfverletzung egal gewesen, schon immer war die Macht unserer Lust etwas Besonderes und einmal entfesselt gab es kein Zurück mehr, egal was um uns herum geschah. Aber es gab Wichtigeres im Leben, als sich mit solch dämlichen Fragen zu befassen, wie er es geschafft hatte, mit der Kopfverletzung und stinkbesoffen auch noch Sex zu haben – außerdem war er Tristan Wrangler, bei ihm schien alles möglich.

Die Erinnerung bescherte mir beinahe einen Höhepunkt, aber ich konnte mich zurückhalten. Nur meinen Atem vermochte ich nicht zu kontrollieren, weswegen ich froh war, dass Francesco seine Aufmerksamkeit der Curry-Lauchcreme-Suppe mit gebratenen Riesengarnelen schenkte.

»Oh Mister Wrangler, Sie sind auch hier?« Eine tiefe weibliche Stimme riss mich aus meinen Gedanken. Sofort stach mir die Hand mit den blutroten Fingernägeln ins Auge, die sich von hinten auf seine Schulter legte. Gleichfarbiges wellendes Haar bedeckte seinen Oberkörper, denn sie beugte sich zu ihm runter und drückte ihre ekelhaften Lippen rechts und links auf seine Wange, bevor er auch nur den Gruß erwidern konnte.

Langsam legte ich mein Besteck weg … fixierte sie aus verengten Augen, jede einzelne Zelle begann zu beben ...

Warnend drückte er meinen Fuß so fest, dass er sicherlich einen blauen Fleck hinterließ. Die Botschaft kam an. Ich blieb auf meinem Hintern sitzen und filetierte nicht diese Begrabscherin hier und sofort auf der Stelle. Meine Zehen krümmten sich vor Anspannung.

»Wie Sie sehen ...«

Sie wischte mit dem Daumen ihren ekelhaften, dreckigen Lippenstift von seinen Wangen, während sie ihm zuraunte. »Na dann noch viel Spaß…«

Er grinste breit und säuselte: »Ihnen auch! Und bestellen Sie der guten Ute einen schönen Gruß!«

Woah! Wer war die gute Ute? Und wer war diese Frau, die nun mit wiegenden Hüften in ihrem schwarzen knappen Kleid verschwand?

»Holla ...« Das konnte sich Francesco wohl nicht verkneifen.

Tristan winkte ab. »Keine Chance. Die größte Kampflesbe dieser Welt!« Schelmisch grinste er mich an, während ich nicht mehr wusste, wo ich nun wieder versinken sollte …

Sein lüsternes Spiel ging sofort über in die zweite Runde.

Bestimmt spreizte Tristan meine Beine und glitt an dem Rand meiner halterlosen Strümpfe entlang. Er grinste, als er sie ertastete, und ich biss mir auf die Lippe, als er sie etwas nach unten schob.

»Wo waren wir stehen geblieben?«

»Bei den Vorzügen einer Jungfrau!« Plötzlich war Francesco wieder konzentriert, und gab mir einen Kuss auf die aufgeheizte Wange. In dem Moment fühlte ich Tristans Fußballen genau zwischen meinen Beinen. Oh Gott! Er grinste noch breiter, als er bemerkte, wie aufgeheizt ich schon war.

Mein Keuchen ging in Francesco Zuneigungsbekundung unter und ich drehte mein Gesicht weg.

»Okay, gehen wir zu einem normalen Gesprächsthema über!«, bestimmte ich knapp.

Warnend wollte ich Tristan in den Ficker stupsen, aber das würde ihn nur unnötig anmachen, also dachte ich mir, ich könnte ihn auch ein bisschen quälen. Mit meinen Zehen fuhr ich die Kontur seiner Härte entlang und strich dann sehr langsam und bedächtig nach oben und nach unten ... nach oben und nach unten ... Er hatte eindeutig Mühe, keine Reaktion zu zeigen, was mich umso mehr anheizte. Tristan biss die Zähne zusammen und setzte seinen Fuß so, dass er sich genau am obersten Punkt zwischen meinen Beinen befand ...

Genau auf meinem mittlerweile geschwollenen Kitzler, und biss sich lasziv auf die Lippe … Oh Gott, wenn Francesco bemerkte, was Tristan da tat, dann wäre die Kacke am Dampfen.

Ich verschluckte mich an meiner Suppe, als eine Erregungswelle mich durchrauschte, worauf mir Francesco auf den Rücken klopfte und mich damit fast auf den Tisch katapultierte.

Tristan warf mir einen warnenden und dennoch glühenden Blick zu, damit ich mich zusammenriss, und ich aß schnell weiter, während ich ein leichtes Winden meiner Hüften nicht vermeiden konnte.

»Mia, du bist so rot ... ist dir heiß?«, fragte mich Francesco mit einem Mal besorgt, und ich erstarrte.

»Ja, stimmt, Sie sind so rot, Miss Angel ... Wieso nur? Ist die Suppe zu scharf?«, flötete Tristan von der anderen Seite amüsiert, und ich drückte fest und aggressiv gegen seinen Ficker.

»Mir geht es *bestens*?!« Das letzte Wort quietschte ich mindestens zwei Oktaven höher, weil Tristan seine Bemühungen ebenfalls intensivierte. Er gluckste teuflisch und ich funkelte ihn böse an. Francesco schien nichts wahrzunehmen. Erst als er plötzlich aufstand, lenkte ich meine Aufmerksamkeit wieder auf ihn.

»Entschuldigt mich bitte … Bin gleich wieder da!«, verkündete er und ich musterte ihn schockiert. Er konnte mich doch nicht dem aufgeheizten unberechenbaren Tristan Wrangler überlassen!

Konnte er schon ...

»Oh, Miss Angel … Jetzt sind wir vollkommen allein«, murmelte Tristan sanft und verdoppelte nochmals seine Berührungen.

»B-bitte, hör auf ...«, stammelte ich zusammenhangslos, ließ aber meine Hüften fester kreisen, jetzt, wo Francesco nicht da war. Meine Augen fielen zu, der Kopf nach hinten und ich gab mich ganz dem Augenblick hin, weil die Lust nun ungehemmt durch jede Zelle sauste und sich in diesem einen Punkt bündelte.

»Sie haben sich doch beschwert, dass ich Sie nie kommen lasse.«

»Ja, aber damit habe ich nicht gemeint, dass du es mir beim Abendessen mit deinen Zehen besorgen sollst, während mein Freund danebensitzt!«, zischte ich und kontrollierte nur schwer meine zittrige Stimme. Auch wenn er wirklich talentierte Zehen besaß! Und das obwohl ich Füßen eigentlich so gar nichts abgewinnen konnte.

Verzweifelt seufzte ich. »Tristan, ich hab dich eigentlich nur angerufen, um abzusagen!«, und wurde eine Nuance dunkler.

»Mir sagt man nicht ab!« Plötzlich war sein Fuß verschwunden. Er setzte sich auf, lehnte sich vor auf seine Ellbogen und fesselte meinen Blick gekonnt. Heftig biss ich mir auf die Lippe.

»Mach ich dich nervös, Mia Marena?« Seine Stimme war so rau und vielversprechend..

»Bitte hör auf damit!« Ich rutschte auf der Bank herum und er genoss es sichtlich, mich zu quälen. In jeder Lebenslage.

Ein diabolisches Grinsen legte sich auf seine anbetungswürdigen Züge, dann beugte er sich vor, sodass wir fast Gesicht an Gesicht waren, hob die Hand und fuhr mit seinem langen Zeigefinger um den Rand seines Glases, während er leicht heiser und unter halb gesenkten Lidern flüsterte: »Fuck ... Du hast keine Ahnung wie verdammt sexy du bist, wenn du hier sitzt ... mir ausgeliefert, und deine Augen mich anbetteln, dass ich dich auf den Tisch werfen und gleich hier und jetzt ficken soll.« Ich hyperventilierte fast und starrte ihn sprachlos an. Er lächelte selbstzufrieden und lehnte sich zurück, womit er den Bann brach.

Wenn er jetzt schon wieder aufhörte, und mich so zurückließ, würde ich Amok laufen, so wahr mir Tristan helfe – oder eben nicht.

Er lachte leise. »Du willst es und du wirst es bekommen. Hier und jetzt, vor allen Leuten und deinem … *Lover* … der neben dir hockt und so was nie mit dir tun wird! Du wirst dir nichts anmerken lassen! Brav essen und schön Konversation führen, während ich dir zeige, wem du wirklich gehörst«, verkündete er schließlich kühl und stand auf.

Und dann war er auch schon weg, weil er seine Gabel fallen ließ, und ihr auf den Knien folgte. Als Nächstes tauchte er tatsächlich unter die Tischdecke, die fast bis zum Boden hing. Das würde er doch jetzt nicht wirklich tun?

»Mhm, was haben wir denn da?« *Doch, er würde!*

Ich wollte ihn treten, aber er packte meine Knie und drückte sie auseinander. »Wage es nicht!«

»Tristan, nein! Ich kann das nicht! Er wird es merken!« Ich versuchte auf der Bank vor ihm zurückzurutschen, aber er zog mich bestimmt nach vorne und hielt mich mit stahlhartem Griff fest.

»Ruhe, Miss Angel! Oder ich werde dich *auf dem* Tisch lecken, so wahr mir der Penner da oben helfe!«

»Bitte ...« Meine Hände glitten herab, um ihn an seinen Wangen von mir fernzuhalten, denn ich wusste, ich brauchte erst gar nicht probieren, in die Nähe seiner Haare zu kommen. Dieses Privileg hatte ich mir verspielt.

»Leg die Hände auf den Tisch und lass sie oben, und wehe er merkt was!«, verkündete er hart. Er klatschte mir gut hörbar auf den Innenschenkel, weshalb ich schon wieder aufquietschte und die anderen Gäste erschreckte, die schon etwas genervt von meinen komischen Anwandlungen schienen. Sicher dachten sie mittlerweile, ich wäre geistig umnachtet oder so. Na ja, so ganz wäre das ja nicht von der Hand zu weisen.

Nachdem es nichts brachte, mich ihm weiterhin zu widersetzen, wappnete ich mich für das Kommende. Okay, ich versuchte es mindestens. Wenn er mich hier zum Höhepunkt bringen würde, dann gäbe es nichts mehr zu leugnen. Jeder würde anhand meiner Geräusche eins und eins zusammenzählen! Wie sollte ich mich denn beherrschen, wenn ich seit acht Jahren abstinent lebte? Hilfe! Er war so ein manipulativer Bastard! Und doch besaß er so eine Macht über mich.

Eine, die immer da gewesen war und nie vergehen würde.

Ich wollte ihn. Egal wo. Egal wie. Egal wann. Und das wusste er zu genau!

Eigentlich hasste ich es, wie er sich mir gegenüber verhielt. Ich hasste es, dass er keine Gefühle zeigte und das komplette Arschloch raushängen ließ, dass ich so weich wurde und mich stets fügte, aber ich konnte dennoch nicht anders, als mich ihm vollkommen hinzugeben.

Und dann spürte ich seine Finger, die an meinem Innenschenkel nach oben tänzelten.

»Fuck, deine Strümpfe machen mich so verdammt hart!« Klar, seine Pornotussen trugen sicher auch nichts anderes.

»Oh-oh, du bist schon wieder so überschwemmt, du kleine Jungfrau. Du weißt doch gar nicht, was auf dich zukommt, trotzdem bist du dermaßen geil ...«, tadelte er mich sanft. Ich fühlte seinen kühlen Atem auf meiner aufgeheizten Schnecke.

»Mhm …« Er platzierte seine Lippen auf meinen Slip und alles da unten vibrierte.

»Argh!« Mit beiden Händen krallte ich mich an der Bank fest, gerade, als Francesco wiederkam.

»Du siehst ja noch viel schlimmer aus als vorher!«, japste er mit großen Augen und wollte meine Hand ergreifen, die ich ihm entzog.

Tristan hielt gnädigerweise still, gab mir eine Minute, um meinem Freund zu erklären, wo er war. Tief durchatmend versuchte ich mein schlagendes Herz zu beruhigen und die Hände zu ignorieren, die mich an den Knien gespreizt festhielten.

»Nein, es ist alles okay. Ich hab ein bisschen ... Kreislaufprobleme. Ich muss nur was trinken«, faselte ich den größten Mist daher und kippte mir das Spezi in den Rachen. Francesco blickte mich mit hochgezogener Augenbraue an, während er sich langsam wieder hinsetzte.

»Wo ist Wrangler?« Er bestellte für uns beide Lachsfilet auf Spinatbett mit Pastinaken und Couscous. »Ähm … er ... musste ...« Tristan seufzte leise. »Ins Büro ... er ... musste noch ... seinen ... Steuerberater anrufen!«

»Aha. Gott sei Dank ist er jetzt weg … Ich kann ihn und seine Art nicht ausstehen wie er dich anschaut! Als würdest du ihm gehören ...« Dort, wo Tristans Lippen waren, erklang ein stummes Knurren, was ich durch ein Husten verbarg. Francesco schaute mich skeptisch an, aber fragte nicht weiter. Wenn der wüsste! Tristan war gar nicht weg, denn jetzt legte er erst richtig los.

Seine rechte Hand fuhr gemächlich nach oben bis zum Saum meines Slips, direkt über meine Falten, während ich mich auf meinem Platz versteifte. Zum Glück rückte mir Francesco in dem Moment nicht so auf die Pelle.

»Also. Ich habe dich zum Essen eingeladen, weil ich mit dir über etwas Wichtiges reden wollte, was unsere Zukunft betrifft ...« Francesco konzentrierte sich dabei auf seinen Teller.

»Ach ja?«, japste ich, nicht fähig meine Stimme zu kontrollieren.

Tristan hingegen zog soeben mein Höschen zur Seite, entblößte mich ... Mit dem Zeigefinger der anderen Hand strich er von oben nach unten meine Nässe entlang, und ließ ihn kurz tief in mir verschwinden, bevor er wieder nach oben glitt.

Ich zuckte heftig zusammen und Francesco musterte mich verwirrt, beschloss es aber zu ignorieren und runzelte lediglich die Stirn, während er weitersprach.

»Ja, wir sind jetzt schon einige Jahre zusammen ... und ich denke, wir sollten unsere Beziehung vertiefen. Ich bin auch nur ein Mann ... wenn du verstehst, was ich meine.«

Gooooooooootti! *Seine* Haare kitzelten zwischen meinen Beinen, und ich fühlte seine Zunge ... oh ja ... Tristan Wranglers berühmt berüchtigte, von vielen Frauen gleichermaßen verehrte wie gefürchtete Zunge. Endlich glitt er mit der Spitze sanft um meinen Kitzler, schickte Blitze durch meinen Körper, welche die Nervenbahnen in meinem Gehirn kurzschlossen.

»Okay!«, rief ich und vermied es, Francesco anzusehen oder mich zu viel zu bewegen. Unter dem Tisch bog ich meine Zehen – über der Platte ballten sich meine Hände zu Fäusten, sodass meine Knöchel weiß hervorstachen.

Tristan summte an meiner Schnecke, was wohl bedeutete, dass ihm gefiel, was er schmeckte, als er nun nach unten leckte. Sehr langsam und fest. Dann spreizte er meine Schamlippen mit bestimmenden Fingern und begann, mich mit harter Zunge zu ficken.

»Oh Gott!«, keuchte ich am ganzen Körper zuckend.

»Was ist?«, reagierte Francesco erschrocken und blickte verwirrt im Restaurant umher, um die Quelle meines Aufschreis ausfindig zu machen. Sogar das Besteck war ihm aus den Händen gefallen.

»Da kommt das Essen!«, nahm ich schnell als Ausrede her, denn das stimmte tatsächlich.

»Jaaaaa …?« Francesco konnte meine Begeisterung nicht teilen, was man an seinem fragenden Tonfall bemerkte, dann wandte er sich mir energisch zu. »Bist du dir sicher, dass du nicht ... keine Ahnung … Mia, wieso atmest du so schnell?« Er betastete meine Stirn. »Hast du Fieber? Schüttelfrost? Du bebst ja am ganzen Körper!«

»Ich ... ich bin nur so aufgeregt, weil … das Essen endlich kommt! Essen wir jetzt? Ich hab wirklich Hunger!« Tristan würde morgen Muskelkater in der Zunge haben.

»Na ja, also ...« Francesco verdrehte genervt die Augen und nahm einen winzig kleinen Bissen Fisch, als wäre er eine Frau. Und dann erschreckte er mich, indem er meine Hand griff und sich mir erneut zuwandte. Ich konnte es nicht mehr ertragen, fasste unter den Tisch und drückte Tristans Gesicht mit aller Kraft, die ich in meinem aufgelösten Zustand aufbringen konnte, von mir weg. Gleichzeitig hoffte ich, dass er mich nicht schon wieder beißen würde.

»Ich wollte dir sagen, dass ich es heute endlich tun will. Ich möchte mit dir schlafen ... So lange warte ich schon darauf ...« Oh nein, ich kam mir gerade vor wie in einer drittklassigen Schmonzette, während Francesco weiterschmalzte. »Deine Jungfräulichkeit in Ehren, aber ich kann nicht mehr länger warten! Meine Lenden brennen nach dir ...« Wo hatte er das nur gelesen?

Bevor ich über seinen letzten Satz lachen konnte, erschreckte er mich, indem er meine Hand auf seinen Penis presste.

»Spürst du es?« Wäre wohl blöd gekommen, wenn ich das erste gefragt hätte das mir in den Sinn kam: *Was denn?* Damit hätte ich jetzt überhaupt nicht gerechnet!

Mein Körper erfror in einer verwirrten Schockstarre, als er seinen Schritt an meiner Hand rieb.

In meinem Kopf schwirrte nur ein Gedanke: Tristan unter dem Tisch flippte sicher aus. Also streichelte ich beruhigend seine

Wange und entzog Francesco meine Hand, ich versuchte wirklich, *nicht* angewidert auszusehen. Er atmete schon heftiger.

Tristan reagierte nicht. Ich inspizierte sein glattes Gesicht mit meinen Fingern und fühlte, dass sein Kiefer komplett aufeinander gepresst war.

Oh heilige Scheiße!

»Das ist keine gute Idee!«, gab ich atemlos zurück. Ich hatte keine Ahnung, was ich sagen sollte. »Du weißt doch, was wir ausgemacht haben … Du warst damit einverstanden.« Bis jetzt hatte er es respektiert, aber ich sah in seinen Augen, dass er keine Ausreden mehr gelten lassen würde. Tristan nahm meine Finger und schleuderte sie geradezu von sich weg.

Okay ... nicht nur wütend – *stinkewütend.*

Francesco wollte gerade zum Reden ansetzen, da klingelte plötzlich sein Handy und er rückte von mir ab. Erleichtert atmete ich auf.

»Einen Moment!« Francesco las konzentriert, dann fluchte er. Etwas, was er sonst nie tat. In der nächsten Sekunde sprang er auf.

»Es gibt Probleme ... in der Bank. Ich muss los! Hier hast du Geld!« Nachdem er mich nervös gemustert hatte, warf er mir einhundert Euro auf den Tisch und gab mir einen flüchtigen Kuss auf die Wange (so wie immer ...), bevor er in seinen Mantel schlüpfte … Alles klar … In die Bank? ... Wahrscheinlich vergnügte er sich mit einer anderen. Zum Glück!

»Es ist halb zehn am Freitagabend«, stellte ich fest, nur um ihn ein bisschen nervöser zu machen. Nicht, dass es mich stören würde, denn mein wütender Psycholover wartete auf mich unter dem Tisch.

»Ja!« Francesco ging schon mal auf den Ausgang zu, fuhr sich durch die Haare und leckte sich über die Lippe. »Es tut mir leid, okay? Wir holen es nach! Versprochen!« Dann drehte er sich um, und eilte davon. Mein Ausdruck wirkte wohl etwas konsterniert.

Als die Tür hinter ihm zuglitt, machte sich Erleichterung in mir breit. Jedoch auch ... Angst.

Mit beiden Ellbogen lehnte ich mich auf den Tisch und rieb mit den Händen kräftig ausatmend über mein Gesicht, bis ...

»Tristan?« Ich hob die Tischdecke und linste nach unten. Beinahe hätte ich gelacht, als ich sah, wie er da unten hockte. Aber nur fast, weil seine Augen so wütend funkelten, dass mir die Spucke wegblieb.

»Aha!«, rief er aus, und tauchte unter dem Tisch auf. Wobei er von den anderen Gästen gesehen wurde, die vor lauter Schock teilweise ihre Gabeln und Messer fallen ließen, als sie mein Verhalten mit seiner Anwesenheit unter der Platte addierten. Ein älterer Herr, der mit seiner zwanzig Jahre jüngeren Frau direkt nebenan saß, flüsterte ihr zu, dass sie das auch mal ausprobieren sollten.

»Er will dich also ficken, ja?«, stieß Tristan wutentbrannt und doch leise hervor. Mit geballten Fäusten ging er einen Schritt um den Tisch herum, stützte sich mit ihnen vor mir ab und zischte in mein Gesicht: »Du wirst ihn nicht ficken! Verstehst du das?«

»Woah!«, rief ich, als er mich an den Oberarmen packte und mich praktisch um die Ecke auf die Beine zog. Die anderen Gäste bekamen die Münder nicht mehr zu und keuchten entsetzt. Doch Tristan war es egal, als er mich näher an sich zerrte, sodass ich jeden einzelnen Muskelstrang fühlen konnte, ob steif oder nicht.

»Du gehörst mir! Nur mir, verdammte Scheiße!«

»Ich weiß!«, murmelte ich schnell und ziemlich verzweifelt – komplett überwältigt von seiner Wut. Außerdem wusste ich aus Erfahrung, dass man Tristan bei solch einem Ausbruch besser nicht im Weg stand ...

»Du wirst es nicht tun?« Er zog eine Augenbraue hoch, zitterte am ganzen Körper.

»Nicht, wenn ich es verhindern kann«, hauchte ich um Gnade flehend ohne den Blick senken zu können.

»Ich schwöre dir, Mia Marena! Verarsch mich nicht!«

»Niemals! Francesco ist eigentlich eher so was wie mein Mitbewohner ...«

Tristan schnaubte ironisch. »Wirst du dich auf unsere

Abmachung einlassen?«, fragte er dann immer noch alles andere als ruhig.

Ich biss mir auf die Lippe. »Ich ... weiß es ehrlich nicht ... können wir darüber reden? In Ruhe?« In dem Moment wurde mir klar, dass wir alles andere als allein waren. Die anderen Gäste hatten mittlerweile komplett aufgehört zu essen, und starrten uns stattdessen empört an.

»Willst du dich lieber von ihm ...« Ich hielt ihm schnell den Mund zu, denn ich wollte nicht, dass hier jemand von seinem Stuhl kippte, wenn Tristan weiter seine Obszönitäten durch die Gegend feuerte. Ihm war es selbstverständlich egal, dass sich so kein Geschäftsführer benahm.

»Gottverdammte Drecksfotzenscheiße«, fluchte er. Jetzt war ich zu weit gegangen, dennoch versuchte er sich, im nächsten Moment zu beherrschen – für mich. Das wusste ich. Das ganze Restaurant keuchte angewidert auf und er ließ resigniert seinen Kopf nach hinten fallen. Ich musste lächeln, denn seine Flüche erinnerten mich immer an meinen alten Tristan und das gefiel mir.

»Beweg deinen Arsch raus, Mia Marena!«, kam es dann eiskalt. Ich erschauerte, *alter Tristan adjeu, schön dich gesehen zu haben ...*

Er ließ mich los, um nach draußen zu stürmen. Wenn die Tür nicht einen Stopper gehabt hätte, wäre sie mit voller Wucht gegen die Wand geknallt. Ich folgte ihm mit zitternden Beinen hinterher, weil ich wusste, er würde mich einfach an den Haaren rausschleifen, wenn ich zögerte.

Okay, er war gerade ziemlich wütend und mein Verstand sagte mir, dass vielleicht die nächste Lektion auf mich wartete, ähnlich wie auf dem Parkplatz ... aber mein Herz ... Mein verdammtes Herz ... dem war es egal, was mein Verstand einzuwenden hatte.

Und der hielt mit vielen Dingen dagegen. Tristan war komplett abgestürzt, gefangen in einem tiefen Sumpf aus Sex und womöglich auch Gewalt. Er war aggressiv und hatte noch weniger Respekt vor seiner Umwelt als zu besten Arschlochzeiten.

Ich musste Gefühle in ihm finden, ansonsten konnte ich nicht um ihn kämpfen. Oder?

Hatte ich überhaupt eine Wahl? Könnte ich mich nun, wo ich erwachsen war, von ihm fernhalten?

Und doch ... ich brauchte einen winzig kleinen Beweis dafür, dass mein Kampf nicht aussichtslos sein würde.

Den musste er mir liefern!

10. Der Riese mit dem kleinen Schwanz und meine Schlampe

Tristan 'pissed off' Wrangler

Ich war angepisst. Eigentlich mehr als das! Das war alles schief gelaufen. Dieser elendige Vollaffe mit dem kleinen Schwanz machte jetzt also ernst und wollte meine gottverdammte Schlampe ficken! Okay, sie war eine Schlampe, die mich verraten, mich auch noch die gesamte Woche ignoriert hatte, und nicht mehr zurückgekehrt war, nachdem ich sie im Club erniedrigt hatte ... Aber trotzdem! Ich wollte ihr zeigen, wer die Macht besaß, und der Arschwichser machte mir einen Strich durch die Rechnung, indem er ihr mitteilte, dass er gerne seine Mini-Nudel in sie stecken würde, während ich meine Zunge in der Öffnung zur Hölle hatte, und sie damit fickte, als würde es kein Morgen geben. Kurzerhand schickte ich ihm einfach eine Nachricht, dass die Grünen (die verdammten Bullen, obwohl sie mittlerweile blaue waren) auf dem Weg in sein Lager waren, denn ich wusste, dass er in Panik ausbrechen und abhauen würde. So war es dann auch. Doch selbst, als er weg war, befand ich mich noch auf 180, Tendenz steigend! Er hatte immerhin die Handfläche meiner verdammten Schlampe kontaminiert!

Nicht mal die frische Luft konnte mich beruhigen, nachdem ich hinausgestürmt war.

Seit er gesagt hatte, dass er nicht mehr warten würde, und ihre verdammten Finger auf seinen Minimikroficker gelegt hatte, sah ich nur noch ein Bild vor Augen. Sein massiger Körper über ihrem ... sein Schwanz in ihr. Und das Schlimmste an dem Ganzen: Ihre Beine um seine Hüften, die ihn noch tiefer zogen, so wie sie es früher immer bei mir gemacht hatte, ihre Hände, die über seinen Rücken kratzten und nicht über meinen ... Ihre Stimme, die laut seinen Namen stöhnte.

»Missgeburt einer läufigen Hündin!«, knurrte ich direkt vor dem Nobelrestaurant, das Phil und mir gehörte, und trat gegen eine der riesengroßen Kerzen, die vor dem Eingang standen. Mia Marena zuckte erschrocken zusammen. Die Kerze kippte um, erlosch, und das strahlend weiße Wachs verteilte sich über den teuren Teppich. Phil würde ausflippen. Wo war die verdammte Schlampe eigentlich? Mein Blick wanderte hin und her, dann drehte ich mich zu ihr herum und sah sie eingeschüchtert neben der Kerze stehen – eindeutig zur Flucht bereit ...

»Fürs Weglaufen ist es längst zu spät!«

Sie machte sogar einen Schritt zurück, als ich auf sie zu kam, aber das war mir egal.

Ich packte sie fest am Arm und ließ sie fühlen, wie sauer ich immer noch war. Denn es war ihre Schuld, dass er jetzt vorhatte, sie zu ficken! Es war ihre verdammte Schuld, dass er es überhaupt in Erwägung zog! Sie war schließlich mit ihm zusammen! Francesco sah sie regelmäßig in Unterwäsche, womöglich sogar nackt. Sie schliefen in einem Bett. Vielleicht hatten sie sogar schon mal zusammen geduscht! Ach, was sag ich, wahrscheinlich hatte sie ihm schon einen geblasen und sich von ihm überall betatschen lassen! Einmal Schlampe, immer Schlampe! Das machte mich einfach wahnsinnig!

»Tristan ... ich ...«, begann sie wieder rumzustammeln, aber dafür war ich gerade gar nicht in Stimmung, als ich sie um das Haus herum in Richtung des Hinterhofs zerrte.

»Schnauze!« Ein betontes Wort und ein warnender Blick reichten aus, um sie zum Schweigen zu bringen. Dann zog ich sie weiter.

Ihr Leben war ihr lieb und sie leistete keinen Widerstand.

Mir war nicht klar, was ich tun würde, wenn ich mit ihr in den Schatten verschwunden war, denn ich schwankte noch zwischen ›Meinen Ficker in ihren Mund stecken‹ oder ›Ihr gehörig den Arsch versohlen‹. Beides würde ihr jedoch mit höchster Wahrscheinlichkeit gefallen ... deshalb versuchte ich mich wirklich zu beherrschen. Mein verdammter Ficker schrie mir von unten zu, dass sie es nicht wagen würde mit Francesco-Kleinschwanz zu ficken, sondern nur mit mir. Er war eindeutig für Option eins ... Obwohl zwei auch was hatte … Als wir zwischen Hausmauer und Hausmauer in einer kleinen Gasse standen, in die kein Lichtstrahl vordrang, versuchte sie sich von mir zu befreien ... »Jetzt lass mich endlich los!«

Das war der Moment, in dem ich noch ein kleines bisschen mehr meine Fassung verlor und sie knurrend gegen den Backstein stieß. Sie keuchte auf, als sie sich den Rücken prellte, doch ich keilte sie bereits rechts und links mit abgestützten Armen ein. Die Frau, die heute Nacht eindeutig mit ihrem Leben spielte, sah demonstrativ nach rechts, was ich beendete, indem ich ihr Kinn ergriff und sie zwang, mich anzuschauen. Mein Blick blieb auf ihrer delikaten zitternden Lippe hängen, und ich erinnerte mich ungewollt daran, wie diese tiefrote, volle Süße schmeckte und wie sinnlich es sich anfühlte, wenn ich das zarte Fleisch zwischen meine Zähne nahm und daran knabberte, während sie aufstöhnte. Ein schöneres Geschenk hatte es für mich früher nie gegeben, als wenn Mia Marena mir direkt in den Mund wimmerte, seufzte, stöhnte, flehte ... Im nächsten Moment war es der italienische Bastard der ihren Gaumen vergewaltigte und die Wut loderte frisch auf. Fast hätte ich mich dafür schämen können, dass sie heute immer noch die Macht hatte, mich selbst in so einer angespannten Situation mit ihren verdammten weiblichen Vorzügen abzulenken … das machte mich nur noch aggressiver.
Und obwohl sie offensichtlich Angst hatte, denn sie fixierte mich mit großen Küken-Augen, als wolle ich sie fressen, war da gleichzeitig Vertrauen in ihrem Blick.

Dieses Phänomen verwirrte mich schon seit geraumer Zeit. Sie verhielt sich, als würde sie von mir immer noch erwarten, dass ich in jeder Lebenslage die Hand über sie hielt. Dabei ging doch die größte Gefahr von mir aus ... Verrückterweise knurrte sie, dann griff sie auch noch nach meiner Brust und wollte mich von sich schieben ... »Tristan ... ich bekomme keine ... Luft ...« Sie war irgendwie ... eine niedliche verrückte Schlampe in ihrer absolut nutzlosen Gegenwehr.

»Hör auf damit, verdammt noch mal!«, rief ich und packte sie beidseitig an den Wangen, riss sie zurück und starrte sie an.

»Was?«, fragte sie verwirrt.

»Hör auf, so zu sein wie früher!« Das ertrug ich nicht! Ich wollte mich nicht an damals erinnern, denn so war es nicht mehr und würde es auch nie mehr sein. Acht verschissen lange Jahre hatte ich benötigt, um mich damit abzufinden, dass meine erste und absolut einzige Liebe mich verraten hatte. Und jetzt kam sie daher und tat so, als wäre nichts geschehen!

»Hör auf, so zu tun, als wärst du jemand anderes!«, flüsterte sie und Tränen traten ihr in die Augen. Ich wollte schreien, mir die Haare raufen, absolut durchdrehen, stattdessen boxte ich mit einem »Ich bin nicht mehr dein verschissener Held!« gegen die Wand. Mich mühsam kontrollierend zischte ich weiter: »Ich will mit dir einen verrückten Sexvertrag eingehen. Ich will dich erniedrigen und zerstören. Das passt wohl eher zu der Rolle des Bösewichtes, oder was meinst du?« Sie antwortete nicht, die ersten durchsichtigen Perlen lösten sich und liefen an ihrem Gesicht herab, bevor sie die Lider schloss und somit die Verbindung zu ihrer Seele kappte. Ja, auch das regte mich auf. Noch immer war sie mir gegenüber so offen, so leicht lesbar. Aber wieso schien es schon wieder, als würde ich gottverdammte echte Gefühle in ihren Augen sehen. Mit jedem einzelnen Blick, den sie mir zuwarf? Wie konnte sie nur so gut schauspielern? Meine Rache sollte endlich beginnen! Sie jede Nacht besitzen! Sie brechen, sodass ich besser wusste, wer sie war als sie selbst. Das war der Plan und meine Geduld hatte ein Ende. Jetzt!

»Wirst du dich auf den Deal einlassen oder nicht, verdammt?« Mit einem Ruck beförderte ich ihr Kinn erneut nach oben und sie schlug keuchend die Lider auf. Ihre Hände ballten sich zu Fäusten und sie fing an zu zittern wie Espenlaub.

»Nein!«, antworte sie, es war eher ein Schluchzen als alles andere.

»Nein?« Sie schluchzte lauter ... Ich registrierte auf eine befriedigend perverse Art und Weise, dass ich sie einschüchterte ... und sie war so anziehend dabei. So zerbrechlich und so ... Mhhhmmm ... die Möglichkeiten ... Ich hatte keine Ahnung, wieso es mich so anmachte, wenn sie weinte und so verzweifelt war wie jetzt. Wenn ihre Unterlippe zitterte und ihr Ausdruck so ängstlich wirkte. Mir war ebenfalls schleierhaft, warum ich schon wieder steinhart wurde und weshalb ich sie am liebsten hier mitten im Hof gefickt hätte.

»Tristan, hör mir zu!«

»Wage es nicht, Forderungen an mich zu stellen. Nicht du!« Verdammt! ... Ich musste mich von ihr abwenden und mich stärker zur Kontrolle zwingen, um sie nicht auf der Stelle anzubrüllen, damit sie endlich um ihr verficktes wertloses Leben lief. Aber das alles wurde sofort unterdrückt. So hätte der alte Weichei-Tristan gedacht. Eine kleine Erinnerung daran, was ich ihretwegen durchgemacht hatte, reichte aus und schon verflog jegliches Mitgefühl für diese hinterhältige Schlampe.

»Ich fordere aber sehr wohl etwas von dir, und du wirst mir zuhören!«, schrie sie plötzlich fast schon ohrenbetäubend laut, und ihre Hand schoss nach oben, um meine zu packen. Uhhh, der Truthahn wehrte sich! »Wage es nicht, mir noch einmal zu drohen, als wäre ich irgendeine deiner ...« Ihre Augen glühten mich unheilvoll an, als sie leise weitersprach. »Und ja, du hast recht, es ist nicht mehr so wie früher! Ich habe mich auch verändert! Mich gibt es nicht mehr so bedingungslos. Wenn du mich für WAS AUCH IMMER willst, dann musst du mir zuerst etwas beweisen!« Sie zitterte am ganzen Körper, hielt jedoch meine Hand bestimmt fest.

»Ich würde dir raten, deine Finger von mir zu nehmen«, flüsterte ich samten, aber deswegen nicht weniger bedrohlich und signalisierte mit meinem Blick, was ich genau meinte. Ihr lag doch etwas an ihrer Existenz, im Gegensatz zu früher, und sie ließ mich los, wenn auch zähneknirschend.

»Was willst du von mir?«, fragte ich knapp und entschied, dass es an der Zeit war, ihr wieder etwas Freiraum zu geben, weshalb ich mich zurückzog und die Arme vor der Brust verschränkte.

»Ähm, Tristan ...«

»Was?«

»Deine Hand blutet.«

»Schön für die Hand. Sprich!«

Mia Marena schaute zu mir auf. Ihr Blick wanderte ein paar Mal zwischen meinen harten Augen und dem kalten Asphalt hin und her, bevor sie den Mund aufmachte und kaum hörbar wisperte »Ich will nur, dass du mich noch einmal liebst.«

Klar! Was sollte sie sonst wollen als Tristan-Kuschel-Blümchensex-ich-fick-dich-in-den-siebten-Himmel-und-tue-alles-für-dich-Wrangler. Spontan musste ich lachen. Sie war so dämlich!

»Ich mache keine Witze! Du bedeutest mir etwas. Korrektur, nicht nur ETWAS – sondern ich liebe dich immer noch! Daran hat die Zeit nichts geändert. Glaubst du, die letzten acht Jahre waren für mich so leicht, wie du dir ausmalst? Denkst du etwa, es war einfach, mich damit abzufinden, dass ich dich verloren habe, dennoch ständig an dich zu denken und gleichzeitig zu wissen, dass du mich *hasst*?« Das Lachen war mir vergangen. Ich sah auf ihre tränenüberströmte Gestalt herab, die die kleinen Fäuste an der Seite geballt hatte, betrachtete ihre glänzenden Haare und die glühenden Augen – die rosigen Wangen. Verdammt ... bei allem, was mir verfickt noch mal unheilig war: Ich wollte sie ... So sehr ... Nur für die drei Monate – zum Abschluss ... Wenn ich meine Rache bekommen hatte, würde ich sie gehen lassen und der Bann wäre gebrochen. Aber eines hatte ich gelernt, vor allem bei Mia

Marena Engel: mein Pokerface aufzusetzen, egal, was geschah ...
»Du befindest dich nicht in der Position, mir Vorwürfe zu machen, Mia Marena. Du hast das alles selbst verschuldet!«

»Ich weiß!« Sofort stellte sich ihr offensichtlich schlechtes Gewissen ein, und sie kam einen vorsichtigen Schritt auf mich zu, visierte mich dabei genauestens an, um meine Reaktion abzuschätzen. Als ich warnend die Brauen hob, blieb sie frustriert stehen und schnaubte auf. Ihre Schultern sackten in sich zusammen, und als sie wieder sprach, klang sie irgendwie abgekämpft.

»Ich will doch nur ... eine Nacht ... Eine Nacht mit dem alten Tristan. Ich muss wissen, ob es noch etwas von ihm gibt. Eine Nacht ... und dann werde ich eine neue Mia für dich sein ... Ich werde alles ertragen ... alles für dich tun ... nur einmal noch ... *bitte* ...« Das letzte Wort war kaum noch zu hören, ich vernahm es trotzdem, und verdammte Scheiße ...

»Also Klartext: Ich ficke di...«

Sie unterbrach mich schon wieder. »Nein, du *liebst* mich einmal, und dann bin ich dein.« Gespannt blinzelte sie zu mir hoch, ihre Augen strahlten schon wieder und die Tränen waren verebbt. Konnte ich das? Richtig intim mit ihr werden? Ich hatte keine Ahnung. Aber ich wollte diese drei Monate mit ihr als meine private Schlampe, mehr als alles andere. Also würde ich es zumindest versuchen … Frustriert seufzend strich ich mir mit beiden Händen durch die Haare, während ich auf sie herabblickte. Sie war eigentlich so bescheiden, und immer noch so naiv. Wollte eine Nacht im Himmel, für drei Monate in der Hölle eintauschen. Nichts weiter. Der Teufel persönlich sollte sie lieben, was in sich vor Unlogik nur so triefte … Aber einen Versuch war es wert.
»Ich werde *versuchen,* nett zu dir zu sein.« Sie schüttelte den Kopf. »Zwing mich nicht, es zu sagen!«, warnte ich sie zischend.

»Du wirst mit mir schlafen? Nicht ficken? Mit mir schlafen ... wie ein Mann mit einer Frau und nicht wie ein Monster mit einem Sklaven!« Oh fuck! Das hörte sich verdammt beängstigend an – zumindest der erste Teil! Wie wäre es dann erst, es zu *tun*?

»Ja, verdammt, wenn du danach Ruhe gibst!«, presste ich zwischen den Zähnen hervor, und starrte irgendwo über ihre Schulter, bloß nicht in ihr Gesicht.

»Und ich darf dich dabei berühren, wie ich will, ohne ›fass hier nicht hin und fass dort nicht hin‹?«, fragte sie voller Erwartung.

»Wenn du dir vorher die Hände wäscht.«

Jetzt lächelte sie. Breit, mit strahlenden Zähnen und dazu auch noch scheiße verträumt.

»Und Küssen?« Eiskalt bohrte sich mein Blick in ihre braunen Augen ...

»Nutten küsst man nicht auf den Mund!«, stoppte ich sie sofort, denn ich würde ganz sicher nicht mit meinen Lippen in die Nähe dieser verführerischen Kirschfallen kommen. Den Fehler hatte ich schon einmal begangen, schließlich hatte mit einem verdammten Kuss alles angefangen!

»Schade!« Jetzt schmollte sie auch noch und betrachtete dabei sehnsüchtig meine Lippen. Ich musste mir ein Schmunzeln verkneifen, als ich sah, wie gut drauf sie plötzlich war.

Ob sie eine Ahnung davon hatte, worauf sie sich einließ? Eher nicht – ich wusste es ja selber nicht!

»Wirst du morgen Abend zu meiner Verfügung stehen, wenn wir es gleich hinter uns bringen?«, fragte ich und Mia Marena zog warnend ihre Augenbraue nach oben.

Ich seufzte schwer ... überwand mich und schlang den Arm um ihre Hüfte.

»Wollen wir zu mir oder zu dir?«, lenkte ich ein und ließ meine Stimme sanft und sehnsüchtig klingen. Sie seufzte verträumt und lehnte sich an mich.

»Natürlich zu dir«, flüsterte sie und ich lachte leise ...

»Natürlich zu mir«, murmelte ich und führte sie aus dem Hof und aus der Dunkelheit zu meinem Auto ...

Das konnte ja was werden!

11. Sex mit dem Ex

Mia 'happy' Engel

Selbst in der Nacht war die Hauptstraße viel befahren, aber Tristan lenkte sein Schlachtschiff sicher durch den dichten Verkehr. Vermutlich war ich noch aufgeregter als damals als ich das erste Mal Tristans Club kennen gelernt hatte. Mir war unklar, was mich erwartete, ob er imstande sein würde, seine negativen Gefühle mir gegenüber vollkommen loszulassen, und sich mir zu öffnen.

Zumindest wollte er es versuchen, und das allein zeigte mir schon, dass ich ihm etwas bedeuten musste – wenigstens ein wenig ...

Er redete sich sicher ein, dass alles Bestandteil seiner Rache war. Doch wenn es ihm wirklich nur darum gegangen und ich ihm egal gewesen wäre, dann hätte er mir auch seinen Willen aufzwingen können. Er war stark – ich schwach ...

Aber letztendlich wollte er ja doch meine Erlaubnis, um mich die nächsten drei Monate zu besitzen, letzten Endes nahm er Rücksicht auf mich. Oberflächlich redete er sich womöglich ein, dass er ein ganz böser Junge war, trotzdem steckte immer noch *mein* Tristan in ihm ... nur ein bisschen psychotischer vielleicht.

Ein wenig verwundert registrierte ich, dass wir zu seinem Club fuhren, stetig den Berg hinauf, wo sich der Verkehr langsam aber sicher lichtete, und löste meine Stirn von der Scheibe, um den dunklen Mann zu meiner Linken fragend anzusehen.

»Glaubst du nicht, dass es in einem Sexclub ums Ficken geht? Ums Vögeln? Ums Bumsen? Auch wenn es deiner ist, so hat das doch wenig mit Gefühl zu tun!«

Tristan schnaubte auf und warf mir einen überheblichen Blick zu.

»Ich wohne da.«

»Was? Dort?« Die Galerie kam in mein Blickfeld und ich deutete empört auf sie.

»Jepp!« Oh Tristan ... er hatte nicht mal ein anständiges Zuhause ...

Er musterte mich kurz abschätzend, als er den Wagen auf den Parkplatz lenkte, der erneut eine halbe Armada von Nobelkarossen beherbergte. »Oh bitte!«, schnaubte er spöttisch, »... das geschieht rein freiwillig.«

»Okay.« Er hatte wohl die Tränen in meinen Augen gesehen und wollte wie immer kein Mitleid – also bekam er auch keins.

Sobald das Auto stand, stieg ich aus und brach mir fast die Beine, weil ich vergessen hatte, dass ich Heels trug. Peinlicherweise ging ich tatsächlich zu Boden ... Tristan war weder so nett mir aufzuhelfen noch sich das Lachen zu verkneifen. Eigentlich störte es mich nicht wirklich. Wenn ich ihn damit erheitern konnte, dann würde ich mich nach jedem zweiten Schritt unauffällig hinschmeißen. Für meinen Geschmack wirkte er neuerdings sowieso viel zu ernst und griesgrämig. Doch wenn alles nach meinem Wiederaufbauplan lief, würde ich ihm das schon bald austreiben. Mein Strahlen wurde immer breiter, je weiter wir uns seinem Büro näherten. Vielleicht war der Ort nicht der richtige, aber das spielte keine Rolle, denn nach wie vor war der Grund ausschlaggebend. Wir würden uns hier wieder nahekommen. Danach hatte ich mich Jahre gesehnt und jetzt würde ich es kriegen. Tristan führte mich tatsächlich in sein Büro, wofür er von mir einen schrägen Blick kassierte. Er schlief doch wohl nicht wirklich hier, oder? Augen verdrehend drückte er unter dem Schreibtisch einen Knopf und zog mich an seine Seite. Plötzlich löste sich von oben eine elektronische Klapptreppe und eine Deckenluke glitt auf. Beeindruckend! Grinsend ließ er mir den Vortritt und zischte dabei. Offenbar konnte er immer noch nicht den Blick von mir nehmen, egal ob fett oder dürr. Betont lasziv stieg ich Stufe für Stufe hinauf, während Erinnerungen von früher auf mich einrieselten. Visionen von Tristan und mir in einer Umkleidekabine, sanfte Echos davon, wie er mir versicherte, dass ich einen schönen Körper hatte, während er mich festhielt und mich liebevoll anvisierte. Ich lächelte verträumt, als ich automatisch seine jetzige Figur mit früher verglich. Damals war er groß, schlank und leicht muskulös gewesen, nie zu viel, aber auch nicht zu wenig – auf jeden Fall ein Sportler durch und durch. Heute konnte man die Konturen der Muskeln genau erkennen. Er wirkte um einiges männlicher, aber schien dennoch nicht gedrungen, besaß trotzdem diese Anmut einer Person, die mit seinem Körper vollkommen im Einklang ist.

Ich legte den Kopf ein bisschen schief und beobachtete, wie er behände nach oben kletterte. Er schaute mich fragend an und zog leicht spöttisch eine Braue nach oben..

»Was?«

»Nichts ... es ist nichts ...« Ich riss meinen sehnsüchtigen Blick von ihm los und sah mich erst mal um. Woah! Jetzt konnte ich mein Staunen nicht mehr verbergen. Wir befanden uns in einem Schlafzimmerwintergarten unter dem klaren Sternenhimmel. Hier stand ein riesiges Bett und ein Schrank ... Der Boden war mit einem weichen, weißen Teppich ausgelegt und nur eine Wand war nicht durchsichtig. Das war wohl diejenige, die an sein Bad grenzte. Sie bestand komplett aus rotem Plexiglas. Als Tristan schnipste, fing sie an, in den verschiedensten Rottönen zu leuchten, und warmes Licht auf den scheinbar offenen Raum zu werfen. Dabei brach es sich an diversen Elementen und erinnerte ein wenig an Polarlichter. Es war absolut faszinierend. Noch nie hatte ich Vergleichbares gesehen. »Wow«, flüsterte ich und schaute in den nun auch rötlich schimmernden klaren Sternenhimmel. Tristan umrundete mich und schlenderte zu dem freistehenden Kamin.

Der Hauptteil des Raumes wurde jedoch von einem schlichten Bett mit Baldachin eingenommen. Selbst hier dominierten goldene Verzierungen, die ich schon in seinem Büro registriert hatte. Neugierig wanderte mein Blick weiter zu dem großen Schiebetürenschrank, dessen Front komplett verspiegelt war, und das Farbenspiel der entgegengesetzten Wand reflektierte. Diese Töne, gemischt mit dem puren Sternenhimmel, dem Riesenbett und Tristan katapultierten mich bereits jetzt in eine Welt der erotischen Träume.

»Wenn du willst, kannst du das Bad benutzen.« Tristan stand plötzlich hinter mir. Ein Knacken im Kamin verriet, dass der Mann erfolgreich Feuer gemacht hatte.

Atemlos schüttelte ich den Kopf.

Es lag eine ungeheure Spannung in der Luft, die vom Knistern der Flammen untermalt wurde. Das hier war etwas Besonderes – ein Wendepunkt. Denn er versuchte für mich mein alter Tristan zu sein und ich nahm mir vor, jede einzelne Minute zu genießen, weil ich wusste, dass es in naher Zukunft mehr als dies nicht geben würde. Seine großen Hände schlangen sich um meinen Bauch. Es war der Wahnsinn von ihm ohne Wut und Hass berührt zu werden und mein Atem geriet ins Stocken. Seine Daumen strichen sanft über meine Haut. Ich fühlte, seine Nase in meinem Haar, hörte ihn tief durchatmen und dann leise seufzen. Langsam, viel zu langsam ließ er seine Finger über meine Taille nach oben gleiten. Mühsam blieb ich stillstehen, um ja nichts zu verpassen und schloss meine Lider, sog jede winzige Liebkosung tief in mich auf. Er nahm meine Brüste in seine großen Hände und knetete sie sanft.

»Mhm«, murmelte er und beugte sein Gesicht herab, um mit seinen Lippen über meinen Hals zu streichen. »Du weißt schon, dass du hier schon wieder in der Höhle des Löwen bist?«

Ich lächelte, denn diese Worte hatte ich schon mal gehört. Vor gefühlten Jahrmillionen. Es freute mich, dass er sich anscheinend genauso gut an unsere gemeinsame Zeit erinnern konnte wie ich.

»Ja«, flüsterte ich und neigte den Kopf zur Seite, um ihm

besseren Zugang zu verschaffen. Sein Grinsen kribbelte auf meiner Haut, als er meinem subtilen Befehl nachkam. »Aber die Höhle ist sehr schön und warm ... sie gefällt den anderen Frauen sicher auch sehr gut.« Ich konnte es mir einfach nicht verkneifen, obwohl ein Teil von mir nicht wissen wollte, wie vielen er hier schon die Brüste massiert und dabei ihre Hälse verwöhnt hatte ...

Tristan lachte rau, was mich ziemlich wütend machte. »Du kannst beruhigt sein ... Du bist die erste Frau hier oben.«

»Das ist jetzt nicht dein Ernst!« Überrascht drehte ich mich zu ihm um. Genugtuung und Erstaunen wechselten sich ab.

»Mein Voller!« Er schaute geduldig auf mich herab und irgendwann wandelte sich sein belustigter Blick.

»Ich weiß nicht, ob ich den Scheiß kann ...«, flüsterte er schließlich. Angst kam in mir hoch, denn ich wollte nicht, dass es endete. Nur was sollte ich sagen, damit er sich besser fühlte und unser Vorhaben gelingen konnte? Am liebsten hätte ich ihn geküsst, denn damals wären damit all seine Bedenken nichtig gewesen. Aber heute war nicht damals.

»Ich liebe dich, Tristan. Du weißt nicht, wie viel mir das hier bedeutet!« Vorsichtig umfasste ich seine glatten Wangen, fuhr mit den Fingern fast bis in seine Haaransätze und hielt einfach nur sein kostbares Gesicht fest. Ich wollte in ihm lesen, wollte erfahren, was er für mich empfand. Doch er schloss die Lider, presste die Lippen zu einem dünnen Strich, beherrschte seinen Atem und sprach mit kontrollierter Stimme.

»Geh ins Bad!«

Was hatte ich auch erwartet? Seufzend drehte ich mich um und folgte dem Befehl ... Hier waren die Wände zum Glück nicht verglast, aber die Decke schon. Über mir funkelten die Sterne und zu allen Seiten des Hügels auf dem dieses Haus den Höchsten Punkt bildete, breitete sich die leuchtende Stadt aus. Eine riesige Whirlpoolwanne auf einem Podest vor einer Fensterfront, und ein überdimensionaler Waschtisch machten das Ganze perfekt. Was sollte ich hier eigentlich? Schwer stützte ich mich mit den Händen auf den Marmor und betrachtete mein Spiegelbild.

Ich war frisch rasiert und geduscht ... na gut ... etwas geschwitzt hatte ich im Restaurant bereits, aber es würde sich befremdlich anfühlen, mich hier zu waschen. Da ich schon mal an diesem privaten Ort war, konnte ich mich nicht davon abhalten zu schnüffeln und an seinem Parfum zu riechen. Ich liebte es ... Es war so schwer ... So männlich ... So verrucht – wie er. Mit den Fingerspitzen fuhr ich über die strahlend weißen Handtücher, mit denen er seinen Körper abtrocknete. Natürlich waren sie mit seinen Initialen versehen. Als ich die Arschcreme in einem Hängeschrank fand, musste ich leise kichern und dann erst mal tief durchatmen, damit die Aufregung mich nicht übermannte. Er benutzte sie wohl immer noch für die Lippenpflege. Einige Minuten stand ich da und wusste nicht, was ich als Nächstes tun sollte. Schließlich wusch ich mir die Hände, bevor ich mich entschied wieder zurückzugehen. Das Feuer loderte nach wie vor dekorativ im Kamin und das Dach war ... offen. OFFEN? Zurückgefahren. Auf jeden Fall ... weg. Einfach so! Es war trotzdem kuschlig, ich konnte die spätsommerliche, reine Luft spüren und die Sterne ohne jegliche Spiegelung beobachten. Ich hörte sogar die Grillen zirpen, als wäre ich auf meiner Lichtung.

Verwirrt sah ich mich um. Das Zimmer war sehr groß und penibel aufgeräumt, in der Hinsicht hatte er sich nicht verändert. Es fühlte sich komisch an, mich in seinen Privaträumen aufzuhalten und andererseits so vertraut. Meine Augen suchten den Mann, den ich liebte, und fanden ihn, trotz der mangelnden Beleuchtung. Es existierte keine Lichtquelle, bis auf das weiche Rot und das flackernde Feuer. Einen Moment zog sich mein Herz zusammen, denn hier sah ich nichts von dem alten Tristan. Dieser hier war gebrochen, hatte dunkle Schatten unter den Augen. Seine Augen waren leer und finster. Nur die Flammen des Kamins hauchten ihnen Leben ein. Seine Mundwinkel scheiterten bei dem Versuch, zu lächeln, denn er bemerkte wohl, dass ich gerade wieder bis auf seine ausgebrannte, gedemütigte Seele blickte. Seine ausgeprägten Kiefermuskeln traten hervor, die Halsschlagader pochte heftig, und ich hielt es nicht mehr aus.

Mit vier befreienden Schritten war ich bei ihm, strich leicht mit der Fingerspitze über den Beweis seines Unwohlseins. Er atmete gequält aus.

»Hab keine Angst ...« Meine Finger wanderten wie von selbst nach oben, versuchten die Erschöpfung unter seinen Wimpern wegzustreichen. »Du siehst so müde aus ... Tristan ...« Er schnaubte nur ironisch und ein Mundwinkel hob sich fast schon spöttisch. Ansonsten regte er sich nicht. Mein Herz schlug laut und schnell. Er würde mich mit Küssen bedecken, nicht mit Bissen, *mich* dabei ansehen, nicht nur meinen Körper, und mich streicheln, anstatt packen. Ich lächelte ihn schwach an und nahm meinen ganzen Mut zusammen. Meine Courage und meine Kurven, mehr konnte ich nicht in die Waagschale werfen, also würde ich es tun. Langsam strich ich mit beiden Händen an meiner Taille herab, seine Augen verengten sich einen Tick. Ich nahm den Saum meines Kleides und stellte zufrieden fest, dass Tristan die Luft anhielt. Ohne Eile zog ich den Stoff Stück für Stück nach oben und schließlich über meinen Kopf. Er biss die Zähne aufeinander und drehte das Gesichtvon mir weg, als ich lediglich im fliederfarbenen Slip und passenden Strapshaltern vor ihm stand. Unmengen an Ketten bedeckten meine Brüste, sonst nichts.

»Sieh mich an«, forderte ich leise, und er folgte widerwillig, ließ seinen Blick von oben bis unten über mich wandern. Ich sah das Begehren in seinen Augen aufflackern, aber gleichzeitig konnte ich in ihnen so etwas wie Panik erkennen. Meine Beine wurden weich und in meinem Bauch zog sich alles vor Erwartung zusammen. Oh Mann!

Das war schwerer für ihn, als er je zugeben würde. Und deswegen hatte er sich jetzt eine noch härtere Schale zugelegt. Ich wollte sie so gerne knacken, ihn davon befreien und wieder sein Vertrauen gewinnen. Aber ich wusste, es würde ein langer Weg werden, und auch, dass ich viel von mir selber opfern musste, um ihn zu retten ... Aber ich würde es tun, ohne mit der Wimper zu zucken. Denn dieser zerstörte wunderschöne Mann war es wert.

Fragend schaute ich zu ihm hoch und berührte jeden Millimeter Haut, die unter den drei offenen Hemdknöpfen hervorschaute, mit den Fingerspitzen. Nach außen hin blickte er mir ruhig in die Augen, aber ich ahnte, im Hintergrund tobten die Gefühle. Unsicherheit, Lust, aber auch Zwiespalt waren zu erkennen. Ich wollte alles Negative ausmerzen, ihn so gerne zu dem alten Tristan machen, der mir vollkommen vertraut hatte und mit sich, mit uns, im Reinen gewesen war. Natürlich war das nicht möglich. Schließlich war er keine Achtzehn mehr und hatte seit unserer Trennung einen langen und harten Weg hinter sich …

»Ich habe auch Angst«, flüsterte ich, als ich schließlich mit zitternden Händen weitere Knöpfe öffnete, niemals ohne mich auf seine Reaktionen zu konzentrieren. Er schnaubte nur erneut auf und betrachtete mich weiterhin oberflächlich ungerührt.

»Ich habe Angst, dass es schiefgeht, und dass ich dich verliere. Ich will dich nicht verlieren. Nicht noch einmal«, wisperte ich und mein Atem beschleunigte sich. Mit jedem neuen Knopf konnte ich ein bisschen mehr von seiner gebräunten Haut erkennen, die sich über seine Bauchmuskeln spannte. Sie waren wirklich klar definiert ... Sehr klar! Und dann waren da noch diese Haare, als ich die letzten Knöpfe öffnete und das Hemd langsam aus seiner Hose zog, die als feiner Streifen in seinem Bund zwischen diesem wunderschönen V verschwanden … Mein Schlucken war im gesamten Raum zu vernehmen, als ich die letzte Barriere bewältigt hatte, und ich biss mir auf die Lippe, denn gleich würde ich das Hemd zurückschieben und seinen Oberkörper komplett entblößen.

»Hör auf damit«, murmelte er plötzlich heiser und ich schaute verwirrt zu ihm auf. Seine Augen brannten geradezu. Abrupt hob er die Hand, und erst als er mit einer sehr intimen Berührung meine Unterlippe zwischen den Zähnen hervorzog, fiel mir auf, was er meinte.

Erneut rot werdend blickte ich zu Boden und fühlte das heiße Prickeln, das von seinem Daumen ausging, der über meine Unterlippe strich. Als ich hochsah, ließ er von mir ab, und ich konnte nicht widerstehen meine Unterlippe abzulecken, genüsslich seinen Geschmack zu kosten. Dann glitt ich über seine Brust nach oben, um sein Hemd abzustreifen.

Doch mit einem Mal schossen seine Finger vor und umschlossen meine Gelenke. Verwundert löste ich mich visuell von den paar Haaren auf seiner gut ausgebildeten Brust unter meinen Händen und konzentrierte mich auf sein Gesicht.

Sein Ausdruck war schmerzerfüllt; fragend hob ich eine Braue. Er senkte die Lider, atmete tief durch und ließ mich wieder los. Seine Arme fielen leblos zur Seite und ich vollendete stirnrunzelnd mein Vorhaben, wobei ich ein bisschen auf die Zehenspitzen gehen musste, weil er so groß war. Der Stoff flatterte zu Boden, und ich keuchte auf … Denn dort wo sein Herz schlug, prangte mir eine Frauenhand von der Seite mit filigranen Fingern entgegen. Sie schnipste mit dem Zeigefinger gegen ein echt aussehendes Herz ... auf dem tiefe Risse zu erkennen waren und das auf einer Seite an seiner Brust bis zu den Rippen herabbröckelte. Es war eine wunderschöne, aber verheerende Tätowierung. Die Bedeutung war sofort klar … Das hier war *meine* Hand! Ein Schnipsen hatte sein Herz zerstört!

»Oh Gott ...« Ich war vollkommen sprachlos, während Tränen in meine Augen stiegen.

Seine Grimasse verstärkte sich, und es sah fast so aus, als wollte er sich verdecken, aber ich war schneller. Denn ohne mein Dazutun beugte ich mich vor, umarmte seine Hüften und vergrub mein Gesicht an seiner steinharten Brust. Er atmete zittrig aus, die Lippen an meinem Haar … Nein, nein, nein! Nie hätte ich vermutet, dass es so schlimm war, dass er wegen mir so gelitten hatte! »Tristan …« Die Tränen liefen über meine Wangen, sein Schmerz tat mir einfach so sehr weh. Seine Hände hingen immer noch herab, schwebten vielleicht sogar über meinem Rücken. Weder zog er mich an sich, noch schob er mich weg, als ich diese grausame Tätowierung mit Salzwasser überflutete. Meine Finger dann sanft darauf presste und die Haut von der Nässe befreite. Ich wünschte, ich könnte auch die Qual einfach so wegwischen.

»Es tut mir leid. Es tut mir leid. Es tut mir leid!«, war alles, was ich schluchzen konnte.

»Baby, hör auf damit!« Tristan schien ziemlich vor den Kopf gestoßen und wusste nicht, wie er jetzt mit mir umgehen sollte, denn ich heulte wie eine Verrückte. Schließlich schob er mich ungewohnt sanft an den Oberarmen von sich, und in diesem Moment fiel es mir erst auf ... Er hatte mich gerade *wirklich* ›Baby‹ genannt! Die Tränen versiegten sofort.

Er verdrehte die Augen. »So werde ich nicht deine verdammte Liebe mit dir machen!« Dann tat er etwas absolut Unglaubliches! Leichthändig hob er mich auf seine Arme und trug mich zu seinem Bett. Woah!

»Liebe, was ist das schon ...«, murmelte er, während ich mich an seinen Nacken klammerte.

Sicher wollte er mich nur von der Tatsache ablenken, dass ich ihm das Herz rausgerissen hatte, aber es klappte. Vollkommen. Ich war überwältigt! Von Tristan Wrangler getragen zu werden, war wirklich ein erhebendes Gefühl und ließ mich alles um mich herum vergessen. Mit für seine Verhältnisse äußerster Bedachtheit platzierte er mich auf den goldenen Decken und lächelte ziemlich teuflisch auf mich herab, was ich ein bisschen unsicher erwiderte.

Denn in diesem Moment fühlte ich mich entblößt und als wäre ich siebzehn ... Um mich abzulenken, ließ ich meine Augen über jeden Zentimeter perfekter braun gebrannter, muskulöser Traumhaut gleiten. Er war einfach ... unglaublich sexy. Und er wusste es.

»Dir gefällt, was du siehst, hm?«, neckte er und seine Hände legten sich auf meine Knie. Er drückte sie auseinander und beugte sich sehr langsam über mich. Sein Gewicht fing er dabei mit seinen Armen links und rechts neben mir ab. Die Situation überforderte mich vollkommen. Seine makellosen Muskeln, das Six- beziehungsweise das Eight-Pack verlangte Aufmerksamkeit, aber auch sein Bizeps. Diese Perfektion suggerierte mir beinahe zu träumen, wäre da nicht diese Tätowierung, die, obwohl ich sie nicht direkt anblickte, im Augenwinkel stets präsent war.

Aber das war schnell vergessen, als er sein Becken gegen meines drückte und leicht die Hüften kreiste. Das war unsere einzige körperliche Verbindung.

»Mir gefällt, was ich fühle«, murmelte er mit seiner tiefen, eindringlichen Samtstimme.

Ich lächelte breit zu ihm hoch und ließ meine Hände an seinen Armen heraufgleiten, spürte die feste, warme Konsistenz unter meinen Fingern, und strich an der Rückseite wieder herab. Sein Duft war verboten verführerisch und der brennende Blick erst ... *Gott ...*

»Ich könnte jetzt sterben und wäre glücklich«, flüsterte ich, während ich mich zu seinem Bauch vorwagte, die paar Haare ertastete, die nach unten führten, und entzückt registrierte, wie sich seine Muskeln unter meinen Fingern anspannten.

»Es könnte sein, dass ich unkontrolliert losspritze, wenn du ihn berührst«, warnte er mich schmunzelnd und beugte dann sein Gesicht herab, um wieder mal mit der süßen Tortur meines Halses zu beginnen. Einerseits wünschte ich mir, es wären meine Lippen, die er liebkosen würde, aber andererseits liebte ich Tristans Mund überall auf oder in mir. Er leckte, knabberte und küsste wie ein Weltmeister, was er auch eindeutig in diesen Dingen war. Allerdings biss er nicht, wofür ich ihm sehr dankbar war. Mein Herz schlug schneller, als er seinen Unterleib fester gegen meinen presste, um mir zu zeigen, wie erregt er schon war. Die bekannte Hitze durchflutete mich. Ich keuchte auf und drückte ihn ein Stückchen von mir, denn wenn er mich jetzt trockenfickte, würde ich ihn nie aus der dämlichen Hose befreien können. Er knurrte mir ungehalten ins Ohr, ließ es aber zu, als ich seinen straff gespannten Knopf aufspringen ließ. Mein Atem beschleunigte sich, ebenso wie seiner, während ich den Reißverschluss nach unten zog. Dann griff ich ohne weitere Vorwarnung in seine Hose und gleichzeitig in seine Shorts ... und da war er.

Mein Ficker!

Erst jetzt ging mir auf, wie sehr ich ihn tatsächlich vermisst hatte.

Ich wollte jubeln und jauchzen, als ich die gerade Form berührte, die ich kaum mit einer Hand umfassen konnte. Langsam strich ich seine Vorhaut zurück und genoss das Gefühl der unnachgiebigen Härte und das leichte Pulsieren zwischen meinen Fingern. »Fuck!«, knurrte Tristan jetzt laut und stieß schamlos mit seinem Unterkörper vor. »Oh, fuckiger Fuck!« Er warf den Kopf zurück und ich starrte gebannt sein lustverzerrtes Gesicht und seine Sehnen und Adern am Hals an, als ich den Bewegungen seiner Hüften entgegenkam und fühlte, wie meine Schnecke geradezu auslief und mein Höschen vollsaute.

»Tristan«, flüsterte ich heiser.

»Was?«, presste er zwischen den Zähnen hervor und öffnete halb die schweren Lider, um auf mich herabzublicken, während ich ihm einen runterholte. Seine Miene wirkte vor Lust leicht irre, der Atem kam stoßweise. *Hilfe!*

»Ich will dir einen blasen.« Sein Körper erstarrte, und es dauerte ein paar Sekunden, bis er in der Lage war, sich wieder zu rühren und meine Hand zu packen um meine Bewegungen aufzuhalten. »Bitte!« Seitdem ich ihn wieder gesehen hatte, wollte ich es. Und so senkte ich etwas meinen Kopf und schaute ihn unter meinen Wimpern heraus flehend an. Bei dem Gedanken an seinen Ficker in meinem Mund biss ich mir auf die Unterlippe und leckte dann darüber.

»Boah, Mia!« Plötzlich rückte er komplett von mir ab und setzte sich auf seine Fersen zurück. Er keuchte heftig – sehr heftig –, seine Augen waren dunkel und mit Lust erfüllt. Sein schwerer Ficker ragte aus der Hose raus und lechzte nach mir. *Blas mir einen. Blas mir einen. Komm, blas mir einen.* Ich runzelte die Stirn. *Ich würde ja gerne, aber die Entscheidung liegt nicht allein bei dir!*

»Wenn du ihn in den Mund nimmst, werde ich sofort kommen. Es ist jetzt schon fast geschehen!«, verkündete Tristan, direkt, wie er war, umfasste ihn und strich ein paar Mal beruhigend an ihm hoch und runter. Ich schluckte angestrengt, denn es war einfach nur total ... nervenaufreibend, ihn so vor mir zu sehen. Ich liebte dieses dunkle, fleischliche Glühen in seinen Augen, wenn er mich so anblickte wie jetzt. Denn dann fühlte ich mich ... begehrt und so ... *lebendig*. Kein Vergleich zu den letzten Jahren. Ich zog einen filmreifen Flunsch und er grinste spöttisch.

»Hören Sie auf zu schmollen, Miss Angel!« *Oh ›Miss Angel‹ auch noch, das muss heut mein Glückstag sein!* Er klatschte mir mit der flachen Hand zwischen die Beine und allein das brachte mich zum Stöhnen. Tristan schmunzelte überheblich und sprang auf, um sich seiner Hosen zu entledigen. Und ich starrte nur wie hypnotisiert seinen perfekten Hintern an, der klein und fest geradezu zum Hineinbeißen einlud! Er gluckste.

»Du bist wirklich unverbesserlich. Komm lieber her, bevor dir noch die Augen aus dem Kopf fallen. Du hast nur diese eine Chance, mit mir zu tun, was du willst. Also mach es einfach, Mia Marena!« Das ließ ich mir nicht zweimal sagen und sprang auf die Beine, aber anstatt mich vor ihn zu stellen, platzierte ich mich hinter seinem stolzen Rücken und blickte seine hochgezogene Augenbraue im gegenüberliegenden Spiegel an.

»Darf ich dich berühren?«, flüsterte ich vorsichtig.

Tristan verdrehte die Augen und machte zu mir eine einladende Handbewegung. »Bedien dich ruhig ...«

Ich lächelte.

»Dein Körper ist so wunderschön«, murmelte ich voller Ehrfurcht und fixierte meine eigenen kleinen blassen Hände, die an seinem Bauch nach vorne glitten. Meine Brüste pressten sich sanft gegen seinen Rücken, und meine Nippel stellten sich auf, als ich jede einzelne seiner Bauchmuskeln hauchzart mit den Fingerspitzen nachzeichnete. Sein Blick folgte jeder meiner Bewegungen.

»Ich habe es so vermisst deine Haut unter meinen Fingern zu spüren«, hauchte ich und fuhr immer weiter nach oben.

»Ich habe mich immer gefragt, ob meine Zeit mit dir ein Traum war. Ob es real war, ob es so etwas Einzigartiges, was ich mit dir erlebt habe, auch außerhalb von Büchern und Filmen, außerhalb der Fantasiewelt, geben kann.«

Mittlerweile war ich bei seinen Brustmuskeln angekommen und auch diese berührte ich zart und fühlte sein Herz unter meiner Handfläche schlagen. Es raste. Zum Glück ließ ich ihn nicht so kalt, wie er es mir gern weismachen würde. Tristan starrte mich mit brennenden Augen im Spiegel an. »Kannst du dich noch erinnern? An früher? An unsere Träume in unserer ersten gemeinsamen Wohnung? An die Pläne, die wir zusammen geschmiedet haben?« Tristans gesamter wirklich imposanter Körper spannte sich an, doch ich redete sanft und leise weiter.

»Ich habe es nicht vergessen. Nicht eine einzige Minute. Noch immer träume ich jede Nacht davon. Lass doch bitte etwas von dem alten Tristan an die Oberfläche, denn er braucht Luft zum Atmen, sonst erstickt er ... und ich auch ... Ich brauche dich … Tristan Wrangler.« Meine Worte lösten eine Gänsehaut auf seinem Rücken aus, was eine Träne veranlasste, mein Gesicht hinabzurinnen. Tristans Atem beschleunigte sich.

»Ich begehre dich immer noch so wie früher, bin dir immer noch verfallen und würde immer noch alles für dich tun. Ganz tief hier drinnen weißt du es.« Somit fasste ich ihm wieder an seine Brust. Mit einem gewaltigen Ruck fuhr er zu mir herum – seine Augen blitzten, und zwar so ... *außer sich* ... dass ich einen Schritt zurückwich und die Arme schützend um mich schlang.

»Das hier war EINE SCHEISSIDEE!«, wispernd fing er an, brüllend hörte er auf. Dabei trat er gegen den antiken und massiven Stuhl neben ihm, der mit lautem Gepolter umkippte.

Ich zuckte vor ihm zurück.

Wieso wusste ich nicht wann Schluss war! Der letzte Satz hatte das Fass zum Überlaufen gebracht. Das genau war doch seine größte Sorge! Er hatte Angst vor den Gefühlen für mich, Angst, wieder verletzt zu werden, wenn er sich noch einmal auf mich einließ. Und ich musste ihm auch noch schön unter die Nase reiben, dass er noch etwas für mich empfand. Gefühle, die ihm mehr als nur sein Herz brechen konnten und die er noch nicht zuzulassen bereit war. Gefühle, die er lieber in Hass umwandelte, als sie als das anzuerkennen, was sie waren. Oh! Verdammt!

»Weißt du was? VERGISS ES!« Er rannte an mir vorbei wie der Blitz, hob mein Kleid auf und pfefferte es gegen meinen Körper. »Vergiss es einfach! OKAY? Geh deiner Wege und ich werde meiner gehen!«

»Aber ...«

Seine Augen waren so kühl, dass ich regelrecht unter seinem Blick fror, also schlüpfte ich schnell in mein Kleid. Auch er zog sich an. Eilig schloss er seine Hose, stellte sich mit dem Rücken zu mir ans Fenster und blickte auf die Stadt. Seine Schultern hingen leicht herab, seine sonst so starke Gestalt wirkte schwach und gebrochen.

»Es wird nie wieder so werden, wie es war, Mia Marena«, bemerkte er leise und verbittert. »Das kann und werde ich dir nicht bieten. Der Tristan, von dem du träumst und den du kanntest, der bin ich nicht mehr. Du hast ihn mitgenommen, als es mit uns zu Ende ging ... Du hast ihn mit Füßen getreten, seine Gutmütigkeit und die Liebe zu dir schamlos ausgenutzt ... Du hast ihn zerstört, einfach so!«, er schnipste mit den Fingern, »... und du sagst mir, du liebst mich?« Ironisch lachte er auf. »Du kennst mich gar nicht mehr! Du hältst nur daran fest, was du von mir kanntest, dabei ist nichts mehr davon übrig, ich habe mich verändert! Bin ein verdammter Fremder! Also kannst du mich nie im Leben lieben! Und ich ... ich ... kann überhaupt nicht mehr lieben. Du hast es selbst gesehen! Ich habe kein beschissenes Herz mehr, und das braucht man doch bekanntlich für die Scheiße!«

Er wirbelte zu mir herum und *jetzt* strahlte mir der Hass aus seinen schönen Augen entgegen.

»Weißt du eigentlich, wie es sich anfühlt, von dem einzigen Menschen auf dieser Welt, dem man traut, verraten zu werden?«

»Ich wollte das nie!«, rief ich verzweifelt aus.

»Was wolltest du nicht?«

»Ich wollte nicht gegen dich aussagen!«

»Aber deine zweite Persönlichkeit, die in dir wohnt, hat es dir wohl befohlen ...« Der Ton war von Sarkasmus gesättigt!

Seine Hand bebte leicht, als sie durch sein Haar glitt und an den Strähnen zerrte, wie ich es schon tausend Mal gesehen hatte. »Ganz ehrlich! Es ist mir scheißegal! Ich gebe dir genau eine Chance, dieses Haus unbeschadet zu verlassen, bevor ich meine verfickte Beherrschung endgültig verliere ...« Seine leise Stimme bebte, abwechselnd ballte er die Fäuste.

Oh nein! Er durfte mich nicht rausschmeißen. Das war meine Chance, so etwas wie Nähe zu ihm aufzubauen. Sollte ich jetzt gehen, wäre alles vorbei. Es würde keine neue Möglichkeit geben. Allein der Gedanke daran, ihn nie wiederzusehen, löste Magenschmerzen und Schweißausbrüche bei mir aus. Und mein Herz wollte spontan seinen Dienst quittieren.

Ich musste einlenken … irgendwie!

»Ich habe immer zu dir gehalten, und ich werde nicht jetzt damit aufhören. Egal wie sehr du mich demütigen wirst. Komm schon, fang an! Ich weiß, dass du mich immer noch willst. Ich mach es, okay? Ich lass mich auf alles ein. Ich bin dein.« Und dann sank ich einfach so vor ihm auf die Knie und streckte ihm symbolisch meine Handgelenke entgegen.

Für einige Sekunden starrte er sprachlos auf mich herab – ich erwiderte es fest.

»Ich werde alles auf mich nehmen.«

Er zog eine Augenbraue nach oben – ein gutes Zeichen.

»Alles, ja?« Seine Stimme war nicht mehr kühl, sondern ein samtenes Reibeisen und lief sofort in Form von Gänsehaut mein Rückgrat herab.

»Ja, alles«, erwiderte ich ruhig und fühlte mich plötzlich von meiner eigenen Courage eingeschüchtert. Das war keine gute Idee, aber hatte ich eine Wahl?

Er grinste plötzlich teuflisch und doch wunderschön.

Mein Herz flatterte aufgrund seines fiesen Ausdrucks.

»Das hättest du nicht sagen sollen!« *Ach, das war mir noch gar nicht aufgefallen.* Schon zog er mich an den Händen in einer fließenden Bewegung auf die wackligen Beine.

12. Lektion Nummer eins: Vergiss deine Scham!

Mia 'open' Engel

»Hast du Angst?« Tristan *wahnsinnig sexy* Wrangler stand hinter mir. Die Hände hielten leicht meine Hüften; Lippen lagen an meinem Ohr; sein warmer Atem streifte meinen Nacken.

Ich erschauerte heftig. Hatte ich Angst?

JA! Denn ich wusste nicht, wieso wir hier waren – in einem ... *Klassenzimmer* mit sechs Zweisitzerbänken in zwei Reihen vor einer grünen altmodischen Tafel. Außerdem befand sich vorne noch ein übergroßer Lehrertisch. Am Rand hing ein Waschbecken. Überall hingen Bilder von der Anatomie des Menschen. Hauptsächlich über die Vereinigung: Penis und Vagina wurden genau beschrieben, verschiedene Techniken und Praktiken ausführlich auf Plakaten dargestellt. Ich fühlte mich sofort wie zu Schulzeiten – sehr versauten ...

Der Raum war offensichtlich nur einer von vielen im Keller, welcher unter dem gesamten Gebäude entlangführte. Denn dort reihte sich eine bunte Tür nach der anderen auf. Manche hatten Gucklöcher und ein paar Aufschriften, aber ich hatte mich nicht getraut, hineinzusehen.

Auf der Tür hinter der wir uns befanden, stand einfach nur LERNEN.

***

Es beruhigte mich ungemein, als wir den rammelvollen Club hinter uns gelassen hatten und über eine mit roter Auslegware bedeckten Treppe nach unten gelangt waren. Danach durch einen überdimensionalen funkelnden Vorhang mit zwei dunkel gekleideten Securitys davor – dann stand man schon direkt in dem schier endlos langen Gang. An einer Seite fand man lediglich buntes Plexiglas, ähnlich wie in Tristans Schlafzimmer. Das Licht rauschte geheimnisvoll über die Wände, verwob sich, trennte sich wieder, wie die Körper einander Liebender. Gekrönt wurde dies durch riesige ästhetische schwarz-weiß Fotografien von Tristan, über welche gleichfalls die Lichtshow glitt. Im Großen und Ganzen wirkte alles sehr nobel und gleichzeitig mysteriös … Trotzdem war ich froh, dass es in dem Gang momentan nur uns gab und keine halb nackten Menschen, die ungezwungen ihre Fantasien auslebten.

Tristan öffnete eine Tür relativ am Ende zu unserer rechten, nachdem er einen routinierten Blick durch das Guckloch geworfen hatte, und zog mich hinein. »Georgi. Ich brauch dich mal!« Oh Gott! Erst als Tristan das Licht einschaltete realisierte ich, dass wir in dem Raum nicht allein waren. Ein Mann stand wie Gott ihn schuf in der Mitte und an seinem steifen Schwanz hing eine Frau ... mit den Lippen.

»Oh, hi, Chef!« Der Dunkelblonde packte mit einer großen Hand die Haare der rothaarigen jungen Frau, die vor ihm kniete, und bewegte sich einfach weiter in ihren Mund, als würde er nicht soeben mit seinem Boss reden. Tristan ließ sich nichts anmerken. Ich derweil wollte im Boden versinken und lehnte mein erhitztes Gesicht an seinen breiten Rücken.

»Mach hier fertig und komm mit Mary in fünf Minuten ins Schulzimmer«, forderte Tristan knapp. Die Frau blinzelte ihn lüstern unter ihren heftig getuschten Wimpern an und grinste auffordernd, als sein Blick abwesend über sie streifte. Sie war total nackt, dünn, ihre linke Seite mit Rosenranken tätowiert, und nicht hässlich … Ich sah schon wieder das strahlendste Rot.

Tristan schüttelte zu seiner eigenen Lebensrettung grinsend

den Kopf und zog mich zaus dem Zimmer.

Ich biss die Zähne zusammen. Wie oft bekam er solche Angebote? Und wie oft nahm er sie an? Fast hätte ich ihn darauf angesprochen, aber er war damit beschäftigt, mich in das Schulzimmer zu dirigieren, sich dann hinter mich zu stellen und sinnigerweise zu fragen, ob ich Angst hätte.

»Das kommt darauf an, was du mit mir vorhast.« Kaum gesagt fühlte ich, wie sich Tristans Lippen, zu einem diabolischen Grinsen verzogen.

»Oh … Mia Marena ... ich habe so einiges mit dir vor, worüber ich dich auf jeden Fall im Ungewissen lassen werde.« Seine Finger strichen sanft die Haare von meiner Schulter zurück.

»Wozu brauchen wir die anderen beiden?« Er konnte mit Sicherheit das Zittern in meiner Stimme hören.

»Um dich zu demütigen«, erwiderte er gelangweilt, dann drehte er mich mit einem Ruck zu sich herum und nahm mein heißes Gesicht in seine großen, starken Hände.

»Mich demütigen?« Meine Furcht vertiefte sich noch etwas. Er lächelte schief, was gleichbedeutend mit atemberaubend war.

»Oh jaaaa ... ich werde aus dir meine persönliche Nutte machen, denn mehr bedeutest du mir nicht. Aber so, wie du jetzt bist, geht das nicht. Ich weiß, dass du anderen gegenüber schüchtern bist. Das musst du erst ablegen. Und das wird Lektion Nummer eins sein. Dein Schamgefühl abbauen und Sex als das ansehen, was es ist: eine normale körperliche Begierde, die der Natur des Menschen entspricht.«

»Lektion Nummer eins?« Auf was hatte ich mich nur eingelassen? Und wieso brodelte es so verlangend in meinem Bauch?

»Hm-hm.« Seine Lippen strichen bedächtig über meine Schläfe und er sog tief meinen Geruch ein.

Da ging die Tür auf und Georgi ... immer noch komplett nackt und diese Mary ... die blonde Pornotussi, die damals in sein Büro gestürmt war und mich dazu gebracht hatte, diesen Vertrag zu unterschreiben, kamen scherzend herein.

Sie knuffte ihn gerade in die Seite und er sprang weg. Als sie bemerkten, dass Tristan hinter mir stand und die Hände um meine Mitte geschlungen hatte, stockten ihre Bewegungen und sie wirkten ziemlich schockiert.

Womit ich Gelegenheit bekam, sie genauer in Augenschein zu nehmen. Mary war wirklich eine klassische Schönheit. Sie sah aus wie der Botticelliengel, nur noch umwerfender. Ihr Gesicht war zart, der Körper zierlich. Sie besaß elegante Kurven, große Brüste, eine schmale Taille und war überall rasiert. Die glatten blonden Haare fielen ihr über den Oberkörper und reichten bis zum Steißbein. Sie trug lediglich rote High Heels, die ihre Beine optisch geradezu unverschämt verlängerten. Dazu war sie dunkel geschminkt, was sie nur noch verführerischer erscheinen ließ. Da bekam man eindeutig Komplexe ... Sie schürzte die vollen rot gefärbten Vamplippen, während sie mich musterte – besonders, als ihr Blick über Tristans Finger an meinem Bauch wanderte. Der Neid war unverkennbar, zu gern wäre sie an meiner Stelle gewesen. Automatisch platzierte ich meine Hände auf seine Unterarme und hielt ihn fest ... M.E.I.N.S! Schnaubend wandte sie sich ab, die Botschaft war angekommen.

Gut so! Georgi hatte glänzende kurze Haare und hellgrüne intensive Augen, mit einem intelligenten Ausdruck. Vermutlich war er slawischen Ursprungs, wirkte aber trotz der weichen, fließenden Konturen unnachgiebig ... Sein Blick war auf Tristan gerichtet, deswegen konnte ich ungeniert seine glatte muskulöse, eingeölte Brust fixieren, bis zu seinem ... GOTT! Wieso mussten hier alle so einen Riesenpenis haben? Na gut ... So groß wie Tristans war er nicht, aber schon ziemlich ... Außerdem war er auch vollständig rasiert und einem griechischen Gott gleichend. Die Art von Mann, dem jedes Mädchen auf der Straße nachsehen würde. Mit den hohen Wangenknochen, den vollen Lippen und diesen intensiven Augen verschlug er sogar mir etwas den Atem. Und das, obwohl ich neben dem schönsten Mann der Erde stand!

Als ich in Georgis Gesicht sah, zwinkerte er mir zu, und ich wurde noch dunkler, weil er mich beim Starren erwischt hatte.

Tristan knurrte in mein Ohr, während er seine Arme fester um mich schlang und mich gegen seine harte Erregung drückte. Ich biss mir auf die Lippe.

»Ähm?« Mary war die Erste, die ihre gezupfte Augenbraue hochzog.

»Das hier ist Mirta ... sie wird ab heute für mich arbeiten. Nur für mich!« betonte Tristan und konzentrierte sich dabei auf Georgi. Der tat so, als würde er sich tierisch ärgern und boxte mit der Faust gen Boden, gab aber keine Widerworte.

»Das sind Mary und Georgi. Sie sind am längsten für mich tätig, haben sozusagen mit mir angefangen. Sie sind für den normalen Sex zuständig, und deswegen werden wir die erste Lektion mit den beiden machen ... alles andere wäre noch zu viel.«

»Okay«, stammelte ich und wusste nicht, wo ich hinschauen sollte. Das Linoleum war auf jeden Fall ... sehr interessant. Diese Maserung ... Ja. Wirklich sehr symmetrisch ...

»Zu allererst musst du begreifen, dass die sexuelle Vereinigung die natürlichste und daher alltäglichste Angelegenheit ist, der wir zeit unseres Lebens nachgehen. All die Scham, die dir momentan zu schaffen macht, ist nur Produkt deiner kontraproduktiven Erziehung. Sie sorgt dafür, dass du dich genierst, wenn du dich so zeigst, wie du von dem Pisser erschaffen wurdest. Begehrenswert und einzig dafür geboren, einen Mann, nein, streich das, MICH zu befriedigen. Lass all die scheinheiligen Regeln hinter dir. Das ist für die nächsten drei Monate der Grundsatz.« Tristan ergriff mein Kinn und hob es sanft nach oben, sodass ich Mary und Georgi wieder ansehen musste.

»Sie haben einen schönen Körper, wieso sollten sie sich dafür schämen und ihn durch Kleidung verdecken?«

Mary hatte die Lippen zusammengepresst, Georgi winkte mir zu. Ich mochte ihn. Er war ein typischer Sunnyboy, das merkte ich jetzt schon. Mein aufkommendes Kichern blieb mir fast im Halse stecken, als mich Mister Lehrmeister zur Seite nahm.

»Setz dich hier hin!« Tristan packte einen Stuhl und zog ihn in der letzten Reihe für mich zurück.

»Ihr geht zum Pult und bringt unserer Schülerin bei, wie man anständig fickt!« Damit drückte er mich an der Schulter nach unten, bis ich saß. In Ordnung, nahm ich eben die Maserung des Holzes in Augenschein.

»Da vorne spielt die Musik«, murmelte Tristan streng und packte mich bei den Haaren. Mein Atem beschleunigte sich, als er meinen Kopf hochriss, sodass ich nach vorne schauen und beobachten *musste* ... wie Georgi Mary sanft anlächelte, ihre Strähnen zurückstrich und sie küsste. Dabei spreizte er ihre langen Beine und stellte sich dazwischen. Sie befanden sich seitlich von uns, sodass wir alles zu genau sehen konnten.

Gott ... sein Hintern war wirklich heiß!

»Genau so ist es richtig ... Schau dir alles genau an. Die beiden macht es an, wenn sie dabei beobachtet werden.« Tristan zog sich einen Stuhl heran und drehte ihn mit der Lehne nach vorne, sodass er verkehrt herum draufsaß und mir von hinten ins Ohr hauchen konnte. Mary stöhnte leise in Georgis Mund und bog ihren Rücken durch, als dieser mit einer Hand über ihren braun gebrannten Oberschenkel strich. Ich schluckte trocken, denn das Spiel der beiden war tatsächlich hocherotisch. Man merkte genau, dass sie ein bewährtes Team waren, und dass sie es aus vollen Zügen genossen. Mir ging es genauso ... etwas peinlich berührt fühlte ich, wie sich die Feuchtigkeit erneut zwischen meinen Beinen sammelte. Tristan entging es natürlich nicht und er strich ein paar widerspenstige Strähnen zurück, die sich aus meiner tollen Hochsteckfrisur gelöst hatten.

»Das macht dich an, nicht? Siehst du, wie er sie küsst? Wie ihre Zungen spielen?« Ich schaute hoch und sah, wie ihre Zungen tatsächlich miteinander fochten. Die zusammengekniffenen Augen, ihre lustdurchtränkten verhaltenen Geräusche, die sie dabei von sich gaben ...

»Siehst du, wie er sie berührt? Er ehrt ihre Kurven, gibt sich ganz dem Gefühl ihrer zarten Haut unter seinen Händen hin ...

Willst du, dass ich dich auch so berühre, Mia Marena?«

Oh Gott! Ja! Georgis lange Finger strichen Kreise auf ihren Oberschenkeln. Sie spreizte die Beine weiter und rückte vor an die Kante des Tisches, hob ihm ihre blanke Schnecke entgegen. Er lächelte spöttisch an ihrem Mund und fuhr über ihre unteren glänzenden Lippen, die sie ihm gebieterisch darbot. Sie stöhnte; Georgi stöhnte und ich stöhnte auch, als es mich heiß durchschoss. Ohne mein Zutun fluteten mich Bilder, wie Tristan mich genau so verführte.

»Dein Puls rast jetzt schon … das ist heiß ...« Seine Nase strich unter meinem Ohr entlang.

Tristans Finger tasteten sich plötzlich zu meinen Beinen vor und glitten nach oben. Mein Herz schlug schneller, als er mein Kleid hochschob, sodass ich entblößt wurde. Bestimmend spreizte er meine Schenkel ... Ich wusste nicht, ob ich mich an ihn klammern oder weglaufen sollte ...

Mein Bauch zog sich heftig zusammen, als er seine talentierten Fingerspitzen über den Saum meines Höschens tänzeln ließ.

»Mmmm«, brummte er genüsslich in mein Ohr. »Du bist sogar noch feuchter als sie … Allein durch deine Vorstellung, du besitzt so eine lebendige Fantasie ... bist so leidenschaftlich ... In deinen Vorstellungen sind wir das da vorn, nicht wahr?«

Automatisch öffnete ich wieder die Lider, die ich bis dahin geschlossen hatte, rechtzeitig, um zu sehen, wie Georgis Finger zur Tat schritt ... Langsam schob er ihn in sie, während er an der zarten Haut ihres Halses knabberte. Es durchströmte mich erneut, als sie ihren Rücken durchbog und sich um ihn herum anspannte. Ich tat es ihr gleich, ein kleines, ziemlich peinliches Wimmern entkam mir.

»Yeah, Baby. Das ist es ... Sie gibt sich der Leidenschaft einfach hin ... Fuck, ich liebe es, wenn du dasselbe tust, wenn du vor Lust wimmerst und stöhnst ...« Sein heißer Atem ließ mich nicht mehr klar denken, aber das war nichts gegen die Worte die er sprach ...

Georgi zog den Finger zurück, nachdem er ein paar Mal heraus und herein geglitten war, und verteilte die Nässe zwischen ihren Falten. Dann packte er seinen Schwanz und setzte ihn an ihrem Eingang an. Sie sahen sich in die Augen und ich spannte mich an.

Tristan streichelte immer noch hauchzart über mein durchnässtes Höschen, aber nicht fest genug, um mich zu erlösen. Als ich mich gegen seine zu leichten Bewegung presste, lachte er leise und kehlig. Ich erschauerte von dem sexy Ton, den er da einfach so auf mich losließ.

»Schau, wie sie ihn aufnimmt, wie sie sich um ihn schmiegt ... Stell dir vor, es wäre mein Ficker in deiner ... Pussy ... Weißt du noch, wie es sich anfühlt, wenn ich dich die ersten paar Zentimeter dehne? Wenn ich langsam anfange, mich in dir zu bewegen und wenn ich ihn dann plötzlich so tief reinschiebe, dass du ihn scheinbar bis in deinen Bauch spüren kannst?« Mein Fokus schoss wieder nach vorne zu den beiden, während ich die Sitzfläche umklammerte, und mich mittlerweile ziemlich schamlos an ihm rieb ...

Oh Gott! Es war, als wäre er bereits in mir – der pure Wahnsinn ...

Genau in dem Moment stieß Georgi in sie, aber nicht ruckartig, sondern langsam und behutsam. Dabei warf er den Kopf nach hinten ... Mary ließ sich ekstatisch stöhnend mit dem Rücken auf den Tisch fallen, während er immer weiter in sie eindrang, bis er sie vollständig ausgefüllt hatte.

»Gott …«, stöhnte ich atemlos, gleichzeitig mit den anderen beiden, und mein Kopf fiel auf Tristans breite Schulter zurück, wobei ich die Lider schloss und beinahe kam – allein von Tristans rauer Sexstimme, den Gedanken, die er in meinen Kopf pflanzte und der Fickstunde, die Mary und Georgi absolvierten.

»Fuck ...«, knurrte Tristan heiser, als ich mich noch fester an seinen Fingern rieb und erschauderte.

»Tristan, bitte!« Mit fest zusammengepressten Augen konzentrierte mich auf seine ausnahmsweise unbefriedigenden Finger. Dabei hörte ich genau Marys laute, lustvolle Geräusche und Georgis verhaltenes Keuchen, das Klatschen ihrer Körper und ihren vermischten rauen Atem ... Es war zum Wahnsinnigwerden.

»Was bitte?« Tristan packte mit der anderen Hand meine Brust und knetete sie leicht. Nein, das konnte ich hier unmöglich vor den anderen sagen. Auf keinen Fall.

»Lass deine verdammte Scham fallen und artikuliere das, was mir dein Körper schon die ganze Zeit mitteilt. Er fleht mich geradezu an ... Sag es ... laut und deutlich!«, flüsterte er rau, und sein Finger drückte sich plötzlich fest gegen meinen Eingang. »... Dann wirst du es bekommen.«

Mein Stöhnen war ebenso laut wie Marys, und als ich die lustverschleierten Augen öffnete, konnte ich kaum richtig sehen. Mir war heiß und ich zitterte am ganzen Körper, denn ich brauchte ihn so sehr! Mittlerweile war es mir sogar egal, dass wir nicht allein waren! Die beiden waren sowieso in ihrer eigenen Leidenschaft versunken.

»Fick mich«, flüsterte ich also heiser.

Tristan strich noch mal über meinen Eingang. »Was? Ich hab dich nicht verstanden. Du musst lauter reden.«

»Gott! Fick mich endlich!«, schrie ich ihm entgegen.

»Geht doch!«

Und schon hatte er mich gepackt und hochgehoben. Woah!

Unter seinem gierigen, dunklen Blick verglühte ich geradezu. Seine Hände krallten sich in meine Arschbacken, als er mich nach vorn trug.

Neben Mary ließ er mich auf den Tisch plumpsen. Ich keuchte auf, als sie sich aufsetzte und sich an Georgis Nacken festhielt, während sie ihn am Hals küsste. Georgi grinste mich kurz an, pumpte aber weiter in ihren Körper, massierte mit einer Hand ihre Brüste und hielt sie mit der anderen aufrecht.

Das waren zu viele Eindrücke ...

Die Augen schließend fühlte ich, wie Tristan mein Höschen herabzerrte. Wenigstens zerstörte er es nicht.

»Augen auf!«, forderte er leise und drückte sich an meinen Unterleib.

»Ah«, keuchte ich auf und bog den Rücken durch, als die Blitze durch meinen ausgehungerten Körper rauschten. Ich ließ mich nach hinten fallen und folgte dem Befehl. Als ich bemerkte, wie Georgi mit brennendem Blick zwischen meine Beine starrte, musste ich stöhnen, umfing Tristans harte Hüften mit meinen Beinen und zog ihn näher zu mir.

Ich war so dermaßen erregt. Es tat fast weh.

Schnell schaute ich zu Tristan hoch, der sich auf die Lippe biss, als er zwei Finger in mich schob. Zum Glück war er zu sehr auf mich fixiert, um zu registrieren, was um ihn herum geschah, denn Georgis Aufmerksamkeit lag weiterhin auf, na ja zumindest auf Teilen von mir.

»Du bist so verdammt verführerisch ... wie du so sehnsüchtig unter mir liegst …«, stöhnte er und zog seine Finger mit einem Schmatzen wieder raus. »Ich liebe es dabei zuzusehen, wie ich dich fingere, aber eine Sache sehe ich noch lieber in dir.«

Mary neben mir riss die Lider auf und musterte ihn begierig. Sie wollte nach seinem harten Schwanz greifen, den er gerade aus seiner Hose befreit hatte, und der sich wundervoll gegen meinen Oberschenkel drückte.

»Nein!«, entkam mir sofort der Protest, und Tristan packte ihr Handgelenk, bevor sie ihn berühren konnte.

»Das hier ist nur unser Spiel!« Mit einem erleichterten Lächeln griff ich nach unten, um ihn selber zu umfassen, und als Dank ein paar Mal an ihm hoch und runter zu streichen.

Mary schnaubte genervt auf und küsste Georgi noch aggressiver.

Tristan warf genüsslich seinen Kopf zurück, und keuchte ... während ich ihn massierte.

Er war in diesem Moment noch begehrenswerter.

Ich brauchte ihn. In mir. Jetzt!

Wissend grinste er mich an. Offenbar sprach mein Gesichtsausdruck Bände. Seine schönen Augen glühten mich an, als er seine Spitze an meinem Eingang ansetzte und so einige Sekunden verharrte.

»Dieses Mal werde ich es mehr auskosten«, murmelte er und hielt mich an den Knien weit gespreizt ...

Und dann stieß er in mich ...

Ohne mich auf unsere Zuschauer zu konzentrieren, schrie ich meine Lust hinaus.

Tristan war endlich wieder in mir. Diese süße Dehnung ... oh ... es war das Höchste aller Gefühle. Er füllte mich bis zum Anschlag aus und wir waren uns so nah, dass kein Zentimeter uns mehr trennte. Was anfangs trotz meiner Erregung noch ungewohnt war, entwickelte sich schnell zu einer Art *Nachhausekommen.* Genau wie früher passten meine Pussy und sein Ficker perfekt zusammen. Das Gefühl wurde geradezu übermächtig und erinnerte mehr an unsere Vergangenheit als die erniedrigende Parkplatznummer – an bessere Zeiten, an Hoffnung, an Glück.

Ich bog meinen Rücken durch, umfing ihn enger mit meinen Beinen. Er zischte, als ich meine Hüften an seinen kreiste und hielt mich dann mit beiden Händen still.

»Oh … Tristan …«, stöhnte ich, während er sich mir quälend langsam entzog, und dabei alles ganz genau mit verschleiertem Blick beobachtete.

»Fuck, Baby!«, stöhnte er rau und prallte mit seinen Hüften erneut gegen meine, sobald ich nur noch seine Spitze in mir spürte. Allerdings kappte er nie komplett die Verbindung. Am Rande nahm ich wahr, dass Georgi und Mary immer noch zugange waren, denn ihre Geräusche vermischten sie mit unseren. Dass Tristan mich mit seiner rauen Bin-mitten-beim-Sex-Stimme wieder Baby nannte, in Kombination mit seinem Stöhnen, machte das Ganze so erregend, dass ich dafür keinen ansatzweise passenden Vergleich finden konnte.

»Ich liebe es, dich zu ficken!«

Allein diese Worte ließen mich beinahe kommen.

Tristan packte meine Knie, drückte sie auseinander und nahm ein energischeres Tempo auf. So würde es nicht lange dauern, bis ich explodierte. Schon jetzt zog sich alles in mir zusammen.

»Sieh. Mich. An. Wenn. Ich. Dich. Ficke. Mi. a. Ma. re. Na!«, presste Tristan zwischen jedem seiner berauschenden Stöße raus.

Sein Anblick gab mir fast den Rest. Ich stöhnte stranguliert auf und streckte meine Arme hilflos über meinen Kopf, wand mich ... platzte fast vor Lust ... bot ihm alles dar, was ich hatte. Meinen Körper und meine Seele. Er konnte alles haben ...

»Boah ... Jetzt weiß ich, wieso du nur sie fickst«, hörte ich plötzlich Georgis raue Stimme. So versunken, wie ich in diesem Lustrausch war, hatte ich die Anwesenheit der beiden tatsächlich kurzzeitig vergessen, auch wenn Mary und ich uns gelegentlich mit den Knien berührten ...

Atemlos traf ich auf Georgis hellgrünen begierigen Blick. Tristan knurrte, als ich mir auf die Lippe biss, aber es war einfach nur scharf, zwei wunderschönen muskulösen Körpern beim Sex zuzusehen und gleichzeitig von zwei Augenpaaren dermaßen begehrt zu werden. Trotzdem war ich froh, dass Tristans Fokus nur auf mir lag, während er mich in den Himmel fickte.

»Wie wär's mit einem Wechsel?« Unverhofft fühlte ich plötzlich fremde Finger auf meinem Bein, und ich keuchte schockiert auf. Der Lustschleier um mich herum löste sich auf …

Im nächsten Wimpernschlag war die Hand schon verschwunden ... mitsamt Georgi ...

Völlig überfordert und verwirrt beobachtete ich, wie Tristan Georgi gegen die nächstbeste Wand drückte, mit seinem Unterarm an dessen Hals.

»Versuche noch einmal sie anzufassen und ich breche dir alle Finger! Mir scheißegal, wie das die Kunden finden werden!«, zischte der wutverzerrt. So hatte er nicht mal mit mir geredet. So tödlich und Angst einflößend leise. »Keiner außer mir wird sie je berühren! Nirgendwo! Außer ich erlaube es ausdrücklich! Verstanden?« Georgi gurgelte als Antwort und umklammerte mit beiden Händen Tristans angespannten Arm.

Ich setzte mich auf. Mary sprang vom Tisch, wagte aber nicht, etwas zu sagen oder zu tun. Sie hätte ihn sowieso nicht von Georgi wegbekommen, wenn er es nicht wollte.

»Tristan«, japste ich schockiert. »Lass ihn ... los!«

Er starrte seinen Kontrahenten noch einige Sekunden warnend an, dann ließ er ihn langsam an der Wand herab. Georgi griff sich an den Hals und keuchte gekrümmt nach Luft.

»Raus jetzt!« Ein leises Flüstern reichte und die beiden stürmten aus dem Zimmer.

Ich blickte zu Tristan, rührte mich aber nicht mehr, weil er noch immer so verdammt wütend war. Sein Blick brannte sich in meine Augen, er zitterte am ganzen Körper und musterte mich wie ein wild gewordener Löwe.

Oh ... oh ... Weglaufen?

Nein! Nicht weglaufen! Das wäre genau das Falsche! Beweg dich nicht!

ICH RENNE JETZT!

NEIN!, schrien sich verschiedene Stimmen in meinem Kopf an, während ich ihn verschüchtert anstarrte.

Tristan setzte sich langsam in Bewegung und pirschte sich an mich ran wie ein Raubtier, das seine auserwählte Beute endgültig nach all dem Hin und Her in die Enge treibt. Ich war wie gelähmt und wagte kaum zu atmen. Zwischen meinen Beinen pulsierte es trotzdem immer noch heftig. Das Herz raste in meiner Brust, als er vor mir stehen blieb, mein Kinn umfasste und ich nicht mal mehr den Blick senken konnte. Aber das wollte ich auch gar nicht. Sein erschreckend schönes Gesicht direkt vor mir, seine blitzenden Augen, der volle Mund, alles war so nah. Ich konnte seinen Atem an meiner Wange spüren, als er sich zu mir hinunterbeugte.

»Und dir hat es auch noch gefallen ...«, flüsterte er, und riss mich damit aus meiner Lethargie. Seinen Finger platzierte er zwischen meine Beine ... direkt auf meinem Kitzler. Wimmernd versuchte ich den Kopf zu schütteln, aber er hielt mich weiter am Kiefer fest.

»Es hat dir nicht zu gefallen, wenn jemand außer mir deine Pussy berührt! Das alles gehört mir!« Gemächlich begann er zu reiben, ohne mich aus den Augen zu lassen. *Oh mein Tristan*!

»Das ist mein Jagdgebiet.«

Machte er Witze? Das war doch klar!

»Oder glaubst du, irgendjemand kann es dir genauso besorgen wie ich? Glaubst du, irgendjemand weiß so genau wie ich, welche Knöpfe er bei dir drücken muss?« Er verlagerte seine Finger etwas, sodass er exakt diesen einen Punkt an meinem Kitzler massierte, wo es sich am allerbesten anfühlte. Ich kniff die Zähne zusammen, um nicht zu schreien. Keuchend krallte ich mich an seinen Oberarmen fest, fühlte, wie sich seine Muskeln unter dem Hemd bewegten, während er mich befriedigte.

»Ahhh ...«

»Nur ich weiß, wie ich dich innerhalb von Sekunden zum Explodieren bringe. Das ist eine der wenigen Tatsachen, die sich zwischen uns nie ändern werden.« Seine Berührung wurde noch intensiver – bestimmter – absolut wissend. Innerlich zuckte ich bereits und betete, dass er mich dieses Mal kommen lassen würde. Seine samtene Stimme webte weiter ihren Zauber um mich. »Nur ich! Ist das klar? Antworte!«

»Ja, Tristan … Jaaaa ...«, bestätigte ich und presste mich noch enger gegen ihn. Ich war schon so kurz davor ... »Nur du ... schon ... immer ...«

»Und jetzt sieh mir in die Augen, wenn du kommst.«

Ich explodierte – stöhnte ... richtig laut ... und zuckte am ganzen Körper. Die Wellen überschwemmten mich, schalteten mein Hirn komplett aus und rissen mich mit. Ich verlor den Boden unter meinen Füßen, ertrank völlig … Es war so erleichternd, endlich den Gipfel der Lust zu erklimmen. Als wäre ich soeben neugeboren geworden, als ich mich wieder an die Wasseroberfläche kämpfte und keuchend nach Luft schnappte.

»Fuck!«, war alles, was er von sich gab. Und dann überraschte er mich, indem er etwas tat, mit dem er mir mitten unter meinem abklingenden Orgasmus, den sowieso schon fast nicht mehr vorhandenen Atem raubte ...

»Ich liebe deine kommende Pussy!«

Mit einem Stoß hatte er meine pulsierende Hitze ausgefüllt und ich schrie erneut auf. »Oh ... Goooott!«

Sofort nahm er ein hartes Tempo auf und küsste sich dabei gierig über meinen Hals. Bis zum Kinn und zum Mundwinkel. Ich wimmerte und klammerte mich hilflos an seinem Nacken fest, hoffte, er würde mich vielleicht sogar im Rausch der Lust richtig küssen, aber er grinste nur spöttisch.

Seine starken Arme hielten mich aufrecht. Wenn ich nicht schon wieder an der Schwelle gewesen wäre, hätte ich geheult ... Es war zu exquisit, ihn wieder so hart und drängend in mir zu fühlen. »Tristan … Oh Gott …!«

Er änderte etwas seinen Winkel, sodass er genau diesen einen Punkt in meinem Inneren traf, der mich schon in der Vergangenheit zum unkontrollierten Schreien gebracht hatte.

»Ahh« Ich fühlte, wie ich erneut pulsierte, und schloss fast schon ängstlich die Augen ... denn, wenn ich jetzt noch mal kam, könnte ich das unmöglich überleben!

»Bitte nicht ...«, jammerte ich schwach. Das hätte ich nicht tun sollen, denn Tristan packte mich mit einer Hand in den Haaren und riss meinen Kopf zurück, um meinen Hals wieder küssen zu können. Mit der anderen ergriff er meinen Hintern, um mich enger gegen sich zu drücken ... und mich fester zu halten ... Ich spürte mit jeder Faser seinen harten muskulösen Körper.

Nun stieß er richtig zu ...

»Oh doch, Mia Marena!«, knirschte er zwischen den Zähnen. Genau in dem Moment, als mich die nächste Welle überschwemmte und ich nach Luft schnappte.

»Gooooooott!« Ich verspannte mich am ganzen Körper – konnte mich nicht rühren – als ich dieses Mal unterging. Tristan war so freundlich, stillzuhalten, und mich einfach nur tief und hart auszufüllen, als ich um ihn herum zuckte. Seine Lippen lagen an meiner Schläfe, der Atem kam zittrig, als er sich zwang, reglos zu bleiben und sich zu beherrschen.

Jeder Muskel von ihm stand unter Strom. Ich kostete diesen zweiten Orgasmus voll aus. Fühlte ihn mit jeder Faser ...

Doch kaum war ich fertig, zog er mich plötzlich an den Oberarmen auf die Knie.

»Mund auf!« Er packte wieder meine Haare und beugte meinen Kopf zurück. Mit der anderen umfing er seinen Ficker. Ich öffnete immer noch halb benebelt meinen Mund, und wollte spontan erneut explodieren, als er ihn mir hart und warm zwischen die Lippen schob.

Sein Blick, oh ... *Dieser Blick* ... Keiner konnte so mit den Augen ficken wie Tristan Wrangler.

»Wehe du schluckst nicht alles!«, drohte er noch und rammte ihn ein einziges Mal in meinen ... Rachen ... Ich würgte ... doch er kam schon. Hielt mich fest, zuckte heftig in meinem Mund, und ich haderte mit mir, um alles, bis zum letzten Rest, runterzubekommen.

»Oh fuck, fuck, fuck, Mia, fuck!« Tristan verharrte komplett, während er sich in meinen Hals erleichterte, mir tief in die Augen blickte und mich grob an Ort und Stelle hielt.

Als er fertig war, ließ er mich los und trat von mir weg.

Ich kippte nach vorne und konnte mich gerade so mit den Armen abfangen, um nicht auf der Nase zu landen. Am liebsten wollte ich mich irgendwo zusammenrollen und liegen bleiben, so fertig war ich.

Mein Keuchen klang, als hätte ich eine zwanzigstündige Geburt hinter mir, der Schweiß floss in Strömen über mein Gesicht und die Feuchtigkeit über meine Beine. Ich sehnte mich nach einem Bett, denn das war Hardcore-Training und ich war eindeutig außer Übung. Kein Wunder, so hatte mich acht Jahre niemand mehr rangenommen.

Morgen würde mein gesamter Körper schmerzen und Muskelkater an Stellen haben, deren Existenz ich beinahe vergessen hatte.

Acht Jahre lang überhaupt kein Orgasmus und dann zwei hintereinander von und mit Tristan Wrangler! Halleluja!

Ich hörte Wasser laufen. Dann sah ich Tristans Designerschuhe, die in mein Blickfeld traten. Er hockte sich vor mich und klatschte mir amüsiert einen nassen kühlen Waschlappen an den Kopf. Bevor er runterrutschen konnte, packte ich ihn und strich mir damit über die Stirn, die aufgeheizten Wangen und über mein Dekolleté. *Ohhh* ... das tat so gut ...

Verhalten lächelte ich in mich hinein, als ich in sein Gesicht schaute und mich untenherum auch säuberte. Er blickte spöttisch auf mich herab, war aber absolut distanziert, sodass ich keine Möglichkeit hatte, zu ihm durchzudringen ...

»Du wirst morgen Abend um elf wieder auf der Matte stehen!«

Ich runzelte die Stirn. »Wies...«

Tristan hob lediglich eine Augenbraue.

»Okay«, flüsterte ich und gab ihm mit zitternden Händen den Waschlappen zurück.

»Okay, was?«, blaffte er und riss mir den Stoff aus den Fingern.

»Okay, ich werde da sein.« Jetzt musste ich mir ein Schmunzeln verkneifen.

»Ich hätte auch nichts anderes erwartet. Nicht nach gerade eben.« Tristan richtete sich auf. Ich tat es ihm gleich und stand kurz darauf unsicher auf meinen Gummibeinen vor ihm.

»Also morgen um elf. Ich werde mit ein paar Geschäftspartnern essen, und du wirst meine persönliche Schlampe sein. Ich möchte, dass du bis dahin die Regeln noch einmal liest und verinnerlichst ... Ich dulde keine Fehler. «

»Ja.«

»Ja, Mister Wrangler«, korrigierte er knapp.

»Ja, Mista Wrangler!« Ich salutierte. Tristan verdrehte die Augen – wohl wegen meiner speziellen Endung.

»Hauptsache nicht Tristan – zumindest nicht vor anderen«, gab er untypisch klein bei.

»Außerdem wirst du in Zukunft keine Unterwäsche mehr tragen, wenn du zu mir kommst. Der Scheiß nervt nur.«

»Klar!« So sparte ich wenigstens Geld.

»Du kannst jetzt gehen.« Ich blieb stehen. »Was willst du noch? Du hattest deinen verdammten Orgasmus, und das nicht nur einmal ...« Tristan sah mich an, als wäre ich ein Idiot.

»Ähm … kannst du mir ein Taxi rufen?« Er runzelte die Stirn und fuhr sich genervt durch die Haare.

»Dann werde ich dich wohl nach Hause fahren lassen. Ich will ja nicht, dass meiner Schlampe was passiert, hm?«

Das Schlampengerede nervte enorm, auf der anderen Seite wollte er nicht, dass mir was passierte! Ich war hin und her gerissen, aber ich hatte zugestimmt, also musste ich mich zu fügen.

Außerdem hatte er mich heute gleich zwei Mal kommen lassen!

Und ich konnte den morgigen Tag gar nicht erwarten – fieberte ihm schon jetzt entgegen, obwohl ich noch bei ihm war.

Denn meine Neugier an der Lust und an seinen Fantasien war eindeutig geweckt ... So, wie er es wohl geplant hatte. Denn eins war klar ... Keiner konnte meinen Körper in so eine heftige Ekstase versetzen wie er. Egal, was er tat! Es war immer irgendwie ... schockierend, atemberaubend und faszinierend zugleich.

Ein Teil von mir wusste, dass es ein Fehler war, weil ein Teil von ihm mich immer noch hasste, und weil er ein Psycholover war ... aber ich vertraute ihm dennoch. Komplett …

13. Meine Schlampe

Tristan 'fucking' Wrangler

Was war das gestern nur gewesen? Ich hatte sie gar nicht sobald kommen lassen, sondern sie noch viel länger hinhalten wollen – Folter durch Orgasmuskontrolle. Aber als Georgi sie berührt hatte – den Körper, der so überempfindlich auf Reize reagierte, ... verdammt – *meinen* Hammerbody – waren bei mir die Sicherungen durchgebrannt. Mal wieder. Vielleicht war mein Ziel tatsächlich ausschließlich ihre Demütigung, das änderte jedoch nichts daran, dass ich der Einzige sein wollte, der sie in unbändige Ekstase versetzte und ihr mehr gab, als einfach nur die richtigen Knöpfe zu drücken. Jener Bastard, der sie allein mit seiner Stimme, mit Worten und nicht zuletzt Berührungen zum Bersten bringen konnte. Und das so oft und vor allem so heftig, wie es mir beliebte. Mir oblag es, sie kommen zu lassen – mir allein! Weshalb ich es getan hatte. Und fuck ... sie hatte ziemlich dankbar und ehrfürchtig gewirkt – erkennbar an ihren verschleierten Augen und ihrer gesamten Art.

Sie war so unendlich erotisch, so weiblich und anschmiegsam, wenn ich sie ausfüllte und sie sich mir vollständig hingab. Wie sie sich unter mir wand, sich an mir festkrallte, überwältigt stöhnte, hilflos schrie und mich immer wieder mit keinem Geringeren als Gott gleichsetzte. Ihre feuchte, warme Pussy, die eng meinen Ficker umgab. Der Anblick, wie er problemlos raus und rein glitt, ihre Nässe, die uns beide benetzte.

Es war tatsächlich das schönste Bild auf Erden, sie unter mir liegen zu haben … So sollte es stets sein. Und zwar ausschließlich mit mir! Nur ... konnte ich mir dessen sicher sein, wenn der Riese mit dem Cornichonpimmel ihr ans Höschen wollte? Nein! Das bedeutete, der Typ musste umgehend beseitigt werden. Hätte ich ihn jedoch aus dem Weg geräumt – ich plädierte hier nach wie vor für eine endgültige Lösung –, wäre sie misstrauisch geworden, obwohl so ein Würstchen sicher niemand vermissen würde. Doch man sollte einer verlorenen Gelegenheit nicht nachtrauern, sondern stattdessen nach Alternativen suchen. Jene, die anders waren – subtiler. Es galt, ihr sein wahres Gesicht zu offenbaren, ohne, dass er hinter ihres gelangte. Andernfalls würde die gesamte Angelegenheit in einer mittelschweren Katastrophe enden. Niemand hat Bock auf einen wütenden Freund, wenn man der heimliche Lover ist! Wie mich das aufregte, der beschissene *Lover* zu sein. *Besitzer* war, meiner Ansicht nach, bedeutend zutreffender … Morgen würde ich allen zeigen, wem Mia Engel tatsächlich gehörte und wer die Macht über sie besaß. Sowohl über ihren Körper, doch vor allem über ihre Seele. Womit ich ein paar Fliegen mit einer Klatsche erwischen könnte. So wäre es am einfachsten. Zu solchen Essen nahm ich meistens meine etwas durchgeknallte Vorzeigefreundin mit, um Gerüchten aus dem Weg zu gehen, ich wäre schwul. Ich kannte sie schon seit Jahren und hatte ehrlich gesagt keine Ahnung, weshalb ich, bei der Auswahl, die ich hatte, gerade ihr meine scheinbare Gunst geschenkt hatte. Vielleicht war dies jedoch ein kleiner unbewusster Teil meiner Rache an Mia Marena, zumindest um mir zu beweisen, dass ich sie nicht brauchte ... Außerdem war es schlicht und ergreifend die beste Lösung, weil sie nichts forderte. Die Tussi befand sich bereits im siebten Himmel, wenn ich sie als meine Freundin vorstellte. Momentan hatte sie einige Shootings in China. Als Model reiste sie viel, und verdammt, sie sah geil aus, aber das war es auch schon. Wenn sie den Mund aufmachte, zweifelte ich jedes Mal an meinem Verstand, warum ich sie nicht in die Wüste schickte, aller Gerüchte zum Trotz. Zum Glück stolperte aber *Mirta* wieder in mein Leben. Diese Genugtuung, sie als meine aktuelle Schlampe zu präsentieren, durfte ich mir nicht nehmen lassen. Wenn ich nur an gestern dachte – die Enge, ihr Stöhnen, das Umherwinden –, zuckte mein Ficker in der Hose. Ziemlich unpassend, denn ich saß gerade mit meiner Familie in unserem Restaurant und aß mit ihnen zu Mittag. Eilig verlagerte ich ihn und zwang mich, den Anblick von ihm in ihrer nassen Pussy zu verdrängen.

»Hallo! Erde an Arschloch! Erde an Arschloch!« Mein ältester Bruder Phil warf mir ein Stück seines selbst gebackenen Olivenciabattas an die Stirn, womit er mich unliebsam aus meinen Gedanken riss. »Ich rede mit dir!« Entnervt bückte er sich, als ich die Waffe sofort zu ihm zurück feuerte und gleichzeitig fluchte: »Mit Essen spielt man nicht, Penner!«

»Ja, ja ... wo warst du denn gerade? Du siehst so erhitzt aus, Brüderchen ...«, stichelte der dunkelrothaarige, blauäugige Arsch, während er seiner blonden Schlange den Arm um die Schulter legte. Sie war im vierten Monat schwanger, weshalb sie Unmengen von Kartoffeln in sich hineinschaufelte. Irgendjemand hatte ihr wohl weisgemacht, dass Kohlenhydrate gut für das ungeborene Kind sind. Leider mochte sie das Knollen-Gemüse nicht wirklich und stocherte eher lustlos in ihnen herum. Sie hätte viel lieber Kekse gegessen, die stopfte sie sich nämlich immer heimlich in die Futterluke, wenn sie annahm, es würde keiner bemerken.

»Ich bin nicht erhitzt, du Klappspaten!«, zischte ich und verdrehte zu Tom die Augen, der mit seiner rothaarigen Kräuterhexe auf dem Schoß auf der Bank residierte, und sich über die Situation einen abgrinste.

»Eigentlich bist du das schon ... und warum fummelst du ständig an deiner Hose rum. Ist sie zu eng? Wieso bist du so nervös, Tristan? Sieh nur ... deine Hände zittern und die Äuglein glänzen ... So habe ich dich die letzten Jahre ja nicht mehr erlebt«, sprang er natürlich gleich auf den Stressen-wir-unseren-kleinen-Bruder-einfach-weil-wir-nichts-anderes-zu-tun-haben-Zug auf.

Ich wollte meinen Kopf gegen den Tisch hämmern! All die Jahre, und es hatte sich *nichts* verändert! »Ich weiß nicht, wieso ich mir das einmal die Woche antue!« Nach diesem Beitrag leerte ich mein Weinglas in einem Zug.

»Trink nicht immer so viel!«, motzte Vivian, die Kräuterhexe, sofort.

»Leck mich, Babe!« Ich verdrehte die Augen und musste über mich selber grinsen.

»Und das Fluchen solltest du dir mit deinen siebenundzwanzig Jahren auch mal abgewöhnt haben. Wenn du noch mit ... Ähm ...« Vivi verstummte abrupt und ich zog eine Augenbraue nach oben.

»... wenn ich noch mit Mia zusammen wäre, dann würde ich genauso fluchen wie jetzt, weil sie mein dreckiges Mundwerk liebt, verstanden?«

Mein Fauxpas fiel natürlich sofort auf. Inzwischen starrten mich alle wortlos an. Zum ersten Mal seit acht Jahren hatte ich ihren Namen ausgesprochen! Und das einfach so! Außerdem ...

»Sie *liebt* es, Tris?«, fragte der blöde Psychoheini Tommy sofort. Klar, er als Anwalt machte umgehend jeden verdammten Subtext aus.

»Himmel! Sie *liebte* es«, betonte ich theatralisch. »Und jetzt Klappe!« Nacheinander deutete ich mit der Gabel auf jeden Anwesenden. »Du, du, du und erst recht du!« Damit war Vivian gemeint, weil sie mich mit schief gelegtem Kopf viel zu interessiert musterte.

»Ihr macht mich schon ganz dumm im Schädel. Iss deinen Biofraß und kümmere dich um deinen Idioten!« Ja, Tom und Vivi waren Biofreaks par excellence ... geworden. Schrecklich!

»Du solltest mal deine Aggressionen eine Stufe runterschrauben, sonst erstickst du irgendwann an ihnen. Und vielleicht solltest du es auch mal mit BIO probieren! Ich glaube die Konservierungsstoffe steigen dir zu Kopf«, murmelte Tom und aß weiter seinen verkackten Brokkoli. Aber Vivi ließ mich nicht mehr aus den Augen und verschränkte die Arme vor der kleinen Minibrust. Ich zeigte ihr den Fickerfinger und konzentrierte mich wieder auf mein Rinderfilet ... Niemand bereitete Steaks zarter zu als Phil. Als viel beschäftigte Familie hatten wir uns angewöhnt mindestens einmal die Woche, meistens Samstagnachmittag, zusammen zu essen. Gut. Phil und ich trafen uns wegen des Restaurants üblicherweise auch unter der Woche, und Tommy kam montags immer in den Club, um nach dem Rechten zu sehen, denn er war Mitinhaber. Aber immer wieder samstags musste ich alle auf einmal in geballter Idiotie ertragen. Obwohl sie meist nervten, war es jedoch auch beruhigend zu wissen, dass sie da waren. Denn Tommy, Phil, Vivi und selbst Katha, die schwangere Schlange, hätten alles für mich getan. Ich konnte auf sie zählen, und in der Welt, in der ich im Moment lebte, bedeutete das mehr, als ich jemals freiwillig zugegeben hätte. Deswegen war ich bis zum Ende des Essens kein Arsch mehr, auch wenn es mir viel abverlangte.

Als wir uns voneinander verabschiedeten, schauten sie mich komisch an, und es war eindeutig, dass mir eine üble Belagerung drohte. Wenn ich sie das nächste Mal einzeln antreffen würde, stand mir ein Ende als Emmentaler bevor. Denn selbst mir war heute Morgen aufgefallen, dass meine Augen verräterisch glänzten und mein Gesicht eine gesunde Farbe angenommen hatte. Natürlich entging es keinem von ihnen, außer Katha vielleicht, denn der war wieder mal schlecht ... fast hätte sie einem leidtun können. *Fast!* Aber sie war immer noch eine arrogante Schlampe, die gar nicht wusste, wie viel Glück sie mit Phil hatte.

Na ja ... sie sah perfekt aus. Das war das Wichtigste für ihn, und sicher verband sie auch anderer sexueller Scheiß, von dem ich aber sicher nichts wissen wollte ...

Was verbindet mich eigentlich noch mit *ihr*?, fragte ich mich, als ich in meinem A7 saß und heimwärts raste – das Gaspedal ins Bodenblech gedrückt. Wenn man genug PS unter der Haube hat, sollte man das auch auskosten, alles andere wäre pure Blasphemie ...

Was für eine blöde Frage! War ich denn total bekloppt?

Es war diese unheimliche erotische Spannung, dieses Flimmern. Unsere aneinandergepressten Körper fühlten sich genauso intensiv an wie vor Jahren ... Wenn nicht sogar mehr.

Und es war umso vieles aufregender für mich als früher. Denn wo Skrupel gewesen waren, lebte heute Entdeckerfreude. Ich musste sie nur sehen und mein Gehirn lief sexuell gesehen Amok. Dort brauten sich neuerdings Fantasien zusammen, an deren Möglichkeiten ich – und das sollte wirklich etwas heißen – bisher nicht mal gedacht hatte.

Ich war ziemlich erpicht darauf, ihre Grenzen auszuloten und diese auszumerzen, sie mir vollkommen zu unterwerfen und konnte es nicht erwarten, jede einzelne Theorie mit ihr praktisch durchzugehen.

Die, die ich heute Abend für sie geplant hatte, hatte es besonders in sich. Noch war nicht klar, ob sie nicht wieder die Reißleine zog und heulend verschwand. Das gestrige Erlebnis hatte sie perfekt verkraftet, was wahrscheinlich daran lag, dass ich sie ausnahmsweise kommen ließ. Wenn sie ein paar Orgasmen davon abhielten, mich zu verlassen, ich jedoch trotzdem alles umsetzen konnte, was mir so in den Sinn kam, dann war das ein geringer Preis.

Ich liebte es nach wie vor, wie sich ihre Muskeln um meinen Ficker zusammenpressten, ihr lustverzerrtes Gesicht dabei zu sehen und das Beben ihres gesamten Körpers zu spüren. Die kleine Schlampe machte mich schon wieder süchtig nach ihr, und das mit ein paar beschissenen Ficks ...

Es war offensichtlich.

Nur war ich nicht im Geringsten fähig, diesen Prozess noch irgendwie aufzuhalten ...

Tja ... gewisse Muster wiederholen sich wohl immer und immer wieder ...

***

Ich war bis zum Bersten gespannt, als ich am Samstagabend um elf Uhr auf ihr Eintreffen wartete. Ein kleiner Teil von mir zweifelte daran, dass sie wirklich erscheinen würde, der größere war jedoch sicher. Natürlich behielt er recht.

Um zwei Minuten vor elf stöckelte sie zu meinem Büro, wie ich auf meinem Monitor erkennen konnte. Eilig sprang ich zur Tür und riss sie mit einem Ruck auf. Dass ich so schnell sein würde, hatte sie nicht erwartet, denn sie schaute gerade noch in ihren Handspiegel und zog ihre Lippen mit Lippenstift nach. Als ich sie dabei ertappte, wurde sie krebsrot.

»Glaubst du etwa, das bringt was?« Ohne ein weiteres Wort zerrte ich sie in den Raum und knallte die Tür zu.

Sie schien verunsichert, während sie ihren Lippenstift wegpackte, und dann auf diesem frisch gefärbten durchaus appetitlichen Ding herumkaute. Ich schob die Hände in die Hosentaschen, lehnte mich gegen die Tür hinter mir, und schaute dabei zu, wie sie sich aus ihrem langen Mantel schälte – machte sie absichtlich mit meinem Blick nervös.

Dabei präsentierte sie ein hübsches braunes – ziemlich enges – Kleid. Ihre Beine steckten in hohen schwarzen Heels, die mich schon wieder scharfmachten. Die Haare hatte sie in einem einfachen Pferdeschwanz gebändigt. Wahrscheinlich war ihr mal wieder keine Zeit zum Föhnen geblieben. Das war so typisch meine Schlampe.

Nachdem sie den Mantel über die Lehne meines Sessels platziert hatte, sah sie schüchtern zu mir hoch. Verlegen von meinem intensiven Blick spielte sie mit ihren Fingern.

»Hier bin ich«, hauchte sie.

»Hier bist du«, bestätigte ich schmunzelnd und stieß mich ab, um auf sie zuzuschlendern. »Dann sehen wir mal nach, ob du dich an meine Anweisungen gehalten hast. Kleid hoch!« Sie wurde noch eine Nuance dunkler, denn es war ihr peinlich, mir als allererstes ihre Pussy zu zeigen, auch noch in so einer entblößenden Geste. Doch sie tat gut daran, nicht zu zögern und hob mit beiden Händen den Stoff an.

»Gut.« Sie ließ es wieder sinken und nagte weiterhin an ihrer Unterlippe. Das hatte sie schon damals immer gemacht, wenn sie nervös gewesen war.

»Und obenrum?« Damit strich ich über die Stelle, wo ich ihre Brustwarze vermutete. Unter meiner Berührung stellte sie sich sofort auf, was Mia Marena ein zufriedenes Grinsen einbrachte.

»Du bist ja doch nicht so dumm, wie ich dachte ... und nun zieh dich aus!«

Das brachte sie jetzt *wirklich* aus der Fassung. Ihr Mund klappte auf, sie gehorchte aber nicht.

»Okay, ich revidiere das soeben Gesagte ... Rede ich Kleinschwänzisch? Zieh den Scheiß aus, bevor ich dir den Fetzen vom Körper schneide!«, forderte ich erneut energisch.

»Okay! Okay!« Die Drohung wirkte, denn sofort schälte sie sich aus ihrem Kleid und stand dann zerbrechlich und nackt vor mir. Das Bedürfnis sie zu berühren unterdrückte ich gekonnt. Hätte ich jetzt damit begonnen, wären wir niemals pünktlich beim Dinner erschienen. Stattdessen schlenderte ich zu meiner Couch, auf der schon ein neues Outfit für sie bereitlag. Als ich damit auf sie zuging, wurden ihre Augen groß. Keine Ahnung, wieso ... es war doch nur ein Latexkleid. Schwarz, eng, seitlich zum Binden, mit Reißverschluss vorne und scharf wie die Hölle. Mir war klar, dass sie so etwas noch nie getragen hatte. Dieses Teil überließ nichts der Fantasie.

»Zieh das an!« Sie starrte es nur suspekt an, als hätte ich sie genötigt, sich einen Umschnalldildo anzulegen.

»Meine Fresse ... es ist nur Latex!« Ich hielt es ihr hin. Vorsichtig strich sie über die glatte Form. Dann beugte sie sich vor und roch daran. Nur mit Mühe konnte ich mir das Lachen verkneifen, als sie ihre winzige Nase krauszog und es mir dann so ziemlich motzend aus der Hand riss.

HA! Aber das war noch nicht alles. Sie zwängte sich hinein und versuchte nicht wirklich, die wütenden Blicke in meine Richtung zu unterdrücken. Genau genommen scheiterte sie kläglich bei dem Versuch, mich mit ihnen zu erdolchen, während ich mich in meinem Sessel niederließ und sie in Ruhe beobachtete. Irgendwann hatte sie den Kampf gewonnen, doch an den Seiten war es viel zu locker.

»Komm her!«

Als ich die Verschnürung enger zog, entkam ihr ein oder zweimal ein Keuchen. Ich achtete jedoch penibel darauf, sie nicht zu sehr zusammenzupressen, denn ich wollte nicht, dass sie mir heute Abend in Ohnmacht fiel.

Sie schaute mich nicht an. Mit Sicherheit war es ihr peinlich, was unter normalen Umständen daraus resultieren würde – ein Vortrag über Frauen, Sexsymbole, meinen Club, meinen Job und all den anderen Kram, der sich ihrer Meinung nach nicht schickte. Aber es gab ja noch die Regeln, die sie wirklich zu befolgen versuchte. Deshalb ballte sie lediglich ihre kleinen Fäustchen und gab sich lammfromm … Oh fucking yeah ... Der Sex würde der Wahnsinn werden, wenn sie weiterhin so wütend blieb. Natürlich würde ich mein Bestes geben – aber wann tat ich das mal nicht?

»So!« Ich klatschte ihr auf den Arsch, sobald es eng genug saß, und stand auf, um dem Ganzen noch die Krone aufzusetzen.

Neben meinem Schreibtisch holte ich eine große Schuhschachtel, und zauberte Römersandalen mit 12 Zentimeter Absatz und Schnallen die bis unters Knie gingen hervor. Selbstverständlich auch aus tiefschwarzem Lack.

Sie verengte ihre Augen und blitzte mich hasserfüllt an, als ich mit den Schuhen auf sie zukam, worauf sie einen Schritt zurückwich. »Ich werde aussehen wie eine Nutte!«

»Du *bist* eine Nutte«, antwortete ich schlicht, und packte sie um die Taille, als sie mir noch weiter entkommen wollte.

Als Nächstes warf ich sie auf den Sessel und kniete mich vor sie, um ihr ohne zu zögern die Heels auszuziehen. Sie tat gut daran diesmal nicht nach mir zu treten, während ich ihr die anderen Schuhe anzog. Wie eine kleine Prinzessin auf der Erbse saß sie mit verschränkten Armen da, und versuchte, mich nun von oben herab mit Blicken zu töten. Als ich alle Schnallen geschlossen hatte grinste ich zu ihr hoch.

»Ach komm schon! Stell dich nicht so an ...« Mit beiden Händen strich ich über ihre Oberschenkel. Ihre Miene flackerte etwas, von Wut zu Unsicherheit aufgrund meiner sanften Worte, und sie biss sich auf die Lippe, als meine Finger weiter nach Norden wanderten.

Mir gefiel, wie wütend sie war, weshalb ich am obersten Ansatz ihrer Schenkel verharrte und mir ein erneutes Aufglimmen einhandelte.

Wenn sie so weitermachte, würde ich bald in Flammen aufgehen ... und dann wie Phönix aus der Asche emporsteigen, damit sie mein Ende erneut einleiten könnte.

»Du wirst dich erst wie eine Nutte fühlen, wenn ich dich auf dem Esstisch vor den Gästen vögle, glaub mir ...« Mit den Worten wurde der Funke zu einem Waldbrand. Während sie vor sich hin brodelte, erhob ich mich und setzte ihr noch das letzte Accessoire auf. Eine Perücke aus langem schwarzen Haar. Ihren fragenden Blick ignorierend und noch ein paar Strähnen hinzupfend amüsierte ich mich köstlich über ihre steigende Verwirrung und Verärgerung.

Freundlicherweise hielt ich ihr meine Hand hin, doch sie ergriff sie nicht. Mir egal. Ich nahm sie einfach am Handgelenk und marschierte los.

Sie stolperte mir hinterher und ich wusste, dass sie mich heimlich gerade mit allen erdenklichen Flüchen belegte.

Mein Grinsen war teuflisch ... Das würde ein Abend vollkommen nach meinem Geschmack werden!

14. MACHTDEMONSTRATIONEN

Tristan 'provoking' Wrangler

Ich hatte beschlossen in dem Wintergarten zu essen, den ich im Park extra hatte anbauen lassen. Hier war die Atmosphäre locker und offen. Das brauchte man für die Art von Gelagen, die ich hier regelmäßig veranstaltete.

Als wir den roten Kieselsteinweg entlanggingen, kramte ich in meiner Hosentasche nach der Kirsche auf dem Sahnehäubchen, und holte eine venezianische, schwarz-goldene Maske heraus, die lediglich ihre schönen Augen versteckte. Ich hatte keinen Bock darauf, dass *Jemand* sie erkennen würde.

»Hier noch das letzte Teil deines Outfits.« Wir blieben stehen, und sie sah mich skeptisch an, bevor ich ihr das Teil umlegte und dabei an ihrer Schläfe sprach. »Ich will nicht, dass jeder dein Gesicht erkennt«, räumte ich ein und strich ihr die Haare glatt, nachdem alles perfekt saß.

»Wie gesagt, du bist ausschließlich meine Schlampe, und so soll es auch bleiben. Heute Abend wird dein kleiner Mund verschlossen bleiben, außer ich befehle etwas anderes … verstanden?« Sie schnaubte ironisch – nickte aber.

»Perfekt!«

Als ich grinsend einen Arm um ihre Schulter schlang und den schweinenoblen Speiseraum betrat, fühlte ich, wie sie zitterte. Ob vor Wut oder Aufregung konnte ich nicht deuten, auf jeden Fall würde es interessant werden.

Die anderen waren schon eingetroffen.

Leo und Vincent, die zwei obersten Mafiabosse der Stadt, die sich hier ein Monopol an Drogengeschäften, aber auch in der Prostitution gesichert hatten, meiner Meinung nach allerdings dennoch langsam in Rente gehen sollten, saßen an der Stirn der langen Tafel und ließen ihre Kennerblicke über die Kurven meiner Begleiterin wandern. Immer auf der Suche nach Frischfleisch. Selbstverständlich strahlten ihre Augen sofort verlangend, als sie den, obwohl zu dünnen, aber dennoch schönen Körper von Mia Marena in sich aufnahmen. Die langen Beine, die trotzdem nicht zu kleinen natürlichen Brüste ... Die schmale Taille, die breiten Hüften ... Ja, ihre Optik entsprach der einer perfekten Nutte, ohne dass sie es wusste.

Die beiden Vorrentner hatten aber Pech …

Ich zog sie enger an mich und warf ihnen einen warnenden Blick zu, der normalerweise bedeutungslos gewesen wäre, wenn sie das Mädchen wirklich gewollt hätten. Bei jedem anderen, außer mir. Ihrer schweifte über die anderen Gäste und sie stolperte keuchend, als sie realisierte, *wer* alles anwesend war.

An den langen Seiten des Tisches saßen nämlich zwei weitere Männer. Francesco ... und dessen Partner, den sie bestimmt schon aus der Bank kannte. An der anderen residierten Garrett und Georgi; die beiden machten meistens die Drecksarbeit für mich und waren – stets bewaffnet – für meine Sicherheit zuständig.

Jeder trug hier eine Knarre bei sich und keiner hatte Skrupel, sie einzusetzen. In dem Business war das Gang und Gäbe. *Welcome to my life ...*

Mary und Lena würden uns bedienen. Natürlich nackt – was sonst? Mia Marena konnte froh sein, dass sie den Fummel überhaupt tragen durfte. Mir missfiel der Gedanke, sie unverhüllt in der Öffentlichkeit zu präsentieren.

»Ahhh, unser junger Nuttenkönig …«, freute sich Leo künstlich, als ich auf ihn zutrat und mit festem Griff seine Hand schüttelte. Sein dunkler Blick glitt weiterhin über die Rundungen meiner Begleiterin, und er leckte sich über die spröden Lippen.

»Das deine Neue? Wirklich exquisit!« Er wollte nach ihrem Oberschenkel greifen, der sich so ziemlich in perfekter Höhe dafür befand, aber ich zog sie unauffällig etwas hinter mich.

»Das ist Mirta«, verkündete ich kühl und starrte seine langen Spinnenfinger an, die jetzt unsicher in der Luft schwebten.

»Mirta!« Er klatschte in die Hände. »Der Name sehr ungewöhnlich in dieser Branche!« Noch einmal wanderten seine blutunterlaufenen Augen zu ihr, dann wieder zu mir.

»Wie biste gekommen zu dem Diamanten?«

»Ich habe sie auf auf einer Strandparty kennengelernt, sie entjungfert und sie hat sofort zugesagt, *alles* für mich zu tun.« Ich zuckte mit den Schultern, als wäre es nichts Besonderes.

»Hmmm, wie im Märchen«, sinnierte der ältere Mann mit den langen schwarzen Haaren, die streng im Nacken zusammengebunden waren.

»Ja klar, Märchen sind unser Job ... nicht wahr?«, antwortete ich ironisch und wollte sie weiterziehen. Ein kleiner Widerstand machte mir klar, wie absolut unwohl sie sich fühlte, dass sie es hasste, begafft zu werden wie im Zoo, und wie es sie aus der Bahn geworfen hatte, Francesco hier vorzufinden. Ich ignorierte es und ging weiter, um Vincent zu begrüßen, der wie immer genervt wirkte und mit jedem Wiedersehen weißer auf dem Kopf wurde. Doch seine Haare waren genauso lang und gebändigt wie die seines Cousins Leo.

Er reichte mir seine lockere Hand und würdigte uns nicht mal eines Blickes, als er ein »Hallo« nuschelte. Beide waren nicht mehr die Jüngsten, strahlten aber durch ihr Auftreten sowie ihre teuren Designeranzüge und den exquisiten Accessoires Macht aus. Sie verkörperten die südländischen Fürsten der Unterwelt. Hatte man mit ihnen ein Problem, konnte man sich ebenso gut auch gleich eine Kugel in den Schädel jagen.

Glücklicherweise war Leo Feuer und Flamme für mich, weshalb ich gewisse Sonderrechte inne hatte. Irgendwie fühlte sich der Oberboss auf eine verdrehte Art für mich verantwortlich, er sah Potenzial in mir, vielleicht sogar seinen Nachfolger ...

Ansonsten hätte er meinen Club niemals toleriert. Denn mittlerweile war ich sein größter Konkurrent in der Stadt. Wir tauschten oft unsere Mädchen aus – ich hatte die besseren, wie ich soeben mit Mia Marena demonstrierte. Und wenn ich das nicht wollte, würde er sie auch nicht bekommen. Das wagte sonst keiner. Wenn es um Drogen ging, hatte er die richtigen Connections. Ich brauchte ihn, sonst hätte ich ihn schon längst beseitigt.

Als Nächstes begrüßte ich auch Francesco und seinen Handlanger, die entspannt schwatzend nebeneinandersaßen. Mia Marena versteifte sich in meinem Arm, als ihr Typ aufstand, um mir die Hand zu geben. Unauffällig rutschte sie hinter mich, und ich verdrehte die Augen. Selbst wenn er sie hier und jetzt erkennen und für sich einfordern würde, hätte er sie nicht bekommen.

Sie war MEIN!

Es war ein irrer Nervenkitzel der mich, wohl wissend, wie gefährlich dieses Spiel war durchrauschte. Sie bedeutete mir nichts mehr und sie auf diese Art zu foltern – nein, das würde ich mir um nichts auf der Welt entgehen lassen. Sie würde bei diesem Abendessen tausend Tode sterben und immer Angst vor der Entdeckung haben.

Nachdem ich mit Georgi und Garrett, die nicht nackt oder in Sportkleidung, sondern gestriegelt in italienischen Anzügen schon auf mich warteten, ein paar leise Witze ausgetauscht hatte, setzte ich mich auf meinen Platz an der gegenüberliegenden Stirnseite von Leo und Vincent, und zog sie auf den Stuhl neben mich. Ihr Kinn ruhte förmlich auf ihren Brüsten, das Gesicht war kreidebleich. Ich ließ sie schmoren und ignorierte ihr Unwohlsein.

Die Vorspeise wurde serviert.

»Bist du schon losgeworden das Pep?«, fragte Leo und ich nickte, während ich an einem Stück Ciabatta herumkaute, das Phil für diese Anlässe lieferte. Genau wie den anderen Fraß ...

»Ja, schon vor vier Tagen. Ich benötige dringend Nachschub.

Die Leute rennen mir die Bude ein!« Also nicht direkt mir. Die Kunden sahen nie mein Gesicht. Immer nur Garretts oder Georgis, aber das wusste Leo so oder so. *Offenbare niemandem deine wahre Identität – nur deinen loyalsten Männern.* Regel Nummer eins im Drogengeschäft. »Außerdem brauche ich noch zehn Kilo von dem Lemongras und fünfzehn Kilo Hasch. Den Schwarzen, der ist nämlich wirklich gut. Und drei Kilo Koks, den teuren Scheiß. Nicht den Gestreckten ...« Somit müssten meine Reserven wieder aufgefüllt sein.

Mia Marena ließ ihren Löffel in die Suppe fallen, hustete verhalten, als ich meine Bestellung herunterrasselte, und lenkte damit die Aufmerksamkeit auf sich, weshalb sie heftig errötete.

ARGH, das war heiß ... Beim Orgasmus nahm sie denselben Farbton an.

In meiner Hose zuckte es, und ich platzierte meine Hand auf ihren nackten Oberschenkel. Ängstlich sah sie zu Francesco, der reinhaute, als wäre es sein letztes Mahl.

»Natürlich. Ich schicke gleich morgen jemanden.«

»Gut.« Nach einem weiteren Löffel voll fixierte ich Francesco. Ich musste ihr zeigen, was für eine Rolle er spielte.

»Wirst du kommen, Cavalli?«, fragte ich ihn kühl.

Sofort ging erneut ein Ruck durch ihren Körper und ich spürte ihren schockierten Blick auf meinem Gesicht.

»Nein, Morgen ist Alec dran. Ich habe keine Zeit, weil meine Alte für mich kochen will. Ihr Fraß ist nicht zum Aushalten, aber was tut man nicht alles für einen guten Blow-JOB...« Er grinste anzüglich. Ich dachte nur: *Von wegen!*

Meine Augen verengten sich zu Schlitzen und ich blähte die Nasenflügel. Okay, Mission erfolgreich. *Siehst du! Er ist ein Arsch!*

Aus dem Augenwinkel bemerkte ich, dass sie betreten auf ihren Teller starrte. In Ordnung ... das war wohl doch etwas hart für sie gewesen. Verdammt! Aber wieso regte es mich auf? *Sie ist eine Fotze! Schon vergessen?* Ich beruhigte mein brodelndes Temperament und riss meinen Blick von ihr los.

»Wofür hat man sonst eine Frau, als zum Ficken oder Kochen?«, erkundigte ich mich und zwinkerte Francesco zu. Das war genau die Meinung, die diese Pisser vertraten. Dabei strich ich an ihrem Oberschenkel nach oben. Ich hörte förmlich, wie sie wütend die Zähne zusammenbiss. Ohhhh, der Fick würde phänomenal werden.

»Am besten ist beides zusammen!«, schmunzelte Francesco und Alec, der Idiot, der in seiner Freizeit einen auf Hip Hopper machte, lachte mit. Alle anderen brüllten ebenfalls begeistert ...

»Ach wirklich? Hab ich dir eigentlich schon von unserem Shooting ...«, wollte ich sie weiter reizen, doch sie beging einen sehr, sehr großen Fehler, indem sie meine Hand bestimmt von ihrem Schenkel schob! Zum krönenden Abschluss verschränkte sie Beine und Arme.

What the fuck!

Der Satz blieb unbeendet, stattdessen ließ ich meinen Löffel los, wischte mir den Mund mit der Serviette ab, ignorierte die anderen, die fröhlich weiter scherzten, und drehte mich zu ihr, den Arm über ihre Stuhllehne geworfen. Starr fixierte sie den Bereich vor sich, auch wenn sie mein nunmehr wütendes Funkeln genau fühlen musste.

Sie hatte verdammt noch mal nicht meine Hand von sich zu nehmen und ihre Beine zu schließen! War etwas an dem Vertrag nicht verständlich gewesen oder sie vielleicht *total* lebensmüde? Vor Francesco verschloss sie ihre Beine sicher nicht ... Seine Finger tat sie nicht weg. Mittlerweile zitterte ich vor Wut, und sie biss sich auf die Lippe. Okay, das war´s!

Sie keuchte auf, als ich ihr plötzlich sehr nah war.

»Du weißt schon, Mia Marena, dass du soeben mit zweihundert über die Ziellinie geschossen bist?«, flüsterte ich sanft. In ihrem Blick loderten Wut und Demütigung – was ich ignorierte.

»Du hast deine verdammten Beine nicht vor mir zu schließen! Das hier gehört *mir*!« Damit packte ich ihre Knie und schob sie auseinander, bevor ich meine Handfläche auf das samtige Fleisch legte. Endlich drehte sie mir den Kopf zu, ihre Augen waren jetzt riesengroß.

»Tristan ...«, wisperte sie kaum hörbar, und ich lächelte charmant.

»Und das werde ich jetzt ficken.« Gemächlich ließ ich einen Mittelfinger in ihr verschwinden. Sie keuchte auf und schaute hastig über den Tisch.

Keiner achtete im Moment auf uns, weil Mary und Lena mit den Hauptspeisen herantraten, und erst mal ausgiebig begrapscht wurden.

»Vor deinem Freund und vor den anderen notgeilen Wichsern! Du wirst dich nicht bewegen und dir nichts anmerken lassen! *Und du wirst nicht kommen*! Jetzt setz dich auf meinen Schoß«, grollte ich und öffnete meine Hose.

Ihr flehendes Starren pisste mich nur noch mehr an, weshalb ich ihre Haare packte, ihr Gesicht etwas drehte und mit meiner Nase über ihre Schläfe strich, während ich samten hauchte:

»Weigerst du dich, reiße ich dir die verdammte Maske runter und ficke dich auf dem Tisch!«

Schockiert keuchte sie auf und sprang sofort auf die Beine. Sie versuchte ihre Würde zu wahren, und sich seitlich auf mich zu setzen, aber ich packte ihre Hüften und dirigierte sie genau so, dass sie den Rücken zu mir gewandt auf meinem Ficker Platz nahm.

Mit einer Hand hielt ich ihn, mit der anderen drückte ich sie nach unten. Trotz ihrer Wut und ihrer Verzweiflung war sie überschwemmt, also flutschte er nur so in sie hinein. Ich biss die Zähne zusammen, um nicht zu keuchen, als sie mich umfing. Sie umklammerte die Tischkante und ich hob ihre Beine hoch, sodass ihr Fliegengewicht auf mir lastete und mein Ficker tiefer in ihren Körper gedrückt wurde.

»Mhhhmmm«, summte ich, beugte mich vor, küsste ihre glatte Haut am Rücken und bewegte millimeterweit meine Hüften. Ich wusste, sie konnte mich genau fühlen und musste ihren Gesichtsausdruck beherrschen ...

»Und jetzt … iss!«, befahl ich zwischen meinen Küssen und leckte über ihre süße Haut, während siegehorchte. Ihre Hand zitterte, als ich mein Becken kreisen ließ.

Das Gespräch ging weiter, als befände ich mich nicht gerade im Paradies.

Es wurde über die Marktpreise diskutiert und die neuesten Techniken der aktuellsten Mädchen, während ich tief in meiner Schlampe steckte, die immer feuchter wurde und sich um mich herum anspannte. Mein kehliges Stöhnen unterdrückend, lehnte ich meine Stirn an ihren Rücken.

»Mach das noch mal«, flüsterte ich rau und hielt beide Oberschenkel unter dem Tisch weit auseinander. Sie spannte sich erneut an, woraufhin ich die Zähne zusammenbiss und tiefer in sie stieß.

Als sie sich fast an ihrem Essen verschluckte, gluckste ich dämonisch und kreiste abermals, wobei ich übrigens beinahe meinen verdammten Verstand einbüßte, weil sie so scharf, so offen und gleichzeitig so eng war.

»Noch mal, Baby«, hauchte ich und sah die durch meinen Atem ausgelöste Gänsehaut. Auch diesmal war sie folgsam. Fahrig griff sie nach unten und umklammerte panisch meine Hand, die ihren Oberschenkel festhielt.

Fuck! Ich würde jetzt und hier kommen, und keiner konnte das aufhalten. Nicht mal ich ...

Ich war verloren ... und gleichzeitig wollte ich es mitten vor ihrem Freund und anderen fremden Wichsern tun.

»Ich werde jetzt abspritzen«, flüsterte ich atemlos und fühlte, wie sie abermals erschauerte. Die Finger an ihrem Schenkel bohrten sich in ihr Fleisch. Als ihre Muskeln erneut kontrahierten, unterdrückte ich ein Stöhnen und kam mitten in ihre göttliche Enge. Dabei lehnte meine Stirn an ihrem Rücken, und ich presste sie weiterhin fest an mich. Mein Atem ging ziemlich schnell, und es war wirklich anstrengend, leise wieder zu Luft zu kommen. Aber ich schaffte es.

Doch wenn sie glaubte, damit alles überstanden zu haben, lag sie falsch!

Ich strich an ihren Oberschenkeln nach oben, und dann an den äußeren Lippen entlang. Als sie panisch von mir runterspringen wollte, umschlang ich mit einer Hand ihren Bauch. Mit der anderen glitt ich über ihren Kitzler.

Sie zuckte zusammen – meine Finger waren nicht feucht genug, weshalb ich zu ihrem Eingang strich, in dem ich immer noch steckte, um mir die Nässe zu holen, die ich brauchte. Dann wieder nach oben, wobei ich bemerkte, wie sie schneller atmete, als ich erneut ihre Clit berührte.

Während sie leicht den Rücken durchbeugte, legte sie nun endgültig ihr Besteck zur Seite. Sie hatte sich sowieso tapfer geschlagen. Die Nachspeise kam schon, und bisher war noch niemandem aufgefallen, was wir trieben.

Mittlerweile hatte ich keine Ahnung mehr, was außerhalb unserer Lustblase abging, und es interessierte mich ehrlich gesagt einen Scheißdreck, als ich ihren Kitzler umkreiste und den Druck immer weiter aufbaute. Ihre Verzweiflung war sprichwörtlich, ich schwor, sie sogar riechen zu können, als ich ihre göttliche Clit bearbeitete, die immer mehr unter meinem Finger anschwoll.

Langsam aber sicher spannte sie sich um mich herum an, und hätte mich fast raus gepresst, wenn ich von den Kontraktionen ihrer Muskeln nicht schon wieder hart geworden wäre.

Ich verlor mich so sehr in ihr und in dem Gefühl ihrer Pussy, dass ich mich fast erschreckte, als Leo auf den Tisch schlug und aufstand.

»Wir werdene gehn«, verkündete er zufrieden.

Eilig brachte ich meine Mimik unter Kontrolle, drückte ihre Beine zusammen, und richtete sie so auf meinem Schoß, dass man nichts sehen oder erahnen konnte, als er sich erhob und mir die Hand reichte. Grinsend returnierte ich mit meinen vollgeschmierten Fingern. Er merkte nichts, weil er Mia Marena in den Ausschnitt starrte.

»Und glaubst du, wir können eine Wechsel vornehmen? Du kannste Lilly habene?« Sie war die Beste in seinem Club, und ehrlich gesagt, die zweitschärfste Braut, die ich je zu Gesicht bekommen hatte. Die letzten zwei Jahre hatte ich mit ihm nicht nur einmal um sie gepokert … Doch er war hartene gebliebene.

»Nein«, erwiderte ich schlicht.

Mit dieser Antwort hatte er nicht gerechnet, ließ jedoch seine Pissigkeit nicht offiziell durchblicken. Die Haut um seine Augen verspannte sich allerdings.

»Wie du willst, mein Freund ...« Er tätschelte mir die Schulter, doch ich ahnte, dass dies erst der Anfang war … Meine Kopfhaut prickelte und ich umfing Mia Marena ein wenig fester. »Richte deine Bruder aus, das Essen war molto bene ...« Seine Worte unterstrich er mit der typischen Italiener-Zeigefinger-Daumen-Bewegung. »Er kanne bei mir kochen!«

»Ich geb´s weiter ...« Phil würde niemals auf das Angebot eingehen, er fickte keine Nutten, denn er hatte seine eigene. Vincent nickte mir kurz zu und folgte Leo nach draußen.

Francesco stand auch sogleich auf und ließ seinen Blick forschend über Mia Marenas Gesicht gleiten. Alec – stockbesoffen – schnellte ebenfalls hoch.

Fuck ... was hatte ich denn noch alles nicht bemerkt?

»Kenn ich die irgendwoher?«, sinnierte Francesco, und ich verengte die Augen.

»Kann ich mir nicht vorstellen!« Die Worte kamen härter raus als gewollt, aber es war die Wahrheit. Er hatte keine Ahnung von der Frau auf meinem Schoß!

»Na ja ...« Er zuckte die Schultern und reichte mir seine schwitzige Hand, während ich erneut mit jener erwiderte, an der immer noch der Saft seiner Freundin klebte. Dieser Hirnfick, ohne, dass er etwas davon wusste, machte mich wieder hart. Francesco und Alec verließen uns ziemlich schnell, weil Letzterer kotzen musste und Ersterer ihn begleitete.

»Zufrieden, Boss?«, fragte Georgi, warf die Serviette von sich und lockerte seine Krawatte ...

»Ja, und jetzt raus. ALLE!« Ich fühlte nämlich, dass mein Ficker tatsächlich wieder steifer wurde, nachdem er während der Verabschiedungszeremonie so ziemlich in sich zusammengefallen war.

»Okay!« Garrett und Georgi beeilten sich, aus dem Zimmer zu kommen und die Tür hinter sich zuzuschlagen.

»Und nun ...« Heftig hob ich meine Hüften, und Mia Marena ließ das Stöhnen raus, das sie sich innerhalb der letzten Stunde verkniffen hatte. Eilig öffnete ich vorne den Reißverschluss, während ihr Körper zum Leben erwachte und sie sich unter mir wand, und zog das Kleid mit enormer Kraftanstrengung – eindeutiger Nachteil von Latex – mit einem Ruck nach unten, sodass ihre Titten raussprangen. »Zu den erfreulichen Dingen, Miss Angel ...« Bestimmend ergriff ich beide Hügel und knetete sie, während sie ihr Becken auf mir kreisen ließ und ich nach oben in sie stieß.

»Jaaa!«, keuchte sie, als ich ihren besonderen Punkt traf. Aber das genügte mir nicht. Ich wollte ihr Gesicht sehen. Also hob ich sie von meinem Schoß und drehte sie zu mir herum. Sie schwankte, als ich sie an der Hüfte an mich zog, und mich nach vorne beugte, um hinter ihr die Teller und das Besteck vom Tisch zu fegen, worauf es klirrend zu Boden fiel.

»Ich hab doch gesagt, ich will dich auf dem Tisch ficken«, grinste ich, als sie mich ungläubig jedoch aus ziemlich bezaubernden, großen Augen anschaute. Dann hob ich sie auf die Platte und spreizte weit ihre Beine, um endlich einen ausgiebigen Blick auf ihre Pussy werfen zu können.

»Oh fuck, Mia! Oh fuckiger Fuck ...« Ich kam fast von dem Anblick ihrer feuchten Schenkel.

»Du bist so heiß«, verkündete ich und konnte nicht widerstehen, sondern musste von ihr kosten. Also hielt ich sie an den Knien auseinander und versenkte meine Zunge ohne Probleme in ihr. Dabei schmeckte ich uns beide, was mich noch mehr kickte.

»AHHH!« Sie drückte ihren Rücken durch, ich vergrub fast mein Gesicht in ihrem pulsierenden Fleisch, als ich nach oben leckte, um mich ihrem mittlerweile fast kirschkerngroßen Kitzler zu widmen. Und da waren die Kirschen wieder ...

»OHHHHHHHH TRIIIIIIIIIIIIIIIISTAAAAAAAAAAAAAAAAAAN!«, schrie sie und krallte sich in ihren Haaren fest. Die Hüften kreisten unkontrolliert unter mir, und ich grinste, saugte intensiver und stieß zwei Finger in sie hinein. Sie zuckte und kam fast. Im letzten Moment ließ ich von ihr ab und richtete mich auf. Meine Finger waren noch von uns benetzt … ich verstrich es auf ihren wunderbaren Titten. Sie hielt den Atem an und meinen Blick fest. Spöttisch grinsend beugte ich mich vor und ließ meine Zunge erneut alle Spuren beseitigen, bevor ich ihr den Finger in den Mund steckte.

»Saug ...« Sie folgte … sah mir dabei mit großen, warmen Kramellseen in die Augen, und ich kam fast allein von dem Anblick ihrer Lippen, die sich eng um mein Fleisch schlossen … Ich erinnerte mich an unser erstes Mal in ihrem Zimmer auf diesem klapprigen Bett und blähte die Nasenflügel … Oh Fuck ...

Verhalten hob sie mir ihr Becken entgegen. Diese Einladung konnte ich nicht ausschlagen – nicht jetzt. Verbissen packte ich meinen Ficker und stieß mit einem Ruck in sie. Wir waren wieder mal in vollem Einklang.

»FUCK«, stöhnten wir beide, und ich beugte mich sofort über sie, um ihre Nippel zu quälen, während ich in ihre Hitze drängte. Sie zog sich schon wieder zusammen, als ich an ihrer linken Brustwarze saugte.

»Wehe du kommst«, warnte ich sie atemlos und drang stärker in sie ein.

»Bitte, Tristan«, wimmerte sie und biss sich so fest auf die Lippe, dass sie blutete, wobei sie ihre Nägel hart in meinem Rücken versenkte.

»Nein, Mia!« Weil ich ein mieser Scheißer war änderte ich den Winkel meiner Hüften, sodass ich erneut diesen einen Punkt traf. Ihr Stöhnen wurde lauter und verzweifelter. Sie raufte sich weiter das künstliche Haar und kniff die Augen zu. Ihre Zähne bohrten sich immer tiefer in das weiche Fleisch, während sie gegen ihren Orgasmus kämpfte. Dabei spannte sie sich nur noch enger um meinen Ficker an, und auch ich musste zunehmend an mich halten.

Aber ich wollte sie noch etwas quälen.

Dieses Bild, wie sie mit sich haderte, um nicht zu erliegen, war göttlich. Der Schweiß auf ihrer erröteten Haut, die wilden, in ihrem angespannten Gesicht klebenden Strähnen, ihr Beben unter mir.

Ich war im Himmel ... und sie war mein Engel und der Teufel in einer Person ...

Unsere verschwitzten Körper prallten immer wieder aufeinander.

»Bitte. Ich. Tue. Alles«, presste sie voller Verzweiflung hervor, und ich lachte atemlos. Okay ... ich würde sie erlösen, aber nicht ohne davon zu profitieren.

»Wenn du kommst, werde ich dich das nächste Mal bestrafen!«

»T... Tristan ... B... Bitte!«, keuchte sie, denn ich ließ meine Hand an ihrem Oberschenkel herabgleiten, und strich damit über ihre unteren Lippen. Sie riss ihre Augen auf und starrte mich schockiert an, wusste sie doch genauso gut wie ich: Eine gekonnte Berührung und sie würde explodieren wie der Vulkan Geilheit.

»Nein!«, rief sie aus.

»Oh DOCH!«, grinste ich dreckig und massierte sie sanft ...

»AAAAAAAAAAAAAAAAAAAAAAAHHHHHHHH HHHH OOOOOOOOOOOHHHHHHHHHHHHH

MEEEEEEEEEEEEEEEEEINNNNNNNNN

TRIIIIIIIIIIIIIIIISTAAAAAAAAAAAAAAAAAAAA AAAN!« Sie kreischte so laut, dass man es sicher noch im Club hörte.

Alles pulsierte! *Alles!* Ihr gesamter Körper!

Wie intensiv sich der Scheiß für sie anfühlen musste, nachdem sie sich jetzt so lange zurückgehalten hatte, wusste ich genau. Echos spürte ich sogar an meinem Schwanz, denn so heftig war sie noch nie gekommen. Diese Auswirkungen gaben mir den Rest und ich ließ auch los. Mein Sperma schoss in sie, ungehindert, der Pille sei Dank.

Mittlerweile klammerte sie sich so fest an mich, als würde sie ertrinken und das sehr lange … Ich überlegte kurz, sie gleich noch mal kommen zu lassen, aber dann wäre sie hundertprozentig ohnmächtig geworden. Also ließ ich Gnade walten und vergrub einfach nur mein Gesicht an ihrem zarten Hals, nachdem es vorbei war.

Sie hielt mich an sich gepresst und umschlang mit ihren Beinen meine Hüften.

Träge strich ich mit meiner Nase über ihre nasse duftende Haut und fühlte mein dämliches Grinsen, das ich schon kannte. Früher, vor acht Jahren, war ich tagtäglich damit rumgelaufen, weil da die Welt noch in Ordnung gewesen war. Aber jetzt war alles anders.

Ich bildete mir ein, dass sie mir gehörte, aber sie tat einen Scheißdreck. Offiziell war sie *sein* Eigentum. Ein Gedanke, der mich jedes Mal aufs Neue fast Amok laufen ließ.

»Du bist gekommen, Mia Marena«, verkündete ich hart, und sie zuckte zusammen, weil sie sicher nicht damit gerechnet hatte, dass ich nach diesem Wahnsinnssex gleich wieder so mörderisch mit ihr reden würde. »Ich habe dich gewarnt.«

Sie widersprach nicht, auch wenn wir beide wussten, dass sie keinen Ausweg gehabt hatte.

Ihr Geist war vielleicht stark, doch ihr Körper blieb schwach.

Langsam richtete ich mich auf, um sie ansehen zu können. Mit glasigen Augen erwiderte sie meinen Blick. Ich konnte die Wärme in ihnen wahrnehmen, realisierte, welche Gefühle dahintersteckten. Ja ... ich erkannte es genau, und einen kurzen winzigen Moment berührte sie tatsächlich mein Herz, als sie ihre Hand ausstreckte und zaghaft auf meine Brust legte. Genau auf mein Tattoo, und es kam mir vor, als würde sie mir tausend kleine Nadeln direkt in dieses so lebenswichtige Organ stechen.

Doch ich verschloss das, was davon noch übrig war. Verschloss es, indem ich daran dachte, dass ich schon früher diese tiefen Emotionen in ihrem Blick ausgemacht, sie aber letztendlich nichts bedeutet hatten. *Gar nichts!*

Ziemlich abrupt löste ich mich von ihr, worauf sie aufkeuchte.

Ich schloss meine Hose, während sie sich aufrichtete und versuchte, ihre Frisur zu retten. Dann zog ich sie vom Tisch, distanziert wie zuvor und packte sie wieder mit geübten Berührungen ein. Vorsichtig linste sie zu mir hoch, aber ich vermied, noch mal in ihre verräterischen Augen zu sehen.

Sie sagte nichts. Ich sagte nichts. Und das war auch gut so.

Ohne ein Wort oder einen weiteren Blick wandte sie sich von mir ab und ging zur Tür.

»HEY!«, rief ich ihr nach und sie fuhr abermals zusammen, bevor sie sich zu mir umdrehte. Nun war ihr Ausdruck wieder leer und alle Gefühle gut verdrängt.

»Willst du nicht wissen, wie deine Strafe ausfallen wird?«

Wortlos schüttelte sie den Kopf.

Ich verstand nicht, wieso sie auf einmal so distanziert war. *Ich* hatte allen Grund dazu, sie links liegen zu lassen und zu ignorieren.

»Was ist dein verdammtes Problem?« Dennoch musste ich fragen, nur um zu wissen, ob sie morgen erscheinen würde.

»Nichts, Tristan. Ich bin nur müde«, verkündete sie mit hängenden Schultern.

Woraufhin ich die Lider zusammenkniff.

»Du wirst morgen kommen«, stellte ich klar, wobei mir die Zweideutigkeit keineswegs entging. Als Antwort erfolgte lediglich ein abgekämpftes Nicken.

Ich ließ sie ziehen, blickte ihren wiegenden Hüften hinterher, den langen Beinen, dem gesamten Auftreten, welches mich so sehr faszinierte.

Auch wenn ich keine Gefühle zulassen wollte, konnte ich gegen manche davon nichts ausrichten.

Sie zog mich in ihren Bann. Ich begehrte sie. Aber *lieben* würde ich sie nie fucking wieder!

15. Seine Macht

Mia 'thinking' Engel

Oh mein Tristan!, war das aller Erste, was ich denken konnte, als ich am Sonntagmorgen aufwachte. Träge rekelte ich mich und stieß dabei aus Versehen Stanley vom Bett. Er jaulte theatralisch und ich linste über den Rand, um mich bei ihm zu entschuldigen, wobei ich merkte, dass ich überall Muskelkater hatte und wund war. Mhmmm, wund von Tristan Wrangler ... Ich spürte förmlich seine Hände auf meinem Körper. Seine Finger waren als rote Abdrücke auf meinem Oberarm eingebrannt, und ich berührte wehmütig die Zeichen seiner Leidenschaft, die er an mir hinterlassen hatte … Gestern ... das war der blanke Wahnsinn gewesen. Wie er mir vor allen anderen bewiesen hatte, dass er mit meinem Körper tun und lassen konnte, was er wollte. Wie er mich auf seinen harten Schwanz gesetzt und so Macht über mich ausgeübt hatte, während mein Lebensabschnittsgefährte uns gegenübersaß und mich komisch beobachtete. Die ganze Zeit hatte ich Paranoia, dass er mein wahres Ich erkennen würde. Dass er aufspringen und sich auf Tristan stürzen würde. Aber *wenn* ihm etwas aufgefallen sein sollte, dann war er sehr gut darin, es zu vertuschen. Nein ... Francesco hatte sicher nichts gemerkt. *Gar nichts!*Zumindest hatte ich mir das die ganze Zeit eingeredet und versucht, mich normal zu geben, was so gut wie unmöglich gewesen war. Spätestens als ich Tristan in mir kommen fühlte – ganz genau – und ich nicht reagieren durfte! Das war reine Folter!

Natürlich war mir bereits aufgefallen, dass Tristan es liebte, mich zu quälen, zu schocken und an meine Grenzen zu treiben, bis ich irgendwann brach. Aber ich würde mich von ihm nicht zerstören lassen. Auch wenn er es geschickt anstellte, denn er quälte mich nicht offensichtlich, fügte mir keine körperlichen Schmerzen zu ... Tristan wählte seine Methoden viel subtiler.

Durch gewisse Blicke, kleine Worte und seine Kälte tat er mir *wirklich* weh und das wusste er ganz genau.

Tristan wollte mich leiden sehen, doch ich war stärker, als er annahm. In meiner Jugend hatte ich schon schlimmere Dinge ertragen. Schließlich war ich bei meinem Vater aufgewachsen und wusste, was wahrer Sadismus bedeutete, was es einen kostete, die Zähne zusammenzubeißen und wie man es schafft, durchzuhalten. Nichts anderes tat ich jetzt: Ich hielt durch.

Na ja ... so lange, bis er dann noch mal in mir steckte, während ich auf dem Tisch lag und er zwischen meinen Beinen stand. Aber als seine Zauberfinger sich hinzugesellten, kapitulierte ich. Ich kam ... und *wie!* Nach der Anstrengung den Orgasmus zurückzuhalten, war es schlichtweg der heftigste Höhepunkt meines Lebens, den er einfach so auslöste, als wäre es nichts. Wobei es Tristan noch nie viel gekostet hatte, mich mit seinen Berührungen in den Wahnsinn zu treiben. Mir bedeutete es so viel, ihn zu spüren, mich mit ihm zu vereinen, ihm so nah zu sein. In seinen Augen jedoch war es nur ein Mittel zum Zweck, um mir zu zeigen, wie mächtig er war. Wie fest er mich in der Hand hatte und dass ich nichts weiter als ein kleines süßes Sexspielzeug darstellte. Dabei belohnte er meinen Körper, ließ meinen Geist aber links liegen. Meine Seele, meine Gedanken waren ihm egal. *Das* war auch eine Art, mich zu bestrafen.

Ich, Mia Marena Engel, die Frau, die er mal abgöttisch geliebt hatte, existierte für ihn nicht mehr, und den Beweis dafür konnte ich auf seiner Brust sehen. In dem Moment, als ich meine Hand auf sein bröckelndes Herz gelegt hatte, bestätigte er meine Theorie. Denn er löste sich von mir, weil ihm diese Situation zu intim wurde. Hallo? Im Grunde kaum zu fassen. So viel von ihm war nach wie vor in mir, aber ihm wurde diese simple Geste zu vertraulich. Das war grotesk ... Jedoch ein passendes Sinnbild für das, was zwischen uns ablief. Und es machte mich so traurig.

Nach diesem denkwürdigen Abend begab ich mich nach Hause und saß die halbe Nacht wach da – resignierte fast bei dem Gedanken, dass er vielleicht wirklich gar keine Gefühle mehr zulassen *konnte.* Würde ich ihn jemals heilen können? Konnte es jemals so werden wie früher? Zumindest ansatzweise? Oder saß der Schmerz zu tief? War zu viel Zeit vergangen, in der er sich an sein neues, gefühlloses Ich gewöhnt hatte? Konnte ich überhaupt noch zu ihm durchdringen, und würden drei Monate genügen?

Ich hatte keine Ahnung – wie so oft in letzter Zeit. Kurz bevor ich einschlief, wusste ich nur, dass ich es weiterhin probieren musste. Denn ab und zu schimmerte etwas vom alten Tristan durch. Wenn er mich besitzergreifend hinter sich zog, immer bereit, mich zu beschützen, wenn er mich versehentlich im Rausch seiner Lust »Baby« nannte, und mich mit warmen Augen ansah. Wenn er meinen Körper hingebungsvoll küsste und es augenscheinlich genoss, mich zu riechen, zu spüren, zu schmecken ... Es gab diese Augenblicke. Sie waren kurz, aber definitiv da. Jetzt musste es mir nur gelingen, diese Momente einzufangen und festzuhalten … Leider konnte ich meinen Plan nicht umgehend umsetzen, denn als ich am Sonntag aufwachte, quälten mich furchtbare Bauchkrämpfe. So pünktlich, dass man die Uhr danach stellen konnte, hatte ich meine Tage bekommen. Sofort griff ich zu dem Handy, das auf meinem Nachttisch lag, und überlegte fieberhaft, wie ich ihm das Fiasko jetzt glaubwürdig rüberbringen sollte.

»Hi, Tristan ...« *Nein, das hört sich blöd an.*

»Guten Morgen, Tristan …« Es war neun, er war sicher schon lange wach, also auch nicht gut …

»Tristan. Ich muss dir etwas sagen ...« *Auch total bescheuert.*

»Bitte flipp nicht aus ...«

»Hallo.«

»Ahoj ...«

Eine Weile grübelte ich noch, schrieb aber schließlich einfach drauf los. *»Wir können uns erst nächstes Wochenende sehen. Es tut mir wirklich leid. Mia.«* Bevor ich es mir anders überlegte, schickte ich die Message ab und ging ins Bad, um mich zuzustöpseln und zu duschen. Als ich fertig war, kontrollierte ich mein Handy. Mein Herzschlag beschleunigte sich, eine Nachricht war eingegangen.

»Du hast da wohl was nicht verstanden, Mia Marena!«, war das Einzige, was er geantwortet hatte. Ich verdrehte die Augen. Oh man! Selbst schriftlich klang er *so* herrisch.

»Okay. Wenn du es genau wissen willst: ICH HAB MEINE TAGE!«, schrieb ich und schickte die Nachricht errötend weg. Die nächsten fünf Minuten kam *nichts*. Wahrscheinlich musste der Schock wegen dieser grausamen Erfindung, die sich Menstruation nannte, erst mal verdaut werden.

Also schlenderte ich in die Küche und machte mir einen schönen, starken Kaffee. Stanley wurde ausgiebig gekrault, nachdem ich ihm so wie jeden Morgen versichert hatte, dass ich ihn über alles liebte, und bekam auch sein Frühstück. Nachdem er gefressen hatte, ging ich mit ihm eine Gassirunde und setzte mich dann auf meinen winzig kleinen Balkon, um die zweite Tasse flüssiger Nahrung zu konsumieren. Mein Handy nahm ich natürlich mit ... und es piepte auch schon bald.

»Das ist mir so was von scheißegal!« Ich hätte wirklich damit rechnen sollen ... Aber mir war es eben *nicht* egal! Erstens starb ich die ersten zwei Tage immer fast an den Krämpfen, und außerdem fühlte ich mich unwohl, wenn ich so Sex haben sollte. Zu allem Überfluss mit Ich-sehe-so-perfekt-aus-Tristan, während Mia ihn vollsaut – nur über meine Leiche!

»Sorry, Tristan ... es geht nicht. Ich habe Bauchkrämpfe.« Konnte es noch schlimmer kommen?

»Fick dich!« Offensichtlich! Denn das war sein hinreißender Kommentar. Ein paar Sekunden drauf piepte es erneut. *»Brauchst du Medizin? Soll ich dir einen Arzt vorbei schicken?«* Oh mein Tristan! Ein übles Strahlen konnte ich nicht verhindern, während

ich das Handy verliebt anstarrte ... Ich war ihm nicht egal; da war er wieder – mein alter Tristan. Obwohl seine Gemütsschwankungen besorgniserregend waren.

»Nein, danke. Ich komme klar. Ich hab Stanley als Wärmflasche und ne Flasche Wein als Schmerzmittel. Vielen Dank, Tristan, das ist wirklich süß von dir.«

»Ich bin kein VERDAMMTER PLÜSCHHASE!!« Förmlich sah ich vor mir, wie er die Lider verengte.

»Ja, du bist der Bad Boy überhaupt. Jetzt zufrieden?«, schrieb ich glucksend zurück. Ich war wohl etwas übermütig, wofür ich sofort die Quittung bekam, denn eine Antwort erfolgte nicht.

Also ging ich wieder hinein und legte mich mit Stanley auf die Couch. Nachdem ich mich eine Weile lustlos durch den Fernsehhorror gezappt hatte, blieb ich bei ›Knallerfrauen‹ hängen. Aja ... schönes witziges Sonntagsprogramm ... Genau richtig, um zu faulenzen und ungeduldig auf eine Nachricht vom Psycholover zu warten. Doch es kam keine. Als sich Enttäuschung in mir breitmachte, und meine Augen zunehmend drohten, einfach zuzufallen, piepte es erneut.

»Waren Sie gerade ironisch, Miss Angel?« Ohhhh, Miss Angel! Sofort wurde mir heiß, während ich hektisch überlegte, was ich antworten sollte. Ich wollte auf keinen Fall riskieren, dass er wie ein Berserker hereinschneite und wieder mal mit seinem Messerchen rumspielte … Die Matratze war echt teuer gewesen! Andererseits wäre es wirklich schön gewesen, ihn bei mir zu haben, hier auf dem Sofa, in meinen Armen, wobei er mich besorgt musterte, vielleicht meinen Bauch streichelte – obwohl ich das immer noch hasste, aber egal –, sich sanft erkundigte, ob ich Schmerzen habe, meine Schläfe küsste, sein Minzatem mich kitzelte und ...

Es klingelte. Mein Herz raste, als mein Blick zur Uhr glitt. Es war elf Uhr vormittags am Sonntag. Wer sollte das sein ... *außer ihm*? Mein Puls raste los, die Handflächen wurden schwitzig. Vorfreude und Nervosität konkurrierten in mir um den ersten Platz. Mit wackligen Beinen schlich ich zur Tür.

Konnte aber letztendlich nichts gegen das Strahlen tun, was sich wie von selbst auf meinem Gesicht ausbreitete, als ich sie öffnete. Mir verging es allerdings sofort wieder, denn Francesco stand breit grinsend vor mir.

»Oh, hi!« Meine Enttäuschung war so offensichtlich, dass selbst er sie bemerkt haben dürfte, als er eintrat, ohne sich die Schuhe auszuziehen, aber er ignorierte sie und strich mit den Lippen über meine Wange. Er roch nach irgendeinem teuren Parfum, das mir zuvor nie aufgefallen war.

»Hi, Kleine. Ich hab meine Schlüssel vergessen.« Ich musste an alles denken, was er gestern über mich gesagt hatte. Es war verletzend gewesen und ich hätte ihn nie so eingeschätzt. Nur leider durfte ich ihn nicht darauf ansprechen oder mich anderweitig an ihm abreagieren, denn damit hätte ich mich verraten. Obwohl sein Gesicht sicher Gold wert gewesen wäre.

»Ich hab was zum Frühstück dabei.« Er holte Semmeln hinter seinem Rücken hervor, als ich wieder lustlos auf meine kuschlige Couch fiel und das Handy zwischen den Polstern versteckte, nachdem ich es auf lautlos gestellt hatte.

»Aja, ganz toll«, erwiderte ich nicht gerade erfreut.

Zwar ging ich davon aus, dass Francesco nie in meinem Handy schnüffeln würde, aber nach gestern wusste man nie. Gott sei Dank war Tristan nicht unter seinem Namen eingespeichert und so fand man nur seltsame Nachrichten von einem ominösen ›DwF‹, alias *der wahre Ficker.*

Ich arrangierte mich damit, dass ich meinen Freund nun so schnell nicht mehr los wurde. Also verbrachte ich den Sonntag mit ihm. Wir aßen Frühstück, schauten Comedy-Sendungen und benahmen uns im Grunde wie ein altes Ehepaar. Viel sprachen wir nicht, nur belangloses Zeug. Somit hatte ich Zeit, mir Gedanken zu machen. Mich wunderte enorm, dass es mir eigentlich völlig egal war, dass er ein zweites Gesicht hatte.

Zwischendurch schleppte ich mich noch zweimal mit Stanley vors Haus, schlief ein bisschen und war froh, dass Francesco verschwunden war, als ich mitten in der Nacht aufwachte.

Am Montagmorgen ging ich wieder arbeiten.

Robbie hatte mich sehr vermisst; es war ungewöhnlich, dass ich am Wochenende nicht da war. Aber ich hatte mir die nächsten drei Monate an den Samstagen und Sonntagen freigenommen. Dafür würde ich unter der Woche Extraschichten schieben müssen. Mir hatte der kleine Mann mit seinen wunderschönen, grünen, offenen Augen auch gefehlt.

Mir kamen sogar die Tränen, als ich mit schlechtem Gewissen an seinem Bettchen saß, sein Haar streichelte und er im Schlaf seufzte »Mirti ...«

Er war so schön wie ein Engel, mit seinen rosigen Bäckchen und den ebenmäßigen Gesichtszügen. Die Ähnlichkeit zu Tristan war frappierend, er hätte locker als sein Sohn durchgehen können. Auch rein charakterlich, denn in Robbies kleiner Brust schlug das reine Herz eines Kämpfers. Ihn hatte das harte Leben nur noch nicht gelehrt, es zu verhärten.

Die Woche verging zäh, jeder Tag dehnte sich bis zur Unendlichkeit aus, denn ich hörte nichts mehr von Tristan. Ich versuchte mich abzulenken, blieb lange im Heim, schlief an zwei Abenden sogar an Robbies Bett ein, weil er oftmals von Albträumen heimgesucht wurde. Leider weigerte er sich, darüber zu reden, und so konnte ich nichts weiter tun, als bei ihm zu sein.

Der Herbst präsentierte sich mit jedem Tag stürmischer. Je weniger Blätter an den Bäumen hingen, desto mehr säumten bunt den Boden im Garten und auf den Straßen. Es wurde fühlbar kälter und ich musste mich immer dicker einpacken, wenn ich früh morgens zur Arbeit ging. Heimlich, im hintersten Eck meines Kopfes, fieberte ich dem Freitag entgegen. Jenem Tag, an dem ich wieder in *seine* Augen sehen und mich von ihm in die Welt der Lust entführen lassen würde. Ich vermisste ihn. Sehr.

Am Wochenende fehlte mir Robbie, wenn ich allein war. Jetzt hockte ich am Abend an Robbies Bett und dachte an Tristan, während ich aus dem Fenster in die Nacht blickte. Wieso durfte ich sie beide nicht haben? Warum gehörte keiner von beiden komplett zu mir?

Der Junge und auch der Mann öffneten sich nur schwer. Sie gaben nur Teile von sich preis, kleine Fragmente. Aber ich wollte alles von ihnen, wollte sie ganz für mich gewinnen. Nur ging es bei dem einen nicht und der andere stellte sich stur. Am Freitagabend war ich sehr aufgeregt und haderte mit mir dieses schrecklich verruchte Kleid von letztem Mal anzuziehen und Tristan zu schocken, indem ich mich zusätzlich pornomäßig schminkte. Aber dann traute ich mich doch nicht und ließ es im Schrank hängen. So sehr hatte seine Welt noch nicht auf mich abgefärbt. Auch wenn ich zugeben musste, dass dieser Fummel gar nicht mal schlecht an mir ausgesehen hatte. Es wirkte unverschämt sexy, und Latex auf der Haut zu fühlen, hatte eindeutig was. Aber einen Fetisch würde ich dafür wohl nicht entwickeln. Ich hatte nur einen und der nannte sich Tristan Wrangler! Es war acht Uhr, und ich machte mich in aller Ruhe fertig. Putzte mir die Zähne, schminkte mich leicht und rasierte mich am ganzen Körper, als es an der Tür klingelte. Stirnrunzelnd ging ich mit der Zahnbürste im Mund in den Flur und öffnete.

Es war Francesco! Schon wieder … Hatte er heute nicht Squashstunde? Und wieso klingelte er? Hatte der Dödel wieder seinen Schlüssel vergessen? Und *wieso* trug er einen Koffer? Mir fielen die Augen fast aus dem Kopf, als er mit einem Stadtplan herumwedelte und mich freudig angrinste. Ich betrachtete ihn skeptisch, nicht sicher, ob er endgültig durchgedreht war.

Und dann ... kam mir eine ganz böse Vorahnung. Die wurde prompt von Francesco bestätigt. »Pack deine schärfsten Sachen ein. Wir fliegen übers Wochenende nach Prag!«

Dahin waren meine wundervollen Pläne …

Zwei Stunden später ...

Genau in dem Moment, als ich eigentlich Tristans Büro betreten sollte, saß ich absolut zickig und gereizt in einem Flieger.

Was fiel Francesco ein, mich in diese historische wunderschöne Stadt einzuladen? Exakt an dem Wochenende, an dem ich meinen Psycho-Lover treffen und hemmungslosen Sex mit ihm haben wollte? Ich hatte eindeutig Besseres zu tun. Und warum musste er auch noch so gut drauf sein und meine Hand halten? Ich war so schrecklich genervt, dass ich den gesamten Flug über kein einziges Wort mit ihm wechselte.

Auch, als ich packte, hatte ich nichts als brütendes Schweigen für ihn übrig, aber was sollte ich auch sagen. ›Ach nö, ist ja ganz nett, aber ich hab so gar keine Lust auf Prag. Könntest du vielleicht wieder gehen, damit ich mich in Ruhe für Tristan fertig machen kann. Du erinnerst dich, der Typ, der mich bei unserem Essen geleckt hat. Aber stimmt, du warst ja so dämlich und hast davon nichts mitbekommen. Oder wie wär's damit? Genau derjenige, der mich vor dir und ein paar Drogenbossen gefickt hat. Aber auch da warst du zu dumm, um irgendwas zu schnallen. Stattdessen hast du es vorgezogen, schlecht über mich zu reden.‹ Doch nichts davon brachte ich über meine Lippen, also musste er mit der undankbaren Zicke leben, und ich hatte nicht mal ein schlechtes Gewissen deswegen. Im letzten Moment war mir noch mein Handy eingefallen, das ich die ganze Woche vergessen hatte, weil ich es sonst nie benutzte. Kein Wunder, dass ich nichts von Tristan gehört hatte. Als ich es aus den Tiefen der Couchritzen hervorholte, riss ich erstaunt die Augen auf, denn ich hatte 101 verpasste Anrufe und ausnahmslos alle stammten von ihm. *Oh nein!* Und jetzt musste ich ihm auch noch für dieses Wochenende absagen, weil Francesco seine romantische Ader entdeckt hatte! Alles war bereits bezahlt. Der Flug. Das Hotel, alle möglichen Schnick-Schnacks und ich brachte es einfach nicht übers Herz, ihm abzusagen, weil er sich wirklich darauf zu freuen zu schien, ein paar einsame Stunden mit mir zu verbringen.

Aber wie sollte ich meinem Psycho-Lover nur beichten, dass ich ihn sitzen ließ – schon wieder? Ich war froh, dass ich eine kleine Gnadenfrist erhielt. Weil mein Handy ausging, sobald ich eine Taste drückte. Ein Aufladen war erst möglich, wenn ich tschechischen Boden unter den Füßen hatte, und dann war ich schon weit weg von Tristan, seiner Wut und seinem Messer.

Ich hatte wirklich keine Schimmer, wie er reagieren würde, wenn ich dieses gesamte Wochenende cancelte, aber ich hatte so eine Ahnung. Wie auch immer: Mir blieb keine andere Wahl, sonst würde Francesco Verdacht schöpfen. Zwischendurch fragte ich mich, wieso ich das mit Francesco nicht einfach beendete, ich wusste doch, dass er nicht der Richtige für mich war. Auf der anderen Seite war er all die Jahre an meiner Seite und mir wirklich eine Hilfe gewesen. Das wollte ich nicht verlieren. Schlussendlich musste ich auch zugeben, dass ich nicht allein dastehen wollte, denn ich konnte mir Tristan nicht sicher sein. Natürlich hatte ich die Hoffnung, wieder seinen alten Kern zum Vorschein zu bringen, aber es existierte dafür keine Garantie. Egoistisch, aber wahr. In Prag angekommen war es schon tiefste Nacht. Wir checkten im Hilton ein, und Francesco trug unsere Koffer nach oben. Glückstrahlend zeigte er mir die Luxussuite, über die ich mich nicht wirklich freuen konnte. Für mich war es eine Art Zwangsurlaub und da blieb der Optimismus logischerweise auf der Strecke. Als Francesco mich dann auch noch ganz im Gute-Laune-Modus durch die Luft schwang, wie in diesen peinlichen, vorhersehbaren, amerikanischen Filmen, hätte ich am liebsten gekotzt, weil ich nur daran denken konnte, dass Tristan so weit weg war. Nach erfolgreich verpasstem Schleudertrauma ließ er von mir ab und verschwand im Bad, sodass ich endlich mein Handy aufladen konnte. Irgendwann musste ich es ja tun … Oh nein! Zehn neue verpasste Anrufe und acht Nachrichten. Alle von Tristan.

PN 1. 23:03. *»Mia Marena es ist drei Minuten nach elf!«*

PN 2. 23:10 *»Willst du mich verarschen?«* Hatte ich eigentlich vor!

PN 3. 23:20 *»Ich hoffe, du hast dir dein Bein gebrochen und liegst im Krankenhaus, oder es liegt ein anderer akuter Notfall vor, der dich davon abhält, zu mir zu kommen!«* Notfall ja, aber keiner, der dir gefallen dürfte.

PN 4. 23:30 *»Ich habe bei allen Kliniken angerufen. Du bist in keiner. VERDAMMT, WAS IST LOS?«* Oje.

PN 5. 23: 35 *»FICK DICH EINFACH!«*

PN 6. 23: 44 *»Nein ... Fick dich nicht ... Ich will dich ficken! KOMM HER!«* Würde ich ja gern, aber ich wurde nach Prag verschleppt.

PN 7. 23: 50 *»Okay, du WILLST mich verarschen!«* Verdammt!

Und zu guter Letzt PN 8. Punkt 12 *»Ich fahre jetzt zu dir!«* Oh Gott, ich zuckte vor Schock zusammen. Die Nachricht hatte er vor einer halben Stunde geschickt. Jetzt saß ich wirklich in der Tinte. Sicher war er jetzt schon bei mir. Also tippte ich eilig. *»Nein Tristan, ich will dich nicht verarschen. Ich bin auch nicht krank oder will mich nicht von dir ficken lassen. Ich würde jetzt sehr gerne unter dir liegen! Oder dich reiten! Wie du willst! Aber Francesco hatte die glorreiche Idee, mich entführen zu müssen. Ich melde mich morgen. Es tut mir leid, Baby!«* Damit schaltete ich das Handy schnell wieder aus, denn Francesco kam ins Zimmer geschlendert. Ich schluckte mühsam, denn er hatte nur ein Handtuch um den großen muskulösen Körper geschlungen. Locker setzte er sich neben mich auf die Couch und schlang den Arm um meine Schulter.

»Na? Gefällt es dir hier?« Die andere Pranke legte er auf mein Knie. Automatisch schob ich meine auf seine, um sie von weiteren Ausflügen abzuhalten.

»Das Hotelzimmer ist wirklich toll«, erwiderte ich nur minimal sarkastisch und konnte gerade noch verhindern, mit den Augen zu rollen.

»Du kleines Dummerchen. Ich meine nicht das Zimmer, sondern die Stadt! Dies ist ein architektonisches Meisterwerk gemischt mit modernen Akzenten ... Ich dachte, du stehst auf Kunst ...« Seine Nase strich über meine Haare und ich versteifte mich, weil sein heißer, lauter Atem in meinem Nacken eine Gänsehaut verursachte, aber nicht aus Lust ... Ekel traf es schon eher.

»Hm-Hm.« Ich bejahte einfach und widerstand dem Drang, ihm in den Finger zu beißen. Dem, der an meinem Oberschenkel nach oben glitt. Meine gegen ihn drückende Hand umfing er einfach und hob sie an seine schmalen Lippen.

»Du weißt, wofür diese Stadt perfekt geeignet ist ...«

»Zum Schlösserangucken und Biertrinken?«

Francesco lachte. »Nein.«

»Zum böhmische Knödel essen?« Ich wollte in dem weichen Polster der Couch versinken, als Francescos rauer Mund über meinen Handrücken rieb. Kalter Schweiß brach auf meiner Stirn aus, und ich senkte die Lider. Ich musste ihn von seinem weiteren Vorhaben abbringen, also griff ich zu unlauteren Mitteln.

»Francesco?«

»Hm?«, summte er sanft, strich mit seiner Nase über meinen Unterarm, atmete meinen Geruch ein und küsste mich auf die Armbeuge.

»Mir ist schlecht!« Als hätte er einen Stromschlag erhalten, zuckte er zurück.

»Sorry!« Damit sprang ich auf und lief ins Bad, denn ich konnte seine Nähe keine Sekunde länger ertragen. Mein Hals war wie zugeschnürt, die Kleidung klebte unangenehm von Schweiß durchtränkt an meinem Körper. In meinem neuesten Refugium setzte ich mich auf den Klodeckel und verdrängte die Tränen. Gleichzeitig hoffte ich, er würde schon schlafen, wenn ich wieder rauskam. Das tat er zwar nicht, aber er war nicht mehr da. Auch gut. Sollte er sich doch in einem Bordell holen, was er brauchte. Beispielsweise eine Frau, die er zum Kochen und zum Sex benutzen konnte! Diese Seite von Francesco zu erleben, hatte mich schockiert und veränderte meine ganze Sichtweise über ihn. Klar, eigentlich machte es mir zwar nichts aus, aber mich wurmte enorm, dass ich ihn nicht eher durchschaut hatte. Mein Vater und mein Onkel waren mir diesbezüglich hervorragende Lehrmeister gewesen. Kranke Schweine gab es überall, und Francesco ... er war nicht anders ... Nun war der Schleier gelüftet worden und es gab kein Zurück.

Als er wiederkehrte, schlief ich schon tief und fest ... Zum Glück!

16. Flucht oder Angriff?

Tristan 'stalking' Wrangler

FUCK! Ja, tatsächlich FUCK! Es war Freitagabend, elf Uhr, und sie kam einfach nicht!

Ich hatte doch gerade erst angefangen und nur einen Teil meiner Mia-Fantasien ausgelebt. Ich brauchte sie noch! Denn das Gefühl des Hasses war immer noch da, was bedeutete: Bisher hatte ich die Angelegenheit nicht überwunden. Sie sollte genauso leiden, wie ich gelitten hatte – erst dann würde ich mit meinem Groll abschließen können und ihr womöglich sogar verzeihen können.

Ja, ein Teil *wollte* ihr vergeben ... Ein Teil, der zugegebenermaßen immer stärker wurde. Ein Teil, der sich ihr noch nie hatte widersetzen können und der sie immer verdammt nochmal lieben würde.

Aber wenn sie jetzt schon kapitulierte, sah es mit meiner verdienten Rache und allem, was daraus folgen konnte, eher mies aus.

Als Nächstes flippte ich unter dem Deckmantel der Vergeltung gepflegt aus.

Natürlich schrie da noch dieser winzige, aber absolut Nerven raubender Teil meines Kopfes dazwischen, der sich tierische Sorgen machte. War sie krank? War Francesco uns auf die Schliche gekommen und hatte sie windelweich geprügelt? War ihr etwas zugestoßen? Hatte Leo sie sich einfach geholt?

Verdammt! Also schrieb ich ihr Textnachrichten.

Ich war wütend, weshalb zwischendurch echte Scheiße rauskam ... und dann entschuldigte ich mich auch noch auf meine Art für das stinkige Zeug. Gelinde gesagt fühlte ich mich etwas verwirrt. Und dann bekam ich nach gefühlten Tagen von ihr eine Antwort, die es in sich hatte!

»Nein Tristan, ich will dich nicht verarschen. Ich bin auch nicht krank oder will mich nicht von dir ficken lassen. Ich würde jetzt sehr gerne unter dir liegen! Oder dich reiten! Wie du willst! Aber Francesco hatte die glorreiche Idee, mich entführen zu müssen. Ich melde mich morgen. Es tut mir leid, Baby«

ALSO! Erst Mal! Wie konnte sie es *wagen,* so mit meinem beschissenen Kopfkino zu spielen, wenn sie nicht hier war? *UNTER MIR LIEGEN? MICH REITEN?* Wollte sie mich *umbringen*?

DANN: *Francesco hatte die glorreiche Idee, sie kidnappen zu müssen?* Was? Wohin? Auf einen Berg? In eine Höhle? In seine Wohnung? Verdammt! Wieso konnte sie nicht sagen, *wo* sie war?

Und dann kam der absolute Knaller! Sie schrieb einfach so ... *Es tut mir leid, BABY!*

BABY!

Brüllend trat ich gegen meinen geliebten Couchtisch, fluchte, weil ich mir dabei fast den Zeh brach, raufte mir die Haare, boxte gegen die Scheibe, die zum Glück nicht brach (Panzerglas), und schmiss ein paar Papiere durch die Gegend.

Ich hatte fest damit gerechnet, sie zu sehen. Letzten Sonntag war schon wegen ihrer beschissenen Frauenprobleme in die Hose gegangen, und jetzt hatte sie der Wichser verschleppt!

Fickte er sie vielleicht schon? Lag sie möglicherweise *unter ihm*? *Ritt* sie *ihn*? Oh FUCK! Ich war so wütend! Wäre sie jetzt greifbar gewesen, hätte ich ihr ... keine Ahnung.

Vermutlich hätte ich sie in den Käfig meines Clubs gesteckt und sie dort verrotten lassen, ihr aber vorher auf jeden Fall das Hirn aus dem Schädel gevögelt. So lange, bis nur noch eine leere Hülle von ihr übrigblieb, die mir zur Verfügung stand, wann immer ich es wollte.

Die ganze verdammte Nacht lang versuchte ich sie zu erreichen, damit ich sie anbrüllen und meine Wut an ihr auslassen konnte. Aber ich war nicht nur sauer, auch die Sorge um sie zerfraß mich förmlich. Während all dieser elenden Stunden durfte ich derselben beschissenen Ansage lauschen.

»Ihr gewünschter Gesprächspartner ist zurzeit leider nicht erreichbar. Bitte versuchen Sie es später noch einmal.«

Irgendwann schlief ich auf der Couch in meinem gottverdammten Büro ein und wachte am nächsten Morgen mit steifem Hals wieder auf, weil ich die ganze Nacht das Handy an mein Ohr geklemmt hatte, um auch kein eventuelles Klingeln zu verpassen.

»Verdammte Drecksnutte!«, fluchte ich, während ich verschlafen blinzelte, und rieb mir den schmerzenden Nacken, wobei ich mich hin und her drehte.

Ich starrte so intensiv auf mein Telefon, als könnte ich es durch meinen Blick zwingen, dass sie mich anrief oder vielleicht eine weitere Nachricht eintrudelte. Aber nichts von alldem geschah. Der Bildschirm blieb schwarz und leer.

Also rappelte ich mich auf und ging nach oben, um mich umzuziehen, eine Runde ins Studio zu joggen und dort meinen Frust abzubauen.

Eigentlich wollte ich schon rein aus Prinzip mein Handy zu Hause lassen, denn die davon ausgehende Stille war geradezu ohrenbetäubend laut, nervte mich gewaltig und lenkte enorm ab. Aber ich schaffte es nicht und kehrte noch mal zurück, um es zu holen.

Womöglich baute der Wichser mit dem Minischwanz irgendeinen Scheiß oder es traf ein anderer Notfall ein. Dann sollte ich schon erreichbar sein, damit ich gegebenenfalls gepflegt Amok laufen könnte. Der erste Gedanke gefiel mir so gar nicht, aber beim zweiten breitete sich Genugtuung in mir aus, wenn ich mir vorstellte, ihn fertigzumachen.

Aber nichts davon geschah, weder beim Joggen noch als ich auf den Boxsack eindrosch. Als ich oben im Studio in meinem zweiten Büro war, und eine Flasche Wasser in einem Zug leertrank, reichte es mir dann endgültig. Noch ein einziges Mal würde ich sie anrufen, und wenn sie nicht ranging, dann war es das mit uns!

Ich machte mich hier innerlich zum kompletten Idioten! Ah, Blödsinn, *sie* machte mich dazu. Schon wieder. Als wäre ich ein pubertierender Vierzehnjähriger, den man vorführen konnte!

Schwerfällig ließ ich mich auf die Couch fallen, während ich meine nassgeschwitzten Haare mit einem Handtuch trockenrubbelte, und suchte ›Meine Schlampe‹ im Telefonbuch. Fest rechnete ich mit der beschissenen Ansage, die ich schon im Schlaf aufsagen konnte, weshalb mein Herz fast stehen blieb, als *tatsächlich* ein Freizeichen ertönte!

»Geh ran! Geh ran! Geh ran!« Kaum wurde mir klar, dass ich *flehte*, schlug ich mental meinen Kopf gegen die Wand. Was war ich nur für ein Idiot!

»Hallo?«, erklang ihre Stimme nach dem vierten Tuten, und zunächst war ich gleichzeitig so erleichtert und so verdammt sauer, dass es mir die Sprache verschlug.

»Hallo, Kleiner?«, fragte sie, als ich nichts sagte. *Kleiner*? Hatte sie, sie noch alle?

»Sag. Mir. Nur. Eins.« Ich bekam kaum die Zähne auseinander, und kniff mir fest in den Nasenrücken. »Hast. Du. Deinen. Verstand. Jetzt. Komplett. Verloren?«

»Oh nein ... ich wurde nur entführt, weißt du, und ich konnte nicht früher mit dir Kontakt aufnehmen ...« Wieso redete sie mit mir, als wäre ich ein beschissenes Kleinkind? Ich hörte sie einen Schluck trinken und dann ein Rascheln im Hintergrund.

Dann seine scheiß ätzende Stimme. »Wer ist das?«

»Nur ein Junge aus dem Heim. Iss weiter«, meinte sie etwas vom Telefonhörer entfernt, und jetzt ging mir ein Licht auf. In dem kläglichen Versuch mich zu beruhigen pustete ich die angestaute Luft aus meinen Wangen.

»Ich frage dich das jetzt nur ein einziges Mal ... Wo. Bist. Du?« Noch immer klang ich regelrecht gepresst, aber ich musste mich ziemlich anstrengen, um halbwegs freundlich zu bleiben und nicht in den beknackten Hörer zu brüllen, dass sie gefälligst herkommen sollte, nur damit ich sie in die Wüste schicken konnte.

»Ja, wir können uns nächste Woche *Aschenbrödel* ansehen ...«, betonte sie. *Aschenbrödel*? Was? Das Tschechische, das sie als junges Ding so sehr geliebt und mich tatsächlich damit gequält hatte? War sie in der Tschechei?

»Genauer!«, bellte ich.

»Nein ... Paris *HILTON* ist viel zu alt für dich, Schatz ...«, entgegnete sie lieblich. Mit der freien Hand fuhr ich über mein Gesicht. Oh Gott. Ich war so genervt und sie spielte mit mir Rätselraten.

»Gib mir deine Zimmernummer, Mia Marena!«, knurrte ich.

»Ja, am 24. Dezember ist Weihnachten, dann können wir es uns angucken ...« Oh Mann! Ich schnaufte tief durch. Ein Mal. Zwei Mal. Drei Mal. Dann wagte ich wieder zu reden.

»Du weißt schon, dass ich dir deinen kleinen Arsch aufreißen werde?«

»Ja, natürlich, mein Schatz ...«, säuselte sie süß, aber ihre Stimme zitterte leicht.

»Was denkst du dir überhaupt dabei? Einfach so abzuhauen?« Ich konnte nicht anders.

»Manchmal passieren Dinge einfach so ... manchmal kann man nichts dagegen tun ... Ich werde bald wieder zurück sein.« Sie versuchte, die Ruhe zu bewahren. Allerdings klang sie schon ziemlich unsicher nach meiner nicht gerade subtilen Ansage.

»Wir werden uns früher sehen, als du denkst. Wage es nicht noch mal dein Handy auszuschalten, verstanden?«

»Ist in Ordnung.« Mir entging keineswegs, dass sie versuchte, sorgenfrei zu klingen.

»Ich finde dich!«, bellte ich erneut und legte abrupt auf, bevor ich überhaupt die Gelegenheit bekam, sie stundenlang an der Strippe zu halten, nur um ihre verkackte Stimme zu hören.

Als Nächstes wählte ich Markus´ Nummer, der sich wie gewohnt nach dem ersten Klingeln meldete. Wenn der Boss rief, wurde alles stehen und liegen gelassen.

»Wir fliegen nach Prag!«

Nachdem ich das angeordnet hatte, machte ich mich auf, um meine Sachen zu packen ...

***

Zwei Stunden später setzte ich einen Fuß auf tschechischen Boden (der zweite folgte auch). Garrett und Georgi würden sich um den Club kümmern. Phil um das Restaurant und John um das Boxstudio. Markus begleitete mich. Er war so eine Art Bodyguard, auch wenn ich den garantiert nicht benötigte, aber auch ein guter Freund.

Die ausländische Stadtluft war ätzend. Wie immer, wenn ich geschäftlich hier war, hingen dichte Smogwolken über allem, und ich musste erst mal ausgiebig husten, als wir zum Mietauto gingen, das auf dem kleinen Privatflughafen am Rande der Hauptstadt bereits auf uns wartete. Wunderschöne Altstadt ... von wegen. Hier krepierte man schneller an dem Mief, als man wunderschöne Altstadt aussprechen konnte! Woraufhin ich mich an Neapel erinnerte ... Dort hatte es wirklich gestunken! Kein Wunder, bei dem Müllproblem, dass die Italiener entweder nicht lösen wollten oder konnten.

Aber das spielte alles überhaupt keine Rolle. Ich war lediglich hier, um meiner Schlampe klarzumachen, wer hier den Ton angab – nur deswegen!

Je näher wir dem Hotel kamen, desto aufgeregter wurde ich. Anfangs tippte ich nervös mit dem Fußballen auf den Boden, fuhr mir regelmäßig durch die Haare und suchte währenddessen die Straßen nach ihr ab, um zur Not aus dem Auto zu springen und sie hineinzuzerren. Das war doch kein Zustand. Also zwang ich mich, völlig entspannt dazusitzen und verbot mir jeden verdammten Gedanken an sie. Mit zweifelhaften Erfolg.

Nebenbei musste ich mich allgemein runterfahren. In mir brodelte es nach wie vor. Wahrscheinlich würde nur eine Kleinigkeit ausreichen, um mich zum Explodieren zu bringen. Eine rote Ampel oder dergleichen. Daher atmete ich wiederholt tief durch. Mia konnte nichts dafür, dass Francesco sie mitgenommen hatte. Nein, natürlich nicht. Sie hatte ja nicht etwa so was wie einen eigenen Willen. Verdammte Schlampe. Außerdem dürfte sie eigentlich schon längst nicht mehr mit dem Kotzbrocken zusammen sein! Aber das war ja zu viel verlangt. Dieses klitzekleine Wörtchen *Nein* war unfassbar schwierig auszusprechen. *Logisches Denkvermögen von der Wand bis zur Tapete. Dieses Miststück. Gnade ihr der Pisser da oben, wenn ich sie in die Finger kriege.*

Tatsächlich hatte ich aber keine Ahnung, was ich tun würde, wenn ich sie traf. Vor allem wusste ich nicht, wie ich mich ihr überhaupt nähern sollte. Sollte ich in der Lobby auf sie warten? Oder an der Zimmertür klopfen? Ich tendierte ja zu der letzten Möglichkeit und hätte dazu wie ein rasender Stier die verfickte Tür eingerannt, aber leider schied das aus. Wegen Francesco, diesem Kleinschwanz.

Und wie würde ich reagieren, wenn sie öffnete – halb nackt, mit zerzausten Haaren und geschwollenen Lippen, wie der frisch gevögelte Truthahn?

Okay, das mit dem Beruhigen klappte irgendwie so gar nicht. Es war Segen und Fluch zugleich, dass ich meine Knarre nicht mitgenommen hatte, sonst hätte ich vermutlich ein Blutbad angerichtet. Auf der anderen Seite wusste ich nicht, wie ich jetzt meinen Frust loswerden sollte.

Weiterhin tief durchatmend entschied ich, es nicht dem Zufall zu überlassen, und holte mein Handy aus der engen Jeans.

»Wo seid ihr jetzt?«, tippte ich schlicht und hoffte, sie würde es nicht wagen, mir noch mal eine Antwort schuldig zu bleiben.

Wir hielten vor dem Hotel und ich stieg unwillig aus, während Markus sich um das Gepäck kümmerte und dem Pagen den Wagen überließ ... Mein Handy piepte, sie war es. Dennoch zündete ich mir erst in aller Arschruhe eine Zigarette an, bevor ich die Nachricht öffnete.

»Wir gehen zum Markt und danach lass ich mich massieren ...« BINGO, BABY! Langsam schlich sich ein Grinsen auf mein Gesicht, und ich setzte mich in Bewegung ...

17. Sein Kuss

Mia 'himmelhochjauchzend' Engel

Warum in Gottesnamen fühlte ich mich nur so verfolgt, seitdem ich Tristan geschrieben hatte, wo ich war? Bildete ich mir etwa ein, dass er tatsächlich meinetwegen – einer unbedeutenden kleinen Schlampe – nach Prag kommen würde? Gab ich mich wirklich der Illusion hin, dass er mir hinterherlaufen und mich heimlich beobachten würde?

Ja ... das tat ich.

Ja ... es schien so; mein Hinterkopf kribbelte – mein Rücken auch. Ständig schaute ich verstohlen über meine Schulter. Francesco dachte sicherlich, ich wäre nun komplett verrückt geworden. Aber irgendwie konnte ich nicht anders. Es war einfach da: dieses Kribbeln, diese Spannung. So fühlte es sich eben nur an, wenn *er* in der Nähe war.

Ich nahm mir vor, mich später im Hotel massieren zu lassen, denn ich war eindeutig überarbeitet oder überfickt oder übertristant. Auf jeden Fall brauchte ich dringend Ruhe! Auch vor Francesco.

Er war unerträglich, wollte mit mir Händchen halten, mich küssen und mich mit Käse und Trauben füttern. Einfach nur total ... kitschig. Das war nichts für mich. Zudem konnte ich nicht aus meinem Kopf verbannen, wie abwertend er über mich geredet hatte, als er sich bei dem Essen in Sicherheit gewähnt hatte.

Natürlich wusste ich, wieso Tristan ihn eingeladen und das Gespräch auf mich gelenkt hatte. Denn so dumm, wie mein Psycholover mir wiederholt eintrichtern wollte, war ich nicht. Er wollte, dass ich Francescos wahres Gesicht erkannte und sah, wie mies er war.

Auf der anderen Seite hätte Tristan klar sein müssen, dass ich zwei Jahre nicht einfach so wegschmeißen würde.

Francesco gab mir Sicherheit. Er hatte mich damals beschützt, als kein anderer für mich da gewesen war, und er würde es auch jetzt tun.

Ich war zu ängstlich, doch bei ihm fühlte ich mich geborgen ... Außerdem besaß er Geld und war finanziell abgesichert. Nein, mir ging es nicht darum, dass er mir teuren Schnick-Schnack kaufte, sondern unter Umständen in Notsituationen einspringen konnte, wenn es bei mir sehr knapp wurde.

Was er auch schon bewiesen hatte, zum Beispiel als Stanley krank gewesen war! Ja, auf gewisse Weise benutzte ich ihn, was mir regelmäßig zusetzte. Doch sonst hatte ich doch niemanden – keine Familie, keine Freunde.

Francesco jedoch war immer für mich da, auch wenn er meine Ansichten oft nicht teilte und es manchmal anstrengend mit ihm wurde.

Somit war es für mich unmöglich, ihn einfach zu verlassen, nur weil Tristan es gern so hätte.

Auch wenn ich anfangs auf Francesco enorm sauer gewesen war. Langsam ebbte das ab. Er hatte sich abfällig geäußert, nichtsdestotrotz war er deswegen nicht einfach nur böse.

Kein Mensch lässt sich in Kategorien oder Schubladen pressen. Jeder zeichnet sich durch gewisse Vorzüge, aber auch durch schlechte Eigenschaften aus. Ich hatte mich immerhin nebenbei von einem anderen ficken lassen.

Aber das war schon immer Tristans Problem. Bei ihm war alles schwarz oder weiß, es existierten keine Nuancen oder andere Meinungen.

Teilte man seine Anschauungen nicht, lag man eben falsch …

***

Der Marktbesuch verlief nicht wirklich ruhig. Genauso wenig wie die Heimfahrt ...

»Also, ich hol uns was Schönes zu essen und bin in einer halben Stunde da, wenn du fertig durchgeknetet bist, okay, Kleine?« Francesco klemmte mir eine Strähne hinters Ohr, und ich lächelte ihn schüchtern an.

»Okay«, hauchte ich, froh über die kleine Pause und wartete, bis er das Zimmer verlassen hatte, bevor ich mich komplett auszog und auf die weiche Massageliege im riesengroßen Bad legte. Ich schaltete die entspannende Meditationsmusik ein und schloss die Augen, als die sanften Töne auf mich einwirkten, atmete bewusst tief ein und aus.

Hmm, hier duftete es schon jetzt so gut.

Seufzend platzierte ich mein Gesicht in die Aussparung, ließ locker und streckte mit träge. Eigentlich wollte ich einfach nur für einen winzig kleinen Moment vergessen ... *Alles.*

Aber ich scheiterte kläglich.

Tristan, Tristan, Tristan ... Was er wohl machte?

Gleichzeitig genoss ich aber die Behaglichkeit und diesen einzigartigen Duft um mich herum. Es roch so frisch. Nach Honig. Und ein bisschen nach ... Flieder ... und ähm ... Sex?

SEX?

Ich runzelte die Stirn und öffnete die Augen. Den Geruch kannte ich zu gut! Aber das *konnte* doch nicht sein? Jetzt halluzinierte ich schon wieder. Oh Mann ...

Entnervt schüttelte ich den Kopf ... schloss die Lider und versuchte mich wieder zu entspannen.

Mir war echt nicht mehr zu helfen. Es war absolut hoffnungslos.

Die Tür wurde leise aufgezogen, Schritte näherten sich ...

Das war wohl die Masseurin. Ich rekelte mich noch ein bisschen in die richtige Pose und wartete auf Worte oder die erste Berührung ...

Sie kam nicht ...

Sehr lange!

Stand die etwa da und beobachtete mich?

Nackt?

Und schutzlos?

Allein …

Gerade wollte ich irritiert hochschauen, da packte mich eine Hand plötzlich fest im Nacken.

»Kein Wort!« Ich erschauerte, als die vertraute Stimme in mein Ohr wisperte. Unfähig, mich zu rühren, spürte ich mit jeder Faser seine Anwesenheit. Seine Hand lockerte den festen Griff und begann mich durchzukneten. »Hast du eigentlich auch nur den Hauch einer Ahnung, wie wütend ich bin?«.

Er redete leise direkt an meinem Ohr weiter, während er mit seinen langen wissenden Fingern meine Haut an der Rückseite beinahe ... *liebkoste* und mich mit seiner sanften Stimme willenlos machte. »Du hast Glück, dass ich dich gestern nicht in die Finger bekommen habe, ansonsten hätte ich mich wohl nicht beherrschen können und es wäre dein Ende gewesen.«

Entsetzt keuchte ich auf, aber er massierte einfach weiter, arbeitete sich meine Wirbelsäule herab.

Wohlige Gänsehaut breitete sich über meinen Körper aus, und ich wimmerte leise, als er meine zusammengebundenen Haare packte, meinen Kopf ruckartig zurückzog, sodass mein Hals gestreckt wurde, und eindringlicher sprach.

»Willst du wirklich, dass es schon vorbei ist, Mia Marena? Dann mach so weiter! Spiel mit meinem Temperament ... Spiel nur mit mir ... wenn es dir gefällt ... aber du solltest bereits wissen, dass du mit mir als Gegner nur verlieren kannst.«

»Denkst du etwa, ich bin nur hierhergeflogen, um dich zu provozieren?« Das hätte ja scheinbar gut geklappt, aber es reichte mir endgültig! Immer ging er von dem Schlechtesten aus! Es war mir egal, dass er tausend Mal stärker, wütend und unberechenbar war. Gleichfalls war mir meine Nacktheit schnurz, als ich mich einfach umdrehte und aufrichtete, um ihn anzufunkeln.

Tristan saß seitlich neben mir auf der Liege. In einem weißen Hemd, zwei Knöpfe offen, und heller tiefsitzender Jeans, zerzausten Wunderhaaren und ebenmäßigem Gesicht, mit dem er mich ein bisschen verwundert anschaute, als ich mich vor ihn kniete, und seine stoppeligen Wangen mit beiden Händen umfing.

»Denkst du etwa, ich würde freiwillig etwas von meiner Zeit mit dir missen?« Und das meinte ich ernst. Das Herz ging mir auf, als mir klar wurde, dass es anscheinend bei ihm, obwohl er versuchte es nicht durchblicken zu lassen, genauso war, denn er war nur meinetwegen hier!

»Wieso hast du ihm nicht gesagt, dass er sich verpissen und seinen Minischwanz woanders reinstecken soll. Hat er dich gefickt, Mia Marena?« Bestimmt löste er meine Finger und hielt mich an den Handgelenken fest.

»Nein, Tristan!« Eilig schüttelte ich den Kopf, bevor ich kleinlaut ergänzte: »Er hat es probiert ...« Sofort erkannte ich, was diese Offenbarung anrichtete. Schmerzerfüllt verzog er sein schönes Gesicht, als würde ich ihn foltern. »Er will schon ... aber ...«

Tristan knurrte plötzlich und fesselte mich mit seinem Blick. Die verschiedensten Emotionen – Wut, Eifersucht, Besitz, Schmerz und Verlangen – flackerten hindurch. Seine schönen langen Finger umklammerten immer noch eisig meine Hände.

Unvermittelt ließ er eine los, umfing meinen Nacken, drückte mich ruckartig an sich und mein Verstand konnte nicht so schnell wie mein Herz erfassen, was er hier tat, ehe er seine Lippen auf meine presste – besitzergreifend.

Wie grotesk das alles war! Tristan Wrangler, der Mann, der sich nichts sehnlicher wünschte, als auf meinen leblosen Körper zu blicken, küsste mich mit einer Härte, Bestimmtheit und mit *so viel* Verlangen, dass mir schwindlig wurde.

Womit er etwas tat, von dem er geschworen hatte, es nie wieder zu tun.

Meine harten Muskeln gaben nach und ich sank seufzend an ihn, lehnte mich in den Kuss, wollte mehr und mehr von diesem unglaublichen Geschmack aufsaugen, der um Millionen Mal besser als in meiner Erinnerung war. Es war notwendig und mein Elixier, um die nächste Demütigung zu ertragen. Die Tränen schossen in meine Augen. Danach hatte ich mich acht Jahre lang gesehnt. Seinen göttlichen Lippen auf meinen ...

So fordernd und hart der Kuss war, so schnell wandelte er sich in liebliche Verzweiflung, als seine Zunge spielerisch über meine strich. Ich stöhnte genüsslich und spürte sein leichtes Lächeln, verkrallte mich in seinem Hemd, und unterdrückte das dringende Verlangen, auf seinen Schoß zu krabbeln und meine Finger in seinem heiligen Haar zu versenken.

Zu meinem Erstaunen glitt seine Hand von meinem Nacken zu meiner Wange, und er zog mich sanft näher. Sein Daumen malte kleine Kreise auf meiner Haut, und er stöhnte heiser in meinen Mund, als unsere Zungen erneut aufeinandertrafen.

Es war erstaunlich, welche Macht mein Körper über ihn besaß ... unglaublich, wie schnell sich ein Kuss, geboren in Hass und Wut, zu einem liebevollen und glühend leidenschaftlichen wandeln konnte.

Interessanterweise registrierte er nicht einmal, dass ich ihn berührte, ihn an mich zog, ihn hielt.

Ehe ich es jedoch wagen konnte, meine Hand über seine Brust und sein Schlüsselbein in den Nacken wandern zulassen, stieß er mich abrupt von sich.

Nachdem er einen Moment die Lider fest zusammengepresst hatte, sprang mir das lodernde Feuer seiner Augen entgegen.

Die Leidenschaft versengte mich, doch die Kälte seines Blicks ließ mich zeitgleich frösteln.

Ich schlang meine Arme um meinen Körper, wimmerte hilflos, weil ich seine wundervollen Lippen verloren hatte, und als ich ihn wüst fluchen hörte, wusste ich, dass mein alter Tristan gegangen war.

Aber er *war* dagewesen und das mit solcher Kraft und Intensität, dass ich plötzlich davon überzeugt war, eine echte Chance zu haben.

Jetzt hatte er Blut geleckt! Er hatte seine Regel Nummer eins gebrochen – für mich!

ER HATTE MICH GEKÜSST!

»Verdammt noch mal«, fluchte er erneut. Er war meinem Gesicht immer noch so nahe und so wunderschön. Ich starrte seine feucht glänzenden, vollen Lippen an und wollte nur noch ein einziges Mal ... ganz kurz ... von ihnen kosten …

»Vergiss es! FUCK!« Unvermutet sprang er auf, während er sich durch die Haare fuhr. »Ich hoffe, du weißt jetzt, wem du gehörst!«, stieß er hervor und kramte in seiner Hosentasche, ohne mich anzusehen.

Tristan Wrangler war meinetwegen absolut durch den Wind. Ich konnte mir kaum das zufriedene Lächeln verkneifen.

Neben mir landete ein kleines Fläschchen auf der Liege.

»Gib das in Francesco Getränk und komme um elf in die Lobby«, befahl er knapp.

»Was ist das?« Vorsichtig nahm ich es und begutachtete die klare Flüssigkeit genauer.

»Das verschafft uns ein paar Stunden zu zweit. Arschesco wird die Nacht durchschlafen wie ein verdammtes Baby.« Schockiert sah ich zu ihm auf, sofort marterten mich Gewissensbisse. Konnte ich so weit gehen?

Er verdrehte die Augen. »Der Scheiß ist absolut ungefährlich!«

»Okay!«, hauchte ich, obwohl ich alles andere als überzeugt von der Aktion war.

Was, wenn Francesco was passieren würde, der Trank nicht so wirkte wie vorgesehen. Wollte ich ihm tatsächlich Drogen unterjubeln, um mit Tristan ungestörte Zeit allein zu verbringen?

Tristan schnaubte noch einmal, ohne mich eines Blickes zu würdigen, was wohl mit der Delle in seiner Hose und meiner Nacktheit zu tun hatte, verschwand und ließ mich atemlos zurück.

Und ich konnte nicht anders, als lächelnd mit der Zunge meine prickelnde Lippe zu berühren.

Tristan hatte mich wahrhaftig gerade geküsst! Und er würde es vielleicht wieder tun! Aber wäre ich bereit, dafür so weit zu gehen?

18. Seine Geschichte

Mia `touched` Engel

Francesco kam schon bald wieder. Er hatte etwas vom Chinesen geholt, die sich hier an jeder Ecke befanden, wofür ich ihm dankbar war. Denn eigentlich mochte er kein asiatisches Essen, ich jedoch liebte es. Natürlich verfolgte er ein Ziel. Dieser gesamte Urlaub diente nur einem Zweck. Er wollte mich endlich rumbekommen ... was mir selbstverständlich nicht verborgen geblieben war. Froh dachte ich an das Schlafmittel in der Tasche meiner schwarzen Röhrenjeans.

»Na ... wurdest du schön massiert?«, fragte er mich, als er sich neben mir auf die gemütliche Couch fallen ließ, und in seinen gebratenen Nudeln rumstocherte.

Oh ja! Diese Zunge konnte wirklich genial massieren ...

»Ja ... es war sehr ... anregend ...«, kicherte ich fast. *Schließlich hat mich Tristan geküsst*, gab ich in Gedanken dazu und stürzte mich schmunzelnd auf meine Nudeln. Wann war ich eigentlich so eine Schlampe geworden?

»Warte erst mal ab, bis ich dich durchknete, Kleine ...« Bestimmt schob er sein Essen von sich und rückte an mich ran, legte seinen Arm um meine Schulter und streichelte meinen Brustansatz. Oh nein!

Ich rutschte weg. »Hast du auch was zu trinken dabei?«, versuchte ich ihn abzulenken, während ich nach wie vor mit mir haderte, ihm das Schlafmittel unterzujubeln.

»Äh ja ...« Francesco runzelte etwas ungehalten die Augenbrauen und ich lächelte ihn entschuldigend an, weil ich seiner Berührung ausgewichen war.

»Trockener Hals und so ...«

»Hmmm ...«, murmelte er nur und stand auf, um sich für seine Größe ziemlich anmutig zu der Kommode zu begeben, wo er eine Flasche Wasser bereitgestellt hatte. Francesco trank ja nichts anderes. Ich war froh, dass er zwei Gläser holte und sie vor uns auf den Tisch platzierte. Er schenkte uns ein und prostete mir dann zu.

»Also auf uns ...«

»Auf uns ...« Ich klang bei Weitem nicht so euphorisch wie er. Er leerte das Glas komplett in einem Zug, und ich verfluchte ihn, da er sich gleich wieder auf sein Essen stürzte.

Verflixt, das war die Gelegenheit gewesen, aber ich fand noch immer, dass es nicht richtig war. Zudem war mir nicht klar, wie Tristan sich das vorstellte. Wie sollte ich seinen ach so tollen Plan umsetzen? Ich hatte das Gefühl, wahnsinnig zu werden und beschloss, dass ich kurzfristig entscheiden würde, ob ich diesen Schritt gehen wollte. Ergäbe sich eine Möglichkeit, würde ich es wagen. Wenn nicht, dann eben nicht. Wem machte ich was vor. Im Grunde blieb keine Wahl. Das Bedürfnis mit Tristan zusammen zu sein, wuchs permanent an und überlagerte mein Gewissen und eventuelle Risiken. Daher grübelte ich fieberhaft, unter welchem Vorwand ich Francesco kurz loswerden konnte.

Endlich kam mir die Erleuchtung. Ich nahm mein Glas, tat extrem ungeschickt ... und verschüttete den kompletten Inhalt über mich und die Couch.

»OH!«

»Oh warte!« Francesco sprang sofort auf und lief ins Bad. Das war meine Chance!

Schnell packte ich die Wasserflasche und goss ihm zitternd ein. Dann kramte ich in der Hosentasche nach dem Flacon. *Mist!* Warum musste die Jeans auch so eng sein? Als ich es rausgefummelt hatte, bekam ich den popeligen Verschluss nicht auf, und der Schweiß schoss aus allen Poren.

Schließlich gelang es mir und ich kippte den durchsichtigen Inhalt in die prickelnde Flüssigkeit – genau in dem Moment, als ich Francesco zurückkommen hörte. Schnell stopfte ich das Corpus Delicti in die Couchritze und versuchte unschuldig auszusehen, als er sich neben mich setzte und mich mit Klopapier abtupfte. Das Herz raste immer noch in meiner Brust.

Das war süß ... so viel musste ich ihm lassen ...Gleichzeitig betete ich, dass alles gut ausgehen würde. Doch dann beschäftigte er sich etwas zu ausgiebig mit der Säuberung meiner Brüste und ich wehrte ihn sanft ab.

»Danke, Francesco ... es ist schon in Ordnung! Ist ja nur Wasser ...« Schüchtern lächelte ich und nahm einen großen Happen von meinem Essen.

TRINK! TRINK! TRINK! Verbissen starrte ich sein Getränk an und sein Blick glitt zwischen seinem Glas und der fast leeren Flasche hin und her.

»Oh, jetzt haben wir fast nichts mehr. Hier, du kannst meins haben!«

Mist! Wieso musste er mit einem Mal so verdammt zuvorkommend sein. Ach ja ... er wollte mich ja flachlegen!

»Nein, danke. Ich habe keinen Durst!« Schnell stopfte ich meinen Mund mit Essen voll.

Stirnrunzelnd musterte er mich. »Aber du wolltest doch gerade trinken?«

»Ja ... Nun nicht mehr!«

MANN, TRINK EINFACH!

Er zuckte die Schultern und ... leerte ... das komplette Glas auf einmal. Selten zuvor war ich erleichterter und panischer zugleich gewesen. Angeekelt verzog er sein Gesicht und besah sich das leere Kristall etwas genauer. Aber es war bereits zu spät.

Mir ging auf, dass ich ihn gebannt anstarrte, und ich konzentrierte mich eilig auf mein Essen. Jetzt musste das Zeug nur noch wirken. Hoffentlich war es wirklich harmlos.

Aus dem Augenwinkel fixierte ich ihn vorsichtshalber, während ich mir die Nudeln reinschaufelte.

»Also ... was willst du morgen machen?«, fragte er und stellte seinen Teller vor sich auf den Tisch, schob das Essen darauf hin und her, und schaute mich mit seinen großen dunkelbraunen Augen an.

»Äh ...« *Mit meinem Psycholover ficken.* »Keine Ahnung.« Gelangweilt zuckte ich mit den Schultern. Francesco rieb sich über die Augen und zwinkerte ein paar Mal angestrengt. Vor Spannung hielt ich fast die Luft an, erinnerte mich jedoch barsch daran, mich normal zu benehmen und aß weiter.

»Also ...« Seine Aussprache war bereits schleppend. »Wie wäre es ...« Er schluckte laut und massierte erneut seine Lider. Langsam ließ er die Gabel fallen und stützte sich mit einer Hand am Tisch vor sich ab. Jetzt stellte ich doch die Atmung ein und legte auch mein Besteck beiseite. Francesco zwinkerte zwanghaft und versuchte seinen Blick zu fokussieren ... Es gelang ihm wohl nicht. Aus trüben Augen sah er mir entgegen.

»Ähhh ... Ich. Glaube. Ich ...« Und damit kippte er nach vorne, wo er mit dem Gesicht direkt neben seinem Teller liegen blieb.

»Oh!« Verunsichert zerrte ich seinen massigen Körper hoch und platzierte seinen Kopf auf einem der Kissen, wo er gemütlich vor sich hin schmatze. Das beruhigte mich, denn er schien wirklich nur zu schlafen. Für eine Weile inspizierte ich ihn skeptisch. Sein Atem ging gleichmäßig. Es war wohl alles in Ordnung mit ihm.

Würde er wirklich bis zum Morgen durchschlafen und wüsste er dann eventuell, dass ich ihm etwas ins Wasser getan hatte?

Jetzt war es allerdings nicht mehr zu ändern, also sputete ich mich, um die erschlichene Zeit zu nutzen.

***

Eilig begab ich mich zur Tür, schlüpfte in meine Turnschuhe und zog meinen Mantel über, denn draußen war es ziemlich kalt. Bevor ich hinaushuschte und leise zuzog, überprüfte ich, ob die Zimmerkarte wirklich in meiner Hosentasche steckte.

Und dann lief ich über den noblen Hotelflur bis zum Aufzug, als befände ich mich auf der Flucht. Erst als sich die Tür mit einem verhaltenen *Pling!* hinter mir schloss und typische Aufzugsmusik auf mich einprasselte, entspannte ich mich etwas und atmete tief durch.

Flucht geglückt!

Die Gedanken an den schlafenden Francesco verbannte ich und konzentrierte mich auf mein Treffen mit Tristan, worauf sich umgehend ein Strahlen auf meinem Gesicht ausbreitete und Aufregung mich in ihre lockenden Arme nahm.

Als ich unten ankam, summte ich, denn meine Laune hob sich weiter umso mehr Distanz ich zwischen das Hotelzimmer und mich brachte. Mein Herz schlug im Takt meiner Nervosität.

In der Lobby ließ ich meinen Blick suchend über die Gäste schweifen, die sich immer noch hier tummelten. Als ich ihn jedoch nicht entdeckte, machte sich Enttäuschung in mir breit.

Hatte er mich versetzt? Vergessen?

»Mhmm ... Ich liebe es, wenn du einen Pferdeschwanz trägst ...« Jemand zog an meinen Haaren, trat von hinten an mich heran und die Wärme eines sehr bekannten Körpers überflutete mich. Das einsetzende Flimmern belebte mich, und ich konnte mir das noch breitere Lächeln einfach nicht verkneifen. Voller Vorfreude drehte ich mich zu ihm um.

Oh, Tristan! Sein Aussehen traf mich jedes Mal wieder wie ein Schlag.

»Und schon wieder dieses dusslige Grinsen!« Tristan verdrehte die faszinierenden Augen und schaute amüsiert auf mich herab. »Pennt das Riesenbaby?« Darauf meldete sich sofort wieder mein Gewissen. Erfolgreich redete ich mir ein, dass es Francesco gut ging und verhinderte somit, Tristan mit Fragen zu bombardieren, ob das Mittel auch wirklich unbedenklich war.

»Tief und fest ...«, erwiderte ich daher nur und errötete unter seinem intensiven grünbraunen Blick.

»Hör auf damit«, forderte er absolut trocken, war aber unterschwellig belustigt.

»Womit?«, hauchte ich und tat, als wüsste ich nicht, was er meinte.

»Du bist keine Siebzehn mehr und auch kein Groupie, das vor Channing Tatum steht!«

»Doch«, wisperte ich und musste kichern.

»Doch, was?« Er zog seine Augenbraue nach oben.

»Doch, ich bin ein Groupie … Deines«, grinste ich leicht atemlos. *Jetzt* gelang es Tristan nicht länger, sein Lachen zurückzuhalten.

»Na, dann komm, und lass dich von deinem Idol entführen«, verkündete er und bot mir gentlemanlike seinen Arm. Und da war er wieder – der alte Tristan. Während ich mich bei ihm einhakte und ihm nach draußen folgte, lächelte ich breiter. In der Hoffnung ihn heute Abend etwas länger halten zu können als sonst …

***

Der süße Tristan verließ mich schon nach ein paar Schritten, als ich stolperte und ihn fast mitriss. Konnte ich was dafür, dass man hier anscheinend nur Kopfsteinpflaster fand, auf dem ich mir regelmäßig beinahe die Knöchel brach? Wohl kaum!

»Zu dumm zum Gehen«, nuschelte Tristan genervt vor sich hin, während er mich durch die Prager Nacht führte ... Ich errötete nur und klammerte mich an seinem Arm fest, als ich zur Abwechslung mal umknickte und das in Turnschuhen. Tristan schnaubte, stieg in ein Taxi und zog mich mit sich.

Die Fahrt durch den nie schlafenden Verkehr verlief schweigend. Ich fühlte, dass er nicht mit mir reden wollte und mit sich haderte. Dies tat er in letzter Zeit immer öfter. Es bedrückte mich, dass er in einem Moment losgelöst schien und im nächsten den Eindruck erweckte, als müsse er alle Sorgen der Welt auf seinen Schultern tragen. Dabei hätte ich ihm Teile seiner Last so gerne abgenommen.

Zwei können immer besser tragen als einer allein ...

Ich seufzte … denn Tristan war schon wieder kühl, distanziert und fies. Also musste ich aufpassen, was ich tat und vor allem, was ich sagte. Deswegen verhielt ich mich still und ließ mich einfach überraschen.

Doch auch, wenn er nicht mehr der Alte war, wusste ich eines genau, das hatte sich nicht geändert:

Tristan war alles andere als gewöhnlich oder gar berechenbar, demnach würde er mich jetzt sicher nicht in ein teures Restaurant entführen und mir Häppchen, Suppe und ein zehn Gänge Menü vorsetzen.

Mit Sicherheit würde er sich etwas Besonderes einfallen lassen ... und so war es dann natürlich auch.

Denn Tristan sexy wäre nicht Tristan sexy, hätte er nicht etwas für mich getan, was sonst kein Mann für eine Frau tut.

***

»Oh mein Gott!«

»Ich bin gerade nicht im Dienst, du darfst mich Tristan nennen.« Er lehnte sich mit dem Rücken zu der Stadt, mit den Ellbogen an das Geländer, und rauchte entspannt eine Tüte. Sein Haar wehte leicht im Wind, der klare große Mond, auf dem man vereinzelte Krater erkennen konnte, ließ sein Gesicht geradezu unmenschlich bleich erscheinen. Nur mit Mühe konnte ich mich von seinem faszinierenden Anblick losreißen, um das Lichtermeer unter uns zu bewundern. Es war einzigartig, konnte aber nicht mit dem Mann neben mir mithalten.

Mit seinem dicken engen grauen Rollkragenpullover, der hüftigen Jeans – mit den Rissen im Stoff und seinem eindeutig sexy Freizeitlook ... aber vor allem mit diesem überwältigenden Ausdruck und diesem Mund war er der Traum einer jeden schlaflosen Nacht …

Heftig biss ich mir auf die Lippe, als ich ihn intensiver betrachtete und errötete, sobald mich am Ziel eine hochgezogene Augenbraue erwartete.

»Wenn wir hier oben erwischt werden, kommen wir ins Gefängnis ...«, verkündete ich, um von meiner Schmachterei abzulenken.

» *Ich* werde nicht verhaftet. Entspann dich!«

»Aber wir sind auf dem Aussichtsturm Petřín! Und es ist Mitternacht, kein anderer ist anwesend!«

»Doch.« Achtlos schnippte Tristan den Stummel hinter sich aus dem Fenster ... »Paul ist da. Er ist der Oberwachmann und hat rein zufällig bei Phil seine Ausbildung zum Koch gemacht, bevor er in die Security-Branche wechselte, nachdem er einmal bei mir geboxt hatte. Rate, wer ihm alles beigebracht hat?« Tristan grinste mich überheblich an und ich seufzte.

»Also bist du gar nicht eingebrochen! Und ich hatte solche Angst!«, warf ich ihm empört vor.

Ich hatte mir während des 299 Stufen Aufstiegs fast ins Höschen gemacht, vor Bammel erwischt zu werden, dazu kam auch noch meine Hassliebe für luftige Höhen ... und Tristan hatte es genossen.

Nun grinste er dreckig. »Ich hab dir doch schon mal gesagt, dass ich es heiß finde, wenn du Schiss hast.« Gelassen zuckte er mit den breiten Schultern.

Ich hätte ihm gerne mitgeteilt, dass er ein Arsch war. Die alte Mia hätte das auch sofort getan, beim alten Tristan. Aber dieser war der Neue, Gefährliche, also verengte ich nur meine Augen und ging ein paar Schritte von ihm weg, um meine Hände an die Scheibe zu stützen, gegen die der in dieser Höhe starke Wind pfiff. Über den Dächern Prags roch es gut ... und das hatte rein *gar nichts* mit Tristans teurem Parfum zu tun, dessen Marke sich die ganzen Jahre nicht geändert hatte. Ich lächelte in mich hinein, als der heftige Wind den Turm minimal unter meinen Füßen schwanken ließ ... Trotz meiner Furcht genoss ich es, denn ich spürte Tristans Anwesenheit mit jeder Faser. Sie hauchte mir

Leben ein und setzte Endorphine und Adrenalin frei.

Auf den Ellenbogen lehnte er sich neben mich und ließ seinen Kopf nach vorne hängen. Ich starrte seinen langen Hals und seinen Adamsapfel an, beendete aber mein Blickgeficke schnell wieder, denn der Anblick löste ein Pulsieren in tieferen Regionen aus. Genau so sah er aus, wenn er tief in mir…

OH GOTT, ICH WAR VERLOREN! NEIN, MIA! DENK JETZT NICHT DARAN!

Stattdessen fragte ich mich zum abertausendsten Mal, wie er zu dem werden konnte, der er inzwischen war. Irgendwann würde ich mit ihm reden müssen, wenn ich weiterkommen und ihn neu kennenlernen, sein Vertrauen neu für mich gewinnen wollte.

»Tristan Wrangler«, hauchte ich meinen Mut zusammennehmend ... »Besitzer eines Nobelsexclubs ... einer Nobelrestaurantkette ... weltberühmter Fotograf ... mit Kontakten um den ganzen Planeten ... wunderschön und gefährlich ...« Tristan öffnete seine Augen und musterte mich ausdruckslos. »Wie bist du zu dem geworden, der du heute bist?«, fügte ich hinzu und beobachtete die Stadt. Ich wusste, direkter Augenkontakt würde es ihm erschweren, sich mir zu öffnen. Mein Blick verriet zu viel von meinen Gefühlen für ihn. Und das verunsicherte ihn.

»Soll das ein verschissenes Interview werden?« *Ja, ja Tristan ... dein Sarkasmus kann dich nicht immer schützen.*

»Nein, ich will es einfach gern wissen.« Ich blieb ernst, während er sich seufzend durch die Haare strich. Einige Zeit starrte er verloren nach draußen ... dann atmete er tief durch ...

BINGO! Er nahm den Blick nicht von der Stadt, als er leise zu reden begann.

»Wo fangen wir wohl am besten an? Ach ja ... beim Verrat ...« Ich zuckte nicht zusammen, auch wenn sich innerlich in mir alles verkrampfte, doch er achtete gar nicht auf mich, sondern sprach scheinbar zu sich selbst. »Deine Aussage stand, Pimmelkopfs Aussage stand, dazu kam noch ein Kollege, der angeblich bezeugen konnte, dass er mein Auto am Waldrand hatte stehen sehen, als ich und meine Brüder, die komplett außen vor gelassen wurden, Chief Pimmelkopf eine Abreibung verpassten. Die Beweise waren erdrückend, besonders als du vor Gericht diesen Mist von dir gabst. Doch mein Anwalt war gut, bei ihm hat Tommy danach auch seine Ausbildung gemacht. Ansonsten wäre ich wohl länger drin geblieben ... Dein Vater ... hat es sehr geschickt eingefädelt ... mit deiner Hilfe ... Und nein, ich möchte jetzt nichts von dir dazu hören ... Es ist schwer genug, dir die Scheiße zu erzählen, ohne deinen dämlichen Ausflüchten zu lauschen ... Also hör einfach zu oder lass es sein, okay?« Er warf mir einen kühlen Blick zu und fuhr sich erneut mit beiden Händen durch die Haare. Ich tat so, als würde ich meine Lippen verschließen und den Schlüssel entsorgen. Wieder sah er in den Himmel, löste sich dann von dem Geländer und begann, vor mir auf und ab zu gehen ...

»Ich war in Straubing im Gefängnis und hatte im Monat zwei Besuche frei. Meistens kam meine gesamte Familie für eine halbe Stunde und das war es ... Klar, anfänglich stand ich mit ihnen in Briefkontakt, aber mit der Zeit schrieb ich ihnen immer weniger. Denn ich lernte neue Leute im Knast kennen und gewöhnte mich sogar an das Eingesperrtsein, die Einsamkeit und die Trostlosigkeit. Zu Beginn war es hart, die anderen Typen kannten mich nicht. Als ich mich meinem Zimmergenossen anvertraute, erzählte er den anderen, dass ich wegen eines Weibes im Knast gelandet war. Prompt war ich der Loser, wurde nicht ernst genommen, für ein abgefucktes Weichei gehalten. Ich habe dich gehasst! Dich, die ganze Scheiße – alles! Sie zogen mich damit auf, weil ich wegen einer stinkenden Pussy so fertig war.

Nach einem Monat hatte ich genug und schlug Carlos, den Obermacker, krankenhausreif. Er blieb drei Monate auf der Krankenstation und konnte mit Ach und Krach zusammengeflickt werden, um nicht als Krüppel zu enden ...«

Er zuckte die Schultern, doch ich sah genau an dem Verkrampfen seiner Hände, dass es ihn immer noch verfolgte. »Aber damit war es nicht genug. Die anderen setzten nach und versuchten nicht nur einmal mich fertigzumachen. Aber einer nach dem anderen ging zu Boden. In meiner Wut war ich unbesiegbar und die Wärter ließen mich wüten. Sie griffen nur selten ein, daher tat ich alles um mir Respekt zu verschaffen Glaubst du etwa, ich lasse mich in den Arsch ficken? Der Kerl hat seine beschissene Seife gefressen!« Bei dieser Erinnerung schmunzelte er ein wenig, doch dann seufzte er … »Das erste halbe Jahr in der Zelle gehört zu einem der härtesten in meinem Leben.«

Mit brennenden Augen starrte ich ihn an. War es ein Wunder, dass er mich derart hasste? Nach allem, was er durchgemacht hatte? Nach dieser Zeit der Einsamkeit, allein gegen eine Armee aus miesen Kerlen, die ihn brechen wollten? Oh, nein, ganz eindeutig nicht. »Irgendwann akzeptierten sie mich nicht nur, sie sahen zu mir auf. Das machte es ein wenig erträglicher. Wenigstens musste ich nicht jeden Moment mit hinterhältigen Attacken rechnen … Ich gewöhnte mich irgendwann auch an das Gefühl, nicht dorthin gehen zu können, wohin ich wollte. Das war wohl auch dein Glück ... nur so nebenbei gesagt ... Ansonsten hätte ich dich gleich gefunden und ... Wenn man keine Alternativen im Leben und nichts zu verlieren hat, dann ist irgendwann nichts mehr von Bedeutung ... ein Leben schon gar nicht ...« Er stellte sich vor mich, blickte ernst auf mich herab. Ich erschauerte. »Kein Mensch, der diese Erfahrung noch nicht gemacht hat, kann es sich vorstellen, wie Scheiße es ist, nicht einfach durch eine normale Tür und nach draußen gehen, *leben* zu können … Wie auch immer. Nachdem ich den Pissern mit den miesesten aber verständlichsten Mitteln gezeigt hatte, wer das verdammte Sagen hatte, war mir langweilig, weshalb ich wie wild zu trainieren begann ... Aber was soll man da drin sonst Sinnvolles tun? Neben meinem Minijob hätte ich mir die Birne mit Drogen vollpumpen können oder anderem Mist, aber ich hatte ein Ziel. Ich lernte ein paar nützliche Leute kennen, die mir halfen, als ich endlich wieder rauskam … und das leider nicht früher aufgrund von guter Bewährung ...«

Tristan wandte sich von mir ab, stützte sich abermals auf das Geländer, und ließ seinen leeren Blick über die Dächer Prags schweifen. Er sog tief den Atem ein, und mir war klar, dass er gerade seine Freiheit genoss, denn er wusste, wie kostbar es war, sie zu haben.

Ich hatte schon jetzt Tränen in den Augen. Ein eingesperrter Tristan glich einem toten Tristan … Und ich hatte es ihm angetan. Es war unmöglich, dass ich mir das je verzieh oder er mir, trotzdem schaffte er es, jeglichen Groll aus seiner sanften Stimme rauszuhalten, als er weitersprach, und das rechnete ich ihm wirklich hoch an.

»Als ich aus dem Knast kam, war alles verloren. Es war, als würde ich einer komplett neuen Welt wandeln, wie ein hilfloses verschissenes Baby … Mein Trainer meinte, dass ich meine Profikarriere nun vergessen könne. Er hatte sich sofort nach meiner Verurteilung von mir getrennt. Auch sonst macht sich ein zweijähriger Knastaufenthalt im Lebenslauf nicht gerade gut. Meine Familie war übers Land verstreut, bot mir jedoch aus der Ferne Hilfe und Geld, aber ich war noch nie jemand, der sich durchfüttern lässt. Ich wollte es allein schaffen.« Ja, das wusste ich. Sein Blick wurde berechnend, während er kühl weitererzählte.

»Und ich *habe* es allein geschafft. Ich kannte diesen Typen. Pete, kam zwei Monate nach mir raus. Zu dieser Zeit wohnte ich in einem Assi-Loch und hielt mich mit Tellerwaschen über Wasser ... Ich und spülen, kannst du dir das vorstellen?« Humorlos lachte er. »Kaum war er raus, stellte er gleich die Connection zu Leo her ... Pete besorgte mir die Drogen, ich vercheckte sie weiter. Bis er starb – aus ungeklärten Gründen. Ein paar Mal war ich davor mit Pete bei Leo gewesen ... Danach kam Leo persönlich auf mich zu. Zu der Zeit hatte ich für ihn bereits ein paar Hunderttausend gemacht. Ich war schon immer geschickt darin, Menschen zu manipulieren, mit Zahlen umzugehen und mich nicht anpissen zu lassen, was in dem Geschäft Gold wert ist.

Leo erkannte anscheinend meine Talente und protegierte

mich. Schon ein Jahr, nachdem ich aus dem Gefängnis gekommen war, hatte ich genug Geld zusammen, um mich selbstständig zu machen. Natürlich konzentrierte ich mich auf das, was ich am besten kann: SEX.« Provozierend musterte er mich und ich wich seinem Blick nicht aus, auch wenn er zunehmend unangenehm wurde. Er forderte mich heraus, mich mit ihm anzulegen und zu kontern. Beispielsweise: Warum hast du nichts Anständiges aus dir gemacht? Doch da kannte er mich schlecht, denn ich hatte nicht vor, ihm etwas vorzuwerfen – niemals. Hatte er vergessen, dass ich diejenige war, die immer zu ihm hielt, egal, worum es ging?

Offensichtlich ...

»Ja ... mit Sex kennst du dich wirklich aus«, bestätigte ich scheinbar ungerührt. Seine Lippen verzogen sich zu einem spöttischen Lächeln, und er wandte sich schließlich wieder von mir ab.

»Am Anfang hatte ich nur Mary und Georgi ... sie haben mich eine Menge Kohle gekostet, aber ich musste sie einfach haben! Der Club war klein und heruntergekommen, doch die Kunden kamen immer wieder ... Im Laufe der Jahre expandierte ich ständig, machte mit jedem Monat mehr Geld und mir nebenbei noch einen Namen als Fotograf. Phillip zog auch in die Stadt, kam aus dem Ausland zurück mit der besten Kochausbildung, die man vorweisen kann. Also investierte ich als Nächstes in seine Nobelrestaurantkette.

Du kannst dein Geld nicht vielfältig genug anlegen und du musst verdammt noch mal mit der Zeit gehen, dich ständig neu erfinden ... Vor zwei Jahren baute ich den Keller aus, holte mir Lena und Garrett mit ins Boot. Vergrößerte alles. Wurde der Beste – sogar besser als Leo. Zumindest wenn es um Nutten ging. Glücklicherweise hat er einen Narren an mir gefressen. Er ist fasziniert davon, wie ich aus Scheiße Kohle machen kann, und will mich als Nachfolger ... Leider ist Francesco ...«, ich zuckte zusammen ..., »... sein Neffe und wird wohl ... auch Anspruch auf den Nachfolgerposten erheben.«

»Francesco ist Leos Neffe?«, rief ich schockiert. Tristan zog seine Augenbraue nach oben und erinnerte mich an meinen verschlossenen Mund. Ich starrte ihn immer noch fassungslos an, als er ungerührt weitersprach.

»Mittlerweile habe ich mir ein Vermögen im siebenstelligen Bereich erarbeitet. Ich müsste nie wieder einen Finger rühren. Allerdings macht mir Spaß, was ich tue. So habe ich wenigstens Beschäftigung. Ich mag meine Mitarbeiter. Ich mag es ... einfach ... Kontrolle zu haben!« Er zuckte mit den Schultern, fuhr sich durch die Haare und wandte sich mir mit einem halben Grinsen zu.

»Und jetzt stehe ich hier auf dem verkackten Petrin, in 380 Metern Höhe ... mit dir, Mia Marena Engel, und habe mich bei dir ausgeheult ... Etwas ... was ich nie gedacht hätte ...«, sinnierte er, und sein Blick glitt scheinbar suchend über mein Gesicht, blieb an meinen Augen hängen und bohrte sich in das neugierige Braun.

»Ich habe dir meine Geschichte erzählt. Nun berichte, wie du hierherkommst!«, forderte er mit sanftem Unterton, der mir die eine Gänsehaut über den Körper sandte.

Ich schloss die Lider ... wappnete mich, die letzten acht Jahre erneut zu durchleben.

Aber er hatte mir alles offenbart. Jetzt war ich an der Reihe.

Das war nur fair ...

19. Mia Marena Engel

Tristan `confused` Wrangler

Mia Marena Engel war nicht mehr die Alte. Unter normalen Umständen hätte sie sich von mir nicht mehr so viel gefallen lassen wie früher, sondern mir in einer Tour in den Arsch getreten. Was sie jetzt nur nicht tat, weil sie Angst hatte, ich könnte vollständig ausflippen. Doch vor allem ließ sie es wohl, weil sie mich ... irgendwie ... liebte. Denn ja, ich konnte meine ignoranten Augen einfach nicht vor diesen ganz bestimmten Blicken und Berührungen verschließen. So gut war kein Mensch im Schauspielern! Nicht mal sie! Sie war eine starke kleine Person, die diesen Irrsinn über sich ergehen ließ, einfach weil sie wusste, was sie wollte. Deswegen war sie hier und blieb auch – egal was ich ihr antat, was ziemlich beruhigend war. Dennoch fraß mich die Neugierde beinahe auf und vereinnahmte mich die Faszination, wie sie sich in den letzten Jahren von dem kleinen pummligen Truthahn zu dieser starken, selbstständigen Frau entwickeln konnte. Intelligent war sie ja schon früher gewesen. Meine Sprüche über ihre vermeintliche Dummheit brachte ich nur an, um sie zu verletzen. Und sie war witzig. Wir besaßen schon immer den gleichen irren Humor. Genau, wie wir seit jeher in allem anderen gut zusammenpassten. Und auch wenn ich es nicht zugeben wollte, hatte sich an Letzterem garantiert nichts geändert. Gemeinsam waren wir perfekt. Auch nach acht verdammten Jahren ...

Aber nichts konnte den Schmerz und die vermeintlich ewig schwelende Wut in mir auslöschen. Noch immer wollte ich sie leiden lassen und war misstrauisch gegenüber ihrer bettelnden Seite, die mich geradezu verbal und mental anflehte, ihr zu vergeben. Ja, warum? Damit sie mich endgültig zerstören konnte? Es schien, als gäbe es diese zwei Ichs von mir. Einmal der weiche Tristan, der nichts sehnlichster wünschte, als sein Mädchen in seine Arme zu ziehen und nie wieder loszulassen und den anderen, der nicht vergessen konnte und wollte, der nach dem Prinzip handelte: Auge um Auge. Trotzdem, ich beherrschte mich, denn diese verdammte Hoffnung wuchs in mir wie ein widerliches Krebsgeschwür, auch wenn das ihre Schuld nicht tilgte. Ich wollte alles wissen, denn es war viel Zeit vergangen, in der ich nichts von ihr gehört hatte. Was hatte sie in diesen acht Jahren erlebt? Hatte sie überhaupt mal an mich gedacht, vielleicht sogar nächtelang wachgelegen, wie ich, und hatte sich nach mir verzehrt? Wusste sie, was ich ihretwegen durchgemacht hatte?

NEIN! Davon hatte sie keine Ahnung, denn nach meiner weibischen Beichte wirkte sie schockiert. Natürlich ließ sie es sich nicht anmerken. Früher hätte sie offen geheult. Nun wischte sie sich verstohlen die Tränen aus den Augenwinkeln während sie die Stadt überblickte ohne etwas Bestimmtes zu fokussieren ...

»Wo soll ich anfangen?«, fragte sie sich praktisch selbst. Und ihr Ausdruck schien schon jetzt so unendlich schmerzerfüllt, dass sich mein lädiertes Herz heftig zusammenzog.

»Erzähl mir alles ab dem Tag, an dem ich weg war ...«, flüsterte ich, denn alles andere kannte ich bereits. Ich war noch nicht bereit für ihre fadenscheinigen Erklärungen, warum und wieso sie damals so gehandelt hatte. Zudem hätte ich mich unmöglich weiterhin zusammenreißen können, um mit angeblich ruhiger Miene, ihren Worten zu lauschen. Lange sah sie mich an, bevor sie seufzte und ihr Kopf in die Hände fiel.

»Nach dem … *Ereignis*, nahm mich mein Onkel mit ... hierher ... in die Stadt!« Okay! Sofort hatte sie mich kalt erwischt. Dass ich sie anstarrte, sah sie nicht, denn sie vergrub ihr Gesicht in den

Händen. »Er war besser als mein Vater, denn er hat mich nicht geschlagen. Das wars auch schon – an Positivem. Allerdings bedrohte er mich und Stanley massiv, sogar deine Geschwister und deinen Vater, dich sowieso, damit ich vor Gericht gegen dich aussagte ... und ich tat es ... es fiel mir so unendlich schwer! Aber ich dachte immer noch, dass es so besser für dich wäre und ich euch auf diese Art nicht zerstören würde ... dass du es irgendwie schaffen könntest ... Mein Onkel ... kann sehr manipulativ sein, mehr noch als mein Vater. Das hat auch mit seinem Beruf zu tun. Am Tag ist er Postbote, am Abend Drogenkurier. Die kleine Zweizimmerwohnung, in der wir lebten, war jeden Tag rammelvoll mit Junkies und anderen Leuten, die ich bedienen sollte ...« OH FUCK! Meine Hände ballten sich schon jetzt zu derart festen Fäusten, dass die Adern hervortraten.

»Ich machte hier mein Abitur, und durch ein paar Praktika in verschiedenen Einrichtungen merkte ich, dass es meine Berufung war, mit Kindern zu arbeiten. Also wollte ich Sozialpädagogin werden. Das Malen ... das tat ich nur für mich. Ich wollte mein Hobby nicht zum Beruf machen, weil es viel zu schwer gewesen wäre, davon leben zu können, und ich musste von meinem Onkel wegkommen. Ich zeichnete auf der Straße, um mir ein bisschen was dazu zu verdienen. Am Tag skizzierte ich lustige Karikaturen ... am Abend ... nur dich. Dein Gesicht. Deine Hände. Deinen Körper. Jedes Detail von dir. Irgendwie musste ich dich festhalten, um dich nicht zu vergessen ... Ich habe dir so viele Briefe geschrieben und wollte dir so viele Zeichnungen schicken, doch ich habe es nie übers Herz gebracht ... Stundenlang stand ich oft vor dem Postkasten ...« Sie stockte, und jetzt fiel mir auf, dass sie leise weinte. Scheiße! Ich wandte mich von ihr ab, denn ich wollte und konnte sie nicht so gebrochen sehen. Tief durchatmend konzentrierte ich mich weiter auf ihre Ausführungen, schließlich wollte ich es ja wissen. Verdammt, Unwissenheit konnte ein verdammter Segen sein, denn sie berührte einen tiefen Punkt in mir, der eigentlich nicht mehr existieren durfte.

»Mein Onkel ... half mir finanziell ein bisschen, damit ich studieren konnte, aber natürlich nicht ohne Gegenleistung. In meiner Familie tut niemand etwas aus reiner Nächstenliebe, wie du vielleicht noch weißt ... dafür blieb ich erst mal bei ihm und kümmerte mich um seine Wohnung und um alles andere in seinem Leben. Er war der Herr im Haus und sein Wort Gesetz. Aber wie gesagt, es war besser als bei meinen Eltern. Besser als bei meinem Vater ...« Wenn ich nur an den dachte, sah ich rot, daher war ich froh, als sie das Thema wechselte.

»Während meiner Studienzeit lernte ich Francesco kennen ... Er war der Sachbearbeiter meines Onkels in der Bank, deswegen war er ab und zu bei ihm. Drogen hat er nie genommen, war immer ruhig. Und ich fragte mich, was er zwischen den ganzen Drogenabhängigen eigentlich verloren hatte ... Jetzt weiß ich, dass es wohl sein Stoff war, den er meinem Onkel gab. Aber damals war ich naiv, dachte, er wäre nichts weiter als ein normaler langweiliger Banker ... Er ... hat mich einmal ... gerettet, sozusagen ... und ich war ihm so dankbar, dass ich mit ihm ausging. Obwohl Männer sonst keine Rolle für mich spielten.

Er verliebte sich in mich, erleichterte mir das Leben um einiges, und JA ich habe ihn ausgenutzt, weil ich mich so besser fühlte, wenn ich einen Beschützer an meiner Seite wusste. Das hat sich nicht geändert, er gibt mir Sicherheit, ich brauche das einfach ...« Wohl wahr. In der Hinsicht hatte ich sie verwöhnt, immer beschützt und hätte für sie mein verdammtes Leben gegeben ...

»Na ja ... mein Studium schloss ich mit Bestnoten ab, weshalb ich relativ problemlos den Platz im Heim ergatterte. Ich wollte nur mit Kindern arbeiten, denn sie sind so unbeschwert. Für sie ist alles noch so leicht, das genaue Gegenteil von mir. Sie tun mir gut … Besonders Robbie.«

»Dein kleiner Chef?« Ich musste schmunzeln, als ich an den kleinen vorlauten Jungen, mit den wahnsinnig intelligenten Augen dachte, der sie so ritterlich beschützt und mir ins Schienbein getreten hatte. Jetzt lachte sie ... ein bisschen.

»Ich wäre gern so viel mehr für ihn, als nur die Heimmitarbeiterin, die sich mal mit ihm beschäftigt. Es ist beinahe unmöglich, ihm etwas abzuschlagen, wenn er mich mit seinen grünen Augen flehend anschaut und einen kleinen Schmollmund zieht ... Als ich ihn das erste Mal sah, war ich total erschrocken ... Denn ich dachte zuerst ... ich fragte mich immer wieder, ob ... er ...« Sie stockte und musterte mich zerknirscht, während sie sich aufrichtete und mit ausgestreckten Armen auf das Geländer stützte.

»Du dachtest?«, bohrte ich nach.

»Ich dachte im ersten Moment, er ist dein Sohn, weil er dir so enorm ähnelt ...«, schoss es aus ihr, und ich riss schockiert die Augen auf. Zum Glück entging ihr meine Fassungslosigkeit.

»Er besitzt viele deiner Charakterzüge, ist so gutherzig und liebebedürftig. Er würde keiner Fliege was zuleide tun und wird deshalb die ganze Zeit fertiggemacht ... so wie ...« Sie schluckte angestrengt. »Es bei dir war.« Ich erstarrte und hoffte inständig, sie würde nicht näher auf dieses Kapitel meines Lebens eingehen, was sie glücklicherweise unterließ. Vielleicht hatte sie meine Ablehnung gespürt.

»Ich versuche ihn zu beschützen und für ihn da zu sein, die große Last von seinen kleinen Schultern zu nehmen. Am liebsten würde ich ihn adoptieren, habe sogar schon mit der Heimleitung gesprochen, aber als Alleinstehende hab ich keine Chancen und könnte es mir auch gar nicht leisten. Mit Francesco zusammen wäre es eher möglich, aber er hat kein Herz für Kinder und will nicht mal eigene. Deswegen geht es nicht. Ich würde ihm so gerne ein normales Leben in einer normalen Familie bieten. Mit einem starken Vater, der uns beide beschützt und liebt ... Weißt du noch, wie unsere drei Kinder heißen sollten? Wie der Junge heißen sollte? Manchmal … glaube ich, Robbie ist mein Schicksal.«

Ihre Augen schwammen in Tränen, und sie biss sich auf die Lippe. Ihr sehnsüchtiger Blick traf mich total unvorbereitet.

»N ... nein ... Mia. Denk nicht mal in diese Richtung!«

Ich wich vor ihr zurück und ja, ich stotterte!

»Ich weiß, Tristan ...« Sie schaute wieder über die Stadt. »Aber man darf doch noch träumen, oder?«

OH FUCK! Was sollte ich sagen? Fassungslos fixierte ich sie, während mir allmählich dämmerte, dass sie tatsächlich eine Beziehung, Kinder und ein verdammtes Haus wollte. MIT MIR!

Sie würde sich schneiden und verbluten, wenn sie auch nur einen Millimeter näherkam. Von mir war nichts weiter übrig als ein Wrack mit rostigen Ecken und Kanten. Dank ihr. Also was sollte das jetzt?

»Ich wäre weder ein guter Vater«, erwiderte ich hart, »noch ein guter Mann. Ich verdiene mein Geld mit Drogen und Sex – moralisch gesehen, markiere ich die unterste Ebene. In erster Linie muss ich mich in dieser Welt selbst schützen, was schon hart genug ist. Da haben rosarote Fantasien keine Daseinsberechtigung!«

Ironisch schnaubte sie auf. »Du glaubst doch wohl selber nicht, dass du zulassen würdest ... dass den Leuten, die du liebst, etwas geschieht. In welcher Welt auch immer! Ich schätze, du machst dir was vor, Tristan Wrangler! Du bist hier drin…« , und dann plötzlich tippte sie mir mit ihrem Zeigefinger auf die Brust, »immer noch ein *guter* Mensch. Ich weiß das.« Sie platzierte ihre flache Hand auf meiner Brust und schaute zu mir hoch. Ich blickte gequält auf sie herab.

»Du weißt gar nichts! Nicht mehr.« Es klang gleichzeitig abfällig und verzweifelt.

»Mir ist doch klar, dass du für so etwas nicht bereit bist, Tristan, und dass ich meine Chancen bei dir verspielt habe, aber *bitte*, bitte lass uns wenigstens die begrenzte Zeit, die uns bleibt, nicht mehr vergeuden … Wir haben schon so viel davon verloren«, flehte sie heiser und rückte mit ihrem kleinen, faszinierenden Körper an mich heran. »Ich will nur, dass du mir glaubst ...«, wisperte sie kaum hörbar, und eine Träne rann ihre glatte Wange hinab.

Oh Gott ... Ja, ich nahm den Namen von dem Scheißer in den

Kopf, denn sie starrte meine Lippen an. Wollte ... das, was ich nicht tun durfte. *Keine Küsse!* Egal wie sehr ich mich nach ihren Kirschlippen sehnte, die sich so weich, warm, einladend und so verdammt heiß angefühlt hatten ...

Scheiß drauf. Verdammt! Nur noch einmal ... Wirklich ein letztes Mal! Und dann *nie wieder*!

Unbewusst legte ich meine Hände auf ihre Oberarme, strich an ihnen nach oben, und hielt sie an den Schultern fest, wobei ich mich eher instinktiv zu ihr hinabneigte, denn ihre Lippen zogen mich magisch an. *Sie* zog mich magisch an ...

Sie wollte mich tatsächlich, *hatte* an mich gedacht und mich nie vergessen, und sie log mich nicht an, sondern war immer noch ehrlich, offen, lieblich und so *verdammt anziehend*! Aber warum das alles? Nie war ich verwirrter. Ein Zustand, den ich zutiefst hasste. Aber damit konnte ich mich gerade nicht befassen und konzentrierte mich stattdessen auf diese süßen Teile vor mir.

Fick drauf! Nur noch einmal Kirschen naschen ... Ich war verrückt nach ihnen!

Sie musste auf die Zehenspitzen gegangen sein, denn plötzlich befanden sich ihre Hände rechts und links an meinem Gesicht, und ihr sehr heftiger Atem an meinen Lippen. Er ging schnell und stoßweise, während sie mir in die Augen starrte. Ihre Wärme war nur noch Millimeter weit entfernt, ich schloss gequält die Lider und strich mit meinem Mund genüsslich über ihren.

Sie stöhnte ganz leise.

Fuck! Jetzt war ich verloren!

Mein Ficker übernahm die komplette Kontrolle, sobald er diesen einzigartigen Laut hörte!

Gerade wollte ich meinen Mund auf ihren pressen, total von ihr Besitz ergreifen, da vibrierte es in meiner Hosentasche. Verdammt! Ich hielt sie an Ort und Stelle und holte blind das Handy hervor, wobei ich ihr Gesicht beobachtete, das Millimeter weit von meinem entfernt war. Ihre geschlossenen Lider, mit den unglaublich langen tiefschwarzen Wimpern und das genervte Stirnrunzeln, weil wir unterbrochen wurden.

»Einen Moment Geduld, Miss Angel. Dann küsse ich Ihnen das Hirn aus dem Schädel«, hauchte ich sanft. Sie machte mich so weich, aber ihr Lächeln, das folgte, war es wert ...

»Was?«, knurrte ich in den Apparat und erstarrte, als ich die Stimme am anderen Ende der Leitung erkannte. Nicht die Oberhobelschlunze!

»Trisi? Schatz, hörst du mich?« Mia riss ihre Augen auf. Die Leitung rauschte, aber TRISI hatte sie auf jeden Fall verstanden. Denn ihr Blick wurde zuerst ungläubig, dann verletzt ... und dann ... *beschissen wütend!* Sie versuchte, sich von mir zu lösen.

»*HALLO, Tristan*?« Kopfschüttelnd wich Mia zurück.

»JA, VERDAMMT NOCH MAL!«, blaffte ich ins Telefon. Ich wollte Mias Arm packen, und festhalten, aber sie war schneller. Wie sie mich jetzt anfunkelte! Ihre Lippen bebten ... und sie ballte ihre kleinen Hände zu Fäusten.

NICHT GUT! GAR NICHT GUT!

»Kannst du mich vom Flughafen abholen?«, säuselte die Sumpfkuh. »Ich bin in zehn Stunden daha!« Mia hörte nicht auf, mit dem Kopf zu schütteln und mich verletzt und wütend anzustarren. Dann drehte sie einfach um und marschierte davon.

»NEIN, VERDAMMT!«, schrie ich ins Telefon und legte auf.

»WARTE«, rief ich, stürzte ihr nach und wollte sie erneut am Oberarm packen, aber sie riss sich energisch von mir los, und lief schneller in Richtung Wendeltreppe.

»Mia! BABY! BITTE!« Fuck! Ich knirschte mit den Zähnen und nahm die Verfolgung wieder auf. Vor dem Treppenabsatz erwischte ich sie endlich und wirbelte sie herum, pinnte sie dieses Mal gleich mit dem gesamten Körper an einem kalten Pfeiler fest, wobei ich ihr Beben fühlte, der Blick loderte hasserfüllt.

»Lass mich los! *Sofort!*«, presste sie hervor. So mörderisch hatte ich sie noch nie gehört.

»Ich will es dir nur erklären, *Verdammt!*«

»Nein, du musst nichts erklären! Ich habe verstanden! Ich werde keine Beziehung kaputtmachen! Dass du keine andere gefickt hast ...« Ironisch kicherte sie auf »Das habe ich nun wirklich nicht gedacht! ABER GERADE SIE! Das beweist, dass sich eines nie ändern wird! Du bist und bleibst ein verficktes ARSCHLOCH!« Ich sog scharf die Luft ein, während sie nach hinten stolperte, und sich aus meiner Belagerung löste.

»Du liegst absolut falsch!«

Sie lachte schon wieder ... noch lauter, schriller und humorloser. Oh, oh. Schien fast so, als würde sie soeben ihren Verstand verlieren.

»Wie viele Freundinnen hast du noch? Wie vielen erzählst du noch deine herzzerreißenden Geschichten von EINSAMKEIT? Wen hast du in der Woche? Sabrina? Maria? Lena? MARY? HM? Wie viele PUSSYS gehören dir in Wahrheit?«

»Ich bin dir keine Rechenschaft schuldig«, knurrte ich.

»NEIN!« Jetzt kam sie auf mich zu, und oh man, war die sauer ... ich wäre fast einen Schritt zurückgewichen. Dann tippte sie mir schon wieder mit dem Zeigefinger auf die Brust. »Du gehst zu weit! Wie konnte ich nur hoffen, die Einzige zu sein?«, wisperte sie und zerkaute ihre Lippen. Sie stolperte rückwärts und fiel regelrecht in sich zusammen, lehnte sich fertig an die Wand hinter ihr und schloss die Augen. »Das muss dir doch gut tun, oder, Tristan? Dass du mich so verletzt? Das gefällt dir, hm? Fühlst du dich endlich besser? Ist das hier deine wahre Rache? Gott ... ich bin so dumm ...«

»Hör auf!« Als ich mich ihr näherte, öffnete sie die Lider und das sonst so warme flüssige Karamell war gefroren, warnte mich, auch nur einen weiteren Schritt zu machen. »*Hör auf, Baby ...*« Ich klang leise und samten, so konnte und wollte ich sie nicht sehen. So tiefgreifend zerstört! In diesem Moment musste ich mir ehrlich eingestehen, auch wenn ich es unterschwellig schon länger wusste, dass ich diesen Kampf Mia zu vernichten, niemals gewinnen konnte. Nicht wenn das Endresultat so aussah und mit Tränen in den Augen niedergeschlagen vor mir stand. Fuck ...

»*Das* kann ich nicht ertragen ...« Plötzlich verließ sie die Wut und Tränen glitzerten in den Augen.

Es war wie früher: Ihr Schmerz war meiner, und er ging tief – so wie alles zwischen uns.

»Mia-Baby«, flüsterte ich rau, überwand die Distanz, umfasste sofort ihre Wange ... Sie schluchzte auf, als ich sie wieder so nannte ... »*Das* würde ich dir niemals antun, ich hatte keine andere Frau in acht Jahren … Du bist die Einzige ... Immer gewesen ...« Und dann tat ich es einfach. Ich presste erneut meine Lippen auf ihre, als wäre es der ultimative Beweis meiner Aufrichtigkeit! Ich wollte ihr nicht mehr vorgaukeln, dass es noch andere außer ihr gab. Und zwar nur aus einem einzigen Grund: Ich war sadistisch und ein Arschloch, aber kein Lügner!

Außerdem wurde mir eines wieder deutlich: Ich war nach wie vor von ihr besessen. Über all die Jahre konnte ich sie unmöglich vergessen, denn sie war wie eine Droge, die mich umgehend süchtig nach sich gemacht hatte. Eine Sucht, die zwar die ganze Zeit über schlummerte, aber dennoch immer präsent sowie unheilbar war. Und nun umso stärker in mir brannte. Egal was ich auch versuchen würde, ich kam nicht von ihr los. Sie stellte meinen Schwachpunkt dar. So war es immer gewesen und so, wie es aussah, würde es sich nie ändern. Sie zu zerstören, bedeutete, mich zu zerstören.

Mein toller Plan zersplitterte in tausend Teile … Doch mein Herz … fügte sich Stück für Stück wieder zusammen, als sie plötzlich aufschluchzte und sich verzweifelt an mich klammerte.

Sie wollte mir wohl glauben, tat es nur leider nicht. Was ich sehr gut nachvollziehen konnte. Denn zwischen uns war noch lange nicht alles geklärt. Auch ich wollte ihr glauben, darauf vertrauen, dass sie mein Leben nicht vorsätzlich mit einem Fingerschnipsen beendet hatte. Doch um in dem Punkt weiterzukommen, musste ich sie überzeugen, dass ihre Eifersucht unbegründet war. Also intensivierte ich unseren Kuss, berührte mit meiner Zunge ihre, worauf ich kehlig aufstöhnte, denn ihr Geschmack entfaltete sich in meinem Mund und ließ mich die Gegenwart vergessen.

Nur am Rande registrierte ich eine kleine Bewegung von ihr

und dann einen rasenden Schmerz! Dieses Miststück hatte mir in meinen heiligen Ficker getreten.

»FUCK!«, brüllte ich durch ganz Prag und ließ zeitgleich von ihr ab. Mit beiden Händen griff ich mir zwischen die Beine und krümmte mich, als die Qualen sich heftig in meinem Bauch einnisteten. Gerade so konnte ich mich auf den Beinen halten! Mit Schrecken, aber auch jeder Menge Berechnung wich sie vor mir zurück.

»Küss mich nie wieder! Was weiß ich, wo du deine Lippen sonst noch so hattest!«, warnte sie.

Die kleine Schlampe hatte echt Glück, dass ich vor Schmerzen momentan geradezu gelähmt war, und dass sie sich in einem Heidentempo aus meinem Blickfeld entfernte!!

Sie verließ mich eiskalt, während ich mich immer noch krümmte, denn sie hatte perfekt ins Sendezentrum getroffen.

Als der Schmerz ein wenig nachließ, sprintete ich los – immer der Nase nach ... weit war sie noch nicht gekommen. Nach ein paar Metern mit festem Boden unter den Füßen entdeckte ich sie und schrie durch den gesamten menschenleeren Park.

»Mia!«

Sie rannte nur noch schneller, was ich an ihrer Stelle sicher auch getan hätte, denn jetzt raste ich vor Wut. Hatte ich sie nicht Mia-BABY genannt? Und hatte ich sie zu allem Überfluss nicht auch noch geküsst, womit ich wiederholt gegen meine eigentlich unverrückbaren Prinzipien verstoßen hatte? Hatte ich mich nicht verdammt nochmal auf sie eingelassen? Und sie trat mir dafür in mein Heiligtum?

NEIN! Wieso musste ausgerechnet jetzt ein verdammtes Taxi vorbeikommen, Gottverdammte Scheiße noch mal!?

Sie hechtete vor das Auto, sodass der Fahrer zu einer Vollbremsung gezwungen wurde, um sie nicht zu verletzen. Mit gehetzter Miene umrundete sie den Wagen, riss die Tür auf und knallte sie genau in dem Moment zu, als ich sie außer Puste erreichte. Bevor ich reagieren konnte, betätigte sie den Verriegelungsknopf, und rief dem Chauffeur irgendetwas zu.

Ich verengte die Augen und fletschte meine Zähne, als der Typ den Gang einlegte. Und was tat sie?

Sie hob ihren Mittelfinger und streckte ihn mir entgegen ... Als Nächstes küsste sie besagtes Teil mit Schmackes ... ihr Blick war dabei immer noch eiskalt ... meiner inzwischen eher fassungslos ... dann fuhren sie los ...

Und ich blieb allein zurück ...

Es begann zu pissen. Der Wind wehte stärker. Ja ... gut ... so hatte ich mir das Ganze nicht vorgestellt! Fluchend setzte ich mich in Bewegung, weil kein anderes Taxi in der Nähe war. Natürlich nicht! Wir waren hier auf einem beschissenen Berg! Ich konnte immer noch nicht glauben, dass hier überhaupt eines langgefahren war!

Auf dem Rückweg zum Hotel konnte ich mich nicht davon abhalten, sie zu verfluchen. Lautstark!

Jetzt wollte sie also *wirklich* nichts mehr mit mir zu tun haben! Na schön, das konnte sie haben. Dabei irrte sie gewaltig. Denn ich hatte keine andere an mich rangelassen.

Die Fotze der Fotzen war nur meine Alibifreundin. Ich fickte sie nicht, traf mich nicht mal mit ihr, außer zu öffentlichen Anlässen. Sie ging mir am Arsch vorbei.

Aber SIE! Mia! MEIN VERDAMMTES SCHEISSMÄDCHEN … Ja, das war sie immer und würde es wohl auch immer sein … ging mir nicht am Arsch vorbei, verfickte Scheiße!

Also verfluchte ich alles und jeden, denn eines würde ich mit Sicherheit nicht. Angekrochen kommen. Sie wollte meine Erklärung nicht hören, also sollte sie bleiben, wo der Arsch die Erde küsst. Verdammte Drecksfotzenscheiße! Was blieb mir, abgesehen davon, die ganze Welt und vor allem sie zu verfluchen?

Nichts!

20. Seine Abwesenheit

Mia `strong`Engel

Am nächsten Morgen weigerte ich mich aufzuwachen. Zumindest versuchte ich es. Lieber wollte ich weiterhin in angenehmen Träumen schwelgen, aber die Erinnerung ließ mir keine Wahl. Unbarmherzig kehrte sie zurück.

Während ich mich grummelig auf den Bauch legte und mein Gesicht in den Kissen vergrub, durfte ich das gesamte Desaster erneut durchmachen. Ich war auf dem höchsten Punkt Prags gewesen ... Mitten in der Nacht. Mit Tristan Wrangler.

Endlich hatte er mir erzählt, wie für ihn die vergangenen Jahre verlaufen waren. Zugegeben, es war wirklich schwer, es sich anzuhören, mit der Schuld, die ich auf mich geladen hatte. Wichtig war jedoch, dass er mich daran hatte teilhaben lassen. Anschließend war es an mir, mich zu öffnen. Ein Teil, auf den ich wirklich gern verzichtet hätte, denn ich wollte keine Geister der Vergangenheit beschwören, nicht noch mehr. Trotzdem erzählte ich ihm das Meiste, damit er einen Eindruck bekam. Aber die schlimmsten Dinge hielt ich weiterhin unter Verschluss, um ihn nicht unnötig zu belasten. Ich hatte ihm schließlich schon genug angetan.

Seitdem wir uns nach dieser endlosen Trennung wiedergetroffen hatten, erkannte ich in seinen Augen, dass er das erste Mal schwankte.

Ich fühlte, dass er auftaute, dass die harte Schale langsam, aber sicher, bröckelte und ich zu ihm durchdrang. Es war so wundervoll, als wäre ich erneut am Ziel meiner Träume ... und dann wollte er mich auch noch küssen!

Als seine Hände mich berührten, voller Gefühl und Leidenschaft, so wie früher, schmolz ich dahin. Mit seinen Lippen auf meinen, dachte, ich würde jeden Moment allein davon einen Orgasmus bekommen … dann klingelte sein Handy und zerstörte *alles*!

Wirklich alles! Denn die Frau am Telefon nannte ihn wahrhaftig *Trisi*. Sie klang so schrill, dass sie unmöglich zu überhören war. Mir wurde spontan schlecht, als ihre nasale Stimme an mein Ohr drang, die unmissverständlich seiner Freundin gehörte. Sein schuldiger Blick bestätigte das auch noch.

Er hatte mich tatsächlich verarscht! Aber so was von!

Wahrscheinlich war er bei seinen Clubnutten der beste Kunde, vögelte jede Nacht zehn andere Frauen und bekam vermutlich Mengenrabatt bei allen Kondomherstellern, die ihm zu Ehren bald eine Sonderedition mit seinem Namen rausbringen würden.

Und ich dumme kleine Kuh hatte echt gedacht, ich wäre vielleicht immer noch die Einzige für ihn!

Ja, ich *war* dumm! Und naiv und total bescheuert, aber vor allem *wütend!*

Er redete mir ständig ein schlechtes Gewissen ein und vögelte derweil skrupellos durch die Gegend! Oh man ... ich war so was von im Arsch! Aber mit zweierlei Maß messen, konnte er ja schon immer gut.

Meine Hoffnung, dauerhaft zu ihm durchzudringen, seine Vergebung zu erlangen und ihn vielleicht wieder an meiner Seite zu wissen, wurde mal wieder dem Erdboden gleich gemacht, ohne dass ich was dagegen tun konnte, geschweige denn wollte. Unsere Zukunft löste sich in dem Moment auf, als die Wahrheit ans Licht kam. Ich war nur eine von vielen. Der alte Tristan existierte nur noch bruchstückhaft und konnte dem neuen nichts entgegensetzen. Neben meiner aufkommenden Trostlosigkeit hatte ich lediglich meine Wut, und die wollte raus. Sie übermannte mich. Der Tritt in sein Heiligtum hätte nicht passender sein können, meine Verabschiedung von seinem Ficker.

Jetzt wusste ich wenigstens, woran ich war. Den Mann, den ich früher geliebt hatte, kannte ich heute nicht mehr und wollte es auch nicht. Er log, hinterging und manipulierte, wo er seinen Vorteil sah, anstatt ehrlich seine Meinung zu vertreten. Eine seiner größte Stärken – seine Ehrlichkeit –, war nicht mehr vorhanden. Daher entschied ich, endgültig mit ihm abzuschließen und mein Leben, meine Träume und Wünsche nicht mehr nach ihm zu richten.

Meine Zukunft würde ich auf Francesco bauen. Er war auch nicht ideal, aber er stand stets zu mir, unterstützte mich und gab meiner traurigen Existenz wenigstens einen kleinen Sinn.

Jener Mann, der im Moment schnarchend neben mir lag, wie innerhalb der vergangenen zwei Jahre. Nicht Tristan Wrangler. Das Thema war für mich durch.

Mein Herz würde sich schon irgendwann an den Gedanken gewöhnen und das schmerzhafte Ziehen einstellen. Jetzt galt es, sich zu fangen und ohne ihn weiterzumachen. Denn ich wollte nicht eine unter vielen sein, Tristan mit anderen zu teilen, würde mich auf die Dauer umbringen. Da war es besser ihn komplett loszulassen.

Also weckte ich meinen betäubten Freund mit einem sanften Kuss auf sein stoppeliges, markantes Kinn und lächelte ihn an, als mir seine dunkelbraunen Augen verschlafen entgegenblinzelten. Francesco war ein schöner Mann im klassischen Sinne, mit kantigem Gesicht und einen Wahnsinnskörper. Jede andere Frau hätte wohl danach gelechzt, neben ihm aufwachen zu dürfen, vielleicht war es höchste Zeit, mir das auch anzugewöhnen.

»Guten Morgen, Schatz«, flüsterte ich sanft und seine vollen Lippen verzogen sich zu einem Lächeln.

»Morgen, Kleine ... Danke, dass du mich gestern noch ins Bett gebracht hast. Ich muss wohl einfach eingeschlafen sein. Entschuldige ...«

Ja klar, eingeschlafen war er dank der Tropfen, die ich ihm untergejubelt hatte, um einen romantischen Abend mit meinem Psycholover verbringen zu können, der zum Albtraum mutiert war.

Er umfasste meine Hüfte und strich unter dem Shirt über mein Steißbein.

»Kein Problem.« NEIN! Ich würde jetzt nicht an gestern denken! NEIN, stattdessen würde ich nach vorne blicken und die Vergangenheit endlich hinter mir lassen.

»Schatz?«, hauchte ich und zog seine Decke etwas zurück, damit ich seine braunen Brustwarzen umkreisen konnte. Noch vom Schlaf verwirrt betrachtete er meinen Finger, seine Augen wurden groß und er schaute hoffnungsvoll in mein Gesicht.

»Wie wäre es, wenn wir uns etwas frisch machen und uns gleich wieder im Bett treffen?«

Jetzt strahlte er mich an und richtete sich mit einem Ruck auf. »JA!« Und schon sprang er über mich wie ein Hürdenspringer und begab sich ins Bad. Kichernd schüttelte ich den Kopf und streckte mich erst mal, als ich hörte, wie Wasser lief. Ich überlegte mir was anderes anzuziehen als Schlafshirt und Tanga. Aber dann zuckte ich mit den Schultern und ging ebenfalls ins Bad, um mir die Zähne zu putzen und mir wenigstens mal die Haare durchzukämmen. Francesco machte gerade dasselbe und stieß mich mit der Schulter an, als ich gähnend den Raum betrat. Ich kicherte erneut und verdrehte die Augen. In seiner Aufregung war er beinahe niedlich. Inständig hoffte ich, dass er im Bett nicht auch so aufgekratzt sein würde.

Er war vor mir fertig und verließ pfeifend die Nasszelle.

Eine Minute später folgte ich ihm und fand ihn schon sexy drapiert in dem Bett vor. Eines musste ich zugeben: Er war heiß, sein Körper ein einzelnes Muskelspiel. Und er wusste es. Überheblich grinste er mich an, und ich wurde prompt rot.

Gleichzeitig schrie ein kleines Stimmchen in meinem Kopf, dass dieser Body nichts gegen *seinen* war, aber ich ignorierte sie, damit ich mich auf meine Mission konzentrieren konnte.

Tristan Wrangler loslassen, in die Zukunft schauen, bla, bla, bla.

Ich kniete mich zu Francesco aufs Bett und beugte mich lächelnd vor. Er kam meinen Lippen entgegen und wir küssten uns sanft. Schmetterlinge löste er damit nicht gerade aus, eher aufkeimende Übelkeit, die mich immer befiel, wenn ich mit ihm intim wurde, aber das war sicher alles eine Frage der Gewohnheit. Lieber konzentrierte ich mich auf das, was ich tat, um mich von diesem nervigen Unwohlsein abzulenken. Das klappte auch ganz gut, zumal Francesco mir Zeit gab. Zaghaft berührte er mich, küsste mich fast schon zurückhaltend und schien keine Eile zu haben.

Ohne dass ich es verhindern konnte, verglich ich. Obwohl ich mir den Gedanken an Tristan gern operativ aus meinem Kopf entfernt hätte, kam ich nicht umhin zuzugeben, dass Francesco nicht mithalten konnte. Es fehlte an Zungenfertigkeit, aber noch entscheidender, es fehlte das berühmt-berüchtigte Prickeln. Aber ich gab nicht auf. Irgendwann würde es sich einstellen. Es musste einfach. Also vergrub ich meine Hände in seinen Haaren und schwang mein Bein über seine Hüften, um mich ein an ihm zu reiben, und in Stimmung zu bringen. Francesco stöhnte kehlig, und ich spürte wie erregt er bereits war. Mir wurde nicht schlecht, sondern sogar etwas heiß, als er zwischen meinen Beinen zuckte, auch wenn er größentechnisch eindeutig niemals in der selben Liga wie…Verdammt, dass er mit *ihm* nie mithalten konnte! Francesco ließ seine Zunge drängender in meinen Mund vorschnellen und umwarb meine. Ich kreiste etwas mit meinen Hüften und er grunzte ungehalten. Dabei strich er an meinem Rücken hinauf und schob mein Shirt mit. Oh Gott ... er würde mich gleich ausziehen! Mein Herz raste. Aber ich ließ zu, dass er es mir über den Kopf streifte und half ihm sogar dabei. Sobald ich oben ohne war, küssten wir uns weiter. Seine riesengroßen Hände packten meine Brüste viel zu grob. Er quetschte und drückte unbeholfen an ihnen herum, was eher unangenehm, fast schon schmerzhaft war.

Francesco schien mein Unbehagen nicht zu bemerken, denn er knetete fröhlich weiter, während ich wieder unliebsame Gedanken an talentierte Finger verdrängte. Das musste endlich ein Ende haben. Sofort.

Meine Küsse wurden inniger, frenetischer, was Francesco suggerierte, dass mir gefiel, was er tat. Er keuchte und schwang mich herum, worauf ich ihn abwartend musterte. Doch mehr als ein leicht dämliches Grinsen bekam ich nicht, keine dreckigen Worte, die mich anheizten. Keine heißen Fantasien, die die Vorfreude schürten. Verdammt. Tristan war wie ein verflixter Virus.

Er küsste sich an meinem Hals herab bis zu meinen Brüsten, was sich schon etwas besser anfühlte, als seine Hände auf mir zu haben. Doch diese blieben nicht untätig und strichen an meinen Seiten entlang und zogen mir ohne viel Vorbereitung den Tanga aus.

Ich versteifte mich etwas, als Francesco sich zwischen meinen Beinen aufrichtete und mich lüstern anstarrte. Nur kam ich mir dadurch nicht begehrt vor, eher billig, obwohl es dafür keinen Grund gab. Bei *ihm* war es immer ... *STOPP!*

Als Francesco einen Finger in mich schob, verdrängte er damit die unliebsamen Erinnerungen. Ich biss die Zähne zusammen, denn ich war kein bisschen darauf vorbereitet.

»OH GOTT! Bist du ENG!« *Ach ne? Echt?* Kein Wunder. Selbst die Wüste Gobi war feuchter als ich in diesem Moment. Doch ich verkniff mir einen sarkastischen Kommentar, da er mittlerweile einen zweiten Finger dazu nahm.

OKAAAAAAAAAAAAAAAY! Automatisch spannte ich mich an, aber Francesco registrierte tatsächlich nichts. Bewegte lediglich seine Finger rein und raus und starrte mir dabei unverhohlen zwischen die Beine. Ihn schien nicht zu interessieren, was ich von seinen Bemühungen hielt und ignorierte die fehlende Feuchtigkeit. Er war nur auf seine eigene Erregung bedacht.

Es begann etwas zu brennen, als er einen dritten Finger

hinterherschob, um schließlich mit dem vierten zu folgen, was wirklich schmerzhaft war. Ich wollte mich ihm entziehen, aber er hielt mich an Ort und Stelle und probierte schon etwas mit dem Daumen herum. Völlig verkrampft ballte ich die Hände zu Fäusten und bekam es etwas mit der Angst zu tun.

Die extreme Dehnung tat wirklich weh, zumal ich dafür nicht wirklich vorbereitet war. Außerdem musste er doch davon ausgehen, dass ich noch Jungfrau sei. Das ging so nicht!

Noch einmal nahm ich meinen Mut zusammen, um ihn wegzudrücken und ihm zu sagen, dass ich das nicht wollte. Gerade als ich die Worte aussprechen wollte, klopfte es laut an der Tür. Vermutlich war ich in meinem ganzen Leben nie so erleichtert gewesen. Wer auch immer die Störung verursachte, verdiente einen Orden.

Francesco sprang grummelnd auf, gab mir noch einen kleinen Kuss und verschwand aus dem Schlafzimmer, um die Tür zu öffnen.

»Wrangler?« Er war mehr als verwundert, was sich aber mit mir nicht vergleichen ließ. Oh Gott, was tat er hier?! Umgehend flatterten diese blöden dummen Schmetterlinge in meinem Bauch und verursachten ein wohliges Gefühl. Ich verfluchte sie, und ihn, weil er daran schuld war.

Eilig stand ich auf und zog mich an. Wenn er mich jetzt hier nackt vorfinden würde, könnte ich den toten Francesco aus den Teppichfasern puhlen.

Tristan antwortete irgendwas zu samten und zu leise, als dass ich ihn verstehen konnte, aber das änderte nichts an der Tatsache, dass ich am liebsten heulend in seine Arme gefallen wäre, damit er meine geschundene Schnecke tröstete.

»Ja, ist echt ein Zufall!«, lachte Francesco und Tristan stimmte verhalten mit ein, dann rief der Italiener ins Schlafzimmer. »Kleine, sieh mal, wer hier ist!«

Ich schluckte mühsam und erstarrte in der Bewegung. Dafür hatte ich noch zu wenig an.

»JAA, sofort!«, schrie ich schwitzend und sprang zu meinem Koffer, um eine Hose rauszuziehen, vielleicht noch einen dicken Pullover. Die gesamte Kleidung schmiss ich durchs Zimmer, um was Passendes zu finden. Dabei fühlte ich mich grauenhaft. Denn nun war ich nicht besser als er, lediglich eine elende Betrügerschlampe.

Es war hoffnungslos. Und das Schlimmste, ich konnte es nicht leugnen. Schließlich stand Francesco nur in Shorts und zerwühlten Haaren vor Tristan. Er wusste doch schon längst, was geschehen war, also gab ich jegliche Vertuschungsversuche auf, schlüpfte einfach in eine Hose sowie ein T-Shirt und begab mich mit hängenden Schultern zur Tür.

Dort waren sie. Die beiden ... die unterschiedlicher nicht sein konnten. Einer mit göttlichen, talentierten Fingern und der andere, der zwar guten Willen bewies, aber in mir trotzdem nur Übelkeit auslöste. Aber ich war sowieso voreingenommen. Tristan konnte niemand das Wasser reichen, auch wenn ich es hasste. So käme ich nämlich nie von ihm los. Auch wenn mich gerade alles zu ihm hinzog. Verdammt.

Als Tristan mich sah, verengten sich seine Augen – sein Wangenmuskel zuckte. Ich wollte auf der Stelle weglaufen.

»Wie ich sehe, amüsiert ihr euch gerade«, meinte er mit verdächtig weicher und gleichzeitig tödlicher Stimme ... und ich zuckte zusammen, als Francesco seinen Arm um meine Schulter schlang und mich an sich presste.

»Ja, auf jeden Fall. Sie hat mich heute früh regelrecht überfallen!«

Kannst du bitte, bitte deinen Mund halten?! Finster funkelte ich Francesco an, dem das natürlich entging, weil er viel zu sehr damit beschäftigt war, überheblich dreinzuschauen.

»Na gut ... dann werde ich eben ohne euch was unternehmen ... Ich wünsche ... *noch viel Spaß*!« Das Letzte knurrte er mir entgegen, und ich erschauerte von Kopf bis Fuß.

Francesco war die Freude selbst und drückte mir einen Kuss auf die Haare.

»Werden wir sicher haben!« *OH nein, werden wir nicht! Ich werde nämlich gleich Kopfschmerzen bekommen!*

»Bis dann, Francesco. Auf Wiedersehen, Mia Marena!« Seine Worte trieben die Tränen in die Augen, denn ich hatte die Botschaft verstanden: Das war der endgültige Abschied ...

Ohne ein weiteres Wort drehte er sich mit hoch erhobenem Kopf um, und schlenderte anmutig davon.

Mit aller Macht drängte ich die Tränen zurück und wand mich grob aus Francesco Umarmung, nachdem er die Tür geschlossen hatte. Das hier war alles so was von falsch! Francesco war nicht der Richtige!

»Francesco, ich kann nicht ... ich habe Kopfschmerzen«, verkündete ich kalt und ging ins Wohnzimmer. Rücksichtnahme war momentan nicht möglich. Damit er mich nicht verfolgte, sperrte ich mich einfach im Bad ein. Ich brauchte jetzt wirklich meine Ruhe ...

Da vibrierte das Handy in meiner Hose, die noch von gestern auf dem Boden lag. Wer es war, wusste ich sofort und ich hatte Angst davor, die Nachricht zu lesen. Aber schließlich siegte die Neugierde und ich öffnete sie mit zitternden Fingern. Drei Worte strahlten mich unheilvoll an. Drei Worte, aufgrund derer ich komplett verzweifelte ...

»Du. Bist. Tot!«

Wie Recht er hatte …

***

Froh saß ich am Montagmorgen im Kinderheim an Robbies Bettchen und weckte ihn sanft. Er blinzelte ein paar Mal und öffnete dann die großen verschlafenen Augen. Kaum sah ich in das tiefe Grün, stach es in meiner Brust.

»Mirti!« Er strahlte wie eine Sonne in Miniaturformat, als er mich erkannte. Mein Herz zog sich zusammen, denn er hatte schon wieder einen neuen blauen Fleck an der Stirn, der sicher von den anderen Kindern stammte.

»Hi, mein Schatz ...« Zärtlich streichelte ich seine Wange und über den Fleck – fühlte die seidig weiche Haut.

»Bist du traurig?«, fragte der sehr aufmerksame Junge sofort und gähnte mitten im Satz, was ihn nur noch liebenswerter machte. Er rappelte sich auf, sodass er wacklig in seinem Bettchen kniete, in seinem Hemdchen und in den kurzen roten Supermanshorts, Ich hielt ihn mit beiden Händen an den Ärmchen fest und streichelte ihn.

»Ich hab dich vermisst ... Das ist alles«, gab ich zu und war froh, dass ich zu ihm ehrlich sein konnte. Denn das war die Wahrheit. Er lächelte leicht und legte den Kopf nachdenklich schief.

»Jetzt bin ich ja da, Mirti. Also kannst du wieder fröhlich sein!« Mit Gewalt und unter Zuhilfenahme seines kleinen Zeigefingers wollte er meinen Mundwinkel nach oben schieben und brachte mich damit zum Kichern.

»Genau! Sind wir beide heute fröhlich und machen aus dem Tag das Beste, ja? Also ziehen wir dich mal an, oder?« Ohne auf eine Antwort zu warten, stand ich auf und hob ihn mit viel Schwung vom Bett, was ihn zum Lachen brachte. Dabei drehte ich mich mit ihm noch ein paar mal im Kreis, nur um den schönen losgelösten Ton länger zu hören, und setzte ihn danach atemlos auf dem Stuhl neben seinem Bett ab, auf dem er immer wartete, wenn ich seine Kleidung zusammensuchte. Er zappelte ungeduldig, und ich fragte ihn wie jeden Morgen, was er geträumt hatte. Locker erzählte er drauf los, denn er war ein kleines Plappermaul, von irgendwelchen Boxhandschuhen, die ihn gejagt, die er dann aber „voll besiegt“ hatte. Ich lachte, weil er wild umher gestikulierte und fast vom Stuhl fiel, als er den dramatischen Kampf nachspielte.

Dann kleidete ich ihn an. Ich liebte es, wenn er rot trug, das betonte seine rosigen Bäckchen und machte ihn noch süßer, als er schon war. Also bekam er heute einen roten Pulli. Dabei erzählte er mir, dass sein großes Vorbild, der Klitschko, auch in seinem Traum gewesen war und ihm geholfen hatte.

Ich hätte fast schon wieder geweint, weil ich wusste, dass sich sein Unterbewusstsein nach einem männlichen, starken Wesen sehnte, das ihn beschützte. Was jedes Kind brauchte, denn es gab ihm einfach Sicherheit, einen Mann im Leben zu haben. Kinder, besonders Jungs, fühlen sich offenbar schon von klein an instinktiv dafür verantwortlich, die Frauen in ihrem Leben zu beschützen, benötigen aber selber auch eine Person, die ihnen Obhut bietet.

Ich wünschte Robbie so sehr einen Klitschko, der sich vor ihn stellte und für ihn einstand. Aber vorerst musste ich ausreichen und ihn mit meiner Liebe stärken.

»Du, Mirti ...« Er zog das Mirti ganz lang, und ich musste grinsen, weil ich schon ahnte, dass er mich zu irgendetwas überreden wollte. Seine kleinen Hände strichen schnell und patschig über meine Wangen, aber ich liebte es, wenn er das machte. Es gab nichts Süßeres!

»Ja?«, fragte ich, und schloss den letzten Knopf seiner Hose.

»Gehen wir mal wieder boxen? Nur du und ich? BITTE!« Er beugte sich vor und umarmte mich fest, als Bekräftigung seiner Worte.

Hilflos hielt ich ihn. »BIIIITEEE Mirtiii. Ich bin auch gaaaaanz lieb! Du bist die beste Mirti dieser Welt! BIIIITTTEEE!« Und schon war ich verloren.

»Na gut. Aber du wirst den Brokkoli heute essen!« Er rückte sofort von mir ab und sah mich abschätzend an. Ich wusste, man sollte an Kinder keine Bedingungen stellen, aber ich war bei ihm eher Mama als Lehrbuchsozialpädagogin, und eine Mama kann sich nie komplett an ein korrektes Regelwerk halten, weil sie keinen sachlichen Abstand zu dem Kind hat.

»Nur ZWEI STÜCK!«, zeigte er mir streng mit seinen Fingern. Ich kicherte, denn er war nicht nur Überredungs-, sondern auch Verhandlungskünstler.

»Vier.« Ich wusste, wir würden uns in der Mitte treffen, was auch in Ordnung war, ich würde ihm einfach die größten Stücke geben.

»Drei! Mein letztes Angebot.« Oh Mann, der Kleine würde mal ein wirklich harter Geschäftsmann werden.

»Okay, Chef.« Grinsend stand ich auf und verwuschelte ihm die seidigen blonden Haare.

»JAA!«, rief er und lief voller Elan in Richtung Badezimmer. Kopfschüttelnd folgte ich ihm.

Ja, Robbie hatte wirklich das Talent, mich aufzumuntern.

Wenigstens für ein paar Momente, dann senkten sich wieder meine Mundwinkel nach unten und mein Bauch zog sich zusammen. Denn im Grunde hatte sich nichts geändert. Tristan Wrangler war nun nicht mehr Teil meines Lebens ...

***

Am Nachmittag sprach ich mit Eric und sagte ihm, dass ich in meiner Pause gerne eine Stunde allein mit Robbie verbringen würde, auch um noch mal in das Boxstudio in der Nähe zu gehen. Ich wollte durchsetzen, dass die Kinder dort kostenlos trainieren durften. Als soziale Einrichtung hatten wir kaum Geld zur Verfügung und es würde den Kindern guttun. Und wenn ich dafür den Eigentümer flachlegen müsste, dann wäre das eben so.

Mit Robbie an der Hand betrat ich das große Studio. Vom strömenden Regen waren wir beide ziemlich durchnässt, aber das störte uns überhaupt nicht. Also Robbie zumindest nicht. Er hatte jede einzelne Pfütze ausgenutzt, um mit Vollkaracho reinzuspringen und mich nass zu spritzen; ich hoffte nur, dass seine Gummistiefel dicht waren.

Nachdem ich meinen Mantel ausgezogen hatte, schälte ich Robbie aus seiner Regenjacke, bevor wir den Tresen des Eingangsbereiches passierten und die riesige Übungshalle betraten.

Okay ... am Nachmittag war hier eindeutig mehr los als vormittags. In den zwei großen Ringen wurde gekämpft, und jeder der fünf Boxsäcke war besetzt.

Aber ich bekam davon nur am Rande etwas mit, denn da war

dieser betörende Duft, der meine Aufmerksamkeit forderte. Der Geruch verfolgte mich geradezu, sodass ich schon glaubte, paranoid zu werden. Vermutlich litt ich an einer Art Hirntumor, der mir vorgaukelte, etwas wahrzunehmen, was überhaupt nicht da war.

Mist!

Währenddessen zerrte mich Robbie strahlend durch das Studio und erzählte mir, was er alles vorhatte. Schmunzelnd ließ ich mich mitziehen, und schaute mich nach einem Trainer um, fand aber keinen, stattdessen allerdings etwas anderes! Weswegen ich prompt ins Stolpern geriet, als ich den vor Schweiß glänzenden breiten Rücken erkannte.

Nur einer konnte so makellose Muskeln besitzen. Nur einer hatte diese sexy Frisur, diesen Bizeps, diese erbarmungslosen Fäuste, die einbandagiert auf den Stoff einschlugen … Ich sah es wie in Zeitlupe. Tristan Wrangler beim Boxen – dieser Mann würde *irgendwann* tatsächlich meinen Untergang bedeuten – okay, wahrscheinlich schon eher!

Denn ein Kleiderständer kombiniert mit einer hinterhältigen Stufe unterbrach meine Glotzerei.

Noch versuchte ich mich festzukrallen, um Halt zu bekommen, doch es war zu spät und ich mal wieder zu ungeschickt.

Mit einem lauten »AAAAAAAAAAAAHHH«, das wirklich *jeder* hörte ... stürzte ich inklusive diesem verräterischem Kleiderständer in die Tiefe. Eine der Stangen knallte gegen meine Stirn, als ich unter dem Mitläufer begraben wurde, während mich ein scharfer Schmerz durchzuckte.

Ächzend blieb ich vorerst liegen und fasste mir an den Kopf. Ich zischte, als ich Blut spürte, konnte aber nichts sehen, weil die Kleidung mich unter sich begraben hatte.

»Mirti! Mirti!«, rief Robbie panisch und ich fühlte, wie seine kleinen Hände an meinen Füßen zerrten, um mich aus der misslichen und vor allem peinlichen Lage zu befreien.

»Scheiße, echt«, fluchte ich untypisch und hoffte, die Erscheinung war nur das Ergebnis meines durchgeknallten Verstandes gewesen. Das laute melodische Lachen, das über mir ertönte, belehrte mich jedoch eines Besseren.

»FRAU, DU BIST DER HAMMER!« Er kriegte sich gar nicht mehr ein, während er leichthändig den Ständer von mir hob und somit meine knallroten Wangen entblößte. Schweißüberströmt und mit nacktem Oberkörper besah er sich das Desaster und ging dann in die Hocke ... Oh Gott, ich wollte im Erdboden versinken! Ächzend wollte ich mich aufrichten und fasste erneut an die Wunde.

»Finger weg!« Tristan schlug mir auf die Hand und funkelte mich mahnend an, bevor er sanft mein Kinn umfing, und mein Gesicht so drehte, dass er meine Wunde inspizieren konnte.

Oh, mein heiliger Tristan! Seine Muskeln waren von der körperlichen Betätigung scheinbar aufgepumpt und glänzten verlockend ... und so nah! Wie sollte ich DIESEM FEUCHTEN-HÖSCHEN-TRAUMMANN jemals widerstehen oder ihm je entkommen?

»Hey, alles klar mit der Süßen? Hat ja ganz schön professionell ausgesehen, der Sturz ...«, fragte irgendeiner der Sportler , die sich fröhlich um mich herum versammelt hatten, Tristan winkte locker ab.

»Kein Problem! Solche Einlagen gehören bei ihr zum Standardprogramm!« Ich wurde sauer, denn er hatte kein Recht mich vor allen so bloßzustellen, und schob seine Finger wie eine lästige Fliege von meinem Gesicht. Es prickelte nämlich viel zu sehr, und ich wollte gar nicht wissen, in welcher Frau er sie seit Sonntagmorgen in Prag gehabt hatte.

»Was machst du überhaupt hier?«, blaffte ich ihn an und versuchte aufzustehen.

Aber ich taumelte aus irgendeinem unerfindlichen Grund, sei es wegen seiner halb nackten Anwesenheit oder dem Sturz, und fand mich im nächsten Moment in seinen starken Armen wieder.

OH GOTT! In seinen *schweißnassen* Armen wohlgemerkt!

Wenn er so weitermachte, konnte er mir gleich eine Kugel verpassen. Seine Gegenwart und sein Geruch benebelten meine Sinne, ohne dass ich mich zusammenreißen konnte. Der Mann besiegelte meinen Untergang.

»HEY!«, hörte ich Robbies Piepsstimme. »Lass Mirti runter!« Er zupfte an Tristans Trainingshose, und zwar so, dass sie etwas nach unten rutschte und mehr von diesem anbetungswürdigen V entblößte, dem ich schon immer verfallen gewesen war.

Jetzt fiel mir auch noch Robbie in den Rücken! Das musste eindeutig ein Komplott sein!

»Robbie, lass das!«, zischte ich ihn an.

»Hey Chef, immer mit der Ruhe ...«, grüßte Tristan ihn locker, und setzte sich mit mir in Bewegung. »Hilfst du mir beim Verarzten? Ich hab oben Pflaster mit Dinos drauf!«

Tristan grinste mich frech an und ich verengte die Augen. Verdammt! Ich hatte ganz vergessen, wie gut dieser Kerl mit Kindern umgehen konnte, weil das einfach nicht zu ihm passte! Aber er hörte ja sowieso nie auf, mich zu überraschen! Robbie jauchzte und hüpfte und klatschte zur Krönung noch in seine Patschehändchen. Verräterpack! »YEAH! Darf ich das raufkleben?« Leichthändig trug mich Tristan durch das Studio und die Wendeltreppen hinter dem Kleinen her nach oben.

»Klar ... allein schaff ich ja so eine lebensbedrohliche OP nicht«, scherzte er mit dem Jungen, der nur noch lauter lachte.

»Dinopflaster! Dinopflaster! Dinopflaster!« Ja, Kinder freuen sich im Schnitt fünfzig Mal am Tag, und das so richtig, wegen Kleinigkeiten. Ich wünschte, ich könnte das auch. Wenigstens nur einmal in der Woche! Aber noch sehnlicher wünschte ich mir, dass dieser wundervolle Gott mir gehören würde. Wem machte ich was vor? Zwar wusste ich, dass es nicht möglich war, aber meine Gefühle für ihn waren ungebrochen. Schon seit der ersten Klasse hatte er mir den Kopf verdreht und das hielt sich hartnäckig. Immer war er da, kümmerte sich um mich, auch wenn er nicht so für mich empfand wie ich für ihn. Schließlich gab es da noch geschätzte tausend Frauen, die um ihn buhlten.

Abrupt kippte meine Stimmung ... und ich funkelte ihn wütend an.

»Ich hasse dich!«, spie ich ihm entgegen und war mir sicher, dass ich *das* noch nie zu ihm gesagt hatte. Aber die Eifersucht nagte an mir wie eh und je, und machte mich geradezu rasend. Er zog lediglich eine markante Augenbraue nach oben, als er auf eine Tür deutete, die Robbie für uns öffnete.

»*Du* hasst mich, Mia Marena?«, flüsterte er trocken, aber absolut lauernd, sodass meine Kopfhaut prickelte. »Ich habe *wirklich* mit keiner anderen gefickt, im Gegensatz zu dir!« Mit einem Mal war alles Warme aus seinen Augen verschwunden, und er funkelte mich genauso wütend an, wie ich ihn.

»Ich habe auch mit keinem gefickt!«, antwortete ich sarkastisch und so leise, dass Robbie meine Worte auf keinen Fall hören konnte. Der war sowieso damit beschäftigt, durch die riesige Scheibe auf das Studio herabzublicken, sich dann auf Tristans Stuhl zu schmeißen und auszutesten, wie toll der sich drehen ließ ...

Der zornige, schweißnasse Boxgott setzte mich auf einer Couch in einem Büro ab. Es ähnelte ein wenig dem in Tristans Club, war nur etwas schlichter. Zum Glück wurde ich hier nicht mit einer entblößten Frauenpussy konfrontiert, auch nicht mit Nacktfotos von mir oder einem Göttertristanbild mit seiner Waffe. Auch fand ich hier keine Hinweise auf seine Familie.

Tristan scherte sich nicht darum, seinen Modelkörper zu verdecken, als er ein paar Utensilien aus dem Medizinschrank holte, und mich dabei tödlich anfunkelte. Er setzte sich auf den äußersten Rand und drückte mich nach hinten, sodass ich in das Sofa gepresst wurde. Ich verdrehte die Augen, weil er immer so schrecklich bestimmend war.

Robbie beugte sich mit einem Mal auch über mich und verdeckte die Sicht auf den wütenden Tristan-ich-töte-dich-mit-Blicken-Wrangler.

»Boah, Mirti. Das blutet voll!«, stellte Robbie fasziniert fest und wollte die Wunde anfassen.

»Es ist nicht so schlimm, wie es aussieht. Mirti hat einen Dickkopf.« Tristan fing selbstvergessen Robbies Finger ab und schlug ihm dann vor, noch ein paar Runden auf dem Bürostuhl zu drehen. Er würde ihn rufen, wenn er einen Assistenten bräuchte. Außerdem sollte er mal in die obere Schublade des Schreibtisches schauen, es könnte sein, dass sich dort Schokolade versteckt hatte. War der Mann Zauberer? Robbie ließ sich in Windeseile darauf ein, vergaß mich komplett für ein bisschen Schokolade, und sein aufgeregtes Gesicht verschwand aus meinem Blickfeld. Daraufhin schloss ich die Lider, weil ich wusste, dass sich Tristan gleich mir widmen würde ... und ihn so nah und konzentriert zu sehen, war mehr, als ich jetzt ertragen konnte.

»Und?«, fragte ich pampig, aber so leise, dass Robbie uns nicht hörte, als ich fühlte, dass er hauchzart das Blut von der Wunde tupfte. »Wie viel Frauen hast du schon ›VERARZTET‹?« Ich linste durch meine Wimpern und sah, wie er seine Augen verdrehte.

»Keine«, antwortete er bitter. »Und? Wie oft hast du mittlerweile schon mit Francesco gefickt?«, flüsterte er. Sein duftender Minzatem wehte über mein Gesicht. Ich sog ihn unauffällig tief ein und entgegnete genauso abfällig:

»Gar nicht!«

Triumphierend schaute ich ihn an und zog herausfordernd eine Braue nach oben. Tristan kam plötzlich noch näher, strich mit seiner Wange an meiner entlang und ... woah ...

»Mia Marena. Treib es nicht zu weit mit deiner Aufsässigkeit. Ich weiß immer noch, wo du wohnst ...«, wisperte er ruhig in mein Ohr, und ließ es sich nicht nehmen, sanft mein Ohrläppchen einzusaugen, wie er es sonst mit meinem Kitzler machte … ARGH! Seine Couch drohte offiziell einer Überschwemmung zum Opfer zu fallen.

»Nichts als leere Worte, Mista Wrangler. Genauso wie alle anderen, die Sie bis jetzt von sich gegeben haben!«, zischte ich den Aufstand weiter probend zurück und schmiegte meine Wange dennoch an seine.

Meine Hand hatte sich ganz ohne mein Dazutun gehoben und glitt an seiner nackten, schweißnassen, muskulösen Brust herab. Es prickelte schon wieder alles in meinem Inneren, und noch bedeutend intensiver, weil ich so dermaßen wütend auf ihn war.

»Ich habe dich nicht angelogen. Nie. FUCK!« Meine Finger strichen über den Glückspfad, der zu seinem Ficker führte, und er biss mir in den Hals. Ich keuchte und bog leicht meinen Rücken durch.

»Ich hab dir gesagt, du sollst Mirti nicht beißen!«, erklang Robbies strenge Stimme plötzlich über unseren Gesichtern, und Tristan richtete sich auf. Er atmete schwer, und ich ließ meine Hüften schnell wieder zurück auf die Couch sinken. Wie sie überhaupt in die Luft gelangen konnte, war mir ein Rätsel. Tristan schüttelte leicht den Kopf, um ihn zu klären, das lodernde Feuer verschwand aus seinen Augen und wich der gewohnten Kälte. Genauso war es wohl mit meinen.

»Tut mir leid. Sie schmeckt einfach so gut ... Also wie findest du das hier?« Er reichte Robbie ein buntes Dinopflaster mit einem T-Rex darauf. Es bestand Stiftung Robbie-Test. Tristan platzierte es mit ihm, wobei der Kleine äußerst konzentriert wirkte, und seine Zunge zwischen die weißen Zähne steckte. Genau wie Tristan … Die Schädel waren auch in exakt demselben Winkel schief gelegt, die Stirn auf dieselbe Art gerunzelt. *Das war gruslig* und … so faszinierend! Einen kurzen Moment konnte ich sie vor einem lodernden Kamin zusammen Flieger basteln sehen. Doch das würde nie geschehen. Tristan war kein Plüschhase, eher der Wolf im Schafspelz und ein elender Betrüger. Ich glaubte ihm nicht eine Silbe. Nur meinen Körper musste ich davon noch überzeugen.

»Danke!«, keifte ich, als sie fertig waren, und richtete mich auf. Robbie schaute mich verwundert an. Ich war sonst immer freundlich.

»Bitte«, antwortete Tristan genauso giftig, und Robbie verengte die Lider. Ich konnte nicht anders und streckte Tristan die Zunge raus. Mein kleiner Beschützer holte scharf Luft. Tristan knurrte mich an.

»Nicht streiten!«, rief Robbie plötzlich und riss uns aus unserem stillen Kampf.

»Mirti«, wandte er sich ernst an mich. »Zunge rausstrecken ist *sehr* unhöflich!« Ich wurde wirklich etwas rot ... oh man ...

»Und Mirti hat mir beigebracht, dass Jungs zu Mädchen immer nett sein sollen! Knurren ist nicht nett!« Jetzt schaute er Tristan stirnrunzelnd, aber fest an. Mein Kleiner war der Hammer!

»Also vertragt euch«, forderte Robbie mit erhobenem Finger und schokoladenverschmiertem Mund.

»Okay«, grummelten wir, dann kicherte ich und Tristan verdrehte die Augen. Robbie war skeptisch.

»Wir vertragen uns ja schon, siehst du?« Ich nahm Tristans große Hand, die sich sanft um meine Finger schlang, und schüttelte sie.

»Nein, nicht so! Richtig! Mit Spucke! Sonst gilt´s nicht!« Tristan und mir klappte der Mund auf. Robbie sah mich anhaltend super-streng an, und ich stöhnte, bevor ich meine Hand zurückzog, drauf spuckte und sie Tristan entgegenhielt.

»Mit Spucke, sonst gilt es nicht, Mista Wrangler.« Er fixierte mich, als wäre ich soeben komplett durchgeknallt.

»Du willst doch auch weiterhin mit Mirti spielen ... also musst du dich auch mit ihr vertragen!«, half Robbie nach. Oh Gott! Ich wurde knallrot und Tristans Lippen zierte plötzlich das dreckigste, schönste Lächeln aller Zeiten.

»Yeah ...«, gab er ihm recht. »Ich will tatsächlich noch mit Mirti *spielen*. Also ...« Mit Schmackes spuckte er auch in seine Hand und drückte meine fest. Sein warmer Speichel vermischte sich mit meinem und ich musste ein nur zum Teil angewidertes Stöhnen unterdrücken. Tristan streichelte mit seinem Daumen meinen Handrücken und hielt mich mit seinem Diamantenblick gefangen. Mein Atem wurde schneller ... Mein Herz klopfte lauter ...

»Das reicht schon!« Robbie trennte unsere Hände professionell und stand auf, während wir angeekelt die Spucke an unseren Hosen abwischten.

»Gehen wir nun zum Chef, Mirti?« Jetzt erst fiel mir ein, wieso ich eigentlich hier war. Warum war ich überhaupt im Büro gelandet? Kannte Tristan etwa den Besitzer?

»Ähm ... weißt du zufällig, wem der Laden gehört? Ich muss mit dem Eigentümer ein paar Sachen besprechen«, fragte ich ihn und richtete mich komplett auf. Tristan grinste mich an, als hätte ich einen Insiderwitz gemacht.

»Was willst du denn von ihm?«

»Ich will ihn fragen, ob er die Kinder hier trainieren lässt. Umsonst!«

»Umsonst?« Tristan zog eine Augenbraue nach oben. Der überhebliche Ausdruck verließ nicht für eine Minute sein Gesicht.

»JA! Im Notfall mach ich die Beine breit! Ich bin ja sowieso eine Schlampe, da kann ich das doch gleich ausnutzen!«, zischte ich ihm leise zu. Zum Glück war Robbie schon wieder abgelenkt, denn er hatte erneut die Scheibe für sich entdeckt, durch die er das gesamte Studio überblicken konnte.

»Oh ja, das bist du wirklich ... Du bist *meine* Schlampe!« Ein heiseres, kaum zu hörendes Wispern.

»Dem kann ich wohl nichts entgegnen ...«, seufzte ich schwer ... »und ich habe kein Problem damit! Aber ich werde nicht irgendeine von vielen sein ... Ich will *die Eine* sein.«

»Das bist du«, nuschelte er verhalten, doch er sah mich ernst an. Keine Unsicherheit, Mordlust oder Verlogenheit lag in seinem Blick. »Das war meine Alibifreundin«, flüsterte er weiter. »Ich hab nichts mit ihr. Sie ist für die offiziellen Anlässe da. Es gibt lediglich zwei Frauen, mit denen ich privat verkehre – Vivi und Katha, und das nur, weil ich sie einfach nicht loswerde!« Fast hätte er mir leidtun können … Aber ...

»Alibifreundin? Wieso ruft sie dich dann an, wenn du gar kein Alibi brauchst?«

»Sie will mehr, ich nicht. Du weißt, ich hab dich bei der

Scheiße noch *nie* angelogen, und das werde ich auch nie tun. Beruhige dich endlich, verdammt noch mal! Ich will *nur* deine Pussy!« Ohhh ... wie er ›Pussy‹ sagte, wie er das Wort streichelte. Er vergötterte sie wirklich ... Sein Blick wurde um fünfzig Grad wärmer. Dann räusperte er sich und lenkte offensichtlich vom Thema ab.

»Also ... ich denke mal ... der Chef wird sich darauf einlassen, schließlich hast du schon des Öfteren die Beine für ihn breitgemacht.« Tristan schaute arrogant auf mich herab, aber in seinen Augen tanzte der Schalk.

»Hä?«

Bedeutsam sah er sich in dem Büro um ...

Ich folgte seinem Blick ... und mein Mund klappte auf.

»*Das ist deins*?« Ich vollführte eine ausschweifende Handbewegung.

»Yeah. Was denkst du, wo ich dich das erste Mal gesehen hab?«

»*Hier?*«

»Japp, genau vor der Scheibe dort.« Ich kaute auf meiner Lippe und sah mich noch mal verstohlen um ... Ja dies war eindeutig Tristans Reich ... Allein die dynamischen Fotografien der Sportler/Sportlerinnen an der Wand sprachen Bände. Wieso war mir das nicht eher aufgefallen? Ach ja ... der schweißnasse, ablenkende Modeloberkörper ...

Als ich ihn wieder ansah, strahlte er mich noch intensiver an.

»Hast du mit ihm gefickt?«, fragte er leise, aber sehr drängend. Oh Mann ... das musste ihn wirklich sehr bedrücken, so wie die Qual seine Miene verzerrte.

»Nein, Tristan, habe ich nicht! Er besitzt irgendwie komische Vorlieben ...« Unbehaglich wand ich mich umher und war froh, dass Robbie uns immer noch keine Aufmerksamkeit schenkte, und sich am anderen Ende des Büros erneut im Stuhl drehte wie im Kreisel. Sein Lachen war das lauteste Geräusch im Raum.

Plötzlich blähten sich Tristans Nasenflügel und er fing an zu zittern.

»ER HAT DICH GEFISTET?«, flüsterte er rasend und ich zuckte zusammen.

»Gefistet?«, murmelte ich fragend.

»Wie viel Finger hat er dir reingesteckt? Drei? Vier? Die ganze Faust?«

Oh, oh, Tristan stand gerade kurz vor dem Explodieren.

»Beruhige dich!« Vorsichtig legte ich ihm eine Hand auf den Arm und strich nach oben bis zu seiner muskulösen Schulter. Dort knetete ich leicht die harten Muskeln; er stöhnte leise und schloss flüchtig die Lider. Ich war so froh, dass er meine Berührung akzeptierte, und wurde nur noch feuchter, weil er wirklich ein Traum von einem Mann war, besonders wenn er so hingebungsvolle Laute von sich gab. »Sag schon. Hat der Saftsack dir wehgetan oder dich ausgeleiert? Wenn ja, dann landet schneller eine Kugel zwischen seinen Brauen, als er seine Faust irgendwo reinstecken kann, der perverse Bastard! Wie kann er nur so etwas Enges mit seiner Scheiße entweihen?«, zischte er flüsternd, durchtränkt von hingebungsvollem Gestöhne, weil ich ihn massierte. Wäre witzig gewesen, stünde er nicht kurz vor dem Ausflippen.

»Tristan!« Mein Blick wanderte zu Robbie. Der drehte sich aber immer noch ...

»Lenk nicht ab! Er bekommt gar nichts mit, und hör nicht einfach auf, verdammt!« Er packte meine Hand, als ich sie zurückziehen wollte, und legte sie zurück auf seine warme nackte Haut …

Also knetete ich weiter seinen Nacken und er ächzte. »Antworte!«

Ergeben seufzte ich. »Vier Finger. Beim Fünften hast du geklopft ... und das keine Sekunde zu früh.«

Tristan verzog angeekelt und auch … gequält das Gesicht.

»Oh fuck!«, aber dann überdachte er die Sachlage und entspannte sich daraufhin ein wenig. »Na ja ... aber vier Finger sind auch nicht viel mehr als mein Ficker ...«, sinnierte er erleichtert und verzog dabei abschätzend die vollen Lippen. Ja, aber wenn er mir seinen Ficker reinsteckte, lechzte ich bereits danach, irgendwas von ihm reingesteckt zu bekommen ... Francesco hatte mich kein bisschen vorbereitet, ich war nicht mal richtig feucht gewesen. Natürlich band ich das Tristan nicht auf die Nase.

»Ich muss heute Abend zu Dad fliegen und bin erst am Freitag zurück, aber dann werde ich dich eingehend untersuchen!« Das löste eine wahre Flut in mir aus, und Tristan grinste dreckig. »Ich hoffe, es ist noch alles in Ordnung, in deinem Paradies. Ansonsten kann ich für nichts garantieren!«

Ich verdrehte die Augen. »Du müsstest wissen, dass mein PARADIES ein Muskel ist, der nicht einfach so ausgeleiert werden kann!«

»Vor allem ist das *mein* Muskel!« Er warf einen Blick auf Robbie. Als er sah, dass dieser sich gerade mit einem Kugelschreiber auf der Schreibtischunterlage vor sich in kritzelte, landete seine talentierte Hand zwischen meinen Beinen und er drückte sanft zu. Keuchend krallte ich mich an seinen Nacken fest. »Ich glaube dir jetzt mal. Aber wenn er sich noch einmal mit seinen fetten Wurstfingern in deine Nähe wagt, werde ich sie ihm abhacken und damit sein Arschloch fisten.« Mein Schlucken fiel ziemlich mühsam aus.

»Ich liebe deine dreckige Klappe, Tristan.« Er küsste spöttisch grinsend meinen Mundwinkel.

»Ich liebe deine Reaktionen auf sie.« Ich lächelte. Seine Lippen wanderten über meine Wange herab, bis zu meinem Ohr, wo er heiser flüsterte. »Ich kann es nicht erwarten, dich nackt, ohne störende Fetzen, unter mir zu haben und dich zum Schreien zu bringen. So wie Samstag auf dem Esstisch. Wirst du wieder so für mich kommen, Baby?« *Oh mein Tristan ...* Mein Kopfkino spielte gerade verrückt, und er wusste es ... Außerdem: ***Baby!***

»Kleiner Lehrer im Anmarsch!« Damit verschwanden seine Finger, und mein Lieblingswaise tauchte im Blickfeld auf.

»Mirti, du bist schon wieder so rot.« Robbie fasste mir scheinbar besorgt an die Wange und Tristan gluckste.

Ich schloss die Augen und versuchte mich zu beruhigen, während ich liebevoll getätschelt wurde.

***

Glaubte ich ihm? Konnte ich ihm vertrauen?

Diese Fragen stellte ich mir unentwegt, als ich am nächsten Abend auf meiner Couch lag, Musik hörte, und Stanley streichelte.

Okay ... ich wusste nicht, ob ich Tristans einzige Frau war, allerdings liebte ich ihn und würde nie hinter die Wahrheit gelangen, wenn ich mich von ihm fernhielt. Außerdem hatte unsere heutige Begegnung dafür gesorgt, dass ich längst drohte, vor Sehnsucht nach ihm zu zerfließen. Kaum dachte ich eingehender an seine Berührungen, pulsierte in mir alles.

Ich schloss die Augen und hörte seine Stimme im Kopf, fühlte seinen Atem auf meinem Gesicht und wusste, ich konnte vor ihm weglaufen, mich aber nicht verstecken. Allerdings würde ich ihn beobachten. Ganz genau überprüfen, wie er die anderen Frauen anschaute. Testen, ob er Interesse an ihnen zeigte. Bis jetzt hatte ich keine begehrenden Blicke bemerkt, die er irgendwem außer mir zugeworfen hatte. Was echt komisch war. Ich konnte nicht erwarten, dass er die letzten Jahre als Mönch gelebt hatte – gerade *er*! Ha! Doch anscheinend hatte er genau das … Seit acht Jahren keinen Sex … Der Gedanke war *woah*-iger als ich zugeben wollte.

Im Grunde musste ich ihm noch eine Chance geben. Ich konnte gar nicht anders. Schließlich gab er mir auch eine, indem er mir vorerst glaubte, dass ich nicht mit Francesco geschlafen hatte.

Francesco ... das Ganze mit ihm schien mir über den Kopf zu wachsen. Seine Vorlieben verunsicherten mich zutiefst und jetzt, wo wir schon einen Schritt in Richtung Sex gegangen waren, würde er immer mehr fordern. Keine Ahnung, wie ich ihn mir vom Leib halten sollte, zumal ich ihn einfach nicht einschätzen konnte. An ihm gab es so viel, was mich irritierte und ich nicht wusste. Im Gegensatz zu Tristan. Er schien genauestens über ihn informiert zu sein. Ob es nun die Drogengeschäfte oder seine Neigungen anging. Ging Francesco etwa tatsächlich schon seit Jahren in den Club, um sich dort das zu holen, was er von mir nicht bekam? Eigentlich logisch! Und es störte mich auch nicht sonderlich. Denn nun, wo ich im Bilde war, durchflutete mich Dankbarkeit, dass ich bisher verschont wurde. Außerdem würde ich alles daran setzen, dass keine Wiederholung stattfand.

Mein Körper verzehrte sich nach Tristans Händen und Lippen. Gegen die kam keiner an, nicht im Geringsten. In der Hinsicht war ich wohl ziemlich verwöhnt. Aber wer würde schon Schweinesteak nehmen, wenn er Rinderlende haben konnte, wer normale Tomaten, Cocktailtomaten vorziehen? Wer würde Sekt anstatt ... Okay, ich hatte Hunger ...

Stanley folgte mir in die Küche, während ich mir ein Brot machte, und bekam eine Scheibe Wurst, die er herunterschlang, als hätte er den ganzen Tag nichts gefressen und sich umgehend verschluckte. Der kleine Tollpatsch.

Als ich wieder ins Wohnzimmer kam, blinkte mein Handy auf dem Couchtisch.

»Freitag um elf. Keine Unterwäsche. Und glaub nicht, dass sich irgendwas zwischen uns geändert hat. Keine Küsse. Kein Mia-Baby. Mein Ficker freut sich.« Ich musste grinsen, als ich die Nachricht las. Das war so typisch Tristan. Noch mal schnell den Dominanten raushängen lassen, und dann alles auf seinen Ficker schieben.

»Ich dachte schon, du hättest es verdrängt, dass du mich Mia-Baby genannt und geküsst hast«, schickte ich grinsend zurück. Jetzt wo er nicht da war und mich einschüchterte, konnte ich viel leichter ehrlich sein.

»Das geschah alles nur aus Fickernutz. Er hatte Panik.« Ja, ja ... *»Bevor oder nachdem er Bekanntschaft mit meinem Knie gemacht hat?«* Oh, das hätte ich nicht gewagt, in seiner Gegenwart zu äußern.

»Mia?«

»Ja?«

»Am Freitag wirst du mit mir in die Kirche gehen.« Oh, Kirche *und* Tristan! Er würde doch nicht! Er würde doch nicht *das* wiederholen! Prompt beschleunigte sich mein Herzschlag!

»WAS?«

»Du hast richtig gelesen. Du hast mich in mein verdammtes Heiligtum getreten, und ich werde dich in einem Heiligtum entweihen. So wie vor acht Jahren. Aber dieses Mal werden es nicht nur meine Finger sein.« Ich konnte erst mal nichts antworten, sondern las die Nachricht sicher zehn Mal, und schluckte laut, bevor ich zurückschrieb.

»Kann ich dem irgendwie entgehen?« Ich war zwar nicht gläubig, aber ich wusste nicht, ob ich den Nervenkitzel überleben würde.

»Auf keinen Fall. Strafe muss sein! Soll ich dir all deine Vergehen aufzählen?« Oh, jetzt grinste er mit Sicherheit dreckig. Ich sah ihn regelrecht vor mir. Selbst in Gedanken lenkte mich seine Schönheit ab.

»Ich bitte darum.«

»Du hast den Kuss abgebrochen. Du hast mich Arschloch genannt. Du bist vor mir davongelaufen. Du hast mir in meinen Ficker getreten ... du bist noch mal abgehauen. Du hast mir den Ficker gezeigt, und du hast dich von Minischwanz fingern lassen! Sicher hast du ihn auch geküsst ... daran will ich gar nicht denken ... Genug Gründe?«

Oh Mann! *Gegenangriff! Komm schon Mia, trau dich!*

»Das hast du alles verdient! Du bedrohst mich auf alle möglichen Arten, die es nur gibt. Du spielst mit meinen größten Ängsten. Du bist ein Psycholover. Du willst mich nie küssen. Du nennst mich weder dein Mädchen noch Mia-Baby oder Mia. Du nennst mich Schlampe, Flittchen, Nutte oder was am schlimmsten ist MIRTA. Du findest mich dumm, zu dürr, hässlich ... soll ich weiter machen?«

»Zwei davon stimmen nicht.«

»Welche?«

»Du bist nicht hässlich, und du bist nicht dumm, dafür aber ziemlich dürr. Was ist nur aus meinen Kurven geworden?«

»Toll!« Ich verdrehte meine Augen, denn ganz offenbar amüsierte er sich köstlich. Hatte ich schon mal gesagt, dass ich es liebte, wenn er so losgelöst war? Anscheinend fiel es ihm leichter, so heiter zu sein, wenn ich nicht da war. Wenn er das Gesicht zu dem Verrat nicht ständig vor sich sah.

»Sag es mir. Wieso bist du so abgemagert?«, beharrte er.

»Weil du nicht da warst.«

»Aha, jetzt bin ich wieder schuld daran, dass du verantwortungslos deinem Körper gegenüber bist?«

»JA.«

»Ich werde dich mästen wie einen Truthahn.« Ich lachte.

»Tu das!«

»Werde ich.« Er lachte sicher auch.

»Okay.«

»Okay.«

»Okay, was?«, schrieb ich wieder.

»Okay, ich werde dir für deine letzten frechen Nachrichten das Hirn aus dem Schädel vögeln!«

»Nichts als leere Drohungen, Mista Wrangler.«

»Mach so weiter, und ich komme sofort, und das meine ich doppeldeutig!«

»Ich sag ja: LEERE DROHUNGEN!«

»Zieh dich aus und leg dich aufs Bett.«

»WAS?«

Es kam nichts mehr zurück.

OH, OH!

Er würde doch nicht etwa wirklich? Er würde doch nicht ... Es war doch noch gar nicht Freitag, und ich war ungeduscht, zerzaust, trug Schlabbersachen, und meine Wohnung sah aus, als wäre hier eine Bombe hochgegangen! Panisch sprang ich auf und schmiss dabei fast Stanley von mir.

»Oh Gott, oh Gott, oh Gott!« Wie ein aufgescheuchtes Huhn lief ich umher und wusste nicht, was ich als Erstes machen sollte. Stanley hüpfte dabei freudig neben mir auf und ab – der fand das ganz klar irre komisch. Hoffentlich sah mich keiner der Nachbarn, ansonsten hätten sie die mit den weißen Jacken im modischen Schnallentrend vorbeigeschickt.

Die herumliegenden Zeitungen wurden in die Schrankwand gestopft – die hierbei herausgefallenen Bücher wieder hineinbefördert. Die drei Teller und das Glas auf dem kleinen Tischchen vor dem Sofa in die Küche manövriert, wo ein Berg bereits auf den nächsten Abwasch wartete … Mist! Ich schloss einfach fest die Tür und hastete zurück ins Wohnzimmer. Die Kekskrümel vor der Couch fegte ich mit der Hand unter den Teppich, Stanleys Kauknochen warf ich in sein Körbchen, auch das Stückchen Holz, an dem er immer herumnagte, die abgekauten Späne folgten den Bröseln unter den Teppich … Keuchend sah ich auf und überblickte das restliche Chaos … Es hatte sich scheinbar nichts verändert.

Kapitulierend entschied ich, dass ich auf die Schnelle nichts weiter gegen den Zustand der Wohnung tun konnte, hetzte mit Vollkaracho zur nächsten Station: dem Schlafzimmer, und zerrte mir die Klamotten vom Körper. Dann schmiss ich mich seitlich aufs Bett, fuhr mir mit einer Hand durch meine chaotischen Haare und schnaufte erst mal durch. Das Handy im Wohnzimmer piepte. Neue Textnachricht. Mist!

Ich sprang auf und lief zurück.

Es war schweinekalt. Zähneklappernd öffnete ich die Nachricht.

»Du hast den rosa Kauknochen übersehen …« Ich las den Text drei Mal, bis mir klar wurde, was genau das bedeutete. Es piepte erneut. *»Mach nicht so große Augen und schließ den Mund … Spreiz lieber die Beine für mich!«*

Oh mein Tristan! Das konnte nicht wahr sein!

Panisch schaute ich mich im Wohnzimmer um, wobei ekelhafte Paranoia meinen Rücken heraufkroch. Er hatte doch nicht wirklich Kameras hier angebracht, oder? Als ich keine fand, antwortete ich mit zitternden Fingern, während ich unauffällig die Decke der Couch über mich zog.

»Das hast du nicht getan!«

»In jedem Zimmer! Tu die beschissene Decke weg!« Frustriert schmiss ich sie beiseite.

»Seit wann?«

»Seit Sonntag!«

»Wegen Francesco?«

»Auch ...«

»Weshalb noch?«

»Ich liebe es, dich zu beobachten.«

»Ich mag es aber nicht, von dir beobachtet zu werden!«

»Eine glatte Lüge Miss Angel. Ich sehe doch, wie feucht du gerade bist! Ich kann zoomen.«

Schnell schloss ich meine Beine und schaute dazwischen, um es zu überprüfen. Sooo feucht war ich gar nicht!

»HA, HA!«, schickte er sofort und ich schnaufte frustriert. *»Du bist göttlich und ich werde mir jetzt auf dich einen runterholen. Ich hab ihn schon in der Hand ...«*

Gott ... *Nun* war ich feucht! Richtig!

»Tu es ...« Das musste er mir nicht zweimal sagen. Sofort wanderten meine Finger zu dem pulsierenden Punkt zwischen meinen Beinen.

»Beine breit!«

Ich spreizte sie.

»Yeah ... und jetzt stell dir vor, es sind meine Finger ... Du weißt, was sie mit dir anstellen können ... wie sie sich dabei anfühlen ... spürst du sie, Baby?«

Ich stöhnte, als ich das Wort ›Baby‹ las, und als ich mir das vorstellte, was er von mir wollte. Noch schlimmer wurde es, als ich visualisierte, wie Tristan in seinem Büro saß und mit besagten Wunderfingern an seiner enormen schweren Länge entlangstrich. Den Kopf nach hinten geworfen, die Augenbrauen gerunzelt und die vollen Lippen leicht geöffnet.

»Soll ich dir beschreiben, was ich Freitag mit dir vorhabe?«

»Ja!«, schrieb ich zurück. Dann gab ich mich voll und ganz Tristans, dreckigen, atemberaubenden Fantasien hin und genoss das Prickeln, zu wissen, dass Tristan mich von irgendwoher beobachtete ...

21. Mein Mädchen, die Vollnutte

Tristan `dream of every woman` Wrangler

Heute war die Schonzeit vorbei, ich würde sie richtig hart rannehmen und sie ohne Rücksicht auf Verluste bis an ihre Grenzen treiben. Ihre unverschämten Nachrichten hatten das Fass zum Überlaufen gebracht und zeigten ihre Aufsässigkeit. Zwar konnte ich nicht abstreiten, dass mir das schriftliche Geplänkel Spaß bereitete, viel mehr, als dass ich es hätte komplett unterbinden wollen. Das änderte aber nichts daran, dass ihr Verhalten einen Denkzettel verdiente. Denn im Nachhinein ärgerte es mich, auch wenn dazu zwei gehörten. Schließlich hatte ich mich darauf eingelassen, wurde immer wieder weich, wenn ihre charmante Art mich einlullte. Ah, verdammt. Meine Inkonsequenz machte mich nicht nur wütend, sie trieb mich in den Wahnsinn. Vermutlich sollte ich mich auf all ihre Verfehlungen konzentrieren und davon gab es schließlich einige. Sie hatte mir beispielsweise in den Ficker getreten. Mir kamen immer noch beinahe die Tränen, als ich an den extremen Schmerz dachte. Dafür würde sie mit Sicherheit büßen. Dann war da noch Kleinschwanz. Dieser Pisser kompensierte seinen Minificker, indem er Frauen fistete. Jedem seine Neigungen, aber dass er die göttliche Pussy meines Mädchens mit diesem Scheiß entweihen wollte, würde ich ihm heimzahlen und ihr gleich mit.

Seit ich davon wusste, bekam ich diese Horrorvorstellung nicht mehr aus meinem Kopf. Das war Foltern auf hohem Niveau.

Apropos entweihen: Eigentlich wollte ich mit ihr in die Kirche gehen, um sie mich reiten zu lassen, während sie beim Pfarrer ihre Beichte ablegte. Aber das wäre zu einfach gewesen. Der heutige Abend würde keinesfalls leicht werden, denn ich hatte vor, ihr zu zeigen, was es bedeutete, meine persönliche Nutte zu sein …

Ich würde sie behandeln wie jede andere meiner Mitarbeiterinnen und die dringend nötigen Grenzen ziehen, für mich, aber auch für sie. Wenn sie sich gut machte, würde sie am Ende der Nacht eine Belohnung von mir bekommen. Ein Erlebnis der besonderen Art.

Sollte sie sich aber querstellen oder rumzicken, würde es nur immer schlimmer und schlimmer für sie werden. So wie bei unserem ersten Clubbesuch, als ich sie vor allen Anwesenden gedemütigt hatte.

Ich lag kiffend auf der Couch meines Büros und beobachtete die tobende Menge im Club. In nichts als Shorts, damit es nachher schneller ging. Vorbereitung war eben alles.

Es war erst zwei Minuten vor elf, aber unten war schon wieder die Hölle los, der Raum wie üblich zum Bersten voll, was gut war ... Je mehr Publikum, umso mehr Nervenkitzel.

Mit einem teuflischen Grinsen drückte ich den Rest der Tüte aus. Auf dem Bürotisch warteten unsere Outfits und andere Utensilien, die ich heute benutzen wollte.

Mia Marena würde Augen machen. Ich freute mich diebisch und rieb mir mental die Hände – und mein Ficker erst! Der tanzte schon den gesamten Tag in meiner Hose eine wilde Rumba, genauer, seitdem ich wieder in der Heimat war.

Die vergangene Woche hatte ich mit meinem Vater und Phil verbracht und intensiv an meiner Bräune gearbeitet. Wir wollten unsere Restaurantkette erweitern, und mein Vater sollte sich auf Gran Canaria um alles kümmern. Wir hatten geplant und verschiedene infrage kommende Objekte besichtigt. Leider fanden wir nichts Geeignetes, konnten aber letztendlich ein Stück Land erwerben, was sich aufgrund der Lage ideal für unser Vorhaben eignete.

Ich stand auf und fuhr mir soeben mit beiden Händen durch die Haare, als es klopfte. Wie üblich stürzte ich zur Tür und riss sie auf.

Dieses Mal zog sie nicht gerade ihren Lippenstift nach, aber sie war immer noch nicht darauf gefasst, dass ich so schnell öffnen würde, und fasste sich schockiert murmelnd ans Herz.

»Hast du ein schlechtes Gewissen, oder was?«, erkundigte ich mich hinterhältig, und sie verdrehte die Augen, wofür ich ihr bereits wieder auf die Titte oder auf den Arsch hauen wollte.

Ja, okay ... die Woche war stressig gewesen und ich hatte nicht gerade gute Laune.

Deswegen hätte sie gut daran getan, nicht mit mir zu ficken ... aber wann fickte sie schon mal *nicht* mit mir?

»Musst du mich immer so ...«

Ruppig unterbrach ich sie und forderte knapp: »Ausziehen. Komplett!« Sie sollte erst gar nicht anfangen, sich zu beschweren und gleich merken, wer hier das Sagen hatte.

Ihre Augen wurden kurz groß, bevor sie raffte, dass sie nicht zögern sollte und sich in Höchstgeschwindigkeit entblätterte.

Ich wandte meinen Blick nicht von ihr ab, denn ich liebte es, wie sie nervös wurde, und schenkte ihr nicht das geringste Lächeln oder irgendeine Art der Aufmunterung. Sie sollte noch ein bisschen im Ungewissen zappeln, denn sie war einfach viel zu scharf, wenn sie sich vor mir fast ins Höschen machte.

Oh Fuck ... wann war ich eigentlich so ein verdammter Sadist geworden? Aber diese Frage war irrelevant ... denn ihre glänzenden Schamlippen, die ihre Erregung verrieten, sogen mich in ihren Bann. Sie liebte mich genauso dominant, irre und brutal, wie ich war ...

Schließlich stand sie komplett nackt und händeringend da, und ich verengte die Lider, als sie sich tatsächlich vor mir bedecken wollte, bevor ich die Hände von ihrem Körper zog.

»Versteck dich nie vor mir, Mia Marena«, forderte ich ruhig und schaute auf sie hinab, während sie auf ihre Unterlippe biss. »Und hör auf zu kauen oder ich ficke dich gegen die Scheibe.«

Ängstlich sah sie zum Glas, aber wir wurden hier oben sowieso nicht beachtet und wenn, wäre es auch egal, weil kein anderer außer mir es wagen würde, jemals einen Finger an sie zu legen.

Ihr Mund bewegte sich nicht mehr, sie wirkte aber immer noch eingeschüchtert. Hmmm, eigentlich war es nicht gut, wenn sie verängstigt war, denn für das, was ich mit ihr vorhatte, brauchte sie Selbstbewusstsein.

Also entschied ich, ein wenig netter zu sein ... Natürlich aus reinem Eigennutz.

»Du bist eine brave Schlampe oder Mia Marena?«

Zögernd nickte sie und ich lächelte ... halb.

»Dann darfst du mich jetzt ausziehen.«

Das konterte sie, indem sie sich wieder heftig auf die Lippe biss, und ich verdrehte die Augen.

»Komm schon, zieh die Scheiße aus! Ist ja nicht so, als hättest du mir nicht oft genug die Kleidung vom Leib gerissen ...« Streng deutete ich auf meine Boxershorts, die ziemlich spannte, und sie beeilte sich, ihre Finger in den Bund zu haken und vor mir auf die Knie zu gehen, während sie den Stoff nach unten zog.

FUCK! Mein Ficker sprang an die frische Luft und war nun ein paar Zentimeter von ihrer Wange entfernt. Als ich sie so nackt und absolut ... schön vor mir hocken sah, dachte ich mir: Was soll ´s?

Unvorbereitet packte ich ihre Haare und dirigierte *ihn* dorthin, wo ich *ihn* haben wollte. Ihre Augen waren vor Lust verschleiert, als sie zu mir aufblickte, ihn aber brav in den Mund nahm und umgehend anfing, genüsslich zu saugen. Sie stöhnte und schloss die Lider, sobald sie *ihn* schmeckte.

»OH FUCK!« Sofort löste ich sie wieder von mir, denn ansonsten wäre ich hier und jetzt gekommen und diese Genugtuung wollte ich ihr nicht geben. Dadurch verschwammen nur die Machtverhältnisse und ich musste heute die Oberhand behalten, auch wenn es mir selbst alles abverlangte, mich nicht weiterhin ihren samtenen Lippen hinzugeben und sie anschließend zu ficken, bis sie alles tat, was ich wollte. Doch alles zu seiner Zeit. Frustriert schnaubte sie auf, als ich mich entfernte.

»Bring mir die Bikerhose!« Sie stand auf, ging zum Schreibtisch und beäugte skeptisch die anderen Sachen. Ich grinste in mich hinein, als ich sie ihr abnahm, und ohne Shorts in das enge Teil aus Leder schlüpfte.

Mia Marena schluckte und ließ ihren Blick verlangend über mich gleiten. Ja, ich wusste, dass ich absolut scharf aussah. Ich hatte heute extra meinen ganzen Körper enthaart, so wie früher immer.

»Zieh den Reißverschluss hoch. Mit deinen Zähnen!« Erneut hockte sie sich vor mich, hielt sich an meinen Oberschenkeln fest und zog das Teil wirklich auf die verlangte Art nach oben, wobei sie mir in die Augen sah. Was gar nicht so einfach war ... wegen des steifen Penners.

»Der Knopf bleibt offen«, verkündete ich trocken.

»Hol jetzt das Massageöl und reib mich damit ein, mit deinem Körper.« Mein Grinsen konnte ich mir nicht verkneifen, denn sie musterte mich so niedlich schockiert, gehorchte allerdings und schüttete ein kleines bisschen auf ihre Hände. Ich verdrehte die Augen, packte mir das Fläschchen und kippte es einfach auf ihre Vorderseite.

»Mhmmm ...«, summte ich, während ich sie einmassierte. »Deine Titten sind der Wahnsinn. Ich liebe es, wie deine Nippel immer noch auf meine Berührungen reagieren ...« Dabei drehte ich sie kurz zwischen meinen Fingern. Als sie aufstöhnte, ließ ich sie los und schlug ihr leicht auf die Titte. Mir war klar, dass sie das rasend machte, und konnte exakt das wütende Funkeln in ihren Augen vorbeiziehen sehen.

»Kein Gestöhne! Bei dem Part sind wir noch nicht. Ich habe gesagt, du sollst mich mit deinem Körper einschmieren!«

»Hm!«, lautete ihr einziger Kommentar. Sie trat an mich heran, und ich fühlte genau ihren schnellen Atem, als sie ihre weichen, vollen Titten an meine Brust presste, sich dann mit dem gesamten Oberkörper an mir rieb und das Öl zwischen uns verteilte.

Ein heiseres Stöhnen unterdrückend fragte ich mich, ob jemand die Klimaanlage ausgemacht hatte ... An den Armen ließ sie es sich nicht nehmen, meine Muskeln durchzukneten. Ich notierte mir im Geiste, sie am Ende des Abends *auf jeden Fall* zu belohnen, so geil, wie sie mich nun massierte. Als ich mich umdrehte, tat sie dasselbe an der Rückseite, bis ich glänzte und aussah wie ein professioneller Gogo-Tänzer ... Dann war sie dran. Langsam verrieb ich das Öl auf ihrer seidigen Haut, wobei ich sie unentwegt ansah und ein bisschen über ihren Körper pustete, damit sie Gänsehaut bekam und leicht zitterte. Mhmmmmm ...

Atemlos und mit geröteten Wangen aber einem unendlichen Vertrauen in den Augen blickte sie zu mir auf.

Ausgiebig spielte ich mit ihren Titten und ließ mir auch Zeit, sie zwischen den Beinen einzuölen, wenngleich sie dort keines gebraucht hätte, weil sie so oder so einladend glänzte.

Stöhnend wand sie sich hin und her, aber ich entschied, es nicht zu unterbinden. Schließlich war ich nun mal ein geiler Scheißer, der wusste, wie er sie zu berühren hatte, und sie kam nun mal nicht darum herum, mir ihre Lust zu zeigen. Außerdem hatte ich gar nichts dagegen, wenn sie stöhnte.

Ich liebte diese Laute. Alle! Gern hätte ich sie aufgenommen, und mir jeden Abend vor dem Einschlafen angehört. Wobei ... dann hätte ich mir sicher nur die ganze Nacht einen runtergeholt ...

»Am liebsten würde ich dich gleich ficken. Aber darauf musst du noch ein bisschen warten ...« Ich drückte fester zu, und ließ einen Finger zwischen ihren zarten Lippen verschwinden, drang allerdings nicht in sie ein, während ich nach oben und unten strich.

»Tristan ...«, keuchte sie hingebungsvoll und presste ihren Unterleib gegen meine Hand.

Mit einem Ruck zog ich mich zurück und drehte sie um, damit ich sie auch hier einschmieren konnte. Natürlich wurden ihre kleinen runden Arschbacken besonders genau von mir bearbeitet und geknetet. Oh, yeah ... Ich hätte Stunden so weitermachen können!

Aber irgendwann, und eindeutig viel zu früh, glänzte sie genauso wie ich und war einfach nur SEX auf zwei Beinen.

»Hol dein Outfit!« Den Befehl unterstrich ich mit einem Klaps auf ihren Hintern.

Sie näherte sich so vorsichtig dem Tisch, als wäre dort ein Sack Schlangen versteckt und packte sich die übrige Kleidung, ohne sie eingehender zu betrachten.

Ich nahm sie entgegen, zog ihr erst den schwarzen Tanga an, den knappen Netzrock darüber, und schloss den Triangel-BH.

»Ich ...« Eilig verschloss mein Zeigefinger ihre Lippen und strich sanft darüber.

»Shhh ... Ich werde dich den ganzen Abend nicht aus den Augen lassen, und keiner außer mir wird dich berühren, okay, Baby?« Lächelnd schob ich ihre Haare zurück. Irgendwie war meine Laune mittlerweile ... blendend.

»Aber ...«

Sanft streichelte ich über ihre Unterlippe und neigte den Kopf zur Seite. »Ruhe jetzt!«

Ihr Mund klappte auf, aber ich lachte leise und griff nach hinten auf die Kommode, um das letzte Requisit zu nehmen, das sie noch nicht mal bemerkt hatte.

»Tr...!« Meine Hand schnellte vor und ich schlug ihr auf ihren köstlichen, kleinen, Jungfrauenarsch. Sie schrie auf, worauf sich ihre Finger umgehend auf ihren Mund legten. Während ich lachte, schaute sie mich zutiefst empört an, tastete sich zu ihrer Backe vor und knetete diese vorwurfsvoll. Schmunzelnd zeigte ich ihr die schwarze Reitgerte.

»Du darfst es dir aussuchen. Was willst du lieber sein? Hund oder Pferd?«, scherzte ich und sie starrte mich schockiert an.

»Ist das eine Reitgerte?« Sie musterte das Ding in meiner Hand an, als wäre es etwas Abstoßendes. Sie schien wie erstarrt. Genüsslich strich ich mit dem Utensil über ihren Bauch, die Brüste, den feinen Hals bis zu ihrem Kinn, um es mit dem vorderen Ende anzuheben, sodass sie mich ansehen musste.

»Ja, Miss Angel. Das ist eine Reitgerte«, lobte ich sie und ließ die Spitze des besagten Teils an ihrem Kiefer entlangwandern. »Ich werde sie benutzen, wenn Sie nicht folgen. Es wird nicht wehtun ... aber auch nicht angenehm sein, vor allem weil Sie sich erschrecken werden. Kostprobe?« Unverhofft sauste das Leder auf ihren aufgestellten Nippel.

Mia zog scharf sie Luft ein, krümmte sich ein bisschen, ihre Augen wurden feucht, aber vor allem verdunkelten sich ihre Iriden.

Oh fucking yeah ... das gefiel ihr ... und mir nur noch mehr.

Ihr Atem beschleunigte sich, als sie abwartend meine Hand anschaute und ich amüsiert auf sie hinabblickte. Oh ... wie sich ihr eingeölter Brustkorb hob und senkte ... wie sie zitterte ...

Fuck!

Sie war verboten heiß! Mein Ficker wollte sie! *Jetzt!* Und ich hatte endgültig genug, mich zu beherrschen. Es war schlichtweg nicht möglich. Scheiß auf mein Vorhaben. Das konnte ich später noch immer umsetzen.

»Planänderung«, stieß ich hervor und warf die Gerte beiseite, um sie an den Hüften an mich zu ziehen, wodurch ihr Unterkörper hart gegen meinen krachte.

»Ich will dich!« und dann küsste ich sie ... am Hals. Zwar hätte ich ihr zu gerne meine Zunge in den Mund gesteckt und von ihr gekostet, allerdings war ich nicht so lusttrunken, dass ich mich so sehr hinreißen ließ. Sie keuchte, als sich unsere eingeölten, glänzenden Körper aneinander rieben, und griff, ohne zu überlegen, nach meinem Arsch, um mich an sich zu pressen. Ich tat es ihr gleich und umfasste ihre zwei Pflaumen, verstärkte den Druck von ihrer Pussy auf meinem Schwanz, was uns beide gleichzeitig zum Stöhnen brachte.

Jetzt hatte *ich* eindeutig erhöhte Temperatur!

Sie streckte mir ihren Oberkörper entgegen, genoss meine Lippen und meine Zunge, die sich wissend ihren Weg bis nach unten zu den vollen Brüsten bahnten. Gleichzeitig dankte ich meiner Voraussicht, genießbares Öl genommen zu haben, denn alles andere schmeckte oftmals nach purer Chemie. Dabei biss ich sie erst mal in die Brustwarze, sie war einfach nur lecker. Aber nicht fest ... Ich wollte ihr nicht wehtun ... zumindest nicht so. Alles, was ich wollte, war, sie um mich herum zu fühlen.

»Tristan«, hauchte sie in die Stille des Büros, die ansonsten nur durch unseren hektischen Atem unterbrochen wurde.

»Umdrehen!«, lautete meine genuschelte Antwort, als sie mit dem Arsch gegen die Scheibe krachte. Ich wollte sie dieses Mal von hinten. Tief ... Richtig tief ... und hart ... richtig hart. Eilig zog ich den Reißverschluss nach unten.

Meine kleine, total aufgegeilte Schlampe reagierte sofort und drehte sich um. Ich packte ihre Haare und bog ihren Kopf nach hinten, um weiter ihren Hals zu küssen. Mit der anderen Hand massierte ich ihre Brust, während ich meinen Ficker zwischen ihren Arschbacken rieb.

»Oh Fuck ... Baby ... Weißt du, wie heiß du aussiehst, wenn du so kurz davor bist zu kommen, nur weil ich dir meine Reitgerte auf die Titte geklatscht habe?«

Sie wimmerte. Oh fucking ja! In dem Moment konnte ich mich nicht entscheiden, welchen ihrer Lustlaute ich am aufregendsten fand. Nur eins war klar, ich war verloren, wenn sie keuchte, stöhnte, schrie oder wimmerte. Selbst ihr Seufzen untergrub regelmäßig meine Selbstbeherrschung.

»Leider wirst du jetzt aber noch nicht kommen!« Mit diesen Worte fasste ich fester zu und beugte sie nach vorne, sodass sie mit dem Gesicht an der Scheibe landete, ließ meine Hand aus ihren Haaren in den Nacken gleiten, während ich mit den Fingerknöcheln über ihre triefende Feuchtigkeit strich. Sie wand sich ungeduldig. Ihre Hände hinterließen ölige Abdrücke auf dem Glas und ihr heißer Atem beschlug es.

»Denn das hier ist für mich. Du musst dir deinen Orgasmus erst verdienen!« Ich packte den feuchten Stoff ihres Tangas und zog ihn zur Seite, entblößte ihre glatten Lippen und starb ein paar Tode, als ich genau dort, im absoluten Paradies, meinen Ficker ansetzte.

»TRISI!!!! ICH BIN WIEDER DAAAAAAAAAAAAAAAAAAAAAAAAAAAAAA!« Fast hätte ich NEEEEEEEEEEEEEEEEEEEEEEEEEEEIIIIIIIIIIIIIIIIIIIIIIIIIIIIIIIIIIIIIIIIIN geschrien, als ich erkannte, wer da vor der Tür trällerte ... Leider war ich viel zu schockiert, um irgendwas Sinnvolles zu tun. Wie zum Beispiel, dem Teil gleich das Maul zu stopfen.

Also erfror ich nur an Ort und Stelle, als die Tür aufging und mein fickzerstörendes Verderben mir entgegentrat.

Mia Marena keuchte und schoss im gleichen Moment hoch, während sie sich mit viel Schwung umdrehte, um zu sehen, wer uns gerade so unfreundlich unterbrochen hatte ...

Meine Alibifreundin hätte sich keinen besseren Zeitpunkt aussuchen können, um hier aufzutauchen. Wirklich nicht! Ich nahm mir vor, sie dafür später einen Kopf kürzer zu machen.

Momentan stand sie einfach nur doof da, die manikürte Hand auf der Klinke. Der rosa geschminkte aufgespritzte Mund offen. Sehr offen. Ebenso wie die Augen ...

Eigentlich blickte ich nur Mia an, die gerade eindeutig einen üblen Herzinfarkt erlitt. Da war ich sicher. Für einige Sekunden war die Welt stehen geblieben. Dann drehte sie sich weiter ...

Und Mia fuhr zu mir herum, sie fixierte, *taxierte* mich ... Mein Herz stoppte unter ihrem absolut tödlichen Ausdruck.

Und schließlich … zischte sie einfach nur.

»Tristan, ich bring dich um!«

22. Seine verdammte Alibifreundin

Mia `jealous` Engel

Mit allem hätte ich gerechnet, nur nicht mit dem, was gerade geschah. Zum Beispiel, dass Menderez Präsident werden, die Menschheit den Sinn des Seins erkennen oder ein Tsunami über uns hereinbrechen würde. *Aber nicht mit dem!*

Niemals hätte ich in Betracht gezogen, dass *diese Naturkatastrophe* über meine kleine Welt einstürzen würde. Ich hätte niemals für möglich gehalten, dass er sie noch mal in sein Leben lassen würde ...

Ja, am Telefon hatte ich es schon geahnt, den Gedanken aber beiseitegeschoben! Schließlich gab es genug potentielle Anwärterinnen, sozusagen die Qual der Wahl! Da würde er doch nicht *tatsächlich* wieder auf Eva Eber zurückgreifen! Tja. Dass sie hier jetzt einfach reinplatzte, war *der* ultimative Beweis, wie falsch ich lag. Und da erzählte *er* mir was von Verrat? WOAH! Ohne mich weiterhin mit der Absurdität dieser gesamten Situation zu befassen, meinen Blick von ihm zu nehmen oder es kontrollieren zu können, tat ich das Einzige, zu dem ich im Moment imstande war. Ich klatschte Tristan Wrangler eine, und zwar deftig! Durch das laute schnalzende Geräusch wurde irgendwie jeder aus seiner eigenen persönlichen Starre gerissen und wir drei keuchten auf.

Ich ... weil meine Hand wehtat.

Tristan, weil ich ihn wahrhaftig geschlagen hatte.

Und *es*, weil es wohl genauso von meiner Anwesenheit schockiert war, wie andersrum.

Nach dem Simultanschreck geschah nicht viel.

Tristans Hand hob sich in Zeitlupe, während er mir mit dem Ausdruck blanken Entsetzens in die Augen schaute, ebenso langsam legte er sie an seine Wange und rieb über den Dreitagebart, als würde die Berührung ihm bestätigen, was gerade passiert war. Rasend stand ich vor ihm.

Es befand sich noch immer an der Tür und hatte sich keinen Millimeter bewegt.

Also begann ich und zischte ziemlich ... verzweifelt.

»Du weißt genau ... was wir ihretwegen durchmachen mussten! Du weißt, dass sie ... uns lieber die Hölle auf Erden bereitet hätte, als dich mit mir glücklich zu sehen! Dass sie ... alles zerstören ... wollte. Und du lässt sie in dein Leben? Sag bitte, dass sie rein zufällig hier ist. Sag, dass du keine Ahnung hast, was sie hier will!«

»OH BITTE«, ertönte *es* nasal. Jetzt sah ich erst richtig rot. Oh Gott! Ihre Stimme war so widerlich! Mein lodernder Blick schweifte zu ihr oder besser gesagt zu dem Ding ... Viel verändert hatte es sich nicht: graues, viel zu knappes Kleid – vermutlich die Kinderabteilung, Endlosbeine – leider perfekt – und Monstermöpse, die den Ausschnitt ihres Nuttenfummels beinahe sprengten. Nur die Nase war kleiner und die Lippen größer, als ich sie in Erinnerung hatte. Vermutlich wurde sogar recycelt, der Umwelt zuliebe. Dafür gab es ein Grelle-Farben-Revival, was das Make-up anging. Mir hatte das Pink ja so gefehlt. Ansonsten derselbe widerliche Hüftschwung – Marke: wie viel kostest du die Nacht – kombiniert mit einem fiesen Grinsen, was sie wohl nach acht Jahren perfektioniert hatte und diesem Möchtegernaugenaufschlag, der ihren falschen Wimpern das Höchste abverlangte. Also schlichtweg die ultimative Katastrophe.

»Was will der TRUTHAHN hier? Trisi?« Sie ging auf ihn zu und er wich zwar zurück während er die Hose schloss, aber es war mir egal ... Nie wieder würde sie sich zwischen uns stellen! *Niemals!* Zu viel war ihretwegen geschehen, zu viel hatte ich mir gefallen lassen!

»Fass ihn nicht an!« Bevor sie sich versah, hatte ich sie mit aller Kraft an den knochigen Schultern weggestoßen. So hart, dass sie ächzend gegen die Wand hinter sich krachte. In ihren hellblauen Augen loderte es auf. Wild, fast schon irre ... und sie wollte mit verzerrtem Gesicht auf mich zustürzen.

Aber Tristan hatte sich aus seiner Starre gelöst und zog mich an sich, drückte sich gleichzeitig an mir vorbei, sodass er halb vor mir stand, als sie nach mir greifen wollte. Mit der anderen packte er ihre Finger, die mit ziemlicher Sicherheit auf meine Haare abzielten.

»Lass sie!«

»Aber Trisi!«

»NENN MICH NICHT SO!«

»Tristan Wrangler. Ich bin deine Freundin, also kann ich dich ...«

»Du bist meine *Alibifreundin*! Nichts weiter! Kein Gefummel. Kein Geknutsche. Kein Geficke! Das waren die verdammten Regeln!«, knurrte er ihr direkt ins Gesicht und ließ ihre Hand los, bevor er zu mir herumfuhr. Offenbar hatte er sich wieder gefangen und wohl endlich realisiert, dass ich ihm tatsächlich eine gescheuert hatte.

»Und du…«, grollte er und ich starrte ihn schockiert an, als er eingeölt und wunderschön auf mich herabblickte, »hast sie wohl nicht mehr alle!«

»Wie bitte?«, presste ich hervor und erzitterte.

»Das ist gar nichts, Mia Marena!« Er zeigte auf die Oberhobelschlunze, während er mir sehr leise und bedrohlich klar machte: »Nur ein billiges Flittchen. Ein Mittel zum Zweck! Ich *ficke* sie nicht mal! *Ich sehe sie nicht an! Ich küsse sie nicht! Ich berühre sie nicht!* Verdammter Fuck. Ich bin hier bei *dir* und ich halte mich nach acht Jahren *immer noch* an *deine* beschissenen Regeln! Verstehst du eigentlich, was die Scheiße bedeutet? Und ich habe dir nur nicht gesagt, dass sie es ist, weil ich dir das ausnahmsweise ersparen wollte. Es bedeutet mir *nichts*. Warum dann die Dinge verkomplizieren? Und dein Dank ist es, deine Hand gegen mich zu erheben?! Das wird ein Nachspiel haben – jetzt.«

Er zerrte mich hinter sich her aus dem Büro.

Ich war so sauer – bebte am ganzen Körper, taumelte ihm jedoch ein paar Schritte über den Samtteppich hinterher. Völlig fassungslos ... So lange, bis meine Wut endlich einen Weg gefunden hatte, sich zu kanalisieren, gerade als er am obersten Ansatz der Treppen ankam.

Was tat ich hier eigentlich noch? Er war ein Arschloch! Sie war Eva – das Traumpaar hatte sich wieder! Ich verbog mich hier von vorne bis hinten für ihn, und *er* fiel mir so in den Rücken? Nachdem, was sie *mir* und *uns* schon angetan hatte?

»Du bist so ein Arschloch!« Ohne zu zögern riss ich mich von ihm los.

»WAS?« Tristan starrte mich an, als ich auf ihn zu trat, und ihn, genau wie sie, heftig gegen die breiten Schultern schubste. Leider tat er mir nicht den Gefallen, zu taumeln, weshalb ich ihn an die Wand in seinem Rücken stieß und er Augen rollend folgte.

»Weißt du was, Tristan Wrangler? Es reicht! Du hast es geschafft! Ich bin hier in einem Sexclub, oder? Ich bin hier, um Spaß zu haben und nicht um mich andauernd demütigen zu lassen! Es gibt hier Männer, die haben nichts dagegen, mich zu küssen! Und es gibt sicher auch Kerle, die nichts dagegen haben, mich zu lieben! Typen, die mich nicht anlügen und beschimpfen! Männer, die wissen, was sie an mir haben, und die mir glauben würden, wenn ich ihnen sage, dass ich keine Verräterin bin! Die nicht bezweifeln würden, dass ich sie liebe! Und die den Mut dazu haben, ihre Gefühle zuzulassen, auch wenn sie verletzt werden könnten! Mit denen werde ich mich jetzt vergnügen, also fick dich selbst! Denn mit mir hat es sich ausgefickt! Der Vertrag ist gelaufen! Wir sind gelaufen! BABY!«

Das Herz schlug mir bis zum Hals, als ich förmlich die Treppen hinunterraste. Zum Glück war er ... zu schockiert, um mir sofort hinterherzukommen. Ich war schon fast unten und spürte bereits den satten Bass des Clubs in meinem Bauch dröhnen, als er von oben brüllte.

»HAST DU SIE NOCH ALLE?!« Da schlüpfte ich schon durch den Vorhang hinter der Bühne und stürzte mich zwischen die zuckenden Lichter, die laute Musik, die halb nackten Menschen ... in Sicherheit ...

Na ja ... Ich fühlte mich keineswegs sicher, sondern weiterhin wie die verfolgte Beute. Bekäme er mich *jetzt* in die Finger, wäre seine Strafe unmenschlich grausam.

Das war kein Spiel mehr, das war Ernst! Ich hatte ihm gerade gesagt, dass ich mich demnächst in seinem exquisiten Fickladen für Notgeile von einem anderen begatten lassen wollte. Und das in seinem Jagdgebiet! Dumme Idee!

Eilig quetschte ich mich an den tanzenden Körpern vorbei, erhielt hier oder da mal ein »Hey Baby« hinterhergerufen, und ein oder zweimal packte irgendwer meinen Arsch. Doch ich duldete keine Auszeit, eilte weiter, ohne Ziel, ohne Orientierung. Wenn er mich jetzt erwischen würde, könnte mir keiner mehr helfen! Der Schweiß perlte über meine Stirn, als ich mich zwischen all den aufgeheizten Leibern entlangdrängte. Ich ignorierte das mich umgebende nackte Fleisch und die Rufe. Der Bass dröhnte durch meine Gliedmaßen, mein Herz, durch meine Brust.

Als ich den äußeren Rand der Tanzfläche erreichte und von den Letzten durchgelassen wurde, stieß ich mich hart, denn vor mir tauchte plötzlich die Bühne auf. Die *leere* Bühne ...

Oh Mist! Rechts und links drängten sich dicht an dicht die Besucher. Ich drehte mich um und erblickte sofort lodernde grünbraune Augen. Tödliche Augen! Nur auf mich fixiert.

OH NEIN! OH GOTT!

OH HILFE!

Panisch wanderte mein Blick herum, während ich überlegte, wie ich ihm entkommen konnte ... aber mir blieb nur eine einzige Möglichkeit. Bevor ich mich versah, hatte sich mein Knie auf den Bühnenrand geschwungen und ich stützte mich nach oben. Genau in dem Moment, als seine Hände nach mir griffen. Eilig stand ich auf und lief in die Mitte.

Hastig inspizierte ich meinen neuen Zufluchtsort, unten wurden schon die Ersten auf mich aufmerksam und begannen zu pfeifen und zu grölen. Die Bühne war nicht sonderlich groß, einzig mit einer Stange ausgestattet. Der Boden war mit schwarzem Samt ausgelegt und sicher flauschig weich ...

»Komm RUNTER!«, formten seine bebenden Lippen lautlos.

Ganz bestimmt nicht! Er sah aus wie der Teufel persönlich. Nicht gerade sehr vertrauenswürdig, da blieb ich lieber hier oben. Über ihm!

Ein Lichtstrahl erhellte mich und die vorwiegend männlichen Rufe wurden lauter, begeisterter. Eine unbekannte Energie nahm mich gefangen, sein Blick lag auf mir ... mit einem Mal fühlte ich mich so ... *mächtig.*

»NEIN, ARSCHLOCH!«, formte ich zu ihm zurück und zwinkerte ihm zu. Was hatte er mir doch beigebracht? Sich SEXY zu fühlen? Wie eine Göttin! Leg deine Scham ab… bla, bla ... nur ein Körper ... bla, bla!

Meine Lippen verzogen sich zu einem Lächeln, als meine gesamte Haltung sich änderte. Ich straffte die Schultern, meine Schritte wurden weicher ... Die Hüften schwingender ...

Ich musste breiter grinsen, als der DJ ein neues Lied einlegte und mir den erhobenen Daumen zeigte. *Das* war wirklich Schicksal.

›Kings of Leon, *Sex is on Fire*‹

Mein Becken kreiste wie von selbst, das konnte ich zu gut! Ich war kein steifes Brett ... sondern hatte es im Blut, meine Kurven weiblich zu bewegen.

Ich umfasste testweise und ziemlich fasziniert die Stange, spürte das kalte Material unter meinen Fingern, strich daran nach unten und nach oben, und die Laute wurden eindeutiger, bevor ich mich umdrehte, das schmale Metall jetzt im Rücken und bewusst seine Augen suchte ...

Ich fand sie. Er stand da, wo ich ihm entkommen war. Sein Mund war zu einer Linie zusammengepresst, die Hände umklammerten den Bühnenrand.

Hier, Mista Wrangler! Du hast es nicht anders gewollt!

Die rauchige Stimme des Sängers setzte ein, das Lied wurde intensiver, und ich fühlte es, fühlte einfach nur den erotischen Vibe und ließ mich langsam mit dem Rücken an der Stange herab, wobei ich ordentlich die Beine spreizte, wohl wissend, wohin alle starrten.

Es erregte mich dermaßen, dass ich die Lider schließen musste, als ich unten ankam ...

Mit einer fließenden Bewegung schwang ich mich auf die Knie, fixierte diese wundervoll lodernden dunklen Blick vor mir und kroch auf ihn zu ...

Dabei streckte ich meine Gliedmaßen und hob den Hintern in die Luft. Die Rufe wurden ohrenbetäubend, ebenso die Pfiffe. Seine Augen verengten sich, als ich auf ihn zu krabbelte.

Oh Tristan! Er konnte sich nicht rühren. Ich hatte ihn komplett gefesselt und es fühlte sich so gut an.

Da entdeckte ich Georgi in der Menge, auch er musterte mich ziemlich schockiert. Grinsend überlegte ich noch eine Stufe weiter zu gehen und wandte mich doch im letzten Moment nach links, nicht zu Tristan, sondern zu Georgi, der etwas entfernt stand.

Er grinste mich mit hochgezogenen Augenbrauen an, machte sich eindeutig dazu bereit, auf die Bühne zu springen ... ich zwinkerte ihm zu. Tristans Kopf folgte meinen Augen, und er fuhr zu Georgi herum.

Einen Wimpernschlag später tat er etwas, was ich nicht für möglich gehalten hätte, und zerstörte damit meine gesamte Überlegenheit.

Er schwang sich ... in Bikerhose ... Gogotänzeröl ... und absoluten Traummuskeln mit einer fließenden, anmutigen Bewegung auf die erhöhte Fläche und stellte sich mit auf den Hüften abgestützten Fäusten zwischen mich und Georgi, raubte mir mal so nebenbei den Atem, und grinste diabolisch auf mich herab. Jetzt gesellten sich zu den Männerrufen eindeutig Frauenstimmen hinzu – die waren ganz hin und weg.

Genau in dem Moment sah ich, dass Eva auch auf die Bühne klettern wollte. War die nicht mehr ganz dicht? Wieso war die denn hier? Der Gott, der so sexy vor mir stand, war *mein Mann*!

Ich kroch die zwei Schritte zu ihm, bis ich seine braunen Designerschuhe sah, hielt mich an seinen Oberschenkeln fest und lächelte ihn schüchtern an, während ich mich an ihm hochzog.

Gaaanz langsam ... dabei rieb ich mit meinen Brüsten über seine Schenkel, den zuckenden Ficker, seine Bauchmuskeln und schließlich über die harte nackte Brust ... mit den Händen strich ich über seinen glitschigen, harten Körper.

Sofort durchschoss es mich wie glühende Lava. Er war reines Aphrodisiakum.

Woah!

Tristan, der Gott, grinste überlegen ... während ich mich an seinen Hüften festhielt.

Genau in dem Moment kam die Zeile ›*Ahead while I'm driving ...*‹ Sein Grinsen wurde das dreckigste, schönste, was ich je gesehen hatte. Ich hatte Arschloch Tristan schon immer geliebt! Auch damals im Auto, als ich ihm einen geblasen und sein Ficker das erste Mal heftigen Kontakt mit meiner Kehle gehabt hatte ... Erinnerungen strömten auf mich ein ...

Dann packte er mich an den Haaren, genauso wie auf dem Foto, zog meinen Kopf zurück, drückte seinen Unterkörper hart an meinen und ließ seine Hüften kreisen. Meine Hände wanderten an seinem Rücken nach oben, fühlten sein glattes Fleisch.

Hilfe! Waren wir hier in *Dirty Dancing?* Hatte er einen Strippertanzkurs belegt? Woher konnte er das? War er der neue Ricky Martin, oder was?

Ich keuchte auf, denn er wusste immer ganz genau, wie er sich bewegen musste, und dennoch ... ich hatte nicht damit gerechnet, dass er sich so ... ja, eigentlich ... wahnsinnig professionell bewegen würde.

Aber im Grunde auch nicht verwunderlich ... allein schon, wenn man ihn in dieser Hose sah, war man hin und weg ... und die Hüftbewegungen hatte er eindeutig beim Sex perfektioniert.

Die Schreie wurden zu einem hysterischen hohen Kreischen, und ich wusste, wenn er so weitermachte, würde die Bühne gestürmt werden und der Abend in einer gewaltigen Massenorgie enden.

Die Erotik griff von uns ausgehend um sich und vernebelte allen Anwesenden die Köpfe.

Ich krallte mich an Tristans Unterarmen fest und schloss stöhnend die Augen, als ich ihn zwischen meinen Beinen fühlte. Langsam wanderte seine Hand über meinen Oberschenkel bis zu meinem Knie, dann schlang er es sich um die Hüfte, und lehnte mich mit dem Rücken gegen die Stange, während er mich absolut anmutig und überlegen trockenfickte ...

»*You ... Your Sex is on Fire ...*«, raunte er mir mit Engelsstimme ins Ohr ... Wie schon vor Ewigkeiten in der Schuldusche.

WOAH!

Natürlich passte ich meinen Unterkörper automatisch an, und irgendwann hoben sich einfach meine Arme, und ich hielt mich mit ausgestreckten Händen über meinem Kopf an der Stange fest. Tristan nahm mit sicherem Griff mein anderes Knie, und schon hatte ich beide Beine um seine Hüften geschwungen.

Oh Gott!

Uns trennte nur mein dürftiger Tanga und seine viel zu dünnen Hosen.

»*If it's not forever, if it's just tonight ... Oh, it's still the greatest, the greatest, the greatest.*«

Ich liebte es wenn Tristan mit seiner wunderschönen Stimme meine Lieblingslieder für mich sang und mich dabei auf einer Bühne in einem Sexclub anheizte …

Ergeben stöhnte ich, ließ den Schädel nach hinten fallen und mein Becken mit seinem im Einklang kreisen, denn mittlerweile benötigte ich diese Reibung dringend.

Wo war ich überhaupt? Wieso war ich noch mal sauer auf ihn gewesen? Wie war mein Name? Alles bedeutungslos! Ich brauchte ihn jetzt!

In mir!

Das war von enormer Wichtigkeit!

Das Publikum flippte vollkommen aus. Egal ob Mann oder Frau. Sie waren lauter als die Musik.

»Tristan ... bitte ... fick mich!«, wisperte ich mit halb geschlossenen Augen ...

Tja ... darauf hatte er gewartet, denn er stoppte sofort seine Bewegungen. Seine Hände krallten sich in meinen Arsch – hielten mich fest. Oh Gott. Er war so muskulös. Ihm machte es überhaupt nichts aus, mich so zu halten … Das merkte ich, als er mich gelassen betrachtete.

»Okay!« Damit trat er einen Schritt zurück. Keuchend ließ ich die Stange los und hielt mich an seinen breiten Schultern fest. Er gab mir keinen einzigen Moment meine Gedanken zu klären ... Nicht einen Einzigen.

Denn seine Lippen wanderten über meinen Hals, als er mit mir von der Bühne ging.

Enttäuschte Rufe und Pfiffe folgten uns ...

»Du bist meine Schlampe«, murmelte er und drückte mich fester an seinen Unterkörper, während er mich absolut leichthändig davontrug.

In den hinteren Bereich des Clubs.

Eine Tür öffnete sich, knallte zu, und dann wurde ich gegen eine kalte Wand gedrückt. Tristan hielt mich nur mit einer Hand fest, die andere glitt zwischen unsere Körper, nestelte an seiner Hose rum ...

»Ja, Tristan ...«

»Du willst keinen anderen!«

»*Nein, Tristan*!«, jammerte ich, weil er mir in den Hals biss.

»Wen willst du, Baby?« Ich fühlte, dass er seinen Ficker befreit hatte – wie er an ihm herab und herauf glitt. Konnte es nicht erwarteten und presste ihm die Hüften entgegen. Jetzt strichen seine Knöchel über meine Schnecke und ich ließ den Kopf zurückfallen – wimmerte ... war vollkommen verloren, als seine Hand wieder nach oben kam, und die Knöchel erneut rein zufällig über meine Mitte rieben.

»Dich, Tristan, *dich*!«, rief ich verzweifelt. »*Bitte!*« Das kam um einiges flehender.

»Wirst du dich noch einmal so aufführen, wenn ich mit dir fertig bin? Wenn du *mich* bekommen hast?« Er hörte auf zu wichsen, und ich fühlte seine Eichel an meinem Eingang. Hart und fest und bestimmend drückte er gegen meine Muskeln. Aber nicht fest genug, um den ersten Widerstand komplett zu durchbrechen. Das grenzte schon wieder an Folter!

»Nein Tristan. ICH WERDE MICH NICHT MEHR AUFFÜHREN! ... BITTE, VERDAMMT, TU ES ENDLICH! JETZT!«, schrie ich ungehalten und sehr, sehr laut. Dennoch stoppte ich ihn, als er gerade in mich eindringen wollte, und hielt ihn an seinem harten pulsierenden Ficker fest. Dabei schaute ich ihm in die verwirrten lusttrunkenen Augen. »Aber *du* wirst dich auch nicht mehr *so* aufführen, wenn du *mich* haben willst!«, stieß ich bebend hervor und bewegte meine Hand langsam hoch und runter.

Mit wild klopfendem Herzen wartete ich. Wenn nicht, würde ich gehen, sogar jetzt noch! Ein für alle Mal! Auch wenn es mich zerriss! Er musste sich endlich klar werden! Was er wollte, wer er war! Das alles sagte ich ihm ohne Worte ... bis er schief grinste und mein alter Tristan auf mich herabblickte.

»Geht klar, Baby!« Mehr brauchte ich nicht.

»Merk dir deine Wor...«, murmelte ich noch, doch schon stieß er zu und lehnte dabei seine Lippen an meine. Meine inneren Muskeln gaben nach, nahmen ihn tief in sich auf. Dehnten sich ... zogen ein wenig ... fühlten seine Härte, seine Stärke ... sein Zucken, als er in mich eindrang.

Oh mein Tristan!

Wir stöhnten in den Mund des anderen. Meine Hacken drückten sich in seinen harten Hintern.

Ich spürte genau das Anspannen seiner Muskeln, als er sich komplett aus mir entfernte, um mit einem gigantischen Stoß wieder in mir zu versinken, wobei ich mir fest den Kopf anschlug ...

Und dann tat er etwas Unerwartetes, denn er umfasste meinen Hinterkopf schützend mit seiner großen Hand, als er erneut in mich stieß, lehnte seine Stirn an meine und sah mir tief in die Augen ... Woah!

Von Emotionen überwältigt, kamen mir fast die Tränen.

Ich krallte mich an seinen Schultern fest, wollte ihm dafür danken, dass er genauso so war, wie er war. Kalt und zugleich so heiß, gleichgültig und dennoch mitfühlend ... Liebevoll und gleichzeitig rau.

Ich wollte alles, was ich für ihn fühlte, in die Welt hinausschreien, während er zielsicher in mich stieß, sein Tempo immer schneller wurde, unsere eingeölten Körper immer heftiger gegeneinander klatschten, und unser Keuchen und Stöhnen stetig lauter wurde.

Zwischen jedem G-Punkt gerichteten Stoß, ein halb gekreischtes, halb gewimmertes Wort.

»Ich. Liebe. Es. Wie. du. Mich. Fickst. Ich. Liebe. Es. Wie. DU. Mich. Festhältst. Ich. Liebe. Es. Das. Du. Genau. Weißt. Wo ... UHHHHH! AHHHH!«

Er beschleunigte sein energisches Tempo und änderte etwas den Winkel, sodass er den Punkt noch besser traf, während seine Lippen an meiner heftig pochenden Halsschlagader lagen.

Mittlerweile stöhnte ich wirklich sehr laut, vom Wimmern war nichts mehr übrig. Aber bei der Dauerstimulation konnte ich mich unmöglich beherrschen. Mir war es egal. Mit Tristan konnte ich mich fallen lassen, und ich liebte es. Mein Körper war ein Instrument, welches nur auf seine wissenden Finger reagierte.

»Du. Bist. Ein. Sex. Gott!« Tristan lachte atemlos gegen meinen Hals, und dann leckte seine Zunge über meine salzige Haut. Fest, feucht, warm. Das war zu viel ... es war wirklich zu viel.

»Du auch«, dachte ich noch zu hören ... doch ich war schon nicht mehr auf dieser Welt, weil ich nämlich sehr heftig und sehr laut kam.

»AHHHHHHHHHHAAAAAAAAAAAAAAHHHH, ich LIEBE DIIIIIIIIIIIIIIIIIIIIIIIIIIIIICH!« Tristan war ein elendiger Nachmacher, denn er kam eine Sekunde nach mir und wir pulsierten, zuckten und flogen zusammen ...

Als wir wieder auf den Boden dieser Erde aufsetzten, waren wir nicht nur eingeölt, sondern auch verschwitzt und rangen nach Atem. Wobei ich sogar noch etwas mehr keuchte als er, obwohl sein Muskelapparat die alleinige Arbeit geleistet hatte ... Oh Mann ... ich musste wirklich trainieren, denn der morgige Muskelkater an den unmöglichsten Stellen war mir sicher. Aber das war es wert.

Ich lächelte, als ich meine Lippen an seine Stirn legte und es mir nicht nehmen ließ ihn vorsichtig zu küssen. Er wich nicht zurück … sondern schloss die Lider.

Ich hatte einfach noch keine Lust an etwas anderes zu denken als an seine phänomenalen Muskeln, die mich immer noch sicher und stabil hielten. Aber er war da offenbar anderer Meinung, atmete bald wieder ruhig, und ich wusste, er würde sich gleich, ohne jegliche Zärtlichkeiten, von mir lösen und ich mich wieder fühlen wie eine Nutte.

»Mach das nie wieder«, sagte er plötzlich, und ich riss die Augen auf.

»Was?«, versuchte ich die alte gute Unschuldstour.

»Mia!«, knurrte er nur und wollte sich von mir lösen. Aber ich war dazu noch nicht bereit, also umklammerte ich ihn, als würde es um mein Leben gehen. Und eigentlich sollte ich das nicht sagen, aber ich tat es dennoch.

»EVA. EBER!« War alles, was ich hervorstieß, und langsam ... fing es auch wieder an zu brodeln ... Denn nach und nach fiel mir alles wieder ein:

EVA EBER!

Oberhobelschlunze und ewig blöde Kuh! Sie gehörte neben Miss Robinson und Bianca zu den zehn meistgehassten Frauen dieser Welt!

SIE!

»Warum gerade sie, Tristan?«, fragte ich und rang um Fassung. Gleichzeitig bemerkte mein verträumter Teil natürlich, dass er mich immer noch hielt. Und dass sein Gesicht mittlerweile an meiner Schulter lag. Er küsste oder streichelte mich nicht, aber wenigstens hielt er mich ...

»Sie war da, als du es nicht warst«, antwortete er tonlos.

Ich kniff die Augen zusammen. »Ich wäre da gewesen. Immer!«

»Ich wollte dich aber nicht!«

»Du wolltest lieber *sie* als *mich?«,* vergewisserte ich mich verbittert.

»Ja«, meinte er absolut ehrlich.

»Dann hat sie es also letztendlich doch geschafft, sich zwischen uns zu drängen!«

»Nein!«

»Eine Erklärung wäre hilfreich«, forderte ich leicht ungehalten.

Jetzt brannten sich seine Augen in meine, als er meinen Blick suchte.

»Sie wollte mein Herz. Aber das konnte sie nie bekommen, weil du es doch mitgenommen hast, du dummes, kleines Mädchen«, antwortete Tristan leer, dann löste er sich von mir und stellte mich auf die Beine.

Und ich verdaute seine Worte, während er seinen Ficker einpackte, erst den Reißverschluss, dann den Knopf schloss und mich schließlich arrogant anschaute.

»Sie war nie was für mich, ist es nicht und wird es auch nie sein. Ich will, dass du das weißt. Deine Eifersucht ist absolut fehl am Platz. Sie wird nicht mehr hier auftauchen, solange du da bist. Es wird so sein, als hätte es sie nie gegeben, okay? Also beruhige dich, verdammt noch mal, und lass uns die Zeit, die wir haben, einfach genießen. Der Countdown läuft.«

Penner! Jetzt verwendete er meine größte Angst gegen mich. Ihn nach den drei Monaten zu verlieren. Endgültig und für immer. Ruhig beobachtete er mich, weil er wusste, dass ich einbrechen würde.

»Der ist schon lange abgelaufen.« War alles, was ich dazu beizutragen hatte, ohne meine Würde komplett einzubüßen. Wortlos drehte ich mich um und nahm die Tür nach draußen. Tristan dachte wohl, ich würde nach Hause gehen, aber ich war für heute hier noch nicht fertig. Noch nicht vollständig. Nun galt es etwas zu tun, was schon jahrelang überfällig war.

Glücklich bemerkte ich sie nur wenige Sekunden später im hinteren Bühnenbereich, wo sie sich mit Garrett unterhielt, der eine komische Ledermaske auf dem Kopf hatte, die sein ganzes Gesicht bedeckte. Als ich rotwangig und frisch gefickt auf sie zukam, verengten sich ihre Lider. Mit erhobenem Kinn blieb ich vor ihr stehen und schaute ihr fest in die Augen.

»Ich habe vor acht Jahren zu Tristan Wrangler gesagt, ich würde nie einen Menschen schlagen ...«

Ohne ein weiteres Wort hob ich meine rechte Hand, ballte sie zur Faust, und ließ sie mit all der aufgestauten Wut und mit vollem Karacho auf ihre Wange donnern ...

Ich kam fast noch mal.

Hmm, das Geräusch allein war schon fast Genugtuung genug. Aber dann war da noch ihr verdattertes Gesicht, als sie tatsächlich taumelte und Garrett sie auffangen musste, bevor sie zu Boden ging.

Ohne mit der Wimper zu zucken, beendete ich kühl meinen Satz.

»Aber du bist kein Mensch!« Damit machte ich kehrt und marschierte mit wiegenden Hüften davon.

AUA! Hektisch schüttelte ich meine Faust, denn das hatte eindeutig wehgetan ...

Ich hörte noch Tristans Lachen hinter mir, als ich durch die Tür verschwand und wusste, der Countdown war zwar abgelaufen, was aber nicht hieß, dass ich Tristan verlieren würde.

Immer wieder Verführung – The End –

23. Die Verschmelzung

Tristan ›helpful‹ Wrangler

Mmmm, meine Schlampe sah heute wieder mal zum Anbeißen aus, als sie zu mir kam. Ihre langen Beine steckten in engen schwarzen Jeans, die kleinen Füßchen in Turnschuhen, was mich aber nicht störte. Ihren Oberkörper umschmeichelte ein dunkelblauer Pullover mit V-Ausschnitt, der sofort meinen Blick fesselte. Ich mochte es, wenn sie so was trug, denn ich liebte ihr Dekolleté. Das Haar hatte sie wieder mal, wie so häufig, zu einem Pferdeschwanz hochgebunden, der ihr aber trotzdem bis über die Schulterblätter reichte. Ihr Gesicht war leicht geschminkt, die Tusche ließ ihre Wimpern noch länger erscheinen, als sie von Haus aus waren. Der zarte Lippenstift, passend zu ihren rosa Wangen, brachte mich in Versuchung und erlöste mich nicht von dem Bösen. Sie war nicht aufgestylt, trug weder Markenkleidung noch High Heels oder einen Push up BH. Und doch war sie göttlich. Ihre Rundungen zwangen mich immer wieder dazu, an unanständige Dinge zu denken.

Dann war da noch ihr hübsches Gesicht mit dem makellosen Teint. Diese ausdrucksstarken großen Augen ... der feine Hals ... diese schönen winzigen Hände, die mich immer instinktiv wissend berührten. Ich hätte Ewigkeiten so weitermachen können, denn es gab keinen einzigen duftenden Zentimeter an ihr, der mir nicht gefiel. Fuck, ich wollte sie schon wieder, dabei war sie doch gerade erst in meinem Büro angekommen.

»Hi«, murmelte sie sanft und hängte ihren Mantel, aus dem sie sich gerade geschält hatte, an den Haken neben der Tür. Mir fiel sofort auf, wie kraftlos sie grüßte, und ich mochte es nicht.

»Hi?«, antwortete ich misstrauisch, hob eine Augenbraue, drehte mich mit dem Bürostuhl komplett zu ihr und legte die Fingerspitzen ausgestreckt aneinander, während ich sie darüber hinweg betrachtete.

Sie blieb im Eingang stehen, ihr Blick glitt zwischen meinem Gesicht und meinem Körper hin und her. Ihre Wangen wurden ziemlich rot. Oh ja. Mia wollte mich genauso wie ich sie. Vielleicht kam ihr auch unser letztes Mal in den Sinn, was sie zusätzlich anheizte und mich noch schärfer auf sie machte. Ich sah natürlich ebenfalls heiß aus, in meinem schlichten weißen Hemd und der tief sitzenden Jeans.

»Was hast du heute mit mir vor?«, fragte sie, und ich konnte am Tonfall heraushören, dass sie schon jetzt ziemlich aufgeregt war. Klar. Sie wusste nie, was ich mir ausgedacht hatte. Ob ich sie wieder mal in die Hölle schicken und vor Fremden ficken oder ob ich sie einfach nur ficken und damit in den Himmel befördern würde. Heute ... war der Himmel dran. Denn ehrlich gesagt hatte ich so was wie ein verdammt schlechtes Gewissen wegen der Eva-Sache. Mir hätte klar sein sollen, dass Mia mir nicht verzeihen würde wenn ich mich mit ihrer schlimmsten Feindin verbündete. Dass sie trotzdem noch da war, war der alles erbringende Beweis: Mia Engel liebte mich tatsächlich. Und änderte somit einiges … Eva Eber liebte mich zwar auf ihre Art ebenfalls, nur gestalteten sich ihre Gefühle oftmals ziemlich krankhaft und hatten nichts mit der Bedingungslosigkeit Mias gemein. Allein Evas Hartnäckigkeit war erschreckend. Während meiner Knastzeit hatte sie mich ununterbrochen mit Briefen zubombardiert, obwohl ich keinen einzigen davon beantwortet hatte. Als ich dann entlassen wurde, kam sie dahinter, wo sich mein Club befand, und stand eines Abends plötzlich tränenüberströmt vor mir. Ich schickte sie weg, Abend für Abend. Dennoch hatte sie nicht locker gelassen. Das war ungefähr zu der Zeit, als die ersten Schwulengerüchte kursierten, weil der Ficker keinen Bock auf Schlunzen hatte und vehement seinen Dienst verweigerte – oh ja, ich, Tristan Wrangler, war bei anderen Frauen außer Mia Engel impotent! Sie hatte mich zu einem wortwörtlichen Schlappschwanz gemacht! Daher entschloss ich mich, zum Teil aus Trotz, aber auch, um endlich diesen homophoben Sprüchen zu entgehen, Eva Eber zur Alibifreundin zu nehmen. Nichts weiter. Eva war schon glücklich, wenn sie mit mir in der Öffentlichkeit angeben durfte. Jeder, der uns kannte, wusste auch noch, dass wir so etwas wie eine Beziehung führten, und so suhlte sie sich in meinem Ansehen wie eine Sau im Dreck, was ihr genügte. Ansonsten ließ sie mich in Ruhe, zumindest überwiegend. Doch als hätte sie geahnt, dass Mia wieder in mein Leben getreten war, wurde sie urplötzlich penetrant, rief mich ungeplant an, schlug in ihrem Wahnsinn vor, einfach so vorbeizukommen und nutzte jede Gelegenheit, mich zu betatschen! Was dachte sich die Oberhobelschlunze eigentlich?

Ihre intriganten Spielchen hatte ich so satt! Schon damals. Auch heute hätte sie beinahe einen Keil zwischen Mia und mich getrieben. Doch das würde ich nicht mehr zulassen. Nie wieder. Langsam schlich sich komplett das alte Schema ein, zu dem auch unsere Stärke gehörte … Denn Eva war mit ihrem unterbewussten Trennungsversuch alles andere als erfolgreich. Mia Marena war schließlich hier – bei mir.

Die Erleichterung, dass sie nicht endgültig gegangen war, hing gestern bedeutungsschwer in der Luft. Allein deshalb konnte sie mir das Versprechen abringen, nicht mehr so zu sein. Wir wussten beide, was das bedeutete ...

Keine Erniedrigungen und Demütigungen … Zumindest keine, die sie zerstören würden. Ich stand auf und ging zu meinem Schrank, aus dem ich einen vorbereiteten Korb barg, und fühlte mich wieder mal wie Rotkäppchen, als ich Mia wortlos meinen Arm anbot. Sie hakte sich ohne zu zögern ein und strahlte. Amüsiert verdrehte ich die Augen und führte sie durch die Galerie zum hinteren Teil des Grundstücks – auch ›Garten Eden‹ genannt –, der zur Außenanlage meines speziellen Clubs gehörte. Im Sommer konnte man hier draußen die frische Luft genießen, weshalb überall große Rattan-Himmelbetten und andere Fickmöglichkeiten (zum Beispiel auch auf einem Baum, in einer Höhle et cetera) verteilt waren. Es gab verschiedene Schnitzeljagd-Stationen, mit Liebesschaukeln und Bullen, inklusive Dildo-Rücken, auf dem die Frauen Rodeo reiten konnten. Ein Vergnügungspark für Erwachsene. Man konnte es sogar in einer kleinen Achterbahn treiben, das war aber für die besonders gewagten. Es schlängelten sich Wege über die weiträumige Anlage, versteckte Bänkchen standen hinter riesigen Bäumen, versaute Statuen säumten die Alleen. Alles war mit Flutlicht und Nebelmaschinen wunderbar in Szene gesetzt und erinnerte an einen mystischen, aber gleichzeitig verruchten Ort.

Mia sah mich groß an, als ich sie hinausführte. Zwar regnete es nicht, war jedoch ziemlich kalt und die Feuchtigkeit hing penetrant in der Luft. Am Ende des Gartens erreichten wir den geplanten Zielort. Sie erkannte nicht gleich, wo wir waren, weil dichter Nebel uns umgab. Erst als wir nähertraten, konnte sie die Therme ausmachen, zu der ich sie führte. Ihr Keuchen verriet, wie beeindruckt sie war. Ich hatte ein paar Tausender für die Anlage hingeblättert, aber dafür war sie jetzt der Hit – besonders mit dem Farbenspiel unter Wasser. Der sprudelnde Quell lag etwas versteckt und über ihm erstreckten sich die Blätter einer großen Weide. Alles war aus glattem Vulkanstein gefertigt, es gab keine Ecke und keine Kante und wurde sanft erleuchtet. Die Farben wechselten zwischen rot, gelb, orange, und lila. Es gab nichts Kaltes, nichts Hartes (bis auf meinen Ficker). Nur Wärme und Hitze. »Wow!«, lautete Mias erster Kommentar, der mich zum Grinsen brachte. Klar. Es war auch wirklich ›wow‹. Wenigstens ein paar Vorteile meiner Welt.

»Hm-Hm.« Ich näherte mich ihr von hinten, konnte nicht widerstehen und schlang meine Arme um ihren flachen Bauch. Sogleich öffnete ich den Knopf ihrer Hose, strich mit der Nase über ihren Hals. Roch ... fühlte ... lächelte ... Dusslig!

Sie erschauerte und wand sich etwas, wobei sich ihre weichen Arschbacken an meinem Ficker rieben. Uhhh. Ich musste da jetzt rein ... Natürlich in das heiße Wasser, denn hier draußen fror man sich sämtliche Körperteile ab.

Der Nebel umspielte uns immer noch, als sie sich umdrehte und mich vorsichtig entkleidete. Knopf für Knopf öffnete sie zaghaft mein Hemd, schaute mir dabei in die Augen und küsste jeden Zentimeter freigelegter Haut. Ich ließ es zu ... Mit meiner linken Brust beschäftigte sie sich besonders ausgiebig, umsorgte jeden Zentimeter unter der Tätowierung, bevor sie ihre vollen Lippen um meinen Nippel schloss und behutsam daran saugte. Mit einem rauen Knurren zog ich den Gummi aus ihren Haaren, sodass sie sich über ihre zarten Schultern und vorwitzigen Brüste ergossen, und ließ meinen Kopf nach hinten fallen, während ich genüsslich die Hände in ihren samtig weichen braunblonden Locken vergrub und sie zerwühlte. Ich liebte es, sie mit der Faust zu packen und ihren Kopf zurückzuziehen, um ihr die gewünschte Richtung zu weisen. Das tat ich auch jetzt, aber wenn sie weiter so ausgiebig saugte und leckte, würde ich sie nur nach unten drücken wollen. Doch so weit waren wir noch nicht. Alles zu seiner Zeit. Schließlich wollte ich sie erst einmal entkleiden, sie in ihrer ganzen Pracht bewundern. Ganz dringend! Also machte ich kurzen Prozess und stoppte das kleine Luder. Sie keuchte, doch ich gab ihre Haare schon frei, grinste sie an, streifte ihr den Pullover plus Unterhemd über ihren Kopf, sodass sie oben ohne und frierend vor mir stand.

»Ist dir etwa kalt?«, neckte ich sie, denn ihre Brustwarzen waren steif wie geschlagene Sahne.

Bevor sie antworten konnte, beugte ich mich herab und revanchierte mich. »Mhmmm ...«, summte ich genüsslich an ihrer weichen Haut, als ich an einem Nippel saugte und die andere Titte mit der gesamten Hand knetete. Sanft, nicht grob.

»Oh Gott, Tristan! Was ist heute nur mit dir?«

»Ich halte mich nur an unsere neueste Abmachung ...«, nuschelte ich unschuldig, »Beschwerst du dich etwa?«, und funkelte sie von unten provozierend an. Ich konnte auch anders – wenn sie wollte ...

»Nein!«, rief sie sofort und bog ihren Rücken durch. Ich lachte warm an ihrer immer kälter werdenden Haut und ließ abrupt von ihrem Oberkörper ab. Eilig hockte ich mich vor sie und befreite sie von der übrigen Kleidung. Wie versprochen trug sie keine Unterwäsche, was ich wohlwollend registrierte.

Sobald ich mich erhob, entledigte sie mich auf einen subtilen Befehl hin meiner Hose, um meinen wie üblich ungeduldigen Ficker von den Stofffesseln zu befreien. Ich grinste, als sie die Jeans meine Beine runterzwängte und dabei fast umfiel. Letztendlich schaffte sie es und wir waren beide entblößt, jedoch ungewohnt still. So wenig hatte ich noch nie geredet, seitdem ich mit Mia fickte. Aber heute wollte ich einfach nur ... Ja, was eigentlich?

Schweigend genießen … Die Vergangenheit, Vergangenheit sein lassen … Ich grinste auf sie herab, als sie vor mir stand, schlang ganz unverhofft meine Arme um sie und packte ihren glatten, blanken Hintern. Zitternd strahlte sie mich an, als ich sie hochhob und sie sich an meinen Schultern abstützte. Absolut instinktiv legte sie die Beine um meine Hüften, und ich begab mich mit ihr in die heiße Quelle. Mit dem Rücken lehnte ich mich an den runden Stein hinter mir, ließ seufzend den Kopf zurückfallen und betrachtete sie ausgiebig, während sie auf meinen Oberschenkeln saß. Bequem thronte ich wie auf einem Stuhl, weil die Quelle so angelegt worden war, dass man am Rand sitzen und in der Mitte schwimmen konnte. Hier passten garantiert fünfzehn Personen rein, das andere Ende war durch den

Nebel nicht auszumachen. Die Lichter spielten sanft auf Mias blasser Haut, ihr Haar trieb dunkel auf der Wasseroberfläche. Sie war eine sexy kleine Badenixe … Aber zum Glück war sie nicht wirklich eine Meerjungfrau, ansonsten hätte sie keine passenden Löcher gehabt, abgesehen von ihrem Mund vielleicht. Gemächlich wickelte ich eine nasse Strähne um meine Faust. Sie schnaubte verwundert auf, als ich sie an dieser nach vorne zog. So nah, dass sich unsere Nasenspitzen fast berührten. Oh fuck! Wieso folterte ich mich eigentlich derart? Jetzt wollte ich sie küssen! Dabei war es untersagt! Selbst ihre Augen verrieten, dass sie es sich wünschte. Doch ich tat es nicht, hielt sie nur, solange bis ich die von ihr ausgehende Spannung förmlich vibrieren fühlte, denn ich spielte einfach zu gerne mit ihr und wusste, es war falsch mit ihren Hoffnungen Schindluder zu treiben. Dennoch liebte ich es, wenn sie mich betrachtete, wie in diesem Moment. »Mia«, hauchte ich an ihr kleines Gesicht.

»Ja?« Das klang so zerbrechlich, so unsicher, sanft und vor allem hingebungsvoll, wie immer ... Das Geräusch fuhr geradewegs in meinen Ficker.

»Du darfst mich jetzt reiten«, verkündete ich großherzig und ließ ihre Strähne los, um ihre Hüften mit beiden Händen zu umfangen. Problemlos hob ich sie hoch, wobei kurzzeitig beinahe ihr gesamter feuchter Oberkörper aus dem Wasser ragte. Sie keuchte, als die kalte Luft auf ihre aufgeheizte Haut traf, und schloss die Lider, als ich sie über mir positionierte. Ich hielt ihn mit einer Hand an Ort und Stelle und ließ sie langsam herab. Göttlich warf sie den Kopf nach hinten, sogar ihre Augen rollten zurück. Sie bog ihren Rücken durch, als ich komplett in sie eindrang, streckte mir ihre Nippel entgegen, und ich konnte nicht widerstehen, richtete mich auf, umschlang sie fest mit beiden Armen, und saugte ausgiebig an ihnen, während sie, ohne Aufforderung oder Führung, ihre Hüfte kreisen ließ. Dabei klammerte sie sich an meine Schultern und gab kleine sanfte Stöhner von sich, die sich mit zartem Wimmern vermischten, jedes Mal wenn ich ihre Bewegungen beantwortete.

Der Dampf umfing uns, das Wasser plätscherte sanft. Ansonsten war die Nacht still, dunkel, bis auf das Lichtspiel der Quelle und ihre absolut hingebungsvollen Geräusche. Es wirkte echt himmlisch … Wie hatte ich darauf nur so lange verzichten können? Wie sollte ich jemals wieder ohne auskommen?

Ich saugte fester an ihrem Nippel. Sie schockierte mich, indem sie sich um mich herum zusammenzog, lauter stöhnte und mich an den Schultern zurückstieß.

»Hör auf damit, Tristan! Sonst komme ich gleich!«, erklärte sie abgehackt. Oh fuck! Ich durfte sie nicht mehr ansehen, sonst kam *ich* gleich! Daher ließ ich den Kopf zurückfallen, legte meine Hände auf ihre Oberschenkel, schloss genüsslich die Augen und fühlte nur noch ... und hörte natürlich. Denn ich liebte ihre verzweifelten Laute, liebte, wie sie immer verlangender in ihren Bewegungen wurde, und vergötterte, wie sich ihre Finger stärker in meine Brust krallten, sie sich heftig auf die Lippe biss und angestrengt die Stirn runzelte. Ihre Beine bebten, sie pulsierte innerlich geradezu und löste beinahe zu früh einen Orgasmus aus.

Jetzt musste ich die Zähne zusammenbeißen und mich fest in ihr nachgiebiges Fleisch krallen, denn ich wollte ihr den Vortritt lassen.

»Mia!«, knurrte ich, weil sie es mit Absicht zurückhielt, und öffnete die Lider, um sie ungehalten anzufunkeln.

Und was machte sie? Sie lächelte mich frech an, wusste genau, was sie mir gerade antat, dass ich mich ihretwegen beherrschte und wie sehr mich das quälte.

»Du kleine Schlampe!,« presste ich abgelenkt halb lachend, halb gequält stöhnend hervor, weil sie sich schon fucking wieder um mich herum zusammenzog.

Okay ... wie sie wollte! Ich konnte sie problemlos, trotz ihrer Weigerung, zum Kommen bringen. Behutsam nahm ich die Finger von ihrem Oberschenkel und strich über ihren Kitzler.

Schockiert keuchte sie auf und packte meine Hand, aber es war schon zu spät. Der Knopf war gedrückt, die Bombe würde losgehen. Jeden Moment … Nur ein bisschen zarte Reibung, während sie immer noch mein Handgelenk umklammerte und ...

Plötzlich vernahm ich eine nervige Stimme, die mich aus dem Nebel meiner Lust riss. »Weeeeeeeer wohnt in `ner Ananas ganz tief im Meer? Spongebob Schwammkopf! Spongebob Schwammkopf!«

Es war ein Klingelton! Was sollte der Scheiß? Und dann tat sie etwas, was ich ihr im Leben nicht verzeihen würde. *Niemals!*

Sie ging von mir runter!

»Was zum Fuck?!«, fluchte ich und wollte sie aufhalten, aber sie wich mir aus!

Inzwischen wühlte sie in ihrer Hose, während das Lied ununterbrochen trällerte und mehr und mehr meine Aggressionen schürte. Erst als es sich dem großen Finale näherte, meldete sie sich endlich.

»Hallo?« Atemlos hörte sie zu, während ich sie einfach nur anstarrte. Zitternd und nackt am Rand der Quelle kniend, ohne Anstalten, wieder zu mir zurückzukehren! Ich war sooo kurz davor gewesen und sie auch! »Was?«, stieß sie hervor und sprang auf, die Miene panisch. Suchend sah sie sich um und sammelte ihre Kleidung zusammen. »Ja, ich bin in zwanzig Minuten da. Sag ihm, ich komme gleich!«, rief sie verzweifelt und fing tatsächlich an, sich mit einer Hand die Hose anzuziehen. Ich war sprachlos! »Okay, bis gleich!« Damit hatte sie schon aufgelegt, ignorierte mich total, und zwängte sich die Sachen über ihren nassen Körper. Ich hasste es immer noch, wenn Mia sich anzog. Es war geradezu deprimierend! Mit einem Ruck sprang ich aus dem Becken.

BOAH! War das kalt! Aber egal. Frierend baute ich mich vor ihr auf, in dem Moment als sie sich ihr Unterhemd und ihren Pullover gleichzeitig über den feuchten Kopf zwängte.

»Hey, hey, hey ... Stopp!« Ich half ihr die Sachen runterzuziehen, denn allein wollte es ihr nicht gelingen. »Was zur Fotze ist los?«, fragte ich, sobald ihr Gesicht aus dem Ausschnitt schaute, und konnte nichts gegen mein Zittern tun, es war wirklich schweinekalt.

Da bemerkte ich erstmals ihren Ausdruck. Sie wirkte richtig besorgt.

»Tristan, ich muss los! Es tut mir leid, aber es ist ein Notfall!« Sie suchte ihre Schuhe, um ohne Socken hineinzuschlüpfen, konnte aber nur einen ausmachen. »Ich muss ... ich muss ins Heim ...«

»Was ist da?« Ich reichte ihr den Fehlenden. Schließlich war sie fertig, und musterte mich mit hängenden Schultern und ängstlich glasigem Blick.

»Es ist Robbie ...« Was ihre Panik erklärte. Das war ihr Lieblingskind aus dem Heim, in dem sie arbeitete – zu ihm hatte sie eine innige Verbindung.

»Ich ruf mir ein Taxi!« Sie tippte auf ihrem Telefon herum, als würde ihr Leben davon abhängen, und ich hielt mich gerade so davon ab, die Augen zu verdrehen, bevor ich es ihr abnahm. Ohne auf ihren Protest zu achten, warf ich meine Klamotten über und schaffte es gleichzeitig, ihre kleinen Hände abzuwehren, die mir das Telefon wieder entreißen wollten.

»Ich fahre dich!«, verkündete ich, und marschierte los. Einige Sekunden stand sie verwirrt da, dann folgte sie mir durch den Park an der Seite des Hauses vorbei, zu meinem Audi.

***

Während der Fahrt schien sie sehr unruhig. Ich sah ihr förmlich an, dass sie jede rote Ampel verfluchte und sich wünschte, ich würde jedes einzelne PS aus meinem Baby Nummer ... ich war mir nicht mehr sicher ... rausholen. Mia war zu nervös, ich hatte echt Schiss, dass sie zusammenbrach, also tat ich etwas, was ich eigentlich nicht mehr tun wollte! Ich beruhigte sie, ging auf sie ein, riskierte mal wieder alles, machte mich nebenbei zum Volltrottel – okay, das war ja in ihrem Zusammenhang nichts Neues … »Mia ...« Ganz ohne mein Dazutun klang ich weich und ruhig, als ich ihr Bein leicht drückte. »Was hat er?« Gequält sah sie mich an, und erst jetzt fiel mir auf, dass Tränen über ihre glatte Haut herabliefen. Ganz wunderbar!

»Er bricht seit vier Stunden. Weint ständig und will sich von keinem beruhigen lassen!«

»Oh.« Das war schlecht.

»Ich kann ihn sicher besänftigen. Ich muss für ihn da sein. Er vertraut keinem anderen außer mir!«

Na, wenn das mal kein Fehler ist ...

»Wir sind gleich da«, lautete meine einzige Antwort, denn ihr letzter Satz beschwor zu viele negative Erinnerungen.

Ich bog um die letzte Ecke, und sobald ich gegenüber von dem Heim parkte, war sie schon rausgesprungen und rannte, was das Zeug hielt. Wegzufahren und so zu tun, als wäre es mir egal, war verlockend, aber ein kleiner Teil, der schon gar nicht mehr so klein war, flüsterte in mir, dass mein Mädchen mich brauchte und dass ich gefälligst meinen verdammten Arsch da hoch bewegen sollte! Also stieg ich fluchend aus und ging ihr tatsächlich hinterher. Als ich den Flur des umgebauten riesigen Bauernhauses mit den bunten Fensterläden betrat, sah ich gerade noch, wie sie um die Ecke eilte und nach oben stürzte. Der Boden unter meinen Füßen knarzte, ebenso wie die Tür, die ich hinter mir schloss. Die Holztreppen protestierten ebenfalls unter meinen Schritten, und ich hatte schon etwas Bedenken, folgte ihr aber trotzdem, bis in den zweiten Stock und ans Ende des Ganges, wo sie eine Tür aufriss und wieder aus meinem Blickfeld verschwand.

Als ich sie erreichte, saß sie schon auf einem kleinen alten Bettchen, während sie einem sehr blassen Robbie über die Stirn strich.

»Mirti?«, fragte er mit zerbrechlichem Stimmchen und hob sein winziges Händchen, um nach ihrer Hand zu greifen.

»Ja, mein Schatz. Ich bin da«, flüsterte sie und beugte sich herab, um ihre vollen roten Lippen auf seine verschwitzte Schläfe zu drücken. Ich musste mühsam schlucken. Über seine Wangen rannen die Tränen, als er die Augen schloss und tief durchatmete.

»Mir ist so schlecht ... Ich hab sicher was Falsches gegessen ...«, murmelte der Kleine und schmiegte sich in ihre Handfläche. Oh … fuck!

Wie er sie ansah, als wäre sie seine Königin. Und wie sie ihn anblickte ... als wäre er ihr kleiner persönlicher Prinz, dem sie die Welt zu Füßen legen würde.

»Was hast du denn gegessen?«, erkundigte Mia sich sanft, mit dem leichten Anflug eines Lächelns auf dem schönen Gesicht.

»Gras. Johann und Stefan haben gesagt, das ist gut für mich«, antwortete Robbie und brachte mich damit zum Schnaufen. Beide schauten überrascht zu mir, offenbar registrierten sie mich erst jetzt, und ich trat unsicher von einem Fuß auf den anderen.

»Öh ... ich ...«, hatte keine Ahnung, was ich sagen sollte. Ich fühlte mich gerade, als würde ich mich ungewollt einmischen, aber Robbies blasse Lippen bogen sich nach oben, bevor er die Lider kurz schloss.

»Schön, dass dein Freund hier ist ... Mirti ... Aber nicht wieder streiten!« Mia starrte Robbie an. Dann mich. Dann Robbie. Dann mich. Und ich lächelte teuflisch. Mal sehen, wie du aus der Nummer wieder rauskommst, Baby …

»Ich hab ihm nicht gesagt, dass du mein Freund bist«, verteidigte sie sich und war in diesem Moment wieder mein Mädchen, das mit seiner Unsicherheit mein Herz erobert hatte. Ich löste mich vom Türrahmen und schlenderte auf sie zu. Bevor ich etwas erwidern konnte, fuhr der Junge fort.

»Das sieht man doch. Es ist eklig, wie verliebt er dich anschaut. Ich hoffe, ihr knutscht nicht!« Jetzt hatte er uns beide kalt erwischt. Ich wollte mich gerade auf den alten Schaukelstuhl neben dem Bett setzen, stolperte jedoch beim letzten Schritt. Mia war komplett überfordert, hatte wohl Angst, ich würde wütend werden. Aber ich war selbst vor den Kopf gestoßen.

Wie kam der kleine Scheißer nur auf so etwas? Ich fand sie vielleicht verführerisch, manchmal auch ein bisschen bezaubernd und ab und zu … sogar süß, aber ich liebte sie nicht! Schon lange nicht mehr!

»Das kann ich dir versprechen, Chef«, entgegnete ich lachend und setzte mich letztendlich doch. Robbie lächelte noch ein bisschen zufriedener und schaute zwischen der immer noch schockierten tomatenroten Mia und mir hin und her. »Also knutscht ihr nicht?«

»Doch«, konterte ich sofort, ohne mit der Wimper zu zucken. Keine Ahnung, wieso ... na gut ... ich wollte ihn ein wenig ärgern. Es entfachte seine Lebensgeister und das war besser, als wenn er wie ein Schluck Wasser in der Kurve hing und sich nur auf seine Übelkeit konzentrierte.

Mia zog nur eine Augenbraue hoch. »Ach ja?«

Ach ja! Wir knutschten ja gar nicht! Oh fuck! Was war heute nur mit mir los? Wie konnte ich das vergessen?

»WÄH!«, stieß Robbie sofort inbrünstig hervor, und ich gluckste, während er sein Gesicht in den Kissen vergrub. »Mir wird wieder schlecht ...«, murmelte er plötzlich und Mia sprang auf.

»Musst du brechen?«, rief sie, und ich verdrehte die Augen, weil sie eine derartige Panik verbreitete und den armen Jungen wacklig auf ihre Arme hob, als könnte er nicht selber gehen ...

»Jetzt schon«, verkündete er, und sie lief mit ihm ins Bad. Er tat mir leid, besonders, als ich hörte, wie er hustete und würgte ... Aber ich ging immer noch nicht. Während die beiden weg waren, schaute ich mich stattdessen im schummrig beleuchteten Zimmer um.

Es war recht klein, aber in einem Kinderheim war es wohl bereits ein echter Luxus, einen Zufluchtsort für sich allein zu haben. Unter dem Fenster befand sich ein kleiner Tisch aus hellem abgesplittertem Holz. Der Kinderstuhl davor sah so aus, als würde er jeden Moment auseinanderfallen. Über dem Schreibtisch hingen ziemlich viele Bilder. Auf denen waren meistens Boxhandschuhe oder zwei Strichmännchen gemalt, die sich ordentlich auf die Fresse gaben. Er konnte gut zeichnen für so einen Knirps, nahm ich an ... Neben der Arbeitsfläche in der Ecke stand ein Schrank – ohne Bärchengriffe ... An der Wand über dem Bett bemerkte ich ein riesengroßes Plakat von den boxenden Ukrainern, die ich persönlich kannte, weil sie das Studio unterstützten.

Das Mauerwerk war mit freundlicher gelber Tapete verkleidet, die an einigen Stellen leider schon ziemlich ausgebleicht wirkte und abblätterte. Mia kam mit Robbie wieder, er hatte ein bisschen mehr Farbe im Gesicht. Allerdings schien er ansonsten schwächer als zuvor. Sobald sie ihn ins Bett legte, zudeckte und sich danebensetzte, schlossen sich seine großen Augen und er schlief umgehend ein. Mia hörte selbst dabei nicht auf, seine hellen, dünnen Kinderhaare zu streicheln, und mir wurde klar, dass er genau das brauchte. Ihre Berührungen. Das Wissen, dass sie nicht verschwinden würde, auch wenn er träumte, dass es jemanden in seiner kleinen Welt gab, auf den er sich verlassen konnte, egal wie spät es war. Der alles stehen und liegen ließ, um ihm zu helfen, wenn er ihn benötigte, ganz gleich, was er tat oder wo er war. Mia liebte dieses Kind bedingungslos, ich erkannte es an ihrer Mimik und Gestik. Genauso schaute sie mich an und berührte mich auch. Wieso hatte sie mich dann verraten? Wollte sie damals wirklich nicht mehr mit mir zusammen sein? Wäre sie dazu imstande gewesen, mich auf eine so niederträchtige Weise loszuwerden? Könnte sie so etwas Robbie antun? Nein! Ganz sicher nicht. Denn sie liebte ihn … Wirklich ... Von ganzem Herzen. »Liebst du mich?« Kaum war es raus, wollte ich es ungeschehen machen ... doch es war zu spät, Mias Kopf fuhr zu mir herum. Gelassen erwiderte ich ihren Blick, während unter der Oberfläche der erbittertste Kampf aller Zeiten tobte. Eine alles entscheidende Schlacht, oder hatte ich in Wahrheit schon am Anfang verloren? Gewonnen? Je nachdem ...

»Ich liebe dich über alles, Tristan«, entgegnete sie mit vorgetäuschter Ruhe. Aber ich sah in ihren aufgewühlten Augen, dass es ihr ähnlich ging wie mir.

Robbie drehte sich auf die Seite und seufzte dabei wohlig. Er zog Mias Hand mit, sodass sie sich über ihn beugen musste, und hielt sie wie ein Kuscheltier eng an seine Brust gedrückt.

Sanft lächelte sie auf ihn herab und schaute mich schließlich wieder an. Ich starrte zurück – fixierte diese karamellfarbenen Tiefen ...

»Wieso hast du es dann getan?«, flüsterte ich kaum hörbar. Diese Frage hatte mich jahrelang beschäftigt, bis ich zu dem Entschluss gekommen war, dass das ›Warum‹ keine Bedeutung hatte. Sondern nur die Tatsache, dass es geschehen war.

Ihre Augen nahmen ein verdächtiges Glitzern an, was mir nicht gefiel, aber ich würde dennoch auf eine Antwort bestehen. Ich erkannte ihr schlechtes Gewissen, ihre Reue, ihr Bedauern ... hatte jedoch nicht vor, sie zu erlösen.

»Es war eine Falle. Mein Vater hat mich reingelegt.« Sie klang sanft und ruhig, die Stimme zitterte nur minimal, so als hätte sie sich ungefähr eine Million Mal auf dieses Gespräch vorbereitet.

»Wie?« Angestrengt schluckte sie und versuchte sich etwas aufzurichten, aber Robbie brummte ungehalten und sie erstarrte.

»Er drohte mir damit, dich ins Gefängnis zu bringen und deine Karriere zu zerstören, wenn ich nicht gegen dich aussage ... Die Aussage sollte eigentlich nur ein Druckmittel sein ... und ich war blöd genug, ihm zu glauben ...« Humorlos lachte ich auf, denn sollte das wirklich der Wahrheit entsprechen, dann war ja wohl genau das passiert ...

»Wie wollte er mich denn bitte ins Gefängnis bringen? Er hatte nichts gegen mich in der Hand«, erwiderte ich abschätzend.

Als Reaktion auf meinen ironischen Tonfall reckte sie ihr Kinn. »Er hatte etwas gegen dich in der Hand. Er hatte eine Verbündete ...«

»Ach ja?« Meine Braue schoss nach oben.

»Ja!« Mia schaute mir fest in die Augen.

»Wen?«

Jetzt folgte Mias Braue meinem Beispiel, sie taxierte mich dermaßen abschätzend, dass eine verbale Antwort nicht mehr nötig war. Mir wurde sofort klar, wen sie meinte. EVA!

Prompt lachte ich los.

Die Frau, die meine Alibifreundin mimte und schon immer Mias Pussyrivalin darstellte, führte sich vielleicht wie die letzte Irre auf, aber wäre dazu im Gegensatz zu Mia nicht fähig ...

Außerdem, was hätte sie schon gegen mich in der Hand gehabt haben sollen? Sie war seit jeher zu ahnungslos und dämlich noch dazu.

»Vergiss es!« Ich musste wirklich lachen, Robbie wälzte sich herum und ich verstummte abrupt. »Jetzt hast du dich verraten! Das Märchen kannst du wem anders erzählen!«

»Aber es ist die Wahrheit!«, verteidigte sie sich und wurde genau wie ich ein paar Oktaven lauter. Robbie ächzte.

»Weißt du was, Mia Marena?«, knurrte ich verächtlich. »Ich hab keinen Bock auf die Scheiße!« Ich zwang mich, leiser zu reden und stand auf. Mia starrte mich schockiert an. Sie hätte wohl nicht gedacht, dass ich auf ihre Lüge so heftig reagieren würde. »Du wolltest mich vor acht Jahren nicht mehr, aus welchen verfickten Gründen auch immer … also weiß ich nicht, wieso du dir jetzt die Mühe machst, mir so eine gequirlte Scheiße aufzutischen!«

Während ich mir durch die Haare fuhr, ging ich zur Tür.

»Tristan, nein!« Im nächsten Moment umarmte sie mich von hinten. Keine Ahnung, wie sie es so schnell geschafft hatte, bei mir zu sein. Aber ihre Arme lagen fest um meinen Bauch. Ihr Gesicht presste sie zwischen meine Schulterblätter. Mein Hemd wurde pitschnass und sie zitterte am ganzen Körper, während sie mich festhielt. Krampfhaft.

Mit der Hand bereits auf der Klinke stoppte ich und fixierte die Tür.

»Lass mich los«, forderte ich tonlos.

»Niemals!«, schwor sie sofort und umklammerte mich noch ein wenig fester.

»Was willst du denn noch von mir, Mia?«, stieß ich zwischen den Zähnen hervor und zermalmte fast die Klinke mit meiner Faust.

»Dich!« Ich verdrehte die Augen bei ihrer geschluchzten Antwort. Wieso fragte ich überhaupt?

»Warum solltest du mich so, wie ich jetzt bin, wollen?«

»Ich wollte dich immer! Egal wie!«

Entnervt schnaufte ich auf, denn wir kamen einfach auf keinen grünen Zweig.

»Okay, dann eben so. Ich bin nicht gut genug für dich.« Irgendwie musste ich sie auf Abstand halten, verdammt! Das hier war alles schon wieder zu intim.

Gefährlich!

Jetzt schnaubte sie ironisch und strich mit der Nase über meinen Rücken, wo sie tief meinen Geruch einatmete.

»Ich weiß, dass ich dich verletzt habe. Aber sieh doch endlich mal ein, dass nicht alles so ist, wie du es dir die letzten Jahre zusammengereimt hast ... Wenn du nur ein bisschen Vertrauen in uns gehabt hättest ... dann ... wäre es dir klar geworden. Aber ich kann verstehen, dass es nicht so war, ich selber bin auch darauf reingefallen ... Keine Frau hat dir jemals einen Grund dazu gegeben, doch mir kannst du vertrauen! Ich habe aus meinen Fehlern gelernt«, flüsterte sie plötzlich. »Ich weiß, dass du mich zwanghaft von dir fernhalten willst, Tristan. Aber du wirst es nicht schaffen! Nie!«

FUCK! Wieso musste die kleine Schlampe mich so durchschauen!

»Merkst du denn nicht, dass es Schicksal ist, das uns wieder zusammengeführt hat? Merkst du nicht, dass wir noch genau dieselben Gefühle füreinander haben wie vor acht Jahren? Es wird nicht einfach so aufhören, nur weil du es willst! Merkst du nicht, was wir uns gegenseitig geben könnten? Was wurden uns für Hürden in den Weg gelegt? Wie oft habe ich in den letzten Wochen versucht, von dir loszukommen? Wie oft hast du mich weggeschickt? Und doch stehen wir beide hier!«

»Ich merke im Moment nur, dass du aufhören solltest mein Hemd vollzusabbern ...« Damit löste ich meine Hand von der Klinke ... und ließ zähneknirschend den Kopf hängen. Sie hatte recht – verdammt ...

»Ich brauche dich … Bitte ...«, wisperte sie heiser und ich seufzte ergeben ... Wie so üblich chancenlos, wenn sie mir auf diese Tour kam … Oh, verdammtes altes Schema …

»Ja, ja«, winkte ich ab, und erst dann ließ sie mich los und begab sich wortlos, jedoch eindeutig erleichtert, zurück an Robbies Bett. Sie lächelte mich an und wischte sich verhalten die Tränen weg, als ich mich wieder auf den Schaukelstuhl setzte und beobachtete, wie sie den kleinen Jungen streichelte.

»Danke, Tristan«, sagte sie auch noch, und ich beugte mich zu ihr vor, stützte meine Hände links und rechts neben ihrem Arsch auf der Matratze ab, sodass ich ihr und ihrem Duft schon wieder viel zu nahe war.

»Bedank dich nicht zu früh. Ich werde meinen Tribut fordern, Miss Angel«, säuselte ich. Heftig biss sie sich auf die Lippe und lenkte meine Aufmerksamkeit schon wieder auf ihren verdammten Kirschmund. »Hör. Auf. Zu. Kauen!«, zischte ich und sie entließ mit einem leisen »Oh!« ihre Unterlippe aus ihren Zähnen.

»Braves Mädchen.« Ich tätschelte ihre Wange und lehnte mich wieder zurück, wobei ich erneut meinen Blick durch das Zimmer schweifen ließ und trocken feststellte: »Sieht hier ja ganz schön abgefuckt aus.« Mia schaltete natürlich sofort auf Verteidigungsmodus.

»Wir haben kein Geld, um zu renovieren.«

»Echt?« Das war Scheiße für die kleinen Scheißer ...

»Ja.« Sie schaute zu Robbie, der immer noch friedlich schlief. »Es müsste so viel an dem Haus gemacht werden. Die Fenster, die Türen, Wärmeisolation, die komplette Heizanlage, es müsste alles gemalert und die Böden gewechselt werden. Eigentlich befinden wir uns in einer Ruine. Aber wir werden nicht mehr staatlich gefördert, dieses Heim gehört Schwester Carmen. Sie hat es mit vier anderen Nonnen aufgebaut, die aber alle schon gestorben sind ... Sie selber ist pleite und kämpft jeden Monat aufs Neue, um die Rechnungen bezahlen zu können. Aber lange wird sie es wohl nicht mehr schaffen ...«

»Was dann?«, fragte ich, denn der Gedanke gefiel mir nicht.

Mia zuckte mit den Schultern. »Dann werden wir unsere Arbeitsstellen verlieren und ich Robbie wahrscheinlich nie wiedersehen ...« Ihr Schmerz entging mir nicht, der jedoch sofort verdrängt wurde, denn sie war eine Kämpferin. Immer bis zum Äußersten – das war typisch Mia, wenn sie etwas liebte.

»Wir veranstalten ein Oktoberfest mit Bierzelt, um ein bisschen Geld einzunehmen. Es war die Idee von den älteren Kindern ...« Scheiße, sie war so attraktiv, wenn ihre Augen hoffnungsvoll glänzten.

»Oktoberfest? Mit Bier? Lederhosen und Dirndln?«, vergewisserte ich mich mit hochgezogener Augenbraue und ziemlich begeistert – besonders von der Dirndl-Sache.

Mia lachte leise. »Mit Dirndl und Lederhosen, aber Limonade.«

»Mist!« Ich schlug mit einer Faust in die Luft, was sie mit einem leichten Kichern begleitete, bevor sie wieder mal auf ihrer Lippe kaute – grübelnd.

»Wir wissen zwar noch nicht, wie wir das in zwei Wochen organisieren sollen, denn uns fehlen wie üblich Geld und Ausstattung, aber die Werbung wurde gesponsert und wir haben sie schon verteilt. Also wird es stattfinden müssen ... Egal wie ... Wir brauchen jeden Cent, den die Besucher dalassen.«

»Das wird schon.« Ich zwinkerte ihr zu, und ehe sie antworten konnte, zog ich mit der nächsten Frage nach. »Was genau habt ihr euch vorgestellt?«

»Also ...« Jetzt war sie ganz Feuer und Flamme. Typisch! Wenn ihr etwas am Herzen lag, verkörperte sie die sprichwörtliche Leidenschaft.

Ohhh, jaaa …

»Auf jeden Fall gibt's Weißwürste und Brezen, das ist eh klar. Dann wollen wir ein paar Buden aufstellen mit Dosenwerfen, Kinderschminken, Bogenschießen, Basteln, einen Verkaufsstand mit selbst getöpferten Sachen, Eierlaufen, Sackhüpfen, einem Streichelzoo ... und irgendwas, wo die Kinder kämpfen können, weil sie so viel Spaß daran haben ...«

»Boxen ...«, ergänzte ich grinsend und ihre Augen wurden groß.

»JA!« Sie klatschte in die Hände und strahlte mich euphorisch an, worauf ich lachen musste, denn sie war zu süß ... »Wirst du uns helfen?« Jetzt hängte sie sich auch noch an meinen Ärmel und zog leicht daran. Dann auch noch diese großen freudigen Glupscher. Wie sollte ich ihr bei einem solchen Anblick widerstehen? Wie sollte ich ihr überhaupt widerstehen? Ich seufzte ergeben, als mir klar wurde, dass ich das wohl nie zustande bringen würde.

»Jaaaahaa ...«, kam es widerwillig.

»JAAAAAAAAAAAAAA!«, rief sie aus und weckte damit Robbie. Mia brachte ihn schnell ins Bad. Währenddessen nutzte ich die Zeit, um draußen eine zu rauchen und sinnlos in die Sterne zu glotzen und meine Gedanken zu klären.

***

Als ich wieder hochkam, schlief Mia mit dem Kleinen in seinem winzig kleinen Bettchen. Sie lag hinter ihm, den Arm über seine Hüfte geschlungen. Die Lippen zu einem leichten Lächeln verzogen. Er lächelte genauso sanft. Beide wirkten absolut entspannt, fühlten sich offensichtlich wohl … Mein Herz zog sich zusammen. Robbie verkörperte etwas von der Zukunft, die wir uns immer vorgestellt, aber nie erreicht hatten. Als hätte er als einziger Teil von uns beiden über die Jahre konstant weiterexistiert ... Es war verrückt, aber so empfand ich, wenn ich ihn ansah – als wäre er tatsächlich ein Part von mir und das Bindeglied, das Mia und mich immer irgendwie zusammengeschweißt hatte. Ein kleiner Abkömmling meines Wesen, der meinen vom Universum vorgesehenen Platz an ihrer Seite für mich freigehalten hatte, solange bis ich bereit war, diesen wieder für mich zu beanspruchen. Der nun aber nicht in den Hintergrund rückte und einfach verschwand … keineswegs ...

Ich erwischte mich bei dem Gedanken, was wäre, wenn das meine Familie wäre. Dass sie bei mir daheim, in einem abgelegenen Holzhaus im Bett lägen, mit dem Wissen, dass ich über sie wachte und ihnen niemals etwas geschehen würde.

Während ich mit dem Bewusstsein, nie mehr allein zu sein, danebensaß und auf sie herab lächelte. In dem Leben, das Mia und ich uns früher erhofft hatten, war es möglich gewesen. Es hatte die Realität – unsere Zukunft dargestellt. Doch in den letzten Jahren hatte ich den Glauben an dieses erträumte Leben verloren, womöglich hatte ich ihn mir auch eigenhändig genommen, denn letztendlich formt man nur selber, was aus einem wird. Dank Mia fand ich wieder meinen Weg. Wie immer ließ sie mich das Gute in mir entdecken, weil sie immer die Einzige war, die etwas Positives in mir erkannte. Egal wie widerlich ich mich verhielt. Sie glaubte stets an das Gute, weil es in ihr selbst nichts anderes gab. Der Mensch schließt immer von sich auf andere … Und so erwischte ich mich dabei, wie ich mich über sie beugte, meine Lippen nur ein einziges verdammtes Mal sehr vorsichtig und sehr sanft auf ihre glatte Stirn drückte.

Irgendwie konnte ich das Gefühl nicht mehr verdrängen, dass sie wirklich mein waren ... Diese seltsame – weil utopische – Gewissheit baute sich immer stärker in mir auf, je länger ich sie betrachtete ...

Und während dieser einen Nacht, als ich über ihren Schlaf wachte, mit Robbie zum Kotzen ging, damit Mia schlafen konnte und er schließlich auf meinem Schoß einschlummerte, passierte es …

Ich trat den Schritt ins Licht aus der Dunkelheit hinaus, denn kein anderer würde das für mich tun. Und sah mich mit einem Mal dem achtzehnjährigen grinsenden Pisser gegenüber, der ich gewesen war.

Zu dem alten Tristan gehörte Mia Engel wie der Ficker. Sie war sein Mädchen, alles, was sein Leben lebenswert gemacht hatte, alles, was er jemals gebraucht hatte, um zu wissen, wer er war, wo er stand und wo er hingehen sollte. Und es fühlte sich ungewohnt gut an, ihn und seine Emotionen, die immer in mir geschlummert hatten, zuzulassen. Diese jüngere, sorglose, verspielte Ausgabe – diesen Teil, den kein Mensch je von sich verlieren sollte.

Ich war dem wohl immer chancenlos ausgeliefert, denn man kann sich auf Dauer nicht selbst bekämpfen, ohne irgendwann zu zerbrechen – ich kriegte die Kurve.

Was ich allerdings noch lernen musste: die Vergangenheit ruhen zu lassen. Noch konnte ich mich nicht komplett überwinden. Dafür gab es zu viele Ungereimtheiten, die drohten meine Einsicht zu gefährden. Mia und ich mussten die Dämonen vertreiben, daran führte kein Weg vorbei, um gemeinsam vorwärts zu schauen. Und das würden wir, eine Tatsache, die sich unumstößlich in mir festsetzte. All das akzeptierte ich in jenen Minuten, die mich möglicherweise zu einem neuen/alten Menschen machten, wenngleich ich niemals den Fehler beging, eingehender über dieses Ereignis nachzudenken.

Im Grunde zählte nur eines: Mia Engel war hier bei mir, nach acht verdammten Jahren und verkörperte immer noch alles, was ich brauchte.

Viel zu viel Zeit hatten wir bereits mit Sinnlosigkeiten vergeudet, als hätten wir Ewigkeiten und nicht nur so ein beschissen kurzes Leben.

Eines, das ich mit ihr verbringen wollte ...

UND WÜRDE.

24. Seine Verteidigung

Mia Marena ›back to the past‹ Engel

Als ich die Augen aufschlug, war ich im ersten Moment ziemlich orientierungslos.

Wo war ich? Wieso war mir so heiß? Und warum roch es hier so ungewohnt ...?

Nach einigen Sekunden lüftete sich jedoch meine Verwirrung.

Ich lag in Robbies Bett in jenem Kinderheim, in dem ich auch arbeitete. Unter zwei dicken Decken begraben, blickte ich geradewegs auf das süßeste Bild, das sich mir bieten konnte: Tristan Wrangler – mein persönlicher Sexgott, seitdem ich denken konnte – saß immer noch auf einem weißen, abgewetzten Schaukelstuhl in der Ecke des Raumes. Über ihm lag eine kleine Decke ... die so gut wie nichts brachte, weil sie nur seinen Bauch bedeckte. Ich wusste sofort, dass ausschließlich Robbie auf so eine liebenswerte aber unnütze Idee kommen konnte.

Der sechsjährige Engel thronte auf einem winzigen Hocker vor Tristan, die Ellbogen auf seinen Knien abgestützt, das Kinn auf den putzigen Händchen, während die beiden in ein Gespräch vertieft waren.

Tristan lachte gerade leise und mein Herz ging auf, denn dieser Ton war leider immer noch viel zu selten. Er verwuschelte Robbie die feinen hellen Haare, bevor er ihm seine große Hand hinhielt.

»Abgemacht Chef!«

»Wirklich?« Ich wusste, wie Robbies Augen strahlten, wenn er so klang.

»Ja, wirklich«, verkündete Tristan immer noch glucksend und schüttelte die kleine Hand.

»JAAAAAAAAAAAAAAA!«, rief Robbie aus und beide blickten sofort alarmiert zu mir.

Ich lächelte sie an und gab ihnen damit zu verstehen, dass sie mich nicht geweckt hatten.

»Was heckt ihr schon wieder aus?«, fragte ich und streckte mich träge. Ich bemerkte genau, wie Tristans Blick ausgiebig auf meinen Brüsten verweilte, bevor er mir unschuldig ins Gesicht sah und mit den Schultern zuckte.

»Nichts.«

»Das ist ein Geheimnis!«, setzte Robbie noch hinzu, dessen Wangen schon um einiges rosiger wirkten als gestern Nacht.

Gestern Nacht, als ich solche Angst gehabt hatte.

Zum einen um Robbie, der sich anscheinend eine Magen-Darm-Grippe oder Lebensmittelvergiftung zugezogen hatte, und zum anderen davor, dass Tristan tatsächlich gehen würde ...

Doch in Bezug auf Tristan Wrangler hatte sich etliches geändert! Wir hatten eindeutig Fortschritte gemacht, denn immer mehr von dem alten Tristan, der vor acht Jahren mein persönlicher Held mit dem knallroten Audi und den dreckigen Gedanken gewesen war, kam durch ...

Und er schien nichts dagegen zu haben!

***

Als er mich nach Hause fuhr, dachte ich über die Ereignisse der letzten Wochen ausgiebig nach.

Unser erstes Treffen bei seiner Fotoausstellung; unser erster Sex – so brutal und gefühllos und doch irgendwie berauschend; der Vertrag, der nie wirklich ganz eingehalten worden war; seine kühle, unnahbare Art, jedoch auch die Momente, in denen er weich geworden war und mich an sich rangelassen hatte. Bis hin zu der Reise nach Prag und unserer Aussprache auf dem Aussichtsturm Petrin.

EVA EBER!

Und seine Beichte, dass ich in all der Zeit die Einzige für ihn gewesen war, neben seinem Versprechen, dass er nicht mehr SO zu mir sein würde.

Aus irgendeinem Grund war er sehr schweigsam und in sich gekehrt, während er sich offensichtlich auf die Straße konzentrierte – kein Durchkommen möglich. Allerdings war das nicht ungewöhnlich, was mir die Gelegenheit gab, weiterhin meinen eigenen Grübeleien nachzuhängen.

Ich dachte genauer an gestern Nacht und als Erstes fiel mir auf, dass Tristan meine Küsse in der Quelle zugelassen hatte, obwohl es eigentlich gegen die Regeln des Vertrages verstieß, den er mir gleich zu Beginn unserer ›Beziehung‹ vorgelegt hatte. Meine Lippen hatten tatsächlich seine perfekten Muskeln unter seiner duftenden Haut berühren dürfen! Und er schien nicht mal gemerkt zu haben, dass ich damit knallhart die heiligen Gesetze des Gottes missachtet hatte. Wahrscheinlich war er so von der Lust berauscht gewesen, dass er alles andere vergessen hatte – wie es mir auch so oft geschah, wenn wir intim wurden.

Aber das war nicht alles!

Gestern war er so anders gewesen! So sanft – ein wenig so wie früher. Er hatte mit mir gescherzt, gelacht und mit mir gespielt, was mich aber keineswegs eingeschüchtert hatte.

Doch das war sicher nur auf sein schlechtes Gewissen wegen Eva Eber zurückzuführen!

Vielleicht aber auch auf die Tatsache, dass ich ihn fast verlassen und ihm somit klargemacht hatte, dass er mich tatsächlich verlieren könnte. Das wollte er nicht, weil der alte Tristan mich immer noch liebte und für uns kämpfte. Tief drinnen, verborgen unter dem ganzen Hass ... unter dem ich ihn immer mehr hervorholte.

Möglicherweise hatte er sich deswegen die restliche Nacht um Robbie gekümmert, und ganz bestimmt fühlte ich mich genau aus diesen Gründen am heutigen Morgen so unsagbar glücklich.

Sehnsüchtig wandte ich ihm meinen Kopf zu und beobachtete sein markantes Profil und den ausgeprägten Kiefer, der so sexy aussah und mich immer magisch anzog und aufforderte, mit den Fingerspitzen oder meinem Mund daran entlang zu gleiten. Seine vollen Lippen, die so unsagbar gut küssen konnten ... seine männlichen, schönen Hände, von denen eine auf der Schaltung lag und die andere locker das Lenkrad festhielt.

Wie üblich entging Tristan nicht, dass ich ihn anstarrte, denn er sah mich an.

»Was?«, fragte er knapp, aber nicht unfreundlich.

»Nichts«, antwortete ich schüchtern und errötete, weil er mich beim Schmachten erwischt hatte – mal wieder!

Natürlich genügte ihm das nicht. »Nichts?«

Ich verdrehte die Augen. »Ich habe nur wieder mal dein hart erarbeitetes Aussehen bewundert«, gab ich also zu, denn ich wusste, er würde nicht locker lassen.

»Ach so das«, winkte er ab. Dann schmunzelte er. »Gefall ich dir jetzt besser als früher? Als reifer starker Mann?« Er zog mich auf – eindeutig. »Jetzt kann ich dich in jeder möglichen Position ohne Probleme halten. Kennst du die hängende 69 eigentlich schon?« Ich wurde knallrot.

»Oh man, Tristan ... Du bist zwar vom Aussehen her reifer, was ich übrigens wahnsinnig sexy finde, aber dein Mund ist noch immer so verdorben wie mit achtzehn ...«

»Und das finden Sie etwa nicht sexy, Miss Angel?«, erkundigte er sich abschätzend.

»Doch«, erwiderte ich kleinlaut und rutschte auf meinem Sitz herum, weil ich vom erotischen Klang seiner Samtstimme unsagbar heiß wurde. Außerdem hatte er mich wieder *Miss Angel* genannt! Nicht *Mia Marena!*

»Überschwemme ich gerade Ihr Höschen?«, bohrte er weiter und das mit dem größten Vergnügen.

»Nein!« Ich hörte auf mich zu winden, und verschränkte trotzig die Arme vor der Brust. »Ich bin nicht mehr so leicht zu reizen wie früher. Du musst nicht mehr nur mit den Fingern schnipsen, um mich kurz vor den Orgasmus zu bringen!« Oh man ... ich lehnte mich mit meiner Lügerei sehr weit aus dem Fenster, aber er war so schrecklich selbstüberzeugt und arrogant! Was er auch sein durfte, denn es war begründet, aber egal.

»Nein, mit den Fingern muss ich dafür tatsächlich nicht schnipsen, wobei das so auch nicht ganz stimmt. Ich weiß von Stellen an deinem Körper, da genügt das völlig. Aber meist reicht es schon, wenn ich dir die richtigen Bilder in deinen versauten Kopf pflanze. Soll ich?«

»NEIN! Ich habe heute vielleicht noch was zu tun! Eventuell muss ich sogar mit schweren Maschinen hantieren und ganz sicher Messer gebrauchen!«

Jetzt lachte er wirklich.

»Halt den Mund!« Und ich schmollte auch wirklich!

»Darf ich dann ebenfalls nicht sagen, dass ich dich scharf wie die Hölle finde, beim Gebrauch von schweren Maschinen? So ein Bagger oder Kran ... am besten in Latzhose und sonst nichts ...«, säuselte er.

Ich schnaubte. »Eigentlich meinte ich den Rasenmäher ...«, woraufhin er lauter lachte. Doch bevor wir dieses befreiende Geplänkel ausweiten konnten, bei dem ich mich fühlte wie damals – einfach nur glücklich –, waren wir auch schon angekommen! Und leider ... musste ich jetzt nach Hause und mich von ihm trennen ... Als würde er mich auch noch nicht verlassen wollen, verlängerte er unsere Zeit tatsächlich noch um ein paar Minuten, indem er mich begleitete. Beim Hochgehen stolperte ich fast über drei knallpinke Koffer, die vor den Briefkästen standen, und er fing mich kopfschüttelnd am Arm auf – mal wieder. Vor meiner Wohnungstür blieben wir stehen. »Also ...« Ich kaute auf meiner Lippe rum und betrachtete den Teil Brustmuskel, der nicht von seinem schwarzen Hemd verdeckt wurde.

»Ja?« Er legte seinen Finger unter mein Kinn und hob mein Gesicht an, sodass ich in diese bodenlosen grünbraunen Tiefen fiel.

»Ja ...«, hauchte ich.

»Ich werde jetzt gehen ...« Sein Daumen strich über meine Unterlippe und ich bildete mir ein, dass er mit sich kämpfte, mich nicht zu küssen.

»Hm-hm ...« Ich streckte meine Lippen unauffällig ein Stückchen vor, weil ich wusste, dass sie so voller aussahen.

»Wir sehen uns ...« Wie gebannt starrte er meine Lippen an – ich seine genauso.

»Hm-hm ...«, summte ich erneut und stellte mich noch unauffälliger auf die Zehenspitzen.

Tristan beugte sein Gesicht herab. Ganz langsam, wie hypnotisiert.

»Was hast du nur schon wieder mit mir gemacht, dass ich an nichts anderes denken kann als an dich ...«, flüsterte er.

OH MEIN TRISTAN!

Ich fühlte und schmeckte seinen minzigen Atem auf meinem Mund und seufzte.

»Dasselbe, was du mir antust ...«

Nur noch ein paar Millimeter trennten mich vom Paradies. Nur noch ein Atemzug ... Ich schloss die Augen und klammerte mich an seinen Unterarmen fest. Seine Hände lagen plötzlich auf meinen Wangen, hielten mich, als bestünde ich aus teurem zerbrechlichem Porzellan ...

»Tristan ...«, hauchte ich und erwartete, dass es nun endlich geschehen würde.

Aber nichts da ...

Jemand kam die Treppen hochgestöckelt und wir sprangen auseinander. Als ich erblickte, *wer* uns unterbrochen hatte, erfror ich auf der Stelle.

»OHHHH WOAAAAH!«, rief die helle Stimme aus, und ehe ich mich versah, befühlte eine Hand, die nicht meine war und somit nicht dorthin gehörte, fachmännisch Tristans Bizeps.

»ER HAT MUSKELN AUS STAHL!« Rote lange Fingernägel brannten sich in meine Optik. »OH ... ein Achtpack, oder?!«, trällerte sie ohrenbetäubend laut. Ich konnte im ersten Moment nur starren, genau wie Tristan.

»Wieso weiß ich nicht, dass du mit so einem Adonis zusammen bist? Der ist ja besser als Ian Somerhalder und Channing Tatum zusammen. Der ist sogar noch besser als Robert Pattinson! Oh, und diese breiten Schultern ... er trainiert sicher täglich ...«

»Mum, hör auf ihn zu betatschen!« Damit packte ich ihre Hände, die ihm gerade an den Arsch fassen wollten, und zog sie von Tristan weg.

»Mum?«, wiederholte er hohl.

»Ja, Mum!«, stieß ich aus und schaute sie mir genauer an.

Seit etwa sieben Jahren hatten wir uns nicht mehr gesehen, trotzdem konnte ich mich an ihren Look nicht gewöhnen, denn sie hatte sich in der Zeit kein bisschen verändert.

Neben dem sehr kurzen rosa Jeansrock trug sie ein hellblaues Oberteil.

Tausende Ketten hingen um ihren Hals, Ringe an ihren Ohren und Armbänder um ihre Handgelenke.

Die Haare hatte sie hellbraun gefärbt, mit diversen blonden Strähnen darin, und das Ganze zu einem merkwürdigen Gebilde toupiert, was sicherlich nur mit einer Dose Haarspray hielt. Kurzum:

Meine Mutter sah aus wie ein Streifenhörnchen.

Um die zu stark geschminkten Augen hatten sich mit den Jahren kleine Lachfältchen gegraben, die sie aber nicht weniger attraktiv machten.

Ihre dunkelschwarzen Wimpern waren eindeutig aufgeklebt und die Lippen rot geschminkt.

Die weißen Zähne dahinter waren aufgebleicht. Ihre hohen Wangen schimmerten in starkem Rouge ... im Großen und Ganzen war sofort zu erkennen, dass meine Erzeugerin immer noch sehr auf ihr Aussehen achtete – zu sehr!

Mir widerstrebte es zwar, allein diese Gedanken zu hegen, aber sie wirkte wie die personifizierte Schlampe und hatte damit enorme Ähnlichkeit mit Eva Eber, deren Bild sich vermutlich als Veranschaulichung für den Begriff ›Oberschlampe‹ durchgesetzt hatte.

Mittlerweile hatte ich, trotz des Vorsatzes, jedem Menschen ohne Vorurteile zu begegnen, eine tiefe Abneigung gegen solche Frauen entwickelt, aber wie auch nicht?!

Alles an ihr wirkte falsch, ob es nun ihr Charakter, ihre Brüste oder ihre Nase waren, von der ich mich fragte, wie sie diese finanziert hatte.

Ihre Figur war schlank, jedoch gut proportioniert und wurde durch die Solariumbräune unterstrichen. Die Beine steckten in weißen Stiefeln mit mörderischem Absatz. Ihre Aufmachung schummelte locker zehn Jahre weg, trotzdem war das Ergebnis keineswegs liebenswert.

Ich wollte mit ihr nichts mehr zu tun haben, und auch wenn es hart war, so hatte ich für sie nur noch Verachtung übrig.

»Was machst du hier?«, fragte ich und konnte die Abscheu nicht aus meiner Stimme vertreiben. Ich wollte sie hier nicht haben!

Sie lächelte spöttisch und nahm ihren aufdringlichen Blick für keine Sekunde von Tristan, von dem sie wiederum ziemlich überheblich bis leicht angewidert und etwas verstört betrachtet wurde.

»Martin Schmitt hat sich in der Stadt ein neues Konto bei der Bank einrichten lassen, und rate mal, wer sein Berater ist. Dieser heiße Bursche!« Sie wollte erneut nach Tristan greifen, aber er wich einen Schritt zurück.

»Lass die Finger von mir, Frau!«

Nachdem sie laut aufgelacht hatte, redete sie weiter, als wäre nichts geschehen. Genau genommen plapperte sie ohne Punkt und Komma. »Sie haben sich über ihre Freundinnen unterhalten, und rein zufällig fiel dein Name. Martin hat mich natürlich sofort angerufen, um mir zu sagen, wo du zu finden bist ... und ich habe mir gedacht, ich schau mal nach meinem Baby ... Ich konnte es nicht glauben, dass gerade DU mit deinem doch eher durchschnittlichem Aussehen, dir einen waschechten Bankmanager geschnappt hast ... und jetzt, wo ich IHN SEHE ... kann ich es noch weniger glauben. Wie hast du das angestellt?! Na ja ... Aber wenigstens bist du nicht mehr so eine Wuchtbrumme wie früher ... Deswegen ganz sicher! Wobei ... deine Titten haben ja auch ziemlich unter deiner Abnehmerei gelitten. Vielleicht zahlt dir dein Hauptgewinn ja eine kleine OP, damit du endlich mal aussiehst wie eine anständige Frau ... und was hast du nur mit deinen Haaren gemacht? Die sind so trocken! Nimmst du keinen Hitzeschutz? Sieht nicht so aus, eher als ...«

»Hör auf!« Ich hatte mittlerweile Tränen in den Augen, weil ich es nicht mehr gewöhnt war, so gedemütigt zu werden, und das auch noch vor Tristan, der wohl das erste Mal in seinem Leben wirklich sprachlos neben uns stand.

Unbeeindruckt wandte meine Mutter sich ihm zu, senkte ihre Lider, leckte sich über die Lippen, streckte ihre Brüste raus – schaltete also auf Jagdmodus – und zog aus ihrer Tasche eine Visitenkarte, die sie ihm unter die Nase hielt, während sie sich lasziv an ihn lehnte.

»Wenn du mal Lust auf *wirklichen* Spaß hast, dann melde dich bei mir.«

»Nein, DANKE!« Tristan betonte seine Worte und schob angewidert ihre Hand weg. Sie ließ sich nicht beirren ...

»Ich bin für *alles* offen.«

Tristan tat, als würde er würgen. Sie säuselte trotzdem weiter.

»Außerdem habe ich Erfahrung, Süßer. Erfahrung, von der sie nur träumen kann ... Ich kann Dinge mit dir anstellen, von denen hat das kleine Mäuschen hier keine Ahnung! Mia, du hast doch nichts dagegen, ihn mir mal auszuleihen, oder?«

»HAT SIE!«, stieß Tristan hervor. Ich war derart überwältigt von so viel Dreistigkeit, dass ich nichts sagen und nichts tun konnte, um ihn zu verteidigen. Das Schlimmste ... sie hatte womöglich recht ...

Nein, sie *hatte* recht, und sie schaffte es immer, mein Selbstbewusstsein zu zerstören. Das hatte sie schon getan, als ich ein Kind war, und jetzt klappte es genauso perfekt. Ich fühlte mich klein und wertlos und wollte nur noch im Erdboden verschwinden oder mich anderweitig verkriechen, doch ich kam nicht weg. Panik machte sich in mir breit. Die Luft ging mir aus und es wurde alles so eng ...

»Mia-Baby ...«, raunte Tristan plötzlich in bester Ich-schwemme-dein-Höschen-weg-Manier. Ohne Vorwarnung nahm er mein Gesicht wieder zwischen seine Hände, drängte meine Mutter aus dem Weg, drückte mich gegen die Wand hinter mir und presste sich an mich. Ich fühlte sofort, wie es verlangend in seiner Hose zuckte. Verlangend nach MIR!

»Lass das!« Somit beugte er sich herab und gab mir ohne Vorwarnung einen winzig kleinen Kuss auf die Lippen. Diese zaghafte Berührung schoss wie ein Elektroschock durch meinen Körper. Ich keuchte auf, krallte mich in seine Hüften und schmiegte mich eng an ihn. Wo eben noch das blanke Chaos in mir getobt hatte, wurde es nun durch Sehnsucht und sogar Glück ersetzt. Ohne ein weiteres Wort drehte er sich um und marschierte davon. Im Gehen zerriss er die Karte meiner Mutter und schmiss sie achtlos auf den Boden. Ich starrte ihm benebelt hinterher, fasste mir langsam an meine Lippen und konnte nicht glauben, dass Tristan Wrangler gerade seine Lippen auf meine gelegt hatte.

Er hatte mich geküsst. Ganz von alleine!

Als mir das klar wurde, lächelte ich, trotz seines plötzlichen Abgangs, und ein warmes Gefühl breitete sich in meinem Körper aus, das nicht einmal meine Mutter mit ihrer kalten, grausamen Art zerstören konnte.

»Also du musst mir alles von Francesco erzählen«, plapperte die schon wieder los, als wäre nichts geschehen. »Ihr seid ja schon irgendwie süß zusammen, aber ich bin mir sicher, dass er andere fickt ...«

Ich verdrehte die Augen. »Mum, was willst du hier? Jetzt im Ernst!«

Schwerfällig ging ich vor, sperrte auf und trat in meine Wohnung. Sie folgte wie ein Dackel.

»Also ... ähm ...«, druckste sie rum, während ich sie genervt abwartend anschaute und mir die Schuhe auszog.

»Ich möchte auch in die Stadt ziehen. Das mit deinem Vater ist mir einfach zu viel geworden ... Ich bin jetzt seit zwei Wochen clean, weißt du ... und mein Therapeut hat mir geraten, das Umfeld zu wechseln. Dann hörte ich von dir und dem reichen Banker, und dachte mir ... ihr könntet mir vielleicht den Aufenthalt in einer Entzugsklinik zahlen. Dort dürfte ich auch gleichzeitig einen wohlhabenden Mann finden und der Käse hat sich gegessen!«

»Der Aufenthalt ist umsonst!«

Sie lachte.

»Ich geh doch nicht in *irgendeine* Klinik!«

»Nur weil mein Freund Geld hat, heißt es nicht, dass ich es ausgebe, als wäre es meins, Mum.«

»Na ja. Dein Vater hat sich so gefreut, als ich ihm von dir und Francesco erzählt habe.« Sie zog mich zur Couch. Allein bei der Erwähnung von Harald Engel sammelte sich Schweiß auf meiner Stirn und das wusste sie genau!

»Du hast es Dad erzählt?«

»Ja, natürlich! Er will ja nicht, dass du noch einmal an so einen gerätst wie diesen Drustan.«

»Tristan, Mama ...« Mist! Mist! Mist! Okay ... also war Tristan jetzt einfach mal Francesco ... Denn wenn ich ihr die Wahrheit erzählen würde, wüsste mein Vater schneller davon, als mir lieb wäre ... und er würde schneller hier herkommen, als ich Tristan warnen könnte.

»Wie auch immer. Dieser Francesco ist sowieso das Beste, was dir passieren konnte ...«

»Hm-hm ...«

»Wann gehen wir zusammen essen? Ich will ihn richtig kennenlernen!«

»DAS geht nicht!«, wehrte ich entschieden ab.

»Warum? Will er etwa nicht mit seiner Schwiegermutter Bekanntschaft schließen? Oder muss ich erst deinen Vater holen, um ihm Manieren beizubringen?«

»NEIN!« Nicht mein Vater! Bloß nicht den! Er hatte schon einmal alles zerstört. Und es reichte bereits, dass ein Elternteil hier war!

»Also morgen Abend passt mir gut«, verkündete sie süffisant. »Und dann können wir doch gleich mal über meinen Klinikaufenthalt reden. Aber vielleicht bleibe ich auch einfach für immer bei dir. Deine Wohnung ist zwar hässlich, aber ich kann ja Hand anlegen, dann wird's schon ...« *Ja, mit deiner Hilfe werde ich sicher schön im Müll ersticken ...* dachte ich sarkastisch. Meine Mutter zog sich den Lippenstift nach, während ich mich neben sie auf die Couch setzte und das Handy aus meiner Tasche kramte.

Ich schrieb Tristan.

›*Ich brauche deine Hilfe ...*‹, und schickte es weg, ehe ich es mir anders überlegen konnte.

›*Darauf habe ich gewartet ;)*‹, schrieb er umgehend zurück, und noch bevor ich den untypischen Smiley verkraftet hatte, grapschte meine Mutter schon nach meinem Handy.

»Wem schreibst du?«

»Geht dich nichts an!« Eilig riss ich den Arm hoch und ging in die Küche um Wasser für Tee aufzusetzen.

›*Ich muss sie wieder los werden, Tristan!*‹ Ich fühlte mich schlecht, als ich ihm das textete. Aber gleichzeitig wusste ich, dass er der einzige Mensch war, der mich in der Hinsicht verstehen würde, schließlich kannte er meine Vergangenheit zu gut.

›*Ich weiß.*‹

›*Wirst du mir helfen?*‹ Ich spähte ins Wohnzimmer und sah, dass sie es sich mit der Fernbedienung auf der Couch gemütlich gemacht hatte. Ihre langen, rot lackierten Fußnägel glänzten im Licht des Fernsehers und ich wandte mich ab ... Schon als Kind hatte ich ihre Füße gehasst ... wieso auch immer.

›*Was muss ich tun?* ‹, kam seine Antwort. GOTTSEIDANK!

›*Erst mal musst du so tun, als wärst du Francesco ...*‹ Ich zerkaute mir die Fingernägel, als ich auf seine Antwort wartete.

›*Ich bin kein verdammter Kleinschwanz!*‹

›*Tristan, bitte! Sonst wird sie rausfinden, wer du wirklich bist, und dann wird sie es meinem Vater sagen und dann kommt er her!*‹ Ich wusste, dass er das genauso wenig wollte wie ich.

›*Sonst noch was? Soll ich für sie Striptease tanzen ... oder gleich mit ihr ficken*?‹ Oh, okay ... JETZT war Tristan sauer.

›*Nein ... du musst nur morgen Abend mit uns essen gehen! Bitte, Tristan ... Du bist der Einzige, der mir helfen kann, sie wieder loszuwerden. Tust du es, werde ich machen, was immer du verlangst ...*‹ Ich fühlte mich schlecht, ihn nach Hilfe zu fragen ... Besonders nach unserer Vergangenheit, aber andererseits wusste ich, dass er mich nicht im Stich lassen würde. Tristan war ein großzügiger und hilfsbereiter Mensch. Außerdem würde ich mich revanchieren. Egal wie. Das wusste er und daraus würde er auch seinen Nutzen ziehen. Er schrieb trotzdem nicht sofort zurück und ich wurde immer nervöser, während ich zwei grüne Tees zubereitete. Ich wollte meine Mutter zwar nicht hier haben, aber rausschmeißen konnte ich sie auch schlecht ... Und ich war gastfreundlich, egal wie verhasst mir die Gäste auch waren.

Würde er mich vielleicht doch hängen lassen?

Als die Nachricht kam, stiegen mir vor Freude die Tränen in die Augen.

›*Was tut man(n) nicht alles für sein gottverdammtes Mädchen, mit der Psychomutter ...*‹ SEIN GOTTVERDAMMTES MÄDCHEN!

Ihm war es nicht klar, aber er nannte mich immer öfter Mia, Baby oder noch besser Mia-Baby, und jetzt war ich schon wieder sein Mädchen, und nicht mehr seine Schlampe. Inzwischen hätte ich vor Freude gern auf dem Tisch getanzt!

Auf diese Nachricht gab es für mich nur eine einzige Erwiderung.

›*Ich liebe dich so, Tristan Wrangler*!‹ Seine Antwort kam prompt und war so typisch er.

›*Ja, ja* ...‹

25. Starke Worte

Mia ›keine verfickte Ahnung‹ Engel

»Francesco ... Schatz ...« Ich ging auf den düster schauenden Tristan zu und blieb nicht stehen, bis ich ihn umarmt hatte, egal wie sehr meine Beine auch bei seinem mörderischen Ausdruck schlotterten.

Wir befanden uns vor dem *T&P*. Mista Wrangler sah wieder mal umwerfend und gleichermaßen gefährlich aus in seinem tiefschwarzen maßgeschneiderten Anzug, doch er wirkte nicht gerade erfreut über das gemeinsame Essen mit meiner Erzeugerin. Er war es nicht gewöhnt, dass ihm die Frauen so furchtlos auf die Pelle rückten, wie sie. Normalerweise war er der Dreiste und Skrupellose, aber in meiner Mutter hatte er in dieser Hinsicht wohl seine Meisterin gefunden.

Ich wusste nicht, wer von uns beiden heute mehr mit dem Gedanken spielen würde sie umzubringen. Dies versprach mit Sicherheit ein interessanter Abend zu werden, bei dem wir beide mit unserer Selbstbeherrschung zu kämpfen haben würden!

»Dafür wirst du büßen«, flüsterte er mir samten ins Ohr, während er mir zur Begrüßung einen Kuss auf den Mundwinkel hauchte. Ich erschauerte.

Ja ... das war mir klar ...

»Und da ist er wieder, der Sechser im Lotto!«, versuchte ich die Situation aufzulockern, musste aber selber die Augen verdrehen, als ich die viel zu schrille, aufbrausende Stimme meiner Mutter hinter mir vernahm, die von der Aufmachung des Restaurants schwärmte.

»Du wirst SEHR dafür büßen.« Tristan löste sich mit einem charmanten Lächeln von mir, ließ aber seinen Arm um meine Taille liegen, während wir uns zu meiner Mutter umdrehten, die ein erschreckend kurzes schwarzes Kleid trug.

Wobei es auch ein Negligé hätte sein können. Das war wirklich schwer zu sagen. Das Ganze wurde durch High Heels und tonnenweise Schminke abgerundet. Ich schämte mich furchtbar, und ihr dreckiges Grinsen, mit dem sie seit Neuestem *meinen* Tristan ansah, verwandelte meine sowieso schon vorhandene Abneigung gegen sie beinahe in Hass.

»Wie hab ich mich darauf gefreut, das hier tun zu können!« Dabei war es ihr komplett egal, dass ich gerade nur Millimeter entfernt neben ihm stand, dieser Mann *nur* mir gehörte und sie warnend anfunkelte. Trotzdem umrundete sie mit einer Hand seinen Körper, und ich hoffte stark für sie, dass sie ihm nicht in seine Hintern kneifen wollte.

»Unterstehen Sie sich, Lady!« Tristan hielt ihr Handgelenk in sicheren Fingern, bevor sie auch nur ansatzweise das ausführen konnte, was sie soeben im Sinn hatte. Ihm gelang das Kunststück freundlich zu bleiben, und das auch nur weil es sich bei der Frau, obwohl attestiert geisteskrank, um meine Mutter handelte, davon war ich überzeugt. Außerdem schlug er immer noch keine weiblichen Wesen – zumindest nicht vor Wut. Ansonsten machte er bei meinen Nippeln eine Ausnahme, vermutlich um mich in den Wahnsinn zu treiben.

Mürrisch betrachtete ich seine langen wissenden Finger, welche die Haut einer anderen berührten.

Tristans Blick fuhr aus dem Augenwinkel zu mir herum und ich versuchte, mir nicht anmerken zu lassen, wie unschön es für mich war, dass er jemand anders anfasste ... aus welchen Gründen auch immer.

»Dieser Körper steht nur Ihrer Tochter zur Verfügung«, ergänzte er liebreizend und ließ sie los, um nach mir zu greifen.

Er verschlang unsere Finger fest miteinander und sein Daumen strich über die Knöchel.

OH mein Tristan! Er hielt meine Hand, NICHT MEIN HANDGELENK! Streichelte mich, verhielt sich so, als wären wir wieder zusammen ... und glücklich ...

Schüchtern lächelte ich ihn an, registrierte die verräterische Hitze in meinen Wangen, als er uns zu einem etwas abgelegenen Tisch führte, die Mäntel abnahm und uns beiden die Stühle zurechtrückte. AHA! Es waren also doch vorzügliche Manieren vorhanden. Na gut, er war jetzt sicherlich nur ein vollendeter Gentleman, weil er auch die nötige Reife dafür besaß, WENN er wollte!

Mit einem wachsamen Gesichtsausdruck setzte Tristan sich zwischen uns und zwinkerte mir verschwörerisch zu. Ich grinste zurück – es ging gar nicht anders. Viel zu lange hatte ich auf diesen bezaubernden Ausdruck und das Gefühl dieser tiefen Verbundenheit zwischen uns gewartet, denn nichts von der gewohnten Kälte war in ihm ...

Was war nur geschehen?

Meine Mutter schnaubte und nahm ziemlich aggressiv die Karte von dem netten, gut aussehenden Kellner entgegen. Ich tat es ihr gleich und verschanzte mich dahinter, denn Tristans warme Freundlichkeit, die er seit dem Vorfall mit der zu fleischgewordenen Sau Eva Eber ausstrahlte, verunsicherte mich zutiefst. Es sorgte dafür, dass ich ihn jetzt noch schwerer einschätzen konnte als zuvor. War das eine neue Art, sein Spiel mit mir zu treiben?

»Also, wie lang seid ihr zwei denn zusammen? Es kann ja noch nicht all zu lange sein, wenn du sie noch so anhimmelst, hm?«, erkundigte sich meine Mutter provokativ, und ich blickte sie mit zu Schlitzen verengten Augen an. Ohne zu wissen, was ich bestellen wollte, klatschte ich meine Karte auf den Tisch. Ich würde dieses Verhalten nicht länger dulden!

»Wir sind seit zwei Jahren zusammen!«, verkündete ich unterkühlt und bestellte bei dem Kellner aus Gewohnheit ein Wasser ...

»Sie bekommt ein Spezi«, mischte sich Tristan sofort ein, weil er wohl wusste, dass dies mein Lieblingsgetränk war. Ich starrte ihn fassungslos an, doch er nahm meine Hand auf dem Tisch, drückte sie kurz und ignorierte mich ansonsten überheblich. »Für mich dasselbe.« Meine Mutter orderte ein Wasser.

»Dazu bitte die italienische Gemüsepfanne«, warf ich ein. Denn ich wollte mich nicht mit einer Vorspeise aufhalten, um diese Situation nicht unnötig in die Länge zu ziehen.

»Sie nimmt den bayerischen Rostbraten, mit Kartoffeln, grünen Bohnen, und viel Soße«, korrigierte mich Tristan wieder mal ungefragt. Nicht, dass ich Rind nicht mochte ... ich liebte es sogar, zu besonderen Anlässen ... besonders Rostbraten, mit Kartoffeln, grünen Bohnen und viel Soße ... aber verdammt! Dieser blöde Vertrag hing mir aus dem ARSCH raus!

»Ich nehme DAS GEMÜSE! Tristan!«, flüsterte ich ihm tadelnd zu.

»Was?«, fragte meine Mutter misstrauisch über den Tisch hinweg, und ich erkannte sofort meinen Fehler, denn für sie war er ja Francesco Cavalli.

»Äh ... ich meinte: Bis dann ...« Unschuldig blinzelte ich sie an. Tristan gluckste. Meine Mutter zog ihre millimeterdünn gezupfte Augenbraue nach oben.

»Ich esse normalerweise nichts, was mal Haare am Körper hatte ...«, rechtfertige ich mich weiter.

Tristan erstickte mittlerweile fast an seinem Lachen, bekam einen hochroten Kopf und bestellte letztendlich dasselbe wie ich.

»Aha ...« Meine Mutter schien noch etwas argwöhnisch, aber schließlich wandte sie sich an den Kellner. »Ich nehme den Lachs auf Bandnudeln. Kein Pfeffer. Keine Sahne!«, orderte sie hochnäsig und klappte die Karte zu, um Tristan ausgiebig zu mustern. Es nervte mich, wie offensichtlich sie ihn mit Blicken auszog.

»Also, so gut wie Francesco sah dein Ex, dem du so lang hinterher getrauert hast, sicher nicht aus ...«, setzte sie zum ultimativen NO GO an. Klar, sie hatte Tristan auch nie gesehen, obwohl das in dem kleinen Kaff, in dem wir aufgewachsen waren, eigentlich ein Ding der Unmöglichkeit war. Das einzige Mal, als sie aufeinandergetroffen waren, hatte sie einen ihrer Rauschzustände ausgeschlafen.

Ich japste nach Luft, weil ich wusste, dass es nur noch schlimmer werden konnte. Tristan verkrampfte sich merklich.

»Wie hieß er noch mal, Romeo?«

»NEIN!«

»Dante?«

»MAMA, er heißt Tristan! Tristan, wie *Tristan und Isolde*!« Die anderen Gäste hoben ihre Köpfe, um mich mit Blicken für meine laute Stimme zu maßregeln. Sowas passierte mir in letzter Zeit ständig. Peinlich berührt sank ich etwas in meinen Sitz, und versuchte mich zu beruhigen.

»Wie auch immer ...« Meine Erzeugerin trank noch einen Schluck. »Ich hab nie verstanden, wie du dich wegen eines Mannes so quälen konntest! Schon gar nicht, wenn man bedenkt, wie er die Sache mit dir beendet hat!«

Ich spürte förmlich, wie sich Tristans Blick in mich bohrte. »Du kennst nur Dads Geschichte ...«, presste ich hervor.

»Du hast ja nicht mehr mit mir geredet, nachdem du zu deinem Onkel gegangen bist. Aber Patrick hat mir erzählt, dass du aussahst wie eine lebendige Leiche! Nicht einmal angerufen hast du mich ...« Sie zuckte mit den dünnen Schultern und warf ihre langen Haare zurück, die diesmal nicht toupiert, aber dafür geglättet über ihren Rücken fielen.

»Bist du schon mal auf den Gedanken gekommen, dass du selber daran schuld bist, wenn deine einzige Tochter dir nichts zu sagen hat?« Wahrscheinlich war es Tristans Anwesenheit, die dafür sorgte, dass ich den Mut fand, ihr das ins Gesicht zu spucken, vielleicht lag es auch daran, dass ich sie so lange nicht gesehen hatte. Womöglich war es auch beides.

Sie lachte gekünstelt.

»Du hattest all die Jahre ein Dach über dem Kopf und Essen im Kühlschrank. Was wirfst du mir vor?«

»Und was ist mit Achtung und Respekt? Mit Liebe?«, flüsterte ich sehr leise, während ich den leeren Unterteller vor mir anstarrte und Tränen hinter meinen Lidern brennen fühlte. Plötzlich war da Tristans Hand unter dem Tisch, die meine nahm. Er löste meine verkrampfte Faust und strich mir über die Innenfläche meiner Hand.

»Pah! Von Liebe allein konnte bis jetzt noch kein Mensch überleben!«

»Aber ohne auch nicht ...«, schaltete sich Tristan plötzlich sehr kühl ein, und ich dachte, ich hätte mich verhört.

»Na ja, für die Liebe bist du ja nun zuständig, nicht?« Sie prostete ihm zu und Tristan schnaubte. *Liebe* ... Er war im Moment meilenweit davon entfernt, mich zu lieben, oder? »Und so, wie ich das sehe, machst du deinen Job ganz gut ...«, fügte meine Mutter verbittert hinzu, als sie den Blick bemerkte, mit dem ich ihn betrachtete.

Mein Kopf fuhr herum, denn diesen Kommentar hatte ich nicht erwartet. Wirkte er etwa auf andere tatsächlich so, als hätte er Gefühle für mich?

»Wie man´s nimmt ...« Tristan zuckte mit den Schultern und ließ meine Hand unter dem Tisch los. Es war, als hätte er mir meine Gedanken soeben bestätigt. Er liebte mich nicht – würde dies wahrscheinlich nie wieder können ...

»Auf ihr Aussehen kannst du ja wohl kaum scharf sein ...« Zum Glück kam der Kellner in dem Moment, denn ansonsten wäre Tristan wohl explodiert. Mir war der Appetit vergangen – komplett.

»Iss ...«, forderte seine samtene Stimme bestimmend und ich folgte murrend, obwohl mein Magen den Aufstand probte

Doch es war wirklich köstlich. Das Gemüse leicht angebraten, pikant gewürzt und die Nudeln hausgemacht. Meine Mutter haute rein, als hätte sie das letzte Mal vor einem Jahr was gegessen. Sie schmatzte, tropfte mit Soße rum und legte keinerlei Anstand an den Tag. Wenigstens war sie still ... und konzentrierte sich nur auf ihr Essen. Ich hingegen wurde in meinem Stuhl immer kleiner, und hoffte, dass dieser Albtraum bald ein Ende hätte ...

Sie zu beobachten, löste in mir einen akuten Anfall von Fremdschämen aus. Dabei fragte ich mich, ob ich etwas von dieser Frau geerbt hatte, betete, dass es – wenn ja – nicht zu viel war, und entschied, nur noch Tristan anzusehen.

Eine gute Wahl. Wenn auch eine ziemlich aufwühlende. Denn er war sehr sexy beim Kauen ... Diese Kiefermuskeln ... Mein Bauch zog sich zusammen.

Tristan bemerkte wie immer mein Starren und wandte mir abrupt sein Gesicht zu. Als er sah, wie ich ihn SCHON WIEDER anschmachtete, denn ich konnte den Blick nicht mehr schnell genug abwenden und wurde zu allem Überfluss auch noch knallrot, grinste er schief und plötzlich lag seine Hand auf meinem Knie ...

Auf meinem *nackten* Knie ...

Es brannte mir nichts dir nichts lichterloh. Sofort musste ich an unseren letzten Besuch in diesem Restaurant denken und verschluckte mich fast an einem Böhnchen.

Ich wollte meiner Mutter in nichts nachstehen und hatte das nuttigste, lilafarbene Kleid angezogen, das mein Kleiderschrank hergab. Tristan schien das zu gefallen, denn seine Finger malten jetzt sanfte Kreise auf meine Haut, immer weiter den Oberschenkel entlang. Ich wusste nicht, wie ich reagieren sollte. Also biss ich mir auf die Lippe. Tristan knurrte leise. Ich seufzte. Oh NO ...

»Geh in fünf Minuten auf die Toilette!« Er hatte sich zu mir gebeugt ... und nun waren seine Lippen an meinem Ohr. Als ich seinen heißen Atem im Nacken spürte, erschauerte ich.

»Nicht hier!« Ich schüttelte den Kopf, auch wenn die Vorstellung sehr verlockend war, seinem Befehl nachzukommen, doch meine Mutter war dabei!

»Ist das etwa ein Nein?« Seine Nase strich langsam über meine Wange und die Finger träge nach oben. »Wenn du nicht vorhattest, mich zu verführen, wieso hast du dann SO EIN Kleid angezogen?«

»Das ist kein Nein!«, rief ich schon beinahe japsend aus, denn seine Hand war fast an meinem, natürlich alles andere als trockenem, Höschen angelangt.

»In fünf Minuten! Aber erst wirst du aufessen ... sonst gibt's keine Nachspeise, Miss Angel«, summte er mir ins Ohr und biss sehr kurz und sehr zart in mein Ohrläppchen. Ich unterdrückte ein wohliges Stöhnen und er lehnte sich zurück.

Sein Gesicht war glatt und emotionslos, während man meinem die Aufgewühltheit auf zehn Meter Entfernung ablesen konnte. Natürlich gehorchte ich, denn ich wollte wirklich gern meine Nachspeise haben! Leider besaß ich keine Uhr. Tristan verdrehte die Augen, als ich nach gefühlten fünf Minuten nach seinem Handgelenk griff und auf seine Rolex sah. Nur half mir das nicht, denn ich wusste ja die vorherige Zeit nicht. Fragend schaute ich ihn an. Er war genervt, wenn auch nur oberflächlich, darunter machte ich seine amüsierte Stimmung aus.

»Geh!«, flüsterte er mir zu und ich warf noch einen Blick auf meine schmatzende Mutter, die ganz mit ihrem Lachsfilet beschäftigt war.

»Entschuldigt mich«, verkündete ich und rannte fast zu den Toiletten ...

Doch dort kam ich nie an ... weil ich gegen eine breite männliche Brust prallte. Große Hände fingen mich an den Oberarmen auf, bevor ich auf meinem Hintern landen konnte, und ein dröhnendes Lachen erklang über mir.

»Sorry!« Als ich die Stimme erkannte, erstarrte ich kurz, dann sah ich hoch und Phillip Wrangler sog geräuschvoll Luft in seine Lungen, als er mein Gesicht erblickte.

»Mia!«

»Phil!«, riefen wir gleichzeitig und dann starrten wir uns an. Er hielt immer noch meine Oberarme fest ... Plötzlich ließ er los, als hätte er sich verbrannt.

»Was tust du hier?«, fragten wir wieder wie aus einem Munde. Tristans Bruder wütend – ich aufgeregt. Wir verstummten synchron und glotzten uns an. Er grimmig – ich erschrocken.

»Weiß Tristan, dass du hier bist?«

»Ich *bin* mit Tristan hier!« Auch diese beiden Sätze kamen unisono.

»JA!«

»WAS?«

Gott ... das konnte doch nicht so weitergehen! So würden wir nie ein ordentliches Gespräch zustande bringen. Ich ließ ihm den Vortritt, doch er packte mich unverhofft und schleifte mich hinter sich her in die aus Edelstahl bestehende Küche.

»Wieso bist du mit meinem Bruder hier?«, zischte er mich an. »Wie kannst du es wagen, auch nur in seine Nähe zu kommen?« Oh man ... seine großen blauen Augen blickten mich mehr als wütend an. So hatte ich ihn noch nie gesehen. Er wäre ziemlich furchteinflößend gewesen, wenn da nicht die überdimensionale Kochmütze auf seinem Kopf herum gewackelt hätte.

Ich seufzte. »Das alles war ein ... Missverständnis ...« Wie sollte ich ihm denn das JETZT erklären?

»Was?!«, schrie er. Seine drei Küchenhelfer fuhren zusammen und machten einen weiten Bogen um uns. Auch ich zuckte vor ihm zurück – und vor seinen gerade anschwellenden Muskelsträngen ...

»Wow, wow, wow ... Phil ... schalt eine Stufe runter ...« Tristans athletischer Körper schob sich wie eine Mauer in den engen Raum zwischen seinen cholerischem Bruder und mich.

Sein Ton war sehr kühl ... So hatte ich ihn noch nie mit einem seiner Brüder reden hören. »Wenn sie einer anbrüllt, dann bin ich das – *ausschließlich!«*

»Sag mal, hast du sie noch alle, du verdammter Idiot?« Phillip konnte es anscheinend nicht glauben, aber das hielt ihn nicht davon ab, Tristan zu schubsen.

Zum Glück besaß Letzterer auch ein paar beträchtliche Muskeln, mit denen er standhalten konnte, ansonsten wäre er wohl in mich gekracht. So wurde ich lediglich gegen die Anrichte hinter mir gepresst. Ängstlich linste ich über seine Schulter. Wieso ich das tat, wusste ich nicht. Denn der Anblick, wie ich mich verängstigt an seinen kleinen Bruder klammerte, brachte Phil noch mehr in Wallung. Ja ... er hatte schon früher ein Problem mit mir gehabt ... nun war dies anscheinend noch etwas größer geworden.

»Du bist doch echt bescheuert! Willst du dich von diesem Flittchen wieder aussaugen lassen? Willst du wieder dasselbe durchmachen? VERDAMMT, TRIS! Sie ist eine kleine manipulative Schlange, die dich mit ihren verdammten Rehaugen wieder eingewickelt hat ... Sie SCHEISST AUF DICH!«

Ich zuckte zusammen ...

»Das reicht!« Tristan bebte. Doch Phil hörte ihn gar nicht.

»Ich würde ihr ins Gesicht spucken, wenn ich könnte! Dann wüsste sie, was sie verdient hat!«

JETZT bekam ich WIRKLICH ANGST!

»PHIL. HÖR. AUF!« Tristan klang wortwörtlich verbissen.

»Wieso aufhören? Das *muss* gesagt werden! Sie ist nichts WERT! Sie ist ein Stück Dreck! Sie ist ein. Dummer. Hässlicher. TRUTHAHN!«

Tristan machte einen Satz nach vorne. Noch ehe der cholerische Phil sich versah, hatte er ihn im Schwitzkasten gepackt und ich wusste, dass er all seine Beherrschung aufbrachte, um seinem Bruder nicht professionell das Gesicht zu liften.

»Tristan!«, rief ich schockiert.

»Sie ist *mein* verfickter Truthahn!«, knurrte Tristan sehr, sehr leise.

»EGAL!« Phil schwang sich plötzlich herum, und im nächsten Moment hatte er Tristan mit seinem wuchtigen Unterarm am Hals auf dem Küchentresen festgenagelt. Ein paar Zentimeter von den heißen Herdplatten entfernt.

»Phil! Vorsicht!«, kreischte ich erschrocken.

Beide starrten mich kurz an. Der Koch hasserfüllt, Tristan berechnend. Prompt nutzte er die Ablenkung seines Gegners, um ihn wegzutreten. In den Bauch ... AUA!

Phillip taumelte nach hinten ... geradewegs in einen Schrank. Die darin befindlichen Töpfe und Pfannen fielen scheppernd zu Boden – ich brachte mich schnell ein paar Schritte in Sicherheit. So ungefähr ans andere Ende der Küche.

Mein Herz raste ... Wo war ich hier nur schon wieder reingeraten? UND WIESO kämpfte Tristan meinetwegen mit seinem Bruder? Hätte er keinen anderen Weg finden können? Reden oder so?!

Noch bevor Phil sich wieder aufgerappelt hatte, konnte Tristan ihn festpinnen, indem er seinen Unterarm packte und ihn auf seinem Rücken verdrehte. Der Größere der beiden ächzte vor Schmerzen.

»Sag nie wieder so was über sie!«, wiederholte Tristan etwas atemlos. Sein Bruder knurrte lediglich ...

»Bitte lass ihn jetzt los! Es war ja nicht so schlimm ...«, versuchte ich ihn zu beschwichtigen.

Beide im Moment wirklich einschüchternden Männer visierten mich an. Tristan folgte natürlich nicht, als ob er das jemals getan hätte ... bis hinter mir ein Lachen ertönte.

»OHHH ... Jetzt streiten sich auch noch zwei heiße Kerle um dich!« Meine Mutter war eindeutig erfreut über die Show, welche die Wrangler-Brüder unfreiwillig lieferten.

Widerstrebend ließ Tristan seinen Bruder los und klopfte ihm auf die Schulter. Phillip schlug ihm auf den Rücken. Aber so fest, dass Tristan einen Schritt nach vorne taumelte.

»Verdammter Pisser!«, grummelte dieser und rieb sich die misshandelte Stelle. Er kam zu mir und legte bestimmend seinen Arm um meine Schulter.

»Wir gehen jetzt!« Damit wollte er umdrehen und verschwinden, aber Phil rief uns noch hinterher.

»Morgen um 13.00 Uhr. Hier! Mit ihr!« Tristan schnaubte lediglich.

»Komm, Mum!« Ich packte sie am Oberarm und zog sie mit, denn ich nahm an, dass Tristan nicht so bald vorhatte, stehen zu bleiben.

»Darf ich vorne sitzen?«, fragte sie, sobald sie den wunderschönen Audi A7 in Kirschrot erblickte, der glänzend poliert direkt vor der Tür stand – auf dem Teppich des Eingangs!

»Nein!«, stieß Tristan im selben Moment hervor, in dem ich »Ja ...« brummte.

Seufzend öffnete er ihr die Tür.

Sie kletterte auf den Sitz und freute sich wie ein Kind an Weihnachten. Ja ... Luxus ... damit konnte man meine Mutter WIRKLICH glücklich machen. Mit nichts anderem ... Traurig aber wahr!

Tristan hielt auch mir die Tür auf – die hintere – und half mir beim Einsteigen. Mit einem kurzen Blick versicherte er sich, dass mit mir alles in Ordnung war, dann stieg er elegant ein und parkte rückwärts aus, wobei die schimpfenden Passanten zur Seite springen mussten, wenn sie nicht überfahren werden wollten.

Erschöpft lehnte ich meine Stirn gegen die Scheibe und dachte darüber nach, dass ich morgen offenbar den übrigen Teil seiner Familie treffen würde. Wie sie wohl reagieren würden? Würden sie mich gleich köpfen? Würden sie mich aus dem Land jagen? Mit Mistgabeln und Fackeln?

Ich war so in meinen Gedanken versunken, dass ich zuerst gar nicht merkte, wie sich meine Mutter zu Tristan rüberbeugte und ihm etwas ins Ohr flüsterte.

Gerade wollte ich protestierend eingreifen, denn ich konnte genau sehen, wo ihre Hand ihn berührte, da trat er plötzlich mit so einer Wucht auf die Bremse, dass ich mit dem Gesicht in den Sitz vor mir geschleudert wurde.

»Autsch!« Zitternd stützte ich mich mit beiden Händen ab und wollte sie trotzdem anschreien, als Tristan diese Aufgabe übernahm.

Viel besser als ich es gekonnt hätte: »DEINE TOCHTER sitzt auf der Rückbank! Ich bin der Freund DEINER TOCHTER!

Deiner Tochter, für die du dir nur das Beste wünschen solltest! Deine Tochter, die verfickte Scheiße noch mal so bezaubernd ist, dass du sie lieben und verehren solltest, verdammt noch mal! Ich habe keine Ahnung, wie so etwas Gewissenloses wie du einen solchen Menschen erschaffen konnte! Aber ich bin froh, dass sie es fertiggebracht hat, sich gegen deinen abgefuckten Einfluss zu wehren! Und ich würde dir raten, mich nicht noch einmal anzutatschen!«

Meine Mutter starrte ihn nur an – genauso wie ich. Tristan funkelte sie rasend an, als er ein Scheckbuch aus seinem Handschuhfach hervorriss.

»Du bist hier wegen Geld – du sollst Geld haben! Und dann lassen du und dein gehirnbeschränkter Ehemann die Finger von ihr, VERSTANDEN? Verdammte Scheiße, ich hab von eurer elendigen Sippe die Schnauze voll! Aber diesmal macht ihr mir keinen verfickten Strich durch die Rechnung!« Währenddessen kritzelte er wild in dem Scheckbuch rum.

»Wieso sollte ich sonst hier sein?« zischte sie zurück und irgendwas in ihrem Ausdruck war versteinert. »Glaubst du etwa, ich bin hier, wegen dem Haufen Schei...« Weiter kam sie nicht, weil Tristan ihren Hals packte und ihren Kopf zu sich riss. Keuchend verstummte sie, als er sich zu ihr lehnte, sodass ihre Nasen sich beinahe berührten.

Ich war wie erstarrt.

»Wage es nicht!« Er betonte jede einzelne Silbe. Sie erschauerte sichtlich und nickte hektisch. Tränen liefen über ihre Wangen. »Wage es nicht, sie noch einmal zu beleidigen. Denn der einzig anwesende Haufen Scheiße bist *du!«*

Jetzt funkelten ihre Augen. Aufmüpfig ... »Ich werde euch meinen Mann auf den Hals hetzen!«

Ziemlich hysterisch lachte ich auf. Tristan ließ abrupt von ihr ab. Aber nicht, ohne auch zu lächeln – eiskalt.

»Ich werde ihn mit größter Freude erwarten!« Seine Augen glitzerten nun so verlangend, wie sie es sonst nur taten, wenn er meine Pussy ansah.

»Sag ihm, Tristan Wrangler richtet ihm einen schönen Gruß aus ...« Während er ruhig sprach, kritzelte er weiter auf seinem Scheckbuch herum. Ihre Augen weiteten sich, als er seinen Namen nannte. »Und sag ihm auch, dass Mia Marena mir gehört! Für fucking immer!« Er riss eine Seite aus seinem Büchlein und schleuderte sie ihr an die Brust. »Er kann gerne kommen, denn ich habe mit ihm noch eine Rechnung offen. Aber *dich* will ich nie wieder in der Nähe von Mia sehen. DU hast schon genug Schaden angerichtet. Und jetzt verpiss dich aus diesem Auto, bevor ich mich verdammt noch mal vergesse!«

»A ... aber meine Sachen sind bei ...«

»RAUS!« Tristan sprach diese vier Buchstaben so leise und bedrohlich aus, dass sie sofort das kleine Blatt Papier ergriff und förmlich aus dem Wagen stürzte. Ich konnte nicht glauben, dass es so einfach gewesen war, sie loszuwerden ... Na ja einfach ... Für mich! Ich hatte nur stillschweigend hier gesessen und drei Dinge empfunden. Erstens: Faszination.

Zweitens: Genugtuung.

Drittens: Schuld.

Faszination, weil Tristan so unglaublich sexy wirkte, wenn er so stark und so autoritär war und jeden genau spüren ließ, dass es ihn einen Fuck scherte, was er von ihm dachte ... So von sich selbst überzeugt ... und das mit Grund!

Genugtuung, weil sie endlich einmal das bekommen hatte, was sie verdiente ... Von einem Menschen, dem sie gefallen wollte. Und Schuld, weil ich Genugtuung empfunden hatte, als meine eigene Mutter mal diejenige war, die fertiggemacht wurde.

Ich konnte es nicht glauben, dass sie ohne einen Blick auf mich aus dem Auto schlüpfte, und die Tür hinter sich zuschlug. Passenderweise regnete es inzwischen in Strömen und wir sahen uns noch einmal in die Augen, als sie wie der begossene Pudel in der kalten Nacht zurückblieb.

Tristan drückte das Gas durch und raste los. An der Art, wie er das Lenkrad umklammerte und wie er seine Kiefer aufeinanderpresste, bemerkte ich, dass er nach wie vor wütend war.

»Ich kann es einfach nicht ertragen, wenn sie so über dich reden ... Verdammte Scheiße ... verdammt noch mal ... Das nächste Mal bring ich sie um ...«, murmelte er absolut rasend vor sich hin, und ich hatte keine Ahnung, was ich tun sollte ... Ich wusste nur, dass man ihn in einer solchen Verfassung besser in Ruhe ließ. Daher lehnte ich mich auf meinem Sitz zurück, um mich irgendwie ein wenig zu entspannen. Erschöpft schloss ich die Lider und atmete tief durch, versuchte zu verarbeiten, was soeben geschehen war und zu ergründen, was das zu bedeuten hatte ...

»MIA!«, brüllte er mich plötzlich an, und ich richtete mich so heftig auf, dass ich mir oben fast den Kopf anstieß.

»Ja?«, erwiderte ich gehetzt.

Seine Augen funkelten mich düster im Rückspiegel an. »Geht's dir gut?«

Ich lächelte schwach. Mit der Frage hätte ich jetzt nicht gerechnet. Wirklich nicht ...

»Ja, Tristan ...« *Mein strahlender Held mit dem knallroten Audi und den dreckigen Gedanken,* gab ich in meinem Kopf noch dazu und musste verträumt lächeln. Denn dass er genau das mittlerweile wieder war, hatte er soeben sehr eindrucksvoll bewiesen. »Dass du mich so verteidigt hast, war sehr nett von dir, aber du hast meinem Vater praktisch eine Einladung geschickt ...«, fiel mir dann ein, und das Lächeln verschwand sofort von meinem Gesicht.

»Ich weiß ...«, antwortete er ruhig.

»Aber Tristan ...«

»Hör auf, hier lächerliche Panik zu verbreiten, Mia. Ich weiß, was ich tue.«

»Aber ...«

»Fick auf ›Aber!‹«, blaffte er. »Er wird bekommen, was er verdient! Und dieses Mal werde ich mich nicht so stümperhaft anstellen wie vor acht Jahren!«, fügte er so leise brummend hinzu, dass ich es kaum verstand.

Abermals schloss ich die Augen und ließ mich in seinem Sitz zurückfallen. »Ich weiß nicht, ob das so eine gute Idee ist ...«

»Mach dir um dich keine Sorgen, ich überwache deine Wohnung. Außerdem werde ich ein Sicherheitsschloss einbauen, das nicht so ohne Weiteres zu knacken ist. Er wird nicht an dich herankommen. NIE WIEDER! Der Pisser wird dafür büßen, was er uns angetan hat ...«

»Du glaubst mir also?« Mein Herz schien vor Hoffnung lichterloh zu brennen.

»Nein!«, stieß Tristan sofort hervor und die Flammen erloschen. »Dennoch ist er ein sadistischer Wichser, und ich weiß, dass ich der restlichen Menschheit auf diesem Planeten einen Gefallen tue, wenn er ein für alle Mal verschwindet!«

»Tristan ...«

»Ja, ja ...« Er winkte ab und bog nach rechts. Zu meiner Enttäuschung bemerkte ich, dass wir schon bei mir daheim waren.

MIST! Ich hatte gehofft ... er würde mich noch etwas um den Verstand bringen. Auf die gute alte Tristan-Sexgott-Art ... Aber nichts da.

Er blieb in der zweiten Reihe stehen und stieg aus, um mir die Tür zu öffnen.

Wortlos stellte ich mich vor ihn. Schaute zu ihm hoch und bewunderte die Makellosigkeit seines Gesichtes, das gerade ziemlich distanziert auf mich herabsah.

»Was ist das jetzt zwischen uns Tristan?«, fragte ich ... es war weniger als ein Wispern, denn ich hatte vor seiner Antwort eine Heidenangst.

In Tristans Augen blitzte etwas auf, was sehr schnell wieder vorbeizog. Etwas von seinem alten Blick und es erfüllte mich erneut mit Hoffnung.

Er starrte mich noch ein paar Sekunden unergründlich an, dann seufzte er tief, und mit einem Mal lag seine Hand an der Seite meines Halses und sein Daumen streichelte mich dort, wo mein Puls raste. Ich erschauerte, auch wenn seine Haut warm und weich war.

»Ich weiß es nicht ...«, flüsterte er fast genauso gebrochen zurück.

»Was wirst du deiner Familie sagen?«

»Ich habe keine Ahnung ...«

»Glaubst du mir, Tristan?« Das klang total eindringlich.

Er zuckte mit den Schultern.

Okay ... heute Abend würde er mir wohl keine andere Antwort mehr geben, aber das war wenigstens kein *nein*!

Seufzend schloss ich die Augen und genoss einfach nur seine Berührung, denn ich wusste, mehr würde ich nicht bekommen. Nach einer gefühlten Ewigkeit und ein paar Kälteschauern meinerseits sprach er wieder.

»Geh rein!«

Ich öffnete die Lider und ärgerte mich, weil ich sie nicht die ganze Zeit offen gelassen hatte. Wie konnte ich nur eine Sekunde NICHT damit verbringen, ihn anzusehen. Manchmal war ich wirklich eine dumme Kuh!

Er löste seine Hand von mir, aber nicht, ohne den verrutschten Träger meines Kleides hochzuschieben, sodass er wieder auf meiner Schulter lag. Ich lächelte ihn an, denn das war echt süß.

Er verdrehte die Augen und trat galant zur Seite, um mir den Weg frei zu machen.

Ich ging ... Sehr schweren Herzens. Aber ich ging ...

Als ich oben in meiner Wohnung ankam und mich auf meine Couch setzte, an der immer noch das ekelhaft süße Parfum meiner Mutter klebte, fiel mir etwas ein. Ich rannte zum Fenster, aber ich sah gerade noch, wie der Audi davondüste.

Mist!

Also packte ich mein Handy und tippte ein. *›Wie viel hast du meiner Mutter eigentlich gezahlt, damit sie mich in Ruhe lässt?‹* Mit feuchten Fingern streichelte ich meinen Chihuahua Stanley, der mich schwanzwedelnd begrüßte.

Die Antwort kam sehr schnell und sie schockte mich so sehr, dass ich die Nacht fast kein Auge zubekam.

›50.000 ... Ich wünsche angenehme feuchte Träume!‹

OH. MEIN. Tristan!

26. Vergebung

Erzähler alias Don ›fucking‹ Both (Oh Gott, das wollte ich schon immer mal tun!)

Renée Engel trat eine Woche später mit einem breiten Lächeln auf ihrem Gesicht in das Hotel ihrer Wahl. Es war teuer und luxuriös – genau nach ihrem Geschmack. Sie hatte hoch gepokert und alles gewonnen, weshalb sie es sich leisten konnte.

In ihrer Tasche lag der gedeckte Scheck, der ihr all ihre Wünsche erfüllen würde und ein Mann, für alles Weitere, war bereits in Aussicht.

Fett und alt, sterbenskrank – perfekt!

Ja! Endlich war sie vollkommen frei!

Tatsache war, dass Harald Engel, der Mann der sie all die Jahre unterdrückt und terrorisiert hatte, vor zwei Tagen einen tödlichen, ziemlich mysteriösen Unfall beim Angeln gehabt hatte und elendig ertrunken war ... Nur am Rande fragte sie sich, ob der umwerfende Hauptgewinn ihrer beschränkten Tochter etwas damit zu tun hatte. Denn wenn er eines mit Gewissheit nicht besaß, dann waren es Skrupel.

Ihr Lächeln wurde breiter, als sie an die Erleichterung dachte, die sie bei der Nachricht von Haralds Tod durchflutet hatte ...

Jetzt konnte sie endlich anfangen zu leben und mit ihrer Vergangenheit abschließen. Ganz im Verborgenen wünschte sie dies auch ihrer Tochter.

Tristan Wrangler würde ihr das bieten, was sie nie vermocht hatte: Sicherheit. Das hatte er bewiesen.

Tristan ›little‹ Wrangler

Was sollte ich ihnen sagen? Wie sollte ich es ihnen erklären? Und würden sie es verstehen? Sie waren ja immer noch davon überzeugt, dass Mia Marena mich verraten hatte, so viel stand fest – das war allerdings nicht mein hauptsächliches Problem.

Was war mit mir?

Glaubte ich nach wie vor, dass sie aus reiner Boshaftigkeit mein Leben zerstört hatte?

Ich sah auf den Sitz zu meiner Rechten, der sonst stets leer war. Jetzt saß sie dort, spielte nervös mit ihren Fingern, schob die Nagelhäute zurück und pulte ein bisschen unter ihren Nägeln rum. Ihr nachdenklicher Blick war nach draußen gerichtet. Sie war eindeutig aufgeregt – wirkte dabei so *unschuldig ... und schön*. Ihre langen Haare hatte sie zu einem Pferdeschwanz gebunden, die Wangen waren blass, die Haut dennoch lupenrein. Ihr kleiner Körper steckte in einem dicken schwarzen Pullover und einer eng anliegenden Jeans, in der ich ihren kleinen, aber feinen Arsch schon ganz genau abgecheckt hatte.

Sie war so ... *betörend* in ihrer Einfachheit.

Und sie rutschte auf ihrem Sitz herum.

Als ich leise seufzte, schaute sie mich an – mit ihren großen, braunen, fragenden Glupschern –, die verdammt noch mal so offen waren, dass sie mir jede Lüge sofort verrieten. Daher ließ ich es zu ... darüber nachzudenken ...

Also ... wieso ... hatte ich es damals nicht gemerkt? Wieso war sie so schockiert gewesen, als es an diesem verheerenden Morgen an der Tür klingelte? Schon am Abend davor war sie so aufgelöst gewesen – demnach musste sie es gewusst haben. Zumindest *irgendwas*. Warum hatte sie nicht offen und ehrlich mit mir gesprochen? Wieso hatte sie mir nicht vertraut?! Wir hätten eine Lösung gefunden, ich hätte verdammt noch mal *alles* dafür getan, um sie zu schützen!

Und das würde ich auch jetzt.

Schüchtern lächelnd biss sie sich auf die Lippe und legte ihren Kopf leicht schief ... Ich zog eine Braue hoch.

»Die Lippe«, erinnerte ich sie nur, und sie entließ sie sichtlich entnervt aus ihren Fängen.

»Du ...«, erwiderte sie frech.

Meine Augen wurden wohl ziemlich groß, als sie plötzlich die Hand nach mir ausstreckte und mir eine meiner mittlerweile viel zu langen, wirren Strähnen aus der Stirn strich. Als ihre Fingerspitzen sanft und mitfühlend über meine Haut glitten, hätte ich diese Geste unterbinden müssen, aber jede Berührung, und war sie noch so nebensächlich, glich neuerdings einer kleinen Absolution. Ich konnte nicht ... mehr ... so kalt sein ...

Trotzdem versuchte ich es. Noch ein letztes Aufbäumen sozusagen ...

»Wir hatten ein paar Regeln aufgestellt, Miss Angel ...«

»DU hast das ...«, verkündete sie leichthin und ließ ihre Finger frecherweise da, wo sie waren, nämlich in meinem Nacken, wo sie mich kraulte. Ich blickte zurück auf die Straße und schnaubte frustriert, während ich einen wohligen Schauer unterdrückte.

Verdammt! Sie ging mir schon wieder viel zu tief unter die Haut und NICHT nur in den Ficker.

»Ich habe in letzter Zeit nachgelassen. Das heißt aber nicht, dass wir unsere Abmachungen komplett über Bord werfen! Du weißt immer noch, was du für mich bist, ja?« Ich fühlte mich im Moment, als würde ich einen schon längst verlorenen Kampf kämpfen, weil ich sie ERNEUT von mir stieß.

»Die Schlampe! Klar!«, grummelte sie, während ich ihre Finger zurück auf ihren Schoß legte.

Ich lächelte in mich hinein, denn es war witzig, wie leicht man sie verärgern konnte. Doch dann schaute ich sie kurz an, und genau in dieser Sekunde wischte sie sich mit dem Ärmel verhalten über die Augen. Bei dem Anblick wurde mir übel.

»HEULST DU?« Jetzt war ich schockiert, denn ich *hasste* es wie Tripper, wenn sie weinte.

»Nein!«, blaffte sie mir trotzig entgegen, aber ich hörte das Zittern in ihrer Stimme. Sie wandte ihr Gesicht komplett von mir ab. Aber wir waren schon da, also hatte sie Pech.

Ich hielt den Wagen auf meinem Parkplatz direkt neben dem Restaurant und schnallte mich ab. Dann beugte ich mich zu ihr rüber und versuchte sanft zu sein, als ich ihr Kinn packte und mir ihr Gesicht zudrehte.

JA, SIE WEINTE! Und sie funkelte mich gleichzeitig trotzig an, während sie schniefte. Die Hände in ihrem Schoß waren zu kleinen Fäusten geballt. Grübelnd schaute ich in ihre Augen und wollte fast nicht fragen, denn ich schiss mir vor der Antwort in die Hosen, aber andererseits musste ich es auch wissen.

»Warum weinst du?«

»Weil du jedes Mal, wenn ich denke, wir haben einen Schritt in die richtige Richtung gemacht, diese Illusionen zerstörst und mich darauf hinweist, dass es gar kein gemeinsames Ziel zum Erreichen gibt und ich für dich trotz allem nichts weiter bin als eine kleine, billige Schlampe ... DESWEGEN. Und jetzt lass mich los, Tristan!«, zischte sie in guter alter/neuer Mia-Manier.

Ich war etwas baff, weshalb es ihr gelang, sich aus meinen Fingern zu lösen, und auszusteigen. Doch ich erholte mich schnell und schnallte mich ab, um ihr hinterherzustürzen. Natürlich regnete es passenderweise in Strömen.

»Mia!« Wieso musste ich ihr ständig hinterherlaufen, seitdem sie wieder in mein Leben getreten war? Und WIESO hörte sie nur nie auf mich, wenn ich sagte, sie solle stehenbleiben?

Unter dem breiten verglasten Vordach des Restaurants erwischte ich endlich ihren Arm und wirbelte sie zu mir herum.

»Nein!« Sie versuchte tatsächlich sich aus meinem Griff zu winden, doch ich war nicht bereit. »Lass mich los! Bitte ... Ich kann gerade nicht ...«

In meinem Herzen schlugen zwei Takte, die gegeneinander kämpften. Einer wurde stärker ... Immer stärker ...

»HEY, beruhige dich!« Ich entschied, sie mit meiner effektivsten Waffe abzulenken: meinem Körper, und drückte das nasse Etwas vor mir kurzerhand gegen die Wand neben der Tür. Mia keuchte auf und wischte sich hektisch ein paar feuchte Strähnen aus der Stirn. Jetzt schaute sie mich nicht mehr trotzig an, sondern wütend.

»Du hast von Anfang an gewusst, worauf du dich einlässt! Ich habe dir nie etwas anderes als Sex versprochen!«

»Es reicht mir aber nicht, Tristan!«, fauchte sie mir ins Gesicht. »ICH LIEBE DICH! Verstehst du das? Es tut mir weh, wenn ich für dich nur irgendeine Schlampe bin! Es tut mir weh zu wissen, dass ich niemals die Zukunft mit dir haben werde, die wir uns immer erträumt haben! Ich dachte, ich kann alles ertragen, nur um in deiner Nähe zu sein. Aber ich habe mich getäuscht! Ich kann ...«

Weiter kam sie nicht. Im nächsten Atemzug war sie nämlich damit beschäftigt zu keuchen, weil meine Lippen ihre berührten. Ich war selber etwas verblüfft. Doch erstens konnte ich sie nicht weinen sehen – nicht mehr – und vor allem nicht wegen mir! Zweitens waren ihre Lippen nass ... und einladend und ich KONNTE mich einfach nicht mehr dagegen wehren.

Also gab ich nach. Für uns beide.

Ich war nicht sanft und vorsichtig, sondern leidenschaftlich und ausgehungert, als ich mit meinen Händen in ihre Haare fuhr, sie an mich presste, und meine Zunge in ihren süßen Mund vorstieß. Dabei gab ich einen eigenartig heiseren Laut von mir, der kein Stöhnen und kein Knurren war, sondern irgendwas dazwischen.

Denn sie war MEIN MÄDCHEN und sie war das Beste, was ich je gekostet hatte. So süß und gleichzeitig so weich und so samtig ...

Ich liebte es, wie ihre kleine Zunge meiner entgegen kam.

Ich liebte es, wie sich ihre Hände an meiner Brust in den Pullover krallten, und sich daran festhielten, als gäbe es kein Morgen mehr.

Doch es war nicht genug – noch lange nicht. Eine Hand löste ich aus ihrem Haar. Als ich an ihrer Schulter herab über ihre Seite bis zu ihrem Oberschenkel strich, seufzte sie leise in meinen Mund und brachte mich dazu, nur noch eine Stufe wilder zu werden. Denn ihre Geräusche waren der Wahnsinn.

Fest packte ich ihr Knie und schlang mir ihr Bein um die Hüfte. Ich brauchte sie – so nah wie möglich … Wirklich dringend! Unmissverständlich rieb ich meinen Schritt an ihrem – und JETZT stöhnte sie richtig. Noch ehe ich mich versah, hatte sie ihr anderes Bein auch um mich geschlungen, und wir keuchten in den Mund des anderen, als ich sie mit beiden Händen am Arsch packte und enger an mich presste.

Das hier ... war der gottverdammte Himmel ...

Ich wollte sie ... GANZ ... AUF DER STELLE! Und dabei sollte mein Mund sich nicht eine einzige Sekunde von ihren weichen, vollen kirschroten Lippen trennen.

»Trisi?« Die schrille, geschockte Stimme, die mir direkt ins Ohr kreischte, riss mich aus meinen wirren Überlegungen.

»Nein!«, jammerte Mia gefrustet, als ich atemlos meine Lippen von ihren löste. Mein Ficker pochte heftig und protestierte gegen die Unterbrechung mindestens genauso stark wie sie.

Sobald ich nach rechts blickte, konnte ich meinen Fluch nicht unterdrücken. Es war die Alibihobelschlunze. FUCK!

»Nicht die schon wieder ...«, nörgelte Mia weiter, und ihre Hände krallten sich ein bisschen fester in meinen Pullover. Ihre Beine umfingen mich noch enger ... sie vergrub ihr Gesicht an meinem Hals ... und ich konnte und wollte sie einfach nicht von mir lösen. Also hielt ich sie weiter, während ich zu Eva sah, eine Braue hochzog und grinsend mit den Schultern zuckte. Sie klappte den rot geschminkten Mund wieder zu und ihre Augen verengten sich. Bevor ihr lahmes Hirn entschieden hatte, was sie sagen sollte, ergriff ich meine Chance. Dabei drückte ich mit zehn Fingern beruhigend Mias Backen in meinen Händen, worauf sie an meinem Hals aufkeuchte. Dann kicherte sie ... Das klang so viel besser, als wenn sie weinte.

»Eva, ich brauche deine Alibihobelschlunzenfähigkeiten nicht mehr. Du bist gefeuert!«

»JA!«, flüsterte Mia an meinem Hals und ich fühlte ihr Lächeln an meiner Haut.

Evas Mund klappte wieder auf – ihre Augen verengten sich jedoch weiter.

»Das kannst du nicht machen!«, zischte sie.

»Ich kann machen, was ich will, und jetzt hau ab! Siehst du nicht, dass ich beschäftigt bin?«

»Okaay«, meinte sie, plötzlich ruhig, und ihr Starren blieb an Mia hängen, die sie immer noch nicht eines Blickes gewürdigt hatte. »Wie ihr wollt ...«

»Eva ...«, grollte ich warnend.

»NEIN!«, rief sie aus, und irgendwas machte mich stutzig, als sie grinsend ein paar Schritte zurückging. »Werd nur glücklich ... mit deinem ... *Mia-Baby!*« Bevor ich noch etwas antworten konnte, drehte sie sich um und marschierte mit schnellen Schritten im Regen davon.

»Sie ist weg.«

»Ich hab mich schon gefragt, wohin dieser penetrante Nervton verschwunden ist.« Als sie aufblickte, haute es mich fast rückwärts um.

SIE STRAHLTE! Ihre Augen strahlten! Ihre Wangen strahlten! Ich fragte mich, ob sie mich atomar verstrahlen konnte, und runzelte die Stirn.

»DAS war doch mal ein Zeichen«, meinte sie mit einem zufriedenen Grinsen. »Du darfst mich jetzt wieder runterlassen, bevor dir die Arme abfallen.«

»OH!« Ehrlich gesagt hatte ich ganz vergessen, dass ich sie immer noch hielt, aber sie wog ja so gut wie nichts.

Ich stellte sie auf ihre Füße und zupfte ihren Pullover wieder nach unten, der hochgerutscht war, denn ich wollte ja nicht, dass sie sich eine Erkältung holte. Sie lachte, als sie meine Lippen betrachtete und bevor ich fragen konnte, was denn so witzig war, hob sie ihre Hand und fing an fest darüber zu wischen.

»AU!«, beschwerte ich mich.

»Du hast da Lippenstift«, kicherte sie fröhlich und ich seufzte resigniert. Gleichzeitig fiel mir dasselbe bei ihr auf und ich tat es ihr in ihrem Gesicht nach.

»Ich bin eben eine Transe. HA, HA«, scherzte ich kraftlos. Sie lachte lauter.

Als meine Lippen untransig und ihre auch wieder vorzeigbar waren, gingen wir schnell ins Restaurant, denn so durchnässt war es draußen alles andere als warm.

Kaum betraten wir allerdings den warmen Raum, spannte sie sich an.

Ich schaute zu unserem Stammtisch, direkt neben der Küchentür. Sie saßen da wie wartende Löwen, die ihre Beute zerfleischen wollten – und diese Beute war Mia Engel. OH MANN ...

Einer sah angepisster aus als der andere, und ich fühlte förmlich, wie sie umdrehen und weglaufen wollte, als ihre Blicke auf sie fielen.

Nein, Baby ... du bleibst hier ... Ich legte meinen Arm um ihre zierlichen Schultern und führte sie zu dem Tisch. Zum Glück war das Restaurant geschlossen – mittags hatten wir immer zwei Stunden zu –, denn ich befürchtete, dass es unter Umständen lauter werden könnte. Wir waren eine sehr temperamentvolle Familie und Mia wusste das. Vermutlich zögerte sie deswegen so sehr, dass ich sie fast in die richtige Richtung schieben musste.

Als wir am Tisch ankamen, holten alle bereits tief Luft, um anschließend auf uns einzuquatschen.

»STOPP!« Zu aller erst zog ich ihr einen Stuhl vom Nachbartisch heran, auf den Mia sich unsicher niederließ, und dann mir, auf den ich mich verkehrt herum setzte.

»Haltet erst mal alle die Klappe, okay?« Die Münder meiner Familie klappten zu. Alle schauten mich böse an. Na ja, Katha löffelte fröhlich ihre Suppe – an ihr ging das alles vorüber. Sie war noch nie so sehr in die Familiengeschehnisse involviert gewesen, wie wir anderen.

»Vielleicht sollten wir Mia anfangen lassen, bevor sich alle auf sie stürzen.« Sie wurde noch eine Stufe bleicher und ich merkte, dass genau das der falsche Weg war. »Oder fang du an, Viv!« Ich wusste, dass sie Mia nicht wie die anderen zerfleischen würde.

Sie saß uns gegenüber auf der Bank, neben Tom, in ihrem hochgeschlossenen dunkelblauen Wollkleid, sah aus wie ein Elfenmodel und betrachtete Mia schon wieder mitfühlend. Ihr Blick glitt über ihre dünnen Konturen. Über ihre ungesunde Gesichtsfarbe ... Und sie seufzte, bevor sie mit sanfter Stimme anhob.

»Hi Mia ...« Die hatte plötzlich Tränen in den Augen. Die freundliche Begrüßung kam wohl unerwartet. »Wir wollten nicht, dass du hierherkommst, damit du von uns fertiggemacht wirst ... Über die Phase sind wir alle hinweg. Wir werden uns zusammenreißen, und dies wie erwachsene Menschen regeln!« Vivi bedachte alle mit einem strengen Blick. Phil schnaubte genervt. Tom verdrehte die Augen. Katha lachte leise, wohl über den Ausdruck ›erwachsene Menschen‹. Ich funkelte sie alle an. Außer Vivi ... Die machte ihre Sache sehr gut.

»Wir waren gestern alle ziemlich geschockt, als Phil uns erzählte, dass du anscheinend wieder was mit Tristan zu tun hast ... das kannst du sicher verstehen, oder?« Mia nickte und sah Vivi schüchtern unter ihren langen Wimpern hervor an.

»Ich weiß nicht, wie es dazu kam, aber wenn Tristan es so will, dann ist es seine Entscheidung. Auch wenn manche von uns sie nicht nachvollziehen können!« Wieder ein Seitenhieb ...

»Besonders ich! Sie ist eine Verräterin!«, platzte es unvermutet aus Phil raus, und Mia zuckte auf ihrem Stuhl zusammen.

»Philip!« Katha hatte sich eingeschalten, bevor ich ihm die Leviten lesen konnte.

»ICH. HABE. IHN. NICHT. VERRATEN. VERDAMMT!« Mia sagte es fest und laut und man merkte, dass sie es langsam leid war, sich ständig zu wiederholen.

Jetzt starrten sie alle an und wirkten dabei äußerst skeptisch.

Die Gefühle, die gerade in mir herumschwirrten, waren mehr als zweigeteilt. Ich wusste einfach immer noch nicht, was ich denken sollte.

Am Ende entschied ich, dass ich das mit ihr ausdiskutieren musste, und dass es unfair von mir gewesen war, mir nicht ihre Version der Geschichte anzuhören. Ich sah sie an.

»Okay! Erzähl!« Es klang kühl, weil ich innerlich schon wieder total aufgewühlt war.

Mias Blick löste sich von Vivi und sie visierte mich schockiert an. Dann schluckte sie laut ... und betrachtete die vor ihr liegende Serviette.

Ihre Stirn lag in tiefen Falten.

Auch mir fiel es schwer – ebenso wie ihr – und das nicht, weil ich mich nicht daran erinnern konnte, sondern weil es Erinnerungen waren, die mich jedes Mal fast auffraßen, wenn ich sie zuließ.

Zum Glück suchte Mia keinen Augenkontakt, als sie zögernd begann.

»Ich denke, ich fange ab dem Zeitpunkt an, wo alles ... außer Kontrolle geriet ... Als du zum Boxtraining gingst, entschied ich mich mit Stanley spazieren zu gehen ...« Ihr Blick war weit entfernt auf die Ereignisse vor acht Jahren gerichtet. »Im Wald lauerte mir mein Vater auf ...«

Wir alle sogen scharf die Luft ein. Meine rasch erhobene Hand hielt Vivi davon ab, etwas einzuwerfen.

»Er drohte mir ...« Sie klang jetzt schon schmerzerfüllt. »Er drohte mir damit, deine Karriere zu zerstören und dich in den Knast zu bringen, wenn ich nicht das tun würde, was er von mir verlangte. Er sagte mir, er würde dich ins mieseste Gefängnis Deutschlands stecken und deinen Ruf für immer zerstören. Das alleine wäre ja schon schlimm genug gewesen, aber dann war da noch Eva Eber!«

Inzwischen waren alle Blicke auf sie gerichtet, während sich meine Hände zu Fäusten ballten und ich das teure Holz des Tisches fixierte.

»Sie wollte gegen dich aussagen, wegen Vergewaltigung.«

Nun warfen mir alle argwöhnische Blicke zu – die Idioten! –, und ich lachte abfällig auf. »Glaubt ihr etwa allen Ernstes, ich hätte es nötig gehabt, sie zu VERGEWALTIGEN?«

»Natürlich nicht!«, rief meine Familie fast gleichzeitig – die Erleichterung in ihren Stimmen strafte sie Lügen. Doch sofort konzentrierten sie sich wieder auf Mia.

Es fehlte nur das Popcorn, es war FAST komisch. Aber nur fast ...

Sie schluckte und packte die Serviette, um sie in kleine Stücke zu zerpflücken, während sie mit dieser abwesenden leicht schmerzverzerrten zarten Stimme weiterredete.

»Sie war schon bei meinem Vater gewesen, um eine Aussage zu machen. Er hatte gemeint, er würde dich schützen, wenn ich kooperieren würde ... Was hätte ich tun sollen, Tristan? Hätte ich ihn alles, was du jemals haben und sein wolltest, zerstören lassen sollen?« Jetzt schaute sie mich an und ich erwiderte den Blick. Ihre Augen waren glasig – verzweifelt. Momentan hatte ich keinen Schimmer, was ich darauf antworten sollte, ohne absolut sarkastisch und verletzend zu werden, also schwieg ich besser, denn ganz nebenbei brach ich gerade innerlich zusammen.

Als sie ihren vor Niedergeschlagenheit brennenden Blick wieder von mir löste, war es, als wäre ein Bann von mir genommen worden. Mia machte mit dem Zerpflücken weiter.

»Ich habe zu dem Zeitpunkt nicht geahnt, was er vorhatte ... Ich hatte keine Ahnung, dass er noch einen größeren Plan verfolgte, als mich nur von dir fortzubringen. Ich ließ mich darauf ein, dich zu verlassen, um dich zu schützen, auch wenn es mir das Herz brach, denn ich wollte dich nicht zerstören, du warst doch mein Ein und Alles ...« Inzwischen weinte sie fast ... aber sie hielt sich tapfer. »Ich war einverstanden und unterschrieb somit imaginär mein Todesurteil. Ich sagte, ich würde mitkommen, doch er wollte etwas als Druckmittel gegen mich in der Hand haben, damit ich mich nicht heimlich mit dir aus dem Staub machte ... Weißt du ... das klang damals logisch für mich ...«

Sie machte eine kleine Pause und holte tief Luft. »Eine Aussage ... ich gab sie ihm in der Annahme, dass er sie *niemals* gegen dich verwenden würde ... ich habe ihm aus kindlicher Dummheit vertraut – das war der größte Fehler meines Lebens ... der größte Fehler *unseres* Lebens ... Das Ende von unserem Leben.« Damit verstummte Mia und ließ den Kopf hängen.

Und dann plötzlich erschreckte sie alle, die gespannt gelauscht hatten, indem ihre Hände nach oben schossen und sie das Gesicht in ihnen vergrub, während sie laut aufschluchzte.

»E ... entschuldigung ...« Unvermittelt sprang sie auf die Beine und hechtete in Richtung der Toiletten. Ich starrte ihr hinterher und wusste nicht, was ich denken sollte. Das war alles zu viel auf einmal. Viel zu viel ...

Ratlos betrachtete ich meine Geschwister, die meinen Blick mit der gleichen Verzweiflung erwiderten. Alle, außer Katha.

»Ich brauch jetzt erst mal`n Keks!« Mit dieser Aussage füllte sie die angespannte Stille und stand auf, um die Küche unsicher zu machen. Tom und Vivi waren entgeistert, Phil starrte ihrem Arsch hinterher ... und ich wünschte sehnlichst, mein Vater wäre hier, und würde etwas dazu sagen!

»Ich geh mal zu Mia«, verkündete Vivi nach einigen Sekunden und verschwand in Richtung Toiletten, womit wir drei Brüder allein waren.

»Wollt ihr vielleicht mal was sagen?«, erkundigte ich mich, als es mir zu blöd wurde.

»Ich geh zu Katha!« Phil, der Arsch! Ich verdrehte die Augen. WAS für eine tolle Familie!

ECHT!

Kurz darauf saß ich mit Tommy allein am Tisch.

»Willst du mich auch noch verlassen?«, fragte ich theatralisch.

Tom grinste breit und flötete »Nichts liegt mir ferner.«

Ich schmunzelte und war froh, dass sich die angespannte Stimmung etwas lockerte.

»Also ... was sagst du? Du als Anwalt ...«, fing ich

irgendwann wieder etwas mürrisch an.

Tom trank einen Schluck von seinem verdammten Bio-Ingwer-Tee und rückte die stylische viereckige Brille auf seiner Nase zurecht, bevor er antwortete.

»Es ist nicht von Bedeutung, was ich über die Sache denke, sondern was du *fühlst*, Tris ...«

»Dass du mir auch keine verdammte Hilfe bist!«

»Es ist aber so Tristan. Was soll ich außerdem schon darüber denken? Ich hab gestern erst erfahren, dass einer deiner Erzfeinde von dir so heftig verteidigt wurde, dass du dir deinen eigenen großen Bruder vorgenommen hast, und jetzt erzählt sie so eine herzzerreißende aber logisch klingende Geschichte ... Es würde zu ihr passen ... dass sie so dämlich gehandelt hat ... Mia ist der gutgläubigste Mensch, dem ich jemals begegnet bin.«

»JA, aber Tom ... Ist es nur das? Eine Geschichte?«

Plötzlich beugte er sich vor. Sein graublauer Blick bohrte sich in meinen. »Sieh sie doch mal mit offenen Augen an, dann weißt du es!«

»Oh Mann ...« Ich schnappte mir das Glas Wasser von meinem anderen Bruder und trank es in fast einem Zug leer.

»Außerdem: Ist es denn wichtig, was in der Vergangenheit vorgefallen ist, wenn du sie JETZT liebst?« Ich verschluckte mich und spuckte alles in weitem Bogen auf den Tisch, genau in dem Moment als Phil und Katha aus der Küche kamen. Sie warfen mir angewiderte Blicke zu.

»Ich liebe Mia nicht!«, rief ich, während Tom sich betont angeekelt das Wasser von seinem verdammten Wollpullover tupfte. Katha hatte eine Schüssel Schokokekse und knabberte vor sich hin, derweil Phil sich neben mich setzte, sie auf seinen Schoß zog und mir schon wieder auf meinen gottverdammten Rücken schlug.

»Würdest du dich allen Ernstes für eine Frau, die du nicht liebst, mit mir anlegen? Und das in MEINER Küche? Mit MEINEN Messern?«

Tommy lachte und klaute der blonden Schlampe einen Keks, wofür er sich einen berühmt berüchtigten Todesblick einfing. Und die waren bei ihr *wirklich* fast tödlich!

»Ihr seid mir echt keine Hilfe!«

»Ich könnte dir sagen, was ich denke, nachdem ich darüber mit Katharina geschlafen habe ...«, bot sich Phil an, während er sich auch einen Keks stibitzte. Katha verfrachtete die Schüssel vom Tisch auf ihren Schoss und zischte ihm etwas zu.

»Gib mir auch mal einen!«, forderte ich und Phil klaute schnell einen für mich.

»Sorry Baby! Er bezahlt die Scheiße mit«, rechtfertigte er sich vor seiner mürrischen Frau, die ihn mit Blicken kastrierte, als er ihn mir reichte.

»Und auf deine Meinung kann ich verzichten! Ich weiß, dass du grundsätzlich immer vom Negativsten ausgehst!«, murmelte ich und biss in den fluffigen Schokokeks.

Ihm war es natürlich egal, er redete trotzdem und überraschte mich. »Weißt du Tristan ... Ich glaube nicht, dass sie so ein schauspielerisches Talent besitzt ... Nicht, wenn es um dich geht«, sagte Phil plötzlich. »Es hat mich schon damals stutzig gemacht, dass gerade sie, die dich vergötterte, dir SO ETWAS antun sollte, aber ich war zu wütend auf sie, um klar zu denken. Mann, du bist mein kleiner Bruder! Außerdem hat sie dir nicht einmal geschrieben! Und sogar noch vor Gericht ausgesagt! Wegen ihr ging es dir richtig beschissen ... Und, na ja ... Ich wusste, du wolltest es nicht, aber als du im Knast warst, bin ich noch mal zurückgegangen, um sie zur Rede zu stellen. Sie war wie vom Erdboden verschluckt ... ich konnte sie nicht finden. Keiner in dem verdammten Kaff wusste Bescheid. Und jetzt sehe ich, dass es ihr mindestens genauso schlecht geht, dass sie total kaputt ist. Schau sie doch mal an! Sie ist ein Wrack! So wie du! Doch zusammen ... verdammte Scheiße ... seid ihr ganz! Sobald sie neben dir steht, hast du eine komplett andere Ausstrahlung. Das ist Wahnsinn! Nicht so dauerangepisst und verbittert. Und auch sie kann sich zeigen wie sie ist, weil sie weiß, dass keiner sie verletzt, solange du da bist. Jetzt seid ihr die Menschen, die ihr schon seit acht Jahren sein solltet ... Wenn ich in deine Augen sehe, sehe ich endlich wieder *dich.* «

Seufzend fuhr ich mir mit einer Hand übers Gesicht. Klar, dass Phil trotz meiner Bitte es nicht zu tun, zurückgegangen war, um sie zu suchen.

»Eigentlich ...«, sinnierte Tom nun weiter, »... konnte ich mir nie einen Grund zusammenreimen, warum sie dich loswerden wollte. Sie hatte dir ja praktisch seit der ersten Klasse einen Altar errichtet und du ihr auch, nachdem du sie einmal gefickt hattest. Du hast sie aus ihrem abgefuckten Elternhaus befreit ... Ach so, auch Vivi und ich hatten uns auf die Suche nach ihr gemacht – trara, Überraschung! Tut mir ja auch echt leid. Aber wenn Vivi etwas will, dann geht sie über Leichen und sie wollte unbedingt erfahren, was mit Mia war ... doch auch wir fanden nichts.«

Diese elendigen Verräter! Ich knurrte, auch wenn ich es mir hätte denken können! Tom sprach einfach weiter. »Du hast ihr all das gegeben, was sie anscheinend nie hatte. Sie hat aus dir nur Nutzen gezogen, und im Bett war sie auch mehr als ... ähm ... befriedigt, den Lauten nach zu urteilen, die ich mir in zahllosen, grausamen Nächten anhören musste ... Die ganze Geschichte war einfach nur unlogisch, die Chief Pimmelkopf dir an dem Morgen angedreht hat. Aber dir ging es besser damit. Du konntest die Realität besser mit dem Glauben an die Lüge ertragen, denn du hättest an der Situation nichts ändern können.« Tom zuckte mit den Schultern, setzte seine Brille ab, hauchte sie an und begann sie mit der Ecke seines Pullovers zu putzen.

»Also glaubst du ihr?«, wollte ich ihn festnageln.

»Tris ...« Seufzend schüttelte Tom den Kopf, als wäre ich *total* dämlich. »Ich habe dir schon einmal gesagt, dass meine Meinung unbedeutend ist. Eigentlich ist es auch unbedeutend, was vor acht Jahren geschehen ist! In so langer Zeit können sich Menschen ändern. Heute, morgen, *immer!* Es zählt nur das Hier und Jetzt. Also sag mir eins: Was fühlst du, wenn du sie JETZT ansiehst? WAS ist sie für dich?«

Nun hörte sogar Katha auf, ihre verdammten Kekse zu knuspern, und schaute mich wie die anderen beiden gebannt an.

Es war nicht schwer für mich, ein Bild von Mia in meinem Kopf zu erschaffen, denn sie war dort ständig. Ich sah sie beim Schlafen – mit Robbie im Arm –, in der Quelle als heiße Nixe, so schutzlos auf dieser Massageliege in einem Prager Hotel, unsagbar sexy auf der Bühne in meinem Club, während ›Sex is on fire‹ im Hintergrund dröhnte, von oben im Boxstudio. Total verletzlich in unserer letzten Nacht vor acht Jahren in meinem Zimmer, glücklich auf der Lichtung im Bach, noch glücklicher in der Schuldusche, unsicher in der Turnhalle ... Es gab Tausende von Möglichkeiten, und wenn ich ehrlich war, war sie in jeder Einzelnen nur eines für mich ...

»Mein Mädchen ...«, erwiderte ich kraftlos mit hängenden Schultern.

Tommy schob sich die Brille wieder auf die Nase.

»Das ist die Antwort!« Zufrieden lehnte er sich zurück, denn Vivi und das Objekt meiner Begierde und schlaflosen Nächte kamen zurück.

Ich warf einen kurzen prüfenden Blick zu Vivi und machte mir fast in die Hosen, weil sie mich wütend anfunkelte. NA TOLL! Jetzt hatte sie die Seiten gewechselt. War eigentlich klar! ICH war ja auch hier der Arsch!

Mia setzte sich um einiges gefasster, aber mit ziemlich geröteten Augen neben mich auf ihren Stuhl und konnte mich nicht ansehen, sondern fixierte angestrengt ihre Hände in ihrem Schoß.

Vivi platzierte sich auf Tom und dann lagen wieder mal alle Blicke, bis auf Mias, auf mir.

Ich jedoch betrachtete sie – *mein verdammtes Mädchen*. Wenn ich sie in dem Licht der neuen Tatsachen ansah, öffnete sich mir eine komplett neue Gefühlswelt. Eine komplett *freie* Gefühlswelt. Keine erdrückende, düstere ...

»Mia?« Sie biss sich auf die Lippe, als ich sie weich ansprach. Erst nach einigen Sekunden schaffte sie es, den Kopf zu heben und mir direkt in die Augen zu schauen. Wieder mal durch all die Schichten und Mauern und Wände, die ich *erneut* erbaut hatte, sah sie mir mitten in mein verdammtes Herz.

Ihr Blick fraß sich durch mein Sein und meine Seele und raubte mir den Atem.

Sie betrachtete mich so ... ergeben. Als würde ihre komplette Welt von den Worten abhängen, die ich nun zu ihr sagen würde. Die Spannung, die von ihr ausging, war fast unerträglich.

FUCK!

Was hatte ich ihr nur angetan? Wieso hatte ich, verdammt noch mal, nicht an uns – an sie!!! – geglaubt! Das war der einzige Gedanke, den ich im Moment fassen konnte. Wenn alles stimmte, was sie sagte – was von Minute zu Minute mehr Sinn machte ... Dann gab es für MICH auch nur noch eine einzige Frage von Bedeutung: WAS. HATTE. ICH. IHR. BLOSS. ANGETAN?

Ich wollte auf meinem Stuhl zusammensinken, das Gesicht in meinen Händen vergraben und nie wieder aufstehen, aber das konnte ich nicht.

Anscheinend musste ich schleunigst mit der Wiedergutmachung beginnen, bevor sie sich tatsächlich entschied, mich, den sadistischsten Wichser von allen, zu verlassen ...

Dann, als ob das alles nicht schon gereicht hätte, mischte sich Schmerz in ihren Blick. Und er wurde stärker, je länger ich zögerte.

Das gab den Ausschlag.

Ich merkte, wie all die Erkenntnis und all das Wissen, welches ich die letzten acht Jahre über sie gehabt hatte, in sich zusammen fiel. Was zurückblieb war nur eins … Es erstrahlte in meinem Inneren. Genau an der Stelle, wo mein gottverdammtes HERZ WAR. Denn sie liebte mich felsenfest, komme was wolle, und sie war hier ... hatte alles durchgestanden und auf sich genommen, nur um jetzt neben mir zu sitzen ... und damit war es doch eigentlich perfekt! Ich war wieder ganz.

Mein Herz hatte mir nur gefehlt, weil sie nicht da gewesen war und nicht weil sie es mir boshaft entrissen oder gar zerstört hatte. Sie war doch schließlich mein verdammtes Herz.

Alles was ich die ganzen Jahre zu meinem Glück gebraucht hatte, war sie.

Mein ... Mia-Baby.

»Mia ... Baby ...« Oh Fuck ... ich war so ein Looser ... Meine Stimme klang dick und rau, doch allein schon diese zwei Worte ... oh ... sie fluteten ihr Gesicht zuerst mit Schock, und dann mit so einer unbändigen Freude, dass ich Angst bekam, sie könnte dieser nicht standhalten. Aber ich musste es sagen, musste sie dringend von ihrer Schuld erlösen, die ich jedes Mal in den Karamellaugen sah, wenn sie mich betrachtete. Ich musste auch ihr die Möglichkeit geben, wieder zu leben.

Frei. Glücklich. Mit mir zusammen.

Also sagte ich die drei Worte ... Die Einzigen, die sie von mir hören wollte.

Nein ... nicht DIE Worte! Die anderen!

»Ich glaube dir.«

Man hätte einen leisen Pups gehört, sofern der stattgefunden hätte. Nur das Ticken der teuren Uhr an der Wand war zu vernehmen, und ein paar gedämpfte Straßengeräusche drangen durch die Scheiben der Fenster und Türen. Ansonsten NICHTS.

Keiner von uns atmete – vor allem nicht Mia.

Stattdessen wurde sie leichenblass. Ich wollte schon aufspringen und sie wiederbeleben, konnte mich nur leider nicht rühren, wie jeder andere von uns ...

Gerade als ich mit aller mir zur Verfügung stehenden Macht versuchte, mich aus der Schockstarre zu befreien, um sie zu retten, erschreckte sie uns mit so einem markerschütternden Schrei, dass wir auch ALLE auf einmal aufschrien. Im nächsten Moment saß sie breitbeinig auf mir, hing an meinem Hals und überflutete mein Gesicht, das sie sorgsam in ihren kleinen Händen hielt, mit kleinen, weichen Küssen.

Ich war so schockiert und hörgeschädigt, dass ich erst mal die

Dinge auf die Reihe bringen musste, bevor ich reagieren konnte. Das all zu breite Lächeln war auf mein Gesicht getackert, als ich meine Arme um ihre Taille schlang, und sie sehr fest an mich drückte.

Die anderen atmeten vernehmlich auf und fingen an zu motzen, wegen dem Geschreie und dem Schreck, entschieden sich dann jedoch, uns ein wenig Privatsphäre zu gönnen und verstreuten sich weiß die Muschi wohin.

Mir war das alles scheißegal.

Denn ihre verdammten Lippen küssten gerade meine Mundwinkel und ich wusste, was sie wollte ... Aber da waren ja noch die VERDAMMTEN SCHEISSREGELN!

FUCK DRAUF!

Alles, was zählte, war sie! Und wenn ich ehrlich zu mir war, nicht erst seit gerade eben!

»Mhhmmm, Baby ...« Fröhlich kicherte sie los, als ich sie wieder so nannte. »Ich weiß, was du willst ...« Somit drehte ich ihr einfach mein Gesicht zu, umfing ihren Hinterkopf mit einer Hand und nahm ihre Lippen in einem langen, sehr intensiven Kuss gefangen. Dem intensivsten Kuss, den wir jemals geteilt hatten.

DAS war die pure Erlösung.

Erleichtert stöhnten wir auf, als sich unsere Zungen berührten und andächtig den Geschmack des anderen kosteten. Meine Hände strichen über ihren Rücken, was sie nicht nur einmal erschauern ließ, aber ich musste sie FÜHLEN. Jeden einzelnen Zentimeter von MEINEM MÄDCHEN!

Ich bemerkte die salzigen Perlen, die über ihr Gesicht liefen, aber ich wusste, dass dies die Tränen, des puren Glücks waren, also unternahm ich nichts dagegen. Ich fühlte ihre Finger, die sich in meine Schultern bohrten, ihre heiße Pussy, die sich an mir rieb, ihre vollen Titten, ihre seidige Zunge, ihre Lippen, ihre Haare in meiner Faust.

Doch selbst der schönste Kuss hat irgendwann ein Ende, und zwar dann, wenn beide Parteien zu ersticken drohen.

Absolut keuchend und atemlos lösten wir uns voneinander und ich lehnte meine Stirn an ihre. Sie leckte sich über die Lippen und hatte ihre Augen verträumt geschlossen, während sich ihre Fingerspitzen vorwagten und die Ansätze meiner Haare im Nacken kraulten.

Das setzte Gänsehautschauer über meinen gesamten Rücken frei, und ich beugte mein Gesicht hinab, um den Gegenangriff zu starten. Sanft ließ ich meinen Lippen über ihren Hals gleiten.

»Tristan ...« Ich achtete nicht auf ihren Tadel, sehr wohl aber darauf, dass sie ihren Unterkörper – auch Pussy genannt – erneut gegen meinen drückte.

Aufstöhnend glitt ich tiefer.

»Tristan!« Sie KLANG tadelnd, WAR aber gerade am Dahinschmelzen.

»Ruhe!«, befahl ich, als sie abermals ansetzen wollte, und gab ein stranguliertes Geräusch von mir, sobald sie anfing, mich trocken zu ficken. Ihr Körper war mir hilflos ausgeliefert, auch wenn ihr Geist sich im Moment ein kleines bisschen sträubte.

»Tristan ... DA DRAUSSEN SIND LEUTE UND BEOBACHTEN UNS!«

»OH!« Konsterniert spähte ich über die Schulter und sah eine dreiköpfige Familie vor der Tür stehen. Sie drückten sich fast die Nasen platt. Besonders das kleine ungefähr zwölfjährige Mädchen, mit Zahnspange und Brille.

Ich lachte lauthals und erhob mich mit Mia, setzte sie aber sofort wieder auf den Stuhl, wo ich sie mit geröteten Wangen, strahlenden Augen und den Keksen zurückließ, die Katha komischerweise hier vergessen hatte, um ihnen zu sagen, dass hier erst in einer Stunde geöffnet wurde.

Warum war ich so fröhlich? Ach ja ... ich hatte aufgehört zu grollen und stattdessen angefangen zu leben.

***

Leider musste ich mein neues Leben vorerst mit Vivi nach Hause schicken, denn die Arbeit rief. Lena war anscheinend ziemlich mitgenommen, weil sie die Nacht ordentlich eingesteckt hatte. Deshalb würde sie wohl heute Abend nicht arbeiten können, vermutlich sogar die ganze Woche nicht, auch wenn sie aus Stahl war. Das würde Konsequenzen haben ... für den Verursacher, ein hoch angesehener italienischer Mafiosi, frisch aus Sizilien nach Deutschland eingeschleust, der noch nicht wusste, wie er sich bei mir zu verhalten hatte.

Mia war nicht gerade begeistert, dass sich unsere Wege schon jetzt trennten, aber ich versprach sie anzurufen, sobald ich Zeit hatte.

»Können wir später noch mal über alles reden?«, fragte sie mich schüchtern, nachdem ich in mein Auto gestiegen war und sie am offenen Fenster stand. Passenderweise hatte es nun aufgehört zu regnen und die Sonne strahlte hinter ihr zwischen den dunklen Wolken hervor und ließ sie wie die Heilige erscheinen, die sie war.

»Jepp!« Ich strich ihr eine Strähne aus dem Gesicht und war froh, so etwas wieder ohne bohrende Zweifel tun zu können.

»Und du wirst es dir später nicht anders überlegt haben?«

»Was?«, erkundigte ich mich ahnungslos.

Sie lächelte hinterlistig und beugte sich vor, wobei sie sich mit beiden Händen an meinem Fenster festhielt und mir eine phänomenale Aussicht bot.

»Das ...« Im nächsten Moment küsste sie mich.

Hauchzart. Sanft ... *Versprechend ... Verführend ...*

Ich knurrte an ihren Lippen. Das Verlangen, das mich unkontrolliert flutete, wenn sie mich so küsste, war fast stärker, als wenn sie es voller Leidenschaft tat.

Lachend löste sie sich von mir und ihre Augen funkelten so verheißungsvoll, dass ich sie am liebsten eingepackt und nie wieder hergegeben hätte. Aber trotz der neuen Erkenntnisse brauchten wir etwas Zeit für uns, um all das zu verarbeiten. Und sie musste mit Stanley spazieren gehen ...

Ja sie hatte ihn immer noch, worüber ich sehr froh war. Es vermittelte ein wenig den Eindruck, als hätten wir nicht acht Jahre verschwendet, als könnten wir wirklich an damals anknüpfen. Ohne den vierbeinigen Scheißer wäre es nicht dasselbe gewesen ...

»Wir sehen uns, Baby!« Sie erstrahlte eine Stufe atomarer. Ich gab ihr einen letzten kleinen Kuss auf die Stirn und zwang mich dazu loszufahren, nachdem sie von dem Auto zurückgegangen war ...

FUCK!

Was war ich doch für ein glücklicher Wichser.

Ich erkannte mich selber nicht mehr.

***

All das Glück verließ meine Brust schlagartig, als ich mein Büro betrat und den Monitor in dem Schrank neben meinem Schreibtisch einschaltete, von dem aus ich Mias Wohnung überwachen konnte.

Mein verdammtes, soeben wieder angesprungenes Herz, versagte spontan seinen Dienst.

Denn Francesco saß gelangweilt auf ihrem BETT! Neben ihm lag ein brauner Umschlag und er spielte mit einer VERDAMMTEN KNARRE! Der Boden war mit Plastikfolie ausgelegt, wie in einem verdammten Splatterfilm!

»NEIN!«, brüllte ich durch mein Büro, holte aus der Schublade mein Baby Nummer drei, klemmte es mir in den Hosenbund und dann RANNTE ICH UM MEIN LEBEN, während ich ihre Nummer wählte.

NUR DIE MAILBOX! Bei Vivi genauso.

FUCK!

27. Sein Schutz

Mia ›in danger‹ Engel

Am Anfang dachte ich, der Tag würde als komplette Katastrophe enden – aber ganz sicher hatte ich nicht mit so etwas gerechnet!

Ich hatte Tristan wieder! MEINEN Tristan! Ich sah es an dem weichen Ausdruck in seinen wunderschönen Augen. Ich fühlte es an der Art, wie seine Zunge meine berührte und hatte es in seinen Worten gehört ...

Ich war wieder Mia-Baby ... Sein Mädchen ... Sein ein und alles.

Die ganze Fahrt über in dem gelben Porsche von Vivi, die ich nun auch wieder zurück hatte, weinte ich vor Glück. Sie hatte mir zuerst geglaubt, und mich getröstet, als ich auf die Toilette gelaufen war, als hätte es die letzten acht Jahre nicht gegeben. Als hätte nie etwas zwischen uns gestanden. Vivi hatte mir gesagt, dass sie mich zusammen mit Tom gesucht hatte, obwohl Tristan es der ganzen Familie verboten hatte. Sie konnte nie wirklich glauben, dass ich ihm das angetan haben könnte. Ich hingegen hatte Schwierigkeiten damit, zu glauben, dass Vivian Müller ... dass die ganze Familie Wrangler wieder da war.

Und, dass ich eine Zukunft mit Tristan hatte.

Letztendlich verschwand jegliches Misstrauen aus ihren Augen. Ob es meine Worte, mein Zusammenbruch oder Tristans Vergebung war, wusste ich nicht. Auf jeden Fall schienen sie mir auch zu glauben ... Nicht zu VERZEIHEN – aber zu glauben.

Das war der wichtigste Schritt in dieser Geschichte!

Und sie hatten nach mir gesucht, hatten mich nicht vergessen, ich war ihnen immer wichtig gewesen.

Mir war so warm ums Herz. Ich war so glücklich, und ich fühlte immer noch das Prickeln, das Tristans Lippen auf meinen ausgelöst hatten, als mich Vivi vor meinem Haus absetzte, aber nicht, ohne sich mit mir zu verabreden. Sie wollte mich bei der Arbeit besuchen und ich freute mich schon tierisch darauf zu erfahren, was sie die letzten Jahre so getrieben hatte.

Mein Leben nahm langsam aber sicher wieder normale Bahnen an. Ich war nicht mehr tot.

Alles wirkte bunt und fröhlich. Wild winkte ich Vivi, tänzelte ins Haus und stieg vor mich hin summend die Treppen hoch. Ich sang das Lied von Alfred Jodocus Kwak. *›Warum bin ich so fröhlich? So fröhlich? So fröhlich?‹* Ja, ein Kinderlied! Aber es kam mir im Moment einfach so passend vor ...

Ich dachte an Tristan. An seine funkelnden Augen. An seine warmen Hände. An sein sanftes Lächeln, bei dem ich jedes Mal fast ohnmächtig wurde.

Ich dachte daran, dass er wieder mir gehörte und befürchtete, vor Liebe auf der Stelle zu platzen ...

BIS ...

Ich meine Haustür aufschloss ...

Das Erste, was mir auffiel, war, dass Stanley nicht angelaufen kam. Das war unnormal – er kam sonst immer.

»Stanley?«, rief ich in den Flur, doch er tauchte nicht auf.

Leise Panik schnürte meine Kehle zusammen, meine Brust fing an zu brennen, denn er war nicht mehr der Jüngste und ich hatte Angst, dass er tot in seinem Körbchen liegen könnte. Dennoch wagte ich mich den Flur entlang und öffnete die angelehnte Tür zum Schlafzimmer mit ausgestreckter, bebender Hand.

Aber es kam alles ganz anders ...

Denn auf dem Bett fand ich Francesco. Er trug ein lässiges dunkelgrünes Shirt und eine schwarze Jogginghose, als käme er gerade aus dem Fitnessstudio. Locker saß er da und schaute nicht auf, als ich in den Durchgang trat.

Das alles wäre ja nicht so schrecklich einschüchternd gewesen – was er in seinen Händen hin und her drehte, war es jedoch ... Sehr ...

Eine Waffe. Eine große silberne. Mir war nicht klar gewesen, dass er überhaupt so ein Ding besaß, aber wenn man der Neffe vom italienischen Drogenbaron dieser nicht gerade kleinen Stadt war, dann brauchte man so was wohl.

»Hi MAUS ...«, begrüßte er mich mit seltsam abwesender Stimme, aber dennoch so liebevoll, als hätte er mit einem selbstgekochten Essen und einem Glas Champagner auf mich gewartet.

»Francesco?« Ich spürte mein Herz zu schnell in meiner Brust schlagen. Das hier war nicht gut ... Nun erblickte ich auch die Folie, die auf dem Boden ausgelegt war, und keuchte.

Erst jetzt sah er auf und grinste, seine Augen glänzten irre ...

Ich machte einen Schritt zurück und überlegte, wie schnell ich an der Haustür sein könnte, denn dies war kein netter Besuch meines Freundes, sondern etwas ganz anderes.

Etwas Schreckliches.

»Wenn du versuchst wegzulaufen, dann schieß ich dir ins Bein. Komm lieber her und setz dich zu mir. Ich will nur ein bisschen mit dir reden.« Francesco legte die Waffe neben sich auf meine graue Tagesdecke und klopfte einladend auf die andere Seite. Mit wackligen Schritten und schwitzigen Händen kam ich seiner Aufforderung nach.

»Wo ist Stanley?«, fragte ich und schaute mich, den Tränen nahe, um. *Oh bitte, bitte, bitte lieber Gott, wenn es dich gibt, lass ihn Stanley nichts angetan haben! Bitte!*

»Dort!« Schulterzuckend deutete er auf meinen Kleiderschrank. »Ich wollte nicht, dass er mir einen Strich durch die Rechnung macht, indem er mir in die Wade beißt ... kannst froh sein, dass ich die stinkende Töle nicht gleich gekillt habe, ein Fausthieb hätte gereicht!«

Ich schluckte laut und hoffte, er sagte mir die Wahrheit, als ich mich vorsichtig und mit Abstand neben ihn niederließ. Als mein Hintern Papier berührte, sprang ich sofort auf. Francesco nahm lachend den großen Umschlag weg, auf den ich mich gehockt hatte. Steif nahm ich wieder Platz und versuchte so viel Abstand wie möglich zwischen uns zu bringen. Die Nerven gespannt wie Drahtseile.

Er hantierte mit dem Kuvert herum und starrte es böse an, während ich Francesco anstarrte. Das Schweigen und die gesamte Situation wurden immer unangenehmer. Das Blut rauschte stetig lauter durch meinen Körper und das ungute Gefühl in meinem Magen schnürte mir schon jetzt die Kehle zu.

Dann sprach er ... Kalt und unerbittlich.

»Ich nahm vieles von dir an, weißt du ...« Er öffnete den Umschlag und holte er ein paar Fotos heraus. Er zeigte mir das erste und ich erstarrte, als ich es ansah ... »ABER ICH WOLLTE NICHT GLAUBEN, DASS DU SEINE SCHLAMPE BIST! Nett von Frau Eber, mir Beweisfotos zu schicken ...« Auf der Aufnahme waren Tristan und ich ... an der Stange ... im Club ... schlechte Qualität – aber man konnte alles Relevante erkennen.

Bevor ich alles realisieren konnte, hatte er mir an den Haaren den Kopf zurückgerissen und beugte sich über mich. Schmerzerfüllt stöhnte ich auf. Das war krank ... so krank. JA! OKAY! Ich hatte ihn betrogen, aber das rechtfertigte nicht, was er hier tat. Er zog fester!

»Wie lang fickst du schon mit ihm?«

Vor Angst blieb mir Luft weg, sodass ich nicht antworten konnte. Doch ich hätte auch nicht gewusst, was. Schon hatte er mir mitten ins Gesicht geschlagen ... und zwar mit seiner Faust! Der Schmerz durchschoss mich wie eine Kanonenkugel und breitete sich anschließend aus. Das Blut strömte in einem Schwall aus meiner Nase auf meinen Pullover, auf Francesco, auf das Bett.

»AHHHRGH!« Ich fasste mir mit beiden Händen reflexartig an die pochende Stelle. Als mir die Tränen in die Augen traten, hatte er mich schon an den Haaren nach oben gezerrt und dann stieß er mich auf die Knie – direkt auf die Folie. Ich brach auf meinen Händen zusammen. Das Blut tropfte aus meiner Nase auf das Plastik. *Tropf. Tropf. Tropf. Tropf.*

Ohne dass ich es verhindern konnte, mischten sich Tränen dazu, und ich zitterte unaufhörlich. Alles ging so schnell, es war kaum greifbar. Die Panik hielt mich in ihren Klauen und ich schaffte es nur mit Mühe, mich zu rechtfertigen.

»Es ... es tut mir leid Francesco ... Ich ... liebe ihn ... aber ich hätte ...« Bevor ich noch etwas sagen konnte, war er mir auf die Finger getreten. Erst hörte ich das schreckliche Knacken, dann setzte der Schmerz ein und ich schrie auf. Er blieb mit der Hacke auf meiner Hand stehen und drehte seinen Fuß hin und her. Ich ächzte.

»Bitteeeeeeeee ... hör auf ...!«, flehte ich schluchzend und umklammerte mit der anderen mein Gelenk, versuchte es fortzuziehen, wippte dabei vor und zurück. Der Schmerz war unerträglich!

»Oh, wie ich es liebe, wenn sie jammern, heulen und um Gnade winseln ...« Er klang nicht mehr wie der Mann, den ich kannte, sondern wie ein Wahnsinniger.

Ich verstand die Welt nicht mehr. Wie konnte ich mich auch in ihm so täuschen?

Er atmete tief durch. »Mhmm ...«

Offensichtlich genoss er meine Schwäche, aber ich wollte ihm diese Genugtuung nicht verschaffen. Stattdessen musste ich irgendwie Zeit schinden und dabei auch noch stark bleiben. Denn ich dachte an die Kameras, die Tristan hier überall installiert hatte, und setzte meine gesamte Hoffnung in ihn. Sonst würde ich hier wohl nicht mehr lebend rauskommen.

Francesco nahm seinen Fuß von meiner malträtierten Hand und hockte sich vor mich, während ich mich etwas aufrichtete und meine schmerzenden bebenden Finger vorsichtig mit meiner anderen Hand an meine Brust drückte.

»Ich hatte dich vorerst sowieso nur als kleines Alibi ... für mein eigentliches Hobby«, säuselte er mir jetzt wieder lammfromm ins Gesicht.

Wovon redete er?

Leise lachte er. »Ich liebe es, wenn sie wie Schweine ausbluten, sobald ich mit ihnen fertig bin ...!«

Meine Augen wurden groß und meine Atmung noch hektischer. Eine furchtbare Ahnung kroch eiskalt in mir hoch und mein Magen rebellierte, bevor mich unendliche Ruhe überkam und mit ihr die Gewissheit, vor der ich in meiner Dummheit in all den Jahren die Augen verschlossen hatte. »Du bist ein Mörder ...«, stellte ich fest.

»Ich bevorzuge den Ausdruck: Schlitzer ...«, erwiderte er leichthin. »Sogar ein ziemlich guter ...« Lässig stand er wieder auf und schlenderte zu meinem Bett. »Und jetzt bist du dran ...« Er dachte wohl nicht, dass ich noch so geistesgegenwärtig war zu flüchten. Aber ich entschied, dass ich nicht einfach hier bleiben und mich meinem Schicksal ergeben durfte, wie die holde Maid, die auf ihren Prinzen wartet. Also rappelte ich mich auf und lief so schnell ich konnte und mit laut klopfendem Herzen in Richtung Wohnzimmer und zur Eingangstür.

Leider hatte ich keine verdammte Chance. Auf Höhe der Couch holte er mich geräuschlos ein und stellte mir ein Bein, sodass ich mit dem Oberkörper mit voller Wucht auf meinem Couchtisch knallte. Der Aufprall presste mir die Luft aus den Lungen.

Automatisch drehte ich mich von dem Tisch herunter auf den Rücken und versuchte zwanghaft zu Atem zu kommen. Francesco beugte sich grinsend über mich, die Waffe erneut in der Hand.

»Ab!« Er deutete ins Schlafzimmer. Aber ich konnte nicht ... Ich drohte zu ersticken.

»AAAAAAAAAAAAB!«, brüllte er und trat mir in die Seite. Bevor er noch mal ausholen konnte, rappelte ich mich keuchend und weinend auf, um in den Raum zu krabbeln.

Kaum befand ich mich zurück auf der schrecklichen,

mittlerweile mit Blut bespritzten Folie, riss er meinen Oberkörper in eine aufrechte Position und stellte sich vor mich.

Ich unterdrückte gerade mal so einen panischen Schrei, als ich etwas Eiskaltes an meiner Schläfe fühlte. Es war seine Waffe.

Mein Herz erfror zu einem Klumpen. Ich dachte mir, jeden Moment würde er abdrücken und kniff die Augen zusammen.

Mein wohl letzter Gedanke war. *Tristan ... Tristan ... Tristan ...*

Doch er drückte nicht ab.

Ich öffnete vorsichtig die Lider und sah, wie er zufrieden auf mich herab grinste. Oh, das gefiel ihm ... *Sehr.*

»Ich werde dich erst killen, wenn du mit mir all das gemacht hast, was du mit ihm getrieben hast. Und wenn ich mit dir fertig bin, werde ich mich um ihn kümmern ...«

»Er wird sich eher um dich kümmern!«, spie ich ihm entgegen, auch wenn ich keine Ahnung hatte, woher ich den Mut nahm. Als in seinen Augen der pure Hass aufblitzte, bereute ich, mein vorlautes Mundwerk nicht gehalten zu haben.

»Das werden wir ja sehen.« Francesco fing tatsächlich an, sich die Hose zu öffnen. »Ich frage mich, wie lange er dich schon fickt. Bereits vor dem Treffen in der Galerie?«

Eine Antwort blieb ich ihm schuldig, denn es war sowieso egal, was ich sagte, außerdem jagte mir seine Waffe immer noch eine Heidenangst ein.

»Oder erst seitdem du alleine bei ihm warst ... Hat er dich auf seinem Schreibtisch gefickt ...? In seinem Club?« Dann fiel ihm etwas ein. »WARST DU DAS BEI DEM ESSEN?«

OH NEIN! Meine Augen verrieten ihm wohl genug, denn er presste seine Pistole fester gegen meinen Schädel. Ich fühlte am Lauf, wie seine Hand bebte. Wir waren aufgeflogen und ich war mir sicher, die Situation nicht mehr entschärfen zu können. Auch Tristan wäre nicht mehr schnell genug da, um mich zu retten. Mein Schicksal war besiegelt und das wo ich ihn endlich wieder hatte!

»ER HAT ES GEWAGT, DICH VOR MIR ANZUFASSEN?«

»Er hat mich sogar vor dir gefickt! Er war ganz tief in mir, während du ahnungslos gegessen hast!« Ich würde so oder so sterben und es tat so verdammt gut ...

»DAS, meine Liebe, wird das Ganze hier um ein paar Stunden hinauszögern ...«, verkündete er schließlich zitternd, und dann holte er seinen Penis aus der Hose. »Mach dein Maul auf!«

Ich presste meine Lippen aufeinander und schaute ihm fest in die Augen. Um nichts in der Welt würde ich ihm freiwillig Genuss verschaffen. Dabei liefen die Tränen über meine Wangen.

»MAUL AUF!« Er drückte die Waffe noch fester an meinen Kopf, doch noch immer reagierte ich nicht, sondern starrte in dieses irre Lodern.

Plötzlich verschwand seine Waffe von meiner Schläfe und er richtete sie auf meine Brust.

»Dann schieß ich dir deine Titte weg!« Gequält schloss ich die Lider und wünschte mir, er würde mich einfach erschießen. Ich hatte keine Kraft mehr, um für ein Wunder zu beten.

Daher versuchte ich mich mit Tristan abzulenken ... Mit seinem letzten sehnsüchtigen Blick, den er mir zugeworfen hatte, nachdem sich unsere Lippen getrennt hatten. Doch mein Kopf machte mir einen Strich durch die Rechnung. Es herrschte ein einziges Chaos und ich konnte mich vor lauter Angst nicht konzentrieren.

Ich wollte sterben. Einfach nur sterben ... JETZT!

In meinen Mund war noch nie ein anderer Mann gewesen, außer Tristan und dabei sollte es auch bleiben. Ich wollte mich nicht entweihen lassen, sondern nur ihm gehören ... Jetzt, nachdem wir wieder zusammengefunden hatten. Jetzt, nachdem ich wieder Hoffnung hatte ... sollte es enden?

Irgendwer duldete einfach nicht, dass wir glücklich wurden!

Angesichts dieser miesen Gedanken schluchzte ich auf und wartete auf das grausame Ende, denn ich würde niemals meinen Mund freiwillig für einen anderen öffnen! Nie!

Plötzlich hallte ein ohrenbetäubender Knall durch den Raum, der mir in den Ohren pfiff. Ich war mir sicher, jetzt zu sterben.

Aber gleichzeitig wurde ich mit etwas Warmen besprenkelt, besonders im Gesicht. Francesco fing an zu schreien, nein zu brüllen ...

Als ich die Augen aufriss, sah ich, dass er mit zwei Händen krampfhaft den Bereich zwischen seinen Beinen bedeckte. Er war vor mir auf die Knie gesunken. Schockiert betrachtete ich das Blut, das unter seinen Fingern durchsickerte und seine Waffe, die auf dem Boden lag.

Francesco fluchte und wimmerte auf Italienisch. Ich war wie benebelt, konnte ihn nur anstarren, während zwei Beine in mein Sichtfeld traten. Ohne das dazugehörige Gesicht zu sehen, wusste ich, wem sie gehörten. Denn mit einem Mal umspülte mich Erleichterung und Ruhe ... Keine Panik mehr. Ich schaute hoch, geradewegs auf seinen göttlichen Hintern und seinen breiten Rücken – er hatte sich zwischen uns gestellt, um Francesco mit dem Griff seiner Waffe eins überzuziehen, sodass dieser zur Seite fiel ...

Bewusstlos ... Immer noch aus dem Schritt blutend.

Ich weigerte mich, genau hinzuschauen, wusste aber auch so, dass er ihm in das Teil geschossen hatte, das dieser Wahnsinnige mir in den Mund stecken wollte.

Endlich war es totenstill, aber ich wagte nach wie vor nicht, mich zu bewegen. Völlig regungslos kniete ich auf der blutverschmierten Folie und starrte vor mich hin.

Dann kam Tristans Gesicht in mein Blickfeld. Er umfasste meine Wangen mit beiden Händen und alles, was ich in seinen Augen sehen konnte, war tiefe Besorgnis ... und WUT.

Unbändige, brutale Wut.

»Hörst du mich? Mia!« Ich blinzelte ein paar Mal, weil ich nicht glauben konnte, dass mein rettender Held tatsächlich vor mir hockte. Um es mir zu beweisen, hob ich die gesunde Hand und berührte seine Wange. Er schloss die Lider, fasste meine Finger und drückte sie gegen sein Gesicht. Im nächsten Moment machte ich einen Satz und warf mich in seine Arme.

»Tristan ...«, japste ich.

»Ja, Baby. Ich bin jetzt hier ... Es tut mir leid, dass ich es nicht früher geschafft hab ... Es tut mir leid! FUCK ...«

»Shhh ... Du bist da.« Wie konnte ich in einer solchen Situation nur so ruhig klingen? Es war nicht normal, was für eine Sicherheit mir dieser Mann bot. Einen Moment hielt er mich noch fester, bevor er sich von mir löste und mein Gesicht drehte, um es sich genauer anzuschauen.

»Sie ist nicht gebrochen«, stellte er trocken fest. Dann hob er meine linke Hand und inspizierte sehr vorsichtig meine Finger. Sie taten schon gar nicht mehr weh, pochten nur noch ein bisschen und ich wusste, dass Francesco sein Testament machen konnte, als die Wut erneut in seinen Augen aufloderte.

»DIE sind auch nicht gebrochen. Zum Glück ... Ich möchte, dass du jetzt ins Wohnzimmer gehst und dich auf die Couch legst. Ich werde gleich nachkommen.«

Wild den Kopf schüttelnd klammerte ich mich an seinem Pullover fest. Nein ... er durfte nicht gehen. Er durfte nicht gehen!

»Nur ganz kurz. Ich bin die ganze Zeit hier. Dir kann nichts geschehen. Bitte. Geh. Ins. Wohnzimmer!«

»Nein!« Verzweifelt fand die Kraft, um ihn noch intensiver zu umarmen. Tristan atmete tief in meinen Haaren durch.

»Dann bleib! Aber ich werde ihn büßen lassen ... Er hat dich angefasst, Mia, verdammt, *er hat dich verdammt noch mal angefasst* ...«, flüsterte er mir mit leiser und bebender Stimme zu.

Ich nickte absolut umnebelt ...

Er ließ mich los und überlegte wohl, wo er mich hinsetzen sollte. Doch ich krabbelte zunächst zum Schrank und befreite den reglosen Stanley. Er atmete, zum Glück. Dann kauerte ich mich mit ihm in eine Ecke, während ich Tristan dabei zusah, wie er gefährlich und gleichzeitig wunderschön aufstand und ins Bad ging. Dabei wirkte sein Gesichtsausdruck äußerst entschlossen. Die Lippen waren zu einem schmalen Strich zusammengepresst, die Augen eisig kalt. Ich wollte nicht mit Francesco tauschen, der immer noch bewusstlos, aber nicht mehr blutend auf dem Boden lag.

Tristan kam mit einer Schüssel Wasser zurück und ich fragte mich gerade angestrengt, was er damit wollte, als er es frontal über Francescos Gesicht schüttete.

Dieser kam keuchend zu sich und fasste sich sofort wieder schmerzverzerrt, wenn auch etwas benommen, an den Schritt. Ich vermied es nach wie vor, mir das Ganze genauer anzusehen.

»Hey Kleinschwanz!« Tristan tippte ihn mit dem Fuß an. »Weißt du, wer ich bin?« Und im nächsten Moment trat er ihm mit voller Wucht in den Nieren. »Dein schlimmster Albtraum!«

Francesco Augen schienen aus seinen Höhlen zu quellen, während er sich am Boden krümmte.

Tristan grinste zufrieden. Auch wenn er mir derzeit sehr weit weg schien, hätte er mir näher nicht sein können. Geschmeidig ging er vor dem Sadisten in die Hocke, wartete geduldig, bis Francesco sich erholt hatte und ihn mühsam anblickte.

»Du hast mein Mädchen angefasst«, stellte er nüchtern fest, und Francesco Augen wurden groß. Sein Blick wanderte wirr durchs Zimmer, bis er mich in der Ecke kauernd fand. Ich starrte ihn an.

»Man ... Das war ein ... Versehen ... Ich wollte ... nicht ...«

»Oh, oh, oh ...«, tadelte Tristan sanft. »Ich glaube kaum, dass du ihr aus Versehen ins Gesicht geschlagen, ihr fast die Finger gebrochen hast und deinen Schwanz in ihren Mund stecken wolltest ... Oder ...?« Er nahm Francescos blutbesudelte Hand in seine und packte einen Finger – den Kleinen ... Sein wachsamer Blick glitt zu mir ...

»Ich würde an deiner Stelle wegsehen!«

Mein Magen vollführte schon jetzt einen Salto, weshalb ich eilig tat, wie mir geraten, und Tristan flüsterte ihm deutlich ins Ohr. »Fühlt sich das hier wie ein Versehen an?« Dann erklang ein schreckliches Knacken – Francesco fing an zu brüllen wie am Spieß ...

»Oder das?« *Knack. Schrei.*

»Oder das?« *Knack. Schrei.*

»Oder das?« *Knack. Schrei.*

»Oder das?« *Knack. Schrei.*

Jetzt war mir wirklich schlecht ...

Ich versuchte tief durch die Nase zu atmen und es half ein bisschen ... Vielleicht sollte ich doch ins Wohnzimmer gehen. Tristan sah so aus, als wäre er gerade erst warm geworden ... und als würde er es genießen ... Trotzdem war ich nicht entsetzt, denn ich *hätte* es an seiner Stelle auch genossen, wenn ihm jemand das angetan hätte, was Francesco mir angetan hatte.

»Du darfst wieder schauen«, verkündete er fröhlich, aber ich konnte nicht!

»Baby?«

»Ja«, antwortete ich verbissen.

Dann fühlte ich, wie er mir vorsichtig über die Wange strich.

»Geh ins Wohnzimmer«, forderte er sanft. »Ich will nicht, dass du mich so erlebst!«

Hä? Jetzt sah ich hoch. »Glaubst du, das ändert etwas an meiner Meinung über dich?«

Nun war Tristan verwundert.

»Nichts könnte das, außerdem hat er es verdient! Ich war nicht sein erstes und letztes Opfer«, stellte ich sachlich klar.

Tristan grinste. »Das ist mein Mädchen.«

Und dann beugte er sich vor und gab mir mit seinen sanften Lippen einen kleinen Kuss. Und ich ... ich lächelte ...

***

Doch egal, wie stark ich dachte zu sein, irgendwann gab ich auf ...

Es wurde mir zu viel, als Tristan Francescos Kopf zur Seite drehte, sodass er mit einer Wange auf der kühlen Plastikfolie lag.

»Du hast meinem Mädchen fast die Nase gebrochen ...« Somit setzte er seine Hacke auf der Nase von Francesco an und … DIESES Knacken war zu viel des Guten.

28. Rache

Tristan ›hunting‹ Wrangler

Ich war nicht mehr bei Sinnen, als ich vor Mias Tür ankam, glich eher einem Amokläufer, als einem klar denkenden Menschen.

Das Bild von Mia, wie sie vor ihm kniete und SCHMERZEN litt, weil sie VERLETZT war, brachte eine Seite in mir zum Vorschein, die ich so intensiv noch nie gefühlt hatte.

JETZT passierte genau das, wovor sie früher immer Angst gehabt hatte: Ich mutierte zum unzurechnungsfähigen Irren.

Eindeutig! Mein Kopf war ausgeschaltet! Ansonsten hätte ich daran gedacht, einen Schalldämpfer anzulegen, bevor ich mitten in einem beschissenen Wohnhaus meine verdammte Waffe auf den Schwanz von irgendeinem Typen richtete. UND AUCH NOCH ABFEUERTE! Wer einen Schuss noch nie gehört hat, dürfte überhaupt keine Ahnung haben, wie laut der Scheiß sein kann. Das ist nicht so wie in Filmen, dass man in ein 12-Familienhaus rennt, dort eine fette Schießerei hinlegt und keiner die verdammte Polizei ruft, weil man es nicht HÖRT.

Das hört man! Durchs ganze HAUS! Und da wird die Polizei gerufen! Nicht nur hier in Deutschland! Überall! Auch in einer von Ratten jeder Art verseuchten Großstadt ...

Wenn mein Gehirn noch einsatzfähig gewesen wäre, dann hätte ich wohl ebenfalls bedacht, dass die Nachbarn den Schuss unter Garantie mitkriegen würden, hätte die verdammte Waffe beiseitegelegt und den Wichser manuell ausgeknockt.

Aber mein Hirn war ja leider momentan nicht zu gebrauchen.

Denn da war sein gottverdammter Schwanz vor ihrem Gesicht, und tja, ich hatte nun mal das passende Gerät dazu in der Hand, um das, was er meinem Mädchen antun wollte, sehr effektiv zu unterbinden.

Ich meine, hey ... du kannst einem Mann überall hinschießen und er wird es verkraften, wenn er nicht aus Versehen stirbt. Aber wenn du ihm in den Schwanz schießt ...

Oh, oh, oh ...

Darauf hätte es im Gesetzbuch für Kerle wohl die Todesstrafe gegeben.

Gerade deswegen verabreichte ich ihm eine tristanische Beschneidung, wobei ich jedoch darauf achtete, ihn nur zu streifen, denn er sollte nicht an DIESER Wunde verbluten. Nein, das gönnte ich dem kranken Schwein nicht. Das Leben ist oft schlimmer als der Tod, wenn es dir übel mitspielt.

Francesco lag also kurz darauf keuchend auf dem Boden und krümmte sich vor Schmerzen. Mein Mädchen war soeben bewusstlos geworden, als es an der Tür klingelte. Nicht nur einmal, sondern zweimal hintereinander und das sehr penetrant. Mich überkam sofort ein ungutes Gefühl, dass ich gar nicht wissen wollte, wer genau störte. Natürlich kümmerte ich mich erst mal um das Wichtigste: trat zu Mia Baby und hob sie vom Boden auf. Ich konnte nicht zulassen, dass sie dort weiter in der Ecke kauerte, auch wenn sie ohnmächtig war.

»Baby ... wach auf ...« Ich legte sie auf das Bett, als es erneut klingelte. Kurz darauf hämmerte auch noch jemand gegen die Tür und brüllte:

»POLIZEI! ÖFFNEN SIE DIE TÜR!«

GANZ TOLL!

... wollte ich schon zurückrufen, besann mich aber eines Besseren und ging rüber zu Francesco, um den Keucher erneut außer Gefecht zu setzen, bevor er noch anfing zu schreien. Außerdem konnte sich bei dem Gestöhne ja kein Schwein konzentrieren.

Ich war im Kampfmodus, seitdem ich die verdammte Wohnung betreten hatte, deswegen verpasste ich ihm erst mal einen gut trainierten Kinnhaken, der ihn vorerst von seinem Leid befreite. Im Mittelalter hat man die Leute auch nicht anders betäubt, bevor man einen Zahn zog, also gäbe es für den Pisser nicht mal einen Grund, sich zu beschweren, schließlich war ich human.

Wie ein sehr enormer Stein fiel er mit Vollkaracho auf den gottverdammten Boden, als ich zu Mia schaute und sie gerade ihre Augen öffnete, während weiterhin die Tür mit Fäusten malträtiert wurde.

»Wenn Sie nicht sofort die Tür öffnen, werden wir uns notfalls mit Gewalt Zutritt verschaffen!« War das Erste, was sie hörte und sie keuchte auf.

»Tristan ... was ist los?«, flüsterte sie schwach und blinzelte zu mir auf, als ich mich vor das Bett hockte.

»Francesco ist bewusstlos. Die Bullen stehen vor der Tür. Wie geht's dir, Baby?« Besorgt befühlte ich ihre Stirn.

»Die Polizei ist da?« Sie japste und konzentrierte sich dann auf das nervige Gehämmer, Geschrei und Geklingel. »Tristan! Scheiße!« Ruckartig richtete sie sich auf und versuchte ihren Blick auf mein Gesicht zu fokussieren, doch ich schob sie zurück in die Kissen.

»Ich regel das ... Aber könntest du dich eventuell bis auf die Unterwäsche ausziehen und gleich zur Tür kommen.« Sie starrte mich ungläubig an, als ich meine charmante Bitte äußerte. NEIN! Ich dachte mal ausnahmsweise nicht an DAS! Ein Schmunzeln schlich sich auf meine Züge.

»Du weißt, normalerweise würde ich sie kaltmachen, wenn sie deinen Body abchecken, aber diesmal wäre es von Vorteil, Okay? Und wasch dir das Gesicht, Baby!«

»Wir brechen jetzt die Tür auf!« Ich schaute Mia immer noch in die Augen. So lange, bis sie sich aufrappelte und ins angrenzende Bad stürmte. Im Laufen zerrte sie sich bereits schmerzhaft stöhnend die Kleidung vom Leib.

Inzwischen verstaute ich die blutbespritzte Überdecke unter ihrem Bett und zog mich auf den Weg zur Tür bis auf die Shorts aus.

Mit einer Hand zerzauste ich mir noch etwas mehr die Haare, mit der anderen öffnete ich.

Der Traum eines jeden Berufsverbrechers: Die Polizei steht vor der Tür, wenn du soeben dein Opfer foltern willst ...

Es waren zwei Männer – leider. Mit zwei Schlunzen wäre dies hier um so vieles leichter geworden. Einer war gerade mal so groß und alt wie Mia. Der andere ein Stück größer als ich. In Uniform und mit wichtigen Gesichtern schauten sie mich gelangweilt an.

Kein Hallo. Kein Nichts. Unhöfliches Pack!

»Ist bei Ihnen alles in Ordnung?« Ihre Hände schwebten verdächtig über den Halftern, die sich viel zu eng unter den Bierbäuchen spannten, während sie versuchten, sich nichts wegen meines so gut wie nackten Aufzugs anmerken zu lassen.

»In allerbester Ordnung, sogar ...« Ich war so locker wie Rührteig.

»Man hat uns angerufen, weil ein lautes Knallen, das sich wie ein Schuss anhörte, in Ihrer Wohnung zu vernehmen war ...«, rasselte der eine tonlos runter, während der andere über meine Schulter spähte. In den Flur. Kein Problem, da war alles in bester Ordnung.

Skeptisch runzelte ich die Stirn. »Aha.«

Sie sahen mich auffordernd an, ich sah genauso auffordernd zurück. Nette Information – und so aussagekräftig –, und was wollten sie jetzt von mir?

Schließlich leuchtete die imaginäre Glühbirne auf und die Dienstmarken wurden gezückt – eindeutig genervt. Endlos lange starrte ich diese an, bis ich einen erneuten Hauch Nervosität bemerkte. Dann grinste ich.

»Ich war gerade etwas ... *vertieft*, deswegen könnte es sein, dass ich es nicht gehört habe ...«

Aus dem Schlafzimmer kam ein kaum zu verkennendes

Stöhnen. *NA SUPER, Kleinschwanz, halts Maul!* Ich schaute die Polizisten anklagend an, die sofort ihre Öhrchen spitzten. »Jetzt macht sie ohne mich weiter!«

Sie wirkten bereits *leicht* irritiert.

»Könnten wir uns bei Ihnen umsehen?« FUCK! Wieso mussten die verdammten Scheißbullen immer ihr verdammtes Scheißprotokoll durchgehen?

»Ich weiß nicht, ob meine Freundin damit einverstanden wäre ... Sie könnte es durchaus als sexuelle Belästigung auffassen, wenn Sie sie in ihrem derzeitigen Zustand antreffen ...« Inzwischen klang ich etwas schärfer.

»Tut mir leid, aber wir müssen darauf bestehen.« Und schon schoben sich meine lieben Mitmenschen in Kotzblau (nicht mal das Grün konnten sie sich noch leisten, sondern wirkten wie unterbezahlte Schaffner) an mir vorbei.

Verdammt! Ja, eigentlich war es ihnen nur mit Durchsuchungsbefehl gestattet, sich mit dem Eigentümer und mit Zeugen durch fremde Wohnungen zu bewegen, aber bei ›Begründetem Verdacht‹ durften sie schon mal eine Ausnahme machen.

Und die Idioten hätten sogar einen Furz als ›begründeten Verdacht‹ eingestuft, fuck!

Sehr genau inspizierten sie das Wohnzimmer, fanden erstaunlicherweise nichts Verfängliches an meiner weit verstreuten Kleidung, die sie offensichtlich nur verwirrte, denn einer ... der größere Bulle ... schaute mich STÄNDIG mit skeptisch hochgezogener Augenbraue an, als wäre sie dort oben festgewachsen. Doch ich ließ mich von dem Idioten nicht verunsichern und lehnte mich locker mit verschränkten Armen an die Wand.

Hier konnten sie sich ja ruhig umsehen, aber vor dem Schlafzimmer würde ich sie aufhalten.

»Und Sie haben also nichts Verdächtiges gehört oder gesehen, Herr ...«, fragend beäugte mich der Kleinere von beiden, der schon zweimal gestolpert war, obwohl gar nichts im Weg lag.

Meine Anwesenheit machte sie überhaupt ziemlich nervös, denn die Hände schwebten immer über ihrem Gummiknüppel ... Die riechen es halt eben doch, wenn sie vor einem der Ober-Ganoven der Stadt stehen.

»Wie gesagt: Ich war die letzte Stunde in meiner Freundin versunken. Alles was ich gesehen habe, waren ihre weiblichen Vorzüge!«

Ich hatte entschieden, sie ein bisschen zu schocken, schon um von der Frage nach meinem Namen ablenken. *Der* hätte nur für Aufruhr gesorgt.

Jetzt stolperte der Stolperer RICHTIG und fiel fast auf seine krumme Nase, der andere mit der dauerhaft erhobenen Augenbraue betrachtete angewidert die herumliegende Kleidung.

Verschwörerisch beugte ich mich zu ihm und unterdrückte die ekelhafte Gänsehaut, die meinen Rücken hinabschoss. »Sie kennen das doch, als Mann ... Einmal drin und man will nie wieder raus, egal was passiert ... Selbst wenn das Bett zusammenbricht.«

Als Antwort wich er vor mir zurück – wollte hier offensichtlich nur noch raus. Wunderbar.

Der Kleine schnaubte und öffnete kurzerhand die Tür zum Schlafzimmer, ohne dass ich die geringste Möglichkeit hatte, es noch zu verhindern.

Fuck!

Ich war auf Francesco vorbereitet, im Blutbad liegend, stöhnend vor sich hinsiechend und natürlich gehörig übertreibend, der Schlappschwanz! Aber dem war nicht so. Stattdessen war die Folie weg; Francesco war weg und Mia lag bis auf die Knochen verschwitzt, mit hochrotem Gesicht und so abgearbeitet auf dem Bett, als hätte sie Zementsäcke auf der Baustelle geschleppt. Ich musste mich beherrschen, um nicht in Gelächter auszubrechen, während die Schlümpfe mal wieder schockiert im Türrahmen stoppten.

»Oh ... mein GOTT! DAS IST DEINE ÜBERRASCHUNG?«, rief sie sofort und ich riss die Augen auf.

Was hatte die Frau vor? »ZWEI STRIPPER? Schatz, du bist der Beste!« Lüstern leckte sie über die volle Unterlippe. ARGH! SIE MACHTE MICH FERTIG! UND ICH WAR SIE GEWÖHNT!

Wie musste es erst den anderen beiden gehen? Göttlich, wie sie war, lag sie auf der Seite und genierte sich kein bisschen, so wie ich es ihr beigebracht hatte. HA! Ich hatte doch gewusst, dass mir die ganze Scheiße irgendwann mal nützlich werden würde.

Kleinschwanz wollte sie verdammt noch mal umbringen, die normale Reaktion wäre gewesen, dass sie völlig außer sich wäre. Aber mein Mädchen ließ keine Schwäche zu, oh nein. Schon gar nicht, wenn es um mich ging. Für mich wuchs sie immer wieder über sich hinaus, was mich verdammt stolz auf sie machte.

Ihre Unterwäsche war weiß und unschuldig, aber ihr Körper darunter makellos und wohlgerundet. Und dann war da noch ihr verführerischer Blick, mit dem sie die Polizisten abcheckte und mich schon wieder komplett aus der Fassung brachte. Obwohl die kleine Show dieses Mal nicht für mich bestimmt war. Ihr Zeigefinger strich lasziv und einladend über ihre geschwungene Seite. Ja ... sie war eindeutig Meisterin ihres Fachs, wenn sie wollte.

Den Bullen hingen die Zungen bis zum untersten Stockwerk. Sie KONNTEN nicht anders als zu starren. Der Kleine vor Geilheit, der Große vor Schock.

Tja ... ich hatte schon Glück, dass diese kleine sexy Nymphe mir gehörte. Von ihrem Anblick wurde ich sofort hart und der gesunde Menschenverstand verabschiedete sich, so wie es die Evolution bei uns beiden vorgesehen hatte.

Langsam richtete sie sich auf ... und dann tat sie etwas, was mich wirklich beinahe in die Knie zwang. Sie setzte sich BREITBEINIG, mit wunderschönen glatten Beinen, auf die Bettkante und ich schaute sie erwartungsvoll an, während ihre Finger ungeniert über ihren flachen Bauch hinab in ihr Höschen rutschten. »Ich mach es mir gerne selber, wenn ich zwei heißen Typen beim Ausziehen zusehe... «, verkündete sie verrucht. »Also legt los!«

»E-e-entschuldigen Sie die Störung.« Der große Bulle stürmte aus dem Schlafzimmer, der kleine folgte seinem peinlich berührten Kollegen nur widerwillig, aber er folgte.

Mia zwinkerte mir niedlich zu, während ich zu ihr ein »WOW!« mit den Lippen formte und die überforderten Gesetzeshütern zur Tür begleitete.

»Wir wollen Sie nicht länger stören ... Sie können anrufen, wenn Ihnen noch was einfällt. Schönen Tag noch!« Und schon hielt ich die Visitenkarte von des Großen in der Hand.

Dann gingen sie, jedoch nicht, ohne dass sich der Kleine noch einmal umdrehte und einen sehnsüchtigen Blick in Richtung Schlafzimmer warf.

Ja ... ja ... so was siehst du nicht alle Tage ..., dachte ich selbstzufrieden.

Und weg waren sie, während ich noch etwas verdattert an der Tür stand, bevor ich sie schloss und die Karte zerriss ...

Nachdem ich abgesperrt hatte, ging ich als Erstes zu meiner Hose und zog eine Zigarette inklusive Zippo aus der Packung. Erst als ich eine brennende Kippe im Mund hatte, senkte sich langsam mein Adrenalinspiegel.

Durch Mias Anblick war ich eindeutig in einen GANZ ANDEREN als den Kampfmodus gewechselt. Aber zunächst musste ich erfahren, was sie mit Francesco angestellt hatte. Ich hoffte, sie hatte ihn nicht in einem Anflug von Gangsterstyle aus dem Fenster geschmissen.

Als ich ins Schlafzimmer kam, saß sie leider nicht mehr so verführerisch auf dem Bett, sondern hing sogleich an meinem Hals.

»Oh mein Gott! Tristan!« Ich fing sie auf und stöhnte etwas gequält, weil sie sich gegen meinen Ficker drückte. Mit einer Hand hielt ich sie an der Hüfte fest.

»Das war so verrückt!«, keuchte sie schockiert, und bebte am ganzen Leib.

»Einen Moment ...« Ich trug sie ins angrenzende Bad und warf dort meine gerade angefangene Kippe ins Waschbecken.

Mia zitterte zu sehr.

»Alles klar?« Sanft hob ich ihr Gesicht an und las in ihren geweiteten Augen. Sie nickte.

»Das hast du fucking gut gemacht, Baby! Du hast uns den beschissenen Arsch gerettet.« Was mir ein schüchternes Lächeln und leicht gerötete Wangen einbrachte. So etwas war sie eindeutig nicht mehr gewöhnt.

»Wenn es um deinen Arsch geht, tu ich alles ...« Damit umarmte sie mich erneut und ich hielt sie so lange, bis sie aufhörte zu zittern ... Sanft strich ich mit einer Hand über ihren Rücken, wollte mir gar nicht vorstellen, was passiert wäre, wenn ich nicht rechtzeitig da gewesen wäre. Ich hatte sie doch gerade erst richtig zurück ...

Fuck ... mir war zum Heulen zumute, aber je länger sich ihr Körper an meinen presste, desto mehr wandelte sich meine Stimmung. Da gab es ganz andere Gelüste als Heulerei, die es jetzt zu befriedigen galt. Wie zum Beispiel meine Sucht nach der Droge namens Mias Pussy.

Das entschied deren Eigentümerin zumindest, denn irgendwann zog sie meinen Kopf herab und küsste mich.

Nach der langen Entbehrungsphase ließ sie sich keine Möglichkeit dazu entgehen. Auch jetzt nicht, und es wurde mehr als leidenschaftlich. Ihr Arsch landete einfach auf dem Waschbecken, und ich schob schnell ihren BH nach oben, damit ich ihre weichen Titten auf meiner nackten Brust spüren konnte. Ihre Brustwarzen waren steif, auch sie hatte dieser ganze Scheiß erregt.

Ich stöhnte in ihren Mund, während sie mich mit den Beinen heftig gegen ihren Unterkörper drängte, an dem ich sofort meine Hüften bewegte, um uns beide ein bisschen heiß zu reiben.

»Wo ist er?«, fragte ich, als meine Lippen zu ihren Nippeln hinabwanderten, die schon strammstehend auf mich warteten. Sie krallte sich in meinen Nacken und beugte ihren Rücken durch, als ich fest an einem saugte und ihn mit der Zungenspitze umkreiste. Sie schmeckte so verdammt süß ...

»Im Schrank«, keuchte sie.

Ich lachte an ihrer feuchten Haut, was sie erschauern ließ.

»Genau da gehört der Pisser auch hin!«

»Und er ist gründlich in Folie eingewickelt.« Mein Lachen wurde lauter und ich hob meine Hand, um ein bisschen ihre Clit über dem Höschen zu reiben. OH FUCK! Da unten war sie so verdammt überhitzt und so verdammt überflutet. Bei mir zuckte es heftiger.

»Weißt du eigentlich, wann ich das letzte Mal in deine Pussy gespritzt habe?«, raunte ich in ihr Ohr, was sie hilflos aufstöhnen ließ. Meine Lippen glitten über ihre Wange und ich leckte über ihre Unterlippe.

»Es ist schon viel zu lange her ...« Damit biss ich sie sanft in das zarte Fleisch, während ich meinen Ficker befreite und ihr Höschen zur Seite schob ...

In dem Moment entschied unsere Folienkartoffel, das Bewusstsein wieder zu erlangen und fing an herumzuschreien, was mich leicht angepisste. KEINER STÖRT EINEN TRISTAN WRANGLER, WENN ER GERADE SEIN MÄDCHEN FICKEN WILL!

»Wollen wir Francesco ein bisschen ärgern?«, fragte ich sie schelmisch und stellte sie auf den Boden.

»Noch mehr?«, erwiderte sie und klang schon etwas skeptisch, aber ich zog sie bereits hinter mir her ins Schlafzimmer. Seine Stimme klang durch den Schrank nur gedämpft, trotzdem holte ich ein Bündel Socken aus der Kommode und stopfte es ihm in sein großes Maul, sobald ich die Schiebetüre zur Seite befördert hatte.

»Maul halten!«, war meine Ansage Nummer eins, dabei trat ich ihm in die Rippen und musste lachen, als ich ihn genauer betrachtete. Er sah aus wie eine schlecht eingepackte Mumie, nur sein blasser Kopf ragte raus. »Und zusehen«, lautete Ansage Nummer zwei, bevor ich Mia direkt vor ihm positionierte, sodass er sie anschauen *musste*.

Meine Anwesenheit hatte mein Baby wohl gestärkt und ihr

Selbstbewusstsein zurückkehren lassen, denn Mia musterte ihn mit hochgezogener Augenbraue und wirkte dabei wie eine Todesgöttin in weißen Spitzendessous, während ich sie langsam umrundete.

»Sieh zu und lerne, wie man mit so einem himmlischen Wesen umgeht. Wie man es ehrt ... Denn nur dann wird es dir die größtmögliche Freude bereiten.« Mia erschauerte hart, weil ich beim Umrunden über ihren Brustkorb, ihren Arm und schließlich über ihren Rücken strich.

Schließlich blieb ich halb hinter ihr stehen, sodass ich den Wichser noch genau im Blick hatte. Meine Finger öffneten ohne jegliche Probleme ihren BH-Verschluss, während ich mich nach vorne lehnte und ein paar gut platzierte Küsse auf ihren eleganten Nacken tupfte. Sie ließ ihren Kopf vertrauensvoll auf meine Schulter zurücksinken und bot mir Zugang.

»Mmmm ... siehst du? Sie vertraut mir ... vollkommen ... Sie lässt sich fallen. Sie weiß, dass meine Hände ihr niemals ernsthaft wehtun würden ... Ich darf alles mit ihr machen. Ich darf sie überall berühren«, hauchte ich an ihrer Haut und ließ seinen entsetzten und gleichzeitig vor Lust fast wahnsinnigen Blick nicht los. Meine Hände hoben sich und entfernten langsam ihren BH, den ich in Francescos Richtung fallen ließ. Das Teil blieb ein kleines Stück vor ihm liegen, doch er konnte seine Augen sowieso nicht von ihren steil aufgerichteten Brustwarzen abwenden.

»Nur ich kann ihr solche Laute entlocken.« Feinfühlig nahm ich beide Nippel zwischen meine Finger und zupfte daran. Sie stöhnte sanft und wand ihre prallen Arschbacken gegen meinen Ficker.

»Nur ich kann dich dazu bringen, dass du vor Lust fast wahnsinnig wirst, nicht wahr, Baby?«, flüsterte ich ihr samten zu und sie erschauerte allein durch den Klang meiner Stimme.

Sofort stöhnte sie brav ein »Ja!«, als ich ihre Hügel komplett mit den Händen bedeckte und sie knetete.

Dabei ließ ich sie an meinem Atem hören, wie sehr mich das anmachte und wie sehr sie auch mich mit ihren heftigen Reaktionen auf meine Reize in den Wahnsinn trieb.

Ich liebte unseren Sex. Über alles!

»Hörst du, wie ihr meine Stimme gefällt? Siehst du, wie ich ihren Körper damit zum Schwingen bringe? Sie wird nie vor mir zurückschrecken ... Auch wenn meine Hände sich verirren ...« Langsam und quälend glitten meine langen Finger über ihren Bauch hinab.

»ARGH!«

Ich lachte leise, als sie sich beschwerte, und ihren Arsch verlangend an mir rieb. Sie wusste, dass sie mich so außer Kontrolle bringen konnte. Aber diese Vorstellung galt nicht allein ihr oder mir ... uns, sondern war gleichzeitig Folter ... und so wie Francesco aussah, eine recht effektive … Deswegen wurde ihr Gewinde kurzerhand durch einen schnalzenden Klapser unterbunden.

»Beweg dich nicht!« Sie murrte ungeduldig vor sich hin und ich grinste.

»Hörst du, wie sie aufbegehrt, weil ich SIE nicht an ihrer heißesten Stelle berühre? Sie würde im Moment dafür töten, nur damit ich ihr einmal über den Kitzler streiche.«

»OH JA!«, presste Mia zwischen ihren Zähnen hervor, was mich erneut zum Auflachen brachte, bevor ich ihr ein paar beschwichtigende Küsse auf die Schläfe hauchte.

»Geduld, Baby ... Du bist mein Folterwerkzeug ... also benimm dich auch so.«

Sie kicherte atemlos. Von Beschweren keine Spur, denn meine Hand war unter ihr Höschen gerutscht und rein zufällig mit einem Finger zwischen ihre Falten geglitten ...

»Tristan ...«

Francesco gab ein komisch stranguliertes Geräusch von sich.

Ja, tut weh im Schwanz, hm? Wenn ich gut getroffen hatte, würde er NIE wieder in den Genuss kommen!

»Du willst es sehen, nicht? Das darfst du und dabei

verbluten.« Somit ging ich hinter ihr in die Hocke und zog gleichzeitig die Pantys mit.

In diesem Moment ertönte ein Stöhnen, das in drei verschiedenen Kehlen gebildet worden war, dabei aber sehr unterschiedlich ausfiel. Francescos klang gequält, Mias gespannt und meines ... *fasziniert!* Ich strich mit meinem Zeigefinger von hinten zwischen Mias wohlgeformten unteren Lippen entlang und sie drängte sich mir entgegen, tief stöhnend. Mich zügelnd biss ich die Zähne zusammen und tat ihr den Gefallen, endlich meinen Finger problemlos in sie hineingleiten zu lassen.

»Du wirst nie wissen, wie es sich anfühlt, wenn sie sich dir dermaßen hingibt ...«, äußerte ich schon *ziemlich* verbissen und Francesco stöhnte noch gequälter, als meine Bewegungen ein schmatzendes Geräusch verursachten.

»Hmmm, mein Mädchen läuft wieder mal aus ... WEGEN MIR ... Denn nur ICH bin ihr Sexgott. Sag es ihm, Baby!« Zur Bekräftigung nahm ich einen zweiten Finger dazu.

»JAA!«, keuchte sie heftig. Ihre Beine fingen an zu zittern und mir war klar, dass ich sie wohl besser hinlegen sollte, wenn ich so weitermachte. Ansonsten würde sie im Rausch der Lust einfach zusammenbrechen.

Schweren Herzens löste ich mich von ihr und stellte mich lächelnd vor sie, denn ich wollte nicht, dass sie sich von mir benutzt fühlte. Sie lächelte verschwörerisch zurück und zog mein Gesicht zu sich hinab, um mich zu küssen, während ich sie rückwärts zu ihrem Bett drängte.

Gezielt setzte ich sie an die Kante und spreizte weit ihre wohlgeformten Beine, sodass er ALLES sehen konnte, bevor ich mich vor sie kniete. Ich hörte nicht auf sie zu küssen, als meine Hand an ihrem Oberschenkel entlang strich und ich erneut meine Finger in ihr versenkte.

»So eng«, murmelte ich an ihren Lippen. Mit der anderen Hand packte ich meinen STEINHARTEN Ficker aus und fing an, mir einen runter zu holen. Ansonsten hätte ich dem Druck da unten nicht mehr standgehalten. »So nass ...«

Mia stöhnte in meinen Mund und kratzte über meinen Rücken. »So perfekt … *Meins.*« Mit diesem Wort zog ich meine Finger erneut aus ihrer seidigen Weichheit und schaute ihr tief in die Augen.

Sie war schon jetzt kurz davor. Ihre Wangen gerötet, die Haare maßlos zerzaust, im Großen und Ganzen einfach nur ... eine wunderschöne Erscheinung. Ich lehnte meine Stirn an ihre, während ich weiter meinen Ficker bearbeitete.

»Kannst du deine Beine auf meine Schultern legen, Baby?« Sie tat, worum ich sie gebeten hatte, und sah mich erwartungsvoll an, während sie sich in die Laken zurückfallen ließ. Plötzlich drehte sie Francesco ihr Gesicht zu und fixierte ihn. »Meintest du das so mit dem Schreibtisch, Francesco?«

Ich lachte, als er ein Grunzen von sich gab, und drückte mich genau im richtigen Moment in ihr Inneres. TIEF in ihr Inneres. Ihre Muskeln umschlossen mich eng und meine Augen rollten in meinem Kopf zurück. Mit festem Griff hielt ich ihre seidig glatten Unterschenkel fest, denn ich wollte nicht, dass es zu anstrengend für sie wurde, während meine Hüften dem Rhythmus folgten für den sie erschaffen wurden.

»Siehst du?«, keuchte ich in Francescos Richtung. »Sie tut ALLES, was ich ihr sage, auch wenn ich fordern würde: Gib mir dein Arschloch!« Warnend betrachtete mich Mia zwischen ihren herzhaften Stöhnern, die jedes Mal erfolgten, wenn ich bis zum Anschlag in ihr versank und verengte die Augen. Das war ein eindeutiges »NEIN!« – also wurde Arschficken von meiner mentalen, mit-Mia-noch-zu-Erledigen-Sexpraktiken-Liste gestrichen. Mir war es egal, es gab ja noch genug andere.

»Hmmm, Baby ... das ist wie damals auf der Lichtung, weißt du noch? Bin ich jetzt genauso tief?« Noch heftiger stieß ich mit verbissenen Zähnen zu.

»OH GOTT«, schrie sie, was mich hoffen ließ, dass die notgeilen Polizisten das Haus schon verlassen hatten.

»Das war keine Antwort!« Francesco wirkte ziemlich verdattert, als ich die Lichtung erwähnte – ich war trotz

Wahnsinns-Sex so geistesgegenwärtig, die Folter zu vertiefen. Von wegen Männer sind nicht Multitaskingfähig!

»Yeah, ich war ihr erster und einziger Ficker, Francesco. Ich war ihr Lehrmeister vor acht Jahren. Aber sie war schon ohne mich die BESTE ... AHHH … fuck Mia!« Stöhnend warf ich den Kopf zurück, als sie ihr kleines Ich-spanne-mich-um-Tristan-an-und-treibe-ihn-damit-in-den-Wahnsinn-Spiel begann und meine angestrengten Worte somit bestätigte.

»Sie mag es hart ... und tief ... sie kann jeder Art von Stößen standhalten, und egal wie wild du bist ... sie wird es immer wilder wollen.« Ich bewegte mich heftiger, trieb mich immer stärker in ihren feuchten Spalt.

»Wenn du denkst, du bist im Himmel, wird sie dir zeigen, dass es immer höher geht!« Sie hatte meine freie Hand gepackt und sie auf eine ihrer wackelnden Titten verfrachtet. Das weiche, warme Fleisch zu fühlen, war fast zu viel für mich, und ich musste die Zähne zusammenbeißen, um nicht genau in diesem Moment abzuspritzen.

Doch ihr ging es nicht anders. Also sie drohte nicht, irgendwohin zu spritzen, sondern kam nur beinahe, als ich anfing, ihre Titte zu massieren.

»AHHHH ... Tristan ... GOOOOTT!«

Ich fickte sie noch härter.

»Und wenn du einmal in ihr kommst«, presste ich mit meinem letzten bisschen Hirn was noch funktionierte hervor ... »bist du sofort süchtig ... und du wirst nie wieder in deinem Leben etwas anderes ficken wollen ... *als* ... *diese* ... *Pussy* ... Komm für mich, Baby!«

Mia kam ... LAUT. Schreiend. Heftig zuckend. Mich mitreißend ...

Ende, aus, over!

***

Als wir wieder halbwegs ins Hier und Jetzt zurückgekehrt waren, ließ ich ihre Beine los, und sie glitten lasch an meinen Hüften herab, bis sie übers Bett hingen, sodass ich auf ihrem nackten Oberkörper zusammenbrechen konnte. Der Schweiß floss in Strömen aus unseren Poren.

Ich atmete heftig und freute mich über das typische Mia-nach-dem-Sex-Aroma. Träge strich ich mit meiner Nase über ihren Bauch und zwischen ihren Brüsten entlang, verteilte hier und da mal einen Kuss, und leckte ein paar salzige Schweißtropfen von ihrer dampfenden, reinen Haut.

»Mmmmh, das war der Wahnsinn«, summte sie zufrieden, fast schon schläfrig, und strich mit ihren Händen über meine Unterarme, die rechts und links von ihr lagen.

»Das war es. Dank dir«, bestätigte ich mit einem Lächeln und streckte mich nach oben, während sie sich auf die Ellbogen aufrichtete, damit wir uns küssen konnten. Ich konnte nicht genug von ihr bekommen und verlor mich beinahe wieder in ihren Zärtlichkeiten, als mich ein resigniertes Keuchen an die Gesamtsituation erinnerte.

Keinschwanz war ja auch noch da.

Mit einem Grinsen an ihren Lippen löste ich mich sanft von ihr.

Als ich wieder zu Francesco blickte, wirkte er, als hätte er mittlerweile komplett seinen Verstand verloren. Ha! So eingepackt und mit Schmerzen und keinen freien Händen, die ihm Erleichterung verschaffen könnten, war diese Show sicher schlimmer als jeder Bruch, den ich ihm zufügen hätte können.

Prompt küsste ich mein Mädchen gleich noch mal.

Einfach weil wir genial waren ...

29. Ankommen

Mia ›confused‹ Engel

Tristan hatte mich soeben vor meinem gequälten Ex-Freund gefickt. Tief, hart, erbarmungslos ... und doch so voll Gefühl. Jetzt lag ich da und schaute blicklos in die leeren Augen jenes Mannes, der einige Jahre lang an meiner Seite gestanden hatte. Die Augen des Mannes, der vorgehabt hatte, mich zuerst zu vergewaltigen und dann umzubringen.

Tristan *war* gar nicht der Psycholover gewesen!

Wie man sich manchmal täuschen konnte, denn in Wahrheit hatte immer Francesco den wahren Psycho gegeben und mir war es nur entgangen. Nie im Leben hätte ich gedacht, dass er zu so etwas Grauenvollem imstande wäre. Mein einziges Glück war tatsächlich Tristans stalkerische Vorrichtung in meinen Räumen gewesen ...

Ansonsten hätte niemand jemals erfahren, was heute Abend mit mir passiert wäre. Ansonsten läge ich jetzt womöglich schon tief in der Erde, verscharrt unter Tonnen von nassem Beton. Niemand hätte mich je gefunden, außer vielleicht irgendwelche Archäologen in tausend Jahren. Die hätten dann mein Skelett untersucht und ... Nein, ich wollte mir lieber nicht ausmalen, was sie sich wohl über mich zusammengereimt hätten.

Francesco schaute mit zu Schlitzen verengten Augen zu mir, als ich träge über Tristans muskulösen Rücken strich.

Ich hob eine Augenbraue. Dachte er etwa, er wäre gerade in der Lage etwas zu melden? Sich zu beschweren? Tristan folgte meinem Blick und knurrte tief in seiner Kehle.

HMMMM, der Laut war so sexy ... sofort erschauerte ich.

»Nicht ...«, murmelte ich und drehte sein Gesicht wieder zu mir. Ich wollte nicht, dass er gleich noch mal austickte. Meiner Ansicht nach hatte Francesco seine Strafe bekommen, auch wenn Tristan bestimmt nicht glaubte, dass diese ausreichend gewesen war.

»Wir sollten gehen.« Seine grünbraunen Augen musterten mich intensiv. Inzwischen wirkten seine Züge völlig entspannt – frei von dem Groll und Hass der letzten Wochen. Er schien einfach nur offen und blickte liebevoll auf mich und meine sicher immer noch geröteten Wangen und zerzausten Haare herab.

»Ich bin so froh, dass ich rechtzeitig gekommen bin.« Seine Stimme zitterte verdächtig.

Schockiert riss ich die Augen auf, doch er hatte schon seinen Kopf an meiner Brust vergraben und umarmte mich sehr fest, nur, um sich im nächsten Moment aufzurichten und meinen Körper zu verlassen.

»Wääähhh.« Angewidert verzog ich das Gesicht, als alles an meinen Beinen hinablief.

Tristan gluckste an meiner Haut und ich fühlte, wie er mich auf einen Nippel küsste.

»Sieh nur, was für eine Sauerei du hier veranstaltest, also wirklich!«, schimpfte er auch noch sanft mit mir. »Wir könnten es Francesco auflecken lassen.«

Ich kotzte fast, woraufhin er mich auslachte, Klopapier aus dem Bad holte und wieder mal meine Beine spreizte, um alles wegzuwischen. Das war ein Déjà-vu! Die Situation war so intim, dass mir die Tränen in die Augen traten und ich nicht anders konnte, als ihn an mich zu ziehen und ihm einen kleinen aber dafür sehr heftigen Kuss auf die vollen Lippen zu drücken. Er grinste verschmitzt und sammelte wortlos meine Unterwäsche auf. Nachdem er sie mir gereicht hatte, zog er sich seine Shorts ordentlich an und schlenderte zu Francesco hinüber.

»Wenn du schreist oder anderweitig auf dich aufmerksam machst, dann werde ich dich in diesem Schrank verfaulen lassen. Ich schätze, das weißt du, oder?« Sobald Tristan die Socke aus Francesco Mund gelöst hatte, versuchte dieser, ein paar Flusen auszuspucken, er nickte aber. »Du kommst jetzt erst mal mit zu Onkel Wrangler nach Hause ...« OH NEIN! DAS würde ich mir *nicht* antun, denn Tristans Augen funkelten schon wieder unheilvoll und animalisch ...

Grob packte er seine Geisel an den Schultern und hievte sie ohne Probleme aus dem Schrank.

Francesco konnte kaum geradestehen, brachte es aber zustande, nicht umzufallen, während Tristan ihn fröhlich auswickelte. Als Nächstes zog sich Tristan seine Jeans an, klemmte, mit warnendem Blick auf Francesco seine Waffe in den Bund seiner Hose und verbarg sie sorgsam unter dem Hemd, das folgte.

Auch ich schlüpfte schnell in eine frische Jeans und warf einen Pullover über, dann setzte ich mich mit Stanley, der gerade aufwachte, aufs Bett, um ihn zu untersuchen. Auf den ersten Blick schien er – GOTT SEI DANK – in Ordnung und leckte meine Hände ab. Ich wusste nicht, was ich getan hätte, wenn ihm wirklich etwas geschehen wäre! Düster und mit ungewöhnlichen Mordfantasien starrte ich Francesco an, der sich auf den Stuhl in der anderen Ecke niederließ und mich genauso beobachtete. Ich übertraf seinen Hass um Längen. Für mich war er nichts weiter als ein Stück Dreck, schließlich hatte er sich an meinem Stanley vergriffen!

Ich *wollte* dass Tristan ihn mitnahm!

Als dieser vollständig angezogen war, zerrte er Francesco nicht unbedingt liebevoll am Oberarm auf die Beine. Ächzend fasste der Widerling sich an den Schritt und taumelte Tristan hinterher. Aus Höflichkeit stand ich mit Stanley auf dem Arm auf und begleitete sie bis zur Eingangstür.

»Ruf mich später an, ja? Also ... ähm ... tschüss ...«, verabschiedete ich ihn aus Ermangelung der Alternativen. Tristan war schon im Hausflur und ich wollte gerade schließen, als er seinen Fuß in den Spalt schob.

»Tschüss?«, wiederholte er ungläubig und drückte die Tür mit der Hand auf. »Sag mal ..." Fassungslos starrte er mich an, als wäre es ganz offensichtlich, weswegen er sich jetzt aufregte und mich ansah wie einen Außerirdischen.

»Was?«, erkundigte ich mich ziemlich kampfeslustig, denn ich war müde und ausgezehrt. Ich wollte doch nichts weiter, als irgendwie VERGESSEN und baden ...

Baden wäre wirklich gut!

»Nimm Stanley. Nimm einen Mantel. Zieh dir Schuhe an. Nimm eine Tasche und komm, FRAU! Ich habe keine Lust, ihn ohnmächtig durch die Gegend zu schleppen!«

WAS? Er wollte das ich mit zu ihm kam? Okay! GERN!

Ich tat wie mir befohlen und folgte Tristan, der Francesco noch immer hielt, die Treppen runter. Zum Glück war es schon spät und keiner begegnete uns. Meine Gedanken rasten.

Was würde er jetzt mit meinem Ex tun? Würde er ihn umbringen? *Wollte* ich, dass Tristan meinetwegen zum Mörder mutierte? Aber würde uns Francesco in Ruhe lassen, wenn Tristan es nicht tat? Meine Fragen erwiesen sich als unnötig, kaum dass wir Tristans Auto auf dem großen Parkplatz erreichten. Denn sobald ich den Griff der Beifahrerseite berührte, fühlte ich etwas Kaltes an meiner Schläfe und erstarrte.

»FUCK, ALEC!«, rief Tristan aus und zog blitzschnell seine Waffe aus dem Hosenbund, um sie auf Besagten zu richten, der mich bedrohte. »Nimm das Teil aus ihrem Gesicht! SOFORT!«, knurrte er, während er mit der anderen Hand Francesco aufrecht hielt, der stöhnte und den Eindruck machte, als würde er jeden Moment zusammenbrechen. Er war kreidebleich und zitterte. Stanley führte währenddessen auf meinem Arm ein wahres Knurrkonzert auf.

»Lass ihn los, Mann! Leo wird dir und jedem, der mit dir in

Verbindung steht, den Arsch aufreißen, wenn du ihn killst!«, antwortete Alec scheinbar ruhig und ich sah, wie Tristan die Zähne zusammenbiss. Das gefiel ihm nicht, doch er fackelte nicht lange und presste hervor:

»Nimm. Das. Teil. Aus. Ihrem. Gesicht!« Seine Augen loderten warnend und Alec tat gut daran, nach ein paar meinerseits atemlosen Sekunden, die Waffe sinken zu lassen.

»Steig ein, Mia!«, forderte Tristan als Nächstes und öffnete Stanley und mir die Tür, nachdem er mit Francesco das Auto umrundet hatte, um ihn zu Alec zu stoßen. Dabei ließ er Alec und Francesco nicht aus den Augen. Auch nicht, als er selber einstieg und den Motor startete.

Ich merkte, dass er jetzt WIRKLICH gereizt war, weil der kleine Alec ihm sein Spielzeug entrissen hatte, und verhielt mich leise, als er mit quietschenden Reifen losfuhr.

Mir schien es, als würde er eine Zeit lang nur wirr und aggressiv durch die Gegend rasen und ich lehnte erschöpft meine Stirn gegen die Scheibe. Doch irgendwann hielt ich es nicht länger aus und musste ihn doch fragen. Denn das war meine größte Angst: wieder von ihm getrennt zu werden – jemals!

»Bringst du mich wieder nach Hause?«

Zunächst blieb jede Antwort aus, er starrte nur finster hinaus und lenkte offenbar tief in Gedanken versunken das Auto wer weiß wohin. Und als er schließlich doch zu sprechen begann, hatte ich längst die Hoffnung auf eine Erwiderung aufgegeben. »Weißt du noch, vor acht Jahren, als du dich mir geöffnet und mich endlich mit zu dir heim genommen hast?« Ich zuckte zusammen, doch als er mich mit hochgezogener Augenbraue betrachtete, nickte ich.

»Habe ich dich jemals an irgendeinem Ort zurückgelassen, von dem ich wusste, dass du dich dort unwohl fühlst?«

»Nein!«, wisperte ich.

»Was tat ich stattdessen?« Meine Augen wurden immer größer ... Mittlerweile sah ich sicher wie ein Anime-Charakter aus, zumindest von der Augengröße her.

»Du hast mich mit zu dir genommen«, flüsterte ich und konnte – nein WOLLTE – es nicht glauben.

Denn wenn ich mir jetzt Hoffnung machte, dass wir schon so weit waren, dann wäre ich am Boden zerstört, sollte sich herausstellen, dass ich damit falsch lag.

Und so gab ich mir alle Mühe NICHTS von alledem zu empfinden, während er weiter sprach.

»Genau ... Ich habe dich mit zu mir genommen. Also komm nicht noch mal auf die Idee, mich zu fragen, ob ich dich nach Hause bringe.

Egal ob jetzt, später oder die Tage.« Somit war das Thema für ihn gegessen. Er wandte den Blick von mir ab, lehnte sich gemütlich im Sitz zurück und fing an zu pfeifen.

Nebenbei strich er Stanley, der auf meinem Schoß saß, über sein kleines Köpfchen und ließ sich von ihm die Hand lecken.

Oh mein Tristan ...

Ich dachte, ich müsste vor Freude meinen Kopf aus dem fahrenden Auto strecken und die Nachbarschaft zusammenschreien, was ich am Ende aber aus Rücksichtnahme nicht tat und mich nur damit begnügte, ihn dankbar anzustarren.

***

Gut ... er nahm mich nicht mit in sein Bett, sondern quartierte mich in dem riesigen weiß gehaltenen Schlafzimmer neben seinem Büro im Club ein.

Nebenbei erzählte er mir, dass die gesamte Ebene eine Wohnetage sei und ich ja nicht auf die Idee kommen solle, zu Garrett oder Georgi ins Zimmer zu gehen, die hier ebenso wie Mary und Lena lebten.

Sie alle hatten sich gerade in der großen Wohnküche zum Kochen versammelt und boten mir verbrannte Pfannkuchen an, nachdem sie den Schock darüber verkraftet hatten, dass beim Eintreten Tristans Arm um meine Schulter gelegen hatte.

Mit einiger Mühe ignorierte ich ihre Sexoutfits, besonders Georgis, der war (vielleicht aus Zeitgründen?) gleich komplett nackt.

Beim Essen informierte er mich darüber, dass er geborener Nudist war und ich mich schon mal daran gewöhnen sollte. Tristan rollte nur mit den Augen und zog mich besitzergreifend auf seinen Schoß.

Ansonsten lenkte er mich von den anderen ab, indem er mich fütterte. Er ließ sich sogar von mir füttern, wobei mein Finger nicht gerade zufällig in seinem Mund landete.

Und das mit diesen funkelnden Augen.

Es war himmlisch, ihm tatsächlich wieder so nahe zu sein.

Doch trotz der Dauerberauschung schlief ich fast auf seinem Schoß ein, weshalb Tristan mich bald in mein neues Zimmer trug und mir dort ungeniert beim Ausziehen zusah.

Er sprach nicht mit mir, stand einfach nur in der Ecke und beobachtete mich, mit Stanley auf dem Arm.

Sobald ich mich mit tomatenroten Wangen ins Bett gelegt hatte, schlenderte er auf mich zu, reichte mir Stanley und küsste meine Stirn ... Nein, er kam nicht zu mir ins Bett. Nein, er liebte mich nicht ... Nein ... er entfernte sich stattdessen und ich ignorierte den Stich in meinem Herzen, als er die Tür leise hinter sich zuzog.

Der alte Tristan hätte mich jetzt nicht allein gelassen, aber der neue Tristan hätte mich auch nicht mit zu sich nach Hause genommen.

Ich musste mit seiner Zurückweisung klarkommen, denn ich verstand sein Verhalten.

Er glaubte mir vielleicht, aber er brauchte dennoch Zeit. Solange ich die Hoffnung auf eine gemeinsame Zukunft haben durfte, würde ich geduldig warten. Und die hatte ich ...

Das Brennen in meiner Brust ignorierend und wissend, dass ich irgendwie doch bei ihm war, schloss ich die Augen.

Egal was ich heute erlebt hatte, das mit Tristan würde mir keiner zerstören. Nicht noch einmal ...

30. Vivian Müller und ihre Pläne

Mia ›Marathonrunner‹ Engel

Am nächsten Morgen kam ich zu spät in die Arbeit, denn ich hatte nichts zum Anziehen gehabt. Deshalb verbrachte ich locker eine Stunde in dem begehbaren Kleiderschrank der freundlichen, ruhigen und wunderhübschen Lena, und verlief mich fast darin, nur um ein Outfit zu finden, in dem ich nicht aussah wie eine Bordsteinschwalbe ... Es gab Lack, Leder, die kleine Krankenschwester, und die sexy Kellnerin, die Doktorin, die Bäuerin, die Indianerin und vor allem gab es tausende Variationen der strengen Domina. Aber was Normales wie Kinderheimmitarbeiterin war nicht vorhanden … Jetzt trug ich einen schwarzen Jogginganzug aus Tristans Boxclub, der vorzüglich saß und der Tristan fast in den Wahnsinn getrieben hätte, als er in aller Herrgottsfrühe an der Küche vorbeischlenderte, und mich auf der Bank mit meinem Kaffee sitzen sah. Er hatte einen Vollstopp eingelegt, sich zurückgelehnt, um durch die Tür zu mir zu linsen, grinste, und war dann auf mich zugekommen, um mich professionell für den Rest des Tages um den Verstand zu küssen. (Überhaupt schlich er die ganze Zeit durch die Gänge, vermutlich wegen des nackten Georgis. Tristans Devise lautete schließlich: Vertrauen ist gut, Kontrolle ist besser.) Nun stand ich in der Heimküche, um alles für Vivis Besuch vorzubereiten.

Dabei inhalierte ich tief den aromatischen Kaffeegeruch und blickte durch das alte Fenster nach draußen, wo die Kinder mit Eric das Laub zusammenkehrten und den Garten winterfest machten. Gleichzeitig befielen mich wie üblich Bedenken, ob dieses Haus einen weiteren Winter überhaupt überstehen konnte, egal wie dick die Mauern schienen. Doch kaum aufgekommen verdrängte ich den Gedanken wieder, denn im Moment brachte es absolut nichts, mir deswegen auch noch den Kopf zu zerbrechen. Allein würde ich an der Situation nichts ändern können ...

Vivi kam mit einer Aktentasche in der Hand durch die knarzende Tür geschneit und unterbrach meine Überlegungen.

Ihre langen, tiefroten Locken hatte sie zu einem strengen Pferdeschwanz gebunden. Sie trug einen beigefarbenen Mantel aus Wolle, hohe Stiefel, die mit Sicherheit ökologisch einwandfrei und vegan waren, und einen Pullover der Biomarke ›Waschbär‹, in dem nur sie es schaffte, auszusehen, als wäre er von Dolce. Als sie den Mantel über den Stuhl gelegt hatte, begrüßte sie mich.

»Hi Süße!« Ich bekam einen Kuss links und rechts auf die Wange, dann schoss sie schon an mir vorbei. Bewaffnet mit einem Notizbuch und einem Stift, stellte sich mitten in den Raum und schloss die Augen. Langsam durchatmend streckte sie die Hände von sich.

»Vivi?«, fragte ich und beäugte skeptisch, wie sie irgendwas von »Gute Schwingungen« vor sich hinmurmelte und dann in ihr Moleskin kritzelte. Sie antwortete nicht und lief zu den fast deckenhohen, alten Fenstern.

»Dies ist ein wirklich alter Altbau«, stellte sie klar, als sie die Fenster öffnete und sich die Scharniere ansah. Als Nächstes wurde die Dicke der Mauer ermittelt, während sie unentwegt irgendwelche Dinge in ihr Büchlein kritzelte.

»Vivi, was machst du da? Wollten wir nicht Kaffee ...«

»Psssst, du störst meine Inspiration.« Sie rannte wieder durch die Küche und beugte sich plötzlich unter die Anrichte, wo sie den Schrank öffnete und sich die Wasseranschlüsse anschaute.

Dann kritzelte sie wieder. Neugierig glupschte ich ihr über die Schulter, doch Vivi erschreckte mich, indem sie ohne Vorwarnung in die andere Ecke der Küche wirbelte und dort die Tapete einer genauen Inspektion unterzog. Ich musste ihrem leichten Parfumhauch folgen, um zu wissen, wo sie gerade hinwirbelte, denn fürs menschliche Auge war sie fast zu schnell.

Zehn Minuten krabbelte sie über den Boden und schaute sich die abgewetzten Holzdielen genau an. Als Letztes wurde ich noch dazu abkommandiert, ihr beim Ausmessen des Raumes zu helfen.

Auch hier wurden die Ergebnisse genauestens notiert, während mir jede Information darüber verwehrt wurde, was die kleine Hexe schon wieder vorhatte. Aber so, wie ich Vivi kannte, hatte sie einen ihrer mehr oder weniger genialen Pläne.

»Jetzt die Sanitäranlagen!«, verkündete sie fröhlich und lief voraus ...

Ich folgte brav und kaum hatten wir die Waschräume erreicht, wiederholte sie das Spiel mit dem Ausmessen, dem Rumkriechen, dem Schnüffeln und dem Gekritzel.

Aus dem geplanten schönen und vor allem gemütlichen Kaffeenachmittag inklusive wichtigem Informationsaustausch unter Frauen, wurde ein Ich-renne-wie-ein-Depp-rum-ohne-zu-wissen-warum-Nachmittag.

Als wir schließlich wieder in der Küche ankamen, war der Kaffee eiskalt und mir taten die Füße weh. Sie hatte mich sogar in den verhassten Keller und in den mit Spinnenweben benetzten Dachboden geschleppt und dort wie eine Geistesgestörte alles überprüft. Als wir uns hinsetzten, ließ ich erschöpft meinen Kopf auf die Tischplatte fallen.

»So!« Vivi klappte das erste Mal, seitdem sie hier reingeschneit war, ihr Notizbuch zu.

»Sagst du mir jetzt, was die Weltreise sollte?«, fragte ich noch etwas atemlos und sah träge zu ihr auf. Vivi stieß ein glockenklares Gelächter aus.

»Ich bin Architektin, du Dummerchen und betreibe mit Katha ein Büro.«

»Hä?«

»Tristan hat mir aufgetragen, dieses Schloss zu renovieren! Krieg ich jetzt vielleicht mal einen Kaffee?«

»ER HAT WAS?« Jetzt saß ich aufrecht und meine Schmerzen waren wie weggeblasen.

Vivi blitzte mich amüsiert an und verdrehte dann die Augen »War ja klar, dass er dich nicht vorwarnen würde.«

»Wirklich?« Angestrengt kramte ich bereits in meiner engen Hosentasche nach meinem Handy.

»Habe ich dich jemals belogen?«, entgegnete sie trocken, wie üblich meine Frage mit einer Gegenfrage beantwortend. »Freundlich, wie er ist, teilte er mir mit, dass er will, dass der Scheiß spätestens nächsten Sommer fertig ist ... Und dass ich alles Geld zur Verfügung habe, das ich brauche.« Sie zuckte mit den Schultern und stand seufzend auf, um neuen Kaffee zu machen, denn ich kämpfte immer noch mit meinem Handy, das nicht aus der Hose raus wollte. Immer diese engen Taschen … »Mit dem Außenbereich können wir jetzt nicht mehr beginnen, dafür ist es schon zu feucht. Aber ich denke, spätestens Anfang Sommer werden wir mit allem fertig sein, wenn wir im Februar/März anfangen. Vorausgesetzt, es liegt kein Schnee mehr. Ich habe auch schon einen Ausweichort bis dahin organisiert. Ein altes Landheim ... für die paar Monate des Baus wird es reichen ... aber wir müssen auf jeden Fall ...«, brabbelte sie, während ich Tristans Nummer wählte und ihre Worte zu einem wirren Schwall verklangen. »Das Gemäuer ist stabil und hochwertig verarbeitet ... Das behalten wir ... ich kann gleich sagen, dass keine Einbruchgefahr besteht! Nur die Böden geben mir zu denken.«

»Wie beruhigend ...«, murmelte ich ironisch und wartete mit wachsender Ungeduld darauf, dass Tristan ranging.

»Es müssen unbedingt neue Fenster und Türen rein. Und der Grundriss muss auch geändert werden. Es sollte ein Gemeinschaftsbad im Erdgeschoss und im ersten Stock geben. Und der Dachboden könnte ausgebaut eine Menge Stauraum liefern ... Ich könnte mir vorstellen, dass sich die Kinder über einen großen Beschäftigungsraum freuen würden ... Vielleicht noch eine kleine angrenzende Turnhalle ... und eine ordentliche Küche ...« Tadelnd glitt ihr Blick über die Uraltküche im unmodernen Omagrün, die hier schon seit Kriegszeiten stand. Ich wollte ihr gerade sagen, dass sie sich keine Umstände machen musste, da hob er ab.

»Baby?«

»Tristan!«, rief ich anklagend und Vivi kicherte glucksend.

Er lachte auch. *»Vivi ist wohl bei dir?«*

»JA, das ist sie in der Tat ... sie hat mich erst mal eine Stunde durchs komplette Haus gescheucht!« Tristan lachte lauter. »DAS ist nicht witzig! Jetzt tun meine Füße weh!«

»Um mir das zu sagen, rufst du mich an? Du willst doch jetzt sowieso nur von mir hören, dass ich sie massieren werde ...« Ich stockte.

»Würdest du?«

»Ja.«

»Oh!« Jetzt hatte er mich aus der Bahn geworfen, denn ich konnte förmlich seine talentierten Finger fühlen, die meine Fußsohlen verwöhnten – mit Öl!

»Hör auf zu träumen, ich hab jetzt keine Zeit für Telefonsex.« Dieser Kommentar trieb mir das Blut in die Wangen, weshalb ich mich eilig auf den Grund meines Anrufes besann.

»Tristan, das ist zwar das Großherzigste, was du jemals getan hast, aber das kannst du nicht machen.«

»Woher willst du wissen, dass es das Großherzigste ist, was ich jemals getan habe? Ich habe schon viel Großherziges getan, ich geh damit nur nicht überall hausieren ... Du kränkst mich zutiefst ...«

Ich verdrehte die Augen, denn ich wusste, dass es fast unmöglich war, diesen Mann zu kränken.

»Ich weiß doch, dass du es nur wegen mir tust. Ich würde mich ewig schuldig fühlen.«

»Und?«, fragte er locker. *»Also ich hab nichts dagegen, wenn du mir was schuldig bist, und du hast nichts dagegen, diese Schuld in meinem Bett abzuarbeiten. Außerdem tue ich es nicht nur für dich, sondern für Robbie, und jetzt hör auf, mich zu nerven. Ich muss Einstellungsgespräche führen.«* Plötzlich flammte wilde Eifersucht in mir auf, die alles zuvor von ihm Gesagte verdrängte.

»Einstellungsgespräche? Welche?«

»Stripperinnen«, informierte er mich leichthin, wobei ich deutlich sein Schmunzeln vernahm.

»Rekeln sie sich schön an ihren Stangen, ja? Hast du einen Ständer?« Es war für mich unmöglich, das Gift aus meiner Stimme zu vertreiben. Vivi schaute mich mit großen Augen an und zwang sich eindeutig, nicht zu lachen.

»Was für eine Frage! Für einen Mann, egal wie alt, egal woher, egal in welcher Situation, gibt es nichts Schöneres, als einen perfekten Frauenkörper, der sich IRGENDWO rekelt. Im Moment tut das Monique für mich, wenn du es genau wissen willst. Hey ... zeig mal, wie du deinen Arsch bewegen kannst, das mit dem Tittengewackel reicht jetzt! Da wird man ja seekrank!«, rief er MONIQUE zu und ich sah rot, platzte fast vor Wut und plusterte meine Backen auf.

»Mia?«, erkundigte er sich leise lachend. *»Bist du schon detoniert?«*

»NEIN!«, krächzte ich außer mir und legte auf, bevor ich ihm noch einen wirklichen Aufstand machte. Mit zitternden Fingern schaltete ich mein Handy aus und stützte meine Stirn auf meine Hände.

»Bei dir dampft es ja gleich aus den Ohren.« Vivis kleine Hand legte sich auf meinen Unterarm. »Was war denn jetzt los?«

»Er stellt gerade neue Stripperinnen ein und lässt sich zeigen, wie gut sie tanzen können! Inklusive Tittengewackel!«, erwiderte ich zickig.

»Das ist sein Job.«

»Das ist mir egal!« Da war mit mir nicht zu verhandeln. »Ich will nicht, dass er sich andere Frauen so anschaut, und außerdem, wenn er neue NUTTEN einstellt, testet er die dann auch? Hat er schon mal mit einer Hure geschlafen?«

»Wenn, dann hat er sicher verhütet«, konterte sie leichthin. Ganz Vivi eben, sollte mich das wohl beruhigen, oder so. Zu spät bemerkte sie meinen Gesichtsausdruck und redete eilig weiter. »Und du glaubst doch wohl nicht wirklich, dass der große Tristan Sexy es nötig hat, zu einer Prostituierten zu gehen?«

»Was weiß ich!« Ich war noch viel zu rasend, um auf ihren Schlichtungsversuch eingehen zu können. Außerdem stellte sich langsam mein schlechtes Gewissen ein. Ich hatte mich mit ihr getroffen, um über alte Zeiten zu reden und einen lockeren Nachmittag zu verbringen, nicht, um sie mit meinem derzeitigen Stress zu belästigen. Aber Vivi war noch nicht fertig und ich wäre ihr fast um den Hals gefallen, als sie die folgenden Worte aussprach, die mich sofort acht Jahre zurück versetzten ...

»Wenn es dich dermaßen aufregt, dass er andere Frauen beim Strippen beobachtet, dann habe ich einen Plan ... Werd doch einfach DU seine Stripperin.«

Und ab diesem Moment drehte sich alles nur noch um nicht jugendfreie Themen und äußerst anregende Anregungen.

Wir blieben mit unseren Gesprächen zum größten Teil in der Gegenwart. Die Vergangenheit war für mich zu schmerzhaft, auch wenn Vivi einige Fragen an mich hatte – genauso wie ich an sie. Nachdem Tristan ins Gefängnis gekommen war, hatten sie sich im Land verstreut. Alle hatten studiert und etwas aus ihrem Leben gemacht. Immer mit dem Gedanken, Tristan zu unterstützen, sobald er entlassen worden war. Doch er hatte ihre Hilfe nicht gewollt, sondern sich ein paar Jahre erfolgreich von ihnen allen abgekapselt. Allerdings hatte keiner von ihnen zugelassen, dass sie sich komplett aus den Augen verloren. Sie alle liebten ihn und standen immer zu ihm, auch wenn er darauf seiner Ansicht nach gern verzichtet hätte. Und jeder von ihnen hatte nach mir gesucht!

Ich war ihnen *so* dankbar! Erst kurz bevor ich wieder aufgetaucht war, schien er sich ihnen ein wenig zu öffnen.

Er baute mit Phil die Restaurantkette auf. Tommy wurde sein Anwalt und investierte in den Club. Die Brüder wurden wieder eine Familie. Katha war im vierten Monat schwanger und insgeheim verdammt stolz drauf. Vivi hatte auch Kinderwünsche, aber obwohl sie es seit einem Jahr versuchten, klappte es nicht. Weswegen sie auch zu der biologischen Lebensweise gewechselt waren, denn sie hatte Angst, dass Toms Spermien durch Drogen (in der Jugend) und ungesundes Essen (immer) nicht mehr die Besten wären. Vivi und Katha betrieben ein gemeinsames Architekturbüro, im selben Tower, in dem auch Tom seine Kanzlei unterhielt. Im Großen und Ganzen führten sie ein glückliches Leben und das freute mich für sie.

Vivi gefiel meine Arbeitsstelle, aber das war auch schon alles.

Sie plagte das schlechte Gewissen, weil wir uns so lange nicht mehr gesehen hatten. Doch sie hatte Angst gehabt, dass Tristan mir etwas antun würde, hätte sie mich aufgespürt und damit unnötig seine Aufmerksamkeit auf mich gelenkt. Deswegen konnte sie nur im Verborgenen suchen. Aber Vergangenes war vergangen und nun war sie selig, dass wir anscheinend ohne fremde Hilfe zueinandergefunden hatten. Angeblich hatte sie schon immer geahnt, dass das Schicksal uns wieder zusammenführen würde, denn wenn man uns kannte, wusste man, dass wir zusammengehörten. Alles in allem wurde es doch noch ein lockerer Nachmittag, bei dem ich meine Freundin zurückgewann. Und als Vivi schließlich ging, war es längst Abend. Wir hatten noch zusammen gekocht und mit den Kindern gegessen. Sie war ganz hin und weg von Robbie, aber er auch von ihr. Für ihn war sie eine als Mensch getarnte Elfe, und Vivi beließ ihn natürlich in dem Glauben. Den gesamten Nachmittag über himmelte er sie mit seinen wunderschönen grünen Augen an, tat alles für sie, schenkte ihr zu Trinken ein und schlug sogar vor, ihr das Gemüse abzunehmen! Da hatte mein Kleiner wohl seine erste große Liebe gefunden und sie hatte genauso ihr Herz an ihn verloren. Robbie wickelte sie einfach alle um den Finger und dabei musste er nur er selbst sein.

31. Seine Unterwerfung

Mia ›the sexbomb‹ Engel

Als ich um neun in der gemeinsamen Küche des Clubs ankam, saßen dort Lena und Georgi und tranken Kaffee. Ihre Schicht würde bald beginnen und sie tankten wohl noch mal Power. Stanley thronte erhaben auf Georgis Schoß und ließ es sich dort gut gehen.

»Wie viel Hundekekse hast du schon in ihn reingestopft? Er sieht aus wie ein Fass auf zwei Beinen!« Beide lachten, als ich meinen Hund hochhob und kritisch seinen Bauch inspizierte. Der sah aus, als würde er aus allen Nähten platzen.

»Ein oder zwei ...«, gab Georgi unschuldig lächelnd zu.

»Oder zehn ...«, murmelte Lena nüchtern.

»Hmmm.« Ich schenkte mir Kaffee ein. »Wo ist Tristan?« Mit dem heißen, duftenden Getränk in den Händen lehnte ich mich an die Anrichte.

»Im Studio. Er will ein zweites in der nächsten Stadt eröffnen und geht mit seinen Mitarbeitern ein paar geschäftliche Dinge durch.«

»Also kann das länger dauern?«, fragte ich und merkte mit Grauen, dass ich knallrot wurde.

Lena stand auf und wusch ihre Tasse ab. »Auf jeden Fall ... Wieso läufst du denn jetzt so an?«, erkundigte sie sich mit ihrer sanften Art amüsiert und ich wurde noch einen Tick dunkler.

»Tja ... also ... ich ... ähm ...« Georgi lehnte sich interessiert in seinem Stuhl zurück, wobei ich verwundert registrierte, dass er eine Jogginghose trug. Auch Lena musterte mich gespannt von der Seite, während ich meine Lippe zerkaute und unentschlossen auf den Boden starrte. Okay ... Jetzt oder nie ...

»Könnt ihr mir beibringen, wie man strippt?« Ich war ja so verrucht!

Einige Sekunden war es still, dann packte Lena meine Hand und zog mich lachend hoch. Ihre hellbraunen Haare wehten ihr hinterher, als sie mich zum Treppenhaus dirigierte.

»Haha, DAS kann ja was werden!« Georgi war offensichtlich schon Feuer und Flamme. Er folgte uns die Stufen hinab und durch den Hintereingang in den Kellerbereich.

»Wohin verschleppst du mich?«, fragte ich Lena, die immer noch nicht stoppte. Kurzerhand machte sie einen scharfen Bogen nach rechts und zog mich durch eine rot lackierte Tür.

»AJA!« Wir befanden uns eindeutig im Strippzimmer, wenn man das so nennen konnte. Alle Wände waren verspiegelt, was den Raum optisch größer machte und die Stange in der Mitte gut in Szene setzte. Am anderen Ende stand ein schwarzer Chefsessel aus Leder. Ich stellte mir Tristan darin sitzend vor, wie er die Mädchen inspizierte, und heiße Eifersucht loderte wieder in mir auf. Hinter dem Ledersessel schlängelte sich ein Metallgerüst nach oben, das sicher dazu diente, den Mann seiner Wahl festzubinden. Diffuses Licht sorgte für die richtige Stimmung, dennoch konnte man alles erkennen. Genau wie in Tristans Schlafzimmer hatte man mit dem Polarlicht gespielt. Alle möglichen Rottöne tanzten wie Farbkleckse durch den Raum und wurden, wenn sie die Spiegel trafen, zurückgeworfen. Ein faszinierender Anblick, von dem ich mich kaum losreißen konnte.

»Hier arbeite ich sehr gerne«, verkündete Lena grinsend. Georgi setzte sich locker im Schneidersitz auf den Sessel. Vorfreude strahlte in seinen großen hellgrünen Augen, während mich Lena in die Mitte des Raumes und auf den weichen roten Teppich lotste.

Unsicher betrachtete ich sie, denn sie war so schön mit einer natürlichen Ausstrahlung und wirkte geradezu edel – wie eine ägyptische grazile Katze. Und ich sollte gleich vor ihr den strippenden Truthahn mimen? Gott ... wieso hatte ich nur gefragt?

»Tristan wird ausflippen!« Das befürchtete ich genauso, aber ihr verschwörerisches Grinsen zerstreute all meine Bedenken augenblicklich.

»Ich auch!«, rief Georgi und ich versuchte, ihn zu ignorieren.

»Also das Wichtigste an der ganzen Sache ist, dass DU weißt, was du zu bieten hast. Denn nur so hast du eine gute Ausstrahlung. Beim Tanzen, und bei vielem mehr, kommt es auf nichts weiter als auf die Ausstrahlung an. Du bist eine wunderschöne junge Frau mit perfekten Proportionen. Bei dir ist alles an genau der richtigen Stelle und dein Gesicht ist wirklich BEZAUBERND. Das ist schon mal ein großer Vorteil, denn ein hübsches Gesicht kann man sich in keinem Fitnessstudio antrainieren. Tristan Wrangler, der schönste Mann auf diesem Planeten, ist verrückt nach dir. Er wird dich immer schön finden, er wird dich immer verehren und er wird dich immer lieben. Egal was du tust, auch wenn du stolperst oder wenn du etwas nicht perfekt hinbekommst. Vergiss das nicht, okay?«

»Ist er echt so verrückt nach mir?«, fragte ich voller Hoffnung.

»Und wie!«, bestätigten mir beide wie aus einem Munde. »Er hat sich ziemlich verändert, seitdem ihr zusammen seid«, fügte Georgi hinzu.

»Also.« Lena nahm mit ihren zarten Händen meine Hüften. »Das hier ist am wichtigsten. Wenn du die hier nicht bewegen kannst, dann kannst du kurz gesagt auch nicht tanzen. Kannst du mit ihnen kreisen?« OH JA! Das konnte ich! Ich tat es oft genug, wenn ich Tristan ritt. Als Beweis ließ ich meine Hüften kreisen.

»WOW!« Lena und Georgi schienen begeistert.

»Sie könnte das professionell machen!«, gab Georgi sofort zu und ich verdrehte die Augen.

»Du wirst ihn wirklich wegbangen!«, lachte Lena hell.

Dann fing sie an, vor mir zu strippen und mir dabei Anweisungen zu geben. Sie bewegte sich so geschmeidig wie flüssiges Wasser. Nichts wirkte unsicher oder tölpelhaft. Sie war ein Traum von einer Frau, komplett im Einklang mit ihrem Körper und ihrem Können. Außerdem bemerkte man sofort, dass sie eine Grundausbildung in Ballett hatte und ich wusste genau, wieso Tristan sie eingestellt hatte.

Als ich an der Reihe war, wurde die Sache, die so leicht ausgesehen hatte, schon schwerer. Beide waren wirklich süß und sprachen mir Mut zu, doch bei mir sah es keineswegs so aus wie bei Lena und vor allem musste ich die ganze Zeit daran denken, dass ich nicht mal vernünftige, geschweige denn zusammenpassende Unterwäsche trug, während Lena hier in einem atemberaubenden Set aus Satin und Spitze aufwarten konnte.

Als ich am Schluss in besagter unpassender Unterwäsche da stand, war mir das Prinzip klar – viel mehr aber nicht. Die beiden versicherten mir, dass ich meinen Körper sehr gut bewegen konnte, das hatte man ja ohne Frage damals gesehen, als ich an der Stange getanzt hatte ... OH MANN!

»Also Mia ... dieser Move hier wird ihn umbringen.« Georgi erhob sich und stellte sich hinter mich. Ziemlich nah hinter mich. Aber das verdrängte ich jetzt mal aus meinem Bewusstsein.

»Streck deinen Rücken durch, den Arsch raus und dann schmeiß deinen Kopf nach hinten.« Er packte einfach meine Haare und zeigte mir, wie er es meinte ... »Dann musst du nur deinen Arsch ein bisschen an seinem Schritt reiben, während du dich aufrichtest, und er wird auf der Stelle losgehen wie eine Granate. JA, GENAU SO!« Ich tat ihm den Gefallen und rieb mich mit hochrotem Kopf etwas an Georgi. Lena lachte, als sie Georgis gequältes Gesicht sah.

»Und du bist dir sicher, dass ich die Freundin vom Chef nicht vögeln darf? Auch kein kleines bisschen? Nur ganz kurz mal andocken? SIEH, WAS SIE MACHT!«, klagte Georgi an Lena gerichtet, als ich meinen Kopf gegen seine Schulter sinken ließ und mich ein bisschen an ihm wand und rekelte.

Lena lachte lauter und gab ihm eine Kopfnuss. »Du hast dich freiwillig als Trainingsobjekt gemeldet, also ertrage es mit Würde.«

»ARGH ... SIE BRINGT MICH UM!«

Ich hatte mich umgedreht und drückte meine Brüste gegen ihn, während ich nach unten in die Hocke ging. An meinem Benehmen war natürlich nur das Glas Vodka schuld, das die beiden mir zur Auflockerung angeboten hatten ... Das würde ich zumindest als Ausrede vor mir selbst benutzen.

»Ist das ein guter Move, Georgi?«, ärgerte ich ihn weiter, woraufhin er nur ironisch schnaubte.

»DAS finde ich NICHT!«, hallte plötzlich eine eiskalte Stimme durchs Zimmer.

Gleichzeitig stoben wir auseinander.

»OH BLED!«, flüsterte Georgi leise auf Russisch, dann lauter: »HEY, CHEF!«

»Raus!«, donnerte dieser und Lena sammelte schnell ihre Sachen ein, bevor sie fluchtartig mit Georgi den Raum verließ.

Ich drehte mich um und schaute zur Tür. Da stand er: Tristan in all seiner Pracht!

Mit schwarzer Anzughose, schwarzem Hemd, dünner Krawatte, wunderschönem Körper, zerzausten dunklen Haaren, angespannten Zügen und Psycholoverblick. Mir wurde gerade gleichzeitig ziemlich heiß und eiskalt, wie immer, wenn er mich so ansah.

»Hi«, murmelte ich und bemerkte, wie sein glühender Blick äußerst besitzergreifend über meinen Körper glitt. Ich hatte schließlich nur Unterwäsche an. Trotz des akuten Schweißausbruchs, der mich heimsuchte, zwang ich mich, auf ihn zuzugehen. Auch wenn sein Ausdruck alles andere als einladend war. Er verschränkte die Arme vor der breiten Brust und lehnte sich mit arrogant und göttlich hochgezogener Augenbraue zurück an die Tür,.

»Plötzlich so schüchtern?«, fragte er kühl. Ich hatte keine Ahnung, ob er immer noch wütend war oder ob der Anblick meines Körper ihn schon etwas besänftigt hatte.

»Es ist nicht so, wie es aussieht«, flüsterte ich und blieb Lippen kauend vor ihm stehen.

Jetzt wirkte er amüsiert und gleichzeitig stocksauer. »Ach ja?« Er zog seine Augenbraue weiter nach oben. »Was denkst du denn, wie es für mich ausgesehen hat?«

Er wusste ganz genau, dass er mich gerade einschüchterte. DABEI HATTE ER HEUTE DEN GANZEN TAG DAMIT VERBRACHT, ANDERE FRAUEN BEIM STRIPPEN ZU BEOBACHTEN! Wahrscheinlich hier in diesem Raum! Alles war verpestet!

Jetzt erst fiel es mir wieder ein.

»Ja, Mista Wrangler ... Sie sind ja das Unschuldslamm, nicht wahr? Ich hoffe, Sie hatten genug Geld dabei, um den ›Damen‹ etwas in ihre billige Unterwäsche zu stopfen ...«, zischte ich aus heiterem Himmel. Tristan musterte mich einen Moment verwundert, bevor er in schallendes Gelächter ausbrach, was ich überhaupt nicht lustig fand.

»Tristan!«, presste ich zwischen zusammengebissenen Zähnen hervor.

»Mia!« Er zog mich unvermittelt an sich. Sein Duft umhüllte mich, genauso wie seine harten Muskeln. Sofort seufzte ich besänftigt.

»Hör auf damit, eifersüchtig zu sein. Du bist keine Siebzehn mehr und das ist mein Job! Ich verdiene nun mal mein Geld mit Strippen, Ficken und anderen Dingen, die mit Sex zu tun haben, und ich schaue es mir nicht an, um geil zu werden, sondern weil ich MUSS, okay? Freiwillig will ich nur eine sehen, die sich für mich auszieht.« Sanft küsste er meine Schläfe, seine großen Hände strichen an meinem Rücken hinab und packten unerwartet meinen Hintern. "Verstanden?"

»Ahh«, keuchte ich ungehalten, konnte aber nichts gegen mein Kichern tun, als er mich hochhob, und mich an sich presste, während ich meine Beine um seine Hüften schlang. Wir waren wirklich ein eingespieltes Team.

»Gerade eben warst du alles andere als schüchtern, als du vor Georgi gehockt hast.« Er knetete meinen Hintern. »Und jetzt siehst du mich an, als hättest du noch nie was von Sex gehört ...« Seine vorwitzigen Fingerspitzen schoben sich unter mein Höschen.

Uhhh, war es hier schon immer so schrecklich heiß gewesen?

»Ich habe geprobt«, flüsterte ich schwach an seinem Hals und sog seinen Geruch ein. »Für dich.«

»Für mich?« Mittlerweile war seine schlechte Stimmung wie weggeblasen.

Mühsam schluckend versteckte ich mein glühendes Gesicht an seiner Brust. »Ja, für dich ... Gibst du mir schnell fünf Minuten?«

»Ich weiß nicht«, zog er mich auf und hob mit zwei Fingern mein Kinn an, sodass ich ihn ansehen musste. Dabei hielt er mich locker mit einem Arm fest. »Aber ich denke schon«, erbarmte er sich schließlich und drückte mir einen weichen, kleinen Kuss auf die Lippen.

»Mmmmhh«, summte ich und wollte den Kuss ausweiten, doch er entließ mich bereits gedankenverloren aus seinen Armen und setzte sich gelassen auf den Sessel.

Ich starrte sein heißes, weltmännisches Erscheinungsbild an, versank wieder mal in Träumereien. »Die Zeit läuft, Miss Angel. Fünf Minuten!« Er trommelte mit den Fingerspitzen auf seine Uhr.

OH JA, immer diese blöde Zeit! Eilig lief ich zur Tür raus und war froh, dass Lena und Georgi dort auf mich warteten.

»Puh ... ihr Kopf ist noch dran!«, freute Georgi sich.

»Natürlich ist er noch dran, du Idiot! Ohne Kopf kann sie ihm keinen blasen! Komm schnell!«

»Ähm? Habt ihr gelauscht?«

»JA!« Lena zerrte mich nach oben in ihr Zimmer, direkt in den begehbaren Schrank, wo sie mit sicherem Griff ein schwarzes durchsichtiges Nichts-Set hervorholte, und mir überstreifte.

OH GOTT! Blinzelnd betrachtete ich mich im riesigen Spiegel vor mir.

Darin sah ich verdammt sexy aus! Wie eine richtige Stripperin. Aber ich konnte mich nicht ausgiebiger bewundern, denn schon wurde mir eine weiße Bluse und ein schwarzer kurzer Rock in die Hände gedrückt ... und Stiefel ... oder sollte ich eher sagen: Selbstmord-auf-zwei-Pfennigabsätzen?

Bisher lag ich gut in der Zeit und hatte noch eine Minute.

Lena zupfte zum Abschluss ein paar Strähnen zurecht, nachdem ich die Haare in einem Pferdeschwanz zusammengebunden hatte, den ich zum geeigneten Zeitpunkt lösen sollte.

Georgi zeigte mir mit erhobenem Daumen, was er von meinem Aufzug hielt, als ich vor Lenas Tür trat.

»Ach ja!«, fiel ihr noch ein, bevor sie in ihr Zimmer flitzte, kurz darauf zurückkam und mir silberne Handschellen reichte.

»Mach ihn fest, sonst wirst du deinen Tanz nicht zu Ende führen können. Hier ist der Schlüssel ...« Sie grinste mich dreckig an und versteckte ihn zwischen meinen hochgepushten Brüsten. Ich hoffte, dass die Röte aus meinem Gesicht verschwunden sein würde, bis ich unten bei Tristan ankam.

***

Das war sie natürlich nicht.

Ich war so aufgeregt, als ich hinter der roten Tür stand, dass mir die Anspannung fast den Atem raubte. Gleich würde ich für Tristan strippen!

Vivi und ihre Pläne ... würden mich irgendwann umbringen. Nach ein paar tiefen Atemzügen überwand ich mich, betätigte die Klinke und trat ein. Die Handschellen hielt ich unsicher hinter meinem Rücken versteckt, als ich die Tür hinter mir schloss und zeitgleich absperrte, denn ich wollte keinen ungebetenen Besucher. Unnötig lange vergewisserte ich mich, dass das

Guckloch auch zu war, bevor ich mich zu ihm drehte und ihn schüchtern ansah.

Tristan saß noch immer locker im Sessel, die langen Beine weit von sich gestreckt, die Hände auf dem flachen Bauch gefaltet und den Kopf nach hinten gelehnt. Er zog eine Augenbraue nach oben, nur sein Blick regte sich und wanderte langsam und gemächlich über die Bluse, den kurzen Rock ... und über die Schuhe, bevor er wieder nach oben glitt und sich mit meinem verwob.

Er starrte mich wie ein hungriger Löwe an, und man konnte die Elektrizität zwischen uns förmlich knistern hören. Ein dreckiges Grinsen umspielte schließlich seine Mundwinkel, von dem sich mein Herzschlag beschleunigte.

»Ich habe da eine Vorahnung ... und die ist hoffentlich nicht zu gut, um gleich wahr zu werden«, meinte er samten und sinnlich. Meine Knie wurden weich, doch als er sich aufrichten und aufstehen wollte, war ich nach einigen schnellen Schritten bei ihm. Ich musste meine Schüchternheit ablegen und in meine Rolle schlüpfen, sonst würde er wie immer die Führung übernehmen und vorbei wäre es mit meiner Showeinlage.

»Nein, Mista Wrangler!« Bevor er sich erheben konnte, hatte ich mich schon breitbeinig auf seinen Schoß gesetzt. Er schaute mich verwundert an. »Sie werden heute mir gehorchen!« Tristan wendete seinen SUPEREINSCHÜCHTERUNGSBLICK inklusive verengten Lidern und spöttischem Schnauben an. Der war aber nicht ernst gemeint, denn ein Hauch von Belustigung flackerte in seinen Augen ... und Verlangen. Pures, ungebändigtes Verlangen. Dies loderte noch mehr auf, als ich die Handschellen hinter meinem Rücken hervorholte, und sie unschuldig und silbern blitzend von meinem Zeigefinger vor seinem hübschen arroganten Gesicht baumeln ließ.

»Kannst du mich ohne nicht bändigen?«, provozierte er mich, während er zeitgleich freiwillig seine Arme nach oben ausstreckte und sich festhielt, sodass ich ihn an der Gitterwand fesseln konnte. Ganz ehrlich? Nein, das konnte ich sicher nicht!

Und noch ehrlicher? In dieser Pose sah er absolut heiß aus!

»MMMM«, brummte er verträumt in meinen Ausschnitt, als ich mich vorbeugte und die Handschellen mit zitternden Fingern zuklacken ließ.

»Ist es so in Ordnung?« Mit rasendem Herzen richtete ich mich auf seinem Schoß auf, und blickte auf seine hilflose männliche Gestalt hinab ... Mich überkam ein Gefühl heißer Macht, als ich bemerkte, wie er mich schon jetzt betrachtete. Wie das Raubtier seine Beute, welche er über alles begehrte. Nur, jetzt konnte er mich nicht einfangen ...

Aber er konnte seinen Schritt an meinem dünnen Höschen reiben, und mir zeigen, wie gut ihm die Situation gefiel. Dabei biss er sich auf die weiche glänzende Lippe ...

OHHHHH!

Jetzt wusste ich, wieso ihn das Lippengebeiße so anmachte. ICH wollte an ihm knabbern.

»Wie Sie unschwer fühlen können, ist alles in bester Ordnung, Miss Angel.« Er kreiste mit seinen Hüften und schaffte es um ein Haar, so angekettet und hilflos, wie er war, die Macht über mich zurückzuerlangen, indem er mich berauschte.

PAH! NEIN!

»NA, dann ist es ja gut!« Somit klatschte ich ihm leicht mit der flachen Hand auf die Wange. Als er scharf den Atem einsog, sprang ich eilig von seinem Schoß und hoffte, dass die Handschellen im Notfall wirklich halten würden.

»Warte ab, bis ich die Dinger wieder los bin ...«, hörte ich ihn hinter mir grummeln, als ich zur Anlage stolzierte, den Kopf erhoben, den Rücken gerade, die Hüften wiegend, und die CD einschaltete, die ich mit Lena und Georgi vorher ausgesucht hatte.

Die Musik umspielte uns sanft und ich ließ sie in mich eindringen, denn sie versetzte mich in eine andere Gefühlswelt ... Der heftige Rhythmus zog sich bis in meinen Bauch. Verzauberte mich ... erregte mich ... noch mehr. Schon jetzt hörte ich an seinem heftigen Atem, dass die Lage misslich für ihn war. Dabei stand ich gerade mal mit dem Rücken zu ihm und kreiste lediglich mit meinen Hüften ... während ich ihn über meine Schulter hinweg lasziv anschaute und ihm zuzwinkerte.

Dann drehte ich mich um.

Langsam und mit animalischen Bewegungen ging ich auf ihn zu, jeden Schritt bewusst machend, und das, ohne auch nur einmal zu straucheln! Ich war stolz auf mich! Meine Finger glitten hinab und öffneten problemlos Knopf für Knopf der Bluse.

Ich blieb genau zwischen seinen ausgebreiteten Knien stehen, als ich das Stück weißen Stoff zu Boden sinken ließ. Mit verbissenem Kiefer zerrte er unbewusst an seinen Handschellen und ich wusste ganz genau, dass er im Moment meine Knöpfe drücken wollte. Doch ich schüttelte nur tadelnd den Kopf und strich mit meinen Händen an meinen Körper hinunter. Hoffte, dass er sich vorstellte, es wären seine ... bis zu dem Reißverschluss meines Rockes. Das winzige Zittern, als ich mich umdrehte und den Stoff LANGSAM nach unten zog, konnte ihm unmöglich entgehen. Aber alles, was ich von ihm hörte, war, wie er die Zähne aufeinander biss. Ich bückte mich direkt vor ihm und mein Rock wanderte zu Boden. Dabei dachte ich an den raus gestreckten Hintern und den durchgedrückten Rücken und beschloss in einer Blitzentscheidung, ihn zu schockieren. Woraufhin ich mich einfach mit dem Rücken zu ihm auf seinen harten Schoß fallen ließ. Er keuchte mir ins Ohr. An den Lehnen stützte ich mich mit beiden Armen ab, mit dem Fuß kickte ich den Rock weg, dann lehnte ich meinen Kopf an seine Schulter und ließ meine Hüften auf ihm kreisen.

»Okay ... Mach mich LOS!«, knurrte er mir ins Ohr, und ich fühlte, wie er mit seiner Zunge über mein Ohrläppchen leckte ...

Doch ich dachte ja gar nicht daran zu folgen, sondern konterte mit der nächsten Schockeinlage. Er keuchte wieder, als ich mich kopfüber von seinem Schoß stürzte, sodass meine Beine breitbeinig über seinen Oberschenkeln knieten, ich aber auf ausgestreckten Armen auf dem Boden ankam und er eine wunderbare Aussicht auf meinen Hintern und sein Paradies genießen durfte.

»BIST DU IRRE?«

Ich konnte nicht anders, als leise zu lachen, während ich ihm freizügig diesen Ausblick auf mein durchsichtiges Höschen bot. Ein wenig kreiste ich wieder mit den Hüften, wand mich, zeigte ihm, wie ich mich ansonsten unter ihm bewegte.

»Ich schwöre, bei meinem Ficker, wenn du mich jetzt nicht losmachst, dann ... Mia!«

Mit einer Hand hatte ich den Verschluss meines BH geöffnet, und ließ meine Füße langsam auf den Boden herab, bis ich mit dem Rücken zu ihm kniete. Eine Hand hob ich, mit der anderen warf ich den Spitzenstoff weg, bevor ich ihm über meine Schulter wieder zuzwinkerte.

Inzwischen wirkte er leicht gequält ... Mit einem leisen, zufriedenen Grinsen drehte ich mich zu ihm um und packte mit beiden Händen seine Knie.

Tristan starrte mit durchdringendem Blick auf meine Brüste. Ich rieb meine nackte Haut an seiner Hose, als ich mich an ihm hochzog, schob dann die Arme zusammen und bot ihm einen vorzüglichen Blick auf mein Dekolleté.

»Das wirst du zurückbekommen«, quetschte er hervor. Ich sah genau die verdächtigen Schweißperlen auf seiner Stirn, als ich mich erneut auf seinen Schoß setzte. Mit einem Ruck zog ich ihn an seiner Krawatte nach vorne an meine Brust.

»Saug!«, lautete mein Befehl. Tristan stöhnte heiser, wieso auch immer, und folgte sofort. Verlangend umkreiste er meinen Nippel mit feuchter, warmer Zunge und stöhnte dabei malträtiert.

Laut keuchend warf ich den Kopf zurück, jetzt wollte ich, dass er woanders seine Zunge zum Einsatz brachte, und entschied in diesem Moment, mir zu holen, was ich brauchte.

»Das reicht!« Damit riss ich seinen Kopf zurück, packte dabei seine vollen Haare und erschrak mich im nächsten Moment zu Tode. Das war tabu ... oder? Meine selbstsichere Maske fiel in sich zusammen, während ich ihn anstarrte.

Doch zu meiner immensen Verblüffung verdrehte er die brennenden Augen. »MACH WEITER!«

OK! ICH DURFTE WIEDER SEINE HAARE ANFASSEN! Freude durchströmte mich, wärmte mein Inneres, ließ meinen Bauch erglühen und mein Herz heftig pochen. Noch heftiger, als es das ohnehin schon tat.

Aber ich zwang mich, professionell zu bleiben.

»Wieso so ungeduldig?«, fragte ich engelsgleich und hüpfte von seinem Schoß. »Soll ich die hier ausziehen?«, neckte ich ihn und hakte meine Finger in den Bund des Höschens.

»Mia ...«, warnte er und rasselte an seinen Ketten wie ein eingesperrtes, hungriges Sex-Monster.

»Ja, ja ...« Fröhlich drehte ich mich um und zog einfach so meine Hotpants herab ...

Tristan gab einen strangulierten Laut von sich, als wäre er dem Tode nahe. Ich lächelte in mich hinein, und beugte mich etwas vor, während ich mit beiden Händen zwischen meinen glatten Beinen entlang strich. Es fühlte sich an wie Samt und Seide ... Wie sehr feuchte Seide.

»ARGH!«, keuchte Tristan, der beobachtete, wie ich einen Finger in mich einführte. Als ich mich zu ihm umdrehte, ähnelte er tatsächlich eher einem besessenen Vampir, als einem normalen Menschen. Ich setzte mich mit meiner Hitze genau auf sein Knie und hielt ihm den vor Feuchtigkeit glänzenden Finger unter die Nase.

»Willst du mal probieren?« Er streckte seinen Kopf nach vorne und wollte nach meinem Finger schnappen, aber ich entzog ihn ihm lächelnd. »Dann musst du aber brav sein!«, verkündete ich schelmisch. Tristan hob seinen dunklen Blick und knurrte mich mit glühenden Augen an. Ich erschauerte, entschied jedoch, ihn noch etwas mehr zu quälen, denn das war gar nicht brav gewesen. Kurzerhand hob ich meinen linken Fuß und stellte ihn auf die Lehne, sodass er eine sehr gute Aussicht hatte.

»Okay ... wenn du nicht lieb zu mir sein willst, dann muss ich eben selber lieb zu mir sein.« Somit strich ich mit zwei Fingern zwischen meinen nassen Falten entlang.

Tristan stöhnte frustriert und ruckelte ungeduldig mit seinen Hüften. Ich legte meine Hand auf seine Erregung, die steinhart unter der Hose zuckte. »OH ... du armer kleiner Tristan ... tut es etwa weh?« Er rieb seinen Schritt an meiner Hand und ließ gequält den Kopf nach hinten fallen, während ich ihm nicht die Erlösung gab, die er wirklich dringend brauchte!

»Baby, bitte ...«, presste er durch die Zähne und ich dachte, ich hätte mich einen Moment verhört. Aber es war tatsächlich geschehen. Tristan Wrangler hatte mich angefleht!

»Was denn?« Langsam öffnete ich den Knopf seiner Hose ...

»Mia!« Ein sehr unzufriedener Laut folgte auf meinen Namen.

»Ja, Baby?« Ich zog den Reißverschluss runter.

»Du bringst mich um den Verstand!« Anklagend, das war sein Blick. Ich lächelte ihn vergnügt an.

»Ach ja? Jetzt weißt du, wie es mir immer geht!« Und damit stellte ich mich mit einer fließenden Bewegung auf die Lehnen. Breitbeinig. Sodass meine Schnecke genau auf der Höhe seines Gesichtes war.

Ich packte ihn erneut an den Haaren und presste ihn an meinen Schritt.

»Leck!«, forderte ich und erschauerte heftig, als seine Zunge über meinen Kitzler strich. Ich war schon so angeschwollen und so feucht, dass ich meine eigene Erregung nicht vertuschen konnte, aber das musste ich nicht. Denn Tristan leckte mich, als würde sein Leben davon abhängen. Mit beiden Händen hielt ich seinen Kopf, während seine Zunge an meiner Mitte tanzte.

Ohne jede Gnade. Ohne jede Zurückhaltung. Ohne jede Scham.

Er war wie ein wildes Tier und brachte mich innerhalb von Minuten dazu, am ganzen Körper zu zittern, sodass ich befürchtete, gleich zusammenzubrechen. Dabei gab er heisere Laute von sich, die über mein pulsierendes Fleisch vibrierten, und mich nur näher an den Abgrund trieben. Laute, die deutlich zeigten, wie gut ich ihm schmeckte.

»OH ... Gott!« Ich war mir sicher, dass ich jeden Moment kommen würde, und kniff die Augen zusammen. Gleichzeitig verfestigte ich meinen Stand auf der Lehne, denn ich wollte nicht mitten im Orgasmus den fallenden Truthahn mimen.

Er schaffte allein mit ein paar gezielten Strichen seiner Zunge, dass ich kam – heftig –, aber nicht laut, denn ich drückte ihn dabei eng an mich. Hörte sein gequältes Stöhnen, als er an der Zunge fühlte, wie ich pulsierte ...

WOAH! Das war der ultimative Höhepunkt!

Kraftlos ließ ich mich auf ihn fallen, legte mein Gesicht an seine Halsbeuge und verschnaufte verträumt. Das Lied lief in Endschlossschleife weiter und umhüllte uns immer noch mit seinen sexy Tönen. Erst jetzt merkte ich so richtig, dass Tristan zum Bersten gespannt war. Dass er heftig atmete. Dass er fast ZITTERTE!

OH! OH!

»Mach. Mich. Jetzt. LOS!«, knurrte er mir in die Haare und ich erschauerte von dem bestimmten und gleichzeitig drohenden Tonfall.

»Ja ... warte ...« Ich wich seinem Blick aus, als ich zu dem BH sprang und dort den Schlüssel suchte.

Vorsichtig und vor allem immer noch nackt und verschwitzt, setzte ich mich rittlings auf seinen Schoß und beugte mich über ihn, damit ich ihn losmachen konnte. Ich fühlte seinen heißen Atem auf meiner Brustwarze und entschied, die Stimmung ein wenig zu lockern.

»Muss ich davonlaufen, wenn ich dich jetzt befreie?«

Klick ... eine Handschelle war offen ...

Sofort umfing sein frei gewordener Arm wie ein Stahlträger meine Taille und hielt mich fest ... Okay ... die Frage hatte sich somit erübrigt. Ich schluckte mühsam und öffnete die andere Handschelle ... Schon holte er mit einer fließenden unkomplizierten Bewegung seinen Ficker aus seiner Hose ... Ich hatte keine Chance, selbst wenn ich hätte flüchten wollen. Er fing meinen Blick auf und lächelte dämonisch.

Mit einer Drehung seiner Hüften hatte er mich ausgefüllt, was mir einen heiseren Laut entlockte und meine Fingernägel dazu brachte, sich in seine Schultern zu bohren. Sobald er in mir war, hielt er mich mit beiden Händen an der Taille aufrecht, denn meine Beine zitterten noch von meinem letzten Orgasmus, und stieß sehr langsam immer wieder in mich.

»Fühlst du das, Baby? Wie tief ich dich ficke? Wie ich dich dehne? Wolltest du darauf etwa verzichten?«, stöhnte er rau in mein Ohr, und ich seufzte laut auf, als ich meine Lippen auf seine senkte und seine Zunge, die nach mir schmeckte, in einen heftigen Kampf verwickelte. Seine gesamten Bewegungen gerieten außer Kontrolle, wurden arrhythmisch, und ich wusste, dass er jede Sekunde kommen würde, auch wenn er mich äußerst vorsichtig nahm.

Sein Ficker fing an, in mir zu pulsieren. Genau in dem Moment presste er seinen Finger auf meinen Kitzler, und drückte noch ein allerletztes Mal den richtigen Knopf, sodass alles eine Sekunde schwarz vor meinen Augen wurde, weil ich nicht mit so einem plötzlichen Orgasmus gerechnet hatte.

Danach sackte ich wirklich atemlos und komplett fertig mit der Welt auf meinem persönlichen Sexgott zusammen ...

»Du bist die heißeste Stripperin, die mich jemals schamlos um den Verstand gebracht hat.« Ja, ja ... er hatte mein Vorhaben durchschaut. Aber die Art, wie er mich in seinen Armen hielt und wie sich seine Lippen in meinen Haaren zu einem Lächeln verzogen, sagte mir, dass ich alle anderen meilenweit ausgestochen hatte ... Yeah!

»Ich will, dass du nur mir bei so was zusiehst!«, nuschelte ich an seinem Hals.

»Baby ...« Ich fühlte förmlich, wie er die Augen verdrehte. »Ich arbeite in einem Sexclub! Ich muss mir meine Mädels dabei ansehen, denn ich muss überprüfen, ob sie gut sind, oder nicht!«

»Bin ich gut?« Ich versteifte mich in dem Moment, als die Frage meinen Mund verlassen hatte.

»Nein. Du bist nicht gut ...«, antwortete er ruhig und ich

dachte, ich hätte mich verhört.

»BOAH!«, legte ich schon los und richtete mich auf, um ihn wütend anzufunkeln, doch dann sah ich sein verschmitztes Lächeln. Er nahm vorsichtig mein Gesicht in seine Hände.

»Du bist nicht gut, sondern die Beste, verdammt noch mal. Jeder Mann hätte gern an meiner Stelle gesessen.« Dann zog er mich zu sich heran und küsste mich. Ich konnte einfach nicht aufhören, an seinen vollen Lippen zu lächeln.

***

Eine halbe Stunde später waren wir wieder auf dem Weg nach oben. Tristan brachte mich erneut in mein Zimmer.

»Wieso darf ich nicht bei dir schlafen?« Ich konnte es einfach nicht zurückhalten, auch nicht, dass ich dabei verdammt trotzig klang.

Tristan hob eine Augenbraue und sah mich halb belustigt, halb tadelnd an, sobald ich mich zu ihm umdrehte.

»Weil, meine liebe Mia, ich diesen Schritt noch nicht machen kann.« Sanft strich er mir durch die zerwühlten Sex-Haare.

Kraftlos setzte ich mich auf mein Bett. »Du ... Aber Tristan ...«

Er ließ mich nicht weiter reden, sondern hockte sich zwischen meine Beine. »Ich brauche noch Zeit.«

»Wofür?« Ich verlor mich in seinen grünbraunen Seen und blickte gleichzeitig in den Himmel.

»Zum Nachdenken. Über uns.« Tristan flüsterte genauso wie ich. »Es waren acht Jahre, Mia. Acht JAHRE, OHNE DICH ... ACHT JAHRE nur mit meinem Hass. Ich weiß nicht wie und wann ich komplett darüber hinwegkommen werde. Wann ich wieder komplett mit *mir* klarkomme ... aber wenn es so weit ist, lass ich es dich als Erste wissen.« Mir zuzwinkernd, zwang er sich, das Gespräch locker zu belassen und mich nicht aufzuregen. Er war so mitfühlend, und obwohl er mich zurückwies, gaben mir seine Worte weitere Hoffnung.

»Also gibt es ein Wenn ... sie nicht gestorben sind, dann ficken sie noch heute?«, erkundigte ich mich und hob meine Hand, um ihm über die gerade Nase zu streichen ... und gleich mal an diesem ausgeprägten Kiefer entlang. Nun musste er schmunzeln und ich wusste, dass er mich in diesem Moment süß fand. Ich sah es an diesem nachgiebigen Ausdruck in seinen Augen. Wortlos beugte er sich vor und küsste mich sanft.

»Hmmm«, brummte er dabei. Keine weitere Antwort erfolgte, außer dieses nicht gerade aussagekräftige ›Hmmm‹! Als er zurückwich, grinste er verschmitzt und ich liebte das Funkeln in seinen Augen.

»Ja, was ›Hmmm‹?«, fragte ich und hielt mich gerade so davon ab, ihm einen Klaps auf die Schulter zu geben. »Was soll ich jetzt bitte unter ›Hmmm‹ verstehen? ›Hmmm‹, ja? ›Hmmm‹, nein? ›Hmmm‹, vielleicht?« Jetzt lachte er leise, woraufhin ich streng meine Augenbraue hochzog.

Anmutig stand er auf und strich mir noch eine Strähne aus dem Gesicht, während er auf mich herabblickte.

»Tristan!«, motzte ich und zerrte an seinem Hemd. Er fing meine Finger ab, beugte sich herab und drückte mir einen sanften Kuss auf den Handrücken.

»›Hmmm‹, auf jeden Fall«, war das Einzige, was er noch sagte, bevor er sich umdrehte und das Zimmer verließ.

Verdattert sah ich die Tür einige Sekunden an ...

Auf jeden Fall!

Mit einem Jauchzen ließ ich mich in die Kissen zurückfallen, umarmte eines und strampelte mit den Beinen.

AUF JEDEN FALL würde es ein ›*Und WENN sie nicht gestorben sind, dann ficken noch heute*‹ geben!

32. FUCK

Tristan ›totaly FUCKED‹ Wrangler

Die nächsten Tage vergingen zäh und träge. Nach den letzten Ereignissen war ich allerdings dankbar für ein bisschen Ruhe. Kleinschwanz war mir entwischt, weil ich nur ungern eine Kugel in dem hübschen Köpfchen von meinem Mädchen stecken sah, doch mir war klar, dass von seiner Seite ein Gegenschlag erfolgen würde. Darüber hinaus musste ich mir was Nettes für Eva überlegen, das mindestens genauso prickelnd sein sollte, wie Mias und meine absolut unglaublich BEFRIEDIGENDE Folter für Francesco. Aber das hatte Zeit ...

Mir war klar, dass der Sturm noch lange nicht vorbei war, dennoch ließ ich mich nicht aus der Ruhe bringen. Wenn die Scheiße kommen will, dann kommt die Scheiße ... und du kannst rein gar nichts dagegen tun! Deswegen ist es absolut überflüssig, sich über eventuelle Scheißalitäten schon davor den Kopf zu zerbrechen, es zählt lediglich, wie man es anpackt, sobald man in der Situation steckt.

Mia war die einzige Person, um die ich mir Sorgen machte, daher ließ ich sie von zwei meiner Securitys beschützen. Sie folgten ihr auf Schritt und Tritt, natürlich, ohne dass sie es bemerkte. Ansonsten hätte ich mir garantiert was anhören dürfen. Außerdem hatte ich Georgi dazu verdonnert, verdammte Hosen zu tragen!

Während ich in meinem Büro hockte, tausend Kippen rauchte, meinen Papierkram erledigte, den ich über alles HASSTE, und in zwei Stunden ungefähr fünf Tassen Kaffee trank, ließ ich in Gedanken die letzten paar Tage Revue passieren.

Da war nur eines, was sich geändert und Bedeutung hatte: dass Mia wieder mein Mädchen war.

Sie war *die* Frau in meinem Leben. Alles konnte ich verdrehen, wegen allem konnte ich mich und jeden anderen belügen, aber diese Tatsache würde als Einzige so stehen bleiben. Mein Leben lang. Schwarz auf weiß.

Wir gehörten zusammen, wir *passten* zusammen, denn wir waren auf eine übergeordnete Art und Weise verbunden, die nur wenige jemals erlangen. Diejenige, die unter die Haut ging ...

Wie sinnlos war es doch von mir, jemals zu glauben, mich gegen sie wehren zu können.

Mein Herz war da und schlug stetig in meiner Brust. Auf sehr erschreckende Weise hielt sie es dennoch in ihren Händen. Jedenfalls seit ich ihr glaubte, denn so eine allumfassende Show konnte niemand abziehen.

Was hatte es nicht alles verändert! Seit ihrer Beichte, unter heißen Tränen erzählt, konnte ich wieder ohne Groll leben, denn ihr war es genauso schlecht ergangen wie mir. Sie hatte genug gelitten und gebüßt, war wie ich ein Opfer und kämpfte wie damals an meiner Seite.

Und jetzt ... wo die Sonnenstrahlen wieder ein wenig mein düsteres Loch erhellten, erschien mir absolut unklar, wie ich mich jemals hatte so irren können – getäuscht von den Dämonen der Vergangenheit.

Wie hatte ich das alles nur von ihr annehmen können? Von *meinem* Mädchen? Wieso hatte ich mich so von meinen eigenen Unsicherheiten und Vorurteilen zerfressen lassen, obwohl ich Vorurteile doch selber verabscheute? Wieso hatte ich erneut den Weg des geringsten Widerstandes gewählt und somit acht Jahre mit dieser wunderbaren Frau weggeschmissen?

Wieso hatte ich freiwillig auf ihr Lachen, auf ihre Küsse und auf ihre Berührungen verzichtet?

Wie hatte ich sie, mein Mia-Baby, *so* behandeln können?

Ich war so ein elendiger Vollidiot ...

Und ich war nicht gut genug für sie.

Am liebsten wäre ich weggelaufen, weit, weit weg. Aber diesmal nur, um sie vor mir zu schützen.

So etwas Kostbares gehörte nicht in die Welt, zu der auch ich zählte. Sie war zwar eine Sexgöttin, allerdings hatte sie mit dem abgefuckten Geschäft, welches ich führte, *nichts* gemein. Mia war nur MEINE Sexgöttin – rein und unverdorben! Ganz dringend musste ich sie von den Einflüssen fernhalten, die mich verdorben hatten und sie nicht weiter mit reinziehen. Doch gleichzeitig war mir vollkommen klar, dass ich nicht mehr ohne sie sein wollte. Ich KONNTE nicht. Nicht schon wieder.

Wenn ich sie jetzt noch einmal verloren hätte, hätte man mir gleich eine Kugel verpassen können!

Natürlich hätte ich sie aufgrund der Situation bei meinen Brüdern unterbringen sollen, dort wäre sie auf jeden Fall sicherer gewesen, aber ich wollte sie jede freie Minute an meiner Seite haben – zu lange waren wir getrennt gewesen. In dieser Hinsicht war ich zu egoistisch, um nachzugeben, zeigte sogar stalkerische Tendenzen, denn ich musste sie Nacht für Nacht beim Schlafen beobachten und über sie wachen. Sie immer in meiner Nähe wissen. Mein Mädchen mit Küssen wecken, sie verdammt sanft und langsam ficken, und am Abend mit ihr in den Armen einschlafen, so wie es schon die letzten Jahre hätte sein sollen. Diese tiefen Bedürfnisse waren mir wichtiger als ihre Sicherheit, womit ich mal wieder bewies, dass ich nichts als ein Arschloch war – doch das war ja nichts Neues.

Demnach musste ich einen Drahtseilakt wagen: so viel Mia-Baby, dass es ihr nicht schadete und so wenig, wie ich ertragen konnte.

***

Als ich am Abend um acht Uhr aus dem Boxstudio kam, in dem ich einen ›Worte statt Schläge‹-Kurs beobachtet hatte, der bei uns neu im Programm war, erhielt ich eine unschöne Nachricht. Sofort zerschmetterte sie das Idyll der letzten Tage.

»Wir müssen reden. Sofort. Und nimm deine neue Schlampe mit. L.«

»Fuck ... Fuck ... Fuck ... Fuck!«, fluchte ich immer noch, als ich mit meinen Designerschuhen die Nobelküche meines Clubs betrat.

»Was?«, fragten fünf kauende Münder unisono.

Es roch köstlich und ich dachte, ich müsse auf der Stelle verrückt werden, weil ich sofort witterte, dass mein Mädchen dieses legendäre tschechische Paprikahähnchen zubereitet hatte, für das ich schon vor acht Jahren gestorben wäre. Aber ich konnte mich nicht lange darüber freuen, denn sobald ich zu ihr sah, fing ich ihren besorgten Blick ein.

Sie trug einen einfachen roten Strickpullover, der ihr viel zu groß war, dazu schwarze hautenge Leggings, während sie mit angezogenen Beinen auf der Bank saß. In der Position wäre es sicher auch mehr als angenehm sie zu fi … *OH FUCK!*

Dann auch noch dieser Pferdeschwanz, an dem ich sie so gerne rumdirigierte. Diese großen offenen *Ich-les-deinem-Ficker-jeden-Wunsch-von-der-Eichel-ab*-Augen und diese sanft glänzenden roten Lippen. Die leicht geröteten hohen Wangen, die schimmernden hellbraunen Locken. Sie war die Verführung in Person. Und ich würde sie GANZ SICHER NICHT ZU LEO MITNEHMEN!

»Nichts, was!«, blaffte ich, von der Idee aufgewühlt, so etwas Kostbares wie sie in die Höhle des Löwen mitzuschleppen, und verfluchte mich für meine damalige Dämlichkeit, sie zu dem Essen mitgenommen zu haben. Super, das hatte ich nun von dem Beweis, dass sie mir nichts bedeutete ...

Missmutig ließ ich mich neben Mia auf die Bank fallen und bückte mich, um Stanley zu streicheln, der, wie immer schwanzwedelnd, angetänzelt gekommen war. Dann schrieb ich dem italienischen Pisser zurück.

›*Ich komme in einer halben Stunde.* Allein.‹

Mit fest zusammengebissenen Zähnen drückte ich auf *Senden*, lehnte mich zurück, schloss die Lider und ignorierte die Blicke von Mary, Georgi, Lena, Garrett und VOR ALLEM den aufmerksamsten: *ihren*.

»Willst du was essen?«, fragte sie mich sanft und berührte vorsichtig meine Hand, die auf meinem Oberschenkel lag. Ich öffnete ein Auge und schaute skeptisch auf sie hinab. Sie kaute schon wieder auf ihrer vollen Unterlippe rum! VERDAMMT!

»Ja, wenn du es genau wissen willst«, verkündete ich mit leichter Belustigung und doch ziemlich aggressiv, wobei ich ihren Kopf am Pferdeschwanz zurückzog. Im nächsten Moment krachten meine Lippen auf ihre.

Sie gab ein erschrockenes Keuchen von sich, als ich sie mit all meiner Leidenschaft überfiel.

HEY! Ich hatte sie den ganzen Tag nicht gesehen und trotzdem an nichts anderes denken können, als daran, sie wieder zu berühren. Ich war AUSGEHUNGERT!

Um ihr das zu veranschaulichen, biss ich ihr in die Unterlippe. Leicht – nicht fest. Sie zuckte zusammen, stöhnte aber im nächsten Moment, als ich daran knabberte, wie ich es immer gern an ihrem Kitzler tat. Ihre kleine Hand legte sich auf meinen Oberschenkel, der in einer weißen Anzughose steckte, wo sie sich selbstständig machte. Als sie REIN ZUFÄLLIG über meinen immer härter werdenden Schritt glitt, stöhnte ich heiser und hob sie mit einem Arm kurzerhand auf meinen Schoß. Erschrocken keuchte sie auf, presste sich aber breitbeinig an meinen Körper und überfiel jetzt mich. Gut! Wenn sie den anderen eine Show liefern wollte, mir war es egal! Ich packte sie an beiden weichen, wundervollen Arschbacken und genoss das kleine Stöhnen, das ich von ihr bekam, als ich sie knetete. Ich wusste, sie liebte es, wenn ich sie so roh berührte, und ihr zeigte, dass ich die Kontrolle verlor, aber NUR, wenn mein Mädchen mich mit ihren Reizen betörte.

Irgendwann ging uns die Luft aus, doch Mia entschied, nach der kussfreien Zeit nicht von mir abzulassen, sondern mich atemlos am Hals weiter zu verwöhnen. Zufrieden lehnte ich den Kopf zurück, strich ihr einfach nur über den Rücken, bevor ich meine Augen schloss und genoss.

Natürlich waren die anderen inzwischen geflüchtet. Obwohl ... Georgi und Garrett hatte die Einlage sicher gut gefallen. Wobei ich bei Mary nicht so überzeugt war, denn ich hatte schon des Öfteren gemerkt, dass sie auf Mia gar nicht gut zu sprechen war. Ich hoffte, dass ihre Antipathie meinem Mädchen gegenüber nicht irgendwann zu Problemen führen würde, ansonsten müsste ich sie feuern. Noch mehr Scheiße konnten wir uns im Moment nicht leisten.

Inzwischen saugte Mia an meinem Adamsapfel, und ich stöhnte, als sie hauchzarte Küsse bis zu meinem Nacken verteilte.

»Baby ...« Sie kicherte glücklich, als ich sie so nannte, ihr Atem kitzelte mich am Hals. Ich erschauerte und zog sie an ihrem Pferdeschwanz von mir weg. Ach ... das Teil war ja soo fucking praktisch!

»Du musst jetzt aufhören, denn ob ich will oder nicht, ich muss los!«

»Nein!« Sie leckte mit ihrer Zunge meinen Kiefer entlang und strich mit ihren Händen über meine Oberarme, fühlte meine Muskeln und presste ihren dünn bedeckten, heißen Unterleib enger an meinen. Pussy traf auf Ficker ... und mein Kopf schaltete sich aus.

Ich schnaubte. »Okay!« Im nächsten Moment fegte ich mit eine Handbewegung alle vorhandenen Teller auf dem Tisch hinter ihr beiseite – irgendwo klirrte es auch verdächtig – und hob sie an ihren Hüften darauf.

»Wie du willst!« Sie lachte aufgeregt, als ich mich zwischen ihre Beine stellte, die mich umfingen und nun *ihren* Hals verwöhnte. Meine Finger hatten sich schon in Richtung ihres Feuchtgebietes verirrt und rieben dort heftige Kreise.

»Ohhh, Gott ... Ich hab dich vermisst!« Hingerissen ließ sie ihren Kopf nach hinten fallen, rekelte sich wollüstig unter meinen Lippen und meiner Zunge und drehte ihr Gesicht so, dass ich sie optimal erreichen konnte. Währenddessen knöpften ihre Hände mit erstaunlicher Sicherheit mein Hemd auf.

»Ich dich auch«, murmelte ich an ihrer duftenden Haut und zog sie an den Hüften fest gegen meinen Unterkörper, damit sie den Beweis meiner Sehnsucht spüren konnte.

»Ahhh ...« Sie ließ ihr Becken an meinem Ficker kreisen und ich hatte eine Sekunde SCHISS, dass ich gleich abspritzen würde, weil diese verdammte Leggings so dünn war. Doch Leo hatte entschieden, zu antworten, weshalb wir von seiner eingehenden Nachricht unterbrochen wurden.

»Moment!« Ich richtete mich etwas auf und stützte mich mit einer Hand auf dem Tisch neben ihr ab, während ich in meiner Hosentasche nach dem schlauen Telefon kramte.

Genervt las ich. *›Bellisimo. Und vergiss Mia Engel nicht.‹*

»Fuck!« OH! Ich hatte gar nicht bemerkt, dass ich laut geflucht hatte, und sobald es mir aufging, schaute ich schnell auf sie hinab. Sie lag immer noch unter mir. Mit mittlerweile geschwollenen Lippen, wunderbar roten Wangen, diesem vertrauensvollen und doch so lustverschleierten Gesichtsausdruck, wie meine kleine Sexgöttin und ich würde sie ihm ausliefern? NEVER EVER!

»Was ist, Tristan?«, fragte sie, wohl von meinem Ausbruch alarmiert.

»Nichts ...« Ich musste sie ablenken, also beugte ich mich erneut hinab und küsste sie, doch sie schob mich nun an der Brust von sich und ich seufzte genervt, denn ich wusste, sie hatte mich schon längst durchschaut. Um sie jetzt noch auf andere Gedanken bringen zu können, würde ich härtere Geschütze auffahren müssen, und hätte wohl trotzdem keinen Erfolg. Stures, hartnäckiges, sexy Weibsstück!

»Wer hat dir geschrieben?«, erkundigte sie sich sanft und strich mit beiden Händen über meine Brust.

»Leo«, knurrte ich und richtete meine Kleidung.

»Was wollte er?« Auch sie setzte sich auf und tat es mir mit ihren Klamotten gleich.

Mehr als unwillig stellte ich mich ihrem Kreuzverhör. »Er will, dass ich zu ihm fahre ...«

»Scheiße!«

»Scheiße?«

»Ja, Scheiße! Mir gefällt es nicht, dass du mit diesen Menschen was zu tun hast!«, erklärte sie sofort, als hätte sie nur auf diese Gelegenheit gewartet. »Sie haben keinen guten Einfluss auf dich, Tristan. Für sie zählt nichts außer Geld und Drogen und Macht. Außerdem sind sie gefährlich ...«

»Ach!«

»Geh nicht, sondern bleib hier bei mir«, schlug sie mir hoffnungsvoll vor. »Ich hab einen besseren Einfluss auf dich ...« Ihr flehender Blick und ihr vielversprechendes Lächeln riefen sofort meinen Ficker auf den Plan. Er verlangte energisch danach ihr augenblicklich zu gehorchen und ich hätte ihm rein theoretisch jederzeit seinen Willen gelassen, doch ich musste zu Leo, wenn ich es mir nicht komplett mit ihm versauen wollte ...

»Baby ... ich weiß, dass du dir Sorgen machst, aber ich bin schon ein großer Tristan – ich kann auf mich aufpassen. Außerdem kann ich nicht so einfach fernbleiben, denn ich bin von Leo abhängig. Ohne ihn läuft mein Geschäft nicht!« Das musste sie einfach verstehen.

Jetzt kaute sie wieder nachdenklich.

»Dann komm ich mit!«, verkündete sie schließlich, als hätte sie soeben den Einfall des Jahrhunderts gehabt.

»Nein!«, rief ich sofort, und sie zuckte kurz vor Schreck zusammen.

»Wenn ich keinen Grund zur Sorge habe, wieso bist du dann so nervös? Was hat er geschrieben?« VERDAMMT! Wieso musste mich dieses Teufelsweib so gut kennen?

»Dass er neuen Parmaschinken hat, und jetzt vergiss es! Das ist meine Angelegenheit!« Angepisst trat ich einen Schritt zurück und ging zu der Anrichte, um mir einen weiteren Kaffee einzuschenken. Mein Handy hatte ich achtlos auf dem Tisch liegen lassen – ich Idiot! Als ich mich mit meiner Tasse in der Hand wieder zu ihr umdrehte, wären mir fast die Augen aus dem Kopf gefallen.

»Mia!« Sie hatte sich nicht wegbewegt und hielt mein Smartphone in der Hand. Mit gerunzelter Stirn und vorgeschobener Unterlippe drückte sie konzentriert darauf herum.

»Geht´s noch?! Schon mal was von Privatsphäre gehört?!« Mit drei Schritten war ich bei ihr und wollte danach greifen, doch sie sprang leichtfüßig vom Tisch und floh dann auf die gegenüberliegende Bank.

»Dann lüg nicht!« Gerade als ich sie mir schnappen wollte, kletterte sie, diesmal über die Tischplatte, auf die gegenüberliegende Seite.

»AAAARGGHHH, Mia!«, brüllte ich außer mir vor Wut durch die gesamte Küche.

»Ich soll mit zu Leo?« Verfickt perfekt! Jetzt hatte sie es also gelesen. Meine Schultern fielen in sich zusammen, während sie mich düster anstarrte. Mit zwei Schritten war ich bei ihr und rupfte ihr grob das Mobilteil aus der Hand.

»Verdammte Scheiße!«, fluchte ich noch und schloss die Nachricht. »Sei froh, dass ich dich nicht übers Knie lege!« Doch sie hörte mich gar nicht mehr, denn Mia befand sich bereits auf dem Weg zur Tür, welche sie mir wenig später auffordernd aufhielt.

»Vergiss es, Baby!«, war das Einzige, was ich hervorbrachte.

»Er verlangt, dass ich komme, also werde ich mitgehen. Ich will nicht, dass dir etwas passiert, weil du seine Befehle missachtest. Außerdem sind wir ein Superteam und ich habe dir schon mal aus der Patsche geholfen ... denk an die Einpackaktion von Francesco!« TROTZIG schaute sie zu mir hoch, denn ich hatte sie erreicht, die Hand immer noch an der Klinke. VERDAMMT! Seit wann stand ich eigentlich schon wieder so unter ihrer verdammten Fuchtel? Und seit wann war sie *so* kämpferisch und unnachgiebig?

Ich seufzte ... und beschloss, nicht nachzugeben, auch wenn ich sie damit sehr verärgern würde – es ging nicht anders.

»Dann komm«, raunte ich angepisst und bot ihr meine Hand, die sie misstrauisch nahm.

»›Dann komm‹? Nichts weiter? Kein heldenhafter Kampf über zehn Runden?«, bohrte sie skeptisch nach, während ich sie durch die Tür zog.

»Nö«, erwiderte ich leichthin, musste allerdings insgeheim über meine Hinterhältigkeit grinsen.

Sobald wir unsere Mäntel anhatten und im warmen Auto saßen, fuhr ich erst mal zum Mc Drive. Schließlich wollte ich nicht, dass sie verhungerte, nur weil ich sie vorhin nicht hatte aufessen lassen. Sie war dünn genug. Ich kaufte ihr zwei Colas, und zwar keine LIGHT, denn LIGHT ist scheiße, und zwei Menüs mit Nuggets. Sie beobachtete mich mit verengten Augen.

»Was?«, fragte ich. »Ich hab noch nichts gegessen!«

»Hättest du ja tun können! Richtiges Essen ...«, murrte Mia nur und spielte an meinem Radio rum. »Aber nein, du hast deine Zeit lieber damit vergeudet, mich durch die Küche zu jagen ...«

»Ich bin eben das geborene Raubtier!«

***

Leos Club lag natürlich mitten im Rotlichtviertel. Es war der größte der Stadt, doch er besaß bei Weitem nicht dieselbe Klasse wie meiner. Ich parkte in einer abgelegenen Seitenstraße und schnallte mich ab, Mia tat hektisch das Gleiche, die Aufregung war ihr genau anzumerken. Doch als sie aussteigen wollte, hielt ich sie am Oberarm zurück.

»Bleib noch einen Moment sitzen! Ich will erst nachsehen, ob die Luft rein ist.« Mit meinem Lächeln lenkte ich sie ab, öffnete beide Fenster einen Spaltbreit und stieg aus. Sofort verriegelte ich alle Türen und umrundete das Auto.

Ihr Mund klappte auf.

Während ich meine Hände in die Hosentaschen schob,

musterte ich sie zutiefst bedauernd, als ob es mir wirklich sehr leidtun würde. Ihr dämmerte sofort, was ich vorhatte und sie bekam wirklich sehr große Augen.

»Tristan, nein!« Sie rüttelte am Türgriff. Vergebens.

»Trinken und Essen hast du, Musik hast du auch. Im Notfall liegt ein zweites Handy im Handschuhfach, du kannst nur meine Nummer wählen. Wenn du aufs Klo musst, haben wir Pech gehabt. Aber ich glaube, hinten steht noch ein Benzinkanister ...«, erklärte ich grinsend.

»Hast du sie noch alle! Das ist üble Freiheitsberaubung!« Sie rüttelte so heftig, dass ihre Haare umherflogen, und ähnelte dabei so sehr einer Psychopathin, dass ich lachen musste. »Sorry, Baby. Aber es ist tatsächlich gefährlich – für dich. Du hast doch wohl nicht geglaubt, dass ich dich dorthin mitnehme! Ich habe mich nicht endlich damit abgefunden, dass du mir alles bedeutest, nur damit ich dich im nächsten Moment abknallen lasse oder zusehe, wie Leo dich als seine Privatnutte versklavt. Du bleibst im Auto. Ende!«

Sie rollte mit den Augen und warf sich aggressiv und sehr teenagermäßig in ihren Sitz, um mit verschränkten Armen zu schmollen. Ihre Wangen waren aufgeplustert, weshalb sie wie ein beleidigter Hamster wirkte.

»Bis später, Baby« Zum Abschied schlug ich noch zweimal mit der Handfläche aufs Autodach und marschierte dann über die Straße davon. DAS würde sie mir noch SEHR LANGE vorhalten! Aber die Alternative wäre schlimmer gewesen.

Am Hintereingang ließ mich Claus der Türsteher wortlos, aber mit sichtbarem Respekt ein.

Das miese Gefühl in meinem Bauch, das dort vor sich hin brodelte, schob ich jetzt mal auf die Tatsache, dass ich soeben die Freiheit meines Mädchen beschnitten hatte. Wie bereits so häufig zuvor klopfte ich wenig später an Leos Bürotür, nachdem ich mich in den ersten Stock begeben hatte, und öffnete, ohne das ›Herein!‹ abzuwarten.

Als Begrüßung landete eine Faust mitten in meinem Gesicht und ein Knie zeitgleich in meinem Bauch.

FUCK!

Die Luft blieb mir eine Sekunde weg und ich fasste mir an den Magen. Als ich den Blick hob, wusste ich, weshalb ich so unschön empfangen worden war. Denn an Leos Schreibtisch saß Kleinschwanz mit gebrochenen Fingern und winkte mir mit der gesunden Hand zu. Sein halbes Gesicht war schwarz und zugequollen, wohl wegen meiner Behandlung seiner Nase. Ich wollte gerade meine Waffe aus dem Hosenbund ziehen, da fühlte ich bereits etwas Kühles an meiner Schläfe ...

OKAAAY!

Ich schaute nach links und erstarrte, denn die Augen, in die ich blickte, kamen mir bekannt vor, obwohl ich sie noch nie gesehen hatte. Sie waren groß und von einem unnatürlich hellen Blau. Aber diese runde Form war mir vertraut. Genauso wie diese Lippen. Eigentlich stand ich nicht auf Männer, deswegen wusste ich nicht, wieso ich gerade jetzt an verdammte Kirschen dachte.

»Hi, Tristan ...«, grüßte Francesco auch noch locker und lehnte sich gemütlich in seinem Stuhl zurück.

Ich löste meinen Blick von den eiskalten Augen und richtete ihn auf das Weichei.

In dem Moment zählte ich eins und eins zusammen. »*Du* hast mir die Nachrichten geschrieben!«

»Jepp! War nicht schwer, sich bei meinem Onkel einzuhacken ... und dich in die Falle zu locken.« Ich wollte lachen. Nahm er wirklich an, ich würde nicht mit zwei Spaten fertig werden? Egal ob ich eine Knarre an der Schläfe hatte, oder nicht? »Wo ist die Kleine? Hast du sie schon totgefickt?« Ich konnte ihm die Enttäuschung ansehen, auch wenn er sie zu verbergen versuchte.

»Ich kenne keine Kleine ...« Damit richtete ich mich auf und warf Blauauge einen warnenden Blick zu, denn er drückte seine Knarre immer noch mit zusammengepressten Lippen gegen meinen Kopf. Francesco stand von seinem massiven Schreibtisch auf und schlenderte locker auf mich zu. »Seitdem ich davon weiß, frage ich mich, wie lang das schon mit euch beiden läuft ...«

»Schon sehr lange«, antwortete ich ruhig. Er blieb direkt vor mir stehen und schaute auf mich herab, denn er war einen Kopf größer als ich. Aber ich war schneller und geschickter ...

»Na ja, das spielt auch keine Rolle, denn jetzt ist es sowieso vorbei.«

Ich zog eine Augenbraue nach oben. »Das glaub ich eher nicht ... by the way ... kannst du mal die verdammte Knarre aus meiner Optik nehmen?« Ich fuhr zu dem Typen mit den langen dunkelblonden Haaren, die er zu einem Pferdeschwanz gebunden hatte, und den eisigen Augen herum. Der grinste nur überheblich und drückte fester zu. Entnervt verdrehte ich die Augen, denn ich hasste es, mich zu wiederholen.

»Was ist überhaupt mit DEINER Knarre?«, sprach mich der Typ mit dem Pferdeschwanz stattdessen an, worauf ich nur schief grinste. Doch schließlich zog ich mein Baby Nummer drei aus meinem Hosenbund und genoss – wie üblich – das Gefühl des schweren, glatten, kühlen und so meisterhaft verarbeiteten Metalls in meinen Händen.

»Meinst du die hier?« Provozierend hielt ich sie ihm vor die Nase, drehte sie geschickt mit meinen Fingern, und schmiss sie ein paar Mal in die Luft. Der Druck des Laufs an meiner Schläfe steigerte sich, offenbar machte ich ihn nervös – Anfänger!

»Gib sie her!«, zischte er mir ins Ohr.

»Klar ... sag das doch gleich!«, konterte ich scheinbar geschlagen und reichte sie ihm mit dem Griff zuerst. Er beobachtete mich skeptisch, während er sie vorsichtig nahm. Meine Miene blieb emotionslos. Doch genau in dem Moment, als seine Finger die schlanken Rundungen meines Babys berührten, rammte ich ihm mein Knie in die Niere, während ich ihm das Gelenk der Hand brach, die seine Waffe hielt. Er war darauf nicht vorbereitet gewesen, ließ seine Pistole fallen und schrie vor Schmerzen auf.

Im Augenwinkel sah ich Francesco auf mich zukommen.

Er wollte gerade nach der am Boden liegenden Waffe greifen, doch ich kickte sie an die nächstbeste Wand und trat ihm mit voller Wucht auf die grapschenden Finger. Während ich darauf stehen blieb, packte ich Blondies Unterarm.

»AAAHH!« Ich ignorierte Francescos Weicheigetue, als ich mit meinem Hacken den Druck verstärkte und seine Knochen einzeln zermalmte. Der war erst mal fertig mit der Welt!

Mit einer fließenden Bewegung brachte ich mich hinter den Blauaugen-Körper, verdrehte ihm den gebrochenen Arm und presste ihm jetzt *meine* Knarre, die ich verdammt noch mal niemals aus der Hand geben würde, gegen die Schläfe.

»Und jetzt?«, hauchte ich ihm ins Ohr und genoss den Schauer, der sichtlich über seinen Rücken rieselte, als ich mit dem Lauf an seinem Gesicht hinabstrich und ihn direkt gegen die Seite seines Halses drückte.

»VERDAMMT, Wrangler!«, stieß Francesco hervor und hielt sich die frisch malträtierte Hand mit seinen bereits geschunden Fingern, nachdem ich meine Schuhe nicht weiter damit beschmutzen wollte. Ich konnte mir ein Lachen nicht verkneifen, denn es *war* einfach witzig.

Nun war ICH derjenige mit der einzigen Waffe und einer Geisel dazu. Soviel zu seinem ausgeklügeltem Hinterhalt!

»Also, Francesco ... nur, damit ich dich richtig verstehe ... Du wolltest Mia und mich ohne Befehl hinterfotzig killen? Das ist aber nicht die feine italienische Art ... Was würde die Famiglia dazu sagen? Ich glaube, ich rufe Luca am besten sofort an«, berichtete ich höflich und er erbleichte auf der Stelle. Ich zog Blondie etwas von der Tür weg und tastete mich zu der Ecke mit dem schwarzen Ledersessel vor. Etwas von Francesco weg, denn ich wusste nicht, ob er auch eine Waffe am Körper trug. Wobei das eher nicht der Fall sein dürfte, sonst hätte er schon versucht sie zu benutzen – irgendwie, mit gebrochener rechter Hand.

Francesco stand nur dumm da und starrte mich mit zusammengekniffenen Augen an. Der Hass darin war unverkennbar. Vermutlich wünschte er mir gerade die schmerzhafteste Seuche an den Hals oder alternativ einen Meteoriten, der mich erschlug … Der ließ auf sich warten ... Womit sein Schicksal feststand: Ich würde ihm den Arsch aufreißen.

Zwar hatte ich überhaupt keine Ahnung, was Blondie von mir wollte, aber auch das würde ich in Erfahrung bringen ... bevor ich ihm *auch* den Arsch aufriss, versteht sich.

»Also ich denke, wir machen kurzen Prozess, denn ich will zurück zu meinem Mädchen ... Aber mit wem fangen wir zuerst an?«, sinnierte ich. »Ah, ich habs! Wie wärs mit Eene meene Miste?«

Weiter kam ich nicht, weil die Tür aufgerissen wurde und besagtes Mädchen kopfüber in den Raum stolperte.

Sie sah stinkwütend aus, doch als sie Francesco erblickte, verließ alles Blut ihre Wangen. Bevor ich schreien konnte, war er bei ihr und drehte ihr den zarten Arm auf den Rücken. Gebrochene Finger oder nicht! Adrenalin bewirkt wahre Wunder – leider!

»Hi, Mäuschen!« Er drückte seine ekelhaften Lippen auf ihre duftende Haut der Schläfe. Schockiert schaute sie zu mir und ich verdrehte die Augen. »Baby ... Das war gerade das Paradebeispiel für beschissenes Timing.«

Doch sie sah mich schon gar nicht mehr an, denn inzwischen hatte sie Blondie entdeckt. Ihr Gesichtsausdruck signalisierte blanke Panik und dann flüsterte sie ein einziges Wort.

»Patrick!« Ihr Blick flog wie ein verirrter Vogel zwischen ihm und Francesco hin und her, bevor er schließlich wieder in meinem strandete. Sie begann zu zittern.

»Ja, dein Onkel war auch so nett, zu kommen. Ich habe ihn darum gebeten, mir dabei zu helfen, dass die verkaufte Ware auch bei mir bleibt ...« Francesco führte sie zu dem großen Schreibtisch und mein Herz schlug schneller, als er mit einer Bewegung alle Blätter, das Telefon und die Ordner wegwischte. Mein Hals schnürte sich zusammen, als ich weiter dabei zusehen musste, wie er sie auf den Schreibtisch setzte.

Sie trat nach ihm, doch er wich gekonnt aus, öffnete eine Schublade und zog ein Messer hervor. Ich konnte mir ein Zischen nicht verkneifen, als er es an ihren eleganten Hals hielt und somit ihre rege Gegenwehr perfekt beendete.

Und das ziemlich fest.

Er durchschnitt fast die zarte Haut, und das erste Mal in meinem Leben hatte ich das beschissene Gefühl, dass meine Beine jeden Moment nachgeben würden.

»Nein ...« Fuck ... ich hörte mich an wie ein verzweifelter Schuljunge.

»Lass ihn los!«, forderte Francesco trocken und ich löste meinen verkrampfen Griff von ONKEL Patricks Unterarm. Heilige Fresse! Deswegen war er mir so bekannt vorgekommen! Er drehte sich sofort zu mir um und riss mir die Waffe aus den bebenden Händen. Als Nächstes krachte seine Faust auf meinen Kiefer und ich gab ein unfreiwilliges Ächzen von mir. Er besaß eine gute Rechte, soviel musste ich dem Pisser lassen.

»Aufhören!«, schrie Mia grell und wollte vom Tisch springen, aber Francesco drückte fester zu und ihr flackender Blick fuhr zu ihm hoch. »Nicht bewegen, oder deine Kehle ist durch ...«, hauchte er. Ihr trat der Schweiß auf die Stirn.

Der Anblick von dem Messer an ihrem Hals lähmte mich förmlich. Patrick schubste mich auf den Hocker, auf dem ich erst mal die Ellbogen auf die Knie stützte und mit beiden Händen über mein Gesicht strich. Wenn ich noch eine Sekunde die Klinge an ihrem Hals sehen müsste, würde ich loskotzen. Als sie jedoch wimmerte, riss ich mich zusammen und richtete den Blick auf die beiden.

»NIMM. DEINE. FINGER. DA. WEG!« Meine Stimme klang tödlich und ich wollte auf der Stelle zum Berserker zu mutieren. Viel hätte nicht mehr gefehlt. Denn Francesco knetete über dem Pullover ihre weiche, warme Titte. MEINE TITTE!

»Mach ihn fest ...«, forderte er nur kühl.

»Glaubst du, ich lasse mich von dir einfach so anketten, Pissnelke?« Ich funkelte den lieben Onkel hasserfüllt an und fletschte die Zähne, als er mit Handschellen auf mich zukam.

In dem Moment jammerte mein Mädchen erneut und fesselte damit meine Aufmerksamkeit. Der Penner mit dem ruinierten Kleinschwanz hatte es gewagt, ihr den Hals leicht anzuritzen! Tiefrotes Blut lief in feinen Strömen über ihre bleiche, makellose Haut und schrie mich förmlich an.

»Ich werde jeden in den Arsch ficken, der dein verdammtes Gesicht KENNT!« Mit diesen emotionslos ausgesprochenen Worten hielt ich dem lieben Onkel meine Hand hin und unterdrückte das Übelkeitsgefühl in meinem Bauch, während ich versuchte, mein Mädchen mit Blicken zu beruhigen, aber sie starrte mich nur panisch an. Ihre Brust hob und senkte sich schnell und hektisch – sie hatte eine Heidenangst. Und ich durfte ihr nicht zeigen, dass es mir ebenso ging.

»Baby ... komm runter!«, formte ich mit den Lippen, während die Handschellen zuklickten und mich Onkelficker an die Heizung kettete. Er grinste mich an und stellte sich mit vor der Brust verschränkten Armen neben mich. In seinen Augen leuchtete ein gieriger Schimmer. Sein Tod war besiegelte Sache, genau wie Francescos ... der sich soeben komplett an Mia wandte und ihr mit seinen wulstigen gebrochenen Fingern über die Wange strich.

»Hat dir dein toller Lover eigentlich erzählt, wie er mich dazu gebracht hat, dass ich dich zu ihm lasse?« VERDAMMT! Geschlagen schloss ich die Lider, als Mias Blick ziemlich vorwurfsvoll zu mir herumfuhr. War klar, dass der Penner jetzt DAVON anfangen musste. »Tja ... er hat mir angeboten, dass er dich trainieren würde, so wie schon etliche Frauen davor, damit du meinen Anforderungen entsprichst. Damit du schön gedehnt und vor allem hörig bist ... Nur vor dir haben wir so getan, als ginge es um ein Scheiß-Shooting. Kein Schwein konnte ahnen, dass ihr einen auf Romeo und Julia macht!« Ich öffnete die Augen und schaute mein Mädchen an.

»Weißt du eigentlich, dass er bei starken Frauen keinen hochbek...«

»BRING IHN ZUM SCHWEIGEN!«, zischte Francesco und ich bekam erneut eine mit dem Knauf meiner eigenen verdammten Waffe in die Fresse. Dieses Mal flog mein Kopf herum. Mit der freien Hand wischte ich mir das Blut vom Mundwinkel und starrte Onkelficker tödlich an, während meine Wange anfing zu pochen. Doch das war ich gewöhnt. Damit konnte ich bestens umgehen – als Boxer war es schließlich normal Schläge einstecken zu müssen.

»Hört *bitte* auf damit!« Mia schluchzte jetzt aus vollem Herzen und betrachtete schmerzverzerrt meine aufgeplatzte Lippe. TOLL! Jetzt heulte sie auch noch!

»Es ist nicht so schlimm, verfickt noch mal! Beruhige dich!«, beschwichtigte ich sie und spuckte einen Klumpen Blut auf den Boden. Ihre Angst machte ihn an. Er liebte es, zu quälen ... Er liebte es, sie so zu sehen.

»Lasst ihn bitte gehen ... Ich tue alles, was ihr wollt. Aber bitte ...« Sie wandte sich an Francesco, krallte sich an ihm fest. Ich schnaufte nur genervt – jetzt FLEHTE sie auch noch!

»DU TUST NICHTS VON DEM, WAS DIE WOLLEN, VERDAMMT!«, fuhr ich sie eiskalt an. Sanft war ausgeflogen, sie sollte bloß nicht anfangen, sich *für mich* zu opfern! Mia schluckte den nächsten Schluchzer und ihre Tränen angestrengt herunter und straffte sich. Denn sie wusste, wenn ich so mit ihr sprach, meinte ich es verdammt ernst.

Das gefiel mir schon besser!

»Was willst du hier?«, fragte sie ihren Onkel und ihre Stimme zitterte fast gar nicht mehr.

Patrick, der also tatsächlich ihr Onkel war, schnaubte ironisch.

»Francesco hat eine enorme Summe für dich gezahlt, an mich und deinen Vater! Dafür soll er dich auch bekommen! Schließlich haben wir uns bei der Erziehung so viel Mühe gegeben ... auch wenn letztendlich nicht das aus dir geworden ist, was wir wollten ... Dank ihm!« Er nickte abfällig in meine Richtung. Sie starrte ihn entsetzt an. Wenn möglich, wurde sie noch einen Tick bleicher als sie heiser wisperte: »Ihr habt mich ein Leben lang darauf vorbereitet, verkauft und bis an mein Ende misshandelt zu werden? DAS waren die Pläne meines Vaters?«

»Du kannst dich doch noch an die Kunden erinnern, die bei uns jeden Abend ein und ausgingen? Sie waren da, um dich zu besichtigen. Es gab ziemlich viele, die dich wollten, aber Francesco hier hat am meisten für dich geboten. Also hab ich es so arrangiert, dass er dich gerettet hat. Ich wusste, du würdest aus Dankbarkeit alles für ihn tun ... in der Hinsicht war Harald gut ... Ich habe noch nie so ein schutzbedürftiges, unterwürfiges und total dämliches Frauenzimmer wie dich gesehen!«

Onkelficker zuckte mit den Schultern, die in einem schwarzen Hemd steckten, und betrachtete seine Nichte kalt, als wäre sie für ihn nur irgendeine dahergelaufene Schlampe.

Francesco grinste dümmlich und nickte fortwährend.

»Ich hab gleich gemerkt, dass *du* das perfekte Opfer bist.«

Mia schüttelte den Kopf. »Nein ... Das ... NEIN!«, schrie sie dann und versuchte, Francesco wegzustoßen, doch das war genau das Falsche. Ich biss die Zähne zusammen, als er sich versteifte und sie an MEINEM geliebten Pferdeschwanz zurückriss.

»Oh doch! Du gehörst mir. Es existiert sogar ein Kaufvertrag! Und jetzt werde ich dich benutzen, so wie ich es schon viel früher hätte tun sollen. Allerdings wollte ich den netten Schein für dich wahren und habe dich zwei Jahre lang verschont, weil ich andere Schlampen zum Befriedigen meiner speziellen Neigung hatte und ich die Vorfreude genießen wollte ... DOCH DAS IST JETZT VORBEI!« Damit beugte er sich zu ihr hinab.

»Tristan!«, rief Mia noch panisch. Dann wimmerte sie nur noch gequält, weil er seinen Mund auf ihren gepresst hatte. Er zwängte ihren Lippen auseinander und vergewaltigte sie mit seiner Zunge, während er sie an ihren Haaren festhielt.

»NIMM DEIN AFFENMAUL VON IHR!« *Dies* war die perfekte Folter und Francesco wusste es. Ich warf mich umher, zerrte wie wild an den Handschellen, sah tiefrot.

Für mich gab es nur noch die heißen Tränen, die über ihre Wangen rannen, das Zittern ihres Körpers, ihre kleinen Fäuste, die gegen seine breite Brust trommelten. Lachend löste Francesco sich von ihr. Meinen Aufstand ignorierte er komplett.

»Ohhh, du schmeckst süß. Ich kann verstehen, dass er so verrückt nach dir ist ... Wollen wir mal sehen, ob das überall so ist? Was hältst du davon, Wrangler?« Jetzt legte er sein Messer an die Seite des Schreibtisches und lächelte auf sie hinab. Sie schüttelte den Kopf und presste ihre wild bebenden Hände auf ihre Brust.

»Francesco ... man ...« Ich ließ den Kopf hängen, hatte keine Ahnung, was ich noch tun oder sagen sollte. »Bitte, tu es nicht.« JA! Verdammt, ich flehte ihn an – wie ein mieser Schwächling. Ich fühlte mich gerade, als hätte man mir all meinen Atem genommen, denn mein Mädchen befand sich in der Gewalt eines anderen und ich konnte nichts dagegen tun. Wenn er sie vor meinen Augen verletzen würde. DAS wäre mein Ende ... Mein schlimmster Albtraum! Allein der Gedanke riss mich auseinander und ich presste die Zähne fest zusammen.

Er packte ihren Pullover an der Taille und schob ihn hoch. Wohl um mir weitere Schläge zu ersparen, gehorchte sie der stummen Aufforderung sofort und hob die Arme wie eine willenlose Puppe. »Ein Tristan Wrangler kann also auch um etwas BITTEN ... Interessant ...« Mit diesen Worten zog er ihr das Kleidungsstück über den Kopf und entblößte ihre cremige Haut. Mia keuchte, als ihr zart gerundeter Körper zum Vorschein kam. Ich biss die Zähne fester zusammen, denn jetzt war noch offensichtlicher, wie sehr sie zitterte. Kleinschwanz nahm derweil erneut sein Messer, hielt es versuchsweise an den Stoff ihres weißen, unschuldigen BHs und schaute mir provokativ in die Augen. Ich starrte tödlich zurück und zischte: »LASS ES!« Anstatt zu folgen, grinste er nur dreckig, und es machte *RATSCH*! Mia schluchzte zittrig auf.

»Ich schwöre, das wirst du bereuen ...«, hauchte ich dumpf, denn ich musste irgendwie verkraften, dass sie jetzt nackt vor

IHM saß. Die Abscheu wurde fast zu viel. Als er sie berühren wollte, zuckte Mia automatisch zurück, weswegen er das Messer zur Seite legte und stattdessen unverhofft ihren Hals packte. Ohne jegliches Erbarmen drückte er sie zurück auf den Tisch und legte die andere Pranke auf ihre Brust.

»Du Teufelsweib hattest deinen Bann um mich gesponnen ... Ich weiß nicht, wieso ich mit dir Miststück immer so sanft umgegangen bin«, keuchte er hektisch.

»Bitte nicht ...« Ihr leises Schluchzen klang erstickt, während sie versuchte, seine Hände von sich zu schieben. Ich konnte verstehen, dass sie flehte, ich für meinen Teil wäre im Moment auch vor ihm auf die Knie gegangen, nur damit er aufhörte.

»HMMM ... Sie schmecken sicher so gut, wie sie sich anfühlen.« Es war verdammt feige, aber ich musste die Augen schließen, als er den Kopf senkte. Peinlicherweise konnte ich ein Würgen nicht unterdrücken. Wieder schluchzte Mia auf und wimmerte meinen Namen. Das machte alles nur noch schlimmer. Viel schlimmer ... Gequält kniff ich die Lider zusammen. Mein Mädchen wurde vor meinen Augen vergewaltigt und ich konnte es nicht verhindern! Das tötete mich – brutal. Immer und immer wieder ... Schweiß sammelte sich auf meiner Stirn, und ich wünschte mich an einen anderen Ort. Wünschte mir, das wäre nicht die Realität, sondern nur ein grausamer Albtraum ...

»Tristan, nicht ...«, hauchte sie sanft und holte mich wieder in die Gegenwart.

Plötzlich keuchte Francesco erschrocken auf. Als ich einen Blick wagte, sah ich gerade noch, wie sich ihre kleine Hand in seinen Haaren versenkte und sie seinen Kopf nach oben riss. Dann schaute sie ihm fest in die Augen. Er war ziemlich verwundert – genau wie ich.

»Du willst mich also FICKEN, Francesco? So hart und geil wie er?« WOW! Wieso klang sie auf einmal so fest? So entschlossen? Der Pimmelschwanz war komplett vor den Kopf gestoßen und konnte nur blöde nicken. »DANN lass es uns genauso tun, wie ich es mit ihm tue!«

Im nächsten Moment war sie vom Tisch gesprungen und hatte ihn darauf gedrückt. Francesco taumelte und ächzte, als sie sich an ihm hochschlängelte und sich breitbeinig über ihn hockte.

Ich hatte vergessen, wie man den Mund schließt, der Sabber lief sicher schon in Strömen, doch ich konnte mich nicht einmal darauf konzentrieren. Irgendwann fand ich wenigstens meine Sprache wieder.

»Mia?« Sie warf mir einen winzig kleinen Seitenblick zu, der mehr sagte als tausend Worte. *›REISS DU dich zusammen!‹* Was zum Fuck, ich sollte mich zusammenreißen? WIE? Hatte die Frau jetzt endgültig den Verstand verloren? Andererseits hatte ich wohl keine andere Wahl.

Als sie ihn anlächelte und über seinen Schritt strich, wollte ich sie auf der Stelle anbrüllen, aber ich sagte keinen Ton.

»Soll ich dafür sorgen, dass du dich gut fühlst, Francesco?« Irritiert fragte ich mich, was sie vorhatte. Unten rum war schließlich alles verbunden, also konnte sie dort nicht viel ausrichten. Angewidert visierte ich Onkelficker an, der einen Schritt neben mir stand. Er war so auf Mias Arsch in den dünnen Leggings fixiert, dass er mich gar nicht mehr beachtete. Die Waffe hielt er eher nachlässig in der Hand.

Francesco musste wohl erneut dämlich genickt haben, denn als ich mich wieder dem Grauen stellte, öffnete Mia gerade sein Hemd. Ich unterdrückte all die Wut und den Ekel und wartete auf meine Chance. Dabei hätte ich Mia in Wahrheit immer noch gern angeschrien, aber ich gab diesem Wunsch ausnahmsweise mal nicht nach ... auch wenn es schwerfiel.

Bis zu den Haarwurzeln angespannt, die Geräusche ignorierend, welche die beiden von sich gaben, biss ich die Zähne zusammen und hörte Onkelchens Keuchen, als sie anfing, Francescos Oberkörper mit Küssen zu bedecken, von denen ich genau wusste, wie sie einen verrückt machten. Dann sprach sie auch noch mit dieser sanften, sexy Stimme, die eher zu einer Telefonsexhotlinemitarbeiterin passte, als zu meinem Mia-Baby ...

»Oh Francesco ..., oh Francesco ... du weißt im Moment gar nicht, wie dir geschieht, hm?« Als sie mit ihrer kleinen Zunge seinen Bauchnabel umkreiste, musste ich erneut einen akuten Kotzreiz unterdrücken und sammelte all meine Konzentration, um im richtigen Moment reagieren zu können. Wieder schaute ich zu Onkelficker, der genauso gebannt wie Francesco schien und hatte keine Ahnung, wer widerlicher war!

»Und jetzt?«, fragte sie plötzlich kalt und ich schaute gezwungenermaßen wieder zu den beiden. Kurz darauf hätte ich beinahe aufgelacht, als ich sah, dass sie das Messer in der Hand hielt und wo sie es ihm hindrückte.

Patrick wollte reagieren, aber ich war schneller. Sobald er die Waffe hob, trat ich ihm mit aller Kraft in die Kniekehle. Er sackte schön zusammen, bevor ihm mit Schmackes gegen den Kiefer trat. Ohrenbetäubend laut löste sich ein Schuss, der jedoch in der Wand hinter Francesco landete. Patricks Kopf krachte gegen die Wand hinter ihm und ich bückte mich, um an die Waffe zu gelangen, die er verloren hatte. Sie war einen Zentimeter zu weit entfernt. FUCK! Angestrengt angelte ich mit dem Fuß danach und zog sie schließlich glücklich in meine Reichweite. Als ich den Blick mitsamt Knarre hob, hatte Mia Francesco immer noch unter Kontrolle. Er rührte sich nicht ... starrte nur auf die kühle Klinge, die sie gegen seinen Schwanzansatz presste, und wagte kaum zu schlucken. Sie war eindeutig Herrin der Lage. Gleichzeitig war mir vollkommen klar, dass sie jeden Moment zusammenbrechen würde. Ich richtete die Knarre auf den Onkelficker, der sich vor Schmerzen ächzend über den Boden rollte, und dabei seinen Kopf hielt.

»Mach mich los!«, befahl ich und stupste ihn mehr als unsanft mit meiner Fußspitze an. Dabei ließ ich den Blick nicht von meinem Mädchen, das Francesco unentwegt anvisierte, genauso wie sie ihn. Ihre Hand zitterte immer mehr, bald darauf so unkontrolliert, dass sie das Messer kaum noch halten konnte. »MACH MICH LOS!«, brüllte ich wieder, weil der blonde Wichser sich viel zu langsam bewegte. Wir mussten *hier raus!*

Patrick beeilte sich jetzt und fummelte hektisch an dem Schloss herum. Als es aufklickte, legte ich ihm die Handschellen um und kettete ihn an die Heizung.

Mit drei Schritten war ich bei Francesco, konnte nicht widerstehen und zog ihm erst mal den Knauf quer über die hässliche Visage. Und zwar so fest, dass seine Lippe auch aufplatzte und das Blut träge über sein Kinn rann. Schweren Herzens zügelte ich mich sofort – auch wenn es mich unmenschliche Kraft kostete – und nahm die Hand von meinem Mädchen. Francesco krümmte sich vor Schmerzen auf dem Tisch und spuckte weiße Splitter aus, die vor ein paar Sekunden noch zwei Zähne gewesen waren.

»Lass es los, Baby!«, forderte ich sanft und Mia schaute mich mit verweinten geröteten Augen an, wie den heiligen Geist persönlich. Erst nach ein paar Sekunden öffnete sich ihre verkrampfte Faust, und das Messer fiel klappernd zu Boden.

Ich hätte Francesco gerne auf der Stelle kaltgemacht, aber wie das Leben so spielt, war der Schuss nicht unbemerkt geblieben. Im nächsten Moment stürmten zwei Securitys in den Raum, auf die ich erst mal meine Waffe richtete. Sie kannten mich, weshalb sie nicht gleich losfeuerten und ihre Mienen lediglich wachsam wurden, denn ich stand immer noch unter dem Schutz der Famiglia.

Ich musste Mia hier rausbringen. *Umgehend!* Also bückte ich mich, hob ihren Pullover auf und streifte ihn ihr über den Kopf, wobei sie wieder so widerlich mechanisch die Arme hob.

»Du wirst hier nie rauskommen!« Francesco hatte sich leicht aufgerichtet.

»Du bist tot!«, war das Einzige, was ich erwiderte, dabei ging ich rückwärts und verdeckte sie mit meinem Körper, bis ich sie aus der Tür ziehen konnte.

Im nächsten Moment umfing ich ihren Oberarm und rannte los.

Wir liefen über den hell erleuchteten Flur, den ich von früheren Besuchen her sehr genau kannte. Als wir um die Ecke biegen wollten, vernahm ich schon die hektischen Stimmen der Securitys, und schob Mia kurzerhand in die nächstbeste Tür. Wir fanden uns in einem düsteren Treppenhaus wieder, von dem aus man in den Club gelangen konnte.

»Komm, Baby!« Ich verschränkte unsere Finger fester, klemmte die Knarre in den Bund meiner Hose und zog sie dann die Stufen herunter. Dabei ignorierte ich ihr Zittern, ignorierte ihren hektischen Atem, ignorierte SIE, weil ich ansonsten vor Sorge um sie verrückt geworden wäre. Jetzt musste ich einen klaren Kopf bewahren.

»Tristan«, fragte sie atemlos, als wir am untersten Absatz ankamen.

»Was?« Ich öffnete die Tür in den Club und spähte hindurch, ob die Luft rein war. Der Beat dröhnte uns entgegen, aber es war alles in Ordnung. Nichts als feiernde, halb nackte Menschen.

»Hat er dich schlimm verletzt?« OH MANN! Ich fuhr zu ihr herum und konnte den Schmerz nicht von meinem Gesicht vertreiben. DAS fragte SIE MICH? ICH war nicht gerade gegen meinen Willen von einem perversen Sadisten begrapscht worden! Mein Gesichtsausdruck musste wohl ziemlich wild sein, denn sie wich erschrocken vor mir zurück. Eilig ordnete ich meine Züge bis ich nicht mehr ganz so verrückt aussah. Dann umfing ich seufzend ihr immer noch bleiches Gesicht mit einer Hand und strich mit dem Daumen über ihren Wangenknochen ...

»Mit mir ist alles in Ordnung, Mia-Baby. Lass uns hier rauskommen, dann kümmer` ich mich um dich, okay?« Ich versuchte, sie anzulächeln und scheiterte nicht. Sie nickte schwach und ihr Mundwinkel zog sich leicht zitternd nach oben, während ihre Augen ein wenig den gehetzten Ausdruck verloren. Viel besser!

Seufzend beugte ich mich herab und strich mit den Lippen vorsichtig über ihre. Doch ich konnte unseren Kuss nicht besonders ausweiten, weil wir erstens keine Zeit hatten, und weil zweitens meine Lippen wie die Hölle brannten.

Ich zog sie durch die Tür und presste mich mit ihr gleich an die Wand, weil zwei *riesige* Securitys vorbeistürmten. »Warte!« Mit einem Arm stützte ich mich neben ihrer Schulter ab, küsste sie sanft unter dem Ohr und ließ meine Lippen auf der samtig weichen Haut ruhen. Mia klammerte sich an meinem Rücken fest, und ich war davon überzeugt, dass es nur noch Sekunden dauern würde, bis sie endgültig zusammenbrach. Ich spürte ihr wild schlagendes Herz an ihrem Hals, bemerkte ihren stockenden Atem. Jede Faser meines Körpers wollte sie beruhigen, sie schützen und aus dieser Gefahrenlage befreien.

FUCK!

»Baby ...«, murmelte ich an ihrer Haut. »Mach deine Haare auf!« Ohne nachzufragen, tat sie wie ihr befohlen. »Und jetzt leg deine Beine um meine Hüften!« Sie schaute mich an, als wäre ich verrückt geworden, doch ich grinste.

»Nein ... ich will dich jetzt tatsächlich ausnahmsweise mal nicht ficken. Alles, was ich will, ist, dass wir unerkannt und vor allem LEBEND hier rauskommen!« Während ich redete, zog ich eilig mein Hemd aus. »Das heißt, wir müssen aussehen, wie alle anderen hier: NOTGEIL!« Zum Glück war es mir gelungen, die Situation etwas aufzulockern, denn ein süßes Lächeln umspielte ihre Lippen und sie schlang ihre Beine um meine Hüfte. Ich packte sie mit beiden Händen fest am Arsch, sodass sie sich kaum halten musste, und dann stürzte ich mich in die Menge.

Verdammt, war hier viel los! Ich musste mir meinen Weg durch die tanzenden Menschen bahnen, weil das am kürzesten war, und überall liefen die Scheißsecuritys mit ihren Scheißanzügen rum.

»War ja klar, dass du nicht in dem Scheißwagen bleibst!«, fluchte ich ungehalten, während ich so schnell wie möglich zum Ausgang strebte. Mias Fingernägel bohrten sich in meinen nackten Rücken und ihr heißer Atem berührte in heftigen, kurzen Intervallen meinen Hals.

»Es tut mir leid ...«, flüsterte sie immer wieder.

Ich rollte mit den Augen. »Hör auf, dich zu entschuldigen,

verdammt, und halt dich lieber fest!«

»Aber deine Waffe«, jammerte sie.

»Was ist damit?« Ich sah den blinkenden Ausgang schon. Jetzt mussten wir nur noch ohne Zwischenfall an der korpulenten überschminkten Kassiererin vorbei.

»Sie drückt ...«

»Sie drückt?« Wir waren fast an der Kasse, die Musik hatten wir hinter uns gelassen. Hier in dem dunklen Kassenbereich hörte man nur noch das Dröhnen des Basses.

»Sie drückt!«

»Wohin?«

»An meine ... Pussy!« AHH! Ich musste glucksen, als ich eins und eins zusammenzählte.

»Da wirst du jetzt wohl durchmüssen! Hol den Geldbeutel aus meiner Arschtasche!« Sie tat wie ihr geheißen. »Nimm 200 raus!« Auch das wurde befolgt, wenn auch stirnrunzelnd.

Kurz darauf reichte ich mit einem »Du hast nichts gesehen!« das Geld der gelangweilten Kassiererin, die auf ihrem Kaugummi rumkaute und desinteressiert nickte.

***

Sobald ich die Tür öffnete und mir die kalte Nachtluft entgegen wehte, fühlte ich mich besser.

Ich setzte Mia nicht ab, solange wir die Straße nicht überquert hatten, an dem gegenüberliegenden Puff vorbeigelaufen, in die nächste Straße eingebogen waren und vor meinem Auto standen.

»Okay ... Baby ... wir sind gleich daheim ...«, flüsterte ich ihr zu und strich ein paar Strähnen aus ihrem immer noch viel zu bleichem Gesicht, sobald sie wieder wacklig am Auto lehnte. Sie nickte tapfer und versuchte, mich schwach anzulächeln.

Ich lächelte zurück, nahm ihre Hände in meine und drückte einen Kuss auf jedes Handgelenk, bevor ich ihr die Tür aufhielt. Sie wollte gerade einsteigen, da wurden ihre Augen plötzlich groß und fokussierten sich auf etwas hinter mir.

»Was zum Fuck?« Ich wirbelte herum und sah gerade noch einen sehr ramponierten Francesco vor mir stehen. Im nächsten Moment fühlte ich einen dumpfen Schlag auf meinem Kopf und der Boden kam besorgniserregend schnell auf mich zu.

»Tristan!«, hörte ich gerade noch mein Mädchen schreien, doch ich konnte nicht mehr antworten, weil alles verdammt noch mal schwarz vor meinen Augen wurde ...

33. Nur eins: VERFICKTE SCHEISSE

Tristan ›dieing‹ Wrangler

VERDAMMT!

Mein verdammter Schädel ... Er schmerzte.

Das war das Erste, was ich registrierte, bevor ich verschwommen wahrnahm, dass ich in so etwas wie einem Bett liegen musste, denn es war weich und warm. Genauso drang das verdammte Geflüster um mich herum eher nach und nach in mein Bewusstsein vor, das allerdings immer lauter und penetranter zu werden schien. Aus diesem Gewisper stach besonders Phils Stimme hervor, denn sie zerrte an meinen Nerven ... Was wollte er hier überhaupt mitten in der Nacht? Und Katha? Und Vivi? Und Tom? *Verdammt!*

Ich kniff die Lider zusammen und versuchte mich zu erinnern. Versuchte zu rekonstruieren, wieso ich im Bett lag und meine Familie sich offensichtlich um mich versammelt hatte. War ich tot? War dies meine Beerdigung? Lag ich in einem Sarg? Wieso heulten die dann nicht?

Erst mal war da gar nichts, bis auf diese dämlichen Überlegungen ... Doch dann durchfuhr mich ein gigantischer Schreck, denn plötzlich waren da die Kleinschwanzlippen auf den Titten meines Mädchens, die eiskalten Augen des Onkelfickers, ihre Angst, ihr Beben ... unsere Flucht ...

Als Nächstes fiel mir alles mit der Schlagkraft eines Holzhammers ein und ich richtete mich ruckartig auf.

»Mia!« Panisch huschte mein Blick durch den Raum, registrierte, dass ich offensichtlich in meinem verdammten Schlafzimmer war, und zählte drei Mal die vier Gestalten, die um mein Bett herumstanden, doch eine fünfte konnte ich darunter nicht ausmachen.

»WO IST SIE?« Es war mir scheißegal, dass ich nur Shorts anhatte, als ich aus dem Bett hechtete. Es war mir scheißegal, dass mein Gehirn versuchte, meine Schädeldecke zu sprengen. Ich krallte mir den erstbesten Arsch, der mir in die Finger kam – weil ich sonst umgefallen wäre –, und das war Tom.

»SAG MIR, WO SIE IST! SAG ES MIR!« Ich konnte mich nicht davon abhalten, ihn am Kragen seines Scheißsuperbiohemdes zu packen und ordentlich zu schütteln, während ich absolut ausflippte! Denn es gab nur eine Möglichkeit. Ich war hier und sie war noch DORT!

»Hör auf! Wenn du jetzt an einem Herzinfarkt verreckst, bringt das keinem was!« Geduldig löste er meine verkrampften Finger von seinem Kragen und richtete ihn, während ich bereits entschlossen unter mein Bett griff, und dort meinen Riesenkoffer hervorzerrte.

»Tristan, hör auf damit!«

»Er zittert am ganzen Körper ...«

»Mann, Bro ... trinken wir erst mal einen Kaffee!« Ruppig schlug ich die Hände weg, die nach meinen Schultern griffen, um mich nach oben zu ziehen. Dann ließ ich den Koffer aufspringen und war glücklich, weil er immer noch prall gefüllt mit 500-Euroscheinen war.

»Hast du keinen Safe?«, erkundigte Phil sich tadelnd.

»DOCH! Der ist bis oben hin voll! Ich habe überall Kohle gebunkert! Sogar im Badschrank! Ist doch jetzt scheißegal!« Damit klappte ich das Teil wieder zu.

»Tristan ... was wird das?« Auch Kathas Hand schüttelte ich ab.

»NACH WAS SIEHT ES DENN AUS? Ich werde hier nicht untätig rumsitzen und beschissenen Kaffee trinken, während MEIN SCHEISSMÄDCHEN bei dem sadistischen Penner ist! Wieso habt ihr noch nichts unternommen? Wieso seid ihr hier und noch nicht bei ihr? Wieso lasst ihr mich in meinem VERFICKTEN BETT SCHLAFEN, WIE SCHEISSDORNRÖSSCHEN! VERDAMMT!« Ich konnte es nicht glauben!

Bilder rauschten auf mich ein. Bilder von meinem Mädchen! Hilflos ... Schutzlos ... in der Hölle ... mit diesem kranken Bastard! Vielleicht war sie schon ... *FUCK!*

Mein Magen machte bei dem Aufruhr, der in meinem Inneren herrschte, nicht mehr mit und ich fing tatsächlich an, zu würgen. Fluchend rannte ich ins Bad und schaffte es gerade noch so zu meiner Kloschüssel. Es war nicht viel, was ich auskotzte, aber es brachte mich dennoch ins Schwitzen.

Als ich fertig war, stand ich wackelig auf und betrachtete mich flüchtig im Spiegel, während ich mir den Mund ausspülte.

»Wie habt ihr mich gefunden?«, rief ich ins Schlafzimmer und Phil antwortete mir.

»Die Security ist dazwischen gegangen. Leo passt wohl tatsächlich übel auf dich auf ... doch Francesco war nicht allein ... hatte noch drei von seinen Affen dabei ... deswegen konnten sie für Mia nichts tun ... Die steht nicht auf der persönlichen Schutzliste ... Vinc war einer der Securitys, er hat dich heimgebracht«, berichtete Phil. »Du musst dich jetzt wirklich beruhigen! ATME!« Er bemerkte wohl, dass ich mich kaum noch auf den Beinen halten konnte, als er im Türdurchgang erschien.

Meine Familie hatte recht. Ich musste ausnahmsweise einen kühlen Kopf bewahren, auch wenn es um mein Mädchen/Leben ging. Ich durfte nicht daran denken, was er wohl gerade mit ihr anstellte. Oder gar daran, dass es vielleicht schon zu spät war, um sie zu retten ... denn bei dem Gedanken brach ich erneut in kalten Schweiß aus und mir drehte sich der Magen um.

Ich presste die Augen zusammen und kniff mir in den Nasenrücken. Atmete ein paar Mal tief durch und musste mich am Beckenrand abstützen, um nicht umzukippen.

Die Panik wurde immer größer, fraß sich durch meinen Schädel ...

RUHIG, Tristan ... ruhig ... Schieb die Emotionen beiseite, du kannst das, verdammt noch mal! Sogar, wenn es um dein Mädchen geht! Wenn nicht du, wer dann?!

Meine Hände umklammerten den Beckenrand immer fester. Die Knöchel traten weiß hervor, die Haare hingen mir wirr und verschwitzt in die Stirn, meine Augen wirkten irre und gehetzt, aber langsam kehrte der kühle Schleier zurück und hinterließ eine Gewissheit, während ich mich selbst im Spiegel ansah. Ich würde sie dort rausholen oder bei dem Versuch zugrunde gehen!

Ich war ihr verfickter Held, ihr Beschützer, derjenige, der alles und noch viel mehr für sie geben würde, der Einzige, dem sie vertraute *und* den sie liebte. Sie setzte alles auf mich!

Noch einmal atmete ich tief durch und strich mir mit beiden Händen die feuchten Strähnen zurück.

Als ich wieder einigermaßen klar war, ging ich gemessenen Schrittes zurück in mein Schlafzimmer, wo die anderen auf meinem Bett saßen und mich sorgenvoll betrachteten. Tom sah aus, als würde er schon an einem Plan arbeiten. Phil strahlte vor düsterer Vorfreude. Katha aß ... Kekse ... und Vivi saß in ihrem mit Mohnblumen gemusterten Kleid verzweifelt da, hatte den Kopf in ihren Händen und starrte blicklos zu Boden.

Erst jetzt fiel mir auf, dass sie noch kein Wort gesagt hatte, was wirklich ungewöhnlich war. Als ich reinkam, erfuhr ich auch den Grund. Sie richtete sich auf und ich blieb wie angewurzelt stehen, weil sie mich geradezu HASSERFÜLLT anstarrte.

»Warum, Tristan?«, flüsterte sie, eine Träne löste sich aus ihrem Augenwinkel, wanderte über ihre glatte Wange und tropfte von ihrem Kinn.

»Du weißt, dass ich das nicht wollte ...« Ich klang genauso zerstört wie sie und schlüpfte mit kraftlosen Bewegungen in meine Jeans, ohne sie anzusehen. Die Scham war zu groß.

»DOCH!«, schrie sie plötzlich. Schon allein aufgrund der Anspannung zuckte nicht nur ich zusammen, sondern, auch alle anderen. Automatisch wich ich einen Schritt zurück, als sie sich mir näherte. Ihre Augen brannten, ihre kleinen Hände waren feste Fäuste und ihre ganze Haltung drückte aus, dass ich mich jetzt besser in Acht nehmen sollte.

»GENAU DAS WOLLTEST DU DOCH! DU KRANKES ARSCHLOCH! SIE BÜSSEN LASSEN! SIE FERTIGMACHEN! ANSTATT SIE ANZUHÖREN!« Und dann schlug sie mir mit der Faust gegen die Brust.

»Woah ... beruhige dich Süße ...« Tommy wollte sie von mir wegziehen, doch sie schubste ihn von sich, als hätte er mindestens genauso viel Schuld an diesem Albtraum. Ihr Gesicht war mittlerweile tränenüberströmt, und die Verzweiflung darin zu lesen, gab mir den Rest.

»DU hast sie in die Scheiße mit reingezogen! Wegen dir ist sie jetzt DORT! Allein! Sie bedeutet dir gar nichts! Sie ist dir scheißegal! Alles, was für dich zählt, ist dein verdammter SCHEISSFICKER! Dir ist es doch egal, ob sie verreckt, sonst hättest du sie nie diesen Leuten vorgestellt! Sonst hättest du sie nie an dich rangelassen, du kranker, perverser Psycho! Wahrscheinlich bist du froh, dass du sie los bist, wenn sie STIRBT!«

»Vivi!« Ich konnte es nicht ertragen, wenn sie von Mias Tod sprach. Der Schmerz, den das Gesagte, mit dem sie zum Teil recht hatte, auslöste, war zu viel. Ich war nicht in der Lage, mich zu bewegen oder wenigstens ihre kleinen Fäuste aufzuhalten, die unablässig auf mich einschlugen. Tommy hob sie kurzerhand an der Taille hoch und stoppte so seine kleine Frau, die in ihrer Wut dermaßen gefangen war, dass sie ihm die Arme zerkratzte, wie wild strampelte und weiterhin schrie, während ihre roten Haare ihr wirr ins Gesicht hingen.

»SIE HAT DAS NICHT VERDIENT! JEDER, ABER NICHT SIE!«

Einige Zeit beobachtete ich sie ausdruckslos mit hängenden Schultern, hörte die Worte, die durch meinen Kopf ihre Bahnen zogen und sich immer tiefer in mein Fleisch bohrten.

Wenn Mia wegen mir starb ...

»Lass sie runter, Tommy!« Er tat es, wenn auch mit einem Auf-eigene-Gefahr-Blick! Von einer Qual zerfressen, die sich ein Mensch nicht vorstellen kann, wenn er sie nicht selber durchlebt hat, fiel ich vor Vivian auf die Knie und sie erstarrte schockiert.

Sie war nicht mehr die Einzige, die weinte.

»Ich liebe sie ...« Mehr konnte ich zu meiner Verteidigung nicht vorbringen, und ich klang genauso gequält, wie ich mich fühlte.

Ihre Augen wurden zuerst groß, und ganz langsam wich die Härte aus ihnen, was blieb, war endlose Trauer ... Kummer, Sorge und Mitgefühl ...

Sie schluchzte auf, ließ sich plötzlich zu mir auf den Boden fallen und ihre kleine zitternde Gestalt warf sich in meine Arme. Sie weinte an meiner Brust und ich umschlang sie fest. Das erste Mal in meinem Leben ließ ich zu, dass mir jemand anderes außer Mia Kraft gab ... und meine Gefühle mit mir teilte.

»Dann hol sie zurück, Tristan ... Hol unser Mia-Baby zurück ...«

Ich vergrub mein Gesicht in ihren weichen roten Haaren. »Das werde ich Vivi ... Ich schwöre es.« Mit geschlossenen Lidern drückte ich sie noch enger an mich.

»Und dann ... gib sie nie wieder her.«

Ich nickte, denn etwas anderes hatte ich nicht vor. Doch um unser verdammtes Happy End zu bekommen, musste ich mich zusammenreißen und mich nicht von der Aussicht, dass es eventuell schon zu spät sein könnte, lähmen lassen, auch wenn ich mich fühlte, als wäre jeder Schritt einer zu viel.

Was sollte ich ohne sie tun? Was würde Robbie ohne sie tun? Dieser Gedanke war es, der mit einem Mal den springenden Funken zündete, der mich ruckartig aus meiner Verzweiflung riss, mich dazu bewegte, die Schultern zu straffen und mich aufzurichten. Nicht für mich, nein ...

»Ich kann sie nicht zurückholen, wenn du kleine Hexe an mir hängst und mich vollheulst ... also ...« Erschöpft grinsend schob ich sie von mir und sie tat mir den Gefallen, die Augen zu verdrehen und trotz der schrecklichen Lage zu lächeln. Schwungvoll stand ich auf und zog sie dann an der Hand auch nach oben.

Ich wandte mich an Tommy – wir sahen uns stumm an und er nickte wortlos, während er Vivi anstatt meiner in die Arme schloss. Als Nächstes fühlte ich Phils große Hand meine Schulter drücken.

»Frag nicht ...«, meinte er und ich schaffte es, ein halbes Lächeln zustande zu bringen, bevor wir uns auf den Weg machten ...

***

Wir hatten verdammtes Glück im Unglück, denn genau heute Abend würde in Leos Club, der übrigens ›Glamour‹ hieß, eine Kostümparty stattfinden. Zum Glück hatte ich alles an Verkleidungsutensilien da, das war Job-bedingt nun einmal Standard, und Lena, Katha und Vivi waren so freundlich uns einzukleiden.

Phil stellte zum Schluss einen Werwolf dar, inklusive Maske, pelzigem Shirt und gleichgearteten Hosen. Tom hingegen mimte einen Korporal der Südstaaten Armee, trug einen Hut und die typische blaue Armeekleidung. Und ich gab den verdammten Vampir ... im Blutrausch ... hatte einen langen schwarzen Ledermantel an, darunter ein durchsichtiges, ärmelloses, dunkles Shirt, Lederbänder um die Handgelenke, tausende an Gürteln und knallenge Lederhosen ... Zusätzlich hatte Katha mein Haar mit viel Gel nach hinten gekämmt, mir in aller Eile üble Augenringe verpasst und mich kreidebleich geschminkt, wobei sie sich da nicht großartig anstrengen musste, denn ich sah bereits aus, wie der Tod auf Latschen.

So würden sie uns aller Wahrscheinlichkeit nach nicht gleich auf den ersten Blick erkennen – vorausgesetzt wir hatten weiterhin Glück. Ich flehte das verdammte Schicksal an, wenigstens ein einziges Mal Erbarmen zu zeigen!

Wir fuhren extra früh zum Club. Es herrschte noch kein großer Andrang und wir wurden ohne Probleme vom Türsteher eingelassen. Klar! Drei sexy Kerle wie wir, augenscheinlich mit einem Haufen Kohle bewaffnet, waren genau die Zielgruppe ...

Wir sahen aus wie verschissene Stripper und ich wollte die Hobelschlunzen blöd anfauchen, weil sie mir synchron die Hälse hinhielten, als ich an ihnen vorbeiging.

Der Hauptraum war bunt und knallig geschmückt, die Musik dröhnte bereits in voller Lautstärke. Auf den obersten Treppenstufen blieben wir stehen, um die Lage zu überblicken.

Es waren ziemlich viele Menschen anwesend, wenn man bedachte, dass das Teil von außen noch recht verlassen wirkte. An den Seiten lungerten die gelangweilten Securities herum, denn erfahrungsgemäß kam es erst zu späterer Stunde zu den üblichen unangenehmen Ausfällen. In der Mitte der Tanzfläche verbogen schon zwei Schlunzen ihre Körper an der Stange. Das Licht brach sich an ihren glitzernden Kostümen und wurde im gesamten Raum widergespiegelt, wie von Discokugeln. Die Idee würde ich mir merken.

Aber eigentlich suchten meine Augen nur eines ... Mein Mädchen ... Ich fand sie nicht, genauso wenig wie Kleinschwanz.

Also beschlossen wir erst mal die Bar aufzusuchen und bestellten uns dort was zu trinken. Am liebsten hätte ich meinen Whiskey einfach so runter geschüttet, aber das wäre wohl nicht ratsam gewesen. Auch wenn meine Nerven zum Bersten gespannt waren, meine Sinne mussten ungetrübt bleiben. Ich war bereit, bei der kleinsten Kleinigkeit zu reagieren, über Leichen zu gehen und ALLES dafür zu tun, um sie hier raus zu bringen.

»Tristan ... cool down ...« Tommy löste meine Finger – die schon weiß anliefen – von dem schweren Glas. »Wir werden sie hier rausholen. Beruhige dich! Wir sind die Wrangler-Brüder,

Mann! Uns hat noch nie jemand angeschissen und wenn, dann haben wir die doppelte Ladung zurückgepfeffert.«

»Yeah, genauso ist es, wir sind die verdammten Wrangler-Brüder und Mia ist unsere verdammte Wrangler-Schwester!« Phil prostete uns zu und schlürfte seinen verdammten Cocktail, als wären wir zum Spaß hier.

Ich schnaubte ironisch und kippte den Inhalt meines Glases jetzt doch auf ex. »Sie ist nicht meine Schwester, und du bist ekelhaft, Phil!«

Phil lachte, ebenso wie Tom. »Hör auf meine verdammte Wange zu tätscheln!« Ich schlug seine Hand weg, die in meinem Gesicht rumgrapschte.

»Oh, sorry, du hast einfach so weiche Haut ... wie ein Babypopo – dank Arschcreme ...« Tom grinste nur und schaute belustigt zu Phil, der an meiner anderen Seite stand. Er schwitzte wie ein Schwein, weil ihm in diesem Pelzkostüm viel zu heiß war. FAST hätte ich gelacht ... Das war auch Sinn und Zweck des dummen Gelabers meiner Brüder ... Sie wollten mich runter bringen ...

»Ist dir zufällig heiß?«, fragte Tom hinterlistig.

»Halts Maul ... die Scheißzotteln nerven so! Das hat Katharina mit Absicht gemacht, aber ich hab keine Ahnung weswegen!« Phil wischte sich den Schweiß von der Stirn und ich verdrehte die Augen. Denn mein Bruder war richtig angepisst von seinem unvorteilhaften Kostüm. Dann auch noch diese peinliche Wolfsmaske ...

Ich wollte gerade einen stinkigen Köterkommentar ablassen, da trat der selbst ernannte Fürst der Sexwelt, Leo, auf die Bühne. Mittlerweile hatte sich der Laden gut gefüllt, weshalb sich etliche Köpfe in seine Richtung drehten. Die Stammgäste fingen an zu jubeln, alle anderen schauten nur blöd aus der Wäsche. Ein Knurren entkam mir und ich sah meine Brüder angepisst an, weil sie mir gleichzeitig die Hände auf die Arme legten und mich festhielten.

»Hört auf mit der Scheiße!«, flüsterte ich und schaute zu Leo hoch, der dort in einem strahlend weißen Anzug stand, wie die Unschuld in Person. Die schütteren Haare hatte er fest zusammengebunden, aber die Scheinwerfer beleuchteten ihn so unvorteilhaft, dass seine Falten wie tiefe Furchen wirkten. Sein nicht einmal unattraktives Gesicht erzählte von vielen Dingen, die er erlebt hatte und die einem normalen Menschen den Verstand kosten würden. Die Schuhe waren aus Krokoleder, die Armbanduhr Bonze pur und Goldketten hingen um seinen Hals. Er war eben durch und durch ein Zuhälter, Drogenbaron und Verbrecher. Unweigerlich fragte ich mich, ob ich in zehn Jahren genauso aussehen würde.

»Guten Abend, meine lieben Ficker und Fickerinnen ...« Den Spruch hatte er von mir geklaut! Ich hasste Diebstahl geistigen Eigentums! Für so etwas Unkreatives sollte es eigentlich die Todesstrafe geben! Doch anstatt mich lautstark aufzuregen, schnaubte ich nur und bestellte noch einen Whiskey, während ich mich mit dem Rücken an die Bar lehnte und die Beine überkreuzte. Zwei Frauen in Mittelalterkostümen rückten immer näher und ich verdrehte die Augen, als sie offenbar versuchten, mit mir zu flirten. Hatten die keine anderen Sorgen? Schließlich war ich nicht hier, um meinen Schwanz irgendwo zu versenken, sondern befand mich auf einer gottverdammten Rettungsmission!

Meines Mädchens! Scheiß-Schlunzen!

»Heute Abend habe ich besondere Leckerbissen, den ich nach langem Kampf von meine liebe Neffe bekommen habe ...« Ich biss die Zähne aufeinander. FUCK!

Jetzt gehörte sie tatsächlich Leo? Das war SCHEISSE!

»Verdammt!«, fluchte Tommy im selben Moment. Das änderte die Lage, denn Leo war mit Vorsicht zu genießen. Ihn konnte ich weder so ohne Weiteres in die Schranken weisen noch anderweitig unter Druck setzen, geschweige denn endgültig aus dem Weg räumen. Das hätte ich am liebsten mit dem Pisser Francesco gemacht – langsam ausbluten lassen –, aber selbst hier waren mir die scheiß Hände gebunden. Schließlich war er immer noch Leos Neffe und mit dem legte man sich nicht an. Es sei denn, man war lebensmüde. Es war ein ungeschriebenes Gesetzt: Wer die Famiglia fickte, fickte auch mit Leo – und Luca. Und mit Luca wollte man nicht ficken.

Mir scheißegal! Wenn Leo sie nicht freiwillig rausrückte, würde eine nette kleine Kugel mit seinem Kopf Bekanntschaft schließen. Und Francesco würde an den Eiern baumeln – auf jeden Fall. Als mir klar wurde, dass der wahrscheinlich schon seinen kranken Spaß mit ihr gehabt haben würde, glich dies einem Hieb in den unteren Teil des Magens und es schürte meine Mordfantasien. Ich fletschte die Zähne, er würde bluten!

»Hi ... du böser Vampir ... Es ist wahnsinnig sexy, wenn du deine Zähne fletschst ...« Plötzlich befand sich Mittelaltergirl neben mir. Sie hatte lange rote Haare und große Titten, die beinahe oben aus ihrem Kleid rausfielen. Ich ignorierte sie.

»Hier iste meine neueste Errungenschaft ... Und das Beste? Sie iste die perfekte Schmerzsub!« Wenn ich nicht schon leichenblass gewesen wäre, dann wäre ich es jetzt geworden, denn einer der großen Mitarbeiter von Leo kam mit einem schlaffen Körper über der Schulter die Treppen hoch geschlendert und wurde von einem dramatischen rot glühenden Scheinwerfer erleuchtet.

»FUCK!« Phil und Toms Hände schossen erneut gleichzeitig nach vorne, als ich kopflos zur Bühne stürmen und jedem den Garaus machen wollte, der sich zwischen mich und mein bewusstloses Mädchen stellen würde.

Sie steckte in einem engen, schwarzen Catsuit und als sie der Mitarbeiter, der oben ohne war, auf dem Boden absetzte, musste er sie festhalten, damit sie nicht in sich zusammenfiel. Ihre Augen waren kaum geöffnet, die langen Haare klebten in ihrem Gesicht. Ihr Kopf hing schlaff nach vorne. Sie schien mehr tot als lebendig ... Auch wenn ich keine erkennbaren Schäden an ihrem Körper ausmachen konnte ... zumindest an den wenigen Teilen, die freilagen ... Ich wollte gar nicht wissen, wie sie unter dem Lack aussah, in den man sie gezwängt hatte.

Die Menge fing an zu johlen, als Leo ihre Vorzüge, angefangen von ihren langen Beinen bis hin zu ihren ›perfekten Tittchen‹ aufzeigte und drauf klatschte. Phil musste mich nun mit all seiner Kraft zurückhalten.

Leo heizte die Menge noch mal an, machte sie scharf auf MEIN Mädchen, während sein Mitarbeiter sie sich wieder wie einen Sack Kartoffeln über die Schulter warf, weil sie ansonsten einfach umgefallen wäre. So etwas würde bei mir im Club nie ablaufen! Nutten oder nicht!

Ich war zu weit hinten, um viel von ihr zu erkennen, aber das, was ich soeben gesehen hatte, gab mir fast den Rest.

»Halloooohooo? Willst du mit mir in den Darkroom gehen und ein bisschen von meinem Blut trinken?« Ach ja, die Fotze hatte ich ganz vergessen.

»Ich bin Vegetarier!«, blaffte ich sie an, denn Leo verkündete soeben, dass er die braunhaarige Schönheit tatsächlich für eine Nacht versteigern würde.

Zum Glück hatte ich genug Geld dabei und zum Glück lief alles glatt.

Auch wenn zwei andere Typen ganz schön hartnäckig waren. Der eine war Chinese und trug ein Pokemonkostüm, der andere hatte sich als Barbar verkleidet und machte mir dennoch weniger Sorgen als der Asiate. Zum Schluss musste ich tatsächlich bis 10.000 Scheinen gehen. Aber das war nichts! GAR. NICHTS!

Das Einzige, was ich inzwischen echt dringend wusste, war, dass ich zu ihr musste. Ich musste sehen, wie es ihr ging. Musste ihr zeigen, dass ich sie nicht hier verrecken lassen würde. NIEMALS!

Ich wurde von einem großen mit Öl eingeriebenen Typen geholt, der nur schwarze enge Shorts trug. Tom und Phil wollten mit uns gehen, aber ich befahl ihnen, zurückzubleiben, ansonsten wäre es zu auffällig gewesen. Im hinteren Bund meiner Hose steckte mein Baby Nummer drei, das gab mir genug Sicherheit. Außerdem hatte ich im Zweifelsfall immer noch meine Fäuste. Es war besser, wenn meine Brüder in sicherem Abstand warten würden. Darauf vorbereitet unter Umständen einzugreifen.

»Du wirst deinen Spaß mit der kleinen Schnecke haben ... Ich hab noch nie jemanden gehört, der *so laut* schreit!« Der Ölige grinste widerlich, als er mich eine Etage tiefer in den einzigen Extraraum führte – den SM-Keller.

Ich wollte ihm fast antworten, dass Schmerzschreie nichts gegen ihre Lustschreie waren, und dass er ein abgefuckter Drecksack war, der diesen Tag allein wegen dieser Bemerkung nicht überleben würde, aber ich verkniff es mir. Schließlich nahm er an, ich wäre genauso krank wie Francesco oder die anderen Wichser, die nur Befriedigung erfahren konnten, indem sie eine unschuldige Person brachen. Wann immer ich mich daran erinnerte, dass ich auch mal so gedacht hatte, schüttelte mich der Ekel. Zum Glück war es MIR nie gelungen, denn tief in meinem Inneren war ich immer der alte Tristan gewesen und der hatte nicht zugelassen, dass ich sie zerstörte ... Weil ich andernfalls selbst daran zugrunde gegangen wäre.

Wir blieben vor der pechschwarzen Tür stehen und der eingeölte Arsch grinste mich noch mal an. Er musste sich mal wieder rasieren, fand ich, so einen Bart hätte ich nicht durchgehen lassen.

»Kann sein, dass du ihr erst mal etwas kaltes Wasser ins Gesicht schütten musst.« Mit diesen Worten öffnete er die Tür. »Viel Spaß ...«

Ich biss die Zähne aufeinander und ballte die Hände zu Fäusten, um ihm nicht sein Nasenbein schnurstracks in den verdammten Schädel zu rammen und betrat das Zimmer. Sobald er hinter mir die Tür geschlossen hatte, sperrte ich von innen zu.

Eilig sah ich mich um. Der Raum war groß, kalt und mit dem üblichen Inventar ausgestattet. An den Wänden hingen verschiedene Folterwerkzeuge. Es existierte sogar eine Streckbank. Ein Andreaskreuz. Ein Sessel. Ein großes Bett. Alles war mit Handschellen ausgestattet. An der Decke gab es ein Gitter, an dem man seine Sub festbinden konnte.

Der Boden bestand aus teurem roten Marmor, aber im Großen und Ganzen kam dieser Raum nicht im Geringsten an meinen SM-Keller ran ... Und ich hatte ja auch noch neun weitere Zimmer. Auf dem Bett entdeckte ich sie. Mein Mädchen lag zusammengerollt auf der Seite und schlief wohl ... dabei weinte sie und schmiss sich herum, ihre langen Haare klebten dunkel und nass in dem viel zu bleichen Gesicht. Sie wimmerte voller Verzweiflung. »Tristan ...« und warf sich auf den Rücken.

FUCK!

Mit zwei Schritten war ich bei ihr und setzte mich auf den Bettrand.

»Baby, ich bin hier«, flüsterte ich, strich ihr die feuchten Strähnen aus der Stirn, und wusste, sie konnte mich im Schlaf hören, so wie immer ...

»Bitte ... ich hab Angst ... Bitte ... Verlass mich nicht ...« Keuchend drehte sie sich wieder auf die Seite und klammerte sich an meinem Schenkel fest. Und sie dämmerte immer noch. Mir zerriss es fast das Herz, mit zitternden Fingern wischte ich ihre Tränen fort.

»Mia-Baby ... ich bin hier. Wach auf!«, wisperte ich und kniete mich neben das Bett, um sie wieder zu streicheln und meine Stirn an ihre zu lehnen. Mia entspannte sich sofort, und als ich mich etwas mehr vorbeugte, bemerkte ich, dass sie nach saurem Schweiß roch. SCHEISSE, SCHEISSE, SCHEISSE!

Die nächste Krise bekam ich, weil ich getrocknetes Blut in ihren Haaren fühlte, als ich ihren Kopf umfasste ... sobald ich die feuchten Strähnen vorsichtig auseinander schob, erkannte ich eine Platzwunde. Mia wimmerte, während ich sie vorsichtig untersuchte.

»FUCK, Baby ... Fuck!«, fluchte ich verhalten und betrachtete ihr bekümmertes hübsches Gesicht. Die verkniffenen Lider ... die angespannte Stirn ... die zusammengepressten, aufgeplatzten Lippen.

Fuck ...

Sie reagierte auf meinen leisen Fluch, denn plötzlich umspielte ein kleines Lächeln ihre Mundwinkel. Natürlich wusste ich, dass ich wieder mal ihre Träume manipulierte, so wie in der Nacht, als ich sie in ihrem Bett geleckt hatte, während Francesco schlafend daneben gelegen hatte. Zum Glück, oder sollte ich sagen leider, hatte sie meine leise gewisperten Worte damals nicht wirklich gecheckt. Ich wollte gar nicht wissen, was sie alles hatte tun müssen. Wie hatte es nur so weit kommen können?

»Tristan ... du bist hier ... du hast mich nicht vergessen«, raunte sie heiser ...

»Ich würde dich nie vergessen.« Erneut lehnte ich meine Stirn gegen ihre und streichelte ihre Wange – wollte sie noch ein paar Minuten schlafen lassen, bevor ich sie rausbringen würde.

»Du bist mein strahlender Held mit dem knallroten Audi und den dreckigen Gedanken ...« Sie lächelte breiter und die Sonne ging auf. Ich seufzte.

»Nein ... ich bin der gewissenlose Vampir, der seine Zähne dann in deinen Hals gräbt, wenn du es am wenigsten erwartest und dich zum Abschluss den Löwen zum Fraß überlässt«, flüsterte ich zurück und sie runzelte ungehalten ihre Stirn ... Das passte wohl nicht in ihr Delirium, in dem sie gerade schwebte.

Doch dann fingen ihre Lider an, zu flattern, ihre langen Wimpern warfen Schatten auf ihre bleichen Wangen, ihr Atem wurde hektischer und sie kniff die Augen zusammen. Ich wusste, sie wollte nicht aufwachen und auch genau, weshalb. Sie hatte Angst – genauso wie ich. Ich fürchtete den Ausdruck, mit dem sie mich bedenken würde, nachdem was sie durchgemacht hatte.

Sie kämpfte gegen ihr Bewusstsein ... verlor allerdings ihre Schlacht ... denn mit einem Mal hellwach öffnete sie die Augen, und schaute direkt in meine. Wir waren nur ein paar Zentimeter voneinander entfernt. Aber ich zischte, als mich ihr Blick wie eine Bombe traf. Von ihrer einstigen Lebendigkeit konnte ich nichts mehr erkennen, keinerlei Emotionen spiegelten sich in dem Karamell. Ich hätte genauso gut einer Leiche in die Augen schauen können. Da war ... nichts … NICHTS.

»Baby?«, fragte ich nach ein paar Sekunden, als ich mich von dem ersten Schreck erholt hatte.

Sie reagierte nicht und sah mich nur starr an, das bereitete mir zunehmend Angst. Ruckartig richtete ich mich auf, doch sie blieb genauso auf der Seite liegen. Das Einzige, was überhaupt passierte, war, dass ihr Körper anfing zu beben. Sie musste einen verdammten Schock erlitten haben.

»Mia!« Ich drehte sie auf den Rücken und schaute leicht panisch auf sie hinab. »BABY? Erkennst du mich?«

Nichts ...

»Fuck!« Hektisch fuhr ich mir durch die Haare und schloss einen Moment die Lider, denn ich konnte diesen Todesblick nicht ertragen.

Nur schwer beruhigte ich mich gedanklich. Vermutlich hatte sie nur einen Schock. Wer konnte es ihr verdenken, nach allem, was sie hatte durchmachen müssen ...

Sobald ich mir dies vergegenwärtigt hatte, schaute ich sie fest an.

»Hör mir zu, Baby. Ich bin jetzt hier. Phil und Tom sind auch hier, also wird dir nichts mehr geschehen. Bevor dich noch jemand anfasst, sterbe ich! Und keine Angst ... bevor ich krepiere, tun das erst die anderen. Ich werde nicht zulassen, dass dir noch irgendjemand etwas antut ...« Ich wartete auf eine kleine Reaktion – ein Aufblitzen, eine Handbewegung, ein Wort. Doch es passierte nichts. Sie starrte mich einfach nur an.

OH, FUCK! Mit ihrem Verhalten machte sie mich ungewohnt nervös, aber ich ließ mir nichts anmerken. Um ihre geistige Verfassung würde ich mich später kümmern, jetzt musste sie erst mal RAUS HIER!

»Wir verschwinden jetzt, Baby.« Vorsichtig richtete ich ihren zierlichen, vertrauen Körper auf und ließ mich von ihrem Blick nicht beirren, als ich ihr meinen Mantel anzog und ihn zuknöpfte. Er war ihr viel zu groß, aber er bedeckte und wärmte sie, und ihr Gesicht entspannte sich für eine Millisekunde. Vorsichtig hob ich sie auf meine Arme. Sie biss die Zähne zusammen, klammerte sich aber zitternd an mir fest.

Mein erster Impuls war, brüllend durch den Club zu rennen und jedem eine Kugel zu verpassen, der hiermit etwas zu tun hatte. Aber sie kam an erster Stelle. Meine Rache ... meine wilde, blutrünstige Rache, musste leider warten ...

Womöglich war es auch von Vorteil, dass sie jetzt Leo gehörte. Francesco hing emotional an ihr. Auf seine kranke und abgedrehte Art. Leo hingegen ging es in erster Linie ums Geld, und ich würde jede gottverdammte Summe zahlen, um sie hier rauszukriegen. Ich beschloss, es erst mal auf gutem Wege zu probieren. Aber wenn er sie mir nicht geben würde, dann war er ein toter Mann. VERDAMMT! Wieder einmal fragte ich mich, warum ich das nicht hatte früher kommen sehen. Wieso hatte ich unterschätzt, welche Gefahr er wirklich darstellte? Wieso hatte ich so etwas zugelassen?

Ich hatte keine Zeit mehr zu verlieren. Als ich die Tür des Kellers öffnete, erlitt ich fast einen Herzinfarkt, weil etwas Zotteliges auf mich zukam, doch dann erkannte ich, dass es sich um Phil handelte, der Tom im Schlepptau hatte. Außerdem lag der ölige Wichser reglos vor meinen Füßen.

»SCHEISSE!«, riefen sie gleichzeitig, sobald sie Mia erblickten, die sich an meinem Shirt festklammerte und ihr Gesicht an meiner Brust vergraben hatte. Sie zitterte immer noch und weinte leise vor sich hin. Mittlerweile fragte ich mich beklommen, ob sie jemals wieder damit aufhören und sich erholen würde. Eilig informierte ich meine Brüder über die derzeitige Lage.

»Ihr bringt sie hier raus und nach Hause. Ich rede mit Leo. Tom nimm Mia! Phil die Knarre. Schieß jedem in den Schädel, der euch aufhalten will ...« Ich wollte weiter reden, aber dann sah ich, WIE VERSCHWITZT Phil schon war. Ihm lief der Schweiß bereits in die Augen, was mies war, weil er somit im Falle eines Schusswechsels ziemlich blind wäre. Einen Kommentar konnte ich mir beim besten Willen nicht verkneifen. »Oder vertreibe sie meinetwegen mit deinem Schweißgeruch.

Aber bring sie hier SICHER RAUS und ruf dann Dr. Banner an. Er soll sofort kommen, wenn ihr im Club seid!«

Tom hielt mir seine Arme entgegen, doch ich zögerte noch, weigerte mich, sie aus meinem direkten Schutz zu entlassen. »Tomas. Ich gebe dir jetzt mein verdammtes Leben.«

»Ich weiß, Tristan«, erwiderte er fest und bestimmt, ohne den Hauch von Spott in der Stimme. Seufzend wollte ich sie zu ihm schieben, aber sie verfügte trotz der Strapazen, die sie durchgemacht hatte, über immense Kraft. Mit dieser krallte sie sich an mir fest und presste ihr Gesicht an mein Shirt.

»Fuck ... Mia ... Dir wird nichts mehr passieren. Das sind meine Brüder. Ich würde dich keinem anderen anvertrauen! Bitte Baby, lass los ...« Während ich verzweifelt auf sie einredete, legte ich meine Lippen an ihre Schläfe, doch sie ließ nicht los, fing stattdessen laut an zu schluchzen und noch ein bisschen mehr zu zittern. Ich brachte es kaum übers Herz, doch es war unumgänglich, deshalb löste ich ihre Fäuste gewaltsam von mir, denn ich wollte sie hier endlich raus haben!

»Nimm sie jetzt!«

Er riss sie förmlich von mir los und sie taten gut daran, sofort die Kurve zu kratzen. Ich wusste, sie würden sie hier raus bringen. Phil, der Yeti, würde jeden über den Haufen rennen, der sich ihnen in den Weg stellte, aber das würde er gar nicht müssen. Wenn jemand die beiden des Diebstahls bezichtigte, würde Tom schon eine einleuchtende Geschichte für JEDES mögliche Szenario parat haben. Er war unglaublich, wenn er jemanden von etwas überzeugen wollte.

Ich trat über den bewusstlosen Körper des Türstehers (Phil oder Tom hatten mir den ganzen Spaß genommen, denn es war einfach nicht dasselbe einen Ohnmächtigen zu erschießen), der eigentlich vor dem verlassenen SM-Keller Wache halten sollte, holte meine Knarre hervor und ging auf dem kürzesten Weg hinauf zu Leos Büro.

Das Klopfen ließ ich ausfallen und riss die Tür einfach mit gezogener Waffe auf. Auf Mätzchen hatte ich nämlich derzeit absolut keinen Bock.

Leo war allein und schniefte gerade eine Line mit Hilfe eines Spiegels am Schreibtisch, auf dem gestern noch Francesco mein Mädchen betatscht hatte. Als ich mit Baby Nummer drei eingelaufen kam, mit dem Fuß die Tür hinter mir zuknallte, schaute er nur kurz auf und rotzte erst mal seelenruhig fertig, bevor er sich zurücklehnte und mich anlächelte wie der nette Opa, der gerade Besuch von seinem Enkel bekommt. Es gab für mich nur eins zu sagen.

»Sie gehört mir!«

»Oh, Tristan ... nimm deine Smith & Wesson runter und probiere. Das iste das Kolumbianische ...«

»Nein, danke!« Er wollte mir schon eine aufziehen, aber dann legte er die Karten wieder hin. Es war außer uns niemand anwesend, Leo wirkte ganz entspannt und keineswegs kampflustig. Also ließ ich die Waffe sinken, baute mich vor seinem Tisch auf und zückte mein Scheckbuch.

»Wie viel?« Leos immer vorhandener Geschäftssinn blitzte in den kalten Augen auf und er lächelte schwach.

»Das kommte darauf an, wie viel sie dir werte ist.« Normalerweise war ich ein guter Geschäftsmann mit dem perfekten Pokerface, aber nicht jetzt, denn es schoss sofort aus mir raus – Schande über meinen verdammten Pussyarsch.

»ALLES!« Leos Lächeln wurde breiter, war jetzt schon fast ein richtiges, er lehnte sich in seinem Sessel zurück, legte die Fingerspitzen aneinander und beobachtete mich wie die Schlange ihre Beute.

»Verdammt, spuck es einfach aus!«

»Du liebste sie, hm?« Mit der Frage hätte ich jetzt nicht gerechnet. Sie ließ meine Beine plötzlich schwach werden, sodass ich mich setzen musste, was ich auch tat.

»Ist das nicht offensichtlich?«, erkundigte ich mich resigniert und strich mir mit einer Hand übers Gesicht.

»Was hat diese ragazza nur an sich?«, sinnierte er. Ich lachte lediglich trocken.

Denn das hatte ich schon vor acht Jahren herausgefunden.

»Sie ist die Beste!« *Und sie gehört mir!*

»Das hat de Francesco auch gesagt ...«, meinte Leo nachdenklich. Ich bemerkte ein ätzendes Zucken in meiner Wange ... und mein Finger wollte abdrücken.

»Du hast gewusst, was für kranke Scheiße er mit ihr abgezogen hat?«

»No!«, rief er sofort, fast schon empört. »Das wusste ich nichte. Ich ware bei Mama ... Sie machte tollste Spaghetti mit de Pesto ...« Sein Blick sagte mir, dass er nicht log. Aber ich hatte jetzt keine Nerven, mich von ihm mit seinen unendlichen Geschichten vollschwafeln zu lassen. Leo war sicher schon um die zweihundert, und wenn er einmal ein Opfer gefunden hatte, das ihm zuhörte, dann gab es kein Halten mehr. Dabei wollte ich doch nur zu meinem Mädchen. Sonst nichts! Verdammt!

»Sag mir einfach, was du für sie willst«, wiederholte ich also gefasst, und nahm das Scheckbuch, das ich auf den Tisch geschmissen hatte.

Leo schaute mich einige Sekunden an, seine dunklen blutunterlaufenen Augen blitzten auf. Dabei grinste er süffisant und konterte ...

»Deine Club.«

Ich schluckte. »Meinen Club?«

»Si, deine Club«, erwiderte er schlicht und fing an, sich seelenruhig eine neue Nase aufzuziehen.

FUCK! MEINEN CLUB! Mein Imperium, das ich mir mit meinen eigenen Händen aufgebaut hatte? Mein ganzer Stolz, für den ich mir den Arsch aufgerissen und so viele Strapazen in Kauf genommen hatte?

»Wenn du ALLES für sie geben würdest, ist deine Club doch nichts, oder?«, fügte er mit einem stillen Lächeln hinzu, bevor er sich wieder seiner Line widmete.

Ich schluckte – hart ...

34. Tote Augen

Tristan ›caring‹ Wrangler

Als ich bei mir im Club ankam, war es fast Morgen. Die Sonne ging schon hinter dem Nebel über der Stadt auf, die ich von hier oben perfekt überblicken konnte. Ich lehnte mich noch für drei Minuten an mein Auto, zündete mir eine Zigarette an und genoss den beruhigenden Rauch, der in meine Lungen strömte.

Erschöpft ließ ich meinen Kopf nach vorne hängen und atmete tief durch ...

Phils weißer Mercedes, den meine Brüder genommen hatten, stand auf dem Parkplatz und sie hatten mir eine Nachricht geschrieben, dass sie heil angekommen waren. Mein Gespräch mit Leo hatte nur zehn Minuten gedauert ... demnach hatte ich nicht lange benötigt, um hierher zu gelangen.

Mia war in Sicherheit ... also ebbte mein Adrenalinspiegel langsam ab und ich fühlte mich irgendwann einfach nur ... erschöpft.

Und ehrlich gesagt verspürte ich etwas Angst davor, jetzt da rein zu gehen und wieder in diese toten Augen sehen zu müssen. Gleichzeitig wusste ich jedoch, dass ich das mit ihr Durchstehen musste, komme, was wolle. Denn sie war mein Mädchen und ich der Einzige, der IRGENDWAS für sie tun konnte. Aber vielleicht hasste sie mich jetzt auch? Vielleicht hatten wir die Rollen getauscht? Vielleicht hatte sie verstanden, dass ich nicht gut für sie war, dass ich sie in die Scheiße reingezogen hatte.

Obwohl sie Francesco, den Psychopathen, ja ohne mich kennengelernt hatte ... Trotzdem, ich würde es ihr nicht verübeln, wenn sie mir die Schuld an all dem geben würde. Ich hielt es ja selbst auch nicht anders. Meine Gedanken gingen allesamt in düstere, niederschmetternde Richtungen, was mich zusätzlich fertigmachte.

Alles in meinem Inneren zog sich wild protestierend zusammen, sobald ich daran dachte, dass ich sie verloren haben könnte. Aber sollte sie gehen wollen, würde ich sie ziehen lassen, auch wenn sie mein Herz mal wieder als blinden Passagier mitnehmen würde.

Aber diesen Verlust würde ich irgendwie überleben – solange ich sie dann nur in Sicherheit wusste. Und davon überzeugt sein konnte, dass sie von dem ganzen Dreck hier meilenweit entfernt war ... ohne Gefahren, ohne Angst.

Aggressiv schnipste ich meine halb gerauchte Kippe weg, und strich mir mit beiden Händen durch die fettigen Haare, bevor ich mich abrupt abwandte und ins Haus ging. Ich musste dringend duschen. Ich stank. Ich hatte geschwitzt. Ich hatte geheult. Es war alles ekelhaft.

Tom, Vivi, Katha, Phil, Georgi, Garrett, Lena und sogar Mary saßen in der Küche. Keiner redete ein Wort, sie schwiegen sich an, wobei jeder eine dampfende Tasse in seinen Händen hielt.

»Wo ist sie?« War das Erste, was ich fragte, denn mit einem Mal konnte ich nicht schnell genug bei ihr sein.

»Oben.« Vivi sah von ihrer Tasse auf und wirkte wie ein Zombie mit ihren dicken Tränensäcken.

»War der Arzt schon da?«

»Ja ... aber sie hat sich nicht untersuchen lassen«, erwiderte sie, und fuhr einen Tick leiser fort »Ich habe versucht mit ihr zu reden. Aber sie spricht nicht, schaut mich nicht mal an. Als wäre ich nicht da ... Sie hat sich von mir auch nicht umziehen lassen ... Nichts ...« Nur bei der Erinnerung daran klang sie bereits ziemlich verzweifelt, was in etwa meine Gefühlswelt widerspiegelte. Nur nicht so intensiv.

»Ich werde jetzt zu ihr gehen!« Damit drehte ich mich um, doch Tommy stoppte mich.

»Sie hat sich eingeschlossen und macht keinem die Tür auf.«

»Glaubst du, ich lasse mich von ein bisschen Holz aufhalten?« Erneut wollte ich den Raum verlassen, doch diesmal rief Phil mich zurück.

»HEY! Wie lief es bei Leo?«

Ich seufzte schwer »Frag nicht«, bevor ich die Küche endgültig verließ, und über mein Büro die Treppen nach oben nahm. Die anderen hatten recht gehabt, es war tatsächlich abgeschlossen.

»Mia?«, rief ich und war nicht verwundert, als ich keine Antwort bekam. »Baby, bitte mach auf!« Sie rührte sich nicht. Also ging ich schnaubend die Stufen hinunter und kramte in meinem Schreibtisch nach dem Zweitschlüssel. Als ich ihn gefunden hatte, stieg ich erneut nach oben und sperrte einfach auf.

Ich entdeckte sie sofort. Sie saß vor der Glasscheibe in einem Sessel, eingemummelt in eine Decke, die Knie bis unters Kinn angezogen und die Hände um die Beine geschlungen. Ihre Wange lag auf ihrem Knie und ihr Blick ... machte mich fertig. Schon wieder. Teilnahmslos betrachtete sie die leuchtende Stadt mit der aufgehenden Sonne dahinter, wobei sie wie ein gefallener Engel in das goldene Licht der ersten Sonnenstrahlen gehüllt wurde.

In mir schrie alles, als ich sie so gebrochen da sitzen sah. Aber ich wusste, ich war der Einzige der uns beiden helfen konnte, deshalb fiel ein hysterischer Zusammenbruch meinerseits immer noch aus.

»Baby?« Nachdem ich mir die Schuhe ausgezogen hatte, ging ich langsam auf sie zu, doch sie reagierte nicht auf meine leise Stimme. Ich trat hinter sie, wusste einen Moment nicht, was ich tun sollte. Aber dann fiel mir das vertrocknete Blut in ihren Haaren wieder auf, und ich wusste, ich musste mich JETZT sofort über ihren körperlichen Zustand informieren!

Also umrundete ich sie, berührte sie aber nicht, sondern hockte mich vor sie und schaute sie an. Mia nahm mich nicht wahr, starrte stattdessen an mir vorbei nach draußen, als wäre ich Luft. Es war das Schrecklichste, was ich bisher erlebt hatte. Undenkbar und vernichtend.

Mia Engel SAH MICH NICHT!

»Mia, ich muss wissen, ob du schwer verletzt bist ...«, versuchte ich zu erklären und nahm ihre eiskalten Hände in meine. Als ich sie an meine Lippen und mein Gesicht drückte, reagierte sie nicht ... doch sie zog sie auch nicht zurück. Ich brauchte noch ein paar Minuten, um ihre duftende Haut zu riechen und die vertraute Weichheit zu fühlen. Nur, um mich zu vergewissern, dass sie noch lebte. Denn das war das Wichtigste im Moment. Sie war nicht tot ... Zumindest nicht körperlich ...

Nur leider zeigte sie keinerlei Anzeichen, dass sie meine Anwesenheit bemerkte, ihre kleinen Hände lagen schlapp in meinen, und eher nebenbei registrierte ich, dass meine Sicht verschwamm und sich Feuchtigkeit in meinen Augen sammelte. Bevor es jedoch zum Äußersten kommen und ich endgültig in Tränen ausbrechen konnte, riss ich mich mit aller Macht zusammen und räusperte mich.

»Ich werde dich zum Bett tragen.« Widerstandslos ließ sie sich von mir hochheben und auf die Matratze legen. Dabei hing sie regungslos in meinen Armen, zeigte nicht das geringste Erkennen oder irgendeine Anteilnahme. Verdammt, selbst für einen hysterischen Schrei wäre ich mittlerweile dankbar gewesen.

Noch immer hatte ich mich unter Kontrolle, zwang meine Hände dazu, nicht zu zittern und packte den Scheissreißverschluss ihres Scheisscatsuits.

Fuck! Nie wieder würde sie Lack tragen, so wahr ich Tristan der Scheißer war!

Ihr ganzer Körper zitterte, als ich den Reißverschluss öffnete, sie kniff ihre Augen zusammen und drehte ihr Gesicht von mir weg.

»Ich ziehe dich jetzt aus, Mia. Ich werde dich nicht sexuell berühren. Ich werde dir nicht wehtun ... Du kannst mir immer sagen, dass ich meine Finger von dir lassen soll. Dann werde ich SOFORT aufhören ... Ich bins – vertrau mir«, flüsterte ich mit verdammt bebender Stimme – die hatte ich leider nicht unter Kontrolle –, und zog den Reißverschluss bis zu ihrem Schritt hinab. Sie zuckte zusammen, als ich mit meinen Knöcheln versehentlich ihren Intimbereich streifte und ich biss die Zähne aufeinander ...

Du musst jetzt stark sein! DU musst! Du Gott verdammter Arsch, SEI STARK! - hämmerte es in mir, während ich die ersten Tränen auf meinen Wangen spürte und NICHTS dagegen tun konnte.

Bebend atmete ich tief durch, zwang mich, nicht in ihr Gesicht zu sehen, sondern betrachtete mit einem finalen Atemzug ihren Körper ...

... und stöhnte entsetzt auf ...

Sie schluchzte nicht und schniefte nicht. Aber es war, als hätte man einen Wasserhahn aufgedreht und es wirkte echt gruselig, wie die durchsichtigen Perlen plötzlich unentwegt über ihre bleichen Wangen rollten. Ihre Augen schienen nichts aufzunehmen, schon gar nicht mich, sondern fixierten weiterhin irgendeinen Punkt hinter mir. Ich konnte mich nicht darauf konzentrieren, denn das wäre das Aus gewesen. Allerdings war die Alternative auch nicht besser.

Ihr Körper. Ihr wunderschöner, perfekter Körper. MEIN KÖRPER.

Er war so ... kaputt ... es kostete mich jedes Quäntchen Mut, ihn anzusehen. Mia half mir nicht, als ich sie etwas hochhob und komplett aus dem Scheisslackteil befreite. Währenddessen schluckte ich an dem unaufhörlichen Schwall von Flüchen, die meine Zunge folterten und nach Außen strebten. Aber ich schaffte es nicht komplett. Als sie nackt war, setzte ich mich erneut auf die Kante des Bettes und berührte ganz sacht mit den Fingerspitzen ihre Wange ... Sie reagierte nicht sonderlich, nur ihr Zittern legte sich ein wenig.

»OH Fuck ... Mein Baby ...«, flüsterte ich, ohne es zu wollen, und begann meine Inspektion an ihrem Hals, der unter dem Kragen des Catsuits versteckt gewesen war. Er war blau ... eindeutig war sie gewürgt worden, die Male ließen keine andere Erklärung zu ... und das nicht nur einmal ... Außerdem machte ich verdammte BISSSPUREN auf ihrer feinen Haut aus.

Mein Blick wanderte weiter herab und ich verstärkte den Druck meiner Zähne in der Unterlippe so sehr, dass ich Blut schmeckte. Ihre gesamte, ansonsten so cremige helle Haut, war übersät mit Hämatomen, die gerade noch dabei waren, sich zu entwickeln. Man konnte genau *seine* verdammten Pranken auf ihr erkennen. Er hatte sie nicht einmal sanft angefasst, sondern ausschließlich brutal zugepackt … Aber nicht nur das ...

»Hat er etwa!« Ich beugte mich zu ihr herab und strich sehr vorsichtig über die kleinen kreisrunden Brandblasen, die besonders auf ihren Brüsten zu sehen waren.

Ich konnte es nicht glauben ... aber sie stammten eindeutig von glühenden Zigaretten.

Eine Welle der Übelkeit überrollte mich, riss mich mit sich und ich war für einen Moment versucht, mich neben das Bett zu knien und meinen Mageninhalt von mir zu geben. Bisher konnte ich diesen wahnsinnigen Drang unterdrücken – nur, wie lange noch?

Zwischendurch schlängelten sich heftige Knutschflecke über ihren gesamten Körper ... Ihre Beine waren auch mit blauen Flecken übersät ... die Hände und Beingelenke rot und blutig aufgeschürft ... Ich hatte Angst weiter nach unten zu sehen. WIRKLICHE Angst.

»Es tut mir so leid.« Hauchzart strich ich über ihre Blessuren. War so sanft zu ihr, wie ich konnte und kämpfte längst nicht mehr gegen die Tränen an, die an meinen Wangen herabliefen.

Sie waren von Grund auf ehrlich, wichtig und in dieser so furchtbaren Situation angebracht. Vielleicht der ultimative Beweis, dass ich noch ein Mensch mit funktionierendem Herzen war.

Ich konnte mir nicht mal ansatzweise vorstellen, was sie in den paar Stunden durchgemacht hatte und das ALLES war meine Schuld … Für einen kurzen Moment schloss ich die Augen, bevor ich mich zwang, sie wieder anzusehen.

»Mia ... darf ich deinen ... Intimbereich ... untersuchen?« Fuck! Ich konnte einfach nicht Pussy sagen ... das ging nicht – nicht in diesem Zusammenhang!

Sie erwiderte nichts und schaute mich nicht an. Die Tränen liefen weiter, aber sie spreizte die Beine. GOTTSEIDANK!

Auch wenn selbst diese Geste etwas zutiefst Ergebenes und Resigniertes an sich hatte. Denn ich ahnte – wusste in meinem Innern vielleicht sogar –, dass sie es nicht für mich tat, so wie sonst alles, sondern aus jener neuen Demut heraus, die ihr in den vergangenen Stunden eingebläut worden war.

Ein übermächtiges Schluchzen stieg in meiner Kehle hinauf, das ich in dieser Art seit mehr als zwei Jahrzehnten nicht mehr gespürt hatte. In Wahrheit fühlte ich mich rein emotional zurückversetzt, war teilweise wieder jener kleine Junge, der vor den Scherben seiner Existenz gestanden und sich hilflos an die Hand seines Vaters geklammert hatte. Nur langsam ging mir auf, dass ich mich inmitten meines zweiten persönlichen Overkills befand.

Nein, nicht der Dritte – im Vergleich zu dem Moment, als meine Mutter sich umgebracht hatte und dem, was ich hier gerade erlebte, war der Moment von Mias scheinbarem Verrat NICHTS gewesen. Ein Fuck! Unvorstellbar, dass ich mich jemals so wahnsinnig in diese Kleinigkeit hineingesteigert hatte. Zumindest sah ich es jetzt so.

Ich atmete noch mal tief durch und kniete mich zwischen ihre Beine. Dennoch zögerte ich, bevor ich so sanft wie möglich ihre Unterschenkel berührte und die glatten Beine noch ein Stück weiter öffnete. Sie wollte zucken, es entging mir nicht und wäre nur natürlich gewesen. Doch eine neue Kraft, die es bis gestern auch nicht gegeben hatte, hinderte sie erfolgreich und ließ sie nur ein wenig ächzen.

»Sorry ... Fuck ...«, sagte ich hastig, schaute flüchtig zu ihr auf, bevor ich ihre ramponierte Haut an den Knöcheln streichelte und mich zwang, mein Lieblingskörperteil von ihr anzusehen.

Diesmal wurde mir nicht nur schlecht, sondern kotzübel und ich musste tatsächlich würgen. Auch wenn es mir gelang, die saure Flüssigkeit, die meine Speiseröhre bereits erobert hatte, nochmals zurückzudrängen.

Sie blutete dort!

Das konnte nicht wahr sein!

»Oh Gott!« Ich merkte, wie sich Schweiß auf meiner Stirn bildete und meine Magen unablässig rebellierte. Deswegen schloss ich erst mal die Augen und versuchte mich zu beruhigen. »Fuck ... Fuck ... Fuck ...«, murmelte ich vor mich hin und strich inzwischen sanft über ihre Unterschenkel. Sie sollte nicht meinen, dass ich sie auch nur eine Minute allein ließ.

Als die Übelkeit ein wenig nachgelassen hatte, öffnete ich die Lider erneut.

»Ich muss dich dort anfassen, okay? Ich werde dir nicht wehtun ...« Sie reagierte nicht weiter, also begab ich zum Waschbecken und befeuchtete ein paar weiche Tücher.

»Ich werde dich an den Rand legen, damit ich dich besser waschen kann.« Sehr vorsichtig, als wäre sie aus zerbrechlichem Porzellan, brachte ich sie in die gewünschte Position. Rechts und links stellte ich zwei Stühle hin, und platzierte ihre Beine darauf – das Ganze wirkte wie ein behelfsmäßiger Gynäkologenstuhl, was auch nicht dafür sorgte, dass es mir besser ging.

Ich kniete mich vor sie und wischte erst mal sehr vorsichtig das Blut weg. Verdammt ... ich war absolut nicht sicher, ob sie ins Krankenhaus und genäht werden musste ...

Sie biss die Zähne zusammen, als ich sie berührte, aber sie wich nicht vor mir zurück. Doch schon allein das Zähnezusammenbeißen zog an meiner Seele. Sie vertraute mir nicht mehr! *Mir*, der sonst mit ihr alles anstellen konnte, was er wollte.

Zum Glück war es ohne das Blut nicht so schlimm wie

anfänglich angenommen. Trotzdem: Das Schwein war so was von tot! Er würde langsam krepieren, insgeheim verfluchte ich mich, meine ursprünglichen Pläne nicht gleich wahrgemacht zu haben.

All das wäre ihr nicht geschehen, hätte ich ihm in Mias Wohnung schon das Licht ausgeblasen. Zur Not hätte ich ihr Kopfhörer aufgesetzt und sie im Fernsehen Bambi sehen lassen. Nein, jetzt im Ernst, es wäre so einfach gewesen. Mia hätte ich unter einem Vorwand rausschicken können, während die Schreie des widerlichen Stück Drecks durch einen Knebel gedämpft worden wären. Obwohl, es wäre doch weitaus befriedigender alle geräuschhemmenden Elemente bei meiner Abrechnung wegzulassen. Denn ich wollte alles in mich aufsaugen, sein Stöhnen, Ächzen, sein Flehen und Betteln. Er sollte sich erniedrigen und vor Angst zugrunde gehen.

Allein seine Schreie würden mir den gigantischsten Orgasmus aller Zeiten bescheren. Und erst der Anblick seines verseuchten blutbeschmierten Körpers ...

Oh ... Fuck!

Tief in mir war ich ein total degeneriertes Arschloch und verdammt – ich liebte diese Seite an mir.

Doch all das musste warten, jetzt war erst einmal mein Mädchen dran. Mein geschundenes, vergewaltigtes, missbrauchtes, so hilfloses Mädchen ...

Einige irre Sekunden schmiegte ich mein Gesicht gegen ihren Schenkel und gestattete mir tatsächlich, die Beherrschung zu verlieren. Die Gefühle übermannten mich, und es war besser, das Ganze kontrolliert geschehen zu lassen, als dass ich mich in wilder Panik gewälzt hätte. Im ersten Moment entging mir die Veränderung, und als es mir dann auffiel, war es mir nicht mal peinlich. Denn ich lehnte an ihren samtigen Oberschenkel und heulte wie ein verdammtes Baby. Dabei hatte ich dazu nicht das geringste Recht! Mia war die Einzige, der so was zustand, wovon sie auch Gebrauch machte ... Wenigstens etwas ... Unter der Tränenflut murmelte ich immer wieder, wie leid es mir tat, dass ich das nie gewollt hatte und dass sie mir vergeben sollte.

Ich flehte sie geradezu an, doch sie erhörte mich nicht.

Sobald es ging, riss ich mich zusammen, auch wenn es verdammt schwerfiel, denn der Kloß in meinem Hals wollte nicht verschwinden. Ich räusperte mich und stand auf. Sie musste vielleicht nicht genäht werden, doch auf jeden Fall versorgt, außerdem würde sie garantiert duschen wollen.

Ich an ihrer Stelle hätte es gewollt und nicht nur wegen des Blut/Schweißgemischs, das an ihr haftete.

»Mia? Würdest du dich gern waschen?«, erkundigte ich mich leise. »Soll ich dir ein Bad einlassen?«

Nichts.

»Es würde dir sicher gut tun ...«

Nichts.

»Fuck!«, fluchte ich leise vor mich hin und biss die Zähne aufeinander. Ich war gelinde gesagt überfordert. Denn im Grunde war ich ein egoistisches Arschloch, das sich null für die Psyche seiner Mitmenschen und den ganzen Scheiß interessierte.

Viel zu kompliziert, schwammig, peinlich und überhaupt.

Aber hier ging es um mein Mädchen ... was mich in gewisse Konflikte trieb. Mal wieder ...

»Okay Baby ...«, sagte ich, nachdem ich tief durchgeatmet und mir mit beiden Händen durch die Haare gestrichen hatte. »Ich werde dich jetzt einfach baden, ob du willst oder nicht ...« Damit marschierte ich ins angrenzende Bad und ließ schon mal Wasser einlaufen, natürlich ohne jegliche reizenden Zusätze. Als ich zurück ins Zimmer kam, lag sie immer noch unverändert da.

Entschlossen stellte ich mich so, dass sie mich ansehen musste.

»Ich werde dich jetzt ins Badezimmer tragen ... Mia.«

Ich rechnete schon gar nicht mehr mit einer Reaktion und genauso war es auch. Sie fing nicht an zu zittern, als ich sanft unter ihre Knie griff, um sie hochzuheben. Ihre kleinen Hände krallten sich allerdings sofort in meinem Shirt fest und ihr Gesicht presste sich an meinen Hals. Sie weinte nicht mehr, ansonsten blieb alles beim Alten.

Aber nur die Tatsache, dass sie sich so verzweifelt an *mir* festklammerte, sobald ich sie hochhob meinen Armen hielt, gab mir Hoffnung. Demnach war ich immer noch ihr Tristan und sie war immer noch mein Mädchen. Vorsichtig brachte ich sie ins Bad und setzte sie auf dem flauschigen Badvorleger ab. Was sich als gar nicht so einfach herausstellte, weil sie sich erneut weigerte, mich freizugeben. Doch letztendlich schaffte ich es, sie von mir zu lösen. Ihren zerstörten Zustand ignorierend – ansonsten wäre ich komplett verrückt geworden –, überlegte ich eine Sekunde, ob ich gleich mit ihr in die Badewanne gehen sollte, entschied mich aber sofort dagegen.

Ein jetzt schon sehr genervter Teil von mir wusste, dass es erst mal mit der Überallrumfickerei zu Ende war. Aber das bedeutete mir im Moment herzlich wenig.

»Jetzt werde ich dich ins Wasser heben. Halt dich an mir fest!«

Sie sah mich nicht an, aber schlang automatisch ihre Arme um meinen Hals. Doch als ich sie hinablassen wollte, lockerte sie keineswegs ihre Umklammerung. Ich verlor langsam aber sicher das Gleichgewicht.

»Baby ... du musst mich loslassen ... Fuck ... Mia!« Langsam geriet ich in Panik. Aber nichts da! Sie krallte sich so fest, als würde es den Weltuntergang bedeuten, wenn sie mich losließ. Also blieb mir wohl keine Wahl und ich musste mit. Angezogen oder nackt.

»Oh Mann!« Kurzerhand stieg ich ... mitsamt meiner Lederhose, meinem Shirt und der Shorts in das verdammte Wasser ... Zum Glück hatte ich meine Knarre im Büro gelassen. Was anderes blieb mir ja nicht übrig.

Vorsichtig setzte ich mich hin und ignorierte, wie ekelhaft es sich anfühlte, als meine Kleidung sich mit dem Wasser vollsaugte und an mir klebte. Die Badewanne war groß, weshalb es kein Problem war, Mia mit dem Rücken zu mir an meine Brust zu lehnen.

Sie ließ den Kopf an meine Schulter fallen und schloss die Augen, während ich mich zwanghaft davon abhielt, ihre Titten zu umfassen und sie sanft zu massieren. Ein Blick auf ihre Brandblasen genügte und jegliche Erotik verflog sofort.

»Ist die Temperatur so okay?«, fragte ich idiotischerweise. *Verdammt!*, sie würde mir ja sowieso nicht antworten. Ich ließ noch ein bisschen heißes Wasser einlaufen und nahm mir den roten Schwamm von der Ablage neben meiner Schulter.

»Ich werde dich jetzt waschen, Baby«, kündigte ich an und fing an, mit dem verkappten Sponge-Bob hauchzart über ihren Körper zu streichen. Dabei beschäftigte ich mich ausgiebig mit ihren Armen und ihrem Oberkörper, sparte ihren Intimbereich jedoch erst mal bewusst aus.

Mir war so, als würde sie sich unter dem Schwamm einen kleinen Tick entspannen.

Trotzdem war es nichts im Vergleich dazu, wie zufrieden sich ihr kleiner Körper früher unter meinen Händen gerekelt hatte.

Das widerliche Brennen in der Brust ignorierend, hob ich ihre Arme und sie hielt sich an meinem Nacken fest, während ich ihre Achseln wusch.

Ab und zu hörte ich, wie sie die Zähne zusammenbiss, wenn ich über eine besonders ramponierte Stelle strich. Das war auch schon alles. Ich konnte mich nicht davon abhalten ihre Schläfe zu küssen, worauf sie sich komplett versteifte und so ließ ich es lieber bleiben.

»Sorry!«, entschuldigte ich mich hastig und hätte mir am liebsten in den verdammten Arsch getreten.

Nachdem ihr Oberkörper sauber war, schob ich sie ein Stück nach unten, sodass ich ihr die Haare waschen konnte. Ich war dabei vorsichtig und achtete darauf, ihre Platzwunde nicht zu berühren.

Der Ausdruck auf ihrem Gesicht verriet nichts davon, was in ihrem Inneren vorging und die Stille machte mich von Minute zu Minute wahnsinniger.

Ein kleiner masochistischer Teil in mir wollte wissen, was

genau passiert war.

Ich wollte sie in den Armen halten und sie an meiner Brust weinen lassen.

Ich wollte ihr sagen, dass ich sie liebte und immer lieben würde.

Ich wollte ihr den Schmerz nehmen. Ihn mit ihr teilen. Ihr helfen, ihn zu bewältigen. Aber solange sie mich nicht an sich ran ließ, würde ich nichts davon tun können, und diese Machtlosigkeit fühlte sich erdrückend an.

Als ich mit ihren Haaren fertig war, stand ich auf und setzte mich zwischen ihre angewinkelten Beine.

Dort wusch ich ihre wunderschönen Unterschenkel. Beschäftigte mich mit jedem einzelnen Zeh und massierte ausgiebig ihre Füße. Sie duldete es, zuckte nicht weg, aber sie zeigte mir auch nicht das Gegenteil.

Nachdem das Wasser nun fast kalt war, entschied ich, dass es reichte. Also erhob ich mich und ließ sie kurz allein, um mir die nassen, ekelhaften Klamotten vom Leib zu zerren. Dann hechtete ich ins Schlafzimmer, wo ich in eine schwarze Jogginghose sprang und mir ein weißes Muskelshirt überschmiss. Ein Nachthemd nahm ich für sie mit und kam in dem Moment rein, als sie mit dem Gesicht unter die Wasseroberfläche rutschte.

Verdammt, ich hätte es wissen müssen, versuchte nicht auszuflippen, hob sie aus der Wanne, trocknete sie ab und half ihr beim Anziehen. Nach wie vor zeigte sie keine Regung, zischte nur einmal, als ich ihr ein Höschen überstreifte. Zum wiederholten Mal kämpfte sich ein Knurren meine Kehle hoch. Francesco würde dafür büßen. Doppelt und dreifach. Für jede einzelne Wunde, die er meinem Mädchen zugefügt hatte, für jeden Albtraum, den er ihr beschert hatte. Er würde zahlen – mit seinem Leben.

Nachdem sie ein langes blaues Nachthemd anhatte, wollte ich sie in mein Bett legen, aber sie spielte wieder Klette und hielt mich erneut fest, weshalb ich kurzerhand mit ihr unter die Decke schlüpfte.

Nun war ich zum ersten Mal in meinem Leben unsicher wie und ob ich sie im Bett anfassen sollte. Eine Entscheidung nahm sie mir ab, in dem sie ein Bein um meine Hüfte schlang und ihre Wange an meine Brust schmiegte ...

Dann weinte sie. Den ganzen verdammten Tag.

35. Die Erweckung

Tristan ›in Pain‹ Wrangler

Die nächsten Wochen änderte sich nichts. Mia fand einfach nicht aus ihrem Loch heraus. Dabei versuchte ich wirklich alles. Stundenlang kniete ich vor ihr, streichelte ihr leeres Gesicht und flehte sie geradezu an, mit mir zu reden. Mir endlich zu sagen, was ich tun konnte, damit es ihr besser ging. Doch sie schwieg eisern, und meine Verzweiflung wuchs. Es war, als würde ich mit einer atmenden Leiche zusammenleben. Wenn wir gemeinsam in der Küche waren, saß sie starr und leblos auf meinem Schoß – das Gesicht mit geschlossenen Augen an meinem Hals vergraben. Ihre Fäuste, die sich an mein Shirt oder an meinen Nacken klammerten, lockerten sich für keinen Moment, als würde sie denken, dass sich alles noch mal wiederholen würde, sobald sie mich losließ. In der Nacht schlief sie kaum, weil sie weinte. Und *wenn* sie schlief, hatte sie Albträume, rief nach mir, warf sich herum und flehte, dass er aufhören sollte. Bei diesen Gelegenheiten hatte sie mir nicht nur einmal aus Versehen eine reingehauen. Ich konnte es kaum ertragen, neben ihr zu liegen, die Tränen an ihrem bleichen Gesicht hinablaufen zu sehen und sie schwach und zerbrechlich flehen oder gellend schreien zu hören. Wenn ich arbeiten musste oder sie aus anderen Gründen nicht halten konnte, saß sie in meinem Zimmer auf ihrem Stuhl mit Stanley auf dem Schoß, und starrte mit leerem Blick über die Dächer der Stadt.

Ständig zitterte sie, es sei denn, ich war da.

In meiner Verzweiflung hatte ich Vivi, Phil, Tommy, und sogar Lena gebeten, mit ihr zu reden. Es war aber nie ein Dialog daraus entstanden, auch wenn Vivi jeden Tag versuchte, sie mit einzubeziehen und mit ihr zu plaudern, als wäre sie nicht ... traumatisiert. Mit der Zeit machte sich in mir ein Gefühl der Leere breit, was wohl dem glich, was mein Mädchen fühlen musste. Natürlich waren das alles nur Mutmaßungen, aber ich war mit meinem Latein am Ende. Sogar Katha hatte probiert, zu ihr durchzudringen, denn sie hatte in ihrer frühen Kindheit Ähnliches durchgemacht. Auch nachdem sie Mia unter Tränen ihre komplette Lebensgeschichte berichtet hatte, sprach diese kein Wort. Allerdings hatte Mia die Hand gehoben und sie auf Kathas bebenden Unterarm gelegt. Das war die heftigste Reaktion, die sie bisher gezeigt hatte. Ansonsten blieb alles beim Alten. Wenn ich am Abend neben dem Bett kniete, meine Stirn an ihre lehnte und einfach nicht mehr KONNTE ... Wenn die Tränen stumm über meine Wangen liefen, ich hilflos schluchzte und ich für den Moment dachte, ich müsste verrückt werden, dann legte sich unvermutet ihre Hand auf meine Wange oder strich durch mein Haar. Mehr konnte sie für mich nicht tun. Und eigentlich machte ich ihr keinen Vorwurf daraus. Denn verdammt, keiner von uns konnte sich vorstellen, was sie erlebt hatte. Keiner konnte sich auch nur ansatzweise in sie hinein versetzen.

Keiner konnte ihr helfen. Sie ging auch nicht zur Arbeit, was eine der schlimmsten Konsequenzen war, denn Robbie rief jeden Tag an und fragte nach seiner Mirti. Es brach mir das Herz ihm ständig aufs Neue sagen zu müssen, dass sie morgen *wieder* nicht kommen würde. Wegen dieser Sache wäre ich fast wütend auf sie geworden. Es war ja legitim, wenn sie *uns* im Stich ließ, aber Robbie ... vergötterte und BRAUCHTE sie! Noch mehr als ich ...

Ich tat mein Möglichstes, um ihn abzulenken, und verbrachte den Großteil meiner Freizeit mit ihm. Entweder ich nahm ihn mit ins Box-Studio, denn er liebte es, den starken Männern dort stundenlang zuzusehen oder mit mir zu trainieren. Oder ich ging mit ihm an die Alz. Schmiss Steine über das Wasser oder gaffte eingesperrte Tiere im Zoo an. Verdammt ... ich hatte sogar einmal versucht, mit ihm Lebkuchen zu backen, war aber kläglich gescheitert. Mir war klar, dass ich Mia nicht ersetzen konnte, aber ich wollte Robbie so oft wie möglich ein Lächeln ins Gesicht zaubern, denn der kleine Scheißer hatte sich in mein Herz geschlichen. Es tat weh, die Enttäuschung zu hören, wenn ich ihm sagen musste, dass seine Mirti wieder nicht kommen würde und ihm damit jedes einzelne Mal das Herz zu brechen.

Ansonsten gab es auch noch einiges zu regeln. Im Heim führte ich ein paar Gespräche mit der Oberschwester, die mir regelmäßig schöne Augen machte. Mit Sicherheit hätte sie mir als Erste ihr Höschen an den Kopf geschmissen, wäre sie keine Nonne gewesen. Aber ganz davon abgesehen war sie Feuer und Flamme und voller Dankbarkeit, dass ich mich des kleinen Waisenhauses annahm und es renovieren lassen würde. Das war ja wohl das Mindeste. Vivi und Katha befanden sich schon in der Planungsphase, machten Entwürfe, redeten mit Schwester Carmen und den Behörden, damit alles losgehen konnte, sobald der Frühling anfing. Und im Bezug auf mein Mädchen gab es ebenfalls ein paar Sachen zu erledigen. Denn verdammt, ich wollte SIE. Meine Geduld war langsam erschöpft. Jetzt, wo sie endlich wieder bei mir war, hätten wir beginnen können, unsere erträumte Zukunft umzusetzen. Aber ich kam einfach nicht an sie ran. Sie war so nah und doch unerreichbar. Manchmal fühlte es sich so an, als hätte ich sie schon wieder verloren. Als gäbe es sie nicht mehr. Als wäre mein Herz wieder verschwunden.

Ja ... in letzter Zeit passierte viel und alles schien an ihr vorbei zu gehen. Als der erste Schnee fiel, und sich still und leise über das Land legte, genauso wie mein Mädchen sich benahm, war ich dermaßen verzweifelt, dass ich überlegte, sie einweisen zu lassen. Die Anmeldepapiere hatte ich bereits da. Die Therapeuten, die scharenweise ihre Aufwartung gemacht hatten, waren auch nicht zu ihr durchgedrungen, und ich hatte die besten Seelenklempner aus aller Welt kontaktiert und sie einfliegen lassen.

Nur, um enttäuscht zu werden. Also ... Klinik. Aber ich wusste, wenn ich sie dorthin bringen und sie sich wieder zitternd, weinend und vor allem verzweifelt an MICH klammern und mich stumm anflehen würde, sie nicht allein zu lassen, würde ich es nicht übers Herz bringen, ihr das letzte bisschen Schutz auch noch zu nehmen – mich. Anscheinend gelang es mir, ihr das zu vermitteln, wenn ich sie in den Armen hielt. Niemals könnte ich sie in diesem wehrlosen Zustand in die Obhut eines Fremden geben! Und so wurden die Papiere wieder zerrissen und weggeworfen. Weihnachten näherte sich. Alles war bereit, doch ich konnte es ihr nicht sagen. Konnte *es* nicht *tun,* denn sie war noch tot. Vivi dekorierte wie eine Verrückte mein Büro, die Küche und sogar mein Schlafzimmer. Mia saß nur stumm daneben und sah hinaus in die Welt, zu der sie nicht mehr gehörte. Ihre Seele war ein eingesperrter Vogel mit gebrochen Flügeln ... Ich musste sie irgendwie befreien ... und ihr zeigen, dass es sich lohnte wieder Mut zu fassen und zu fliegen. Aber dafür musste ich sie aus dem sicheren Nest stoßen, sie zu einer Reaktion *zwingen.* Sonst würde ich sie ganz verlieren.

Garrett und Georgi hatten eines kalten Morgens dazu eine heftige Idee. Ich verwarf sie sofort entschieden, doch immer wieder kam sie mir in den Sinn. Sie klang so verrückt, dass es klappen könnte. Ich hatte versucht über Mitgefühl, über Verständnis, über Freundschaft und sogar über Liebe zu ihr durchzudringen – immer erfolglos.

Also blieb mir nur noch eine letzte Möglichkeit, bevor ich sie zwangseinweisen lassen würde, denn sie aß kaum, genauso wenig wie sie schlief. Ihr Gesundheitszustand gab mir ernsthaft zu denken.

So ging das nicht weiter.

***

Es war der 11. Dezember, als ich mich zu dem extremsten Schritt entschied. Ich hatte verdammten Schiss davor, ihr das anzutun, aber es führte kein Weg daran vorbei. Es musste sein.

Ich kannte Mia ... oder zumindest die alte, und ich wusste ganz genau, was sie normalerweise zum Ausflippen brachte – total. Dass ich ihr dafür noch mehr Schmerzen zufügen musste, war zwar eine Tatsache, aber momentan der mit Abstand dämlichste Gedanke, der mir kommen konnte. Ebenso wie der, dass ich sie dadurch komplett verlieren könnte. Alles, was zählte, war das verdammte Ergebnis!

Also musste ich das absolute Arschloch raushängen lassen. Ich musste ihr glaubhaft das Gefühl vermitteln, sie könnte *mich* verlieren. Denn ich wusste, dann würde ihr Kampfgeist wieder erwachen. Zumindest hoffte ich das.

Genauestens sprach ich alles mit Mary ab. Sie war die perfekte Komplizin, weil mein Mädchen sie nicht ausstehen konnte. Zwar wäre die Oberhobelschlunze dafür perfekt gewesen, aber die hatte ich kurzerhand an Leo verschenkt – als Zeichen des guten Willens.

Mary war fassungslos, als ich mit meiner Idee an sie herantrat, aber in ihren Augen leuchtete diese Gier auf, die ich bei den Schlunzen immer wahrnahm, wenn es um meinen Ficker ging. Natürlich sagte sie zu.

Schon ein paar Tage vor dem Masterplan fing ich an, mit ihr zu flirten. Und das nicht gerade subtil. Es tat weh zu sehen, wie sich Mia auf meinem Schoß versteifte. Wie sie den Atem anhielt, wenn ich Mary mit einem typischen Spruch auf den Arsch schlug, oder wenn ich sie vor meinem Mädchen blickfickte während ich zweideutige Andeutungen machte. Ich fühlte mich wie ein elendiger Verräter. Wie ein gewissenloser Penner. Wie das letzte Stück Dreck!

Aber allein schon diese kleinen Reaktionen sagten mir, dass ich mich mit meiner neuen Taktik auf dem richtigen Weg befand. Aber es war zu wenig. Ich musste sie zum AUSFLIPPEN bringen, musste mit einem gewaltigen Knall ihr Schneckenhaus sprengen.

Also ging ich einen Schritt weiter.

Ich verschloss den guten alten Tristan schön in sein Kästchen und stellte mich auf Tristan – absolutes Oberarschloch – ein. Ihre ausgeprägte Eifersucht war die stärkste Waffe, die ich im Kampf geben ihre Apathie benutzen konnte und unsere letzte Chance.

***

Es war schon abends und Schneeflocken rieselten lautlos vom Himmel herab als Mary und ich uns auf in mein Schlafzimmer machten, in dem Mia wieder auf ihrem Stuhl sitzen und vor sich hinstarren würde. Mary trug Arbeitskleidung, also ein zartes rosa Negligé, das ihre zierlichen Kurven vorteilhaft umspielte. Ich war immer noch in meinem legeren Look: graues Hemd und schwarze Jeans, als ich mein Schlafzimmer betrat und Mary sofort in meine Arme zog. Verstohlen warf ich einen kurzen Blick durch den Raum. Mia saß wie immer am Fenster. Ihr Kopf hatte sich uns nicht zugewandt, es war, als hätte sie uns nicht einmal bemerkt. Ich packte Mary abrupt am Arsch und sie keuchte auf. *Jetzt* versteifte sich Mia, worauf ich Mary hochhob, sie sofort ihre dünnen Beine um meine Hüften schlang und sich an mir festhielt.

»Boah ... Süße ... immer mit der Ruhe ...«, lachte ich heiser, als sie meinen Hals küsste und ich bemerkte, wie Mias Augen sich einen winzig kleinen Tick verengten, sie glitten zu uns. Dann wandte sie den Blick wieder ab.

VERDAMMT!

Ich fühlte mich so dermaßen SCHEISSE! Hier mit einer anderen Tusse vor meinem leidenden Mädchen rumzumachen. Aber es musste sein, denn mir blieb keine Alternative.

»Du hast doch nichts dagegen, wenn ich mich etwas vergnüge oder, Mia Baby?«, fragte ich sie und klang leicht abgelenkt. »Ich bin schließlich auch nur ein verdammter Mann und du lässt dich von mir ja nicht mehr ficken ... aber ... ich werde dir den Gefallen tun und ins Bad gehen ... Natürlich werde ich auch einen Gummi benutzen.« Verdammte Drecksfotzenscheiße!

Schon für mich war es die Hölle das auszusprechen. Wie musste es dann erst ihr gehen? Aber ich konnte nichts weiter tun, als mich selber zu verfluchen, die Zähne zusammenzubeißen und weiterzuspielen.

Somit marschierte ich mit Mary auf den Hüften ins Bad, ohne mein Mädchen noch mal anzusehen.

FUCK ECHT! Wenn das nicht klappte, dann würde ich wirklich nicht mehr weiterwissen! Ich hatte eigentlich gehofft, dass sie SOFORT ausflippen würde ... aber anscheinend brauchte sie ein paar Minuten. Hoffentlich würde das ganze Theater überhaupt was bringen!

Nachdem ich die dünne Badtür hinter mir geschlossen und abgesperrt hatte, setzte ich Mary auf den Badewannenrand und zwinkerte ihr zu. Ich selbst pflanzte mich auf den geschlossenen Klodeckel und nahm die Zeitung von dem kleinen Beistelltisch, die dort immer lag, denn ich brauchte Lektüre beim Kacken.

Aja ... Der neue Audi war draußen, sogar mit Turbo-Funktion. DAS würde mein neues Baby Nummer zwei werden.

Während ich interessiert die Anzeige las, legte ich mit samtener Verführerstimme los. »Hmmm, Mary ... du weißt nicht, wie lange ich dich schon ficken will!« Sie schnappte sich die kleine Feile vom Waschbeckenrand und fing an, gelangweilt ihre langen Nägel zu bearbeiten.

»ICH wollte dich schon ficken, seitdem ich dich das erste Mal gesehen habe ... OHHH, du bist ein Gott!« Sie klang lüstern und erregt. Was kein Wunder war – jahrelange Telefonsexübung. Ich grinste hinter meiner Zeitung.

»Dann zeig mir, dass ich dein Gott bin!«

»OHHH ... jaaa ...«, keuchte sie lauter.

»Pack meinen ... äh ... Stab Gottes aus und geh auf die Knie«, rief ich hinterher.

»Woah ... Tristan ... ER IST SOOOO GROSS!« Mary tat so, als würde sie mich verwundert anblinzeln. Ich verdrehte die Augen und stöhnte ... »Das ist so geil. Man merkt, dass du Übung hast!«

»Ich bin besser als deine Leiche da drüben, hm? Vergiss sie doch einfach u...«, murmelte sie und ich knickte eine Ecke der Zeitung um, um ihr einen warnenden Blick zuzuwerfen, woraufhin sie sofort verstummte.

»Halts Maul und blas weiter ... Oh ... yeah ...« Ich musste anscheinend noch eine Stufe weitergehen. »Okay, das reicht«, verkündete ich heiser. »Setz dich auf die Waschmaschine und mach die Beine breit!« Ich klatschte auf meinen nackten Unterarm. »Breiter, Mary ... Ich will dich *lecken!*«

»Tristan Edward Wrangler, WAGE ES NICHT, DEINE ZUNGE IN SIE ZU STECKEN!«, brüllte es von draußen. Gleichzeitig wurde damit mein wahrer Zweitname offenbart, den ich seit gefühlten Jahrzehnten sorgsam vor der Öffentlichkeit verborgen hielt. Meinen Geschwistern war es bei Todesstrafe verboten, ihn zu erwähnen. Zu peinlich!

Sofort durchschoss ein glühender Blitz meinen Bauch – keine Wut, das Gegenteil war der Fall!

Kein Scheißer auf diesem Planeten hätte glücklicher sein können! Sie klang laut, verzweifelt und irre. YEAH!

Ich senkte meine Zeitung und war einen Moment wie erstarrt, als ich ihre feste, grelle, hysterische Stimme vernahm, die sich anhörte wie eine Melodie! Fast hätte ich vor Mary zu heulen begonnen! Als sie anfing, an der Klinke zu rütteln und gegen die Tür zu hämmern, zuckte ich zusammen.

»MACH AUF VERDAMMT! Dann bring ich dich um!«

Mary schaute mich mit großen Augen an, denn sie hätte wohl nicht gedacht, dass die kleine Mia Engel so ein Organ hatte und vor allem nicht den Mumm, es mir gegenüber zu benutzen. Ich nickte stolz. »AUFMACHEN! HÖR AUF! FASS SIE NICHT AN! FASS IHN NICHT AN! FASST EUCH NICHT AN! AUFMAAACHEEEEN!« Die Klinke sprang so schnell auf und ab, dass ich nur vom Zusehen ein Schleudertrauma bekam.

»Du solltest ganz schnell gehen. Ich lenke sie ab«, flüsterte ich Mary zu und war mit einem Schritt bei der Tür.

»Baby, du reißt gleich die Klinke ab!«, scherzte ich, während ich sie öffnete. Kaum war der Spalt groß genug, kam mir eine kleine feste Faust entgegengeflogen und landete direkt auf meinem Kiefer. WOW! Damit hätte ich nicht gerechnet!

»DU DRECKSAU!« Ich musste Mia nicht von Mary ablenken, die sofort aus dem Zimmer eilte, denn Mia war total auf mich fokussiert und zerrte mich am Hemd aus dem Bad. Wow! Unbändige Wut verleiht den Menschen wirklich ungeahnte Kräfte!

»Mir geht es Scheiße und du hast nichts besseres zu tun als deinen Ficker in eine andere zu stecken?! Sag mal, geht's noch?!« Mit großen Augen und offenem Mund schaute ich auf sie hinunter. Ihr Blick war nicht länger tot, sondern voller Leben. Da loderte ein wildes Feuer. Da war Verzweiflung und vor allem war da *Wahnsinn*. Letzteres gab mir *etwas* zu denken, aber wenigstens konnte ich davon ausgehen, auf dem richtigen Weg zu sein. Irgendwie. Also verdrehte ich die Augen ... und gluckste.

»Sorry ... aber du weißt, ich bin ein Ficker ...«

»Du bist nur genauso ein Hurensohn, wie jeder andere Kerl!«, zischte sie zwischen den Zähnen hervor, und zerrte mich zum Bett. OH FUCK! Das würde hart werden. Sie zitterte am ganzen Körper, als sie mich grob auf die Matratze schubste und sich breitbeinig auf meine Hüften hockte.

Ganz plötzlich schlug sie mir erneut mit der Faust ins Gesicht. OH FUCKIGER FUCK! DAS tat tatsächlich weh!

»Soll ich dir zeigen, wie es sich anfühlt, so erniedrigt zu werden? Soll ich es dir zeigen?« Das war eindeutig eine rhetorische Frage, denn schon presste sie besitzergreifend ihre salzigen Lippen auf meine. Einen Moment drang ihre süße Zunge in meinen Mund ein, es war himmlisch. Als Nächstes hatte sie mir schon wieder mit der flachen Hand auf meinen sowieso schon leicht ziehenden Kiefer geklatscht.

»Hol dein Messer, Arschloch!«, befahl sie und stieg von mir runter. Wie eine Todesgöttin kniete sie sich aufs Bett und verschränkte die Arme vor der Brust. Ich starrte sie ein paar Sekunden fassungslos an.

Knallhart erwiderte sie meinen Blick, das lodernde Feuer des Kamins spiegelte sich in ihren nicht mehr zurechnungsfähigen, irre funkelnden Augen und tanzte gleichzeitig verlockend auf ihren zarten Zügen. Ihre langen Haare standen wirr ab, ihre zierliche Figur bebte. Die Ringe unter ihren Augen gaben ihr einen besonders dämonischen Touch oder einen durchgeknallten ... Das war vermutlich Ansichtssache.

Wenn ich an mein Messer in ihrer Hand dachte, bekam ich ein wenig Angst. Aber ich musste hier durch. Ich musste ihr helfen, auch wenn sie alles an mir auslassen würde, was sich die letzten Wochen in ihrem Inneren angestaut hatte. FUCK! Der Gedanke ließ mich erzittern, doch ich beugte mich vor und holte das Messer aus der Schublade meines Nachtkastens, das ich ihr mit der Klinge zu mir reichte. Sie packte es mit sicherem Griff, während ich sie wachsam betrachtete. Mein ganzer Körper war bis zum Bersten gespannt, bereit, mich in Sicherheit zu bringen, wenn sie jetzt damit wie eine wilde Furie auf mich losgehen würde. Sie starrte mich an, feurig und gleichzeitig doch eiskalt, und legte es schließlich mit einem winzig kleinem, überheblichen Grinsen neben sich aufs Bett. Ihre Stimme klang sanft. Ruhig. Emotionslos.

»Hat der große Tristan Wrangler etwa Angst vor seinem Mädchen?« Im nächsten Moment hatte sie mich schon wieder mit der flachen Hand ins Gesicht geschlagen.

OH FUCK! Diesmal zischte ich und fasste an meine Wange. Sie schwang ihr Bein über meine Hüfte, setzte sich auf mich, packte mein Hemd und riss es einfach auf. Die Knöpfe flogen quer übers Bett und landeten kullernd auf dem Boden.

»Zieh das aus, du notgeiler Arsch!« Wieder klatschte sie mir eine, und das immer nur auf die eine Seite!

»Kannst du mal die andere nehmen?« Ich konnte es mir nicht verkneifen und bekam umgehend dafür die Quittung – natürlich auf dieselbe Wange.

»Verdammt«, murmelte ich und sie zerrte mir das Hemd runter. Sobald es auf dem Boden lag, stieß sie mich grob gegen meine Brust. Sie hätte mich zwar nicht wirklich umwerfen können, aber ich folgte ihrer Bewegung und legte mich auf den Rücken mittig aufs Bett. Fasziniert betrachtete sie meinen nackten Oberkörper.

»So perfekt ... so ... muskulös ...«, hauchte sie abwesend und ließ ihre Fingerspitzen über meine hart antrainierten Muskeln gleiten. »So rein ... so ... unverbraucht ...« Ich wusste, sie dachte gerade an die Narben auf ihrer einst so makellosen Haut und musste hart schlucken, als ihr fast schon sehnsüchtiger Blick sich von meinem Körper löste und sie mir kühl in die Augen sah. Fuck, ich hätte sofort ihre zerstörte Haut genommen und ihr stattdessen meine gegeben!

»Du bist der Traum einer jeden Frau. Ich sehe wie sie dich anglotzen ... Sehe, wie du sie in ihren Köpfen fickst ... Aber du gehörst NUR MIR und du fickst NUR MICH! Also werden wir dich ... *markieren.* Was hältst du davon, Baby?«, fragte sie verdächtig freundlich und nahm das Messer. Misstrauisch taxierte ich sie und musste dabei schwer gegen den Impuls ankämpfen, es ihr spontan zu entreißen. Doch dann ging ich im Kopf ihre Worte durch und mir wurde einiges klar. Wie sie mich ansah, mich berührte und was sie sagte … Ich erkannte, dass sie genau das mit mir tat, was ihr Kleinschwanz angetan hatte.

Das war ihre Art der Bewältigung der Ereignisse, ihre Art mir alles zu erzählen. Denn SAGEN konnte sie es nicht. Aber sie konnte es mir ZEIGEN. Sie konnte ihren Schmerz wahrhaftig mit mir teilen ... Sie konnte ihn auf mich übertragen und ich würde ihn annehmen. Stumm, schweigend, reglos. Das war ich ihr schuldig. Körperlicher Schmerz bedeutete mir NICHTS, im Gegensatz zu der Bürde, die ich damit von ihr nahm. Und es WÜRDE ihr helfen, Macht über mich zu haben. *Besonders* über mich, weil ich sie in der Vergangenheit so oft dominiert hatte und sie immer nur das Opfer gewesen war. Ihre Therapie war es, aus der Opferrolle herauszufinden, indem sie selber zum Täter wurde.

Also biss ich die Zähne zusammen, als sie mir die Klinge an meine Kehle hielt und leicht dagegen presste.

Gleichzeitig beugte sie sich vor, sodass ihre Lippen beinahe meine berührten. Ihre Haare fielen zu beiden Seiten meines Gesichtes herab und hüllten uns ein.

»Wirst du ein braver Tristan sein?«, säuselte sie und drückte noch etwas fester zu.

Ich nickte und schluckte.

»Gut.« Zufrieden richtete sie sich auf und legte das Messer neben meinen Kopf auf das Kissen. Was sehr ablenkend war, denn sie trug nur eines meiner uralten weißen Shirts sowie ihre dunkelblauen Hotpants, und machte es sich auf mir richtig gemütlich.

Andächtig strich sie über meinen Oberkörper und neigte dabei leicht ihren Kopf zur Seite. So als würde sie sich seine Makellosigkeit noch mal einprägen wollen. Ihr musste wohl gerade klar geworden sein, dass ich nach ihrer Behandlung nie wieder so aussehen würde wie jetzt. Doch ich war bereit, den Preis zu zahlen, solange ich mein Mädchen zurückbekam. Gleichzeitig ballte ich die Hände zu Fäusten, als ich mich daran erinnerte, dass ALL DAS Francesco mit meinem Mädchen gemacht hatte.

Genüsslich summend beugte sie sich vor und ließ ihre weichen Lippen an meinem Kiefer entlang gleiten. Weiter nach unten, bis zu der Seite meines Halses. Sie leckte und nippte an meiner Haut und ich erschauerte, als ihr warmer Atem mich streifte.

»Wieso müsst ihr Männer eigentlich immer so schwanzgesteuert sein?« Damit biss sie mich ... HART. Ich packte das Bettlaken, um den Schmerz zu absorbieren und still liegen zu bleiben. Sie wusste, dass sie mich nicht festbinden musste. Sie wusste, dass sie alles an mir auslassen konnte. Sie vertraute mir komplett – endlich! So oft schon war fehlendes Vertrauen ihrerseits ein Problem gewesen! Jetzt hatte sie es überwunden.

Von mir konnte ich das nicht behaupten. Sie würde mich nicht umbringen, dessen war ich mir sicher, aber alles andere war mehr als ungewiss.

Wie sich unsere Rollen doch vertauscht hatten.

Klar war ... dass ich Schmerzen haben würde. Klar war, dass sie mich gerade dominierte, und die komplette Kontrolle über mich hatte ... Doch ich würde meine Seele für sie verkaufen, wenn es half.

Sie leckte über die Bissstelle an meinem Hals und ihre Lippen wanderten weiter hinab, als wäre nichts geschehen, bis zu meinem Schlüsselbein, an dem sie ausgiebig knabberte und saugte. »Wieso müsst ihr Männer immer nur an euch denken. An eure Befriedigung. An eure Bedürfnisse?« *BISS* und zwar mitten ins Schlüsselbein! Sie rammte ihre Zähne wirklich hart in mein Fleisch. Ich presste meine fester zusammen und schloss die Augen, als sie sich weiter nach unten arbeitete. Ich wollte nicht wissen, was mich ganz unten erwarten würde. *Wirklich nicht!*

Sie beschäftigte sich ausgiebig und wieder total unschuldig und sanft mit meinem rechten Nippel. Umkreiste ihn mit der Zunge und saugte mit wunderbar weichen Lippen daran. Bis ich mich stöhnend auf dem Bett wand, er hart war und mein genauso harter Ficker auslief.

Dann kam der linke an die Reihe. Dort wo meine Tätowierung war. Sie verwöhnte auch ihn hingebungsvoll und zwirbelte den anderen Nippel zwischen ihren kleinen Fingern. Mein Herz schlug wie wild und der Schweiß brach auf meiner Stirn aus.

»DAS hier gehört mir. ALLES!« Dann biss sie mir in den Nippel. Ich keuchte auf, denn der Scheiß tat wirklich verdammt weh! Sie schaute wissend und mit einem schiefen Grinsen zu mir hoch, wie der sexy Teufel persönlich. Schwer atmend krallte ich mich fester in das Bettlaken, anstatt meine Hand, so wie sonst, in ihren Locken zu vergraben und sie von mir weg zu ziehen.

Mias Finger glitten währenddessen an meinem Bauch hinab. Zart. Langsam. Sie grinste breiter, als sie über meinen harten Schritt strich ... worauf ich leicht debil zurücklächelte ... Im nächsten Moment packte sie fest zu und hatte mich wortwörtlich an den Eiern.

»ARGH!« Nun krallte ich mich *richtig* unter mir fest und mein Rücken bog sich vor Schmerzen durch.

»Du glaubst du hast die Macht über mich? VERGISS ES! Das hast du nicht, denn du bist mein! In Wahrheit kann ich mit dir alles tun, was ich will ... in Wahrheit bist *du meine* Pussy ...«, raunte sie die volle verschissene Wahrheit und drückte fester zu. Ich wurde vor Schmerzen fast ohnmächtig und schloss gequält die Augen. Mein gesamter Körper war steif wie ein Brett.

»Fuck ... Mia!«, piepste ich.

»Halts Maul, Tristan!«, knurrte sie.

»Ich ... tue, was du willst ... ABER lass los ... Mia ... Marena!«, stammelte ich. Sie ließ los und ich sackte erleichtert zusammen, aber dafür klatschte sie mir schon wieder eine auf die besagte, sowieso schon pochende Wange.

»Nenn mich nie wieder Mia Marena!«, zischte sie warnend. OH FUCK! Sie war die perfekte Domina!

»Mia-Baby ... ist OKAY!« Ich keuchte noch etwas und war froh, dass der unsagbare Schmerz zwischen meinen Beinen immer mehr nachließ. Denn ich war weder der perfekte Sklave noch stand ich auf Folter. Sie sah mich noch ein paar Sekunden nachdenklich an.

»Weißt du eigentlich, was du mir alles angetan hast?«, verkündete sie fast schon schwach und mit einem Mal sprang sie auf die Beine. »Du wirst erfahren, wie es ist Schmerzen zu haben und Narben davonzutragen, die dich ein Leben lang daran erinnern werden.« Mit diesen Worten zog sie sich mein Shirt über den Kopf, entblößte sich vor mir. Ich schaute gequält ihren geschundenen Körper an. Die blassrosa kreisrunden Narben, die überall verteilt waren, und schluckte laut, denn der Anblick tat mir jedes Mal aufs Neue weh. Sie holte meine Kippen und ein Feuerzeug von dem Tischchen neben der Terrassentür.

FUCK!

Wortlos starrte ich sie an, als sie sich wieder gemütlich auf mich setzte und eine Zigarette aus der Schachtel nahm. Sie schob sie mir zwischen die Lippen und zündete sie an.

»Du siehst so verdammt sexy aus, wenn du rauchst. Darüber könnte man einen Porno drehen.« Noch einmal ließ sie mich tief ziehen, fixierte dabei fasziniert meine Lippen, die sich um den Filter legten. »Das reicht!« Damit hielt sie die Zigarette wie einen Stift mit zwei Fingern und senkte sie über meine linke Brust, sodass ich die Hitze der Glut spüren konnte, dabei schaute sie mir in die Augen.

»Du hast mir die letzten Wochen ständig zugeraunt, dass du alles auf dich nehmen würdest ... dass du dir nicht vorstellen kannst, was ich durchgemacht habe ... Soll ich dich fühlen lassen, wie es war?« Mit den sanften Worten drückte sie die Glut GANZ LEICHT gegen meine Haut. Mitten in das Herz meiner Tätowierung.

»ARGH ...« Mein Körper bäumte sich auf und ich krallte mich fester ins Bettzeug. Kniff die Lider und Zähne zusammen. Zwang mich dazu, sie *nicht* von mir runter zu stoßen.

»Tut das weh?« *Nein! Das ist wirklich ganz toll, Mia, verfickte Dreckssscheiße noch mal! Wie eine Behandlung im Wellnesscenter!*

Sie ging noch einen Millimeter weiter runter, achtete aber darauf, dass meine Haut nicht verbrannt wurde. Fast schon hingebungsvoll fuhr sie mit der Zigarette über meinen kompletten Oberkörper.

Über meine linke Brust zu meiner rechten und an meinem Bauch herab. Eine heiße brennende Spur aus Schmerz. Am Bund meiner Hose hielt sie inne und schaute hoch in mein angespanntes Gesicht. Sie lächelte fröhlich, als sie bemerkte, wie ich mich quälte, und drückte mir die Kippe wieder zwischen die Lippen.

»Rauch!« Voller Elan beugte sie sich vor und küsste entschuldigend den Pfad, den sie so eben mit der Glut beschritten hatte. Ich stöhnte, denn ihre weichen Lippen waren ein heftiger Gegensatz zu der Qual der Hitze. Ihre Haare kitzelten mein empfindliches Fleisch. Ihre Lippen entlockten mir leise Keucher.

»Ich hasse es Tristan ...«, murmelte sie, an meinem Bauchnabel und richtete sich leicht auf. Sie nahm das Messer und setzte plötzlich die Klinge zwischen meinen Brustmuskeln an.

»Ich hasse dich, weil du zweigeteilt bist. Ein Engel ...«, ohne Vorwarnung schnitt sie in mein Fleisch eine gerade Linie und ich presste die Lippen aufeinander, knurrte, warf meinen Kopf zurück ... »Und ein Teufel«, verkündete sie, als sie unten ankam. Der Schnitt brannte wie die Glut, doch ich hielt es mit zusammengepressten Zähnen gerade so aus, ohne zu schreien.

»Und doch liebe ich dich ... weil beide Seiten ein Teil von dir sind.« Sie leckte von unten bis oben über die Wunde. Sammelte das Blut genüsslich mit ihrer Zunge auf und summte dabei »Mmmhmm!« Unverhofft küsste sie mich. Blut und Mias süßer lieblicher Geschmack ... Ihre samtene Zunge, die meine besänftigte und gleichzeitig unterwarf.

Eine irre Mischung!

Das hier war so krank ... und so unsagbar erotisch auf einmal ...

Schwer atmend löste sie ihre Lippen von mir, strich mit der Klinge träge über meine Hose und meine Augen wurden etwas größer. Sie grinste dämonisch, als sie die Panik aufflackern sah.

»Hast du Angst?«, fragte sie mit diesem bösen Lächeln und leiser Stimme.

»Verdammt, JA!«, stieß ich hervor und provozierte bei ihr ein humorloses Lachen.

»Keine Angst, Baby ... IHM würde ich nie etwas antun.« Ich entspannte mich nur etwas, denn im Moment hätte ich ihr alles zugetraut.

Sie öffnete meine Jeans.

»Arsch hoch!« Ich tat wie mir befohlen und sie zog die Hose hinab. Schmiss die dann auf den Boden und legte das Messer neben meine Hüften, während sie sich neben mich kniete.

Im nächsten Moment beugte sie sich über meinen harten Schwanz und nahm ihn tief und fest in den Mund. Ungezügelt stöhnte ich auf, denn aus einem komischen Grund war ich bereit, sofort abzuspritzen. Sie fühlte das verdächtige Zucken und murmelte um meine Härte herum.

»Wehe, du kommst!« Dann saugte sie fester. Umkreiste die Spitze mit ihrer Zunge und massierte gleichzeitig meine Eier, genauso wie ich es gern hatte.

»Gott ... Mia ... Bitte ... hör auf!« Ich hielt es kaum aus. Dachte abwechselnd an Hängeomatitten im Schwimmbad und den Papst, während ich meine Augen schloss und ja nicht dort hinsah, wo sie mich quälte. Sie richtete sich grinsend auf und wischte sich über den Mundwinkel.

»Womit denn?«

Jetzt war sie fast schon wieder meine alte Mia, mit den lebendigen Augen und dem strahlenden Lächeln. Sie kletterte an meinem Körper nach oben, beugte sich über mich und küsste mich hart. Ich stöhnte in ihren Mund, als sie ihr nasses Höschen an meinem Ficker rieb.

Viel zu abrupt brach sie den Kuss ab, stellte sich aufs Bett und zog sich die Hotpants aus.

Dann hockte sie sich wieder über mich und umfasste meinen Ficker mit einer Hand. Langsam am Paradies lehnend holte sie mir einen runter. Ich fühlte ihre samtige, verführerische Nässe an meiner Spitze und hielt mich zwanghaft und tief stöhnend davon ab, einfach nach oben zu stoßen.

Mein Blick glitt wirr über ihren blassen wohl gerundeten Körper, auf dem das Feuer tanzte. Sie sah aus wie Satan persönlich. Ihre langen vollen Haare fielen ihr glänzend über die Schultern, kringelten sich auf ihren runden, perfekten Titten. Fasziniert folgte ich der ausgeprägten Linie ihrer Taille bis nach unten, dort wo das feuchte Paradies auf mich wartete. Sie senkte sich noch einen Millimeter herab, sodass ich genau am Tor lehnte.

Ich stöhnte rau, war im Moment absolut überempfindlich.

»Gefällt dir, was du siehst?«, fragte sie schelmisch. Meine Augen flogen nach oben zu ihren und ich nickte eifrig und durchaus dämlich.

»Mia Ma...«

Mit einem Mal landete schon wieder ihre flache Hand auf meiner Wange. Im gleichen Moment senkte sie sich komplett auf mich herab, umschloss mich fest und bestimmt.

»AHHH«, stöhnte ich hilflos.

»Nenn mich nicht so, verdammt!« Und dann fing sie an, sich auf mir zu bewegen. Sie warf den Kopf zurück, packte leidenschaftlich meine Hände und platzierte sie auf ihren wippenden Titten. Ich knetete sie automatisch, ohne dass ich es hätte verhindern können, und keuchte mit ihr zusammen.

»Mia ... BABY ...« Ein tiefes Stöhnen entrang sich meiner Kehle, während sie sich zu mir runterbeugte.

»Yeah ...« Dann küsste sie mich, blieb an mich gepresst. Meine Hände wanderten über ihren Rücken bis zu ihrem göttlichen Arsch. Sie ließ ihre Lippen auf meinen, atmete heftig in meinen Mund und zog sich um mich herum zusammen, während sie mich fickte, wie sie mich noch nie gefickt hatte. Ich kam fast und biss die Zähne aufeinander.

»Hast du mich vermisst, Tristan?«, säuselte sie. »Hast du DAS hier um dich herum vermisst?« Sie spannte sich erneut an, änderte etwas den Winkel, sodass ich ganz tief in ihr steckte.

»FUCK!«, stöhnte ich verbissen.

»Hast du es vermisst meine Titten und meinen Arsch zu kneten. Oder, wenn meine Zunge mit deiner spielt ... wenn ich mich auf deiner Brust abstütze und schamlos meine Lust rausschreie?«

»FUCK JA!«

Zufrieden richtete sie sich auf, strich mit beiden Händen über ihren göttlichen Körper, blickte mir in die Augen und hielt dann meine Hände auf ihren Hüften fest.

»Das kann dir keine andere geben. Du bist süchtig nach mir ... Ahhh.« Ich kreiste mit den Hüften. Schweiß bildete sich auf ihrer zarten Haut, ihre Augen schlossen sich, als sie mich noch intensiver fühlte. »Du willst nur meinen Körper, nur meine Pussy ... du willst nur meine ... Seele.« Mit einem Mal zitterte ihre Stimme leicht und ich umfasste sie fester, biss die Zähne aufeinander, als sie ihre Augen wieder öffnete.

Die Stimmung kippte innerhalb von ein paar Sekunde von absoluter Gewalt zu absoluter Hingabe.

»Und sie gehört dir. Nur bei dir fühle ich mich so ... *geborgen.*« Eine Träne löste sich plötzlich, und lief über ihre Wange und ich wusste, meine alte Mia war endlich zurück. Mein Mädchen war wieder am Leben. Ihr Blick wurde weich und verletzlich, während ich sie hielt und ehrfurchtsvoll den Wandel beobachtete. Sie war so zart und strahlte dennoch sogar jetzt in dem Moment ihres Zusammenbruchs Stärke aus. Obwohl sie schon so viel Scheiße mitgemacht hatte.

Auch mit mir ...

Und doch war sie jetzt hier ... und gab mir ALLES.

Selbst ich konnte die Tränen kaum stoppen, die sich in meinen Augen sammelten.

»Nur ich kann das Blut in deinen Adern zum Kochen bringen. Nur ich kann deine Tränen zum Überlaufen bringen ... Nur ich kann dich FÜHLEN lassen – intensiv, heftig, tief«, wisperte sie mit bebenden tiefroten Kirschlippen und wiegte sich sanft weiter.

»Ja, Baby«, flüsterte ich. Unsere Bewegungen verklangen fast komplett. Wir genossen nur noch die tiefe körperliche und seelische Verbindung.

Fuck ... Meine Tränen liefen über, während ihre auf meinen Bauch tropften.

»Sag es, Tristan. Ich MUSS es hören!«, forderte sie und krallte sich verzweifelt an meinen Händen fest, die sie noch verzweifelter hielten. »BITTE«, schluchzte sie und schaute mich flehend an – kniff dann ihre Augen zusammen. Quälte sich offensichtlich, denn sie hatte die Hoffnung aufgegeben, die Worte jemals wieder von mir zu hören, auch wenn sie mittlerweile doch wissen musste, wie es um mich und meine Gefühle stand.

Oder etwa nicht? Oh FUCK!

»Ich liebe dich, Mia-Baby!« Voller Inbrunst verließen die Worte meinen Mund. Sie schluchzte schockiert, riss die Augen auf und starrte mich an, als könnte sie ihren Ohren nicht trauen.

Ich zog einen Mundwinkel zu einem schwachen Lächeln hoch, das war so typisch mein Mädchen.

»Jetzt heul nicht schon wieder, weil so ein Arschloch, wie ich, sich ein zweites Mal in dich verliebt hat«, flüsterte ich sehr leise und fasste nach oben, um meine Handfläche an ihre rosige Wange zu schmiegen. Im nächsten Moment bückte sie sich und ihre Lippen krachten heißhungrig auf meine. Ihre Hände umfassten mein Gesicht, ihre Zunge focht mit meiner. Meine Finger krallten sich in ihren Rücken, pressten sie enger an mich und ich richtete mich auf. Wollte ihr so nah wie möglich sein. Sie wühlte währenddessen in meinen Haaren, ihr Atem vermischte sich mit meinem Stöhnen, als ich sie noch fester an mich zog und sie mir in die Lippe biss.

Abrupt riss ich sie an den Haaren zurück und flüsterte heiser an ihren vollen Lippen, während sie ihre Bewegungen wieder aufnahm und mich hart weiter ritt, als würde es kein Morgen mehr geben.

»Ich liebe dich, Mia-Baby ... Ich habe dich die ganze Zeit geliebt. Ich wollte es nicht wahrhaben, aber ohne dich bin ich verloren. Bitte, bleib bei mir ... bitte ...«

»Ja, Tristan«, stöhnte sie ergeben. Jeden Moment würde ich so was von kommen ... Aber ich fühlte, dass sie auch so weit war – wir zitterten beide am gesamten Körper.

»Ich bin dein, Tristan Wrangler. Schon immer gewesen und ich werde es auch immer sein. Und jetzt komm mit mir, Baby«, keuchte sie ... und zog sich um mich zusammen.

Wir kamen so heftig wie nie zuvor ... und besiegelten somit das eben Gestöhnte.

36. Himmlisches Erwachen

Mia ›free‹ Engel

Die Luft, die mich umspielte, war frisch und etwas kühl ... Auch wenn der Körper unter mir mehr als warm war. Genau genommen war er sogar ziemlich heiß. Ein träges Lächeln huschte über meine Züge, als ich den Geruch wahrnahm, der von seiner glatten Haut ausging. Er roch nach SEX. Nach gutem, altem, wildem Sex ...

Ich lächelte breiter, als ich merkte, dass er immer noch in mir war. Lasch, aber wir waren anscheinend die ganze Nacht vereint gewesen. Meine Beine waren eingeschlafen und ich legte mich komplett auf ihn, während ich sie nach hinten ausstreckte. AHH ... tat das gut ... selig schmiegte ich meine Wange an seine Brust, wollte ein bisschen seinen ruhigen Atemzügen und seinem Herzschlag lauschen, als es mir auffiel ...

Abrupt setzte ich mich auf und schlug schockiert beide Hände vor den Mund, während ich fassungslos den tiefen Schnitt betrachtete, der sich mittig über seinen perfekten Oberkörper herabzog. Mein Geist war wirr ... Bilder flogen an mir vorbei ...

Meine Hand mit einem blitzenden Messer ... meine Lippen um seinen Ficker ... meine Finger auf seinem Körper ... Zigarettenglut ... über seiner Haut ... Seine Hände, die sich fester in das Laken krallen ...

Wild schaute ich mich im Zimmer um und kniff die Augen zusammen, während ich »Nein!« flüsterte.

»Nein!«, wiederholte ich schluchzend, als mir klar wurde, was ich ihm angetan hatte. Hastig hob ich den Blick und mir wurde fast schlecht, als ich sein Gesicht sah. Er hatte einen Bluterguss auf der Wange und ich merkte, dass meine rechte Hand auch ganz schön pochte ...

Die Bilder von gestern strömten jetzt unbarmherzig auf mich ein. Geistesblitze wie Fotos, auf denen ich Tristan bedrohte und ihn, *meinen* Tristan, verletzte ...

Panisch schüttelte ich den Kopf, während ich mich nach und nach gnadenlos an jedes noch so winzige Detail erinnerte. An seinen Gesichtsausdruck, als ich ihm Schmerzen zugefügt hatte. An seine Arme, die er die ganze Zeit reglos neben seinem Körper gehalten hatte. An seine Knöchel, die weiß hervorgetreten waren. An jedes schmerzerfüllte Keuchen ... Jedes Zusammenbeißen seiner Zähne ...

Das Messer, mit dem ich ihn aufschnitt, mit dem ich seine makellose Haut verstümmelte, mit dem ich den Körper verletzte, den ich so sehr liebte ... Sein Blut, das ich ableckte ...

OH GOTT! Mit wurde schlecht!

Fast schon panisch schwang ich mein Bein von ihm, denn jetzt musste ich erst mal laut und vor allem hysterisch heulen, was ihn unter Garantie wecken würde. Doch bevor ich aus dem Bett krabbeln konnte, schnellte seine Hand nach vorne und packte mich fest an der Hüfte. Er zog mich mit Schwung zurück in die Kissen, sodass ich auf dem Rücken landete, und hielt mich fest.

»Was ist hier los?«, fragte er ein Drittel verschlafen, ein Drittel amüsiert und ein Drittel aufgebracht. Die Tränen liefen. Ich schüttelte nur den Kopf und betrachtete seine stoppelige Wange, die sich grün und blau verfärbt hatte.

»Weinst du?« Verschlafen runzelte er die Stirn.

»Nein«, quietschte ich und wischte hastig meine Tränen weg. »Ich schwitze aus den Augen!«

Er warf mir einen skeptischen Blick zu und beugte sich dann über mich, um mit seiner Nase über meine zu streichen.

»Alles klar, Baby«, sagte er ironisch.

»Nein«, kreischte ich erneut. »Gar nichts ist klar! Ich habe dich misshandelt!«

Er hob den Kopf und verdrehte die Augen. »Ich habe dich herausgefordert.«

»Aber ich hätte nicht ... ich hätte das nicht tun dürfen!« Sanft blickte er mich an und strich mir die Haare aus dem Gesicht.

»Das war deine Therapie, Mia! Und es war ja wohl nicht so, als hätte ich mich nicht wehren können«, verteidigte er mich und lehnte seine Stirn an meine. »Ich bin froh, dass es geholfen hat. Unglaublich froh sogar. Ich dachte schon, ich hätte dich wieder verloren ...«

Prompt bekam ich ein schlechtes Gewissen, wegen der letzten Wochen, war aber auch so gerührt von seinen Worten, dass ich sein Gesicht mit beiden Händen umfasste und seine schönen Züge streichelte. Einfach um ihm zu zeigen, dass ich wieder für ihn da war.

»Ich konnte nicht ... Tristan ... Ich hab einfach nicht mehr rausgefunden. Es war alles schwarz und grau. Ich konnte nur an ihn denken. An das, was er mit mir gemacht hat ... Da war nur er ... und ich konnte dich nicht finden ...«, flüsterte ich.

»Ich weiß ... deswegen habe ich so getan, als würde ich Mary ficken ... ich wollte dich mit Gewalt aus diesen Gedanken reißen.«

Fest kniff ich die Lider zusammen. »Es tut mir so leid, Tristan ... ich wollte nicht ... ich wollte dir nicht so wehtun ... ich wollte dir nicht das antun, was er mit mir ...« Ich konnte nicht mehr weiterreden, denn die grausamen Bilder, die sich die letzten Tage in Endlosschleife in meinem Hirn abgespult hatten, drangen wieder an die Oberfläche. Keuchend wehrte ich mich dagegen – wie üblich vergebens.

»Baby, ich bin hier!« Ich riss die Augen auf und sah in Tristans braungrüne mitfühlende Tiefen. Er zog mich an seine Brust und sprach sanft weiter, seine Fingerspitzen tanzten über meinen Oberarm.

»Entschuldige dich nicht. Du hast es gebraucht und ich habe es dir gegeben. Nach allem, was ich dir angetan habe, war es das Geringste, was ich tun konnte.« Unter seinen tiefen regelmäßigen Atemzügen und mit seiner warmen Haut so nah, beruhigte ich mich langsam, schüttelte den Kopf und berührte vorsichtig den verkrusteten Schnitt auf seiner Brust.

»Aber das hier ... das hätte nicht passieren dürfen ... es wird eine Narbe zurückbleiben.«

»Ich weiß ...« Er legte sich neben mich und zog mich mit dem Rücken an seinen Körper.

Seine Lippen strichen über meinen Nacken.

»Aber die Narbe wird mich immer daran erinnern, dass ich nie dich wieder so behandeln darf, wie ich es zu Beginn getan habe. Sie wird mich immer daran erinnern, im Licht zu bleiben ...«, murmelte er nah an meiner Haut und wanderte mit den Fingerspitzen über meine Seite. Seufzend entspannte ich mich unter seinen zarten Berührungen tatsächlich vollkommen.

Das hier war das, wofür ich gekämpft hatte. Das hier war MEIN Tristan. Egal ob alt oder neu – er gehörte mir.

»Deine böse Seite kannst du im Bett gerne rauslassen. Du weißt, ich finde sie scharf.«

Er lachte rau. »Ich weiß ... und du weißt, dass ich es tun werde ... aber ohne dich so zu demütigen, wie in der Vergangenheit.« Seine Finger fuhren über meinen Bauch, besänftigten mich mit ihren zärtlichen Berührungen. Es fühlte sich so gut an ... Tristan war immer für mich da ... Er hatte schon so viel für mich geopfert ... er war mein strahlender Held und ich konnte mich auf ihn verlassen ... war nie wieder allein und stand unter seinem Schutz.

Endlich. Ich schloss die Lider und drängte mich enger an ihn.

Einige Zeit genoss ich stumm das Gefühl seiner streichelnden Finger, aber etwas bohrte in mir ... es war das letzte Quäntchen, um es perfekt zu machen. Ich fühlte es zwar in jeder seiner Berührungen, aber dennoch brauchte ich die verbale Bestätigung.

»Du hast gestern etwas gesagt. War das dein Ernst?«, flüsterte ich fast lautlos und nahm seine große Hand in meine. Ich zog sie nach oben, strich mit meinen Lippen über jeden Zentimeter seiner Handfläche. Als er sanft meinen Nacken küsste, fühlte ich, dass er lächelte.

»Du weißt, dass ich so was sicher nicht zum Spaß sagen würde, Mia Baby.« Zufrieden grinste ich an seiner Hand.

»Sagst du es mir noch mal? Sonst kann ich es nicht glauben.«

Mit Sicherheit verdrehte er gerade die Augen, dann packte er mich an den Schultern, sodass ich auf dem Rücken zum Liegen kam, damit wir uns ansehen konnten. Zum Glück lag er auf der ramponierten Seite seines Gesichts und lächelte mich sanft an. Noch nie war er mir schöner vorgekommen und das hatte was zu bedeuten.

»Ich liebe dich, Mia Baby ... und ich habe dich wirklich die ganze Zeit geliebt. Unter all dem Hass war die Liebe immer verborgen. Ich habe sie nur nicht an die Oberfläche gelassen. Aber sie war DA und sie wird es immer sein. Dagegen kann ich ankämpfen, soviel ich will ... Etwas zu ignorieren, heißt nicht, dass es dadurch verschwindet.«

»Also hast du den Kampf aufgegeben?«, fragte ich leise und strich über seine Schläfen, seine hohen Wangenknochen, seinen ausgeprägten Kiefer. Das Grübchen in seinem männlichen Kinn. Er schüttelte schnaubend den Kopf.

»Ich bin ein egoistischer Scheißer. Und ich habe festgestellt, dass es besser für mich ist, wenn ich *mit* dir und nicht gegen dich kämpfe.« Seine grünbraunen Augen glühten geradezu vor Leidenschaft. »Mia, ich will dich ... für den Rest meines Lebens. Ich will mit dir alt werden. Ich will mit dir in deinem Holzhaus in der Pampa leben, mit dem Gemüsegarten vor dem verkackten Küchenfenster, und drei Kinder mit dir haben. Ich will, dass unsere Träume wahr werden ... Wir haben lange genug gewartet und so viel Zeit vergeudet. Aber eigentlich geht es nur um eines: Ich will das hier jeden Abend vor dem Einschlafen tun können.« Er hob seine Hand und tat es mir gleich. Strich mit den glatten Fingerspitzen hauchzart über meine Augenbrauen, meine Wangen, meine Nase ...

»Es tut mir so leid ... Baby ... alles tut mir so unendlich leid. Ich war so ein ... *Arschloch* ...«, hauchte er nah an meinem Gesicht. In seinen Augen brannte das tiefe Bedauern, das er empfand, sichtbar für jedermann.

»Nein, Tristan.« Mein Finger verschloss seine vollen Lippen. »Ich darf mich nicht entschuldigen, also wirst du es auch nicht tun! Das musst du auch nicht ... denn jetzt ist alles gut ... und das ist das Einzige, was zählt.« Lächelnd nahm ich meinen Finger zurück und beugte mich vor, um ihn sanft und leicht durch meinen Mund zu ersetzen.

»Besser als gut«, summte er an meinen Lippen. Ich lachte heiter und legte mich wieder zurück. In meinem Bauch tanzten die Schmetterlinge Samba und Tango, denn mit einem Mal war ich so glücklich.

Es gab so vieles, was wir besprechen mussten.

»Was nun?« Ich verschränkte unsere Finger miteinander und ließ sie zwischen uns liegen.

Tristan runzelte leicht die Stirn. »Wir werden zusammenziehen ...«

»WAS?«, schrie ich. Mir wurde ganz schwindlig, so schnell drehte sich alles. Die verflixten kleinen Biester begnügten sich nämlich nicht mehr nur mit zwei Tänzen, sie vollführten nun auch Pirouetten, versuchten zu steppen und machten den russischen Kosaken alle Ehre.

Tristan verdrehte die Augen. »Baby ... ich habe dir gesagt ICH WILL DICH! KOMPLETT! Also tu jetzt nicht so schockiert ... ich habe schon alles in die Wege geleitet. Allerdings ... gibt es da ein paar ... *Bedingungen*, die dir wahrscheinlich nicht gefallen werden.«

»Die wären?«, fragte ich etwas grummelig.

»Ich kann und will nicht in dieser Stadt bleiben. Sie ist nicht gut für dich und was nicht gut für dich ist, ist nicht gut für mich! Ich will ein NORMALES Leben mit dir. Ein stinknormales, genau genommen. Jeder Mensch sollte sich irgendwann für das normale Leben entscheiden, einfach um seine verdammte Ruhe zu haben – schätze ich. Und ich will dich in Sicherheit wissen. Das geht hier nicht, an diesem Ort ist zu viel passiert. Verstehst du das?« Ich kaute auf meiner Lippe.

»Aber das Heim ...« Gequält schaute ich ihn an, denn es zerriss mir das Herz … »*Robbie* ...« Er lächelte sanft und irgendwie beruhigend. Aber dann schien er auch etwas nervös zu werden und sah weg.

»Es war nie die Rede von eigenen ...«, wisperte er und erst verstand ich ihn nicht ... doch dann ... traf es mich wie ein Schlag. Gänsehaut überzog meinen Körper und mein Herz fing an zu rasen. Ein Strahlen breitete sich merkbar über meinem ganzen Gesicht aus.

»DU WILLST ROBBIE ADOPTIEREN?«, brach es aus mir heraus.

Tristan lachte erleichtert – hatte er echt mit meinem Veto gerechnet?

»Ich bin schon seit Monaten dabei, mit Schwester Carmen zu den Behörden zu rennen. Mein Führungszeugnis steht uns im Weg ... Allerdings sind seit meiner Jugend keine neuen Vorstrafen mehr dazu gekommen. Im Grunde bin ich ein sehr erfolgreicher Geschäftsmann und durchaus gesitteter Bürger. Außerdem unterstütze ich viele gemeinnützige Organisationen und sogar neuerdings diesen dämlichen Staat ... und da du eine sozialpädagogische Ausbildung hast, jung bist, finanzielle Sicherheiten besitzt ...« Ich wollte ihn unterbrechen, denn die besaß ich sicher nicht, doch er hielt mir einfach den Mund zu, um weiter auszuführen ... »... du in dem Heim arbeitest, und bereits seine Bezugsperson für ihn BIST, wird es relativ einfach werden. Wir müssen dafür noch ein paar Sachen in die Wege leiten ... aber eigentlich könnten wir nächsten Frühli... boah Mia!«

»AAAAAAAAAAAAAAAAAAAAHHHHHHHHHH«, schrie ich heulend und stürzte mich stürmisch auf ihn. Setzte mich auf ihn. Küsste ihn. Sein ganzes Gesicht ... Alles, was ich erwischen konnte. Blau oder nicht Blau. Ich war so glücklich. Dieser Mann war einfach nur der Wahnsinn!

Er wollte nicht nur mich, sondern auch ROBBIE! Ich würde also doch beide bekommen.

»Ich liebe dich, Tristan Wrangler. Ich liebe deine Großherzigkeit. Ich liebe dein Mitgefühl! Deine Leidenschaft, ich liebe sogar deine Härte, weil du nur bei mir weich bist. Ich liebe deinen Kampfgeist und deinen Mut und deine ganze Art! Ich liebe dich so ... Einfach alles an dir!«

Ich konnte nicht aufhören zu schniefen, aber Tristan war es anscheinend egal. Er lachte ausgelassen unter meinen Küssen und hielt mich fest umschlungen. Das hier musste der Himmel sein.

Er machte all das wahr, was ich wollte. Mein Kampf hatte sich gelohnt. Wieder einmal! Nachdem der erste Schock der Freude überwunden war, blieb ich gleich auf ihm liegen. Vergrub mein Gesicht an seinem Hals, genoss, wie er mit seinen Fingern über meinen Rücken strich und einen Gänsehautschauer nach dem anderen über meinen Körper rieseln ließ.

»Mia ...«

»Hm?« Ich lächelte zufrieden.

»Wieso hast du damals ... in der Nacht ... vor diesem beschissenen Morgen, nicht die Wahrheit gesagt!?« OH GOTT! Er klang so eindringlich. Ich kniff die Augen zusammen, presste mich enger an ihn, denn ich wollte nicht an diese grausame Zeit denken.

»Ich war feige und eingeschüchtert von meinem Vater, denn ich wusste, wozu er imstande ist. Und ich war siebzehn Jahre seiner Manipulation ausgesetzt ... Das geht an einem nicht einfach so vorbei. Ich war total ... verängstigt«, flüsterte ich an seiner Haut und strich über seinen Haaransatz.

Einige Zeit war er still.

»Und danach? Als ich im Knast war? Du hättest mich anrufen ... mir schreiben ... IRGENDWIE Kontakt zu mir aufnehmen können ... Es fiel dir offensichtlich so leicht, mir fernzubleiben – all die Jahre ...«

»Gott, Tristan ...«, erwiderte ich seufzend. »Ich habe dich so vermisst. Jeden Tag. Jede Minute. Jede einzelne *Sekunde!* Und ich habe dir ungefähr eintausend Briefe geschrieben – ehrlich, damit könnte man ein ganzes Buch füllen – aber niemals einen abgeschickt. Ich wusste, dass du mich hassen würdest, und habe gleichzeitig gehofft, du hättest ein neues Leben ohne den Truthahn und seine verrückten Eltern angefangen. Ich wollte dir nicht noch mehr schaden ... Und ich hatte Angst – vor dir. Nach deiner ersten Reaktion war es, als hättest du mich nie geliebt, als wären wir wieder ganz am Anfang. Da war nur noch Missachtung in deinen Augen. Du hast uns *sofort* aufgegeben ... Deine Geschwister auch ... Ich habe mich so geschämt, fühlte mich bestätigt ... Ich war nie gut genug für dich ...« Ich küsste seinen Hals. »Außerdem siehst du ja, was du bekommst, wenn du mit mir zusammen bist ... Nur Probleme ... Meine Mutter ... Francesco ... Patrick ...«, fuhr ich mit gebrochener Stimme fort.

»JA ...«, knurrte Tristan und seine streichelnden Hände stockten einen Moment. »Ich dachte wirklich, das wäre nicht möglich, aber dein ONKEL-FICKER ist genauso Abschaum wie dein Vater ... Der wird von Familienfeiern ausgeschlossen!«

»Siehst du! Das alles nur wegen m...«

»Halt die Klappe!«, blaffte er mich an. »Ich will so was nicht hören! Deine Probleme sind meine Probleme, und ich bin durchaus in der Lage mit ihnen fertig zu werden. Francesco ist bereits in Arbeit.«

»Was?« Ich richtete mich auf und starrte ihn schockiert an. Er schaute grimmig zurück. »Wie?«

Jetzt grinste er, aber alles andere als freundlich.

»Du kennst doch meine Masseuse Babette ... Sie ist auch Auftragskillerin in ihrer Freizeit. Es ist eine lange und total ausgeflippte Geschichte, wie ich zu ihr kam ...« Er verdrehte die Augen. »Tja ... ich weiß zufällig, in welchem Studio sich Kleinschwanz immer durchkneten lässt ... Und der Besitzer ist zufällig ein Kunde von mir ... so läuft alles zusammen. Als Nächstes wird ihn Babette massieren und ihm dabei ganz aus Versehen das Genick brechen, aber erst nachdem sie ihre sadistische Ader an ihm ausgelebt hat ...

Ich würde es ja liebend gerne selber tun. Du weißt gar nicht wie sehr ...« Erneut stoppte er mich und hielt mir mit tödlich funkelnden Augen den Mund zu, als ich wild protestieren wollte. »Aber ich *werde nichts tun*, was unsere gemeinsame Zukunft *irgendwie* gefährden könnte. Und ich bin mir sicher, du wärst sowieso nicht damit einverstanden, wenn sein Blut an meinen Fingern klebt. Babette ist ganz Feuer und Flamme mal wieder jemandem langsam und qualvoll das Leben zu nehmen. Besonders seitdem ich ihr erzählt habe, was er dir angetan hat! Oh du kannst es dir nicht vorstellen ... Außerdem muss ich wegen Leo vorsichtig vorgehen, sonst verscharrt der uns irgendwo im Wald. Darauf hab ich keinen Bock.« Er zuckte mit den Schultern.

Ich starrte ihn an.

Eigentlich hätte ich es schrecklich finden müssen, dass er meinen Ex-Lover ermorden lassen wollte. Doch ich war nicht Francescos erstes und letztes Opfer und nur mit dem Leben davon gekommen, weil Leo mich unbedingt gewollt hatte. Ansonsten wäre ich jetzt tot ... Und es würde weitere Frauen geben, dessen war ich mir sicher ... Frauen, die keinen Tristan hatten.

»Okay«, antwortete ich schwach und senkte mein Gesicht wieder auf seine Schulter. »Reden wir nie wieder darüber.«

»Hmmm«, erwiderte Tristan und streichelte mich weiter. Meine Lippen glitten träge über seinen Hals. Trotz des gerade besprochenen Themas war es ein Moment vollkommener Harmonie – der Moment, für den ich gekämpft hatte, doch gleichzeitig fühlte er sich noch immer so zerbrechlich an.

Auf bizarre Weise noch mehr als sonst.

»Ich hab so Angst, Tristan«, flüsterte ich und schmiegte mich fester an ihn, legte sogar ein Bein über seine Hüfte.

»Wieso?« Er verstärkte den Druck seiner Arme, presste mich an sich, und vergrub seine Nase in meinem Haar.

»Ich habe Angst, dass alles wieder zerstört wird.«

»Das wird nicht passieren, wenn du mir vertraust!« Jetzt klang er etwas verärgert, aber ich konnte ihn verstehen. Ich hob mein Gesicht und schaute in seine tiefen, klaren Augen. »Ich werde dir ab jetzt immer alles erzählen.«

»Gut.« Sanft glitten seine Lippen über meine. Er wollte es nicht vertiefen, aber sein Mund fühlte sich zu gut auf mir an ... Sein Ficker drückte sich hart und verlangend gegen meinen Bauch. Also strich ich mit meiner Zunge genüsslich über seine Unterlippe, die sich daraufhin zu einem Grinsen verzog.

»Ahhh ... wieder mal unersättlich, Miss Angel?«, zog er mich amüsiert auf. Ich kicherte und lachte richtig laut, als er mich plötzlich herumschwang, sodass er zwischen meinen Beinen zum Liegen kam, die sich automatisch um ihn wickelten. »In der Hinsicht hast du dich wirklich kein bisschen verändert, Baby ... und ich bin froh darüber.« Sein perfekter Mund wanderte langsam über meinen Hals. Ich lächelte, strich durch seine vollen Haare und rekelte mich unter ihm, genauso wie er es liebte.

Nach dem, was geschehen war, sollte ich es nicht so unendlich genießen ... aber das hier war Tristan und ich wusste, er würde mir NIEMALS auch nur ein Haar krümmen! Im Gegenteil! Er liebte mich ... und genau diese bedingungslose Liebe würde mich wieder gesund machen.

»Schlaf mit mir, Tristan Wrangler, und zeig mir, wie sehr du mich liebst«, hauchte ich.

»Dein Wunsch ist mir Befehl. Immer wieder Mia-Baby. Ich stehe unter deinem verdammten High Heel.« Somit schob er sich unerwartet tief in mein Inneres und küsste mich dabei sanft ...

So hatte er mich noch nie geküsst und geliebt ...

***

Nachdem wir geduscht und uns angezogen hatten, entschieden wir, wieder in die Realität zurückzukehren.

Es war, als hätte ich die gesamte Zeit alles nur durch den dicken Boden eines Marmeladenglases betrachtet. Ich war schockiert, weil alles schon weihnachtlich dekoriert war und draußen bereits Schnee lag. Es fühlte sich so unwirklich an. Gerade eben war noch Herbst gewesen!

Was hatte ich noch alles versäumt?

Tristan hielt meine Hand, während wir die Küche betraten.

»Guten Morgen, meine lieben Sklaven«, scherzte er und zog mich in den Raum. Alle Blicke flogen zu mir. Sie sahen meine Hand in Tristans, bemerkten das schüchterne Lächeln auf meinem Gesicht, worauf ich prompt knallrot wurde. Zaghaft winkte ich Lena, Garrett und Georgi.

»Ich bin wieder da.« Mehr brachte ich nicht raus, bevor sie auf mich einstürmten und mich umarmten, was Tristan mehr als nervte.

Es war mir fast zu viel – aber nur fast. Denn Tristan ließ meine Hand nicht los und beobachtete mit Adleraugen, ob sich Garretts und Georgis Finger in verbotene Zonen verirrten.

Dazu die etlichen Bemerkungen über seine blaue Wange. In ihm brodelte es, aber er blieb cool und ließ kein Wort darüber verlauten, was letzte Nacht geschehen war. Zum Glück, ansonsten wäre ich auf Nimmerwiedersehen im Erdboden verschwunden.

Als wir schließlich gemeinsam frühstückten, kam Mary in die Küche und warf mir einen genervten Blick zu, den ich eiskalt ignorierte. Alle waren darauf bedacht, die Gespräche locker lässig zu halten und sich über den vielen Schnee aufzuregen. Ich hingegen beobachtete die Flocken fasziniert durch die Scheibe, während Tristan mich eifrig mit Nutella-Brötchen vollstopfte.

Irgendwann ließen uns die anderen allein, um in den Tag zu starten. Lena und Georgi (bei denen es neuerdings ganz schön knisterte!) wollten einkaufen, Garrett trainieren, Mary ins Wellnesscenter.

Nachdem alle weg waren, schnappte ich mir das Telefon, um meinen kleinen Schatz anzurufen – meine erste Amtshandlung als funktionierender Mensch.

***

Jede freie Minute verbrachte ich mit Tristan. Schlief in seinem Bett, klammerte mich an ihn, wenn ich Albträume hatte, und redete mit einem Therapeuten über das, was mit mir geschehen war. Zur Arbeit konnte ich noch nicht, denn wenn mich die Gedanken an Francesco überwältigten, verfiel ich regelmäßig in Lethargie und war nicht mehr ansprechbar. Nur Tristan konnte mich aus diesen Flashbacks befreien, die jedoch immer weniger wurden.

Trotzdem telefonierte ich viel mit Robbie, besuchte ihn so oft es ging, war aber noch nicht dazu imstande, in meinen Beruf zurückzukehren. Doch von Tag zu Tag wurde es besser, und ehe ich mich versah, zeigte der Kalender den 21. Dezember.

Zufrieden saß ich auf Tristans Schoß und genoss die traute Zweisamkeit nach dem Frühstück mit allen. Meine Beine baumelten seitlich herab und ich schmiegte mein Gesicht an seine Schulter.

Er roch so gut ... Mhm ...

»Wir müssen gleich los«, verkündete er nach einem Blick auf seine Rolex plötzlich.

»Wie bitte?« Ich wollte ehrlich nirgendwohin. Besonders nicht ›los‹. Denn ›los‹ hatte immer was mit *raus* zu tun. Und draußen war es kalt ... weiß ... und nass!

»In drei Tagen ist Weihnachten, Baby ...«

»Und ich hab keine Geschenke!«, fiel mir ein und ich richtete mich schockiert auf. Wie hatte ich das nur verdrängen können!?

»Du brauchst keine verdammten Geschenke. Du musst die Erwartungen von gar keinem erfüllen, außer dir selbst! Und wir werden Weihnachten sowieso nicht hier verbringen!«

HÄ? »Nicht?« Grinsend strich er mir eine Strähne aus dem Gesicht, denn ich trug meine Haare nach langer Zeit mal wieder offen.

»Nope«, antwortete er locker und hob mich von seinem Schoß.

»Was machen wir dann?« Tristan richtete meinen Pullover, der an meiner Schulter verrutscht war, und sah mich ungewohnt nervös an.

»Wir fahren nach Hause zu meinem Vater ... A.L.L.E.«

Bevor ich diesen Schock verdaut hatte, zog er mich in mein altes Zimmer, in dem mich bereits ein geöffneter roter Koffer auf meinem Bett erwartete. Okay?! Mister Sexgott lehnte sich an die geschlossene Tür und befahl mit einer genervten Handbewegung, dass ich mit dem Packen anfangen solle. Und ich folgte, während ich ihn mit Fragen löcherte.

»Ich verbringe jedes Jahr Silvester und Weihnachten zu Hause, mit meiner Familie.«

»Auf Cran Canaria?« Meine Augen füllten sich sicherlich mit einem sehnsüchtigen Schimmer, als ich daran dachte. Meer ... Palmen ... WÄRME.

»Nein ...« Tristan schüttelte den Kopf und die Palmen-Vision löste sich in eiskaltes Wintertreiben auf. »Wir haben das alte Haus behalten. Mein Vater pendelt zwischen seiner Arbeit und dort hin und her. Eigentlich ist er im Winter auf Cran Canaria, aber zu Weihnachten und Silvester treffen wir uns immer alle hier ...« Er atmete tief durch, nachdem er die letzten Worte mehr als unwillig gesprochen hatte.

»Alle, alle?«

»Hm, hm ...« Tristan trat von hinten an mich heran und umarmte mich.

»Aber was ist mit Robbie?« Ich wollte, nein, ich *musste* Weihnachten mit ihm verbringen ... »Gott ich habe nicht mal ein Geschenk für ihn ...«

»Baby.« Er versuchte mich zu unterbrechen, aber ich steigerte mich immer weiter in meine plötzlichen Gewissensbisse rein. »Nein, Tristan, das geht nicht! Du musst ohne mich fahren! Ich lasse ihn an Weihnachten nicht allein. Das kann ich ihm nicht antun!« Bestimmt schloss ich den Koffer.

»Mia!« Tristan hielt mich an den Hüften auf, als ich vor ihm zurückwich.

»Was?«, blaffte ich ihn genervt an.

»Ich weiß doch, dass du Weihnachten nie ohne ihn feiern würdest.« Ich blieb wie erstarrt stehen und wehrte mich nicht mehr gegen seine Hände, die mich wieder an sich zogen.

»WAS?«

»Könntest du jetzt fertig packen? Er wartet darauf, dass wir ihn abholen.«

Ich schüttelte konfus den Kopf. »Schwester Carmen ...«

»Hat es erlaubt.«

»ECHT?« Ich wurde immer lauter.

»Ja ...«

»Und die Behörden?«

»Interessieren mich einen Fuck.« Tristan lachte, als ich ihn erneut attackierte und mit glücklichen Küssen überhäufte.

»Wir machen jetzt echt so richtigen Urlaub? Mit Robbie?« *Als Familie?* Aber DAS traute ich mich nicht zu sagen. Tristan verdrehte die Augen.

»Nein, Mia, das wird ein gefälschter Urlaub und jetzt beeil dich!«

***

Nachdem ich mich zu Ende gefreut hatte, packten wir meinen Koffer und Tristan führte mich aus dem Club, hinein in die richtige Welt, in der alles von einer weißen Schicht bedeckt war und verträumte Flocken herabrieselten. Zum Glück hatte Vivi bereits alles an Kleidung besorgt, was ich bei diesen winterlichen Temperaturen brauchen würde. Im Stillen dankte ich ihr, während ich den Kragen meines dicken, beigefarbenen Mantels enger zusammenzog. Wir lachten, scherzten und tauschten unendlich viele unnötige Küsse aus, hielten Händchen und freuten uns des Lebens, als wir ins Heim fuhren, um Robbie abzuholen. Ich hüpfte auf meinem Sitz wie ein Flummi auf und ab, während Tristan sich über mich amüsierte. Er blieb auf dem geräumten Parkplatz zwischen riesigen Schneetürmen stehen und rief seine Geschwister an, um zu fragen, ob sie auch schon aufgebrochen waren. Kaum angehalten, hechtete ich bereits aus dem Auto, rutschte aus, fiel fast auf die Nase, schlitterte über den vereisten Weg, durch das kleine Gartentor und wollte gerade die Tür des Heimes aufreißen, als sie schon geöffnet wurde.

Ich sah nur glänzende blonde Strähnen wirbeln und ging rechtzeitig in die Hocke, um den kleinen Mann aufzufangen, der mir laut schreiend entgegen flog. »MIIIIRTIIII!«

Er umarmte mich mit Stahlgriff und ich tat es ihm gleich. Drückte seinen kleinen, festen Körper an mich, schnupperte an seinen duftenden Haaren und ... weinte still und heimlich.

»Hallo, mein kleiner Schatz«, murmelte ich und küsste seine samtig weiche Wange. Er versteckte sein warmes Gesicht in meiner Halsbeuge und sagte nichts, hielt sich einfach nur an mir fest, als ich mit ihm aufstand.

Schwester Carmen kam auch raus, lächelte mich warm an und überreichte Tristan einen alten abgewetzten Koffer. Ich wischte mir unauffällig die Tränen aus den Augen und gab ihr einen kleinen Kuss auf ihre runzlige Wange. Sie war wirklich eine gute Frau, die ihr Leben den Kindern verschrieben hatte. Dennoch wusste ich, dass es normalerweise nicht so einfach gewesen wäre, ein Kind aus dem Heim in den Urlaub zu entführen. Doch irgendwie hatten sie und Tristan das bewerkstelligt. Er sagte mir nur nicht wie.

»Danke.« Sie tätschelte mir fürsorglich den Arm.

»Robbie und du, ihr gehört zusammen. Und mit diesem wunderschönen Mann an deiner Seite steht dir Robbie noch viel besser als alleine. Nicht wahr?« Sie knuffte Tristan mit ihren strammen Fingern in die Wange! Er hatte den Anstand etwas zu erröten und ich lachte ausgelassen.

»Wir sind dann, wie besprochen, in zwei Wochen wieder da«, meinte Tristan zu der freundlichen Frau mit den mitfühlenden Augen und nahm Robbies Reisepass nebst einer Bestätigung des Heimes entgegen. Nur zur Sicherheit, nicht dass irgendjemand annahm, wir hätten den Jungen gekidnappt. Andererseits sah er Tristan so ähnlich, dass wahrscheinlich niemand auf die Idee kommen würde, es wäre nicht *sein* Kind. Wenn sie so nebeneinander standen, erstaunte es mich immer wieder.

»Pass mir bloß gut auf die beiden auf«, antwortete sie und strich Robbie noch mal durch die Haare, der sich immer noch an mir festklammerte.

»Mit meinem Leben«, versicherte Tristan mit einer leichten Verbeugung und küsste galant ihren Handrücken. Tja, Tristan schaffte es sogar, das Höschen einer Nonne zu überschwemmen, denn kaum berührten seine Lippen ihre Haut, wurde sie rot wie eine Tomate, und der Blick der alten Frau verschleierte sich verträumt. Ich drückte ihre ziemlich robuste Gestalt noch mal mit der freien Hand an mich und sie murmelte Robbie zu, dass er sich benehmen solle.

Dann gingen wir zu dritt zum Auto – wieder so ein unwirkliches Gefühl, aber es war richtig.

Tristan verstaute das Gepäck im Kofferraum, während er schon von dem Kleinen gelöchert wurde, wieso er keine Schneeketten am Auto habe.

»Weil ich einen Audi fahre!« *Ja, superverständliche Antwort, Tristan.* Aber Robbie kapierte anscheinend, denn er gab sich damit zufrieden.

Für diesen Anlass hatte Tristan extra einen Superman-Kindersitz gekauft, in dem ich Robbie festschnallte. Unentwegt strahlte er wie ein Honigkuchenpferd und krallte sich aufgeregt an seinem kleinen gelben Spongebob-Kuscheltier fest. Bis er Stanley entdeckte, der neben ihm auf der Rückbank thronte. Das Kuscheltier wurde kurzerhand durch den winzigen schwarzen Hund ersetzt und Robbies Gesicht einer gründlichen Säuberung unterzogen, woraufhin der kleine Junge vor Freude quietschte und ihn gleichzeitig von sich schob. Es war immer wieder göttlich, vor allem weil Stanley Kinder normalerweise nicht ausstehen konnte. Aber bei den beiden war es Liebe auf den ersten Blick gewesen, sobald ich Stanley das erste Mal mit ins Heim genommen hatte. Alle anderen Kinder brauchten nicht in seine Nähe kommen – nur Robbie wurde nicht ignoriert.

Schließlich rollte sich Stanley einfach auf Robbies Schoß ein, schloss die riesigen Augen und war trotz dem ständigen Gewusel und Geplapper selig.

Ich setzte mich auf den Beifahrersitz, gab Robbie etwas zu trinken, zog ihm und mir die Schuhe aus und machte es mir gemütlich. Wir würden unter normalen Umständen zwar nur etwas über eine Stunde brauchen, aber die Straßen waren vereist und glatt, also würde Tristan nicht besonders schnell fahren können.

Er hatte es ausnahmsweise mal nicht eilig. Locker lenkte er sein Schlachtschiff durch den dichten Stadtverkehr hinaus auf die Autobahn, während seine langen Finger heiß auf meinem Oberschenkel lagen, sein Daumen kleine Kreise malte und er sich mit Robbie unterhielt. Ungläubig bemerkte ich, dass ich selbst von dieser einen kleinen, fast schon nebensächlichen, Berührung seinerseits Herzklopfen bekam und verschränkte lächelnd seine Finger mit meinen. Küsste seine Knöchel und bekam dafür ein so wunderschönes Lächeln, dass ich fast in Ohnmacht fiel.

»Wieso fahren wir eigentlich mit so einem großen Auto? Wieso fährst du so langsam? Warum schneit es überhaupt? Wie kalt ist Schnee? Warum schaust du Mirti immer so an? Willst du sie essen? Krieg ich ein Eis? Krieg ich Schokolade? Ich hab Durst! Ich muss aufs Klo! Trisan ... sing mit mir ... Wieso nicht? Mirti singt auch immer mit ... Okay ... wir singen Hänschen klein ... Trisan sing lauter ... LAUTER!«

Ja ... so in etwa gestaltete sich die Fahrt.

Tristan und ich redeten nicht sonderlich viel, da wir von dem kleinen Radio auf dem Rücksitz bestens unterhalten wurden. Und tatsächlich: Robbie brachte Tristan dazu, zu singen ... Ich erwischte Mister Sexgott genau dabei, und das Beste, es machte ihm sogar Spaß, sich mit Robbie zu beschäftigen. So als wäre es selbstverständlich für ihn, und als wäre der Junge bereits ein Teil seines Lebens ...

Auch wenn er ständig darauf achten musste, sein dreckiges Mundwerk in Zaum zu halten, so wurde er nie ungeduldig, und beantwortete jedes einzelne Warum, Wieso und Weshalb ... Man merkte, dass er viel Zeit mit Robbie verbracht hatte. Sie waren vertraut miteinander und ergänzten sich, wie ein gut eingespieltes

Team. Fast so wie Vater und Sohn.

Ich hätte nie gedacht, dass der Tristan Wrangler, den ich vor drei Monaten wieder kennengelernt hatte, mal neben mir sitzen und aus vollem Halse »Fuchs du hast die Gans gestohlen« singen würde.

Es war nicht komisch oder gar peinlich, sondern so, wie es immer hätte sein sollen.

Tristan und ich, wir hatten beide unseren Platz im Leben gefunden. Beieinander. Mit Robbie in unserer Mitte.

Nach eineinhalb Stunden im Stau gab der kleine Pavarotti aber auf und schlief schließlich ein. Ich stellte leise Musik an und vertrieb mir die Zeit damit, Tristans Linien auf seiner Hand nachzufahren. Es war für mich immer noch wie ein Wunder, dass ich ihn berühren durfte und er das auch noch mochte. Dieser atemberaubende Mann gehörte nur mir und nichts würde uns noch einmal trennen.

Breit lächelnd schlief auch ich ein, was für mich einen enormen Vertrauensbeweis darstellte, weil ich normalerweise nicht schlafen konnte, wenn jemand anderes fuhr ... Aber bei Tristan bereitete es mir keine Probleme. Ihm legte ich bedenkenlos mein Leben in die Hände.

***

Als ich wieder aufwachte, hoben mich vertraute Arme aus dem Auto. Meine Augen flogen auf, nur um mich an dem Ort wiederzufinden, wo mein Leben vor acht Jahren auf so schreckliche Art beendet worden war. Vor dem Haus der Wranglers in der kleinen Schickimicki-Villen-Siedlung.

Ich war sofort hellwach, als ich erfasste, wo ich mich befand, und schaute mir die Umgebung an. Es hatte sich so gut wie nichts verändert, die Vorgärten waren penibel gepflegt. Grinsende Marias und sonstiger Mist prangten mir entgegen. Ein Haus war weihnachtlicher dekoriert als das andere, und Rentiere mit Santa Claus ließen alles wie eine Märchenwelt erscheinen.

Die Straße war leer, nur an den Seiten reihten sich Luxuskarossen auf.

Der viele Schnee blendete ein wenig, aber es war still, fast schon friedlich, durch die vereinzelten Schneeflocken, die sich vom Himmel lösten und sich als weiße Schicht auf den Asphalt legten. Ich bemerkte, wo wir gerade standen: genau an der Stelle, auf der ich zusammengebrochen war, bevor ich von Patrick eingesammelt wurde.

»Oh Gott ...«, murmelte ich und schaute mir das große gelbe Haus an.

»Das kannst du laut sagen.« Erst jetzt fiel mir auf, dass Tristan sich nicht von der Stelle rührte und mit komischem Gesichtsausdruck auf mich herabblickte. Plötzlich flüsterte er. »Ich weiß es noch, als wäre es gestern gewesen. Ich habe noch deinen Blick vor mir ... wie du mich angeschaut hast ... als ich dir gesagt habe, dass ich dich hasse ... Deine Augen ... Ich habe gesehen, dass du mich liebst, aber ich WOLLTE es nicht wahrhaben. Es war so leichter für mich zu akzeptieren, dass es kein Wir mehr geben würde.« Sein Kiefer verhärtete sich bei den Erinnerungen.

Ich sah ihn auch genau vor mir, diesen jungen wunderschönen Tristan, der mir mit einem einzigen offenen Lächeln das Herz gestohlen hatte, aber auch das hasserfüllte Lodern in seinen schönen Augen. Die abwehrende Haltung seines Körpers mir gegenüber, und es tat weh. Ohne es verhindern zu können, löste sich ein Schluchzer aus meiner Kehle, den ich in Tristans Jacke zu dämpfen versuchte.

»Mia!« Er klang ungeduldig.

»Es ist gleich vorbei ...«, grummelte ich an dem Daunenstoff.

»Boah, Baby ... ICH habe dir vergeben! Aber wirst DU dir auch jemals vergeben?«, fragte er leicht genervt.

»Niemals«, murmelte ich ehrlich und niedergeschlagen. Er seufzte und ich fühlte, wie er seine Wange auf mein Haar lehnte.

»Dann geht es dir so wie mir. Das ist wohl ausgleichende Gerechtigkeit. Denn ich werde mir auch niemals vergeben, wie ich mein Mädchen die letzten Monate behandelt habe.«

»Pffff ...«, machte ich nur, aber weiter kamen wir nicht, weil die Haustür aufgerissen wurde und eine dick eingepackte Vivi auf uns zustürmte. Sie umarmte uns beide, kreischte mir ins Ohr und nervte Tristan, indem sie ihm die Haare zerwuselte. Er wäre FAST ausgeflippt. Aber nur FAST, denn er konnte sich gerade noch so beherrschen.

Gott ... er war SO SEXY, wenn er sich zusammenreißen musste und es durchflutete mich siedend heiß. Ich wollte, dass er seine Wut an mir ausließ ... Im Bett natürlich. Aber das ging jetzt nicht.

Tom gesellte sich zu Vivi und schließlich folgten auch Phil und Katha, deren Bauch einer Kugel glich, die von Phil förmlich mit den Augen verehrt wurde. Katha strahlte von innen und wirkte erstmals in ihren Leben komplett mit sich im Reinen. Ein ungewohnter Anblick, der sie aber zu einer noch schöneren Frau machte – als ob dies möglich wäre!

Ich wurde von jedem Einzelnen freundlich begrüßt, was mich ehrlich gesagt etwas verwirrte. Denn das letzte Mal, als wir uns getroffen hatten, waren sie relativ verhalten gewesen. Am meisten schockte mich aber, als mich Phil umarmte und mir ins Ohr flüsterte. »Na, endlich angekommen?« Ich wusste, er meinte nicht die Autofahrt und seufzte erleichtert, als ich seine riesige Gestalt zurück umarmte und flüsterte: »Ja, endlich.«

Tristan hob übervorsichtig, als hätte er es mit einer Ladung Nitroglyzerin zu tun, den schlafenden Robbie aus dem Auto, während die anderen unser Gepäck reinbrachten. Ich liebte es, ihn mit dem Jungen zu beobachten. Als wäre das kleine Geschöpf ein rohes, unbezahlbares Ei. Der Kleine hatte den mächtigen Tristan Wrangler eindeutig um den Finger gewickelt. Aber wie auch nicht? Mit diesen Augen?

Er wachte erschrocken auf, als die kühle Luft ihm entgegenschlug, war aber sofort beruhigt, als ich ihm über die Wange strich, und ihm zuflüsterte, dass alles gut sei.

Anfangs schämte er sich ein wenig vor den anderen und versteckte sich schüchtern hinter mir, nachdem Tristan ihn im Flur abgesetzt hatte. Aber sobald ihm Phil ungefragt die alten Boxhandschuhe von Tristan überzog, war er sein bester Freund. Die Koffer ließen wir erst mal im unteren Bereich stehen, während wir uns auszogen und zu einer Tasse Tee in der ans Wohnzimmer angrenzenden Küche versammelten. Die anderen hatten das Haus bereits auf Vordermann gebracht. Nur David fehlte noch. Er musste sich wohl noch um ein Projekt in Cran Canaria kümmern ...

Ich entspannte mich schnell in der alten Umgebung und war schlussendlich froh, hier zu sein. Ebenso wie Robbie. Seine Begeisterung für die kleinen Dinge steckte uns alle an.

Vivi kannte und vergötterte er ja schon und Katha gab ihm was von ihren Keksen ab – somit war alles in Butter. Phil versprach Robbie das beste Sportprogramm seines Lebens und Tommy tat so als würde er um Vivi mit ihm kämpfen. Sie waren alle auf ihre Art so gute Menschen. Es rührte mich, wie ehrlich erfreut der kleine Junge in der Familie empfangen wurde. Das bemerkte er natürlich auch und war bereits nach zwanzig Minuten wie daheim.

Vor lauter Rührung musste ich mir ein paar Tränen verkneifen. Tristan entging es natürlich nicht und er stellte sich wortlos hinter mich, umarmte mich fest, legte sein Kinn auf meine Schulter, und beobachtete mit mir das Bild von Harmonie und Glück, das Robbie so sehr verdient hatte.

Das alles hatte Tristan zuerst mir und dann Robbie ermöglicht.

»Deine Mutter wäre stolz auf euch. Auf euch alle – ihr seid so eine außergewöhnliche Familie. Aber besonders auf dich ...«, flüsterte ich nach einiger Zeit und strich mit meinen Fingerspitzen über seinen Handrücken. Er seufzte tief und gab mir ein paar sanfte Küsse auf den Nacken. Eine Antwort war nicht erforderlich, denn ich fühlte sein Lächeln nah an meiner Haut und lächelte genauso zufrieden.

Am Abend wurde die Weihnachtsdekoration aus dem Keller

geholt. Die Frauen schmückten das Haus, während sich die Männer Robbie packten und im Wald einen Weihnachtsbaum holten. Tristans Kommentar auf mein Stirnrunzeln bestand lediglich aus einem: »Klar, Baby, glaubst du etwa, wir kaufen so ein Ding, nein auf keinen Fall! Das ist verfickte Tradition! Kennst du nicht den Film mit Chevy Chase?«

»Na, hoffentlich lasst ihr die Eichhörnchen im Wald!«, antwortete ich grinsend. Er versprach es mir und folgte genervt Kathas Anweisungen, mit seinen Schuhen sofort aus dem Wohnzimmer zu verschwinden, die sich für den Boss hielt, auf dem Sofa lag und Vivi und mich herumscheuchte ...

»Nein, die Girlande muss noch ein Stück nach unten, noch weiter, noch weiter, noch weiter, ein wenig nach links ... ach ne, doch nicht, tu sie wieder zurück!« So ungefähr klang das. Insgeheim fragte ich mich, wie viel Kekse die Frau noch in sich reinstopfen konnte, ohne zu platzen oder ihre trotz der Schwangerschaft wunderbare Figur zu verlieren. Wenigstens war sie einigermaßen zu ertragen, wenn sie ihre Schwangerschaftsgelüste befriedigen konnte. Neigten sich die Macadamia-Nuss-Cookies allerdings dem Ende, mutierte sie zur Furie, wie mir Phil heimlich erzählte. Das End von der Geschicht war, dass ich immer ängstlich in Richtung ihrer Schüssel schielte, um im Zweifelsfall nachzufüllen oder mich rechtzeitig aus der Schusslinie zu bringen und Vivi hineinzustoßen. Die kannte Katha länger und konnte mit ihren Launen besser umgehen.

Als die Männer mit dem Baum zurückkehrten, schlief Katha – völlig erschöpft von ihren Anweisungen. Also dekorierten wir die Tanne in aller Ruhe und tranken dabei etwas Glühwein, aber nicht zu viel ... Sonst wäre es zu laut geworden und dann wäre Katha vielleicht aufgewacht!

Robbie setzte, von Tristan hochgehoben, sogar die Spitze auf. Er war so stolz!

Ich brachte den Kleinen um neun ins Bett. Er hatte ausnahmsweise so lange wach bleiben dürfen, weil Ferien waren.

Während er sich die Zähne putzte, redete er nur davon, dass Trisan ihm versprochen hatte, wir würden morgen Schlitten fahren gehen, und dass er sich schon ganz doll freute, und dass Trisan einen gaaanz großen Schlitten hatte. Und dass Trisan ihm neue Handschuhe gekauft hatte und das Trisan mit ihm den Baum getragen hatte ... kurz: Robbie war Tristan schlimmer verfallen als ich und das sollte was heißen!

Sobald ich ihn in das Gästezimmerbett legte und sein Kopf das Kissen berührte, schlief er.

Und ich hatte auch noch Bedenken gehabt, ihn alleine im Gästezimmer einzuquartieren. Es befand sich zwar neben Tristans altem Schlafzimmer, aber trotzdem hätte ich Robbie bei uns im Bett schlafen lassen, wenn er allein Angst gehabt hätte. DIES allerdings sicherlich nur unter heftigem Protest der erwachsenen zweiten Partei!

Die Sorgen waren unbegründet: Robbie war fix und fertig und schlummerte mit einem seligen Lächeln. Ein paar Minuten schaute ich mir einfach nur sein entspanntes Engelsgesicht an, dann atmete ich tief durch und ging in den Nebenraum.

In Tristans altes Zimmer.

In den Raum, wo ich die glücklichsten Stunden meiner Teenagerzeit verbracht hatte. Es war ziemlich leer, aber das Heiligtum, der Schreibtisch und der Schrank standen unverändert an ihrem alten Platz. Die Möbel waren immer noch auf Hochglanz poliert und spiegelten das Licht der Lampe wider – ebenso wie das Parkett. Jenes Parkett, auf das er mich ein paar Mal geschmissen hatte, weil keiner wissen durfte, was zwischen uns lief ... Ich wanderte durchs Zimmer, versank in Erinnerungen. Verträumt betrachtete ich den Schreibtisch, an dem ich heulend gesessen und uns auf dem Bild der Lichtung verewigt hatte. Den Kleiderschrank, aus dem er die Sachen für mich genommen und mir das erste Mal offenbart hatte, WIE VIEL ich ihm eigentlich bedeutete ... Letztendlich ging ich zu seinem Heiligtum, in dem er mir gezeigt hatte, was Glück war, wo er mich gekitzelt, geküsst, gefickt und geliebt hatte.

Seufzend strich ich über das bereits golden bezogene Kopfkissen, schwelgte in Erinnerungen und unterdrückte ein paar melancholische Tränen. Ich musste daran denken, wie ich den ersten Morgen in diesem Bett aufgewacht war, als er schon tief in mir gewesen war und mich um den Verstand gebracht hatte – als er mir klar gemacht hatte, dass ich die BESTE sei und immer sein würde. Nun glaubte ich ihm endlich.

»Du warst einfach so unsagbar anziehend«, ertönte plötzlich eine leicht raue Stimme hinter mir. Ich erschauerte, als ich die Verheißung in ihr vernahm.

»Woher weißt du, an was ich gerade denke?«, murmelte ich, drehte mich nicht um, schaute stattdessen immer noch das Bett an.

»Ich weiß es nicht ... genau, aber ...« Sein imposanter Körper trat von hinten an mich heran und jede Faser meines eigenen spannte sich erwartungsvoll an. Seine Hand legte sich an meine Hüfte, strich nach vorne zu meinem Bauch und zog mich dann sanft nach hinten an sich. Seine Lippen liebkosten mein Ohr. »Manchmal glaube ich, ich sehe, was du denkst.« Er küsste meinen Hals und fing an, sanft mit meiner Haut zu spielen. Ich ließ meinen Kopf nach hinten an seine Schulter fallen, genoss und lächelte.

»Das glaube ich auch ...«, summte ich. Seine zweite Hand gesellte sich dazu und glitt an meinem Bauch nach oben. Sanft umfasste er meine Brüste und massierte sie.

»Ich weiß auch, was Sie jetzt denken, Miss Angel ...« Allein von seinen Worten und seiner Stimme bekam ich eine Gänsehaut. Mein Sexgott wusste wie immer, was er tat.

»Ach ja?« Träge rieb ich mich an ihm, seufzte leise, als seine Daumen über meine Brustwarzen strichen.

»Hm-Hm ... ich denke, Sie wollen vergangene Zeiten aufleben lassen ...« Ich lächelte breiter und fühlte, wie seine Hand langsam ... viel zu langsam in den Bund meiner Hose rutschte. Bestimmt umfing er meine Schnecke.

»Auf jeden Fall ...«, murmelte ich und stöhnte leise auf, als er mit einem Finger in mich eindrang ...

37. Neues und Altes

Tristan ›Daddy‹ Wrangler

OH FUCK!

Ich hatte gerade ein Déjà-vu ...

Da lag ich hier also – der Morgen strömte schon unaufhaltsam durch die Balkontür – und neben mir war mein Mädchen. Als wäre ich achtzehn, sie siebzehn – und wir immer noch verdammt frisch verliebt.

Im Grunde war es ja auch so, nur das Alter hatte sich geändert. Sie lag auf dem Rücken, hatte mir das Gesicht zugewandt und ihre langen Wimpern warfen Schatten auf ihre makellosen Wangen. Ein leichtes Lächeln zierte ihre vollen Lippen. Dunkle Ringe unter den Augen zeugten von den Spuren der letzten Wochen, aber in dieser Nacht war sie zum ersten Mal nicht schreiend aufgewacht. Ich hoffte, dass sie irgendwann ganz darüber hinwegkommen würde, befürchtete aber gleichzeitig, dass dies wohl nie geschehen würde. So etwas Furchtbares überwindet man nicht komplett, sondern lernt nur, nicht ständig daran zu denken und sein Leben nicht davon bestimmen zu lassen. Man muss die negativen Erinnerungen mit neuen überlagern, und das gelang uns hier perfekt.

Es war eine gute Entscheidung gewesen, sie hierher zu bringen und mit den schönen Seiten unserer Vergangenheit zu konfrontieren! An das Mädchen zu appellieren, zu dem sie in diesem Bett geworden war.

Ich war dermaßen erleichtert, dass ich mich doch gleich mal zu ihr rüberbeugen und mit meinen Lippen hauchzart über ihre sanft geröteten, leicht offenen streichen musste. Sie seufzte leise meinen Namen und lächelte breiter. Das delikate Geräusch fuhr sofort in Höchstgeschwindigkeit in meine Morgenlatte, die als Antwort natürlich zuckte.

»Fuck ...« Ich wusste, dass sie unter der leichten Decke splitterfasernackt war. Wusste, was dort auf mich wartete ... »Fuckiger fuck ...« Angestrengt rieb ich mir mit beiden Händen das Gesicht und schloss die Augen. Aber mein Kopfkino hatte ganz bestimmte Pläne und würde mich nicht in Ruhe lassen, bevor ich sie nicht in die Tat umgesetzt hatte. Bilder von ihren Beinen um meinen Körper geschlungen, von ihren Händen in meinen Haaren, ihren Lippen auf meinen ...

Mir fehlte nur etwas dazu – der Geschmack.

Ich grinste teuflisch, als ich unter die Decke kroch, um mich meinen Trieben hinzugeben. Es wird immer behauptet, die wichtigste Mahlzeit des Tages sei das Frühstück. In diesem Sinne würde mir ein bisschen Pussy sicherlich guttun.

Unter der Decke war es stockdunkel und sie murmelte irgendwas, als ich ihre Beine sanft an den Knien auseinander schob und mich dazwischen auf den Bauch legte. HA! Hier könnte ich jede Nacht schlafen und ihre Pussy als Kissen benutzen – als warmes, feuchtes Duftkissen.

Sie schmeckte wie immer fantastisch, als ich mit meiner Zunge zwischen ihren unteren Lippen nach oben strich. Träge rekelte sie sich und stöhnte hauchzart. Genauso wie vor Jahren, als ich sie mit meinem Ficker in ihr aufgeweckt hatte ...

Ich grinste und pustete ein bisschen gegen das warme Fleisch.

»Wow ...«, murmelte sie und erschauerte spürbar. Ich fühlte, wie ihre Hände matt in meine Haare wanderten und sich dort vergruben. Sie war wach, dann konnte ich ja richtig loslegen.

»Mhhmmm«, summte ich direkt an ihrer empfindlichen Haut, weil ich wusste, dass sie es liebte, wenn sie meine Stimme hörte ... Immer ... Aber besonders, wenn ich dabei an ihr rumspielte und durchdringende Vibrationen durch ihren Körper sandte. Ich besaß ja auch eine verdammt üble, raue Sexstimme. Vor allem nach dem Aufstehen ...

Genüsslich strich ich mit meiner Zunge träge langsame Kreise um ihre Clit, drückte aber nicht genau darauf. Schon zuckten ihre Hüften und sie zog mich an den Haaren in die gewünschte Position. Natürlich folgte ich nicht ...

»Oh, Gott ... und so was in der Früh!« Ich strich direkt über das Nervenbündel und ihre Hüfte schoss nach oben. In gleichen Moment legte ich meine Hände unter ihre Götterbacken und fing an, sie im Takt meiner Zungenstreiche zu kneten. Die Zeit der Folter war vorbei. Nun wollte ich, dass sie schnell ihren Höhepunkt erreichte ... Denn ich musste da rein ... und zwar exakt in dem Augenblick, in dem sie kommen würde. Hatte ich schon mal erwähnt, dass ich es liebte, das erste Mal in sie zu stoßen, wenn sie gerade in einem Orgasmus explodierte?

Sie ruinierte meinen Plan, als sie sich plötzlich am ganzen Körper versteifte und schmerzhaft an meinen Haaren riss – von ihrer Pussy weg!

»AUA!«, beschwerte ich mich, aber sie stammelte schon.

»R ... Robbie ... Süßer ... W ... was ist los?«

»Was macht Trisan da unter der Decke?«, hörte ich ihn unschuldig fragen und konnte es mir nicht nehmen, entnervt an ihr aufzuschnauben. *Tja ... was mache ich hier wohl ... Frühstücken!*

Warnend schlug sie mir auf den Kopf.

»Ähm ... öh ... also ...« Ich pustete grinsend noch ein bisschen vor mich hin.

»Ähh ...« Sie schubste mich heftiger von sich weg, während ich mir das Lachen verkneifen musste. Das sollte sie mal mit dem Kleinen allein regeln. »Ich, ich habe meinen Ohrring verloren und Tristan sucht ihn ...« Bei der schwachen Ausrede verdrehte ich die Augen, denn ich wusste, dass der Scheißer Mia kannte.

»Aber Mirti, du trägst doch gar keine Ohrringe!« Jetzt war sie es, die frustriert schnaufte.

Ich konnte ihre Röte förmlich FÜHLEN. Sie glich inzwischen einem Ofen, und ich beschloss ihr ein wenig zu helfen, denn mein Frühstück würde ich so oder so nicht mehr bekommen. Also streifte ich mir den Ring ab, den ich immer am Daumen trug, ließ es mir aber nicht nehmen, sie noch einmal sehnsüchtig auf den Kitzler zu küssen. So zum Abschied ...

»Ohhh, ich meinte auch nicht den Ohrring ...« Sie klatschte mir leicht auf die Wange.

»Sie meinte den Ring!«, verkündete ich und richtete mich einfach auf den Knien auf ... um Robbie den Ring zu präsentieren. ICH hatte ja Shorts an ... aber Mia nicht. Die kreischte auf, als die Decke zu Boden fiel, und rollte sich über den Rand meines Bettes in Sicherheit ... genau dorthin, wo sie vor acht Jahren schon gelandet war. Ich wusste, sie hätte mich in diesem Moment am liebsten umgebracht, was mich nur noch mehr amüsierte. Robbie kam in seinem Superman-Pyjama sofort zu mir gelaufen und schmiss sich mit Vollkaracho aufs Bett.

»DER IST JA SCHÖN!« Er nahm ihn aus meiner Hand und betrachtete eingehend den dicken, schlichten Silberring.

»Hm, das ist er. Der ist von meinem Vater. Meine Brüder und ich haben die Gleichen.« *Und Robbie wird auch einen bekommen, wenn die Zeit reif ist.* Ich tätschelte ihm den Kopf und lehnte mich übers Bett zu Mia. Als ich sah, wie sie frierend auf dem Boden lag und mich mörderisch anfunkelte, lachte ich.

»Decke gefällig?« Ich hielt sie ihr hin und konnte mir einen weiteren Kommentar nicht verkneifen. »Ich wusste gar nicht, dass du immer noch so gerne auf dem Boden schläfst und PS: Wie geht´s deinem Ar... äh Hintern?« Sie riss mir den Überwurf ruppig aus den Händen und motzte.

»HA, HA, Mista Wrangler. Ich lach mich TOT!« Dabei wickelte sie sich genervt darin ein wie ein Wurm. »Ich gehe jetzt DUSCHEN! ALLEIN!« Umständlich rappelte sie sich auf, fiel beinahe wieder, weil sie über ihren Kokon stolperte, und versuchte dann mit dem letzten Rest Würde ins Bad zu verschwinden.

Verdammt, so hatte ich mir den Morgen nicht vorgestellt. In dem vollen Haus blieben nicht viele Möglichkeiten für Zweisamkeit – nackte Zweisamkeit. Und in einer davon sah ich uns unter der Dusche, wo ich ihren göttlichen Körper einseifen, jede Stelle ihrer zarten Haut küssen würde, um meinen Ficker anschließend von ihrem Mund waschen zu lassen. Aber Robbie, der inzwischen auf dem Bett auf- und abgehüpft war, landete in diesem Moment auf mir, was mir fast den Atem raubte.

»SCHLITTENFAHREN! SCHLITTENFAHREN! SCHLITTENFAHREN!«

Den nächsten Sprung fing ich blitzschnell ab und warf ihn in die Kissen.

»Ich geb dir gleich Schlittenfahren!« Und dann kitzelte ich erst mal seinen kleinen Körper durch, bis er sich vor Lachen fast in die Hosen machte … Schnell hatte ich ihn als handliches Paket an mich gepresst. Er versuchte zwar sich freizustrampeln, doch er hatte keine Chance. Seine Hände drückten gegen meine Brust. Als er meinen Schnitt berührte, hörte er plötzlich auf zu lachen und schaute verwundert zu mir hoch. In seinen grünen Augen strahlte mir sofort Besorgnis entgegen, als ich ihn losließ, auf meinen Oberschenkel setzte und er mit seinem Zeigefinger an dem verkrusteten Schnitt nach unten fuhr.

»Was ist das denn?«, fragte er frei heraus.

Ich biss die Zähne zusammen und lächelte ihn an. »Da hat mir jemand wehgetan, den ich liebe ... aber ich bin stark und halte Schmerzen für diese Person aus.«

»War das Mirti?« Seine Augen weiteten sich voller Schock und ich lenkte schnell ein.

»Nein! Mirti würde mir nie wehtun ... Das war jemand anders – irgendwie – und es ist nicht so schlimm, wie es aussieht ... Es wird bald verheilen.« *Und solange es ihr hilft, ihre seelischen Qualen zu überwinden, werde ich jeden Schmerz auf mich nehmen.*

»Und wieso hast du da so ein hässliches Bild? Was ist das?«

Robbie gab sich zum Glück mit meiner Erklärung zufrieden und fuhr die Linien der schnippenden Frauenhand, des detailgetreuen, splitternden Herzens und der hinabprasselnden Brocken nach. Sein kleiner glatter Finger kitzelte auf meiner Haut. Ich atmete tief durch, bevor ich mir eine Antwort im Kopf zurechtlegte.

»Weißt du ... Es gab eine Zeit, da dachte ich, mein Herz wäre zerbrochen, so sehr hat es wehgetan. Da habe ich mir diese Tätowierung stechen lassen.« Nachdenklich strich ich über meine Brust. »Aber jetzt ist es wieder heil. Mia hat mir dabei geholfen.« Robbies betroffene Kulleraugen wurden noch einen Tick größer.

»Aber mit kaputtem Herzen kann man doch gar nicht leben!« Ich lachte, denn fuck ... der kleine Kampfkeks nahm alles immer so wörtlich ... Klar ... Er war sechs Jahre alt ... Aber eigentlich hatte er recht ...

»Das habe ich auch nicht. Mein Leben beginnt erst so richtig mit dir und Mirti zusammen, und jetzt komm, machen wir uns fertig!«

***

In seinem Zimmer zerwühlte ich erst einmal seinen kompletten Koffer auf der Suche nach etwas Geeignetem zum Anziehen, während er mich mit Fragen darüber löcherte, warum mein Pipimann heut früh so gestanden und ob das nicht wehgetan hatte. Ich erklärte ihm ganz sachlich, dass jeder Mann, auch er ... so etwas in der Früh mit sich rumtragen muss. Woraufhin er sich vergewisserte, dass seiner gerade nicht so lustig stand. Ich verdrehte die Augen und fand einen blauen Kapuzenpullover mit passenden Baggie-Jeans, in denen er sicher scharf aussehen würde. Grinsend zog ich ihn an, während er mich weiter ausquetschte, wieso Mirti vorhin ausgesehen hatte wie eine Tomate und ob ich sie gekitzelt hätte. Der Kleine merkte sich wirklich alles – ich musste aufpassen, was ich ihm erzählte.

»Mirti ist rot geworden, weil ihr warm war ... Ganz einfach und jetzt putzen wir unsere Zähne.«

»Ich will nicht!« Robbie schaute mich grummelnd an und schob schmollend seine Lippe vor. Dabei verschränkte er die Arme vor der Brust. Mit dem Kapuzenpulli sah er aus wie ein kleiner Gangster ... Es fehlten noch die Goldketten.

»Willst du nicht auch die Frauen mit nur einem Lächeln umschmeißen?«

»Wie soll ich sie denn umschmeißen, wenn ich lächele?« Ich lachte.

»Nicht wirklich umschmeißen ... Sondern sie dazu bringen, dass sie dich ALLE mögen.«

»Ich würde sie lieber umschmeißen, Mädchen sind doof und nerven, nur Mirti nicht«, antwortete er todernst. Ich grinste.

»Da hast du recht, aber versuch es trotzdem, dann ärgern sie dich nicht. Das geht ganz einfach ... du musst nur einen Mundwinkel ein wenig nach oben ziehen ... Siehst du ... so ...« Ich demonstrierte ihm mein patentiertes schiefes Fickerlächeln. Er machte es vorsichtig nach und sah dabei aus wie der Oberburner! Die Mädchen würden ihm aus der Hand fressen!

»Genau so Kumpel, und wenn du willst, dass sie ALLES für dich tun ... also ich meine wirklich ALLES ... Dir all ihre Schokolade und mehr geben ... dann mach so ...« Ich lächelte, sodass man meine strahlend weißen Zähne sehen konnte und legte den Kopf provozierend und ziemlich abcheckend schief. Robbie schaute sich alles SEHR genau an, und als er es dann schließlich nachahmte, schmiss ich mich fast weg vor Lachen.

»Yeah ... du bist eindeutig der Obercasanova! Jetzt musst du dir dazu nur noch durch die Haare streichen ... Aber das bringt alles nichts, wenn du keine gepflegten Beißerchen hast! Gelbe Zähne sehen nämlich ... sch ... äh ... schlecht aus ... und versauen alles!« Ich verwuschelte ihm die weichen Haare und stand auf, denn ich hatte die ganze Zeit in der Hocke vor ihm gesessen.

»Ober-Ca-sa-no-va ... was heißt das?«

»DAS, Robbie, sind die Jungs, die mit einem gekonnten Superlächeln die Welt erobern können.«

Ob Mia fertig war oder nicht ... Ich öffnete die Badtür und ging mit dem kleinen Scheißer rein. Sie duschte nicht mehr – leider –, sondern putzte sich in nichts als schwarzer Unterwäsche die Zähne ... OH FUCK!

Akuter Hotpantsalarm!

Ich schrie meinen Ficker innerlich an, den Ball flach zu halten, denn ich hatte keine Ahnung, wie ich Robbie erklären sollte, wieso er denn jetzt schon wieder ›so lustig‹ stand ...

Leider hatte sie sich in der Zwischenzeit nicht abgeregt, sondern wirkte noch wütender. So wie sie mir den Rücken zudrehte und genervt die Augen verdrehte, als ich »WOW« mit den Lippen formte und neben sie an den großen Spiegel trat. Robbie quetschte sich zwischen uns und schaute uns abwartend an.

»Was?«, fragte ich ihn belustigt und drückte Zahnpasta auf meine Zahnbürste.

»Na ... wie soll ich mein Superlächeln pflegen OHNE ZAHNBÜRSTE?« Er sah mich an, als wäre ich schwer von Begriff. Mia schnaubte nur.

»War ja klar, dass du die Hälfte vergisst ...« Sie umrundete mich, darauf bedacht, meinen ablenkenden Körper nicht zu berühren oder anzusehen und eilte aus dem Zimmer. Robbie schaute ihr verwundert nach.

»Sie holt nur deine Zahnbürste, Keks ...«

»Mich kann man doch nicht essen«, konterte der Kleine kichernd.

Doch ... genau genommen ... war er schon irgendwie zum Anbeißen ... Diese rosige Haut, diese duftenden Haare ... dieses süße Gesicht und dieser unzerstörbare Charakter. Einfach knuffig ... keksig ... Fuck, ich mutierte zum Weib, wenn es um ihn ging!

»Du bist süß und knackig. Also Keks!« Ich verdrehte die Augen, weil ich nicht glauben konnte, dass ich so etwas Weibisches tatsächlich gesagt hatte, aber bei dem Kleinen ging es nicht anders.

»Ach soooo ... klar!« Er grinste mich an und ich grinste verschwörerisch zurück.

Mia kam wieder und ließ sich vor Robbie nichts anmerken.

»Hier, Schatz!« Sie drückte ihm Kinderzahnpasta auf die Zahnbürste und er fing an, fröhlich seine Zähne zu putzen. Dabei beobachtete er mich heimlich und imitierte jede meiner Bewegungen. Ich konnte nicht aufhören zu grinsen, was meinem Mädchen nicht entging. Nebenbei penetrierte ich sie mit meinem Blick über den Spiegel, und als ich an ihr vorbei griff, um mir den Kamm zu nehmen, strich ich gaaaanz zufällig mit den Knöcheln über ihre Titte. Sie biss die Zähne zusammen und erschoss mich förmlich mit ihrem Blick. Ich grinste sie nur unschuldig mit hochgezogener Augenbraue an und bückte mich, um meine Zahnpasta auszuspucken und mir den Mund auszuspülen. Robbie machte eifrig mit, als wäre er mein Schatten.

Als ich wieder hochkam, hing Robbie noch über dem Waschbecken. Scheinbar geistesabwesend strich ich an meinen Bauchmuskeln entlang und lehnte mich mit dem Arsch gegen das große Waschbecken. Zufrieden bemerkte ich, wie Mias Augen sich verengten, als sie meine Hand anstarrte, und verkniff mir nicht mein nächstes Grinsen.

»Ich hab ganz schön Hunger, denn ich konnte ja mein voriges Frühstück nicht beenden ...« Besorgt tätschelte ich meinen Bauch.

»Hmmm!«, war ihre einzige Antwort, als sie mir den Kamm aus der Hand nehmen wollte. Ich hielt ihn fest. Angepisst schaute sie in meine vor Belustigung tanzenden Augen. Sie presste die Lippen aufeinander und zerrte, doch ich ließ nicht los – hob nur eine Braue und spitzte die Lippen, woraufhin sie die Augen verdrehte, doch das Rot in ihren Wangen verriet sie ...

Langsam zog ich sie an dem Kamm zu mir. Mit einigen Problemen umrundete sie dabei Robbie, der gerade fleißig mit dem Wasser gurgelte. Ihr Griff um das Plastikteil war genauso stahlhart wie meiner. Natürlich war ich stärker als sie und irgendwann hatte ich sie so weit zu mir dirigiert, dass ihre Brüste auf meine Brust trafen und sie an mich gepresst dastand.

Den Kamm hielt ich in die Luft gestreckt. Sie kicherte, weil wir bescheuert aussahen.

»Küss mich«, flüsterte ich und hob meinen Arm noch ein Stück höher.

»Robbie!« Sie konnte einfach nicht mehr ernst bleiben, ihr Körper wurde von Lachanfällen geschüttelt. Allein die Hitze, die sich auf ihren Wangen ausbreitete, war köstlich.

»Ja, so heißt er ... küss mich trotzdem!« Ich warf einen kleinen Seitenblick zu dem Kleinen, der gerade mit seiner und meiner Zahnbürste kämpfte, wie mit Schwertern, und dazu auch noch die passenden Geräusche von sich gab.

Einen Schritt ging ich noch weiter, ließ meine Hand über ihre Wirbelsäule nach oben gleiten und umfing dann ihren Nacken – fest und bestimmt –, bevor ich ihn sanft mit den Fingerspitzen verwöhnte. Ich wusste, sie liebte das ...

Mein Mädchen konnte nicht anders, als sich komplett an mich zu lehnen, die Augen zu schließen und fast zu schnurren wie eine kleine rollige Katze. Nachdem ich ihr Hirn erfolgreich ausgeschaltet hatte, beugte ich mich hinab und strich mit meinen Lippen sanft über ihre. Dabei sanken unsere Hände, die den Kamm umklammerten, nach unten.

Sie lächelte an meinen Lippen und ich fuhr mit meinen Fingern durch ihre Haare. Fühlte die feuchte Hülle und Fülle ... doch bevor ich dieses wunderbare Spiel vertiefen konnte, zupfte Robbie an meiner Hose und brachte mich zurück in die Realität.

»Schlittenfahren! Nicht Mirti beißen!«

Ich grinste an ihrem perfekten Kirschmund und gab ihr einen kleinen, keuschen Kuss. Dann löste ich mich von ihr, zumindest lippenmäßig, und schaute auf den kleinen Kampfkeks hinab.

»Pfannkuchen?« Und somit hatte ich ihn schneller in der Küche, als ich schauen konnte.

***

Zwei vollgefressene Stunden später hatten wir es tatsächlich geschafft, uns anzuziehen und aufzubrechen. Ich war etwas angepisst, weil Mia sich in eine schwarze Winterjacke und Schneehosen dermaßen dick eingemummelt hatte, dass ich ihre herausragenden Konturen nicht mehr erkennen konnte. Aber ich sah an ihrem Blick, dass es ihr genauso ging. Sie versuchte, meine Hose am Arsch mit ihrem Röntgenblick zu durchleuchten, hatte aber keine Chance und schmollte schließlich einfach nur, während ich mich in meinen Kofferraum bückte, um den großen Holzschlitten rauszuholen, auf dem ich schon als Kind mit meinen Brüdern den Berg hinunter gepfeffert war.

Einen kurzen Moment musste ich seufzend innehalten, weil ich mich im Alter von fünf Jahren sah. Meine Mutter war auch immer dabei gewesen und hatte mit uns Jungs einen Heidenspaß. Schneeballschlachten und Schlittenfahren, das hätten wir jeden Tag tun können. Jubelnd und jauchzend. Die Zeit war so unbeschwert und glücklich, wie sie es anschließend nicht mehr sein sollte. Die Erinnerung zog im selben Augenblick an mir vorbei, als Mia ihre Hand auf eine meiner Arschbacken legte und fest zupackte. Ich keuchte auf und grinste breit. Spannte für sie meinen Arschmuskel an und sie gluckste, während sie ihre Stirn an meinen Rücken lehnte.

»SCHLITTENFAHREN! SCHLITTENFAHREN!« Phil und Katha fuhren gerade in ihrem weißen Bonzen-Mercedes mit Robbie vor. Ich hörte wie sein Sing-Sang aus dem geöffnetem Fenster drang, und grinste mein Mädchen an, das mit leuchtenden Augen zu mir aufschaute, nachdem ich den Schlitten abgestellt hatte.

»Ich liebe es, wenn du schwere Dinge hebst«, flüsterte sie mir zu.

»Ach ja?« Ich schloss den Kofferraum und lehnte mich lässig gegen mein Auto, um noch eine zu rauchen. »Da gehörst du ja eindeutig nicht dazu.«

»Ja, ja ... ich werde ja wieder zunehmen.« Sie wuselte sich unter meinen Arm, sodass er auf ihrer Schulter lag.

Nebenbei zündete ich mir meine Zigarette an, verstaute Feuerzeug und Rauchzeug in meiner Jackentasche und drückte sie an mich. Fasziniert beobachtete sie, wie ich an der Kippe zog und den entspannenden Rauch in Kringeln ausstieß.

»Gott ... eigentlich ist Rauchen ja ungesund, aber du bist SO sexy dabei, dass es ein Vergehen wäre, es dir zu verbieten ...«, säuselte sie verträumt und ich verdrehte die Augen. Im nächsten Moment schnappte sie mir plötzlich das schöne Nikotin zwischen den Lippen weg. »ABER der Keks kommt, und du bist ein Vorbild!« Knallhart schmiss sie meine gerade angefangene Zigarette in den Schnee. Bevor ich sie deswegen anmachen oder ordentlich fluchen konnte, war der besagte Brüll-Keks auch schon da. Manchmal ... ging sie zu weit – genau genommen so sehr, dass ich drohte zu platzen, besonders, wenn ich nicht ordentlich befriedigt war, und mir das Objekt meiner Begierde so verführerisch vor der Nase rumtanzte. Aber es heizte mich auch an, wenn sie so selbstsicher war. Scheiße einfach!

Um wieder klar im Kopf zu werden und mich abzuregen, ließ ich Mia mit meiner Familie stehen und ging erst mal los, um die Karten für die Seilbahn zu kaufen. Dazu musste ich in die Station betreten und mich am Schalter anstellen. Es herrschte schönes Wetter, weshalb mich der Schnee schon die ganze Zeit blendete, was mich zusätzlich anpisste, weil ich meine Sonnenbrille vergessen hatte. Wir waren nicht die Einzigen, die auf die grandiose Idee gekommen waren, mit der Gondel auf den Hochfelln zu tuckern und dabei ganz nebenbei die wolkenlose Aussicht zu genießen.

Und als ich da so gelangweilt in der Schlange wartete und versuchte, nicht allzu genervt von den Blicken zu sein, die mir jedes weibliche Wesen, jeden verdammten Alters zuwarf, hörte ich es – ein Scheißkichern. So ein Kichern, das nur Obertussis zustande bringen ... Zu allem Übel wusste ich auch, wem es gehörte. Was hätte ich dafür getan, es ignorieren zu können, aber ich hatte keine Chance ...

»Tristan Wrangler?« Augen rollend drehte ich mich um.

Verdammt, auch noch Schlunzen im Doppelpack – blond und blonder. Weiß die Muschi, wie diese aufgetakelten Silikonersatzteillager hießen, sie waren auf jeden Fall Anhängerinnen der Eva-Eber-Fraktion gewesen.

»Oh ... Hi, Hobelschlunzen«, entgegnete ich locker und schob meine Hände in die Hosentaschen meiner weißen Skihose.

»OH GOTT, du bist es wirklich!« Sie fassten sich an den Händen und hätten fast angefangen, auf und ab zu hüpfen wie zwei Teenager, die vor dem Schwarm der Schule standen. So sehr es nervte, im Grunde hatten sie recht. Nur dass ich jetzt ein paar Jahre älter war und mich zum Gott geupgradet hatte. Alles davor war nur Kindergarten gewesen, in den beide ganz klar immer noch gehörten. Eindeutig zurückgeblieben.

»Wie geht es dir, Tristan? Das war ja wirklich schrecklich, was damals passiert ist ... wir hätten nicht gedacht, dass du dich irgendwann wieder hier blicken lässt ...«, säuselte Blond und ich sah genau, dass sie sich gerade in ihrem kleinen Schädel aufregte, dass sie nicht eine fettere Schicht Make-up aufgelegt hatte. Leider kann aber keine Schminke der Welt eine hässliche Seele überdecken ...

»Ich bin jedes Jahr hier«, erklärte ich schulterzuckend und war froh, dass ich an die Reihe kam, um die total überteuerten Karten zu kaufen.

Als ich sie in den Händen hielt, wollte ich eigentlich gerade verschwinden, doch Blonders Hand schnellte in Höchstgeschwindigkeit nach vorne und packte mich am Oberarm. Ungläubig blieb ich stehen und starrte ihr mit hochgezogener Augenbraue in die aufgeregten Glupscher.

»Geh noch nicht ...«, nuschelte sie völlig eingeschüchtert von meinem Blick und ließ mich doch los. Ich wollte gerade erwidern, dass sie einen FETTEN Pickel auf der Nase hatte, da hörte ich schon ein vor Wut zitterndes: »Tristan!«

Im nächsten Moment wurde ich herumgeschleudert und die Lippen meines Mädchens pressten sich mit Hochdruck auf meine.

»Boah ... Mia ...«, murmelte ich in ihren Mund, während sie knallhart meinen mit ihrer wendigen Zunge vergewaltigte. Sie entlockte mir ein heiseres Stöhnen, als sie mit ihren Händen besitzergreifend an meinem Rücken hinabglitt und meinen Arsch packte, so wie ich es sonst immer bei ihr tat. Ihr Verhalten schrie förmlich: MEINS!

Ich grinste an ihren Lippen, spielte aber mehr als gerne mit, als sie vor den Schlampen ihre Besitzansprüche ein für alle Mal klar machte. Fast hätte ich angefangen zu lachen, aber ich konnte es mir verkneifen. Irgendwann ging ihr der Atem aus. Absolut außer Puste und mit geröteten Lippen löste sie sich von mir.

»Ihr kennt noch mein Mädchen, ja?« Ich schlang Mia einen Arm um die Hüfte, während sie BEIDE Arme um meinen Bauch legte und die Schlunzen kämpferisch anfunkelte.

»Äh ja ... klar ... hi ... Trut...« Blond riss die Augen auf, als ich meine verengte. »Äh, Mia Engel! Nicht wahr? Lang nicht mehr gesehen!«, rief sie.

»Hi«, säuselte Mia zuckersüß. »Na, wie geht es euch?« Sie genoss eindeutig, mich an sich pressen zu können und zu wissen, dass die anderen vor Neid vergingen, weil sie mich wollten. Nach alldem, was sie früher durchgemacht hatte, konnte ich es verstehen und vergrub meine Nase in ihren kühlen Haaren.

»Ganz gut ... und ihr beide seid also immer noch ...«

»SCHLIITTEEENFAAAHREEEEN«, brüllte es durch die Halle und ich verdrehte die Augen, als der kleine Knirps mit Vollkaracho gegen mein Bein knallte. Blond und Blonder kriegten ihre Münder beim besten Willen nicht mehr zu, und Mia konnte nicht mehr aufhören, selbstzufrieden zu grinsen. »Wann geht's los? Die Bahn ist da!«, quietschte Robbie rum und Mia kicherte.

»Gleich, mein Schatz.« Sie strich Robbie über die rote Mütze mit dem Bommel oben drauf und ich bemerkte, dass die Blondies zu einer Erkenntnis kamen, zu der wohl jeder gelangen musste, der mich und Robbie zusammen sah.

»Ihr habt ein Kind?« Ihre Stimmen klangen noch hohler als

normalerweise. Mia versteifte sich etwas und Robbie schaute die zwei Frauen an, als wären sie nicht mehr ganz dicht.

»Robbie, sag den Ladies doch erst mal Guten Tag!« Ich verhielt mich ganz wie der Papa und plädierte auf seine guten Manieren, die ihm Mia sicher beigebracht hatte.

Robbie musterte die beiden skeptisch und mit hochgezogener Augenbraue, also manchmal glaubte ich fast selber, er sei mein Sohn, bei der Mimik, die er an den Tag legte. Doch schließlich streckte er ihnen brav seine Hand entgegen und lächelte SCHIEF. »Servus!«

Ich wäre fast an meinem zwanghaft unterdrückten Gelächter krepiert, als sie erröteten, etwas unsicher seine kleine Hand nahmen und schüttelten. Dieser kleine Casanova machte sie tatsächlich verlegen und Mia gluckste lauthals, weil ihr wohl gerade derselbe Gedanke kam.

»Wie der Vater so der Sohn, hm?«, ergänzte sie grinsend und griff Robbies Hand. »Also, viel Spaß noch ...« Sie zwinkerte ihnen zu und wir ließen sie ratlos stehen, um mit den restlichen Wranglers in die Gondel zu steigen und den verschissenen Berg hochzutuckern. Und wer musste den Schlitten die ganze Zeit schleppen? ICH natürlich! Doch Mia und Robbie dabei zu beobachten, wie sie am Fenster der Bahn standen und zufrieden dabei zusahen, wie wir durch die weiße Landschaft immer weiter nach oben getragen wurden, machte alles wieder wett.

Und mit alles meinte ich ALLES.

***

Auf der Mittelstation angekommen ließen wir Katharina die Große in einem Café zurück, die darüber heilfroh war, und begannen, den kleinen Berg, der zum Schlittenfahren geeignet war, zu erklimmen. Hier fuhren sonst nur ein paar kleine Skianfänger oder andere Schlittenfahrer, also hatten wir genug Platz zum Austoben. Mia kapitulierte bereits nach der Hälfte, legte sich in den Schnee und seufzte theatralisch.

»Lasst mich zurück und geht allein weiter. Wenn ich noch einen Schritt machen muss, falle ich tot um!«

Tommy trug Robbie, also gab ich Phil den Schlitten und warf mir mein Weib kurzerhand über die Schulter, um es kreischend den Berg hochzuschleppen. Zurücklassen? Sie hatte sie wohl nicht alle! Allein der Gedanke ging gar nicht, und als Strafe klatschte ich ihr auf den Arsch.

Oben stellten wir dann fest, dass unser Schlitten für sieben Personen nicht ausreichte und schauten blöd aus der Wäsche. Ich überlegte, die zwei Jungs neben uns auszuknocken und ihnen den Schlitten zu klauen, aber ich wusste, dass Mia so was nicht toleriert hätte.

Also schickte ich erst mal die erste Ladung runter, die aus Robbie, Phil und Vivi bestand, und nutzte die Zeit, um eine zu rauchen. Mia warf mir einen schiefen Blick von der Seite zu, dem ich absolut unschuldig begegnete.

»Was denn? Er ist nicht daaa!«, rechtfertigte ich mich grinsend und sie verdrehte die Augen.

Dieses Mal musste Robbie alleine den Berg hochlaufen und war knallrot, als er ankam.

Ich setzte ihn gleich wieder mit Tommy auf den Schlitten und schubste sie mit voller Kraft an – Tommy – die Pussy – schrie lauter als das Kind!

Mia und ich blieben allein zurück. Ich musste lachen, als ich sah, dass Robbie nicht noch mal alleine hochgehen wollte, weshalb Tommy und Phil Schnick Schnack Schnuck darum spielten, wer ihn tragen würde. Über zehn Runden! Die ganze Scheiße dauerte mir zu lange und ich nahm jetzt doch einen kleinen Jungen in Augenschein, der direkt neben uns stand.

»Hey«, sprach ich ihn an und hockte mich vor ihn. Mia zerrte genervt an meiner Jacke.

»Tristan, lass dem Jungen seinen Schlitten!« Fuck, woher wusste sie, was ich von dem Kind wollte? Der Kleine schaute mich misstrauisch an, aber ich zog lächelnd einen Schein hervor.

»Fünf Euro ... wenn du mir deinen Schlitten für eine Fahrt

leihst.« Der Scheißer war einer von der ganz üblen Sorte, denn er wägte ab und schürzte dann die Lippen. »Zwanzig!«, verlangte er eiskalt.

»Zwanzig Mäuse? Verdammt, das ist Wucher!« beschwerte ich mich, aber er blieb hart und verschränkte die Arme vor der Brust.

»Okay, du gieriger Sch... Schlupfh... hund ...«

»Cool!« Der Junge schnappte sich den Schein und reichte mir die Schnur seines Schlittens.

Mia warf mir einen halb Bist-du-Verrückt halb Bist-du-total-bescheuert Blick zu, als ich mich zu ihr umdrehte und ihr siegreich meine Beute präsentierte.

»Was?«, fragte ich amüsiert und stellte den Schlitten vor ihr ab. »Ich bin kein geduldiger Scheißer und bis die sich da unten geeinigt haben, frieren mir die Eier ab. Der Junge kriegt den Schlitten gleich wieder, nachdem er ihm den ganzen Berg runter hinterher gelaufen ist ... also komm ... und setz dich!« Ich wollte sie auf das Gefährt ziehen, aber sie versteifte sich.

»Ich will nicht!«

»Wieso nicht?« Sie wand sich etwas und verdrehte niedlich die Augen.

»Ich bin noch nie Schlitten gefahren!« Ich starrte sie verwirrt an.

»Du bist noch nie ... BOAH FUCK! DAS GEHT GAR NICHT!« Und ehe sie sich versah, hatte ich sie einfach hochgehoben und vor mich auf das Holz gesetzt.

»Nein, Tristan! ICH werde ... uns gegen einen Baum lenken!« Sie klammerte sich an meinen Oberschenkeln links und rechts fest und presste sich gegen mich. Ich lachte und stöhnte in einem, denn ihr Arsch drückte sich auch gegen ... jenen gewissen Teil von mir, den sie so gern hatte und der sie auch über alles liebte.

»Hier sind keine verdammten Bäume. Entspann dich. Ich übernehme das Lenken, stell einfach deine Treter hier auf die Kufen!«

»Treter? Kufen?«, fragte sie skeptisch, und verspannte sich noch mehr, als ich ihre Beine systematisch so platzierte, wie ich sie haben wollte.

»Gott, Tristan ... ich habe doch gesagt, es wäre besser gewesen, wenn ihr mich zurückgelassen hättet«, scherzte sie schwach und klammerte sich noch fester. »HALT MICH!«, befahl sie in der nächsten Sekunde panisch und ich schlang mit einem »Mhmm« meine Arme um ihren Bauch.

Wir mussten bescheuert aussehen, denn der Junge, der immer noch mein Geld in seinen Fingern hatte, lachte sich seinen kleinen gierigen Arsch ab.

»Okay, Baby ... jetzt geht's los!« Ich schob uns an und sie biss die Zähne zusammen.

Wir fuhren anfangs ganz langsam, weil der Berg oben nicht besonders steil war und ich musste uns ein paar Mal abstoßen, bis wir EIN WENIG Geschwindigkeit erreichten.

»Ist doch nicht so schlimm, oder Baby?« Ich grinste an ihrem Ohr und küsste sie auf die Wange. Sie lachte leise, was ein gutes Zeichen war, entspannte sich aber nicht einen Millimeter, als wir die weiße Piste hinunterschlichen. Gerade wollte ich uns nochmal abstoßen, da hörte ich, wie mein Name gerufen wurde. Eigentlich hätte ich es besser wissen müssen, denn mir war nicht entgangen, dass es eine Tussenstimme war, aber ich schaute trotzdem in die Richtung und konnte mir ein »Heilige SCHEISSE!« einfach nicht verkneifen. Die blonden Schlunzen standen da, hoben einträchtig grinsend ihre Jacken, Pullover, T-SHIRTS und BHS hoch und präsentierten mir ihre blanken TITTEN!

Zu spät fiel mir auf, dass ich das ungewohnte und ungehörige Bild für eine Piste, wo ihre Eltern mit ihren Kindern Schlitten fuhren, mit offenem Mund anstarrte. Ich klappte ihn wieder zu, doch es brachte nichts mehr. Mein Mädchen hatte mich eiskalt erwischt ... und im nächsten Moment schubste sie mich mit aller Kraft gegen die Brust, und zwar so fest, dass ich rückwärts vom Schlitten kippte und im Schnee landete. Ungefähr im selben Moment raste der Schlitten los.

»Fuck, verdammte ...«, fluchte ich, als ich mich vollbepackt mit der weißen Scheiße aufrappelte, um gerade noch zu sehen, wie Mia in Panik ausbrach und schrie.

»Tristan, ICH KANN NICHT LENKEN!« Das fiel ihr aber früh ein!

Mit leichter Beklemmung musste ich dabei zusehen, wie sie mit einem Affenzahn auf die einzige Sprungschanze dieser verdammten Piste zuhielt. Mir war klar, jetzt konnte ich nicht mehr tun als beten. Alles zusammenkreischend rauschte sie darüber und flog mitsamt dem Schlitten gute zwei Meter durch die Luft.

Das sah ich sogar in Zeitlupe – sehr eindrucksvoll!

»FUCK!« Der Schlitten zischte einfach geradeaus weiter, Mia hingegen stürzte schreiend in den weichen, weißen Schnee unter ihr. Da war ich auch schon losgelaufen. Teils lachte ich Tränen über diese Aktion, teils machte ich mir Sorgen um sie. Hatte sie sich verletzt?

Alle kamen gleichzeitig bei ihr an, als sie sich aufrappelte und noch ein bisschen Schnee ausspuckte. Ich stieß meine Familie mit meinen Ellbogen beiseite und half ihr beim Aufstehen.

»Baby ... alles okay? Hast du dir wehgetan? Hast du Kopfschmerzen? Ist dir übel? Soll ich einen Arzt holen?« Sie strich sich ein paar Strähnen aus dem Gesicht. Ihr Atem ging hektisch, doch dabei funkelte sie mich TÖDLICH an.

»Fass mich nicht an!« Blindlinks packte sie Robbie an der Hand und marschierte mit ihm den Berg runter.

»WOW! Das war ein Stunt ...« Meine Geschwister hatten immer noch Lachtränen in den Augen und ich prustete ebenfalls los, als ich an die Bilder zurückdachte, die sie so eben geboten hatte. Das war wirklich der Hammer gewesen! Doch sie war auch wirklich angepisst, also lief ich ihr hinterher.

»Mia!«

Sie ging schneller.

»Boah, Mia! STOPP JETZT!« Sie rannte noch schneller.

Ich musste schon fast laufen. Erst bei der Station holte ich sie ein und das nur, weil noch keine Gondel da war, die sie nach unten bringen konnte.

»Mann!« Ich packte sie am Oberarm und sie wirbelte mit wütend funkelnden Augen zu mir herum. Am liebsten hätte ich sie an die Wand gedrückt, geküsst und gefickt, aber da hing ja noch Robbie an ihrer Hand, der verwirrt zwischen uns hin und her schaute.

»Robbie«, sagte ich streng, aber nicht unfreundlich, denn ich war NIE unfreundlich zu ihm. »Ohren zuhalten!« Er tat sofort wie ihm befohlen, weil er das schon ein paar Mal hatte tun müssen, und fing an ein Lied zu singen. Als ich sichergehen konnte, dass er kurzfristig taub war, zog ich sie ein wenig von ihm weg – während sie auch noch die Arme vor der Brust verschränkte.

»Ich kann nichts dafür ... Ich hab es nicht erwartet und die Titten waren einfach *da!«*

»DAS WAREN KEINE TITTEN. DAS WAREN SCHLÄUCHE! Schläuche, die du schon mal in den Händen und was weiß ich wo hattest«, spie sie mir sofort kämpferisch entgegen. Ich konnte nichts gegen das Lachen tun, das mir entwich.

»Im Ernst?!« FAST schmunzelte sie, aber sie schaffte es, mich weiter anzufunkeln.

»Das ist nicht witzig. Es verletzt mich, wenn du dir die ... die ... Schläuche von anderen ansiehst ... Hast du es echt so nötig?«

»Ich bin nun mal ein verdammter Mann, der auf optische Reize reagiert ... und wenn sie mir ihre Titten ...«

»Schläuche, Tristan«, unterbrach sie mich sachlich. Ich verdrehte die Augen und hörte Robbies Stimme, die lustig ›Ein Männlein steht im Walde‹ trällerte. »Schläuche ... wenn sie mir ihre Schläuche entgegenstrecken, dann kann ich im ersten Moment nicht anders, als zu starren. Es kam einfach so unvorbereitet!« Sie verengte sofort ihre Augen und ich erkannte, dass sie sich überhaupt nicht beruhigen *wollte*.

»Du *hast* sie also angestarrt?« Mit einer Hand raufte ich mir die Haare und atmete tief durch, um meinen eigenen Ärger im Zaum zu halten, der langsam aber sicher aufkeimte. Schließlich war ich nicht gerade ein friedlicher Scheißer, und es behagte mir nicht, wenn ich angeschrien und meiner Meinung nach ungerechtfertigt beschuldigt wurde.

»Mia Marena«, knurrte ich also ... warnend.

»WAS?«, blaffte sie mir sofort entgegen.

»Sei nicht so beschissen eifersüchtig! Du hast keinen Grund dazu!«

»Okay«, sagte sie einfach.

»Okay, was?«

»Okay, ich glaube dir, aber genervt bin ich trotzdem! Das ist ja wohl noch erlaubt!« Sie warf mir einen abschließenden wütenden Blick zu und wandte sich von mir ab, um schmollend auf die verschissene Gondel zu warten. Dabei ignorierte sie mich knallhart. Einige Sekunden stand ich ratlos daneben und seufzte schließlich.

»Du übertreibst ...«

»Pfff ...«, machte sie nur und ignorierte mich weiter.

»Gottverdammte Schlumpfhodenscheiße!« Ich erinnerte mich daran, Robbies Hände von seinen Ohren zu nehmen, und zündete mir eine Zigarette an, bevor ich mich zu meinen Geschwistern stellte, die auch angetrudelt kamen. Vivi und Katha gesellten sich zu Mia, die Robbie auf den Arm genommen hatte, um ihm die umstehenden Berge zu benennen. Mit verengten Augen beobachtete ich das auf den ersten Blick friedliche Bild, während mir Phil und Tommy auf die Schulter klopften.

»NA, das wird ja was heut Abend ...«

»Wieso?« Ich zog eine Augenbraue hoch.

»Wir wollten in den Club gehen, der hier neu eröffnet hat ...« Tommy rieb sich die Hände und grinste voller Vorfreude. Na toll ... eigentlich hatte ich von Clubs die Schnauze gestrichen voll ... denn ich wollte im Grunde nur noch meine Ruhe haben.

»Geht doch«, meinte ich gelangweilt und schnippte meine Kippe weg. Danach vergrub ich die Hände in meinen Hosentaschen, denn Mia trug meine Handschuhe und es war schweinekalt.

Sie warf mir einen kleinen Blick zu, als ich genervt schnaufte. Ich nickte ihr auf die Art zu-mir-oder-zu-dir zu. Sofort verdrehte sie die Augen und schaute wieder weg, redete weiter mit Katha, Vivi und Robbie, der momentan an Kathas Bauch hing, weil er das Baby hören wollte.

»Wir sollen ALLEINE mit deinem Mädchen weggehen?«, fragte Phil hinterhältig und versuchte seinen Fingern wieder Leben einzuhauchen. Auch er hatte seine Handschuhe opfern müssen ...

»Wieso mit meinem Mädchen?« Tommy und Phil schnauften ironisch.

»Hallo? Glaubst du etwa, Vivi lässt es sich nehmen, mit Mia Party zu machen? Sie hat ihr förmlich die Pistole auf die Brust gesetzt!«

»Aber wer passt auf Robbie auf?« Verdammt, ich wollte nicht, aber ich würde Mia sicher nicht ohne mich in einen Club lassen.

»Dad müsste heut Abend kommen.«

»Verfickt toll!« Murrend fuhr ich mir durch die Haare ... »Dann gehen wir eben FEIERN!«

38. Eifersucht

Mia ›provocating‹ Engel

Ich ignorierte Tristan die komplette Fahrt über – nicht nur in der Seilbahn, selbst im Auto würdigte ich ihn kaum eines Blickes.

Denn ehrlich gesagt konnte ich es nicht mehr länger ertragen. Dieser Zweifel brodelte schon seit Tagen gewaltig und wurde mit jeder Stunde größer: Wenn Tristan schon bei mir so triebgesteuert war, wie verhielt es sich dann erst bei anderen Frauen? Hätte er sich seinen dummen Kommentar vorhin nicht verkneifen können? Wieso hatte er überhaupt mit ihnen geredet?

Ja, er war ein wahnsinnig begehrenswerter Mann – und ich im Gegensatz dazu nur ein graues Mäuschen. Wenn ich mit ihm einen Raum betrat, wurde ich chronisch übersehen, aber er stand sofort im Fokus. Sämtliche anwesenden Frauen fingen an zu sabbern und sich die Fingernägel spitz zu feilen, um diese im Zweifelsfall in sein Fleisch rammen und ihn an sich reißen zu können. Ihm war klar, dass er die Ausstrahlung eines Gigolos besaß, und die nutzte er aus, um sich mit und vor allem über das weibliche Geschlecht zu amüsieren. Dieses Spiel hatte er perfektioniert und es bereitete ihm ungemein Spaß.

Diesbezüglich beschränkte es sich derzeit zwar auf mich, aber was, wenn er sich irgendwann auf eine andere einlassen wollte? Was, wenn ich ihm zu langweilig wurde, jetzt, wo wir anscheinend alle Hürden hinter uns gebracht hatten? In seinem SEXclub gab es sicherlich genug, was ihn insgeheim reizte.

Wie lange würde er dem nackten Fleisch noch widerstehen können, wenn er von meinem gelangweilt sein würde?

Ich schaute ihn von der Seite an und sog sein umwerfendes Profil förmlich in mich auf. Die markanten Augenbrauen, die gerade Nase, die vollen rosa Lippen, dieses aussagekräftige Kinn mit der kleinen Mulde in der Mitte ... meine Augen verengten sich. Irgendwo hatte ich mal gehört, dass Männer, die ein Grübchen im Kinn hatten, zum Fremdgehen neigen würden.

Diese ganze Sexclubsache störte mich zunehmend, denn eines war mir in den letzten Tagen bewusst geworden: So stellte ich mir unser weiteres Leben nicht vor. Schon allein wegen Robbie, aber vor allem wegen mir. Tristan hatte mich gelehrt, mehr an mich zu denken. Mission erfolgreich abgeschlossen! Ich wusste, ich würde auf Dauer nicht damit klarkommen, dass er Frauen beschäftigte, die nicht davor zurückschreckten, ihn auf alle erdenklichen Arten schamlos anzumachen. Frau oder nicht Frau. Kind oder nicht Kind.

In dieser Hinsicht traute ich ihm nicht über den Weg.

»Ich will, dass du den Club aufgibst!« Die Worte waren raus, noch bevor ich den Gedanken beendet hatte und ich schlug schockiert die Hand vor meinen Mund.

»Wie bitte?« Tristan war noch wegen meines Aufstandes angepisst. Dass ich die Einzige war, die sich so etwas bei ihm überhaupt leisten konnte, zähmte meine Wut übrigens nur geringfügig.

Er blähte leicht seine Nasenflügel, als er mir sein Gesicht zudrehte und wunderschön und gleichermaßen überheblich auf mich herabblickte – wie der Obergott persönlich.

Zeit, für dich einzustehen, Mia! Komm schon! Was habe ich dir verdammt noch mal beigebracht?, hätte Tristan gesagt, wenn er nicht so sauer auf mich gewesen wäre.

»Ich habe lange genug meinen Mund gehalten, weil ich dachte, ich kann für dich alles ertragen, aber das kann ich nicht, okay? Ich will die Einzige sein, die du nackt siehst. Also musst du die anderen Frauen loswerden!«

Zweimal nickte ich und schob trotzig mein Kinn vor.

»Sag mal, Mia Marena, hast du irgendwas genommen? Wenn ja, solltest du das in Zukunft dringend unterlassen ...« Der Penner!

»Klar, es gibt ne neue Droge auf dem Markt und die heißt: Tristan Wrangler ... anscheinend tötet sie alle Gehirnzellen ab ...« Er ignorierte meinen ironischen Einwand.

»Ich habe dir bereits gesagt, dass ich das alles mit meinen Händen aufgebaut habe, und nahm an, du würdest natürlich verstehen, dass ich nicht alles hinschmeiße, für das ich ...«

»Okay! Wie du willst! So besser? Es ist mir scheißegal, was du tust, okay? Und wenn du sie alle fickst, ist es natürlich auch deine Sache, tut mir leid, dass ich überhaupt den Mund aufgemacht habe ...« Keine Ahnung, wieso ich gerade jetzt den Aufstand probte, ihm so etwas vorwarf und nicht mehr an mich halten konnte. Zu allem Überfluss fing ich an zu heulen ...

Abrupt trat er auf die Bremse, denn wir waren angekommen, sprang aus dem Auto und knallte die Tür so laut zu, dass ich auf meinem Sitz zusammenzuckte. Verzweifelt beobachtete ich, wie er mit aggressiven Schritten aufs Haus zustapfte, und wischte mir schnell die Tränen aus den Augenwinkeln.

Gott! Wie war das denn jetzt geschehen? Das Letzte, was ich wollte, war Streit mit ihm.

»Scheiße, Scheiße, Scheiße!« Drei Mal hämmerte ich meinen Kopf gegen das Armaturenbrett, dann richtete ich mich wieder auf, weil ich jetzt auch noch Kopfschmerzen hatte. Als ich mir an die Stirn fasste, sah ich gerade, wie ein sehr attraktiver und kaum gealterter David Wrangler aus dem Haus kam und seinen Sohn unverhofft in die Arme schloss.

Tristan riss sich zusammen und stieß ihn nicht weg, sondern tätschelte ihm den Rücken und tauschte ein paar Worte mit ihm aus. David hatte sich nicht verändert. Seine dunklen Haare waren etwas länger, er hatte einen Dreitagebart und war tiefbraun gebrannt. Ansonsten strahlte er die Ruhe und Gelassenheit aus, die er immer an den Tag gelegt hatte.

Er schlenderte mit dem kiefermahlenden Tristan zum Auto zurück und öffnete meine Tür.

»Und wenn das nicht Mia Engel ist«, begrüßte er mich fröhlich, als ich ausstieg.

»Hallo, David!« Etwas befangen hielt ich ihm meine Hand entgegen, die er ergriff, mich an sich zog und dann fest umarmte.

WOAH! Tristan schaute mit weit erhobenem Kinn an mir vorbei, zog mich aber wortlos an sich, nachdem sein Vater mich losgelassen hatte. Seine Hände fühlten sich kalt auf meiner Haut an und ich merkte mit jeder Faser, wie wütend er war. Gott ... ehrlich gesagt war ich jetzt so eingeschüchtert, dass ich überlegte, ob es nicht besser wäre, erst mal nicht mit ihm allein in einem Zimmer zu sein.

Die anderen kamen auch an. Alle begrüßten und umarmten sich fröhlich und Robbie war ganz hin und weg von den ganzen Gorilla-Geschichten, die David parat hatte. Sie verstanden sich auf Anhieb – natürlich. David ließ ihm einfach keine Wahl.

Während sich die Männer, allen voran Tristan, eine Flasche von dem alten Whiskey schnappten, der immer im Schrank stand, und sich einschenkten, wurde ich von Vivi die Treppe nach oben gezogen. Sie freute sich, dass ich jetzt auch ihre Klamotten tragen konnte, und drückte mir ein goldenes Kleid mit V Ausschnitt und schwarzen halterlosen Strümpfen in die Hände. Ich schaute sie an, als wäre sie verrückt geworden.

»Tipp Nummer fünftausend: Zeig ihm, was du hast! Bei jeder Gelegenheit!«, sagte sie nur.

Während ich in mein Zimmer ging, um passende Unterwäsche zu suchen, kamen auch die Männer polternd nach oben und machten es sich in Phils altem Zimmer gegenüber gemütlich. Tommys Raum wurde ja von uns beschlagnahmt. In den konnte man übrigens keinen Fuß mehr setzen. Alles war mit Klamotten und Make up verwüstet.

David war mit Robbie auf der Couch eingeschlafen, berichtete Phil – was ein Wunder war, bei dem Krach, den die Kerle veranstalteten.

Als ich bemerkte, dass sie schon die Hälfte der Flasche geleert hatten, sah ich verwundert auf die Uhr. Hilfe! Es war erst acht Uhr abends und wir waren gerade mal seit einer halben Stunde daheim! Das konnte ja was werden!

»Kommt schon, einer geht noch!«, überredete Tristan die beiden, als ich an der Tür vorbeiging, aber ich biss die Zähne zusammen, um keinen Kommentar abzulassen.

Sie ließen die Tür offen, sodass wir genau ihre Gespräche verfolgen konnten, die sich meistens um Autos und Geschäfte drehten. Um neun jedoch, als wir drei Mädels im Bad waren und uns schminkten, änderten sich die Themen abrupt.

»Weißt du noch die ... eine ... wie hieß se ... Irina? Die zuers dia einen geblasen hat un dann mia?«, erkundigte sich ein glucksender Tristan bei Tommy. Vivi und ich erstarrten in der Bewegung und schauten uns schockiert im Spiegel an. Ich mit der Wimperntusche, sie mit dem Rougepinsel in der Hand.

»Das hat er gerade nicht gesagt, oder?«, fragte ich leise.

»JAAA!!!!!!!!!«, grölte Tommy. »Boah ... Alder ... aber weißte noch ... die hatte voll denn Busch ...«

»Deswegn haben wir ja nur ... blasen lassn ...« Ich hörte ihre Gläser aufeinandertreffen und sah, wie Vivi förmlich der Dampf aus den Ohren stieg.

»Ich bringe ihn um!«, zischte sie und trug mit aggressiven Bewegungen das Rouge auf.

»Philip hat so was zum Glück nicht nötig«, grinste Katha auch noch überheblich und zog ihre perfekten Lippen mit Lippenstift nach.

»WARTET«, rief in dem Moment besagter Mann durchs ganze Haus und ich konnte ihn förmlich vor mir sehen, wie er Tristan und Tommy festhielt. »Ich hatte eine mit TITTEN, ALDER! DIE NIPPEL, DIE PASSTEN GAR NICH IN MEINEN MUND!«

»BOAH!«

»JA MAN, WIRKLICH! Solche hab ich nie wieda gsehn ... auch wenn Katharina ... Hammer-Dinga hat!«

»Mia ... hat die bestn Tittn ...«

»NEEE, klein aber fein ist viel bessa ...«

»Und Mia hat die engste Pussy!«

»Katharina hat die beste Figur und die größten Tittn!«

»Aber Vivi is am gelenkigsten!«

»Jetzt stell dir vor!«, lallte Tristan weiter, während wir Mädels überlegten, auf welche qualvolle Art die Jungs sterben würden. »DAS alles in einem!«

»Jaaaa«, riefen alle drei und die Gläser klirrten wieder aneinander. »DAS wär die PERFEKTE FRAU!« Wir waren fertig ... vor allem mit den Nerven.

»Tris ... weißt du noch ... damals meine Entjungferung – wir beide, zusammen mit der Hohlkuh? Als ich Katharina eifersüchtig...?«

»WOAH! Okay! DAS REICHT!«, schrie ich und wir alle drei stapften hinüber. Dort hockten sie alle einträchtig beisammen, während Tommy gerade versuchte, die zweite, dritte und was weiß ich wievielte Flasche zu öffnen. Schwer zu sagen, denn es lagen überall welche rum und es roch wie in einer Schnapsbrennerei. Sie sahen uns an, als wären wir irgendwelche geisterhaften Erscheinungen und besaßen auch noch die Frechheit, »Was is´n?« zu fragen und danach zu rülpsen. Also das brachte natürlich nur Tristan zustande.

»Wir *hören* euch!« Katha verschränkte die Arme vor ihrer Brust.

Allen klappten die Münder auf. »Ihr *hört* uns?«

»Gott, ihr seid so bescheuert!«, erwiderte Vivi. »Wie denn nicht bei dem Affengegröle? Ihr könnt ja gerne hier weitermachen und euch so niveaulos auslassen, aber wir gehen FEIERN!« Und somit packte sie Katha und mich an den Händen und zog uns nach unten. Von dort rief sie ein Taxi.

In ihrer schwarzen Jeans und dem transparenten gleichfarbigen Oberteil mit dem blinkenden Top darunter, den hohen Stiefeln, den meterlangen Ketten und ihren glatten roten Haaren würde sie der Star des Abends sein.

Katha hingegen ließ es wegen ihrer Schwangerschaft ein wenig langsamer angehen – sie trug eine Jeans und einen rosa engen, hauchdünnen Pullover dazu, während sie ihre Haare hochgebunden hatte. Obwohl sie für ihre Verhältnisse schlicht gekleidet war, sah sie atemberaubend aus – wie ein Supermodel-Barbieverschnitt.

Ich richtete noch ein paar meiner von Vivi gezauberten Locken, als wir das Taxi vorfahren hörten. Wir hatten jedoch keine Chance einzusteigen, denn die Affen kamen grölend nach unten gelaufen, direkt nach draußen und schnappten es uns vor der Nase weg. Dabei lachten sie sich auch noch den Arsch ab ... *Idioten!*

Schnaubend mussten wir weitere zwanzig Minuten auf den nächsten Wagen warten, der uns dann zu dem Club brachte, welcher erst vor Kurzem etwas außerhalb der Stadt eröffnet hatte. Schon von Weitem konnten wir die bunten Strahler erkennen, die ihn in Szene setzten, aber auch die Schlange davor, die sicherlich vor einer halben Stunde noch nicht so lang gewesen war. Alles Feierwütige, die vermutlich nicht solche Idioten als Freunde hatten.

Genervt stiegen wir vor dem großen Backsteingebäude aus und gingen auf den Club zu.

»Mia ...«, hörte ich eine lallende und doch anziehende Stimme rufen. Ich rollte nur mit den Augen und drehte mich in Richtung Störung.

Tristan stand mit seinen drei Brüdern etwas abseits. Sie alle hatten uns den breiten Rücken zugewandt und ähm ... pinkelten ... in den Schnee!

»Was?«, fragte ich wutschnaubend und auch meine zwei Begleiterinnen wurden auf ihre Freunde aufmerksam.

»Komm mal her, Baby ... Ich hab was für dich«, rief Tristan mir über die Schulter zu und ich machte mich grummelnd zu ihnen auf den Weg.

»Was ist denn?« In sicherer Entfernung blieb ich stehen, denn Tommy und Phil erledigten auch gerade ihr Geschäft. Und da hieß es, nur wir Frauen gingen gemeinsam aufs Klo!

»Haha«, lachte Tristan und stieß Phil mit der Schulter an. »Jetzt ist das ›I‹ versaut ... Willst noch was von meiner Pisse? Hab noch was übrig!«

»Was zum Teufel tut ihr da?« Katha neben mir war völlig fassungslos und angewidert.

»Wir schreibn ... eure Namn ... in Schnee ... Aba ... Tris hat den kürzesten ... das is unfair«, antwortete Tommy fröhlich. Die waren total durchgeknallt! Oder auch total besoffen ... Idiotisch bis zum Abwinken! Männer eben!

»Ihr seid sooooooo eklig!«, entgegnete Vivi stirnrunzelnd, und in dem Moment wurde ich angetippt.

»Mia? Mia Engel?« Ich drehte mich und sah in zwei dunkelbraune freundliche Augen.

»Martin!«, rief ich und bemerkte kaum, dass Tristans Kopf zu mir herumschoss wie eine Kanonenkugel. Ohne lang zu überlegen, schlang ich meine Arme um Martins Hals und drückte ihn fest an mich. Dabei kreischte ich ihm ein bisschen ins Ohr. Es tat einfach so gut, ihn wieder zu sehen und ich freute mich kurz gesagt tierisch.

»Verdammter Fuck ...«, zischte Tristan. »Ich muss schneller pissn ...«, beschwerte er sich bei Phil, der soeben fertig war. Der lachte ihn aus.

»Was tust du denn hier?«, fragten Martin und ich gleichzeitig und ließen uns los.

»Das ist mein Club!«

»Ich mache hier Ferien«, antworteten wir wieder unisono. Die Mädels wurden hellhörig.

»Dein Club?«, erkundigten sie sich und Martin nickte stolz. »Japp! Hab ihn vor drei Monaten eröffnet ... Wenn ihr keine Lust habt, in der Schlange zu stehen, dann ...«

»Vergiss es!«, rief Tristan dazwischen und fluchte, weil er immer noch nicht fertig war. Das war meine Chance – ansonsten würde er mich nicht weglassen.

»Okay!« Ich packte Martins Arm und riss Vivi mit.

»Mia! NO! NEIN! NE! NJET! WEIB, WARTE! FUCK!« Ich ignorierte ihn, als wir durch eine Seitentür ins Innere des Clubs verschwanden. Ich weiß nicht, was in mich gefahren war, aber ich wollte ihn bis zum Äußersten treiben!

Phil und Tommy konnten ihre Mädels auch nicht aufhalten. So fanden wir uns in der VIP-Lounge wieder und prosteten auf einen tollen Weiberabend. Paul, Stefan, Jared und Ludwig waren auch da und ich wurde sehr herzlich begrüßt.

Es tat gut, die Jungs mal wieder zu sehen. Es tat gut mit Vivi und Katha – die natürlich nur alkoholfreie Cocktails trank – zu feiern, einfach mal loszulassen und zu wissen, dass Robbie und auch Tristan trotzdem zu mir gehörten.

Es tat gut mal mit Freunden unterwegs – *ganz normal* – zu sein. Zuvor hatte ich das nie erlebt, also nahm ich mir vor, diesen Abend aus vollen Zügen zu genießen, auch wenn ich mich schon jetzt heftig nach Tristan sehnte.

Aber nach dem Streit von eben konnte ich einen tollen Abend mit meinem süßen alten Tristan wohl vergessen. Zumal ich auch noch Martin getroffen und ihn so innig begrüßt hatte und zu allem Überfluss mit ihm mitgegangen war. Stattdessen müsste ich mit meinem Psycholover vorliebnehmen und der war auch noch stockbesoffen.

Also blieb ich lieber hier, in der Hoffnung, dass er sich bald beruhigen würde ... und trank ... *viel* ... bisher hatte ich keine Ahnung gehabt, dass Martini so lecker war – also das Getränk.

Bereits eine Stunde später, oder so, ich wusste es nicht genau, drehte sich alles ... und ich musste wirklich dringend aufs Klo, ansonsten wäre mein Höschen nass (ausnahmsweise nicht wegen Tristan) und ich hätte die teuren Ledersitze ruiniert.

Also bahnte ich mir meinen Weg durch die Tanzenden, war dabei schon ziemlich wacklig auf den Beinen und hatte es FAST bis zu den Toiletten geschafft, als aus dem puren Nichts eine Hand nach vorne schoss und mich am Handgelenk packte. Mit einem Ruck wurde ich herumgeschleudert, wobei ich gegen *seine* Brust prallte, wie mir sein Geruch verriet. Im nächsten Moment zog er mich in eine etwas ruhigere Ecke, in die Chill-out-Lounge.

»Okay ... was soll ... das ...? Kannst ... mir mal sagn, wo du dich rumtreibst? Ich hab dich überall gesucht ...« Er keilte mich links und rechts mit seinen Armen ein und ich starrte hoch ich sein schönes Gesicht. HILFE! Er war so sexy ... ganz in Schwarz ... wie Satan ... und mit genauso glühenden Augen.

»Hättste mich gsucht, hättste mich auch gfundn ... Is ne alte Bauernweisheit«, antwortete ich und merkte, wie sich meine Zunge dabei verknotete.

»Boah, Mia!« Seine Augen wurden groß. »Du bis total besoffn!«, stellte er sehr schlau fest.

»Nein ...«

»Doch!«

»Nein!«

»Doch!«

»Nur sooo ein bisschen.« Ich zeigte ihm das Bisschen mit Zeigefinger und Daumen.

»Ich seh doch, dass du stinkebesoffn bist ... Mach mir nichts vor, Frau ...«, knurrte er. Ahhh ... er beugte sich ein bisschen weiter vor ... sodass er mit der Nase über meine Schläfe streichen konnte ... Diese Spannung baute sich auf, noch stärker als sonst. Zwischen meinen Beinen pochte es schon wieder ... Besoffen oder nicht besoffen.

»Ist doch nich schlimm ... oda?«

»Natürlich is das ... schlimm ... wenn ich nich da bin ... und du mit dem Köta rumhängst ...«

»Martini is nett und kein Köta!«

»Aber nur, weil er dich fickn will ... Genauso wie ich übrigens ...« Eine Hand löste sich von der Wand und er strich mir über die

Taille. Seine Finger waren viel sicherer als seine leicht lallende Aussprache.

»Hast du noch keine passenden Schläuche gefundn ...?«

Er grinste und lachte leise. »Doch! Deine!« Ich schubste ihn von mir weg, was mir leichter fiel als normalerweise, weil auch er dezente Koordinationsschwierigkeiten hatte.

»Ich habe KEINE SCHLÄUCHE«, schrie ich. Die Leute in unserem Umfeld starrten mich an und unterzogen sie gleich mal einer näheren Inspektion. Tristan verdrehte die Augen und fuhr sich schwankend durch seine Haare.

»Is doch egal, wie man´s nennt ... deine sind die BESTN ... Baby ... Und ich will keine andern Schläuche, Titten oder Brüste! Check das endlich und gib Ruhe!«

»Leck mich!«, zischte ich ihm entgegen und schlüpfte schnell an ihm vorbei.

»Sag, wann und wo, ich bin bereit ...!«, brüllte er mir ungehalten hinterher, aber da war ich schon davonmarschiert. Jetzt hatte ich ganz vergessen aufs Klo zu gehen, aber ich war so wütend, dass ich Martin fast eine knallte, als er mich plötzlich am Oberarm festhielt.

»Hey, Signiorita ... gönnst du mir einen Tanz?« Ich drehte mich um und sah Tristan, der sich wie der schwarze Hai durchs Meer der feiernden Leiber einen Weg zu mir bahnte. In meinem Kopf spielte sogar die passende Musik dazu, worauf ich ein Déjà vu hatte und leicht panisch wurde.

»Klar!«, rief ich und zerrte Martin zur Tanzfläche, die sich rechts von uns befand.

Hastig warf ich einen Blick über seine Schulter zu Tristan, als ich anfing, mich zu bewegen. Tristan stand mit geballten Fäusten am Rand und ich zwinkerte ihm zu! Er legte den Kopf schief, verschränkte die Arme und sah sich nach links und rechts um. Er suchte ein Opfer!

DAS WÜRDE ER NICHT WAGEN!

Über sein Gesicht huschte ein triumphierendes Lächeln, als ihm zu seiner Linken eine kleine rothaarige Tussi mit Schottenminirock und aufgepumpten Brüsten auffiel. Er schürzte die Lippen, schob eine Hand in seine Hosentasche, fuhr sich mit der rechten durch seine Haare und schlenderte dann locker lässig auf sie zu. Plötzlich wirkte er gar nicht mehr besoffen, und das machte mir Angst! Als hätte sie die Anwesenheit dieses Sexgottes hinter sich gefühlt, drehte sie sich um und erstarrte, sobald sie ihn erblickte. Ihre Augen wurden groß, glitten voller Faszination über seinen Körper und wieder nach oben in sein ausnehmend männliches, verschmitztes und so attraktives Gesicht. Schüchtern lächelte sie und errötete tief, als er etwas sagte. Ich sah genau seine schönen Lippen, die sich um die Worte legten. Sah das verheißungsvolle Funkeln in seinen Augen, das nur mir gehören sollte, und klammerte mich fester an Martins Oberarme.

Das Lied wechselte zu ›Chica‹ von *Culcha Candela.*

Martin zog mich enger an sich.

»Du gefällst mir immer noch so wie früher, weißt du, Mia?« Er wirbelte mich herum, sodass ich die beiden nicht mehr sehen konnte. Mein Magen verknotete sich in banger Vorahnung und ich wollte am liebsten sterben. Was, wenn er gleich mit ihr aufs Klo verschwand? Aber das würde er mir nicht antun, oder?

»Ja, ja, danke ... Martin.« Mit all meiner Kraft brachte ich uns wieder in eine Position, in der ich Tristan unter den vielen Leuten ausmachen konnte. Erleichtert stellte ich fest, dass er die Tussi lediglich auf die Tanzfläche gezogen hatte. Aber seine Hände lagen an ihrem Becken, das einladend unter seinem Griff kreiste, während seine Augen an ihrem Ausschnitt klebten. Er bewegte gekonnt die Hüften, seine Gürtelschnalle reflektierte das blitzende Discolicht ... und er näherte sich ihr noch ein bisschen – faktisch gab es jetzt keinen Millimeter mehr zwischen ihnen.

NEIN! WAGE ES NICHT DEINEN FICKER AN IHR ZU REIBEN! NEIN, NEIN, NEIN!

Er rieb! Sie klammerte sich an ihm fest, und ich konnte sehen, dass ein Stöhnen von ihren widerlichen Lippen fiel.

AAAAAAAAAAAAAAAAAHHHHHHHHHHHHHH!

VERDAMMT, VERDAMMT, VERDAMMT!

Im Vorbeischwingen packte ich mir einen leeren Trinkbecher und pfefferte ihn einfach in seine Richtung. Ich traf! JUHU! Genau seinen Hinterkopf und duckte mich sofort. Tristan zuckte zusammen ...

Leichthändig schwang er sie so herum, dass sie mit dem Rücken zu ihm stand, und starrte mich tödlich an. Ich schluckte, als seine Hände provokativ an ihrem Körper nach oben wanderten.

Zentimeter für Zentimeter.

»WOAH!«, rief ich und im nächsten Moment dachte ich mir. DER KANN MICH MAL!

Ich löste meinen Blick von ihm und lächelte Martin an.

»Martin ... du hast so viele Muskeln ... Ich mag Männer, die auf ihren Körper achten, aber trotzdem so cool drauf sind!« Selbstsicher strich ich über seine Oberarme und verschränkte meine Hände in seinem Nacken. Drückte mich an ihn und bewegte meine Hüften nun auch an seinen. Es wurde hart und er keuchte leise.

Ich konnte quasi fühlen, wie grünbraune Augen jetzt tödliche Blitze auf mich schossen, und grinste. Leckte mir über die Lippe und hob ganz langsam ein Bein ... direkt an Martins hartem Schenkel nach oben und schlang es schließlich um ihn.

»OH Gott, Mia!« Er seufzte und presste mich gegen sich. Wieder riskierte ich einen Blick über seine Schulter, während ich mich an ihm rieb, und verengte die Augen, als ich erkannte, was Tristan tat. Er wirkte nicht mehr belustigt, sondern eher verbissen ... seine Zauberhände schwebten einige Sekunden über ihren dürftig eingepackten Ballons.

»NEIN!«, formte ich mit den Lippen, aber er grinste lediglich kühl. Dann packte er zu! Innerlich war ich außer mir und kreischte hysterisch, aber äußerlich drängte ich mich intensiver an Martin und sah mich kurz um.

Auf einer Seite der Tanzfläche standen Vivi und Katha – beide mit panischem Gesichtsausdruck – und gestikulierten wild, während sie schrien: »CUT! STOP! NEIN! CUT!« Auf der anderen Seite Tommy und Phil, die wild johlend ihre Fäuste schwangen und mich anfeuerten. »HU! HU! HU! HU! HU!«

Mittlerweile war ich so sauer, dass ich fast heulte vor Wut, aber ich tat es nicht ... stattdessen ließ ich meine Hände nach unten wandern und packte Martins Knackarsch, so wie ich das sonst immer bei meinem Götterarsch da drüben praktizierte.

Ungläubig erstarrte Tristan kurz, dann schwang er fast schon aggressiv sein willenloses Opfer zu sich herum, betäubte sie noch ein bisschen mehr mit seinem schiefen Lächeln und hielt sie an den Hüften fest, während er sich zu ihr hinunterbeugte. Demonstrativ schaute er mir in die Augen, als er mit den Lippen Millimeter über ihrem Schlüsselbein stoppte.

Ich erdolchte ihn mit Blicken. Schmiss Granaten nach ihm. Stach ihn mit Messern ab und zerkratzte sein viel zu schönes Gesicht, während ich ihm gedanklich gleichzeitig den Ficker abschnürte.

Tristan grinste nur, als er die Mordfantasien auflodern sah, und tat es ...

Er leckte ihre Haut ab.

Mit SEINER ZUNGE!

Das war der Todesstoß!

Er entweihte gerade MEINE ZUNGE! OKAY! Dann würde ich eben SEINE HÄNDE entweihen und die verbotene Zone betreten. Ich lächelte Martin an, hatte schon fast ein schlechtes Gewissen, weil ich ihn so benutzte, aber die Wut war viel zu stark, außerdem gab es kein Zurück mehr.

Er grinste unsicher und leider ziemlich süß, als ich mein Bein von seinen Hüften nahm. Dabei schaute ich Tristan an, zwinkerte ihm zu und ... wollte gerade Martins Heiligtum berühren ...

Tristan schmiss die arme Frau förmlich von sich und mein Herz begann in meiner Brust zu rasen, als er wie ein wild gewordener Berserker auf mich zustürmte.

Oh, oh – Tristan hatte in den Kampfmodus geschalten ... Ich war wohl doch etwas zu weit gegangen, aber wer weiß, wie weit er es noch getrieben hätte!

»DAS hättest du nicht tun sollen«, zischte er, als er mich weit überragte, und mich am Oberarm von Martin losriss, der, ziemlich vor den Kopf gestoßen, sofort nachgab.

»Dasselbe könnte ich dir sagen!«, lautete meine Antwort. Ich zerrte, zog, um mich aus seinem Griff zu winden, und biss mir auf die Lippe. Aber Tristan war unnachgiebig – natürlich. Was er wollte, bekam er.

»Du wehrst dich gegen *mich*, aber *ihn* berührst du?« Ungläubig starrte Tristan auf mich herab, eine Ader an seiner Stirn pochte verdächtig.

»Wie du siehst!«, schrie ich und Martin wollte gerade dazwischen gehen, da reichte es Tristan. Mit einer fließenden Bewegung packte er mich um die Hüften, und ehe ich mich versah, hatte er mich über seine Schulter geschmissen. Mir wurde ein bisschen schlecht, weil es erstens zu hoch war und zweitens der Alkohol seinen Tribut forderte.

»Tristan, lass mich los!« Ich trommelte auf seinen Rücken ein, doch er bahnte sich bereits unbeeindruckt seinen Weg durch die Menge, als hätte er keine kreischende Frau dabei. Martin schaute uns nur verdattert hinterher, als ich ihm bedeutete, dass er nicht dazwischen gehen sollte. Ich würde schon allein mit meinem ausflippenden Psycholover fertig werden ... Irgendwie. Das tat ich immer wieder.

Ich verrenkte mich bei dem Versuch zu sehen, wo wir hingingen, und bekam fast Panik, als ich das Schild für die Toiletten erblickte! Ich wusste doch, dass ich was vergessen hatte, denn in dem Moment meldete sich meine Blase erneut sehr dringend mit dem Versprechen gleich zu platzen, sollte ich nicht Abhilfe schaffen.

»WAG ES NICHT! LASS MICH RUNTER! TRISTAN! DU FICKER!«, brüllte ich lauthals und wollte mich an der Ecke festhalten, um die wir bogen, aber Tristan war hartnäckig.

Das Einzige, was ich als Antwort bekam, war ein schnalzender Schlag auf den Hintern und ein geknurrtes »Klappe!« Das Herz schlug heftiger in meiner Brust. Ich war so sauer ... SO WÜTEND auf ihn ... und gleichzeitig SO erregt.

Das Damenklo war dreckig ... Klopapier lag auf dem Boden, und zwei Frauen starrten uns schockiert an, als Tristan eine gelbe Kabinentür aufschwang und sie hinter uns zuknallte. Es war ziemlich eng, weshalb er mich erst mal auf dem Klodeckel abstellte.

»Lass mich sofort gehen!« Ich versuchte nach ihm zu treten, wäre aber fast vom Klo gestürzt, weil ich das Gleichgewicht verlor. Er hielt mich an den Hüften fest.

»Lass DAS, oder willst du im Scheißhaus landen?!«, zischte er und funkelte mich tödlich von unten an. Sein zusammengepresster Kiefer und die immer noch pochende Ader an seiner Stirn verrieten, dass er mindestens genauso wütend war wie ich. Oh ... das hier würde hart werden! Denn vor mir stand gerade mein Psycholover. Mein besoffener ... stinkwütender Psycholover ... Aber gleichzeitig war er noch nie erotischer gewesen! Was würde er jetzt tun? Seine Augen waren so dunkel, so aussagekräftig, und die Delle in seiner Jeans gab mir den Rest.

»Wage es nicht, mich jetzt zu ficken, Tristan Wrangler!«, warnte ich ihn, doch das war genau der falsche Beitrag.

»Maul halten!« Mit einem Mal hatte er mich auf den Boden gehoben.

»AHH!«, kreischte ich, als er mich mit dem Gesicht voran grob gegen die Klokabinenwand presste.

»Tristan! NEIN!« Ich wand mich, doch er drückte sich enger an mich, sodass mein Arsch vorteilhaft genau über seinen Schritt rieb. Daraufhin zischte er mir ungehalten ins Ohr und nestelte bereits ungeduldig an seiner Hose rum. Gott ... konnte ich eigentlich noch feuchter werden? Konnte mein Herz noch schneller rasen?

»Hör auf dich zu wehren!« Er biss mir ins Ohrläppchen.

»DU bist so ein Arsch und verlangst auch noch, dass ich mir

so was gefallen lasse? NIMM DEINE HÄNDE VON MIR, Tristan!« Er schlug mir unbeteiligt auf die Arschbacke.

»Hör auf zu schreien, Frau! Es bringt ohnehin nichts!« Empört fühlte ich, wie seine Finger mein Höschen zur Seite schoben und sein Knie meine Beine weiter spreizte. Ich kämpfte energischer, wand mich heftig und trat ihn so fest, dass ich ihn ein wenig von mir stoßen konnte, aber auch nur, weil er betrunken war. »Hör auf!«

Gerade so konnte ich Luft holen und wollte an im vorbei zur Tür, da packte er mich schon an beiden Händen, hob sie über meinen Kopf und drückte mich nun mit dem Rücken gegen die Kabinenwand. Das davor war nur Spaß gewesen ... das machte mir meine absolute Hilflosigkeit nun klar. Seine Augen loderten, verbrannten mich. Sein hübsches Gesicht war von Lust beherrscht und er keuchte genauso wild wie ich.

Einige Sekunden starrten wir uns an, ein Kampf, der ausschließlich mit Blicken geführt wurde.

Dann beugte er sich ohne Vorwarnung zu mir und küsste mich fest. Gebieterisch. Seine Lippen waren hart, seine Zunge dennoch geschmeidig.

Ich stöhnte in seinen Mund, denn dies war das Faszinierendste, was ich je gefühlt oder erlebt hatte. Scheinbar gegen meinen Willen von dem Mann genommen zu werden, den ich liebte. Es war berauschend und unwirklich; sein unnachgiebiger Körper, seine dominierenden Berührungen, seine glühenden Blicke – die Gefahr gepaart mit dem Wissen, dass er mich niemals ernsthaft verletzen und immer aufhören würde, sollte ich es wirklich nicht wollen.

Seine Finger glitten zielsicher zwischen unsere Körper zu meiner Mitte und fingen an, mich dort zu massieren.

»AHHH«, stöhnte ich in seinen Mund und biss ihm in die Lippe – so fest, dass ich Blut schmeckte.

Keuchend zuckte er zurück, schaute fast schon ungläubig auf mich herab und hob die Hand, die mich nicht befriedigte, um sich langsam das Blut von der Lippe zu wischen.

Unverhofft schnellte sie vor, packte beide Wangen und presste meinen Mund zusammen.

»Du hast mich gebissen!«, stellte er zischend fest.

»Du hast sie abgeleckt!«, war mein genuscheltes Gegenargument. »Und jetzt lass mich los! Ich will jetzt nicht mit dir ficken!«

Einen Moment schaute er mich nachdenklich an, wahrscheinlich ergründete er, ob ich das tatsächlich ernst meinte, doch dann breitete sich langsam dieses diabolische Lächeln auf seinem hübschen Gesicht aus, das ich nur zu gut kannte. Vor dem ich gleichermaßen zitterte, mir die Beine weich wurden und mein Atem vor Spannung in der Kehle stockte.

»Ich *werde* dich ficken. Du bist mein Mia-Baby ... Meine Schlampe ... mein Mädchen ...« Plötzlich hatte er mich wieder herumgeschwungen, sodass er mir den Blick auf sich selbst verwehrte. Ich krachte gegen die Kabine und ächzte auf. »Wenn ... ich die Frau ficken will, die ich über fucking alles liebe ... wenn ich ihn dir tief reinstecken möchte ... bis zum Anschlag ... Wenn ich dein Stöhnen und deine Schreie hören will ... Immer wieder meinen Namen, der von deinen verdammt verführerischen Kirschlippen fällt ...« Ich musste hilflos hinnehmen, wie seine Finger mein Höschen zur Seite schoben und meine triefende Nässe freilegten. Ich fühlte mich SO entblößt und es war ... phänomenal. »DANN ... meine liebe Mia Marena ... DANN ... werde ich das tun ... und nichts kann und wird mich je aufhalten! Nicht einmal ... du!« Es war nur ein Spiel und ich sturzbetrunken, aber diese Worte kamen in meinem Hirn an, und ob ich wollte oder nicht, sie setzten Angst in mir frei.

ECHTE Angst.

Sobald ich mich leicht versteifte, hielt er sofort inne. Ein zärtlicher Finger strich mir das Haar aus dem Gesicht und seine Stimme klang für einen Moment überhaupt nicht mehr Psycho. »Du nimmst den Scheiß jetzt aber nicht Ernst, Mia-Baby?«

Das genügte, um mein Herz wieder zum Explodieren zu bringen und dafür zu sorgen, dass verdammt noch mal alles in

Ordnung war. »Halt die Klappe, Tristan ...« Das atemlose Raunen genügte, er lachte leise nah an meiner Schläfe, küsste sie zärtlich und packte mich dann noch grober.

Prompt setzte er seinen Ficker an meinen Eingang an. Als ich mich umherwand und ihn erneut wegschieben wollte, presste ich ihn ausversehen fast von selbst in mein Inneres und stöhnte auf.

»Es macht mich so heiß, wenn du kämpfst«, knurrte er mir ins Ohr und ergriff plötzlich meinen Unterarm ... verdrehte ihn auf meinem Rücken, sodass es leicht zog, aber keineswegs wehtat. Ich wusste, er würde mich nie ernsthaft verletzen, deswegen genoss ich das Ganze hier auch klammheimlich.

»Mich auch ...«, keuchte ich, aber wehrte mich noch etwas, führte die Show, die meine Gegenwehr im Grunde war, noch ein wenig fort. Er lachte rau, strich mir aber äußerst sanft die verschwitzten Haare über die Schulter zurück.

»Hör jetzt besser auf, Baby, sonst tust du dir noch weh. Du kannst gegen mich sowieso nie gewinnen und das willst du auch gar nicht.« Er drang nun weiter in mich ein, verbog aber gleichzeitig den Arm noch ein kleines bisschen mehr. So sehr, dass es etwas schmerzte, ich die Zähne aufeinanderbiss und mich ergab – vorerst. Ich spürte wie er, an meinem Eingang lehnend, ein paar Mal hoch und runter wichste ...

»Braves Mädchen«, hauchte er und dann drückte er sich komplett und unbarmherzig in mich – bis zum Anschlag – und ließ meinen Arm los.

»AHHH«, stöhnte ich hilflos ... und stemmte mich gegen die Kabine ... als er in mir war. Tief ... wie immer ... tief ... so wunderbar tief. Ich warf den Kopf zurück, schob ihm meinen Hintern entgegen, fühlte ihn in mir. Jede Ader ... ALLES!

»Fuck ... Du bringst mich um ...!« Er nahm meine Hände, verwob unsere Finger und stützte sich mit unseren Händen rechts und links von mir an der Wand ab, während er rausglitt und eine Sekunde fast komplett so verharrte. Seine Finger umfingen meine fester. Ich fühlte die Stärke in jeder seiner Bewegungen. Egal ob an seinen Händen, seiner Brust oder seinen Hüften ...

»Ich liebe dich so, Mia ...« Er vergrub seine Nase an der Seite meines Halses und küsste meinen Nacken ... Dann stieß er noch mal in mich, und zwar so heftig, dass die Wände wackelten.

»GOTT, Tristan!« Ich konnte einfach nichts gegen das Stöhnen tun, das aus mir brach. Es war zu intensiv ... zu heftig ... als er anfing, mich hart zu ficken und mich dabei so festhielt, dass ich mich keinen Millimeter rühren konnte.

»Du. Bist. Die. Einzige. Für. Mich. Fühlst. Du. Das?« Er kreiste mit seinen Hüften, knabberte leicht an meinem Hals und presste sich noch enger an mich. »Alle. Anderen. Sind. Mir. Scheiß. Egal. Mia. Baby.« Er klang angestrengt ... war es genau genommen auch, aber mir ging es nicht anders.

»Ich. Habe. Angst. Dass. Du. Mich. Bei. Der. Auswaaaaahl ... Ahhhh!« Er traf meinen G-Punkt und grinste an meiner Haut. »Nicht. Mehr. Willst ...«

Plötzlich war er draußen und schleuderte mich wieder herum. Alles, was ich sah, war glühendes, dunkles Grün-Braun, als er mein Gesicht mit beiden Händen umfing und mich ernst ansah.

»Das glaubst du ... nicht wirklich ... oder?« Er war so außer Atem, dass er kaum reden konnte und dennoch versuchte er es. Sein Ficker presste sich zuckend am Bauch gegen den dünnen Stoff meines Kleides ... Ich pulsierte und tropfte ... konnte kaum denken und er fragte mich das JETZT?

»Kannst du mich erst zu Ende ficken?«, fragte ich nur und hob ein Bein, schlang es um seine Hüfte, klammerte mich an seine Unterarme und hoffte, er würde mich festhalten, wenn ich mich gleich mit dem anderen Bein an ihm hochziehen würde.

»WARTE!«, stieß er hervor und hinderte meinen anderen Oberschenkel daran, sich um ihn zu legen. »Glaubst du *wirklich*, ich könnte jemals irgendeine Frau mehr wollen als dich?«

Oh mein Gott ...

Wo war der Zorn hin?

Die Aggression?

Wo war das rasende Glühen in seinen Augen?

Es war hingebungsvoller Zärtlichkeit gewichen, und ich wusste, mein Tristan war wieder da und der Psycholover gegangen, aber ich konnte ihm nicht hinterher trauern, weil ich ALLE Seiten von Tristan abgöttisch liebte.

»Du hast viel Auswahl ...« Meine Wut war auch längst verpufft. Meine Stimme zitterte verdächtig und Tränen traten in meine Augen ... Wie konnte ich hier bloß so erregt stehen und so was mit ihm besprechen? In einem Discoklo? »Ich bin nicht ... so toll«, fügte ich noch hinzu und biss mir auf die Lippe, als sein Blick fast schon ... traurig wurde.

»Baby ...« Er lehnte seine Stirn an meine, überwältigte mich komplett mit dieser einen so intimen Geste, die wir immer teilten. Eine Träne löste sich, rann an meiner Wange hinab. »Wie oft noch? DU bist die Beste ... Fuck ... ich liebe dich, und wenn ich einmal liebe, dann verdammt noch mal für immer ... Es GAB nie eine andere und es wird NIE eine andere für mich geben!« Er küsste mich sanft und ich küsste ihn mit allem, was ich hatte zurück, klammerte mich fester an ihn ... Mit Herz und Seele, denn es tat gut, dass es bei ihm genauso wie bei mir war. Ich musste es einfach immer wieder von ihm hören, unsicher, wie ich war.

»Ich liebe ... dich auch ... So sehr ...«, murmelte ich und strich mit meiner Zunge über seine Unterlippe.

Er ließ meinen Oberschenkel los, packte dafür mein Knie und schlang sich jetzt mein Bein selber um seine Hüfte. Küsste mich dabei um den Verstand und hob mich ohne jegliche Anstrengung hoch. Ich fühlte die harten Muskeln seiner Oberarme unter meinen Händen, wanderte weiter in seinen Nacken und vergrub meine Finger in seinen wirren Haaren. Zog daran ... liebte ihn ... über alles ...

Sein Ficker drückte sich wie von selbst in mein Inneres – unsere Körper harmonierten einfach perfekt, sogar ohne gedankliche Anleitung – und wir beide stöhnten auf. Tristan löste sich von meinen Lippen, glitt jetzt langsam und sanft in mich, schaute mir dabei tief in die Augen, und dann sagte er etwas, was mich geradezu schwindlig werden ließ.

»Ich werde meinen Club aufgeben. Die Entscheidung steht schon lange fest.«

39. Unsere Zukunft

Tristan 'sexy' Wrangler

Endlich Weihnachten und passend zum Heiligabend war der Garten mit weißem dichtem Schnee bedeckt. Wir hatten heute den halben Tag draußen verbracht. Hatten verdammte Schneemänner und Schneefrauen gebaut ... natürlich hatten die Frauen Nippel und die Männer Ständer verpasst bekommen ... Und alles endete in einer epischen Schneeballschlacht, obwohl alle an einem elendigen Kater litten. Am Nachmittag hatten wir dann aber alle ein wenig Schlaf nachgeholt. Robbie lag zwischen uns in meinem heiligen Heiligtum und ließ es sich gutgehen. Fast wäre ich eifersüchtig geworden, weil Mia sein Gesicht in den Schlaf streichelte und nicht meins ... aber ich konnte nicht. Denn es fühlte sich gut an, wenn der kleine Keks so vertrauensvoll zwischen uns ruhte, man den Frieden förmlich fühlen konnte, den er ausstrahlte und den er sich so verdient hatte und wie er schließlich schmatzte und mich umarmte. Es war etwas verwunderlich, dass er überhaupt schlafen konnte, denn er hatte uns schon die ganze Zeit genervt, weil er es nicht abwarten konnte, mit der Bescherung zu beginnen. Wie ein Flummi war er durch die Gegend gehüpft und hatte gerufen: "Geschenke, Geschenke, Geschenke!" Aber es war unmöglich, ihm böse zu sein, denn es war sein erstes richtiges Fest in einer Familie, daher hatte er mehr oder weniger Narrenfreiheit. Mia ließ uns dösen und schlich aus dem Bett, um mit den Vorbereitungen für das Weihnachtsessen anzufangen.

Ich hatte um ein ganz bestimmtes Gericht gebettelt – mit meinen Lippen zwischen ihren Schenkeln – und sie war gnädig. Es würde das legendäre Paprikahähnchen geben. Verdammt war ich froh, dass sie sich nicht an irgendwelche beschissenen von anderen Leuten erdachten Traditionen hielt, denn wir waren von Haus aus keine konventionelle Familie. Als ich meine schweren Glupscher das nächste Mal öffnete, roch es im gesamten Haus köstlich nach Paprika, Glühwein, Zimt und Hähnchen. Eine witzige Weihnachtsmischung. Robbie ließ ich schlafen, denn es wäre eine Sünde gewesen, ihn zu wecken. Leise zog ich nur meine Jogginghose an und schlenderte oben ohne nach unten. Verschlafen rieb ich mir die Augen und suchte wie immer den Raum nach Mia ab. Sie stand in schwarzem engen Wollkleid und rotem Schürzchen vor dem Ofen.

»Was ist da drin?« Unverhofft umarmte ich sie von hinten, worauf sie keuchte, und setzte zwei Küsse auf ihren Nacken, bevor ich an ihrem Hals schnüffelte, wie der räudige Köter, der ich manchmal war. Sie kicherte und auch ich musste grinsen.

»Stanley«, sagte sie todernst und ich verdrehte die Augen, als sie in niedliches Gelächter ausbrach. Als hätte sie ihn gerufen, was sie im Grunde ja getan hatte, kam er angelaufen und sprang wahnsinnig weit an meinem Bein hoch. Bis zum Knöchel oder so. Weil ich das kleine Sabberteil mittlerweile echt ins Herz geschlossen hatte, ging ich in die Hocke und kraulte seinen kleinen, samtigen Bauch, während ich den Ofeninhalt unter die Lupe nahm.

Es waren Plätzchen ... PLÄTZCHEN! Wann hatte ich das letzte Mal so was gegessen? Die Antwort fiel mir sofort ein und sie war gleichermaßen zerstörend wie traurig: als meine Mutter noch da gewesen war. Schemenhaft konnte ich mich daran erinnern, wie sie an Weihnachten durchs Haus wirbelte und es in ein wahres Wunderland verwandelte. »Ich hab das Rezept in einem Kochbuch gefunden, das mit der Hand geschrieben wurde ...« Mia neben mir kaute auf ihrer Unterlippe rum, während ich blicklos in den Ofen starrte.

»Das Rezept war von meiner Mutter.« Ihre Finger, die sanft und gleichzeitig wissend durch mein Haar strichen, waren unsagbar tröstlich. Wortlos erhob ich mich und zog sie an mich, umarmte sie fest und vergrub mein Gesicht einige Sekunden an ihrem zarten Hals. Ich mochte den Plätzchengeruch ... Gemischt mit meinem Mädchen war er perfekt und lenkte mich von allen negativen Gedanken ab – die stellten sich zu dieser Jahreszeit irgendwie zwangsläufig ein.

An Weihnachten wurde ich immer so verschissen sentimental.

»Aus dem Weg!« Vivi wirbelte ans uns vorbei – trennte uns somit –, schmiss etwas in den Mülleimer und huschte wieder zurück ins Wohnzimmer. Mit gerunzelter Stirn sah ich ihr nach und nahm das Bild auf, das sich mir bot. Im Wohnzimmer herrschte Betrieb wie in einer Bienenwabe. Vivi zupfte mal hier und mal dort, hängte ein paar Kugeln um, war dabei aber so übergenau, dass ich mich wunderte, warum sie kein Maßband benutzte ... Katha lag wie immer fressend auf der Couch und gab währenddessen meinem Dad, Phil und Tommy genaueste Anweisungen, wie die armen Pisser den Tisch decken sollten. Sie wirkten leicht verloren, ziemlich verschwitzt und überrannten sich fast gegenseitig bei ihrem Versuch Kathas Befehlen nachzukommen.

Schlappschwänze!

Diesem jämmerlichen Beispiel wollte ich nicht folgen und entschied, mich unauffällig aus dem Kriegsgebiet zurückzuziehen.

»Ich geh eine rauchen«, flüsterte ich Mia zu, küsste sie unter ihr Ohr, nahm ihr wissendes Augenrollen grinsend entgegen und schlich mich auf Zehenspitzen nach draußen.

FUCK! War das kalt! Doch mich würden keine zehn Pferde wegen einer Decke in die Nähe von Katha und der Couch kriegen. Da fror ich mir lieber den Ficker ab. Ich rauchte nicht mal die Hälfte der Kippe, da war ich schon am Zittern und meine Nippel halb vereist. Also ging ich wieder rein.

Robbie war mittlerweile aus seiner Totenstarre erwacht und hüpfte wie ein Weltmeister durchs Wohnzimmer. Mein Mädchen holte diese krümeligen, duftenden Dinger aus dem Ofen. Ich wollte wieder zu ihr in die Kochnische schleichen, doch Vivi ertappte mich und hielt mich von hinten am Hosenbund fest.

»So nicht, mein Freundchen!« Sie fuchtelte gespielt verärgert mit ihrem manikürten Zeigefinger rum. Ich verdrehte die Augen. »Nimm den Staubsauger und leg los!«

Jegliche Belustigung verging mir, als sie diesen schrecklichen Satz von sich gab.

»Bist du irre?« Ich hatte seit meinem einundzwanzigsten Lebensjahr nicht mehr selbst geputzt! Als ich ein kleines Kichern aus der Küche hörte, rief ich ihr zu. »Baby, das ist nicht witzig!«

»Oh doch!«, konterte sie lachend. Vivi hatte den Staubsauger komischerweise fünf Sekunden später bereits in der Patschehand und schob ihn mir entgegen.

»Leg los!« Augen rollend nahm ich die Höllenmaschine an mich. Das Getöse ging los und ich fluchte, was das Zeug hielt.

Was für eine stumpfsinnige Beschäftigung! Sauger vor zurück, da war gar kein Dreck, und wenn ich das sage, war das auch so. Aber bitte ... Offenbar war ich hier der Arsch. Wo ich auftauchte (und mein Freund der Staubsauger), konnte man sein eigenes Wort nicht mehr verstehen, was gut war, denn so blieb ich von Toms und Phils blöden Kommentaren verschont.

In der Küche angekommen, setzte sich Mia auf die Anrichte. Ihre Beine baumelten umher, wie die eines kleinen Mädchens und ihre sehnsüchtigen Glupscher wurden immer dunkler, je länger sie das Spiel meiner Muskeln beobachtete, während ich den scheiß Hausmann mimte. Gerade als ich hinausgehen wollte und ihr den Rücken zudrehte, packte sie mich plötzlich am Hosenbund und zog mich zurück.

»Du bist SO SEXY, wenn du staubsaugst!« Ihre Augen glühten verschmitzt. Im nächsten Moment fühlte ich schon ihre weichen Lippen auf meinen und ihre delikaten Hände in meinen Haaren.

BOAH! Also wenn sie immer so reagierte, wenn ich dieser an und für sich sinnfreien Beschäftigung nachging, würde ich das öfter tun. Grinsend schlang ich einen Arm um ihre Taille, während ich den Kuss vertiefte, und mit der Hand zu ihrem Arsch wanderte. Sie quietschte auf und schlug mir kichernd gegen die nackte Brust, als ich zudrückte. Viel zu früh ließ sie mit geröteten Wangen und geschwollenen Lippen von mir ab und ich machte mich tief durchatmend weiter an die Staubbekämpfung.

***

Irgendwann war tatsächlich alles fertig. Die Weihnachtsmusik trällerte, der Tisch war gedeckt, die Fressalien standen reichlich darauf und der bunte, funkelnde Baum wurde von Kerzen erhellt.

Robbie saß zwischen uns und seine Augen glänzten vor Aufregung, als Dad das Gebet sprach und meiner Mutter dankte, weil sie auf uns aufpasste und dafür, dass sie uns diesen Abend ermöglicht hatte. Ohne sie wären wir gar nicht da und erst recht nicht die Menschen, die wir heute waren. Wie immer heulte Vivi wie ein Schlosshund, sodass Tommy sie an sich zog, während wir alle den Worten meines Vaters lauschten.

Im Großen und Ganzen war die Stimmung ... *friedlich.*

Ich fühlte mich ausgeglichen. Glücklich. So, als hätte ich endlich meinen Platz im Leben gefunden. Genau hier – neben diesem kleinen Jungen und der wunderbaren Frau, die gerade ihre Hand hob, um mir über den Nacken zu streicheln. Bevor sie mich berühren konnte, fing ich sie ab und küsste sie auf die Handfläche. Drückte ihre zarte Haut an mein Gesicht und dankte still und leise meiner Mutter für diesen Moment, für das Leben, das nun endlich wahr werden würde, und das sie uns sicherlich immer gewünscht hatte – wo auch immer sie sich jetzt befand.

Wir aßen nicht, *wir fraßen,* und unterhielten uns über die Pläne für die nächsten Tage, denn wir hatten noch einiges vor.

***

Robbie war als Erster fertig und konnte es kaum erwarten, bis wir zu Ende gegessen hatten. Er hüpfte auf seinem Stuhl herum wie ein Gummiball auf Speed und ich überlegte, mir extra viel Zeit zu lassen, doch bei ihm konnte ich meine sadistische Ader irgendwie nicht ohne wirklich schlechtes Gewissen ausleben. Außerdem schmeckte es einfach zu gut und musste alles in Höchstgeschwindigkeit bis auf den kleinsten Krümel vernichtet werden. Als alle sich die Bäuche hielten, ging Mia mit Robbie und den Frauen hoch ins Zimmer, während wir die Geschenke aus dem Keller holten und sie unter dem riesigen Baum verteilten. Verzückt klingelte mein Dad mit dem kleinen bescheuerten Glöckchen, das ich schon als Kind gehört hatte, wenn das Christkind da gewesen war. Sofort war lautes Gepolter zu vernehmen, weil Robbie in Lichtgeschwindigkeit die Treppen runtergestürmt kam. Er sah aus wie ein verdammter Engel in schwarzer Hose und grauem Hemd, welches das Grün seiner Augen betonte. Darüber trug er eine schwarze stylische Weste. Die wilden Haare hatte ihm Mia anscheinend gekämmt, doch es war umsonst gewesen, weil sie beim ersten Hüpfer wieder in alle Richtungen abstanden. Ich kannte das Elend – schon vor Jahren hatte ich aufgegeben, gegen das Chaos auf meinem Kopf zu kämpfen.

»BOAH, SO VIELE GESCHENKE!« Auf Knien schlitterte er zum Baum und ich folgte ihm breit grinsend, setzte mich im Schneidersitz auf den Boden und schaute zur Treppe, auf der Mia gerade nach unten kam.

Wenn Robbie der Engel war, so war sie die Heilige. Ihre langen braunen Haare fielen in sanften, glänzenden Wellen über die Schultern. Ich liebte es, meine Finger durch ihre fülligen, seidigen Strähnen gleiten zu lassen und sie im nächsten Moment fest zu packen ... Fast konnte ich sie unter meinen kribbelnden Fingerspitzen fühlen. Das dunkelgrüne, knielange Kleid schmiegte sich eng um ihre Kurven, die das perfekte Abenteuerland für meine Hände und Lippen darstellten. Um das zufriedene Lächeln immer zu sehen, das sich nun auf ihrem schönen Gesicht ausbreitete, als sie mich und Robbie zusammen erblickte, hätte ich getötet. Es war schlichtweg atemberaubend, und es galt nur mir ... MEIN LÄCHELN von MEINEM Mädchen. Und Robbie, aber mit ihm teilte ich gerne.

Sie war wie eine Offenbarung, als sie die Treppe runterschwebte, und ich war froh, dass mein schöner Schwan letztendlich mir gehörte. Absolut idiotisch grinste ich sie an. Sie lächelte schüchtern zurück und biss sich auf die Lippe, denn aus irgendeinem Grund war sie mir genauso verfallen wie ich ihr. OH FUCK! Unschuldig und heiß in einem. Diese Mischung brachte auch wirklich nur diese Frau zustande. Ich streckte ihr eine Hand entgegen, denn ich wollte nicht, dass sie irgendwo am anderen Ende des Zimmers saß. Sie umfasste sie sofort und ließ sich mit dem Rücken zu mir auf meinen verschränkten Beinen nieder.

»Mhmmmm«, summte ich an ihrem zarten Nacken und strich ihre Haare zur Seite, um die duftende Haut darunter zu küssen. Sie umfing meine Arme, die ich um ihren Bauch geschlungen hatte, und lehnte sich vertrauensvoll an mich.

Der kleine süße Moment wurde ... naja ... sagen wir mal ... zerstört, als Robbie sich auch mit einem Plumps auf Mia setzen musste, den sie kichernd und gleichzeitig ächzend in die Arme schloss. Ich fand es ebenso witzig und umfing einfach seinen anstatt ihren Bauch – womit ich beide hielt. Die anderen trudelten auch endlich ein und suchten sich einen Platz, nachdem mein Vater den Glühwein ausgeschenkt hatte. Mia trank bei mir mit, während Katha und Robbie mit Kinderpunsch vorlieb nehmen mussten. Nachdem Vivi und Tom sich zu uns gesetzt und die anderen sich auf der Couch niedergelassen hatten, durfte der Jüngste, in dem Fall Robbie, die Päckchen verteilen.

Zum Glück hatte sich Lena in erster Linie um die Geschenke gekümmert und meine Vorschläge oftmals ignoriert, weswegen ich der Sache beruhigt entgegensah. Den anderen schien es ähnlich zu gehen. Die letzten Jahre schauten sie schon im Vorfeld ziemlich beschissen aus der Wäsche, dabei wusste ich bis heute nicht, was an Sexspielzeug so schlecht sein sollte.

Vivi und Tommy bekamen Bücher. ›Immer diese Körnerfresser‹ und ›Gibt es ein Leben nach den Körnern?‹, worüber Phil noch eine Stunde später lachte. Außerdem noch so eine Körnerzerkleinerungsmaschine oder auch Mühle genannt.

Katha wurde mit einer Familienpackung ihrer Lieblingskekse und einem Gutschein für einen persönlichen Fitnesstrainer bedacht, damit sie nach der Geburt ihre Figur wieder zurückerlangen konnte. Kurioserweise schien sie zu wissen, welches Geschenk von mir stammte, weswegen sie mich böse anfunkelte. Dabei hatte ich so hart kämpfen müssen, um den Gutschein durchzusetzen, denn Mia und Lena waren dagegen gewesen. Der *Ich habs dir ja gleich gesagt*-Blick, den mein Mädchen mir nun zuwarf, sprach Bände.

Phil und Tommy erhielten einen Männertrip nach Amerika in den Wilden Westen, mit auf-den-Pferden-durch-die-Prärie-reiten und Schafe hüten. Tommy freute sich wie ein Kind, denn er war wirklich ein verkackter Naturbursche und außerdem – so wie wir alle – der größte Bud Spencer und Terence Hill - Fan auf Erden. Phil nahm das Ganze eher mit gemischten Gefühlen auf. Zu lange Trennungszeit von seinem blonden Gift – das mochte er nicht wirklich. Mein Dad bekam von Mia und mir eine nigelnagelneue Spiegelreflexkamera sowie ein Moleskin, damit er seine Affen ordentlich fotografieren und dokumentieren konnte.

Robbie machte sich fast in die Hosen, denn als Erstes packte er die Boxhandschuhe aus, die ich ihm versprochen hatte. Es folgte von Dad was zum Anziehen – natürlich Markenware – und ein neues Super-Hightech-Fahrrad. Außerdem noch ein ferngesteuertes Auto von Phil und Katha. Vivi und Tommy schenkten ihm Holzbausteine, woraufhin er fragte, ob die Würfel für den Kamin seien. Dann packte er den Knüller aus. Zwei Karten für einen Klitschko-Kampf, natürlich in der VIP-Lounge und persönlichem *Meet and Greet*. Ab dem Zeitpunkt konnte er sich nicht mehr beruhigen. Umarmte jeden Einzelnen und blieb schließlich glücklich an Mia kleben. Sie versuchte ihre Tränen zu verbergen, aber mir machte sie nichts vor.

Dann war es an uns, den restlichen Präsenten an den Kragen zu gehen. Darunter befand sich ein Erholungsurlaub auf den Malediven, weswegen es nun Mia war, die vor Freude fast ausflippte. Außerdem bekam sie von meinen Brüdern einen Selbstverteidigungskurs geschenkt, damit sie sich gegen mich wehren konnte. Ich verdrehte die Augen und verklickerte den anderen, dass Mia vieles bräuchte, aber sicher nicht das. Mittlerweile konnte sie es allemal mit mir aufnehmen, denn sie hatte mich an den Eiern. Auf Dauer machte ich mir eher um mich Sorgen! Ich erhielt das übliche Parfum, die Kamera, die ich mir gewünscht hatte, und ein selbst gemaltes SEHR ABSTRAKTES Bild von Vivi, auf dem ich nichts weiter erkennen konnte als pissgelbe Farbkleckse. Als ich es misstrauisch und leicht angewidert von allen Seiten beäugte, brach sie in schallendes Gelächter aus. Offenbar wusste sie, was ich mutmaßte, und betonte, dass sie das Bild mit biologischer *Farbe* gemalt hatte und mit NICHTS anderem! Von Phil und Katha bekamen wir ein Gratisessen in MEINEM Restaurant, was ich mit einem ironischen Schnaufen quittierte und noch schnell einen Gutschein ausstellte für zwei Gratisficks in meinem Club, der schon bald nicht mehr mir gehören würde.

Worauf sich Katha wie eine Irre auf mich stürzen wollte und von Phil mit Ach und Krach zurückgehalten wurde. Als ob er den jemals eingelöst hätte … der war doch selig mit seiner blonden Barbiepuppe, seitdem sie ihn das erste Mal rangelassen hatte und er vor Muskelkater fast gestorben wäre! Selbst Stanley hatten wir nicht vergessen. Der vor ihm liegende Knochen war größer als er und mit einer netten roten Schleife verziert, die er gerade skeptisch beschnüffelte. Jeder hatte irgendwann sein Geschenk, nur das für mein Mädchen fehlte noch. Und obwohl alle schon bedacht wurden, saß sie glücklich auf meinem Schoß und streichelte meine Unterarme – als ob ich so dämlich wäre, gerade *sie* zu vergessen! Sie erfreute sich anscheinend an dem Spaß der anderen. Robbie und Opa David spielten mit dem neuen ferngesteuerten Auto und versuchten, damit Stanley zu jagen.

Tommy und Vivi waren in die Bücher vertieft und kuschelten sich aneinander. Phil streichelte Kathas Bauch und flüsterte ihr Schweinereien ins Ohr, woraufhin sie sogar ab und zu aufhörte, ihre Kekse zu futtern und in Gelächter ausbrach.

»Baby«, flüsterte ich in Mias Ohr und strich mit meiner Nase durch ihre Haare.

»Hmm?«, gab sie verträumt zurück.

»Glaubst du etwa, ich habe mein Mädchen vergessen?« Ich grinste und küsste sie auf die Schläfe.

»Oh ... ähm, deine Liebe zu mir ist Geschenk genug«, antwortete sie todernst. Ich verdrehte die Augen.

»Das ist kein verdammtes Geschenk, sondern das Einzige, was ich dir für deine bloße Existenz zurückgeben kann. Aber ich habe noch etwas anderes für dich ... Etwas sehr Großes ... das nicht unter den Baum passt.«

JETZT richtete Mia sich auf und drehte mir ihr Gesicht zu.

»Echt? Was ist es!?«, fragte sie schockiert.

»Nichts Besonderes ...« Ich zuckte mit den Schultern und hob sie von meinen fast eingeschlafenen Beinen.

»Nichts Besonderes? Wo ist es?« Verwirrt schaute sich mein Mädchen im Wohnzimmer um, aber da war nichts außer einem Berg Geschenkpapier und darunter begraben unsere Familie.

»Komm einfach mit«, antwortete ich mit einem Grinsen und nahm sie an der Hand.

»Wohin?«, erkundigte sich Mia aufgeregt.

»Dorthin wo wir hingehören.« Ich beugte mich hinab und gab ihr einen kleinen Kuss ... dann zog ich sie zur Garderobe.

40. Unsere Träume oder das Happy End

Mia ›not poor‹ Engel

»Tristan, was hast du mit mir vor?« Wir fuhren einen verschlungenen Waldweg entlang. Links und rechts säumten dichte Tannen die holprige Fahrbahn, alles war mit Schnee bedeckt. Es glich einem Wunder, dass die Strecke überhaupt freigeräumt war.

Schemenhaft kam mir der Wald um mich herum selbst nach all den Jahren mehr als bekannt vor. Aber ich war stutzig, denn ich wusste, dass es diesen Weg damals noch nicht gegeben hatte. Wenn mich nicht alles täuschte, fuhren wir tatsächlich zur Lichtung. Trotzdem hoffte ich, schon davor etwas aus Tristan rauszubekommen, was natürlich bescheuert war, denn dieser Mann liebte es, mich im Ungewissen zu lassen.

So auch jetzt. Er zog eine markante Augenbraue nach oben und schaute lediglich arrogant auf mich herab.

»Was werde ich wohl mit dir hier mitten im Wald vorhaben? Ich werde ranfahren, dich vergewaltigen, abstechen und deine Leiche verscharren!«

»HA, HA! Vor drei Monaten hätte ich dir das sofort geglaubt, aber jetzt hast du einiges von deiner einschüchternden Killer-Psycho-Art eingebüßt. Die winzige Tatsache, dass du mich liebst, nimmt dir jegliche Bedrohlichkeit, Baby.«

Als Bestätigung meiner Worte umfasste ich seinen Arm, mit dem er meinen Oberschenkel festhielt, und schmiegte meine Wange dagegen wie eine rollige Katze. Was ich in seiner Nähe ja auch war – nebenbei bemerkt. »Ich wusste, dass wir irgendwann glücklich werden, Tristan. Es war nur eine Frage der Zeit. Wenn es irgendeine Gerechtigkeit in diesem Universum gibt, dann hatte das Happy End keinen Ausweg.« Seine Hand drückte meinen Oberschenkel fester, sein Daumen malte kleine Kreise.

»Du bist ja auch mein Mädchen«, antwortete er leise und gab mir einen Kuss auf das Haar. Ich seufzte wohlig und blieb an ihn gelehnt. Ja, sein Mädchen, *hm*.

»Wir fahren zur Lichtung stimmt's?«, versuchte ich es noch mal.

»WAS!«, rief er empört. »Wie kommst du darauf? Welche Lichtung meinst du überhaupt? Ich kenne keine verdammte Lichtung!«

»Du bist so bescheuert!« Das Lachen konnte ich mir dennoch nicht verkneifen, als ich ihm gegen die Schulter boxte, mir dann die schmerzende Hand rieb und mich in meinem Sitz zurücklehnte, um nach draußen auf die verschneite, nächtliche Landschaft zu schauen. »Aber ich LIEBE es ...«

»Ich weiß ...« Über seine gewohnt überhebliche Erwiderung konnte ich nur die Augen verdrehen. Dicke weiße Flocken fielen vom Himmel, doch mit Tristans Allradantrieb war es kein Problem, durch den immer höheren Schnee zu kommen.

Ich dachte daran, dass wir bald eine Familie sein würden. Eine richtige ... Klar, wir hätten einigen bürokratischen Mist zu erledigen, mussten zu Richtern, Notaren und dem Jugendamt. Beweisen, dass ich es wert war, Robbies Mutter zu sein. Aber da ich vom Jugendamt sowieso schon geprüft worden war und meine Kollegen nur das Beste über mich berichten konnten, dürfte es nicht so kompliziert werden. Der reguläre Weg sah vor, dass wir Robbie erst einmal zur Pflege bei uns aufnehmen mussten, um dann nach ungefähr einem halben Jahr die endgültigen Papiere unterschreiben zu können.

Tristan hatte schon gute Vorarbeit geleistet. Nicht nur sein eigenes Verhalten einem Kind gegenüber betreffend, vor allem im Bezug auf die Adoption an sich. Er hatte sich informiert und mit der Heimleitung gesprochen. Hatte einen guten Familienanwalt besorgt und den Richter bestochen, sodass alles schnell ablaufen würde.

»Wir fahren zur Lichtung!« Ob verschneit oder nicht ... ob acht Jahre später oder nicht ... ich erkannte den Wald, spätestens jetzt, als die Straße leicht nach oben führte und das Unterholz sich lichtete. Dieser riesige Baum lag hier immer noch entwurzelt.

»Hast du hier tatsächlich einen Weg hinbauen lassen, du Baumkiller?«

Tristan grinste nur geheimnisvoll, bog um die letzte Kurve und ... der Pfad nahm ein Ende. Wir waren an unserem Ziel angekommen.

»WOAH! DAS HAST DU NICHT GETAN!«, schrie ich in dem begrenzten Raum des Autos und Tristan zuckte zusammen. Tränen schossen in meine Augen und liefen sofort über.

JETZT schaute er mich verunsichert an, schnallte sich ab und strich mir mit den Fingerknöcheln über die Wange.

»Gefällt es dir nicht?«, hauchte er leise und fast schon ängstlich.

Ich riss meinen Kopf herum und starrte ihn entsetzt an. Sein wunderschönes, liebliches Gesicht, für das ich töten würde, um es jeden Tag zu sehen.

»Hast du mich gerade echt gefragt, ob es mir nicht gefällt?«, wollte ich schniefend wissen. Er wischte mit dem Daumen die Tränen weg und blickte mich weiterhin verunsichert und fragend an. Ich umfasste sein Gesicht, lehnte meine Stirn gegen seine, schloss die Augen und atmete seinen unbeschreiblichen Geruch tief ein.

»Das ist der Wahnsinn ... DU bist der Wahnsinn! All meine Träume, du machst sie alle Stück für Stück wahr. Bitte weck mich nicht auf! Bitte löse dich nicht in Luft auf ...

Sag mir einfach nur, dass es wahr ist!« Jetzt lächelte er. Ich sah es nicht, aber ich fühlte förmlich, wie die Anspannung von ihm abfiel.

»Du wirst erkennen, dass es wahr ist, wenn du unser Schlafzimmer gesehen hast.« Er drückte mir einen flüchtigen Kuss auf die Lippen und stieg aus, öffnete meine Tür und half mir.

Zittrig hielt ich seine Hand und nahm für einen kurzen Moment das Bild in mich auf.

Die Lichtung war vergrößert worden. Der Bach führte immer noch an der linken Seite vorbei, war nun aber zugefroren ... Die schneebedeckte Weide war noch da – natürlich größer und mächtiger, aber hinter ihr stand kein kleines rotes Zelt mehr ... Oh nein ...

Da befand sich ein schnuckliges, zweistöckiges Holzhaus im kanadischen Stil.

»Unser erstes gemeinsames Haus«, flüsterte ich schwach und brachte Tristan damit zum Lachen, während er mich hochhob und durch das Gartentor des hüfthohen, zugeschneiten Holzzaunes trug.

Ich war mir sicher, unbemerkt gestorben und im Himmel gelandet zu sein.

***

»Wenn du noch ein einziges Mal ›mein Gott Tristan‹ sagst, dann stopfe ich dir den Mund mit meinem Ficker, Baby«, warnte mich mein persönlicher Gott, als wir besagtes Schlafzimmer im oberen Stockwerk betraten.

Aber es war einfach alles so wahnsinnig überwältigend! Ich konnte nicht anders.

Natürlich standen noch keine Möbel in den Zimmern, weswegen unsere Schritte laut hallten. Aber die Wohnküche war schon so gut wie fertig. Es gab eine Kochinsel in L-Form, einen lilafarbenden Superkühlschrank, der auf Hochglanz poliert regelrecht einschüchternd wirkte, und einen topmodernen Herd, der eher an einen Computer erinnerte, weswegen ich mich ihm nicht auf einen Meter näherte. Wie ich den mal bedienen sollte, war mir schleierhaft, aber ich war zu abgelenkt von der Pracht um mich herum.

Die Kochinsel bildete das Kernstück des Wohnzimmers, in dem noch unglaublich viel Platz für eine gemütliche Couch, einen Esstisch und vieles mehr war. Verzückt sah ich die komplette Einrichtung schon vor mir und war völlig hingerissen. Von Licht durchflutet machte alles einen unsagbar freundlichen Eindruck, was vermutlich zum Teil an der Außenwand lag. Die bestand natürlich nicht aus schnödem Holz, schließlich ging es hier um Tristan Wrangler, nein, sie war komplett aus Glas. Mit Blick auf die ausschweifende, überdachte Terrasse, den riesigen Garten, der einst die Lichtung gewesen war, ein Klettergerüst, eine Rutsche, einen Sandkasten, viele Hundehütten und zwei Schaukeln. Das komplette Areal war umzäunt und bot Einlass durch zwei Gartentore. Ein Weg führte zum Parkplatz, wo Carports geplant waren, und einer nach unten in den Wald und vor allem zum Bach, in dem wir uns schon vor acht Jahren geliebt hatten.

Neben dem Wohnbereich, der mit dunklem edlem Parkett ausgelegt war, gab es unten noch ein Gästezimmer, eine Abstellkammer direkt neben der Küche und ein kleines Bad mit Luxus-Dusche. Aber das Beste ... ich konnte das Küchenfenster öffnen und da war es! Ein Hochbeet, direkt davor! Tristan hatte wirklich an alles gedacht und NICHTS vergessen.

Als ich das sah, sprang ich ihn kreischend an und küsste ihn ... genauso wie beim Kamin ... bei der Holzterrasse mit dem Steingrill, den Treppen, denn die waren wirklich schön und aus warmem Kirschbaumholz … und bei den *zwei* Kinderzimmern, die alle einen Balkon und raumhohe, helle Fenster hatten. Es war alles wie im Traum.

Allein das Marmortraumbad mit den drei Waschbecken, zwei Toiletten, einer verglasten Dusche mittendrin und der riesengroßen Eckwhirlpool-Badewanne hatte es mir angetan!

Natürlich bestand auch im Bad eine Wand aus Glas, sodass man in der Badewanne liegen und den Wald überschauen konnte. Wenn man allerdings Privatsphäre wollte, waren am ganzen Haus elektrische Rollos angebracht, die man per Knopfdruck bedienen konnte. Genauso wie die Fußbodenheizung. Es gab keine hängenden Lampen, sondern nur Deckenleuchter und Wandlampen, neben dem schönen alten Plexiglas-Polarlicht, dessen Intensität man durch Drehregler an der Wand steuern konnte. Die Zimmer waren noch nicht gestrichen. Tristan meinte, dass ich sicher auch ein bisschen was mitentscheiden wollte.

GOTT! Das war mir so was von EGAL! Dies hier war UNSER TRAUMHAUS an unserem TRAUMORT! Es war fucking perfekt!

Irgendwann kamen wir dann im Schlafzimmer an, das natürlich auch einen riesigen Balkon besaß. Aber als ich auch noch die verspiegelte Decke und Wand bemerkte, konnte und wollte ich mir das letzte »Oh mein Gott Tristan!« beim besten Willen nicht verkneifen. Unmöglich.

Als hätte er nur auf diesen Fauxpas gelauert, zog er seine Augenbraue nach oben und blieb abrupt stehen. Er hatte es sich nicht nehmen lassen, mich bei seiner ersten Führung durch unser Haus auf den Armen zu tragen, als würde ich nichts wiegen, nun beugte er sein Gesicht zu mir.

»Du hast es schon wieder gesagt ... Es gab diesbezüglich eine eindeutige Warnung, Mia Marena!« Als er mir ins Ohr flüsterte und mit seiner Nase durch meine Haare fuhr, erschauerte ich. Ich starrte hoch in die Spiegel und wisperte mutig.

»Mach sie wahr!«

»Zu gern ... Aber du weißt schon, dass es nicht sanft sein wird?« Mit einem Ruck stellte er mich auf die Beine und schaute selbstgefällig auf mich herab, während er die Arme vor der breiten Brust verschränkte.OH mein Tristan! In meinem Bauch zog sich unter seinem intensiven Blick alles zusammen.

»Wenn, dann weihen wir unser Schlafzimmer schon richtig ein, oder machen Sie seit Neuestem halbe Dinge, Mista

Psycholover?«, konterte ich keck und biss mir auf die Lippe.

Tristan hatte Probleme damit, sich sein Lachen zu verkneifen, als er die Hand nach mir ausstreckte und mir zärtlich eine Strähne hinters Ohr strich.

»Dann geh auf die Knie ... *Schlampe* ...«, raunte er langsam, betont und düster, was im totalen Gegensatz zu seiner liebevollen Berührung stand. Ich erschauerte erneut ... und musste nun mein Grinsen unterdrücken, denn während er mich so betitelte, sah ich genau die Liebe, die mir aus seinen immer dunkler werdenden Augen entgegenstrahlte. Ich war unfähig, mich zu rühren, weil ich in seinem Blick versank.

»Baby, du musst eindeutig schneller darin werden, meine Befehle auszuführen!« Ruppig packte er mich an den Oberarmen und beförderte mich grob auf die Knie.

Einen Moment schaute er vollkommen zufrieden auf mich herab. Im gegenüberliegenden Spiegel sah ich seine Rückansicht und konnte nicht glauben, dass dieser breitschultrige, mächtige Sexgott tatsächlich in unserem Haus vor mir stand und mich liebte. Nur mich. Ich wollte meine Hände ausstrecken und ihn an den Hüften zu mir ziehen, um seinen Ficker zu befreien, aber er schlug schnalzend meine Finger weg.

»Oh, oh ... Miss Angel, habe ich etwas davon gesagt, dass Sie mich begrapschen sollen? Sie sind wirklich ein böses Mädchen ... und können mir einfach nicht widerstehen, hm? Da muss ich wohl Maßnahmen ergreifen?«

»Maßnahmen?«, wiederholte ich verwirrt.

»Zieh deinen Pullover aus, Mia Marena, und zwar SOFORT!«, hauchte er gelangweilt, aber ich wusste, dass er auch ganz anders konnte, wenn ich nicht schnell dem soeben Gesagten nachkam. Daher tat ich wie mir befohlen und streifte mir den dunkelgrünen Pullover hektisch über den Kopf. In dem Moment war ich wirklich froh, dass wir vor der Fahrt unsere Klamotten gewechselt hatten. Mein Kleid wäre doch mehr als unpraktisch gewesen. Tristan trat den einen verbliebenen Schritt zu mir und nahm den flauschigen Stoff an sich.

Mit einer Hand glitt er über meinen Hals, während er mich langsam umrundete. Die Schritte seiner schweren Boots hallten im Raum wider. Fasziniert beobachtete ich im gegenüberliegenden Spiegel, wie er hinter meiner knienden Gestalt stehen blieb. Dann hockte er sich hin und erwiderte über die Reflexion meinen Blick, strich die Haare von meinem Nacken und mit seinen Lippen einmal von meiner Schulter bis unter mein Ohr, wo er mich sanft küsste. Ich lehnte mich leicht gegen ihn, seufzte leise und vertrauensvoll und er lächelte mich über den Spiegel hinweg dämonisch mit funkelnden Augen an.

»Hände hinter den Rücken, Baby«, flüsterte er in mein Ohr, leckte über meine Ohrmuschel, ließ mich mit diesen kleinen gekonnten Berührungen bereits bis tief in mein Innerstes beben.

Ich gehorchte und fühlte, wie er meine Handgelenke mit dem weichen Stoff meines Pullovers eng zusammenband. Sobald er fertig war, grinste er mich diabolisch im Spiegel an, und steckte die langen Finger zwischen Stoff und Haut, um zu testen, ob sie nicht zu eng waren.

Probeweise versuchte ich mich rauszuwinden, merkte aber sofort, dass ich keine Chance hatte. Fest biss ich mir auf die Lippe und Tristan fasste mit einem tadelnden Zungenschnalzen nach vorn, um sie zu befreien ... Als Dank biss ich ihm leicht in den Zeigefinger, leckte mit meiner Zunge über die Spitze und bemerkte zufrieden, wie sich sein Atem rapide beschleunigte.

»Du legst es darauf an, dass ich mich voll an dir auslebe, hm, Baby?«, hauchte er verspielt an meinem Hals und klatschte mit der Hand gegen meine Wange.

Ich keuchte leise, fühlte, wie sich die Flüssigkeit zwischen meinen Beinen ansammelte, und schloss die Augen, weil ich diesem brennenden Blick im Spiegel mir gegenüber einfach nicht mehr standhalten konnte. Anstatt zu antworten, drehte ich nur mein Gesicht und biss ihm in den Hals. Er keuchte und stand mit einem Mal auf. Umrundete mich, stellte sich vor mich und wartete, bis ich die Lider wieder öffnete und ihn aufmüpfig anfunkelte.

»Na, Mista Wrangler, was tun Sie jetzt?«

Als ich das schmunzelnd sagte hob er herausfordernd eine Augenbraue und öffnete als Antwort, in Zeitlupe direkt vor meiner Nase seinen Gürtel. Ich beobachtete sehnsüchtig seine langen, talentierten Finger und wünschte, sie würden schon in mir stecken und mich meinem ersten Orgasmus entgegentreiben. Doch so bald würde das nicht geschehen, weil mir vollkommen klar war, womit mir Tristan jetzt den Mund stopfen würde ... Die Vorfreude ließ mein Herz schneller schlagen, denn ich liebte es, ihn mit meinen Lippen gefügig zu machen.

Langsam zog er den Reißverschluss herunter, nachdem er auch den Knopf geöffnet hatte. Er genoss es, zu beobachten, wie sich mein Atem beschleunigte, genoss es, dass ich wie gebannt auf das Spiel seiner Hände blickte. Genoss es, die Anspannung auszudehnen, bis ich es kaum noch aushielt und ihn anschreien wollte, endlich mal einen Zahn zuzulegen.

Sobald die Hose offen war, fuhren seine Finger hinein und ich sah, wie er sich umfasste und anfing, langsam über seine Härte zu streichen. Allerdings holte er ihn nicht raus und verwehrte mir so den visuellen Spaß gekonnt – der Sadist!

»Tristan!«, wimmerte ich anklagend und drückte die Schenkel aneinander, denn das Pochen wurde immer stärker. Vorwurfsvoll löste ich meinen Blick von seiner wichsenden Hand und schaute in sein amüsiertes und doch lustdurchtränktes Gesicht.

»Ich könnte hier und jetzt einfach in meiner Hose kommen, ohne dass du eine Chance hättest, ihn zu berühren oder auch nur zu sehen. Und dann würden wir wieder nach Hause fahren, wo ich dich wegen dem Terrorkeks nicht ficken kann.« Seine Stimme war rau, heiser und vor allem fies! Mein Mund klappte auf, als er diese bodenlose Gemeinheit großkotzig von sich gab, und meine Augen verengten sich tödlich.

Jetzt konnte er nicht mehr. Er lachte melodisch und warf dabei seinen Kopf zurück.

»Oh, Baby ... Dein Gesicht müsstest du jetzt sehen!«

»Schön, dass wenigstens du deinen Spaß hast! Wolltest du mir nicht den Mund stopfen?«, fragte ich schnippisch.

Schneller, als ich blinzeln konnte, hatte er seine Drohung wahr gemacht und war hart und pulsierend tief in meinem Mund. Mein Lieblingsficker! Ich musste würgen, die Tränen traten mir in die Augen, doch ich umschloss ihn sofort, wollte ihn nie wieder hergeben und umkreiste mit der Zunge seine Eichel. Er zog sich etwas zurück und stieß erneut leicht zwischen meine Lippen.

Wir beide stöhnten auf.

»OH FUCK ... Baby ... ICH LIEBE DICH!«, keuchte Tristan ... »Schau, wie geil du aussiehst!« Unverhofft griff er mit beiden Händen in meine Haare und drehte uns ein Stück, sodass ich mich im Spiegel beobachten konnte.

Ich wurde noch feuchter, als ich die schöne, selbstbewusste Frau in dem weißen Tank-Top, der engen schwarzen Jeans erkannte, die mit verbundenen Händen hilflos am Boden kniete, den steinharten Schwanz von einem Sexgott mit zurückgeworfenem Kopf im Mund hatte, und von ihm dominant in den Haaren gehalten wurde, während er seine Hüfte bewegte, um sich an ihr zu befriedigen.

Meine Augen schlossen sich genussvoll, als er sich nahm, was er brauchte ... Gleichzeitig bemerkte ich, dass er darauf achtete, mich nicht mehr zum Würgen zu bringen, denn Tristan war ein unbeschreiblich rücksichtsvoller Liebhaber. Auch wenn es auf den ersten Blick nicht so wirkte. Ich stand immer an erster Stelle und ihm war klar, dass ich es liebte, mich ihm zu unterwerfen. Vor diesem wunderschönen Mann zu knien – ihm vollkommen ausgeliefert zu sein und ihm Genuss zu bescheren, machte mich selbst zu etwas Schönem und erregte mich ebenso wie ihn. Wir verbanden uns damit auf eine Art, die nur durch Sex zu erlangen ist.

Sollte er jedoch den Eindruck haben, dass mir dieses Spiel zu viel wurde, dann würde er ohne mit der Wimper zu zucken unsere Rollen tauschen und sich mir unterwerfen. Das liebte ich auch so abgöttisch an ihm. Denn damit bewies er wahre Größe und Männlichkeit.

Seine Finger massierten meine Kopfhaut und jagten einen Schauer nach dem anderen meinen Rücken hinab, und sein gekonnter Dirty-Talk ließ mich wie immer das Hier und Jetzt vergessen, während ich mit geschlossenen Augen saugte, als würde es kein Morgen geben und es aus vollen Zügen genoss.

»Fuck ... Fuck ... Fuck ... ich werde dich vollspritzen und ich will, dass du es dir ansiehst ... mach die Augen auf, Baby!« Ich stöhnte, als ich an diesem muskulösen Traumkörper nach oben sah und auf seinen dunklen, erregten Blick traf. Dieser Ausdruck allein sorgte dafür, dass ich eine Vorwelle meines Höhepunktes durch meine Schnecke rauschen fühlte. Obwohl er mich eigentlich gar nicht berührte! Einzig seine Worte und Taten lösten dieses Kribbeln in mir aus und heizten mein Kopfkino an.

»Lass die Augen offen! Vergiss es, Baby ...«, presste er hervor und fickte meinen Mund jetzt eine Stufe tiefer. Dabei biss er die Zähne so hart zusammen, dass ich allein von dem Anblick seiner ausgeprägten angespannten Kiefermuskeln und seines schmerzverzerrtes Gesichtsausdruck fast kam.

Gezwungenermaßen huschten meine Augen zu unserem Spiegelbild und eine weitere Welle durchrauschte mich, denn uns dabei zu beobachten, wie ich ihn auf den Knien befriedigte, war besser als jeder Porno. Hilflos wimmerte ich auf und er stöhnte laut als Antwort zurück. Ich stand kurz vor dem ultimativen Sprung ... und er hatte mich noch nicht mal berührt. DAS war Tristan sexy Wrangler, wie er leibte und lebte.

Meine verzweifelten Laute um ihn herum gaben wohl den Ausschlag. Er zog sich aus meinem Mund zurück – und ich starrte wie hypnotisiert und schwer keuchend das anmutige Spiel seiner Bewegungen an. Vor allem, wie die weiße Flüssigkeit aus ihm herausschoss und sich pulsierend und schamlos über meine Brüste verteilte. Oh ... ja ... Er liebte es mich vollzusauen, mich zu *markieren*, sich völlig gehen zu lassen. DAS war auch typisch.

Für den letzten Strahl hob er ihn ein Stück hoch, hielt mich mit einer Hand in den Haaren fest und schob ihn mir noch einmal zwischen die Lippen – sah mir dabei tief in die Augen – und ich schluckte gierig. Ich vergötterte seinen gequält wirkenden Gesichtsausdruck, wenn er kam, und ihm dabei zuzusehen, wie er dabei komplett die Kontrolle verlor.

Tristan machte mich so an.

Ein letztes Mal glitt er an seinem heiligen Ficker rauf und runter, sodass auch wirklich der allerletzte Tropfen in meinem Mund landete, denn er war strikt gegen Spermaverschwendung. Teuflisch grinsend strich ich mit der Zungenspitze über den kleinen Schlitz an seiner Eichel, woraufhin er mit einem leisen »Fuck!« zusammenzuckte, weil er jetzt überreizt war. Er verdrehte die Augen, nahm ihn mir weg, und sperrte ihn hinter seinen Reißverschluss. Dabei hätte ich so gerne noch ein bisschen an ihm rumgespielt.

»DU ARSCH!«, stieß ich hervor und brachte ihn damit endgültig zum Lachen.

»Ich habe dich gerade von oben bis unten vollgewichst, wie ein Assi, aber du beschwerst dich darüber, dass du ihn nicht sauber machen darfst ...«

Eindeutig etwas sauer musterte ich ihn und antwortete nicht.

»Weißt du, dass ich deine kranke Denkweise abgöttisch liebe?«, fügte er um einiges weicher hinzu. Dann hob er mich plötzlich an der Hüfte hoch, stellte mich mit immer noch verbundenen Händen rücklings an die Wand und ging VOR MIR auf die Knie.

»Willst du mir auch die Hände festbinden, Mia-Baby?«, fragte er, während er mit langsamen Bewegungen meine Jeans öffnete und sie an meinen Schenkeln hinabzog.

Ich konnte ihn nur mit gierigen, ausgehungerten Augen anstarren und meine Beine heben, damit er mich von der Hose befreien konnte. Im gegenüberliegenden Spiegel beobachtete ich mittlerweile ungefragt das erregende Bild, das sich mir bot.

Ein dunkel gekleideter Sexgott vor mir auf den Knien ... der mit seinen großen Händen an meinen glatten Beinen nach oben strich und dann einfach so mit einer fließenden Bewegung meinen schwarzen Stringtanga zerriss. Sein ausgeprägtes Muskelspiel zu bewundern und ihm dabei zuzusehen, wie er mir die Kleidung vom Körper zerrte, war wahnsinnig erotisch.

»OH ... Gott«, stammelte ich und warf den Kopf nach hinten.

»Ich liebe dich ... Seit dem ersten Moment«, flüsterte er an meinem empfindlichen feuchten Fleisch und ich wusste, er meinte diesmal nicht mich, sondern meine Schnecke. Ich verdrehte die Augen, wusste aber, dass es sich bei ihr genauso verhielt – sie liebte ihn auch. Behände legte er sich ein Bein von mir über die Schulter. Ich konnte meinen Blick nicht von ihm lösen, als er mit funkelnden Augen mit seiner Zunge zwischen meinen Falten entlang strich.

Sein Kopf zwischen meinen Schenkeln war das schönste Bild auf Erden.

Mein Atem raste und mein Herz klopfte unbändig in meiner Brust. Es war wie damals, als er mich, den Truthahn, spielerisch über diese Lichtung gejagt hatte. Zwar war ich letztendlich im eiskalten Wasser gelandet, doch gleichzeitig hatte dies auch den Anfang gebildet, der uns jetzt – Jahre später – wieder an diesen heiligen Rückzugsort geführt hatte. Hier, wo nun unser gemeinsames Zuhause stand und ich einen der schönsten Tage in meinem Leben hatte verbringen dürfen. Den letzten Tag von unserem vergangenen Leben vor acht Jahren.

Und den ersten von unserem neuen Leben.

Hier hatte es aufgehört.

Hier würde es anfangen.

Und zwar SO wie ALLES begonnen hatte.

Mit Sex.

Oh ja, Sex mit Tristan war atemberaubend! Jedes Mal überraschend, ein wenig anders, aber immer leidenschaftlich. Kein Wunder, dass es die intensivste und schönste Art der Vereinigung zwischen Menschen ist, die sich lieben. Daran ist nichts verwerflich.

»AHHHH«, seufzte ich durch den leeren Raum, denn Tristans samtene Zunge war phänomenal. Nur nebenbei drang sein heiseres Knurren an meine Ohren.

»Oh fuck ... du kommst jeden Moment ...«, stellte er fest. »Ich muss dich nur mit der Zungenspitze anstupsen und du wirst explodieren ... Soll ich? Ich liebe dich, du weißt ja, ich würde es für dich tun, Mia-Baby. Natürlich nur für dich, ganz allein – total uneigennützig«, nervte er mich und zögerte es somit hinaus, denn er konnte es einfach nicht lassen, mich IN DEN WAHNSINN ZU TREIBEN!

Nicht ein Mal konnten wir normalen Sex ohne irgendwelche Spielchen haben. Zwar liebte ich im Grunde genau diese Spielchen, was ich unter Todesandrohung nie zugeben würde, doch jetzt wünschte ich es mir ganz banal. Nach dem Motto: Mann leckt Frau. Frau kommt. Fertig ...

Mit freien Händen hätte ich ihm eine geschmiert und mit genügend Luft in den Lungen hätte ich ihn angeschrien. Aber beides war nicht möglich, weswegen ich ihm meinen tödlichsten Blick schenkte. Er interpretierte ihn vollkommen richtig und grinste verschmitzt, bevor er sich vorbeugte und mit der besagten begabten Zungenspitze einmal fest und erbarmungslos über meinen sehnsüchtigen Punkt schnippte.

Ich explodierte ... schrie ... seinen Namen ... Und beobachtete verwischt im Spiegel, wie sinnlich es aussah, wenn ich kam und einzig seine starken schönen Hände – auf die ich mich immer verlassen konnte – mich davon abhielten, unter dem Sturm der Ekstase zusammenzubrechen.

In unserem ersten gemeinsamen Haus, in dem wir den Rest unseres Lebens verbringen würden.

So war es schon immer gewesen.

Wir hatten uns gegenseitig durch die verschiedensten Stürme getragen und das würden wir auch weiterhin tun.

Der wahre Ficker und sein Mia-Baby. Bis in die beschissene Ewigkeit.

Amen.

Epilog

Tristan Wrangler

Der Sommer neigte sich dem Ende zu, die Blätter fingen langsam an sich zu verfärben und wie besoffene Idioten dem Boden entgegenzusegeln.
Wir feierten gerade Robbies siebten Geburtstag, doch ich befand mich im dritten Stock in meinem Fotostudio, auf der Dachterrasse – denn ich brauchte dringend etwas Zeit für mich.

Immer und immer wieder las ich die mit PC geschriebenen, so unschuldig wirkenden Zeilen durch. Und noch immer weigerte ich mich zu begreifen, was sie mir so dringend zu verklickern versuchten. Das konnte nicht wahr sein!

Seufzend hob ich den Blick und ließ ihn über die Lichtung schweifen, wo meine Frau und mein Sohn durch das noch grüne Gras tobten und Fangen spielten.

Phil stand am Grill mit einer peinlichen Kochmütze. Stanley bewegte sich keinen Millimeter von seinen riesigen Tretern weg und wartete sabbernd darauf, dass etwas abfiel. Katharina, die Übermama, krabbelte mit ihrem kleinen Scheißer über die Terrasse. Lena hatte endlich ihrer Vorliebe für einen gewissen Russen, nämlich Georgi, nachgegeben, und auch sie war schwanger und verdammt glücklich damit, so eine Kugel vor sich herzuschieben. Ich hatte ihnen eine fette Abfindung gezahlt und sie danach fristlos gekündigt, bevor Leo sie in die schmierigen Finger bekommen konnte.

Genauso wie Mary und Garrett. Letzterer war zurück zu seiner Familie gegangen und Mary von meinem Radar verschwunden.

Aber das alles, was so lange meinen gesamten Lebensinhalt ausgemacht hatte, war nun vollkommen unwichtig. Sogar Mia verblasste neben *ihr* ein wenig.

Tommy saß bei Vivi und grinste wie ein Idiot auf das kleine dunkelhaarige Lockenköpfchen herab, das Vivi streichelte. Das Köpfchen, das ich als Erster in meiner Hand gehalten hatte, während ich auf ihr zerknittertes, rotes Gesicht hinab geblickt hatte und das, neben Robbie, Mias und mein ganzer Stolz war. Die pure Perfektion.

Ich hatte alles, was ich jemals gewollt und gebraucht hatte und noch so viel mehr ... Ich war ... *glücklich.*

Eline Belle, mein kleiner Engel, mit den großen schokoladenbraunen Augen, rosigen Wangen und den schönsten Kirschlippen, die ich je gesehen hatte, war das Sinnbild der Schönheit. Denn sie war meinem Mädchen – welches nun eigentlich meine Frau war, aber immer irgendwie mein Mädchen bleiben würde – wie aus dem Gesicht geschnitten. Also war eines klar: Ich konnte sie nicht lang genug auf den Armen halten und in den Schlaf wiegen. Wenn sich ihre Lippen zu einem kleinen Engelslächeln verzogen, wusste ich, dass ich alles richtig gemacht hatte. Stundenlang konnte ich dabei zusehen, wie sie zufrieden vor sich hin schmatzend auf Mias Bauch lag und mich neugierig beobachtete. Scheiße, ich hatte für sie Fratzen erfunden, die für einen Tristan Wrangler eigentlich verboten werden sollten! Mit ihr sprach ich nicht – ich *säuselte.* Noch nie waren meine Hände vorsichtiger und mein Herz erfüllter gewesen, als wenn ich es mit diesem kostbaren Geschöpf zu tun hatte.

Ich hatte Mia bereits während der Schwangerschaft ABSOLUT in den Wahnsinn getrieben, weil sie, wenn es nach mir gegangen wäre, keinen einzigen Schritt mehr allein hätte tun dürfen. Natürlich hatte sich mein Mädchen durchgesetzt und vehement unterbunden, dass ich sie behandelte wie eine Todkranke.

Die kleinere Ausgabe ihrer selbst war schon jetzt typisch Mia.

Zum Beispiel, wenn sie meinen Zeigefinger mit ihrem Eisengriff umfasste und unzufrieden schauend, weil nichts rauskommen wollte, daran rumsaugte ... Nie gab sie auf, nie fing sie an, deswegen zu brüllen und sich zu beschweren. Sie machte einfach weiter.

Mein Blick war schon wieder verdammt feucht, als ich ins Hier und Jetzt und zu Mia und dem kleinen Jungen, der ihr hinterherjagte, sah.

Wieder fiel mir auf, was ich in den Händen hielt und der Gedanken an die Zeilen drängte alles andere in den Hintergrund. Der Brief in meiner Hand war zerknüllt, weil ich ihn so fest mit der Faust umklammert hatte. Mit einigem geistigen Aufwand zwang ich sie, sich zu öffnen und lehnte mich abgekämpft mit dem Rücken gegen die Scheibe, bevor ich ihn erneut hob und die schwarzen Buchstaben zum tausendsten Mal las.

Sie verwischten vor meinem geistigen Auge und warfen mich in eine andere Erinnerung.

Bevor es zu diesem Brief gekommen war, hatte ich vor zwei Wochen einen anderen erhalten.

»Tristan Wrangler ...«, stand darin ... Ein unschuldiger Anfang, sollte man annehmen ...

»Oh ... ich habe es geliebt deinen Namen auszusprechen ... Und noch mehr gefielen mir die neidischen Blicke der anderen Frauen. Es war wirklich toll an deiner Seite zu sein, auch wenn ich mir nur eingebildet hatte, dass du mir gehört hast. Es tut mir leid, dass ich nie mehr in dir sah als dein Äußeres. Das wollte ich dir als Allererstes sagen.«

Natürlich wusste ich sofort, von wem dieser Brief stammte. Auch wenn er eines Morgens einfach unscheinbar und ohne Absender in meinem Briefkasten gelegen hatte. Nur *eine* Schlunze hatte mir ständig gesagt, wie sexy doch mein Name klang.

Was wollte die Schlampe von mir? Hatte sie meine letzten Worte an sie nicht geistig aufgenommen.

»Du fragst dich sicher, wieso ich dich nach all den Jahren belästige.« Genau! *»Ob ich deine Worte nicht verstanden habe, als du mir mitteiltest, dass du mich nie wiedersehen willst. Du hast zu mir gesagt, du weißt aus eigener Erfahrung, dass ich die Quittung für meine Taten irgendwann erhalten werde, doch dann wird es schon zu spät sein. Du warst so gemein, wie kein Mensch jemals zuvor. Mir ist jetzt klar geworden wieso, und für deine Ehrlichkeit möchte ich mich nun revanchieren, auch wenn ich dich so lange Jahre dafür gehasst habe. Wenigstens ein einziges Mal werde ich dir auch die Wahrheit sagen. Es ist meine letzte Möglichkeit, mein Gewissen zu erleichtern.*

Ich habe einen Gehirntumor, der bereits gestreut hat. Diese Zeilen schreibe ich dir aus dem Bett eines Krankenhauses. Ich will kein Mitleid, ich will nur Absolution und du bist der Erste, aus einer langen Reihe von Menschen, die ich darum bitte ...

Es gibt etwas, was du erfahren musst.«

Auf eine gewisse Art und Weise hatte ich bei diesen Worten schon gewusst, was kommen würde – tief in mir. Und das war übel, denn als ich diesen Brief begonnen hatte, saß ich mit Robbie im Wohnzimmer an unserem runden Esstisch. Er thronte mir gegenüber und malte konzentriert, war dabei schon so wahnsinnig groß und gereift im Gegensatz zu dem Zeitpunkt, als ich ihn kennengelernt hatte.

Die Unterlippe war vorgeschoben; die mit jedem Tag dunkler werdenden Haare hingen ihm wirr in die Augen und er versuchte sie immer wieder wegzupusten, bevor er genervt aufstöhnte und seine Aufmerksamkeit wieder auf das Bild richtete. Wie gebannt starrte ich ihn an, als er den Stift immer fester umklammerte und immer aggressiver wurde, weil ihn seine Haare so aufregten. Plötzlich hob sich sein Kopf und unsere Blicke trafen sich. Grün auf Grünbraun.

»Was ist?«

»Nichts!« Nein! Ich konnte dem nicht standhalten und las stattdessen weiter, brannte plötzlich darauf, die nächsten Zeilen zu verschlingen.

»Du weißt nicht, was es für mich bedeutete, als ich von meiner Schwester (Mary) erfuhr, dass du gerade IHN adoptiert hast.«

Und somit hatte ich die Bestätigung und alles begann sich wild zu drehen, während ich alles tat, um die folgenden Worte auch zu entziffern, obwohl meine Sicht verschwamm und mein Herz in meinen Ohren dröhnte wie ein Presslufthammer. *»Du bist einer der wenigen Menschen auf dieser Welt, die noch ein gutes Herz haben, auch wenn du ständig versuchst, uns etwas anderes weiszumachen. Auch das ist mir erst sehr spät klar geworden.*

Dein Herz wusste es wohl schon immer ... Es hat ihn gefunden, zwischen all den Kindern dieser Welt, hat es dir den richtigen Weg gewiesen ... Zu Robert. Deinem Sohn.«

Ab da waren die Buchstaben komplett verwischt. Allerdings weniger aufgrund meiner Tränen, die sich unaufhaltsam einen Weg nach draußen bahnen wollten, sondern weil sie selber beim Verfassen dieses Briefes geweint hatte und die Buchstaben verschmiert waren. Immer und immer wieder las ich die letzte Zeile, immer wirrer wurden meine Gedanken.

»Papa?«, fragte mich das Kind – *mein Kind* –, das nichts ahnend mir gegenüber ein Bild von unserer glücklichen Familie malte, als wäre es für ihn schon immer klar gewesen. »Wieso weinst du?« Passenderweise hatte er vor zwei Monaten urplötzlich von alleine angefangen, seine Mirti und mich Mama und Papa zu nennen. Und schon damals war mein Herz in meiner geschundenen Brust zur doppelten Hälfte aufgegangen, aber jetzt fing ich den Schluchzer ab, der aus meiner Kehle brechen wollte, schloss die Augen und schüttelte den Kopf. Ich war total überwältigt.

»Ich weine nicht, weil ich traurig bin ... sondern weil ich glücklich bin, komm her Keks!«, murmelte ich schließlich, als ich mich gefasst hatte und lächelte auf sein offenes hübsches Gesicht hinab. Das ließ er sich nicht zwei Mal sagen. So wie es seinem Naturell entsprach, hüpfte er mit Vollkaracho auf meinen Schoß, und ich gab ihm einen kleinen Kuss auf die Schläfe, als er sich wie selbstverständlich in meine Arme schmiegte.

Er lächelte mich an und tätschelte mir fast schon abfällig, aber auch mitfühlend die Wange, bevor er das Malzeug wieder heranzog und sein Kunstwerk vollendete. Dabei brabbelte er in einer Tour und ich sog unauffällig seinen Duft ein.

Vielleicht hatte ich es tatsächlich irgendwie schon immer gewusst.

Und sehr wahrscheinlich hatte auch Mia, mit ihrem patentierten Tristan-Radar, sofort gespürt, dass er ein Teil von mir war. Hundert Pro hatte sie sich deswegen sofort mit dem kleinen Scheißer verbunden gefühlt und nicht anders gekonnt, als ihm vollkommen zu verfallen, weil es ihr mit dem Vater nicht anders ging. Den Test ließ ich natürlich trotz meines Instinktes machen, denn ich wollte die absolute Gewissheit – ein für alle Mal.

***

Jetzt hielt ich das Ergebnis in der Hand.

›Die Vaterschaft ist zu 99,9998 % erwiesen.‹

Die Vaterschaft war erwiesen ... auf dem Papier. Schwarz auf weiß.

Genau in dem Moment, als ich es vollends akzeptierte und tief einatmete, sah Mia natürlich zu mir hoch. Unsere Blicke trafen sich und ohne Worte verstand sie sofort – so wie immer. Ihre Schritte stockten, sie schluchzte mit großen Augen auf und schlug die Hände vor den Mund. Ihr Blick flog zu Robbie, der gerade auf sie zulief. Er nutzte seine Chance und umfing ihre Beine mit einem lauten »Hab dich, Mama!« Sie ging vor ihm auf die Knie und tat das, was ich eigentlich schon die ganze Zeit vorhatte: Sie überhäufte ihn lachend mit Küssen, während sein ausgelassenes Kichern bis zu mir dröhnte und meine Mundwinkel sich hoben.

Ein Riesenstein fiel mir vom Herzen.

Sie würde IMMER zu mir stehen. Sie war mein Mädchen und würde es IMMER bleiben!

Trotzdem war ich innerlich fast gestorben, als ich ihr beichten musste, wie es zu Robbie gekommen war ...

Wir hatten Eli nach einem ausgiebigen Tittensnack ins Bett gelegt und waren runter ins leicht erhellte Wohnzimmer gegangen.

Müde wartete ich nur darauf, dass sie mich auf den eingetrudelten Brief ansprechen würde. Er war nur *an TRISTAN WRANGLER* gerichtet gewesen und sie wusste, dass ich ihn mittlerweile gelesen hatte. Außerdem bemerkte sie natürlich an meinem mürrischen Verhalten, dass etwas absolut nicht stimmte und an meinem Starren – denn ich sah Robbie nun mit anderen Augen.

Natürlich hatte sie sich, solange die Kinder wach waren, zurückgehalten, aber sobald es Nacht wurde und Eli schlief, war meine Schonzeit abgelaufen.

»Was ist mit dir los, Baby?« Energisch zog sie mich zur beigefarbenen Couch und stieß mich in die Kissen. Schwach lächelte ich, obwohl sich mir die Kehle zuschnürte.

»Du bist gar nicht bestimmend, hm?«, scherzte ich gekünstelt, aber mein Lächeln fiel in sich zusammen, als sie sich breitbeinig auf meinen Schoß setzte und mir einen sanften Kuss auf die Lippen drückte.

»Egal was es ist, sag es mir einfach! Was stand drin?« Ihre braunen warmen Augen brannten vor ehrlicher Zuneigung und grenzenloser Liebe. Das war mein Mädchen, meine Frau, mein Ein und Alles. Die emphatischste Person, die ich kannte. Sie würde mich verstehen. Sie würde mich nicht von sich stoßen. Nicht nachdem was sie alles auf sich genommen hatte, um genau an diesen Punkt zu gelangen. Wir hatten beide gelernt, dass wir von der Vergangenheit nicht unsere Zukunft zerstören lassen durften! Schmerzlich!

Ich hob meine Hände, umfasste ihr makelloses Gesicht und strich mit den Daumen über ihre Wangenknochen. Noch ein wenig wollte ich schweigen ... Nur noch ...

»Tristan! Sag es!«, drängte sie, denn Geduld war ganz sicher vieles, aber nicht gerade eine von Mias hervorstechenden Eigenschaften, wenn es um mich ging.

Feige schloss ich die Lider, um ihrem neugierigen Funkeln zu entkommen und war verwundert, dass sie die Dinger nicht mit Gewalt aufzwängte.

Einen tiefen Atemzug gönnte ich mir noch, dann klemmte ich die verdammten Arschbacken zusammen und sagte es ihr verdammt noch mal einfach:

»Es geschah kurz nachdem ich aus dem Knast kam ...« Ein Augenlid öffnete ich vorsichtig und überprüfte ihre Mimik. Sie war offen und arglos und wunderschön und bezaubernd und sie hatte das nicht verdient! Verfickte Scheiße, sie hatte keine Ahnung, worauf ich hinauswollte! Fuck! Schnell ließ ich mein Lid wieder zufallen und sprach weiter. »Ich feierte zu der Zeit viel, wollte einfach nur vergessen und verdrängen. Wollte nicht fühlen. Wollte nicht ... SEIN.« Wieder öffnete ich die Augen – versuchte zu ergründen, ob sie vielleicht jetzt wenigstens eine Idee davon hatte, wohin meine Beichte führte. Aber sie runzelte verwirrt die Stirn und schaute mich weiterhin naiv und fragend an. VER-DAMMT!

»Durch sie habe ich Mary kennengelernt ...« Sofort verdüsterte sich ihre Miene, ich sprach schneller weiter. »Sie war ihre Schwester, was ich aber erst im Nachhinein erfuhr. Ihr Name war Victoria und sie war, um es kurz zu fassen: absolut von mir besessen. Jeden Abend saß sie mit anderen Junkies, die ich über Pete kennengelernt hatte, in meiner winzigen Bude und rückte mir auf die Pelle. Oft war sie zu drauf, um es nach Hause zu schaffen, also schlief sie manchmal bei mir. Ich bin vielleicht ein Arsch, aber ich setze sicher keine halb toten Frauen auf die Straße, weißt du ... Baby?« Ihre Finger, die meinen Nacken gekrault hatten, erstarrten zu Eis. Ihr Blick genauso. Nun hatte sie endlich gecheckt, wohin die Beichtreise ging und wappnete sich innerlich für das, was folgen würde.

Ich zwang mich sie weiterhin anzusehen, streichelte sie, hielt sie fest.

»Ich hatte sicher einen Kasten Bier und eine Flasche Whiskey getrunken, zwanzig Tüten geraucht und zehn Nasen Koks gerotzt ... ich war nicht zimperlich, wenn es um Drogen ging, wie du vielleicht weißt.« Ihr nun aggressiver Blick aus weit aufgerissenen Augen machte mir klar, dass ich jetzt keine verdammten Ausreden finden, sondern einfach mit der verdammten Sprache rausrücken sollte. Und so beeilte ich mich, weiter zu berichten. »Auf jeden Fall ... saß ich, wie jede Nacht, wie eine kleine Pussy da und betrachtete die Bilder von uns beiden auf der Lichtung. Vielleicht heulte ich auch, ich weiß es nicht mehr so genau, auf jeden Fall war ich das letzte, ekelhaftestete, kaputteste Wrack, das du dir vorstellen kannst. Und als mir plötzlich eine Hand über die Brust strich, bildete ich mir ein, es sei deine. Ich schwöre es, Mia, du warst eine echt coole Halluzination, so verdammt heiß und schön, und ich hatte dich so verschissen vermisst. Ich brauchte dich doch wie die Luft zum Atmen; alles, was ich wollte, warst du ... und es ging alles so schnell. Ich weiß nicht mehr genau, wie es dazu kam! Aber mit einem Mal saß die Schlunze auf meinem Schoß ... meine Hose war offen und ich steckte in ihr ...«

Mia zog scharf den Atem ein und wich mit einem Ruck zurück.

»Du hast sie ... gefickt?«, fragte sie atemlos. Verdammte Tränen sammelten sich in ihren ungläubigen Augen.

»Ja«, gab ich fest zu, ohne den brennenden Blick von ihrem zu nehmen. Was sollte ich auch sonst sagen? Eigentlich hatte das Miststück mich in meinem benebelten Zustand vergewaltigt. Am nächsten Morgen hatte ich gedacht, es wäre nur ein Horrortrip gewesen! Der Scheiß war für mich gar nicht existent! Was würde das schon ändern, obwohl es die Wahrheit war? Tatsache war doch: Ich *hatte* es getan. Punkt. Aus. Fuck!

»Du hast mir gesagt, du hattest keinen Sex!?« Ja, das war natürlich ein Problem und ihre Stimme auch, die schon wieder diesen leicht schrillen Klang angenommen hatte, der nie etwas Gutes bedeutete.

Dabei hatte ich das Ende von der Geschichte ja noch gar nicht auf sie losgelassen.

Sie wollte sich von mir schwingen, aber ich war egoistisch und hielt sie fest. Wenn ich sie jetzt so gehen ließ, würde sie abhauen – im Wald spazieren oder so. Damit folterte sie mich immer, wenn wir uns stritten. Und ich würde hier auf der Couch sitzen und einen Tod nach dem anderen sterben.

»Baby, bitte ... bitte, hör mir zu ...« Ich presste mein Gesicht an ihren duftenden Hals und fühlte, wie ihr Puls gegen meine Nase hämmerte. »Ich wollte sie nicht ficken ... Ich wollte sie nicht auf mir haben ... und diese Dinge mit ihr tun, die nur uns beiden gehören ...«

»Wieso erzählst du mir das! HÖR AUF!«, schrie sie panisch und versuchte mit Gewalt von mir wegzukommen. Ich hielt sie fester.

»Ich weiß ... ich weiß, Mia-Baby ... du MUSST es aber erfahren! Nachdem wir Sex hatten, wollte ich sie nie wiedersehen, woraufhin sie sich nach meiner Zurückweisung einen perfiden Racheplan ausdachte, um mich zu zerstören. Als der nicht aufging, wollte sie sich auch noch vor meinen Augen umbringen und ich ließ sie einweisen. Ich habe nie wieder was von ihr gehört, hatte eine weitere Lektion gelernt und war froh. Ich dachte, dieser abgefuckte Lebensabschnitt hätte keine Konsequenzen für mich ... aber er HAT welche!« Sie hörte sofort auf sich zu wehren und packte stattdessen mein Gesicht, damit sie mich prüfend von allen Seiten mustern konnte.

»Wie meinst du das? Hat sie dir eine Krankheit angehängt? Was hat sie getan?« Ich schüttelte resigniert den Kopf, als ich die endlose Sorge um mich Arschloch in ihren unschuldigen Augen aufblitzen sah.

»Nein, mach dir keine Sorgen um mich.« Zärtlich strich ich ihr die Haare aus dem Gesicht. »Mit mir ist alles in Ordnung.«

»Was meinst du dann mit Konsequenzen? Tristan, sag es einfach!«

»Sie wurde von mir schwanger!«, ließ ich die Bombe platzen, und quasselte auch schon weiter, als gäbe es nicht ihren plötzlich so bleichen Gesichtsausdruck. »Und heute Vormittag, als du zur

Nachsorge warst, las ich den anonymen Brief – von ihr! Das Karma hat sie, so wie alle, gefickt und sie liegt im Sterben ... und sie wollte mir noch eine Sache mitteilen: Robbie ist ihr Sohn ... und es könnte sein, dass ich sein Vater bin.«

Zuerst einmal reagierte sie nicht direkt, sondern starrte mich nur mit offenem Mund an. Tränen bahnten sich ihren Weg über unsere Wangen und sie zitterte. Unglauben und Schock standen ihr ins Gesicht geschrieben.

»Das kann nicht sein!«, wisperte sie irgendwann atemlos. Aber in dem Moment, wo sie die Worte aussprach, vergrößerten sich ihre Augen noch einmal deutlich. Und sie schaute mich an, als würde sie mich zum ersten Mal im Leben sehen. »Das *kann* sein! Natürlich!« Dies war ebenso ein Flüstern, bevor sie mich wieder eine Zeit lang nur angaffte während ich das Gefühl hatte zu verkohlen, aufgespießt, gelyncht, getötet und ermordet zu werden. Plötzlich wischte sie sich die Tränen weg und richtete sich straff auf.

»Kannst du mich bitte loslassen?«, fragte sie pseudogefasst. Misstrauisch beäugte ich sie und rührte mich keinen Millimeter.

»Wirst du gehen?«, erkundigte ich mich geradeaus mit kehliger Stimme. Dies verwunderte sie mal wieder zutiefst.

»Nein!«, antwortete sie, als wäre ich komplett verblödet. »Ich brauche frische Luft«, setzte sie dann noch hinzu und ich zwang meine angespannten Arme auseinander, um sie loszulassen. Es fiel mir unsagbar schwer, doch ich konnte sie nicht aufhalten, wenn sie Abstand suchte.

Also ließ ich sie gehen und stützte meinen Kopf in meinen Händen ab, während ich hörte, wie sie die Terrassentür aufschob und nach draußen trat.

»Fuck, Fuck, Fuck«, flüsterte ich vor mich hin ...

»Was ist los?«, hörte ich plötzlich die verschlafene Stimme von meinem kleinen Pupser und blickte auf. Er stand am letzten Absatz der Treppe, hielt seinen Spongebob fest an seine Brust gedrückt und trug seinen alten Superman-Pyjama, von dem er sich einfach nicht trennen wollte.

Die Beine reichten inzwischen nur noch bis kurz unter seine Knie und die Ärmel bis zu den Ellenbogen, aber das interessierte ihn nicht.

»Ich bin manchmal ein Idiot, das ist alles.« Mühsam zwang ich mich zu einem Grinsen, als ich ihn zu mir winkte.

Bereitwillig und barfuß kam er angetapst und kuschelte sich zu mir auf die Couch. Genau wie Mia, hob er meinen Arm an und schlang ihn um seine kleine Schulter. Er war erfolgreich angedockt und ich konnte nicht anders und spielte mit seinen weichen Strähnen – nicht mehr lange, dann wäre er für so was sicher zu cool. Es war weibisch, aber ich musste es ausnutzen, solange er noch so anhänglich war. Ich küsste ihn aufs Haar und starrte in den ausgeschalteten Fernseher.

»Wieso sabbert Eli eigentlich immer so viel?«, fragte er nach einiger Zeit, in der ich schon längst dachte, er sei eingeschlafen, und brachte mich zum Lachen ... Fuck, das fragte ich mich auch ständig, wenn ich zum dritten Mal an einem Tag das Shirt wechseln musste.

»Weil sie klein ist und ihre Körperbeherrschung erst erlernen muss.«

»Pieselt sie deswegen immer los, wenn du ihre Windeln wechselst?« OH MANN! Der Kleine schaffte es immer wieder, mich zum Lachen zu bringen.

»Ja, und sicher auch deswegen, weil Mama das einfach besser kann ...«

»Was kann ich besser?«, hörte ich ihre sanfte Stimme hinter mir fragen. Ich drehte mich leicht und sah wie Mia verweint auf mich herab blickte. OH FUCK! Ich hatte geschworen sie in jeder Sekunde glücklich zu machen und jetzt tat ich das Gegenteil – schon wieder!

»Alles«, antwortete ich ehrlich und flehte sie förmlich mit den Augen an, sich nicht weiter von mir zu entfernen. Gerade jetzt brauchte ich sie ... DRINGEND! Ich brauchte sie IMMER! Sie war meine Schlampe. Sie war mein Mädchen. Mein Mia-Baby ... Alles, was ich von einer Frau wollte, in einer einzigen Göttin vereint.

Mein Mädchen seufzte leise und lächelte schwach. Mit ruhigem Ausdruck gab sie nach, völlig uneigennützig und stark – hob ihre Hand und strich mir ein paar Strähnen aus der Stirn. Ich lächelte genauso, bevor sie sich zu mir herabbeugte und mir einen zarten, sehnsüchtigen Kuss auf die Lippen drückte, den ich aus vollstem Herzen erwiderte.

»WÄÄÄÄHHH! Immer müsst ihr KNUTSCHEN«, brachte Robbie uns schon wieder zum Lachen und mir wurde in diesem Moment erneut bewusst, Mia würde zu mir stehen, *egal* was geschah.

Ich war wirklich der verdammt glücklichste Scheißer dieser Welt mit ihr an meiner Seite.

Kurzerhand zog ich sie über die Lehne, sodass sie laut auflachte und mit dem Kopf auf meinem Schoß landete. Mia schlang einen Arm um Robbie, legte die andere Hand an meine Wange und streichelte mich zärtlich. Fuhr mein Gesicht verträumt und truthahnig lächelnd mit den Fingerspitzen nach, während ich ihren Nacken kraulte und ehrfurchtsvoll ihre unbändige Schönheit in mich aufnahm. Noch immer konnte ich nicht glauben, dass sie ENDLICH meine Frau und die Mutter meiner Kinder war.

Wir hatten einen langen Weg hinter uns gebracht, aber jetzt waren wir angekommen – am Ziel.

Aus Wut war Freude geworden.

Aus Verzweiflung Zufriedenheit.

Aus Gier Befriedigung.

Aus Sucht Verlangen.

Aus Dominanz Demut.

Und aus Hass war Liebe ... geworden.

Und so liebten sie sich tatsächlich für den Rest ihres Lebens, und wenn sie nicht gestorben sind, dann ficken sie noch heute.

THE FUCKING END

DANKSAGUNG

Meine lieben Liebenden … Ich hoffe dieses Ende lässt euch entspannter zurück als die Enden davor! Bedankt euch bei Anke, ich hätte ja nichts gegen einen erneuten Cliffhanger gehabt, aber sie sagte, dann wäre ich meines Lebens nicht froh und da ich an meinem Leben hänge, habe ich euch ein (hoffentlich) schönes Ende beschert ... :)
Jetzt liegt schon fast eine Reise von zwei Jahren hinter uns. Ich hätte niemals gedacht, was passieren würde als Immer wieder samstags im September 2013 auf den Markt kam. Umso ergriffener bin ich nun, wo ich den letzten Punkt unter Immer wieder Verführung gesetzt habe!
Ich habe für diese Reihe gekämpft! Ihr habt keine Ahnung wie sehr man eine Geschichte missverstehen kann, wenn man möchte … Aber es hat sich gelohnt! Und zum Glück hatte ich tapfere Mitstreiter, die mir immer wieder aufgeholfen haben, wenn ich am Boden lag …
Dieses Buch wäre ohne Babels nicht das was es ist. Für IwV haben wir das erste Mal vor sechs Jahren zusammengearbeitet (gesponnen) und sie ist bis heute noch ein wichtiger Teil meines privaten Lebens sowie meine persönliche Muse. Die Geschichten die in ihrem Kopf leben sind der Wahnsinn! Tristan und Mia sind auch ihre Kinder!
Immer wieder Anke … und Peter. Der A.P.P. Verlag (meine Löwenfamilie) … Danke!
Belle … meine Lektorin … Ich kenne dich schon so lange und nie wird es langweilig „wink“-Emoticon Das ganz sicher nicht! Ich habe noch nie so einen gewissenhaften Menschen wie dich

getroffen. Ja, du bist eine Klugscheißerin aber fast keiner den ich kenne weiß so viel wie du! Du bist ein verkacktes Genie! Danke dafür! LOL.
Danke auch an Emma und ihr Handy! (Du weißt genau wieso! Ich liebe euch!)
Und Danke an Caro, ohne die ich das hier wahrscheinlich vor lauter Aufregung kurz vor der Veröffentlichung gelöscht und gesagt hätte „Sorry, Tristan war einfach zu hot, der Laptop ist verbrannt."
Natürlich auch DANKE an alle Probeleser!
Ich habe durch diese Reihe sooo viele wunderbare Menschen kennengelernt, ohne die ich niemals dort oder besser gesagt diejenige wäre die ich jetzt bin. Sie haben mir so viel geholfen, mir so viel beigebracht und mir vor allem gezeigt, dass bei Freundschaft Entfernung, Aussehen und Alter keine Rolle spielen. Natürlich gab es auch Rückschläge und Menschen zogen ihre Masken herab, zeigten, ihre wahren Gesichter und versuchten mich zu verletzen. Doch auch das gehört wohl dazu, um sich weiter zu entwickeln … Dies hat mich lediglich in dem was ich tue bestärkt!
Ich habe gelacht und geweint, gewonnen und verloren. Mich über ungerechtfertigte Kritik aufgeregt und beim Rezensionslesen mitgefiebert/mitgelitten/mitgefeiert. Ich habe es aus vollen Zügen genossen, mich über Facebook mit euch zu unterhalten … Jede einzelne Nachricht hat mich gefreut und oft habe ich eure unglaublichen Worte mit Tränen in den Augen meinem Mann vorgelesen. Mein Highlight war es und wird es immer sein eure Leidenschaft zu spüren und zu wissen, dass etwas was ein Teil meiner Seele ist, euch so ans Herz gewachsen ist wie mir selbst.
Das ist das größte Kompliment an einen Autor!
Und ich danke euch dafür!

Eure Don Both

ÜBER DIE AUTORIN:

Don Both, die 29-jährige Tschechin, die in Bayern lebt, fing im Alter von zwölf Jahren an Geschichten zu schreiben, weil sie die beste Kurzgeschichte in der Schule abliefern wollte. Der Plan gelang und sie entdeckte dadurch ihr Talent, Geschichten erzählen zu können. Während ihrer Schulzeit und ihrer Berufsausbildung als Kinderpflegerin ließ sie ihrer Fantasie als Hobbyautorin freien Lauf. Der Schwerpunkt ihrer Erzählungen lag anfangs meist bei Liebesromanen und humorvollen Komödien. Jedoch kamen auch das Drama, die Fantasy und der Horror nicht zu kurz. Im späteren Verlauf floss auch immer mehr Erotik ein und diese Kategorie entwickelte sich schnell zu einer ihrer liebsten. Im Jahr 2010 wagte sie den großen Schritt und stellte einige ihrer Erzählungen auf einer Fanfiktion- Seite einer breiteren Leserschaft zu Verfügung. Ihre Angst, Spott und Häme dafür einzustreichen, war mehr als unbegründet. Sie hatte durch ihre provokanten, aber ehrlichen Geschichten schnell eine große, begeisterte Leserschaft und gewann einige Wettbewerbe und Preise. Durch diese Erfolge ermutigt veröffentlichte sie im Jahr 2013 ihren ersten erfolgreichen Roman ›Immer wieder Samstags‹ und gehört seit dem zu einer der meistgelesenen Autoren auf dem E-book-Markt. Privat engagiert sie sich für den Tierschutz, versucht jeden Tag etwas Gutes zu tun und lebt mit ihren Katzen, ihrem supersüßen Schäferhund und ihrem Sohn im kleinsten Kuhkaff der Welt.

22288849R00374

Printed in Poland
by Amazon Fulfillment
Poland Sp. z o.o., Wrocław